INDÉCISE

Titre de l'édition originale : *Thoughtless*

Pour la traduction française :
Image de couverture : © Fotolia
Graphisme : Sylvia Galante

Ouvrage dirigé par Audrey Messiaen
Collection dirigée par Hugues de Saint-Vincent

38, rue La Condamine 75017 Paris
www.hugoetcie.fr

ISBN : 9782755614848
Dépôt légal : avril 2014
Imprimé en France par Corlet
N° d'Imprimeur : 162069

NEW ROMANCE

C. S. STEPHENS

INDÉCISE

Roman

Traduit de l'anglais (États-Unis)
par Typhaine Ducellier

Hugo Roman

Merci à tous ceux qui m'ont soutenu dans cette aventure.
Je n'aurais pas pu le faire sans vous !

C.S. Stephens

1

La rencontre

Je n'avais jamais passé autant de temps sur la route. Certes, cela ne voulait pas dire grand-chose venant de quelqu'un qui n'avait jamais conduit plus de cent kilomètres, il n'empêche : n'importe qui aurait trouvé ce voyage interminable. Avant le départ, le GPS avait indiqué que le trajet devait durer trente-sept heures et onze minutes, mais c'était sûrement pour ces conducteurs capables de faire mille kilomètres d'un coup.

Mon petit ami et moi avions quitté Athens, dans l'Ohio, la ville qui m'avait vue naître et grandir, comme le reste de ma famille. Sans en avoir jamais discuté, ma sœur et moi savions que, dès notre naissance, nos parents avaient prévu que nous irions à l'université de l'Ohio. J'avais donc déclenché un véritable cataclysme il y a quelques mois quand j'avais décidé, en plein milieu de ma deuxième année, de demander mon transfert dans une autre université. Et ce qui les avait encore plus choqués, c'était que je parte à Washington (à l'université de Washington, à Seattle, pour être exacte), autrement dit à quatre mille kilomètres. J'avais obtenu une bonne bourse d'études, ce qui m'avait un peu aidée à convaincre mes parents, mais c'était bien le seul point positif à leurs yeux. Je savais que, à partir de maintenant, les réunions de famille seraient… mouvementées.

La raison de ce changement était assise juste à côté de moi, au volant de sa vieille Honda. Je le regardai et ne pus retenir un sourire. Denny Harris. Il était magnifique. Je sais bien que ce n'est pas nécessairement très viril de dire ça, mais c'est l'adjectif qui lui allait le mieux, d'après moi. Il venait d'une petite ville côtière du Queensland, en Australie, et il avait passé sa vie à barboter dans l'océan turquoise. Il en avait conservé un bronzage et une musculature de rêve, mais sans ressembler à ces mecs qui passent tout leur temps à la salle de sport : il était plutôt du genre naturellement athlétique et bien proportionné. Il n'était pas très grand pour un garçon, mais il était quand même plus grand que moi, même quand je portais des talons. Il avait les cheveux bruns toujours en bataille, bien que cet effet oit tout à fait étudié. J'adorais le coiffer et il me laissait faire avec plaisir, même s'il faisait comme si c'était la pire des tortures. Il disait toujours qu'il allait finir par se les raser un jour, mais je savais qu'il en était incapable. Il avait les yeux marron, et son regard chaleureux était posé sur moi en ce moment même.

– On en a plus pour longtemps, ma belle. Plus que deux petites heures.

J'adorais son accent par-dessus tout. Ça pouvait sembler bizarre, mais entendre son accent australien me mettait toujours de bonne humeur.

Trois ans plus tôt, une tante de Denny avait décroché un poste à l'université de l'Ohio, et en gentil neveu serviable, il avait décidé de venir avec elle pour l'aider à s'installer. Il avait déjà passé une année aux États-Unis, quand il était au lycée, et il avait rapidement décidé de rester à Athens pour poursuivre ses études. Aux yeux de mes parents, ça faisait de lui le gendre parfait. Enfin, jusqu'à ce qu'on décide de déménager. Je soupirai en pensant à eux : pourvu qu'ils passent rapidement à autre chose.

– Je sais que tu es fatiguée, dit Denny en croyant que je soupirais à cause de ce qu'il venait de dire. On passe au Pete's deux minutes et après, on va se vautrer dans le canapé.

Je hochai la tête et fermai les yeux.

Le Pete's Bar était un bar populaire de Seattle où notre nouveau coloc, Kellan Kyle, était apparemment une star locale du rock. On allait bientôt être ses invités à temps complet, et pourtant je ne savais pas grand-chose sur lui, à part qu'il jouait dans un groupe et que Denny avait séjourné chez lui et ses parents lorsqu'il était venu faire une année de lycée ici.

Je rouvris les yeux et regardai les grands arbres défiler par la fenêtre. Les lampadaires le long de l'autoroute leur donnaient un étrange reflet orange. J'avais cru que la vieille voiture de Denny ne tiendrait jamais le coup, et pourtant, on avait enfin franchi le dernier col de montagne. À présent, on zigzaguait entre des forêts, des chutes d'eau et des lacs dont la surface brillait à la lumière de la lune. Même dans le noir, le coin était splendide, et j'imaginais déjà ma nouvelle vie dans l'État de Washington.

On avait commencé à préparer le départ il y a plusieurs mois, en anticipation de la future remise de diplôme de Denny. Il était brillant, et je n'étais pas la seule à le penser : ses professeurs le qualifiaient souvent de « surdoué ». Ils lui avaient écrit de nombreuses lettres de recommandation, et Denny avait commencé à envoyer des candidatures un peu partout. Je ne pouvais pas supporter l'idée d'être loin de lui, même si ce n'était que pour les deux années d'études qui me restaient. Alors j'avais envoyé un dossier dans toutes les universités des villes où il avait postulé pour un job ou un stage. Ma sœur Anna avait eu du mal à comprendre ma démarche. Il faut dire qu'elle n'était pas du genre à traverser le pays pour suivre un mec, aussi attirant soit-il. Mais pour moi, la question ne se posait pas : la pensée de ne pas le voir tous les jours m'était insupportable.

Parce qu'il était si doué, il avait fini par décrocher le stage de ses rêves à Seattle. Il allait travailler pour une société qui était, d'après lui, l'une des plus prestigieuses agences de pub au monde, et il serait chargé de trouver un nouveau dlogan pour la fameuse chaîne de fast-food aux arches dorées. La nouvelle l'avait tellement réjoui qu'il en avait parlé à tout le monde, avec une note de respect dans la voix, comme si l'agence avait inventé la poudre. Apparemment, les stages chez eux étaient exceptionnels, pas seulement parce qu'ils en offraient très peu chaque année mais aussi parce qu'ils confiaient des missions hyper importantes à leurs stagiaires. Denny allait tout de suite devenir un membre de l'équipe à part entière, pas un simple préposé aux photocopies, et il était si excité à l'idée de partir pour Seattle qu'il avait passé les derniers mois monté sur ressorts.

Pour ma part, j'avais plutôt eu l'air d'une boule de nerfs en panique totale. J'avais passé mon temps à me gaver de médicaments contre le mal de ventre, jusqu'à ce que je finisse par être acceptée à l'université de Washington. Puis j'avais réussi à obtenir une bourse qui couvrait presque tous mes frais de scolarité, et cerise sur le gâteau : un ami de Denny avait une chambre à louer pour un loyer absolument dérisoire. Tout était réuni pour qu'on parte.

Je souris en regardant défiler les noms des routes, des parcs et des petites villes que nous traversions. Les montagnes rapetissaient dans le rétroviseur, et les villes étaient de plus en plus rapprochées à présent. La pluie commença à tomber alors qu'on arrivait à l'entrée d'une ville où plusieurs panneaux indiquaient la direction de Seattle. On approchait de plus en plus de notre nouvelle vie, et même si je ne connaissais pas du tout l'endroit où on allait, je savais que j'allais le découvrir aux côtés de Denny. Je serrai sa main et il me sourit.

Il avait obtenu son diplôme en économie et marketing une semaine plus tôt (le tout avec mention, évidemment) et on avait immédiatement bouclé nos valises, car son stage commençait le lundi suivant. Mes parents, qui pensaient qu'on allait au moins passer un dernier été en famille, n'avaient pas du tout apprécié cette séparation précipitée, même s'ils avaient fini par l'accepter de mauvaise grâce. Ils allaient me manquer terriblement, mais Denny et moi avions vécu séparément pendant deux longues années, lui chez sa tante et moi chez mes parents, et j'étais impatiente d'entamer une nouvelle étape dans notre relation. J'avais fait de mon mieux pour afficher une expression solennelle au moment des adieux, mais en réalité, je rayonnais à l'idée de vivre enfin avec lui.

La seule chose contre laquelle j'avais énergiquement protesté était le fait d'aller à Seattle en voiture. Entre quelques heures d'avion et plusieurs jours de voiture, mon choix était vite fait, mais Denny était attaché à sa voiture comme à un petit chien et il refusait de l'abandonner. J'avais beau savoir que ce serait sûrement pratique d'avoir un véhicule une fois sur place, j'avais quand même fait la tête pendant une bonne demi-journée de trajet. Mais après ça, Denny avait fait tellement d'efforts pour rendre le voyage agréable que j'avais arrêté de me plaindre. Sans compter qu'il avait réussi à rendre sa voiture vraiment… confortable. Quelques-unes des pauses qu'on avait faites en cours de route resteraient à jamais gravées dans ma mémoire. En me remémorant ces moments, un grand sourire illumina mon visage et je me mordis la lèvre, excitée une fois de plus à l'idée d'avoir un chez-nous. S'il avait été amusant, le trajet avait aussi été interminable, et j'étais épuisée. La voiture était confortable mais elle n'en restait pas moins une voiture, et je rêvais d'un vrai lit.

Enfin, les lumières de Seattle apparurent, je poussai un long soupir de satisfaction. On trouva le Pete's Bar sans difficulté. Par un vendredi soir, l'endroit était blindé de monde, mais Denny réussit quand même à dénicher une petite place sur le parking.

À la seconde où il coupa le moteur, je sautai littéralement à bas de la voiture et m'étirai pendant une longue minute. Il m'imita, et nous nous dirigeâmes main dans la main vers l'entrée. On était arrivés plus tard que prévu, et la musique qui nous parvenait indiquait que le groupe était déjà sur scène. Une fois dans le bar, Denny balaya rapidement la pièce du regard avant de montrer du doigt un type immense appuyé contre un mur. Il regardait le public, qui lui-même regardait le groupe, et on entreprit de traverser la pièce bondée pour le rejoindre.

Au passage, je jetai un regard en direction des quatre garçons sur scène. Ils avaient tous l'air d'avoir à peu près le même âge que moi, dans la vingtaine. Ils jouaient un air de rock rapide, et la voix du chanteur s'accordait parfaitement au style du morceau, entraînante et en même temps très sexy. *Ils sont plutôt bons*, pensai-je, tandis que Denny se faufilait dans la foule.

Je n'avais pas pu m'empêcher de remarquer le chanteur en premier. Il faut dire que c'était difficile de le louper : il était beau comme un dieu. Il embrassait de son regard intense la salle pleine de filles hystériques qui se pressaient au-devant de la scène. Ses cheveux châtains formaient une masse désordonnée, un peu plus longue sur le dessus, dans laquelle il passait la main sans avoir l'air de se rendre compte à quel point son geste était sexy. Comme dirait Anna, il avait l'air de sortir du lit. Enfin, elle aurait sûrement dit ça de manière beaucoup plus imagée – elle pouvait être assez crue –, mais il avait effectivement l'air d'un type qui venait de faire des folies de son corps en coulisses. Je rougis en me disant que c'était peut-être le cas… Ce n'était pas un style qui allait à tout le monde, mais sur lui, c'était terriblement séduisant.

Ses vêtements étaient étonnamment simples, comme s'il savait qu'il n'avait pas besoin d'en faire des tonnes. Il portait une chemise grise qui le moulait suffisamment pour laisser deviner un corps de rêve, un jean noir délavé et des bottines noires. Il avait l'air de sortir tout droit d'une pub IKKS, marque que j'affectionnais tout particulièrement. Le résultat sur lui était simple mais renversant : un véritable dieu du rock. Mais au-delà de ses fringues et de sa voix, ce qu'il y avait de plus sexy chez lui était indubitablement son sourire. Il lui suffisait d'en distribuer un ici et là entre deux couplets pour flirter outrageusement avec le public. Il avait un charme et un sex-appeal dévastateurs, et malheureusement, il le savait.

Ses groupies devenaient folles dès qu'elles croisaient son regard. Il avait l'air de les déshabiller du regard, ce qui le rendait non seulement charmant, mais troublant. Le voir séduire ce tas de filles me mit soudain mal à l'aise, et je reportai mon attention sur les trois autres membres du groupe. Les deux garçons qui se trouvaient de chaque côté du chanteur se ressemblaient tellement qu'ils étaient probablement frères. De la même taille, ils étaient un peu plus petits que le chanteur, et plus fins, ou pas aussi bien bâtis, disons. Ils avaient le même nez, la même bouche, et l'un jouait de la guitare tandis que l'autre jouait de la basse. Ils étaient plutôt mignons, et je les aurais sans doute trouvés encore mieux si je les avais vus avant le chanteur. Le guitariste, vêtu d'un short kaki et d'un tee-shirt qui portait le nom et le logo du groupe, avait les cheveux blonds coupés court et jouait un rif compliqué d'un air très concentré. De temps à autre, ses yeux clairs observaient la foule, avant de revenir se poser sur les cordes de son instrument.

Quant au bassiste, il avait lui aussi les yeux clairs, mais ses cheveux blonds lui arrivaient aux épaules et il les avait ramenés derrière ses oreilles. Il portait aussi un short et un tee-shirt dont l'inscription « Je suis dans le groupe » me fit pouffer de rire. Il avait presque l'air de s'ennuyer en jouant et n'arrêtait pas de regarder en direction du guitariste, et j'eus le sentiment qu'il aurait largement préféré être à sa place.

J'eus plus de mal à distinguer le dernier musicien, car il était caché derrière sa batterie. Au moins, il était tout habillé, à l'inverse de la plupart des batteurs, qui semblaient croire que jouer de leur instrument exigeait qu'ils soient à moitié nus. Il avait l'air vraiment gentil, et il avait les cheveux bruns coupés très court et des plugs aux oreilles. Je n'étais pas fan de ce genre, mais sur lui, c'était étrangement séduisant. Ses bras étaient couverts de tatouages aux couleurs éclatantes, et il enchaînait les patterns avec une facilité déconcertante, sans quitter le public des yeux. Denny avait juste dit que notre nouveau colocataire était dans un groupe, sans préciser la place qu'il y occupait. J'espérai que ce serait le batteur, car c'était celui qui avait l'air le plus sympa.

On réussit à rejoindre le colosse adossé au mur. Il nous avait vus approcher et adressa un grand sourire à Denny.

– Salut, mon pote ! C'est bon de te revoir, cria-t-il par-dessus la musique, en essayant d'imiter l'accent de Denny mais en parvenant juste à le massacrer.

Je souris intérieurement : tout le monde essayait toujours de l'imiter, et en général, personne n'y parvenait, ce qui l'amusait follement. Il avait tenté de m'apprendre à copier son accent, mais j'étais un cas désespéré et j'avais fini par laisser tomber.

– Salut, Sam. Ça fait un bail !

Sam semblait avoir le même âge, donc il avait sûrement fait la connaissance de Denny au lycée, lui aussi. Je souris en les voyant se serrer dans les bras l'un de l'autre en essayant d'avoir l'air viril. Sam était immense : c'était une véritable armoire à glace et son tee-shirt rouge contenait à peine ses muscles. Il avait le crâne rasé, et je n'aurais jamais osé l'approcher s'il n'avait pas été aussi souriant. Son tee-shirt portait le nom du bar, et j'en déduisis que s'il était le videur (c'était probable), il fallait bien qu'il en impose un minimum. Il se pencha vers nous afin de ne pas avoir à crier.

– Kellan m'a prévenu que tu arrivais ce soir. Tu dors chez lui, c'est ça ? C'est ta copine ? demanda-t-il ensuite en me regardant, sans laisser à Denny le temps de répondre à sa première question.

– Oui. Je te présente Kiera Allen. Kiera, c'est Sam, on était copains au lycée.

– Bonjour.

Je lui souris sans savoir quoi ajouter. Je détestais faire la connaissance de quelqu'un. Je me sentais toujours mal à l'aise et hyper complexée, et surtout, j'avais l'impression de ne pas vraiment valoir le coup d'être regardée. Je ne me trouvais pas laide, mais pas exceptionnelle non plus. J'avais des cheveux longs et bruns un peu bouclés et des yeux noisette que les gens qualifiaient souvent d'expressifs, ce qui, dans ma tête, voulait dire globuleux. J'étais dans la moyenne avec mon mètre soixante-cinq et plutôt mince après des années d'athlétisme. Mais dans l'ensemble, j'étais loin de me trouver canon. Sam m'adressa un hochement de tête puis reporta son attention sur Denny.

– Kellan devait monter sur scène alors il m'a laissé un double des clés au cas où vous auriez envie de rentrer. Il a pensé que vous seriez fatigués après le trajet.

Il enfouit la main dans la poche de son jean et en extirpa une clé qu'il tendit à Denny. Je trouvai cela très gentil et attentionné de la part de Kellan : je tombais de fatigue, et je n'avais qu'une envie, poser mes valises et dormir pendant deux jours. Passer la soirée dans un bar à attendre la fin d'un concert, tout ça pour une clé, très peu pour moi.

Je regardai de nouveau dans la direction du groupe : le chanteur était toujours occupé à déshabiller les spectatrices du regard. Il lui arrivait parfois d'aspirer de l'air entre ses dents dans une espèce de sifflement quasi érotique. Il tendit la main comme s'il voulait toucher ses fans, qui répondirent par une série de cris aigus. La plupart des spectateurs mâles étaient dans le fond de la salle, mais quelques-uns étaient restés près de leur copine pour monter la garde, et ils lançaient au chanteur des regards pleins d'aversion. Quelque chose me dit qu'il allait sûrement se retrouver avec la tête au carré un de ces jours.

J'étais de plus en plus convaincue que le pote de Denny était le gentil batteur en arrière-plan. Il avait l'air agréable et facile à vivre, le genre de personne que Denny appréciait en général. Denny discuta encore un peu avec Sam pour prendre de ses nouvelles après tout ce temps, puis on se dit au revoir.

– Tu es prête ?

– Pas qu'un peu.

Je mourais d'envie de dormir dans un vrai lit. Par chance, Kellan avait dit à Denny que la locataire précédente avait laissé quelques meubles. Il regarda à son tour en direction du groupe pour attirer l'attention de son ami. J'en profitai pour observer les contours de son visage, et son éternelle barbe de trois jours : ce n'était pas une barbe hirsute et désordonnée, plutôt une ombre qui lui donnait l'air de revenir de vacances en camping. Il aurait pu avoir une tête de gamin mais sa barbe lui donnait un air un peu plus mature et robuste qui lui allait à merveille. Sans parler du fait que ça le rendait incroyablement sexy. En fait, si j'avais hâte de rentrer, ce n'était pas seulement parce que j'étais fatiguée…

Soudain, Denny leva la main qui tenait la clé et fit un geste du menton. Apparemment, son regard avait enfin croisé celui de Kellan et il était en train de lui faire comprendre qu'on allait à la maison. J'étais tellement perdue dans mes pensées que j'oubliai de regarder lequel répondait à son signal. Puis on fit le chemin inverse pour sortir du bar.

– Et Kellan, c'est lequel au fait ? demandai-je à Denny.

– C'est le chanteur.

L'espace d'un instant, j'eus l'impression que mon cœur s'arrêtait de battre. Bien sûr que c'était le chanteur. Je m'arrêtai et me retournai pour les regarder, imitée par Denny. Ils avaient entamé une nouvelle chanson, plus lente, et la voix de Kellan, plus basse et plus douce, était encore plus sexy qu'avant. Mais ce n'est pas sa voix qui m'avait clouée sur place : c'était les paroles, magnifiques et super émouvantes. C'était une déclaration d'amour pleine de poésie, un hymne à un amour perdu qui parlait de peur, de tristesse et même de mort. Les groupies insipides rivalisaient d'effort pour attirer l'attention de Kellan, mais il était comme métamorphosé.

Il tenait le microphone à deux mains, à présent, et son regard survolait la foule sans se poser sur qui que ce soit en particulier. Il était absorbé par la musique, son corps bercé par les mots qui semblaient sortir du plus profond de son âme. C'était une chanson très personnelle, et il l'interprétait avec une telle émotion que j'en eus le souffle coupé.

– Waouh ! Il est incroyable.

Denny hocha la tête avec enthousiasme.

– Il a toujours été super bon. Même le groupe dans lequel il était au lycée était top.

J'eus soudain envie de rester jusqu'à la fin du concert, mais Denny était aussi épuisé que moi, voire plus, car c'était lui qui avait conduit pendant presque tout le trajet.

– Viens, on va à la maison.

J'adorais cette phrase. Il me prit par la main et m'entraîna à travers la foule. Je lançai un dernier regard en direction de Kellan avant de sortir et fus surprise de voir qu'il me regardait. Voir son visage si parfait tourné vers moi et son regard braqué sur moi me fit frissonner. Il était si différent de l'impression qu'il m'avait donnée quelques minutes plus tôt. Au premier abord, il avait juste l'air d'une bête de sexe chez qui tout semblait crier *Je vais te prendre sauvagement ici et maintenant.* Mais à présent, il était comme plus profond, émouvant, même. Peut-être que ma première impression n'était pas la bonne et qu'il gagnait à être connu ? Habiter avec lui promettait d'être intéressant…

Denny trouva facilement la maison. Elle était près du bar, dans une petite rue transversale où les habitations étaient comme empilées les unes sur les autres, et qui avait l'air à sens unique tellement il y avait de voitures garées de chaque côté de la chaussée. Denny se gara dans l'allée, juste assez large pour deux voitures. Il attrapa trois sacs sur la banquette arrière et moi les deux sacs restants, puis on entra à l'intérieur. La maison était petite, mais pleine de charme. Il y avait une petite console en demi-lune dans l'entrée, sur laquelle Denny posa son trousseau de clés. L'entrée donnait directement sur le salon, où trônait une télé surdimensionnée qui devait faire la fierté du propriétaire des lieux. *Les mecs sont vraiment tous pareils*. Il y avait un comptoir de l'autre côté du salon, probablement une cuisine américaine. Sur la gauche, un petit couloir donnait sur une porte et un escalier en colimaçon, sur la droite, menait au premier étage.

En haut des marches, le palier donnait sur trois portes. Denny ouvrit celle de droite : le lit en désordre et une vieille guitare appuyée contre le mur indiquaient clairement qui l'occupait. Il referma la porte et ouvrit celle du milieu en riant. Cette fois, il s'agissait de la salle de bain. Il ne restait donc que la troisième porte, que Denny ouvrit en grand en souriant. Je regardai rapidement à l'intérieur et remarquai la présence d'un immense lit double. Je sautai sur l'occasion et attrapai Denny par le col.

Le plus souvent, on était toujours en présence de tierces personnes : sa tante, ma sœur, ou pis encore, mes parents. Les moments d'intimité étaient rares et on leur accordait une très grande importance. S'il y avait bien une chose que je venais de remarquer en visitant la maison, c'était qu'on n'allait pas avoir autant d'intimité que je l'avais espéré, surtout à l'étage, où les murs semblaient fins comme du papier à cigarette. Mais pour le moment, on était seuls. On laissa tomber les sacs dans un coin, bien décidés à tirer profit de l'absence de notre colocataire. Le reste de nos affaires pouvait bien passer quelques heures de plus dans la voiture. On avait mieux à faire.

Je me réveillai tôt le lendemain matin. J'étais encore courbatue mais j'avais bien dormi. Denny était étalé en travers du lit, et il avait l'air si paisible que je n'eus pas la force de le réveiller. Une vague de ravissement me parcourut à la pensée que je venais de m'éveiller à ses côtés. À présent, on allait passer toutes nos nuits ensemble. Je me levai sans faire de bruit et sortis.

Notre chambre faisait directement face à celle de Kellan, et la porte de la salle de bain était fermée. Dans ma famille, elle était toujours ouverte, sauf si quelqu'un était à l'intérieur. Je ne pouvais pas voir de rai de lumière filtrer sous la porte, mais à cette heure-ci, il faisait suffisamment jour pour qu'il ne soit pas nécessaire d'allumer la lumière. Je ne savais pas quoi faire. Frapper ? Je ne voulais pas passer pour une idiote en frappant à la porte de ma propre salle de bain, mais je n'avais pas encore rencontré Kellan, et le surprendre sous la douche n'était pas vraiment ce que j'avais imaginé en matière de présentations. Non pas que ça me gênerait de le surprendre sous la douche… Je restai immobile devant la porte de sa chambre, à l'affût du moindre bruit. J'eus l'impression de distinguer le son quasi imperceptible d'un halogène, mais je n'étais pas sûre. Je ne l'avais pas entendu la nuit dernière, mais il devait être du genre à rentrer à quatre heures et à se lever à quatorze heures. Je finis par prendre mon courage à deux mains et tourner la poignée.

Je poussai un soupir de soulagement en constatant que la salle de bain était vide. Je n'avais plus qu'une envie à présent : me débarrasser de la crasse du voyage. Je m'assurai que la porte était bien fermée à clé – histoire que Kellan non plus ne me surprenne pas sous la douche – et fis couler l'eau. J'enlevai mon pantalon de pyjama mon débardeur et me glissai sous l'eau presque brûlante. La sensation était un pur délice. Dommage que Denny soit encore endormi au lieu d'être sous la douche avec moi… Tant pis, ce serait pour une autre fois.

L'eau chaude ruisselait sur ma peau et détendait mes muscles, je soupirai de satisfaction. J'avais oublié de prendre du shampoing, mais heureusement il y avait un morceau de savon dans la douche. Pas génial pour me laver les cheveux, mais je ne voulais pas utiliser les produits de luxe de Kellan. Je me prélassai sous le jet d'eau pendant une éternité. Ce n'était pas très sympa pour les autres habitants de la maison qui allaient sans doute vouloir prendre une douche chaude, eux aussi, mais c'était si bon que je ne voulais plus sortir.

Enfin, je coupai l'eau et me séchai avec la seule serviette que j'avais trouvée, toute fine et trop petite pour être enroulée autour de moi correctement. Je ferais mieux de ne pas oublier la mienne la prochaine fois. Drapée à la va-vite dans ma serviette de fortune, je sortis dans le froid du palier. J'avais tellement hâte de me laver que j'avais aussi oublié de prendre des vêtements de rechange. e me concentrai pour me souvenir dans quel sac ils se trouvaient, lorsque je me rendis compte que la chambre de Kellan était à présent ouverte… et occupée.

Il se tenait sur le pas de la porte et bâillait paresseusement en se grattant le torse. Il portait juste un boxer, et je ne pus m'empêcher de l'examiner : il était loin d'avoir une sale tête au réveil, bien au contraire, et surtout, son corps était aussi parfait que je me l'étais imaginé. Denny était peut-être bien bâti, mais Kellan était juste au-delà du réel. Il était grand (il devait bien faire quinze centimètres de plus que Denny), et ses muscles bien définis étaient longs et déliés comme ceux d'un coureur. Il était juste… hyper excitant.

Ses yeux étincelants, d'un bleu indéfinissable, se posèrent sur moi tandis qu'il penchait la tête sur le côté d'un air charmeur et troublant.

– Tu dois être Kiera.

Il avait la voix un peu rauque, typique de quelqu'un qui vient de se réveiller. Je rougis jusqu'à la racine des cheveux : notre première rencontre n'était pas si éloignée du scénario catastrophe que j'avais imaginé, sauf qu'au moins nous étions tous les deux habillés. Enfin, plus ou moins. Pourquoi je n'avais pas remis mon pyjama avant de sortir ? Quelle imbécile ! Je lui tendis maladroitement la main.

– Oui. Bonjour, balbutiai-je.

Un adorable sourire flotta sur ses lèvres tandis qu'il me serrait la main. De toute évidence, le fait qu'on soit à moitié nus ne le dérangeait absolument pas. Je mourais d'envie d'aller me cacher dans ma chambre, mais comment le laisser planté là sans passer pour une sociopathe ?

– Tu dois être Kellan ?

Voilà une question qui débordait d'intelligence… Bien sûr que c'était Kellan, puisque on n'était que trois à vivre ici.

– C'est ça.

Il ne me quittait pas des yeux et je commençai à trouver son regard un peu trop insistant.

– Désolée d'être restée si longtemps sous la douche, j'ai sûrement vidé le ballon d'eau chaude.

Je me tournai vers la porte de ma chambre et posai la main sur la poignée, en espérant qu'il comprenne le message.

– Pas de souci. Je me doucherai ce soir avant de partir.

Je me demandai où il avait prévu d'aller, puis je balbutiai un au revoir avant de disparaître dans ma chambre. J'eus l'impression d'entendre un petit rire au moment où je refermais la porte.

J'étais mortifiée. Franchement, ça n'aurait pas pu être pire. Voilà pourquoi je détestais rencontrer des gens pour la première fois : je passais toujours pour une abrutie totale, et aujourd'hui n'avait pas fait exception à la règle. Chaque fois que Denny se remémorait notre première rencontre, il la qualifiait de « touchante », un mot loin de correspondre au souvenir que j'en avais. Et le pire, c'est que j'allais devoir faire ça souvent au cours des prochains mois. Au moins, à l'avenir, je serais plus habillée, du moins je l'espérais.

J'appuyai mon front contre la porte en fermant les yeux et attendis que mes joues reprennent une couleur normale.

– Tout va bien ?

La voix de Denny me sortit de ma rêverie. J'ouvris les yeux et me retournai : il était appuyé sur un côté et me regardait avec curiosité. Il avait encore l'air fatigué. J'espérai que je ne l'avais pas réveillé en faisant trop de bruit.

– Je viens de faire la connaissance de notre nouveau colocataire, répondis-je d'un air maussade.

Denny me connaissait assez pour ne pas s'étonner en me voyant réagir comme ça face à une situation que la plupart des gens jugeraient anodine. Il savait très bien à quel point j'étais embarrassée de m'être retrouvée face à un inconnu à peine couverte d'une serviette.

– Viens par ici.

Il écarta les bras et j'allai me blottir tout contre lui. Il embrassa tendrement mes cheveux encore mouillés et poussa un profond soupir.

– Tu es sûre que c'est ce que tu veux ?

– C'est un peu tard pour se poser ce genre de questions, tu crois pas ? Et puis je refuse de refaire le trajet dans le sens inverse, le taquinai-je.

Il sourit doucement mais je voyais qu'il était inquiet.

– Je sais ce que tu as laissé derrière toi pour me suivre : ta famille, ta maison... Je suis pas stupide, je sais bien qu'ils vont te manquer. Je veux juste être sûr que ça vaut la peine de m'avoir suivi jusqu'ici.

– Arrête de te poser des questions. Bien sûr que ma famille va me manquer, mais tu vaux la peine. Tu vaux tous les sacrifices du monde.

Je caressai doucement sa joue du bout des doigts.

– Je t'aime, et je veux être avec toi.

– Moi aussi, je t'aime. Désolé d'être aussi sentimental, c'est juste que... tu es tout pour moi.

Il m'embrassa langoureusement et défit ma serviette, devenue très encombrante d'un seul coup. Je dus vraiment me concentrer pour ne pas faire de bruit…

2

Les D-Bags

On descendit au rez-de-chaussée main dans la main, comme des ados. On savourait pleinement ces premiers moments de vie commune. Je dis à Denny qu'on avait sans doute l'air idiots et on rit tous les deux en arrivant dans la cuisine.

La deuxième chose que j'avais remarquée la veille était l'absence de décoration. C'était facile de deviner que c'était un garçon qui vivait là, et que c'était juste un endroit pour dormir. J'avais beau avoir des goûts simples, la maison était vraiment trop vide. Il fallait que j'aille faire les magasins de déco pour arranger ça.

Par rapport au reste de la maison, la cuisine était assez grande. Un plan de travail courait le long du mur du fond jusqu'au réfrigérateur. Il y avait une cuisinière adossée au mur opposé, avec à droite un autre petit plan de travail sur lequel trônait une cafetière fumante dont l'odeur me mit l'eau à la bouche. Il y avait aussi une petite table avec quatre chaises, et une porte-fenêtre qui donnait sur un jardin de la taille d'un mouchoir de poche.

L'ouverture entre le pan de mur et la porte-fenêtre donnait sur le salon. Kellan y était, plongé dans la lecture du journal local. Il portait juste un short et un tee-shirt simples mais je me sentis soudain hyper quelconque avec mon jean et mon top IKKS. Je serrai un peu plus fort la main de Denny pour me donner confiance.

– Salut, mec, dit-il en se dirigeant vers Kellan, qui leva la tête au son de sa voix.

– Je suis content que vous soyez bien arrivés.

Voir Kellan serrer brièvement Denny dans ses bras me fit sourire. Les hommes étaient vraiment mignons, parfois.

– Apparemment, tu as déjà fait la connaissance de Kiera, ajouta Denny avec un sourire, tandis que le mien s'évanouissait instantanément à ce souvenir.

– En effet, dit Kellan, les yeux brillant d'un éclat un peu trop malicieux à mon goût. Ravi de te revoir.

Au moins, il avait la décence de ne pas faire de commentaire. Il se dirigea vers la cafetière et attrapa des tasses dans le placard qui surplombait le plan de travail.

– Café ?

– Pas pour moi, merci. Je comprendrai jamais comment vous pouvez boire ce truc, dit Denny en faisant une moue de dégoût. Mais Kiera adore ça.

Je hochai la tête et souris à Denny. Rien que l'odeur du café l'écœurait. Il préférait de loin le thé, ce que je trouvais drôle chez un garçon.

– Tu as faim ? me demanda Denny. Il doit rester des trucs à manger dans la voiture.

– Je suis affamée.

– D'accord, je reviens tout de suite.

Je déposai un baiser furtif sur ses lèvres et lui envoyai un petit coup dans l'estomac. On était vraiment en train de retomber dans l'âge bête. Il me rendit mon baiser et quitta la pièce sous le regard amusé de Kellan. J'entendis Denny attraper ses clés sur la console de l'entrée et la porte claqua une seconde plus tard.

Je trouvais ça dingue qu'il sorte de la maison juste vêtu du tee-shirt et du boxer qu'il avait portés pour dormir. J'allai m'asseoir en l'attendant et Kellan ne tarda pas à me rejoindre, avec une tasse de café dans chaque main. J'allais me lever pour mettre du lait et du sucre dans le mien, mais je me rendis compte qu'il l'avait déjà fait. Comment il savait que c'était comme ça que j'aimais mon café ?

– Le mien est noir. On peut échanger si t'aimes pas le café au lait, proposa-t-il en remarquant mon air étonné.

– En fait, c'est exactement comme ça que je le bois. Tu sais lire dans les pensées, c'est ça ?

– J'aimerais bien, répondit-il en riant.

– Merci, en tout cas.

Je levai ma tasse pour boire une gorgée : c'était délicieux.

– Alors comme ça, tu viens de l'Ohio ? Le pays des lucioles et des marronniers ?

Je souris en levant les yeux au ciel. Il n'avait pas l'air de savoir grand-chose sur mon État natal, mais je décidai de ne pas lui en vouloir.

– C'est à peu près ça, oui.

Ça te manque ?

Je réfléchis un instant avant de répondre.

– Mes parents et ma sœur me manquent, c'est sûr. Mais à part ça… J'imagine que l'Ohio est un endroit comme un autre. Et puis c'est pas comme si j'allais jamais y retourner.

– Le prends pas mal, dit-il en fronçant les sourcils, mais qu'est-ce que tu es venue faire ici ?

Sa question me déplut, mais je décidai là encore de ne pas lui en tenir rigueur. Peut-être qu'il était juste maladroit.

– J'ai suivi Denny, répondis-je simplement, comme si c'était la chose la plus évidente du monde.

– D'accord.

Il n'ajouta rien de plus et continua de siroter son café.

Ressentant un besoin urgent de changer de sujet, je dis la première chose qui me passait par la tête.

– Pourquoi tu chantes de cette façon ?

Je me rendis immédiatement compte que ma question était super blessante et je regrettai d'avoir ouvert la bouche. Je n'avais pas voulu le vexer, je me demandais juste pourquoi il jouait autant au séducteur quand il était sur scène.

– Qu'est-ce que tu veux dire ?

Apparemment, les gens ne devaient pas souvent remettre en question sa façon de chanter. J'espérais qu'il n'était pas fâché, car ce n'était pas trop le genre de première impression que je voulais faire sur mon nouveau colocataire. Je bus lentement une autre gorgée de café avant de m'expliquer.

– Tu étais génial. C'est juste que, par moments, tu étais tellement…

Je me crispai mentalement en pensant à la fin de ma phrase, mais j'étais une adulte et je devais bien me résoudre à utiliser certains mots.

– Sexuel, finis-je dans un murmure.

Son expression s'adoucit, puis il fut pris d'un fou rire interminable qui me mit en boule. Pourquoi avait-il fallu que j'ouvre ma grande bouche ? Je gardai les yeux rivés sur ma tasse, j'aurais donné n'importe quoi pour pouvoir me noyer dedans. Il finit par remarquer ma gêne et tenta de reprendre son calme.

– Désolé. C'est juste que je m'attendais pas du tout à ça.

Il s'était attendu à quoi, alors ? Il n'était pas encore venu à bout de son fou de rire mais il avait aussi l'air pensif.

– Je sais pas, finit-il par admettre. Mais le public a l'air d'apprécier.

Je lui fis remarquer que quand il disait « public », il voulait sans doute dire « filles ».

– Je t'ai choquée ? demanda-t-il avec une étincelle dans le regard.

Super. Maintenant, il allait penser que j'étais une petite prude incapable de supporter son sex-appeal.

– Pas du tout.

Je le regardai droit dans les yeux en espérant que ça me rende convaincante.

– J'ai juste trouvé que tu en faisais trop. D'autant que tes chansons sont géniales, t'as pas besoin de ça.

Ma dernière remarque eut l'air de le déconcerter. Il se laissa aller contre le dossier de sa chaise et me dévisagea d'une telle façon que je sentis les battements de mon cœur s'accélérer. Il était tellement beau que c'en était ridicule. Je baissai la tête, mal à l'aise.

– Merci. Je tâcherai de m'en souvenir.

Je levai les yeux vers lui : il me souriait et il avait l'air sincère. Puis ce fut à son tour de changer de sujet.

– Comment vous vous êtes rencontrés avec Denny ?

– À la fac. Il était assistant dans l'un de mes cours. J'étais en première année et lui en troisième. Et je me suis dit que j'avais jamais vu quelqu'un d'aussi beau.

Je rougis un peu en m'entendant parler de lui comme ça, encore plus devant un autre garçon. « Beau » était un mot que j'essayais de ne pas utiliser pour parler de lui, car les gens avaient tendance à me regarder bizarrement après, mais Kellan se contenta de sourire. Il avait sûrement l'habitude d'entendre des tas de compliments du même genre.

– Enfin bref, on s'est tout de suite plu, et depuis on s'est plus quittés. Et toi, comment tu l'as rencontré ?

Je connaissais les grandes lignes de l'histoire, mais j'avais envie d'en savoir plus.

– Mes parents pensaient que ce serait une bonne idée d'accueillir un étudiant en échange. Je crois que c'est le genre de trucs qui impressionnait leurs amis.

Son sourire s'évanouit un instant, mais il se reprit immédiatement.

– On s'est tout de suite bien entendus. C'est un mec bien.

Il tourna la tête et une expression passa sur son visage sans que je parvienne à la déchiffrer, comme de la peine.

– Je lui dois beaucoup, dit-il doucement, et je ferais n'importe quoi pour lui. Alors quand il a appelé pour me dire qu'il avait besoin d'un logement, je me suis dit que c'était la moindre des choses.

– Je vois.

J'avais envie de savoir pourquoi il avait eu l'air triste, mais je n'osai pas demander. De plus, Denny était revenu.

– Désolé, c'est tout ce que j'ai trouvé.

Il souleva un sachet de biscuits apéritifs au fromage et un autre de bretzels. Kellan rit et je tendis la main.

– Biscuits au fromage, s'il te plaît !

On finit notre petit déjeuner « équilibré », puis je décidai d'appeler mes parents (en PCV, rien que ça) pour les prévenir qu'on était bien arrivés et leur décrire l'endroit où on était. Denny et Kellan rattrapèrent le temps perdu pendant que je discutais avec ma famille. Le seul téléphone de la maison était un truc vert olive qui avait l'air de dater des années soixante-dix et qui trônait fièrement dans la cuisine. Les histoires que Denny et Kellan se racontaient devinrent rapidement de plus en plus hilarantes, et donc bruyantes. Je les regardai une ou deux fois d'un air furax pour leur faire comprendre de baisser le volume, mais ça les faisait rire encore plus. Je finis par leur tourner le dos en essayant d'ignorer leur conversation. En même temps, ma mère et mon père ne disaient pas grand-chose, à part « Tu reviens quand ? »…

Après cet appel bien trop long, on retourna en haut avec Denny. Il prit une douche rapide pendant que je fouillais dans ses affaires pour lui trouver des vêtements. Après avoir mis la main sur son jean et sa chemise préférés, j'entrepris de déballer le reste de nos affaires.

La locataire précédente avait laissé derrière elle le lit double (avec tout le linge nécessaire), une commode, une petite télévision, une table de nuit et même un réveil. C'était un coup de chance car on n'avait aucun meuble. À Athens, on avait toujours vécu avec nos familles respectives pour faire des économies. J'avais souvent essayé de persuader Denny de prendre un studio, mais il était économe et il n'avait jamais compris l'intérêt de dépenser autant d'argent alors qu'on habitait chacun si près de la fac. Dans ma tête, j'y voyais tout un tas d'intérêts au contraire... à commencer par un lit double, justement...

Mes parents l'adoraient, mais l'idée de le voir emménager dans ma chambre ne leur plaisait pas, tout comme de me voir emménager chez sa tante, et puisque c'était eux qui payaient l'université, je n'avais pas voulu insister. Mais à présent, c'était justement pour économiser qu'on devait vivre ensemble, donc j'avais fini par gagner la bataille. Je rangeai nos vêtements dans la commode et j'avais déjà terminé quand Denny revint de sa douche.

Le voir juste enroulé dans une serviette me ravit au plus haut point. J'étais fascinée par le spectacle de Denny en train de s'habiller, et mon air absorbé le fit rire. Il était suffisamment à l'aise pour laisser tomber sa serviette devant moi, mais je savais que si les rôles avaient été inversés, je lui aurais demandé de se retourner ou de fermer les yeux.

Une fois habillé, il vint s'asseoir près de moi et je ne résistai pas à l'envie de passer mes doigts dans ses cheveux mouillés. Il m'embrassa sur le front et m'accompagna au rez-de-chaussée pour finir de décharger la voiture. On n'avait vraiment pas grand-chose, et deux aller-retour suffirent. Puis on se rendit compte qu'on n'avait absolument rien à manger, et on décida de partir en quête de nourriture dans la grande ville.

Denny avait passé un an à Seattle mais c'était il y a plusieurs années, et il ne conduisait pas à l'époque. Heureusement, Kellan nous donna quelques indications et on n'eut aucun mal à trouver le quai où se tenait le marché de Pike Place, l'endroit idéal pour faire le plein de produits frais. La ville était vraiment splendide, et on se promena main dans la main le long de la rivière en s'arrêtant de temps en temps pour observer le ballet des ferries et des mouettes qui volaient à ras de l'eau, elles aussi à la recherche de quelque chose à manger. C'était une belle journée ensoleillée, et une petite brise fraîche amenait jusqu'à nous l'odeur salée de la mer. Plus heureuse que jamais, j'appuyai ma tête contre le torse de Denny et il me prit dans ses bras.

– Tu es contente ?

– Je suis folle de joie, tu veux dire.

Je levai la tête vers lui et l'embrassai doucement. On ne fit que des trucs à touristes : flâner dans les boutiques de souvenirs, écouter les petits orchestres de rue, faire un tour de carrousel et regarder les pêcheurs. Finalement, on acheta des fruits et des légumes frais ainsi que quelques autres articles, avant de retourner à la voiture.

Le défaut de Seattle qui nous apparut clairement sur le chemin du retour était ses collines : elles étaient pires que des montagnes russes et conduire dans cette ville avec une boîte manuelle était mission impossible. On faillit emboutir trois fois de suite la voiture devant nous et on était tellement hilares que j'en pleurai de rire. On finit par arriver à la maison en un seul morceau, après nous être perdus deux fois.

On était encore en train de rire en entrant dans la cuisine, les bras chargés de sacs de courses. Kellan, assis à la table, griffonnait des notes sur un cahier à spirale. Les paroles d'une nouvelle chanson ? Il leva les yeux vers nous et nous gratifia d'un sourire amusé avant de retourner à ce qu'il était en train de faire. Denny resta dans la cuisine pour ranger les courses pendant que je retournais à l'étage pour finir de tout installer. On n'avait emmené que le strict nécessaire, et le reste de nos affaires était resté dans le grenier de mes parents. J'eus bientôt rangé tous nos livres, les costumes de Denny, mes affaires pour l'université, quelques photos et d'autres bricoles. Puis j'allai mettre nos de toilette dans la salle de bain. C'était comique de voir notre shampoing à un dollar à côté des produits coûteux de Kellan.

Lorsque je revins au rez-de-chaussée, Kellan et Denny étaient dans le salon en train de regarder la chaîne des sports. La télévision était contre le mur du fond, près d'une baie vitrée qui menait aussi au jardin. Un grand canapé miteux occupait le mur opposé, et un fauteuil d'apparence plutôt confortable était dans un coin de la pièce. Une table ronde ornée d'une lampe se trouvait entre le canapé et le fauteuil, et c'était tout. Visiblement, Kellan vivait simplement.

Denny était vautré sur le canapé et avait l'air d'être sur le point de s'endormir. Il était sûrement encore épuisé du voyage, et je commençais moi-même à sentir la fatigue. Je rejoignis Denny et m'allongeai entre lui et le dossier du canapé, une jambe par-dessus la sienne et ma tête nichée contre son épaule. Il poussa un soupir de satisfaction et me prit dans ses bras en déposant un petit baiser sur mon front. Les battements de son cœur étaient lents et paisibles et me berçaient doucement. Avant de fermer les yeux, je regardai Kellan, assis dans le fauteuil : il nous observait avec curiosité, et je me demandai à quoi il pensait. Puis je sentis mes paupières se fermer toutes seules et je glissai dans un sommeil de plomb.

J'émergeai un peu plus tard en sentant Denny remuer.

– Désolé, je voulais pas te réveiller.

Je m'étirai paresseusement, bâillai et me redressai.

– Ça fait rien, bafouillai-je avant de l'embrasser. Je ferais mieux de me réveiller si je veux réussir à dormir ce soir.

Je regardai autour de nous et constatai qu'on était seuls. Et aussi qu'on était très collés l'un à l'autre dans ce canapé… Avec un sourire machiavélique, je l'embrassai de nouveau, plus intensément. Il rit et ne tarda pas à me rendre passionnément mon baiser. Je sentis ma respiration s'accélérer, mon cœur battre plus vite et le désir m'envahir en le voyant allongé sous moi. Je passai mes doigts sur son torse avant de les glisser sous sa chemise, avide de la douceur de sa peau.

Il agrippa mes hanches de ses mains puissantes pour me mettre à califourchon sur lui et je soupirai de plaisir en pressant mon corps contre le sien. J'eus la vague impression d'entendre une porte claquer dans le lointain, mais les mains de Denny me firent vite penser à autre chose. J'étais occupée à l'embrasser dans le cou lorsqu'un petit rire étouffé me fit stopper net et me redresser brusquement. Je ne m'étais pas rendu compte que Kellan était encore là.

– Désolé, dit-il en riant un peu plus fort.

Debout dans l'entrée, il attrapa sa veste, accrochée à l'un des porte-manteaux.

– Je serai parti dans une minute… si vous êtes capables d'attendre, je veux dire. Mais vous êtes pas obligés d'attendre, ça me dérange absolument pas.

Il riait toujours, et je me réfugiai à l'autre bout du canapé, trop gênée pour dire quoi que ce soit. Je regardai Denny en espérant bêtement qu'il rembobine les dernières minutes qui venaient de s'écouler, mais il était allongé là, avec un sourire amusé qui semblait faire écho au rire de Kellan. Je sentis une vague d'irritation me submerger. *Les mecs !*

– Et tu vas où ?

Je voulais juste changer de sujet, mais les mots sortirent sur un ton bien plus agressif que prévu. Kellan cligna des yeux, visiblement étonné par ma réaction. J'eus alors le sentiment que ça lui était vraiment égal, et qu'on aurait tout aussi bien pu être en train de faire l'amour sur le canapé sans que ça le dérange. Il était visiblement très ouvert d'esprit et avait juste voulu me taquiner, pas me mettre mal à l'aise.

– Chez Pete. On a un autre concert ce soir.

– Ah bon ?

À présent capable de me concentrer sur autre chose que ma petite personne mortifiée, je remarquai qu'il avait changé de tenue. Il portait désormais un tee-shirt jaune et un jean délavé IKKS, marque qui collait parfaitement à son style rock.

– Vous voulez venir ou bien…

Il s'interrompit pour nous gratifier d'un sourire diabolique.

– …vous préférez rester ici ?

– Non, on vient, répondis-je précipitamment, plus pour me faire pardonner que par réelle envie.

– Vraiment ? demanda Denny en hésitant, l'air déçu.

– Oui, j'ai trouvé ça vraiment sympa hier soir et j'aimerais bien entendre d'autres chansons.

– D'accord. Je vais chercher les clés.

– OK, je vous retrouve là-bas, alors.

Une fois en route, je tâchai d'oublier mon embarras en racontant à Denny la drôle de conversation que j'avais eue avec Kellan dans la cuisine.

– Kellan a l'air… sympa ?

Ce que j'avais prévu de dire comme une affirmation avait finalement l'air d'une question.

– Il l'est, répondit Denny en me regardant brièvement avant de reporter son attention sur la route. Il faut le connaître, c'est tout. Il peut avoir l'air d'un minet prétentieux mais c'est vraiment un type génial.

– Tu m'avais jamais vraiment parlé de lui avant. Je savais pas que vous étiez si proches.

J'essayai de me remémorer les moments où il avait mentionné Kellan, sans y parvenir. Il haussa les épaules.

– On a perdu le contact quand je suis rentré en Australie. Je lui ai parlé une fois ou deux depuis mon retour aux États-Unis, mais on est tous les deux très occupés, je suppose.

– À l'entendre, j'ai pourtant eu l'impression que vous étiez assez proches, insistai-je, perplexe. Il a l'air de vraiment beaucoup t'aimer.

Je me sentis un peu bizarre en disant ça. Les hommes n'étaient généralement pas si directs quand ils évoquaient leurs sentiments. Kellan ne lui avait pas non plus écrit un poème en alexandrins mais j'avais eu l'impression qu'il était très attaché à Denny. Dire qu'il lui devait beaucoup ou qu'il ferait n'importe quoi pour lui, pour un mec, ce n'était pas rien. Denny eut l'air de comprendre de quoi je voulais parler et baissa les yeux une seconde, comme s'il était gêné.

– C'est lui qui en fait toujours des tonnes, mais franchement, c'est pas grand-chose.

Il avait les yeux rivés sur la route et se mordillait les lèvres. Quant à moi, je brûlais de curiosité.

– De quoi tu parles ?

– Tu sais que j'ai vécu avec lui et ses parents pendant un an.

– Oui, et… ?

– Et, à l'époque, lui et son père avaient des rapports assez… tendus. Un jour, son père a dépassé les bornes et l'a bousculé. Je me suis interposé sans réfléchir et j'ai pris un coup de poing à la place de Kellan.

Il me regarda du coin de l'œil, guettant ma réaction, avant de regarder de nouveau droit devant lui. Il ne m'avait jamais raconté cette histoire, mais je savais que c'était tout à fait le genre de choses dont il était capable. Mon cœur se serra en pensant à Kellan. Denny secoua la tête, les sourcils froncés.

– Ça a dû être un électrochoc pour son père car il l'a laissé tranquille après ça. Enfin, au moins pendant le reste de mon séjour, ensuite, j'ignore ce qui s'est passé. Bref, à la suite de ça, Kellan a toujours eu le sentiment que j'étais plus proche de lui que sa propre famille. Il est sûrement encore plus content que moi que je sois à Seattle.

Denny haussa les épaules puis rit pour dédramatiser la situation. À notre arrivée au bar, Kellan était déjà là, installé autour d'une table en compagnie des autres membres du groupe. Ils étaient dans le fond de la salle, près des coulisses. Kellan était assis en bout de table et il sirotait une bière, l'air plus que détendu. Le bassiste aux cheveux longs était assis à sa gauche et en face de lui se tenait le batteur aux airs de gentil nounours. À sa gauche, le dernier membre du groupe, le guitariste blond, complétait le cercle. J'étais un peu étonnée qu'ils soient ici et pas cachés en coulisses en train de se préparer pour leur concert. Mais à les voir, ils n'avaient pas le moindre doute sur le succès de la soirée, et ils se relaxaient en buvant une bière avant de monter sur scène.

Deux filles assises pas loin les dévisageaient ouvertement, et l'une d'elles était carrément bouche bée devant Kellan. Elle avait l'air soûle, mais aussi passablement curieuse, et je crus qu'elle allait traverser la distance qui les séparait pour venir sauter sur ses genoux. Kellan ne lui prêtait pas la moindre attention, mais quelque chose me dit que ça ne lui aurait peut-être pas déplu.

Son attention était entièrement consacrée au bassiste assis à côté de lui. De là où j'étais, je n'entendais pas ce qu'ils disaient, mais tous les autres membres l'écoutaient en souriant. Denny aussi les avait repérés. Il me sourit et me prit par la main pour me guider jusqu'à leur table. Dès qu'on fut assez proches pour distinguer les mots du bassiste, je me dis que venir ici avait été une mauvaise idée et regrettai de ne pas avoir fermé mon clapet. Et dire que j'aurais pu être confortablement nichée dans les bras de Denny sur le canapé… Mais il me tenait fermement la main et je fus bien obligée de le suivre d'un air morose.

– Cette fille avait le plus beau cul que j'aie jamais vu…

Il accompagna ses paroles d'un geste vulgaire au possible, comme si ses petits camarades avaient besoin de davantage de précision.

– Vous auriez vu sa mini-jupe. Tout le monde était complètement bourré, alors j'ai mis ma main sous la table et relevé sa jupe aussi haut que possible. Et après, j'ai attrapé ma bouteille de bière et j'ai…

Kellan remarqua alors notre présence en bout de table et lui envoya une bourrade tandis que Denny laissait échapper un rire.

– Non mais mec, j'arrive au meilleur passage, là !

– Griff, dit Kellan en nous montrant du doigt, mes nouveaux colocataires sont là.

Il leva la tête pour nous dévisager.

– Ah ouais… Tes colocataires.

Son regard revint sur Kellan.

– Dommage que Joey soit partie, mec… C'était vraiment un canon ! Pourquoi tu l'as laissée filer ? C'est pas pour te faire des reproches mais…

Kellan lui envoya une autre bourrade, si forte qu'elle laissa l'autre sans voix. Il ignora l'air furieux de son musicien et se tourna vers les autres.

– Les gars, je vous présente mon ami Denny et sa copine Kiera.

Je tentai de m'accrocher un sourire à la face. J'ignorais la raison du départ de son ex-colocataire et j'étais un peu choquée par la conversation à laquelle on venait d'assister.

– Salut, dit Denny en souriant.

De mon côté, j'articulai avec peine un « bonjour ».

– Salut. Griffin, dit le bassiste en nous saluant d'un mouvement du menton.

Il me regarda des pieds à la tête, ce qui me mit affreusement mal à l'aise. Je serrai la main de Denny plus fort et me mis en retrait derrière lui. Le jumeau potentiel du bassiste nous tendit la main dans un effort de politesse.

– Bonjour. Je m'appelle Matt.

– Tu es le guitariste, c'est ça ? demanda Denny en lui serrant la main. Tu joues super bien !

– Merci.

Il eut l'air sincèrement content que Denny se souvienne de quel instrument il jouait. Griffin, de son côté, renifla avec mépris, et Matt lui lança un regard excédé.

– Arrête un peu, Griffin.

Celui-ci lui lança à son tour un regard qui en disait long.

– Tout ce que je dis, c'est que tu as complètement foiré le dernier riff. Je la maîtrise à mort, cette chanson, c'est moi qui devrais la jouer.

Ignorant ce qui ressemblait à une dispute récurrente, le grand type aux allures d'ours en peluche assis à côté de Matt se leva et nous tendit la main à son tour.

– Je suis Evan, le batteur. Ravi de vous rencontrer.

Tandis qu'on lui serrait la main, Kellan alla à la table des deux filles soûles et je crus que celle qui n'arrêtait pas de le dévisager allait tomber dans les pommes. Il s'arrêta derrière elle, dégagea une mèche de ses cheveux et se pencha pour lui murmurer quelque chose à l'oreille. Elle hocha la tête en rougissant légèrement, puis il attrapa deux chaises vides à côté d'elles. Il fit le chemin inverse et posa les chaises devant nous en souriant tandis qu'elles pouffaient comme des collégiennes.

– Tenez.

Je m'assis, le visage légèrement rembruni. Le sourire de Kellan se fit plus franc, à croire que me voir mal à l'aise l'amusait au plus haut point. Denny prit place aussi et Griffin reporta son attention sur lui.

– C'est quoi, ton accent ? Tu es anglais ?

– Australien, répondit Denny en lui souriant poliment.

– Ahhh ! dit Griffin en hochant la tête, comme s'il l'avait toujours su. Ohé, mon pote ! ajouta-t-il en tentant d'imiter son accent.

Kellan et Evan se mirent à rire, et Matt le regarda comme s'il avait le pire abruti du monde en face de lui.

– Mec, il est australien, pas pirate.

Griffin renifla avec dédain.

– Lâche-moi, rétorqua-t-il avant de prendre une grande gorgée de bière.

– Comment s'appelle votre groupe ? demanda Denny.

– Les D-Bags[1], répondit Kellan, ce qui fit ricaner Griffin.

– Sans rire ?

– Je voulais qu'on s'appelle les Douche Bags, intervint Griffin, mais ces chochottes ont pas voulu. Bande de nases.

Matt leva les yeux au ciel.

– Si on veut espérer pouvoir jouer ailleurs qu'au Pete's un de ces jours, il nous faut un nom qu'on puisse inscrire en grand sur des affiches.

Il y en avait donc au moins un parmi eux qui semblait avoir de l'ambition et des projets d'avenir. Griffin lança un autre de ses regards à Matt, sous les rires de Kellan et Evan.

– Mec, j'avais imprimé des tee-shirts.

– Personne t'empêche de les porter, répondit Matt.

Denny eut du mal à ne pas rire, et je ne pus m'empêcher de sourire.

– Vous êtes frères ?

Griffin me regarda d'un air horrifié.

– Certainement pas !

Surprise, je les dévisageai tour à tour. On aurait vraiment dit des jumeaux.

– Désolée, c'est juste que vous vous ressemblez vraiment beaucoup…

– On est cousins, expliqua Matt. Nos pères sont jumeaux, c'est pour ça qu'on se ressemble autant… malheureusement.

– Malheureusement pour toi, car c'est moi le plus beau.

Le reste du groupe rit tandis que Matt levait les yeux au ciel. Soudain, Kellan leva deux doigts en l'air et releva le menton,

1. Version abrégée (et donc politiquement correcte) du mot *douche bags*, qui signifie « connards ».

avant de nous désigner Denny et moi du bout de ses deux doigts. Je suivis son regard pour voir à qui il s'adressait. La femme d'un certain âge qui tenait le bar, à l'autre bout de la salle, lui sourit et parut comprendre exactement ce qu'il voulait lui dire, car elle tendit deux bières à une serveuse en faisant un geste dans notre direction.

Je me tournai vers Kellan mais il était déjà en train de parler avec Denny de son nouveau job. J'avais entendu l'histoire un million de fois, alors je décidai d'observer l'endroit où on était.

Le bar était chaleureux et confortable, avec un plancher en chêne patiné par des années de bons et loyaux services. Les murs rouge et crème étaient en grande partie recouverts de publicités pour différentes marques de bières. Des dizaines de tables de tailles et de styles différents occupaient la salle, à l'exception d'une zone d'environ cinq mètres qui se trouvait sur le devant de la scène.

Le mur du fond derrière la scène était peint en noir et recouvert de plusieurs guitares. D'énormes haut-parleurs se trouvaient de chaque côté et les lumières qui surplombaient la scène étaient éteintes. Les micros, les guitares et la batterie étaient dans l'obscurité, attendant patiemment l'arrivée de leurs propriétaires.

Je regardai de l'autre côté de la pièce. Un des murs était occupé par le bar, dont les rayons débordant de tous les alcools possibles et imaginables se reflétaient dans le miroir collé au mur derrière le comptoir. La barmaid était occupée à servir des verres à la masse de clients qui commençait à envahir l'endroit. De grandes fenêtres laissaient entrer la lumière de plusieurs néons installés dehors devant le bar.

Une serveuse blonde s'approcha et nous donna nos bières. On la remercia et Kellan lui adressa un sourire qui m'agaça prodigieusement. Mais la serveuse se contenta de lui rendre poliment son sourire. Je sirotai ma bière sans la quitter des yeux, jusqu'à ce qu'elle franchisse les portes battantes qui séparaient le bar du reste de la salle. Je pus voir des éléments en acier et distinguer le cliquetis des couverts et des casseroles. À côté des portes, un couloir voûté conduisait à une grande salle avec deux tables de billard. Mon regard glissa le long du reste du mur et je distinguai un autre couloir près de la scène avec des signes indiquant la direction des toilettes.

Puis mon regard s'arrêta sur les deux filles qui avaient observé le groupe un peu plus tôt. À présent, on leur bloquait en partie la vue, Denny et moi, et celle qui avait jeté son dévolu sur Kellan était visiblement loin d'être enchantée que je sois assise à côté de lui. Elle avait même l'air carrément furax et je lui tournai le dos, bien décidée à l'ignorer.

Un instant plus tard, je sentis quelqu'un arriver derrière moi, et je me crispai involontairement en regardant par-dessus mon épaule. Cette fille n'allait quand même pas venir me faire une scène ? Je soupirai de soulagement en voyant qu'il s'agissait d'un homme d'un certain âge, vêtu d'un pantalon kaki et d'une chemise à col rouge sur laquelle figurait le nom du bar, sur la poche. À en juger par ses cheveux grisonnants et ses rides, il devait avoir une bonne cinquantaine d'années, et il avait l'air en pétard.

– Vous êtes prêts, les gars ? Sur scène dans cinq minutes, dit-il en soupirant bruyamment.

– Ça va, Pete ? lui demanda Kellan en fronçant légèrement les sourcils.

C'était donc lui le propriétaire du bar.

– Pas vraiment. Je viens d'avoir Tracy au téléphone, elle démissionne. J'ai dû demander à Kate de rester après son service pour pouvoir assurer la soirée.

Il adressa à Kellan un regard chargé de colère qui m'interpella. Je me souvins soudain que Joey, l'ex-colocataire, était partie du jour au lendemain à cause de lui. Peut-être qu'il avait aussi quelque chose à voir avec le départ de Tracy ? Kellan lança un regard assassin à Griffin, qui but une longue gorgée de bière d'un air penaud.

– Désolé, Pete, marmonna-t-il enfin.

Pete soupira et secoua la tête. Ça faisait sans doute simplement partie des désagréments dont il avait l'habitude quand le groupe était dans les parages, mais j'eus quand même de la peine pour lui.

– J'étais serveuse avant, j'ai besoin d'un boulot et travailler le soir collerait très bien avec mes horaires à la fac.

Je n'en revenais pas de ma propre audace. Pete m'observa avec curiosité puis ramena son regard sur Kellan. Celui-ci sourit puis nous désigna du goulot de sa bouteille de bière.

– Pete, je te présente mes colocataires, Denny et Kiera.

Pete hocha la tête et m'examina attentivement.

– Tu as vingt et un ans ?

– Depuis mai dernier, répondis-je en souriant nerveusement.

Je me demandai ce qu'il aurait fait si j'avais dit non, sachant que j'avais une bière à la main. Il hocha la tête à nouveau.

– J'ai besoin de quelqu'un en urgence. Tu peux commencer lundi à dix-huit heures ?

Je regardai Denny : peut-être que j'aurais mieux fait de le consulter d'abord ? Entre son stage et mes cours, les soirées allaient être nos seuls moments à deux. Mais il me souriait, et il répondit à mon haussement de sourcils interrogateur en hochant la tête imperceptiblement.

– Bien sûr. Merci beaucoup, répondis-je à Pete d'une voix presque inaudible.

Et c'est comme ça que moins d'une journée après notre arrivée à Seattle, je trouvai du boulot.

3

Nouveau boulot

Finalement, je ne regrettais pas d'être venue assister au concert, le groupe était vraiment bon et Kellan était incroyable. J'étais étonnée qu'il n'ait pas encore été repéré par une maison de disques, car il avait tout de la star susceptible de rapporter des fortunes : jeune, talentueux et super sexy. En plus, le groupe comptait déjà de nombreux fans : le concert avait à peine commencé et la piste était déjà noire de monde.

Denny m'amena sur le côté pour avoir un peu plus de place pour danser. La chanson était très entraînante et il me fit tourner sur moi-même avant de m'attirer contre lui. Je ris et me pendis à son cou, puis ris encore plus fort lorsqu'il me fit basculer en arrière. La plupart des morceaux des D-Bags étaient rapides, mais Denny et moi étions si à l'aise l'un avec l'autre qu'on n'avait aucun mal à danser ensemble.

De temps en temps, je jetais un coup d'œil vers la scène : Kellan suivait le rythme de la musique en ondulant doucement, un sourire séducteur perpétuellement inscrit sur son visage. Il était captivant et je me surpris à le regarder de plus en plus souvent à mesure que la soirée avançait. À un moment, je vis Griffin fusiller

Matt du regard, mais ce dernier parvint, sans même louper une note ni le regarder, à lui faire un doigt d'honneur, ce qui nous fit rire. Griffin leva les yeux au ciel, secoua la tête et rit aussi. Si Kellan remarqua la scène, ce dont je doutais, il l'ignora, les yeux fixés sur le public en adoration devant lui.

Pour certains morceaux, il accompagnait Matt à la guitare. La sienne n'était pas électrique mais acoustique, et leurs sonorités s'accordaient à la perfection. Il entama l'intro d'une chanson plus lente en solo, et je fus obligée de constater qu'il était un excellent guitariste, probablement aussi bon que Matt. Sur le devant de la piste, la plupart des gens continuaient à danser en dépit du rythme qui s'était ralenti, mais plusieurs couples autour de nous s'étaient ajustés au tempo.

Denny m'attira contre lui et enroula ses bras autour de ma taille pour me serrer contre lui. Je passai mes doigts dans ses cheveux et l'embrassai doucement. À mesure que la chanson avançait, je me serrai plus fort contre lui et inhalai son parfum délicieux et familier à la fois. En regardant par-dessus son épaule, je vis que Kellan me souriait pendant une pause entre deux couplets et je lui souris en retour. Puis il me fit un clin d'œil qui me surprit et mon air étonné le fit rire.

Ils entamèrent un nouveau morceau plus rapide et de nombreux couples se remirent à danser en mesure, mais on resta collés l'un à l'autre avec Denny, trop occupés à nous sourire et à nous embrasser. À la fin de la chanson, la voix de Kellan couvrit le brouhaha de la foule, pas pour chanter cette fois mais pour parler.

– Merci à tous d'être venus ce soir.

Il marqua une pause, le temps de laisser les cris et les sifflets diminuer d'intensité, puis il sourit d'un air charmeur et pointa un doigt en l'air.

– J'aimerais vous présenter mes nouveaux colocataires.

Son doigt était désormais pointé sur Denny et moi. J'eus envie de me sauver en courant mais Denny ne bougea pas d'un pouce, ses bras toujours autour de ma taille. Je me mordis nerveusement les lèvres et regrettai amèrement d'être restée jusqu'à la fin du concert. Denny rit et m'embrassa sur la joue, puis Kellan reprit la parole.

– Et vous serez ravis de savoir qu'à partir de lundi soir, Kiera fera partie de la petite famille du Pete's.

La foule laissa échapper une nouvelle salve de cris, sans que je comprenne pourquoi. Je rougis et regardai Kellan, en priant mentalement pour qu'il se taise, sans succès.

– Vous avez intérêt à être gentils avec elle.

Il se tourna vers le membre du groupe derrière lui qui me souriait avec indécence.

– Surtout toi, Griffin.

Puis il souhaita bonne soirée au public, qui lui répondit par un nouveau concert de cris, et il s'assit au bord de la scène. Maintenant que je n'étais plus le centre d'attention, j'étais un peu plus détendue et j'envisageai d'aller le voir pour le féliciter, mais apparemment, c'était inutile : en une seconde, au moins cinq filles vinrent se masser autour de lui. L'une lui avait apporté une bière, une autre lui passa la main dans les cheveux et une autre s'installa confortablement sur ses genoux, et je suis presque sûre qu'elle l'embrassa dans le cou. Il pouvait se passer de mes encouragements pour le moment. Je lui dirais un ou deux mots gentils plus tard.

On partit peu après la fin du concert, et on était si fatigués qu'on dut presque se traîner jusqu'au lit. Je ne sais pas à quelle heure Kellan rentra, mais ce qui était sûr, c'est que c'était bien plus tard que nous. Je fus donc étonnée de le trouver dans la cuisine le lendemain matin, habillé et en train de boire son café et lire le journal. Il était si parfait qu'il me mit en rogne.

– Bonjour, dit-il avec un peu trop d'enthousiasme.

– Salut, répondis-je avec mauvaise humeur.

Non seulement il était talentueux et séduisant, mais en plus il faisait partie de ces gens qui rayonnaient même après seulement quelques heures de sommeil. J'attrapai une tasse et me servis du café pendant qu'il finissait sa lecture. J'entendis de l'eau couler à l'étage et en déduisis que Denny s'apprêtait à prendre une douche. Je finis de préparer mon café et allai m'asseoir en face de lui, complexée par mon pantalon de pyjama et mon débardeur et irritée par sa perfection. Pourquoi fallait-il qu'il ait tout pour lui ? C'était vraiment injuste. Mais je me remémorai la conversation avec Denny à propos de Kellan et de son père, et je me radoucis immédiatement. Il n'avait pas toujours eu la vie facile.

– Alors, tu en as pensé quoi ? demanda-t-il en souriant, comme s'il connaissait déjà la réponse.

Je voulus froncer les sourcils pour lui faire croire que j'avais trouvé ça nul mais j'en fus incapable.

– Je vous ai trouvés top. Vraiment, c'était génial.

Il sourit, hocha la tête et but une gorgée de café. Il n'en attendait pas moins, apparemment.

– Merci. Je dirai aux autres que ça t'a plu. Et sinon… c'était moins indécent ? demanda-t-il en me regardant en coin.

Je rougis en me remémorant notre conversation de la veille, puis je repassai le concert dans ma tête. Je me rendis alors compte qu'il avait vraiment fait un effort sur ce point. Il avait été charmeur et séducteur, mais de manière moins… évidente. Je lui souris.

– C'était beaucoup mieux… Merci.

Le fait qu'il ait prêté attention à ce que j'avais dit me fit plaisir, même si ma critique avait frisé l'impolitesse. On était en train de boire notre café en silence depuis quelques minutes lorsque, soudain, un passage de la conversation de la veille me revint en mémoire, et les mots sortirent de ma bouche avant que je puisse les arrêter.

– Joey était la fille qui habitait ici avant nous ?

Qu'est-ce qui n'allait pas bien chez moi ? Il allait vraiment falloir que je fasse un effort pour arrêter de faire ça.

– Oui. Elle était déjà partie depuis un petit moment quand Denny a appelé pour la chambre.

Il avait un drôle de regard qui piqua ma curiosité au vif.

– Elle a laissé pas mal de trucs. Elle va revenir les chercher ?

Il baissa les yeux un instant puis les releva vers moi.

– Non. Je suis presque sûr qu'elle a quitté la ville.

Une fois de plus, ma surprise l'emporta sur la discrétion.

– Il s'est passé quoi ?

Je n'avais pas eu la moindre intention de lui poser cette question au départ, et je m'attendis à ce qu'il refuse de me répondre. Il réfléchit, comme si lui aussi se la posait.

– Un malentendu, finit-il par répondre.

Je m'ordonnai fermement de laisser tomber et me concentrai sur mon café. Les indiscrétions, c'était fini. Tout ça ne me regardait pas et je ne voulais pas le froisser. D'autant que ça n'avait aucune importance : la situation de cette fille n'avait rien à voir avec la nôtre. J'espérais juste qu'elle accepterait de nous laisser le lit si jamais elle revenait chercher ses affaires, car il était vraiment confortable.

Je passai le reste du dimanche à me reposer avec Denny, puis il commença à se préparer pour sa première journée de travail le lendemain. Il allait être payé une misère et on était vraiment soulagés que j'aie déjà trouvé du travail. Je remerciai Kellan de m'avoir présentée à Pete et remerciai mentalement Griffin de ne pas avoir su garder sa braguette fermée. J'étais quand même un peu anxieuse, car je n'avais jamais travaillé dans un vrai bar auparavant, mais Denny et Kellan passèrent deux heures à me poser des questions sur ce que contenait telle ou telle boisson pour me tester. Je refusai de jouer au début, car mes connaissances étaient plutôt limitées. En plus, je n'aurais qu'à répéter les commandes, car préparer les boissons était le rôle de la barmaid. Mais après quelques devinettes sur des boissons aux noms déplacés inventées par Kellan, j'avais fini par bien m'amuser.

Dans la soirée, Denny aussi commença à se sentir nerveux. Il sélectionna trois tenues différentes, consulta tous ses livres d'école, rangea son attaché-case quatre fois et finit par s'asseoir sur le canapé, ses doigts tapotant nerveusement l'accoudoir. Un peu plus tard, Kellan s'absenta pour aller retrouver le groupe. Apparemment, ils répétaient tous les jours, voilà pourquoi ils étaient si à l'aise avant chaque concert. Je sautai sur l'occasion de me retrouver seule avec Denny pour faire tout ce qui était en mon pouvoir pour l'aider à se détendre…

Le lundi matin arriva encore plus vite que prévu. Je descendis à la cuisine pendant que Denny se préparait. Kellan était à sa place habituelle, en train de boire son café et de lire le journal. J'éclatai de rire en voyant son tee-shirt noir avec l'inscription « Douche Bags » en gros caractères sur le devant. Il comprit immédiatement la raison de mon rire et sourit.

– Ça te plaît ? Je peux t'en avoir un, dit-il en me faisant un clin d'œil. Je connais du monde.

Je souris et il se replongea dans sa lecture. Denny ne tarda pas à nous rejoindre, super élégant dans sa chemise bleu pâle et son pantalon noir. Il pointa le tee-shirt du doigt.

– Sympa… Tu pourrais m'en avoir un ?

Kellan rit en hochant la tête, et Denny me prit dans ses bras. Il m'embrassa sur la joue, et je fronçai les sourcils.

– Quoi ? demanda-t-il en vérifiant sa tenue.

Je lissai le devant de sa chemise et lui caressai la joue.

– Tu es beaucoup trop sexy. Je suis sûre qu'une blonde en talons aiguilles va essayer de te mettre le grappin dessus.

– Ce que tu peux être bête, répondit-il en souriant.

– Non, elle a raison, dit Kellan en secouant la tête d'un air sérieusement contrarié. Tu es vraiment canon.

Je levai les yeux au ciel et embrassai longuement Denny avant de lui souhaiter une bonne journée. Kellan s'approcha à son tour et l'embrassa sur la joue. Denny éclata de rire puis se dirigea vers la porte d'entrée.

Je n'avais pas grand-chose à faire de la journée étant donné que mes cours ne commençaient que dans deux mois et demi. Je rappelai ma mère et lui dis à quel point tout le monde me manquait. Naturellement, elle offrit immédiatement de me payer un billet d'avion pour rentrer. Je la rassurai en lui expliquant que même si j'avais le mal de pays, tout allait très bien et que j'avais même trouvé un travail. Après d'interminables soupirs, elle me souhaita bon courage et me dit qu'elle m'aimait, et je lui dis d'embrasser mon père et Anna de ma part.

Je passai le reste de la journée à regarder la télé et à observer Kellan écrire les paroles d'une nouvelle chanson. Il avait l'air de passer son temps à prendre des notes, des accords ou des pensées, puis à les retourner dans tous les sens en mâchouillant le bout de son stylo. Il me demanda mon avis à plusieurs reprises et j'essayai de lui donner une réponse aussi pertinente que possible, même si la musique était loin d'être mon fort. C'était fascinant de le regarder travailler, et je ne vis pas le temps passer jusqu'au moment où je dus me préparer pour prendre mon service.

Je pris une douche, me maquillai et ramenai mes cheveux en queue de cheval. Je soupirai en me regardant dans la glace : pas génial, mais j'étais présentable. Je retournai au rez-de-chaussée et attrapai ma veste accrochée dans l'entrée.

– Kellan ?

– Ouais ? répondit-il du salon, où il regardait la télé.

– Il y a un arrêt de bus dans le coin ?

On n'avait qu'une voiture, et comme Denny n'était pas encore rentré, je voulais partir tôt car je ne savais pas combien de temps allait me prendre le trajet en bus.

– Plus ou moins… mais je peux te déposer si tu veux.

– C'est gentil mais je veux pas te déranger.

Je ne voulais vraiment pas être un fardeau pour lui.

– Tu me déranges pas. J'en profiterai pour boire une bière et discuter avec Sam. Et puis comme ça, je serai ton premier client, ajouta-t-il avec un demi-sourire plein de charme.

Génial… Pourvu que je ne renverse pas sa bière, au moins.

– D'accord. Merci.

Je pris place à côté de lui dans le canapé pour regarder la télé, puisque j'avais encore du temps devant moi, finalement.

– Tiens, choisis, si tu veux, dit-il en me tendant la télécommande.

– Oh, merci.

Rien ne l'y obligeait et je trouvai ça gentil. Je zappai d'une chaîne à l'autre et m'arrêtai sur HBO.

– Tu as le câble ?

Le câble coûtait une fortune, alors qu'en même temps la télé n'avait pas l'air de le fasciner plus que ça. Il accueillit ma question avec un sourire malicieux.

– C'est pour Griffin. Il aime avoir toutes les chaînes quand il vient ici. Il connaît une fille qui travaille pour le câble, alors je paye un peu moins cher.

Je me demandais ce que Griffin pouvait bien avoir envie de regarder quand il venait ici, lorsque je finis par remarquer ce que la télé diffusait en ce moment même : un film érotique. L'homme était un vampire et il mordait passionnément le cou de la femme, ce qui donnait lieu à de grandes effusions de sang, sans parler des bruits de succion plus que suggestifs. Je devins écarlate, revins sur le programme précédent et rendis la télécommande à Kellan. Il rit et je fis en sorte d'ignorer son regard moqueur. Un peu plus tard, il éteignit la télé et se tourna vers moi.

– Tu es prête ?

– Prête, dis-je en essayant de sourire.

– T'en fais pas, je suis sûr que ça va bien se passer.

On attrapa nos manteaux et on se dirigea vers la porte. Denny m'avait vraiment manqué pendant la journée et j'avais escompté qu'il serait rentré à temps pour m'emmener, mais il était sans doute encore au bureau. J'espérais que sa première journée s'était bien passée.

Je souris en voyant la voiture de Kellan, c'était une vieille voiture des années soixante, une Chevrolet Chevelle Malibu, à en juger par le logo. Elle était noire et chromée, et surtout, elle était à l'image de son propriétaire : incroyablement sexy.

L'habitacle était très grand, avec des banquettes en cuir noir à l'avant et à l'arrière, et je dus m'empêcher de rire en remarquant le lecteur de cassette hors d'âge. À part la télé du salon, on ne pouvait pas dire que Kellan était très au fait de ce qui se faisait en matière de technologie. Cela dit, moi non plus : je n'avais même pas de portable, et Denny non plus. Débordant de fierté, Kellan sourit en prenant place au volant. Pourquoi est-ce que les mecs sont si attachés à leur voiture ?

On fit le trajet en silence, et je ne tardai pas à avoir des nœuds dans l'estomac. Le premier jour d'un nouveau travail me rendait toujours malade. Je regardai par la fenêtre et décidai de compter les lampadaires pour me distraire. À notre arrivée (juste après le vingt-cinquième), je réalisai soudain que je n'avais pas la moindre idée de ce que je devais faire ni de là où je devais aller. Heureusement, la jolie blonde qui nous avait apporté des bières la fois d'avant vint vers moi : elle s'appelait Jenny et me dit de la suivre après avoir fait un signe de la main à Kellan. Le second couloir que j'avais remarqué la veille menait à une arrière-salle en face des toilettes. Celle-ci servait de réserve et contenait de nombreux cartons d'alcools, de bières, de serviettes en papier, de sel, de poivre et de tout ce qu'on pouvait trouver dans un bar. Quelques tables supplémentaires étaient amassées contre un mur à côté de plusieurs piles de chaises, et un autre mur était recouvert de casiers réservés aux employés.

Jenny attrapa une chemise pour moi dans un carton, me montra mon casier et m'expliqua comment pointer, puis j'allai me changer dans les toilettes. Une fois en uniforme, je me sentis tout de suite mieux : le fait de ressembler aux autres personnes qui travaillaient ici me rassurait.

Lorsque j'avais dit à Pete que j'avais déjà travaillé comme serveuse, j'avais un tout petit peu exagéré : en réalité, j'avais juste remplacé ma sœur pendant un été tandis qu'elle avait décidé de partir « se découvrir », peu importe ce qu'elle entendait par là. Sauf que le café-restaurant où elle travaillait à l'époque accueillait deux fois moins de clients que Pete un soir de semaine, et j'étais terrifiée.

En arrivant dans la salle, je remarquai que Kellan était adossé au bar en train de boire une bière, pendant que la barmaid était penchée sur le comptoir et lui lançait des regards de braise. Elle avait retouché sa chemise de telle manière que celle-ci lui faisait un décolleté absolument indécent. Mais Kellan l'ignorait royalement, et il sourit en me voyant avancer vers lui. Je fronçai les sourcils en regardant sa bière.

– Désolé, Rita a été plus rapide, dit-il en souriant. La prochaine fois.

Rita, la fameuse barmaid, était une femme d'âge moyen aux cheveux d'une blondeur vraiment pas naturelle. Sa peau avait été si exposée aux rayons UV qu'elle avait l'air tanné comme du cuir. Elle avait sans doute été séduisante à une époque, mais le temps ne lui avait pas fait de cadeaux. C'était pourtant évident qu'elle se croyait encore irrésistible, et elle flirtait outrageusement avec les clients. Comme je n'allais pas tarder à l'apprendre, elle adorait son travail, et surtout colporter les ragots que lui racontaient les habitués. Je rougis plusieurs fois pendant mon service tandis qu'elle me rapportait certaines histoires et je me fis la promesse de ne jamais faire confiance à une barmaid. Surtout pas celle-là.

Pendant la soirée, je restai derrière Jenny pendant qu'elle prenait les commandes des clients, mais j'avais un peu de mal à suivre. La plupart des gens qui venaient ici étaient des habitués, et quand elle s'approchait d'une table, elle ne disait souvent rien d'autre que « Comme d'habitude ? », ce à quoi les clients répondaient par un hochement de tête. Puis elle leur souriait et allait au bar ou à la cuisine relayer une commande que je n'avais pas entendue. Je trouvais ça très intimidant, et elle finit par remarquer mon inquiétude.

– T'inquiète pas, ça va venir. C'est facile en semaine, les habitués sont gentils, tu verras. Enfin, presque tous, corrigea-t-elle en fronçant les sourcils. Et pour les autres, je t'aiderai.

Elle me sourit chaleureusement et je me sentis rassurée. Son allure s'accordait parfaitement à sa personnalité : elle était jolie comme un cœur. Menue, avec des longs cheveux blonds soyeux, des yeux bleu clair et juste assez de courbes pour susciter de nombreux regards d'approbation de la part des clients. Elle était aussi d'une grande gentillesse et j'eus immédiatement l'impression qu'on allait bien s'entendre.

Plus tard dans la soirée, Kellan s'approcha de moi et me donna un pourboire pour une boisson que je ne lui avais jamais servie.

– J'ai un concert dans un autre bar, expliqua-t-il en souriant. Je dois rejoindre les autres pour leur filer un coup de main avec le matériel.

– D'accord. Merci beaucoup de m'avoir déposée.

Je l'embrassai sur la joue sous le regard interrogateur de Rita, et mon propre geste me mit mal à l'aise. Kellan baissa les yeux, sourit et bafouilla qu'il n'y avait pas de quoi. Puis il me souhaita bon courage et partit. Peu après son départ, Denny passa au bar pour voir comment je me débrouillais. Il me serra longuement dans ses bras et m'embrassa, pour le plus grand plaisir de Rita qui le regarda avec un air charmeur qui ne me plut pas du tout. Il ne resta que quelques minutes, car il voulait commencer à travailler sur un projet le soir même. Il était fou de joie après son premier jour, et son enthousiasme était communicatif. Longtemps après sa visite, j'avais encore un immense sourire accroché au visage.

Lorsque je ne suivais pas Jenny à la trace, je devais faire le ménage. Je passai donc une grande partie de la soirée à essuyer des tables et à laver des verres. Lorsque le rythme commença à ralentir, en fin de soirée, Pete me donna un pot de peinture grise et un petit pinceau et me planta là en m'ordonnant d'aller nettoyer les graffiti dans les toilettes. Rita ne manqua pas de m'ordonner de lui rapporter toute inscription indécente et je soupirai tandis que Jenny souriait en me souhaitant bonne chance.

Je n'avais pas vraiment envie d'aller dans les toilettes des hommes et décidai de commencer par celles des femmes, en espérant qu'elles seraient dans un état un peu plus respectable. Il y avait trois cabines et je soupirai une fois de plus en regrettant que Pete ne m'ait pas donné une gomme magique : toutes avaient des inscriptions à l'intérieur et à l'extérieur. J'allais en avoir pour un moment.

Certains graffiti étaient plutôt innocents : *Chris je t'aime, A.M + T.L, Je hais la vodka, Rentre chez toi tu es soûle* (celui-ci me fit rire). Mais beaucoup d'autres étaient loin d'être aussi candides : *Je suis chaude, J'ai envie de sexe, Mon mec est un super coup*, sans compter toute une collection d'insultes diverses et variées. Certains tags parlaient des personnes que je connaissais : *Sam m'excite, Jenny je t'aime* (je me demandais qui pouvait bien avoir écrit ça, étant donné qu'on était dans les toilettes des filles), *Rita est une raclure* (je ris en me demandant si c'était le genre de ragots qu'elle voulait que je lui rapporte). Mais surtout, une grande partie des inscriptions portaient sur les quatre membres du groupe. C'était logique, vu la fréquence à laquelle ils jouaient ici… et vu leur sex-appeal.

Les messages les plus explicites concernaient Griffin, et je ne les lus même pas en entier. Je recouvris aussi vite que possible les mots qui expliquaient crûment ce qu'elles lui avaient fait, ou ce qu'elles voulaient qu'il leur fasse. Il y avait même un dessin si vulgaire que je me demandais combien de temps je mettrais à le faire sortir de mon esprit. J'allais sûrement être cramoisie la prochaine fois que je verrais Griffin, et ça ne manquerait pas de l'enchanter. Pour Matt et Evan, c'était plus subtil. Les filles semblaient en adoration devant Evan (*Evan je t'aime, Evan épouse-moi, Evan je te veux*) et ceux pour Matt étaient tout aussi élogieux (*Tu es trop sexy, Avec toi c'est quand tu veux, Tu me fais vibrer*).

Mais naturellement, la majorité des graffiti s'adressait à Kellan. Certains messages étaient mignons, comme *Kellan je t'aime, Kellan pour toujours, La future madame Kyle*, tandis que d'autres étaient… beaucoup moins mignons. Kellan avait vu juste quand il m'avait dit que le « public » était réceptif à son côté sexuel. Les mots étaient plus crus les uns que les autres, presque autant que ceux qui décrivaient Griffin. Qu'ils soient ou non un reflet de la réalité, les messages détaillant les expériences de certaines d'entre elles avec lui étaient de loin les plus explicites : *Kellan m'a léché la…* (je passai un coup de pinceau sur la fin de la phrase), *J'ai sucé la… de Kellan* (sérieusement ?), *Pour passer un bon moment, appelez-le* (j'écarquillai les yeux : c'était vraiment le numéro de téléphone de la maison), *Kellan a mis sa…*

Écœurée, je ne pris pas la peine de lire la fin de celui-ci. J'avais déjà des images horribles de Griffin dans la tête, ce n'était pas pour en rajouter une couche avec mon colocataire. Je finis enfin de repeindre les toilettes des filles et me dirigeai vers celles des hommes sans plus me faire de souci : je savais que je n'allais rien trouver d'aussi choquant que ce que j'avais lu chez les filles.

Jenny offrit gentiment de me ramener à la maison après le travail. En dépit de mes efforts pour ne pas faire de bruit, Denny se réveilla. Il écouta patiemment les anecdotes de ma première soirée puis me parla de son nouveau travail pendant au moins une heure. Il avait l'air d'être sur un petit nuage et j'étais folle de joie pour lui.

Une agréable routine ne tarda pas à s'installer à la maison. Kellan était presque toujours le premier levé, et il y avait presque toujours du café chaud quand j'arrivais dans la cuisine. On avait pris l'habitude de papoter pendant que Denny se douchait et se préparait. Il insistait sur le fait que je n'avais pas besoin de me lever en même temps que lui vu l'heure à laquelle je rentrais du bar, mais j'adorais le voir partir travailler le matin. Il avait toujours ce grand sourire quand il allait à l'agence, et il avait l'air de s'y amuser comme un petit fou. J'avais beaucoup de temps libre, et même si l'idée de reprendre les cours dans deux mois me rendait un peu nerveuse, ça commençait à me manquer. Car pour le moment, je ne faisais pas grand-chose à part traîner et faire la sieste.

Kellan ne donnait pas l'impression de travailler en dehors de son activité avec le groupe. Il s'absentait souvent quelques heures dans l'après-midi ou en début de soirée pour répéter. Ils jouaient dans d'autres petits bars pendant la semaine et chez Pete tous les vendredis et presque tous les samedis. Il allait parfois courir dans la journée, et il me proposa de l'accompagner une fois ou deux mais je ne me sentais pas assez à l'aise pour accepter. Le reste du temps, il se reposait, lisait, écrivait, chantait ou jouait de la guitare. Il lavait son linge régulièrement, se faisait à manger et était plutôt ordonné, à l'exception du bazar dans sa chambre. En résumé, il était plutôt facile à vivre.

Je trouvai moi aussi mon rythme au bar et ne tardai pas à développer mes aptitudes de serveuse. La première semaine, Denny était passé tous les soirs après son travail pour que je « m'entraîne » sur lui. Il commandait plein de choses en essayant de rendre sa commande aussi compliquée que possible pour voir si je m'en souvenais. Son petit jeu me faisait rire, mais il s'avéra très utile : le troisième soir, je lui amenai enfin le plat qu'il avait demandé. Il était temps, car les gars en cuisine n'avaient pas l'air de trouver ça marrant.

J'étais étonnée de voir la fréquence à laquelle Kellan et son groupe venaient au bar pendant la semaine. Ils venaient après leur répèt' ou avant chaque concert, c'est-à-dire presque tous les soirs, et ils occupaient toujours la même table, qui était dans ma section. Je ne pense pas que ça les aurait dérangés si quelqu'un d'autre s'était assis là, mais tout le monde ici avait l'air de savoir que c'était leur table, et quand ils arrivaient, elle était toujours libre. Si les soirs de semaine étaient bien remplis, c'était le week-end que les groupies étaient vraiment en folie. Le reste du temps, même si les filles ne se gênaient pas pour regarder Kellan, les clients étaient généralement des habitués qui laissaient le groupe tranquille.

Pour mon deuxième soir, ils étaient venus tous ensemble, et j'avais dû serrer les dents pour trouver le courage de les approcher. En groupe, ils étaient bien trop intimidants, sans parler des éloges lus dans les toilettes qui étaient encore frais dans ma tête. Comme prévu, j'avais rougi comme une pivoine en voyant Griffin, ce qui l'avait ravi. Mais par chance, Denny était venu avec eux ce soir-là, ce qui avait rendu les choses bien plus faciles.

Puis, le lundi suivant, après un week-end de folie passé à servir les foules que les garçons avaient attirées le vendredi et le samedi soir, je finis enfin par me sentir plus à l'aise avec eux. Malheureusement, à ce stade, ils avaient eux-mêmes pris leurs aises avec moi et semblaient tous prendre un malin plaisir à me taquiner, à part Evan, qui était vraiment adorable.

Je levai les yeux au ciel en les voyant entrer. *Et c'est reparti.* Evan vint au bar en premier pour me serrer dans ses bras comme s'il voulait m'étouffer. Matt et Griffin avaient l'air d'être au milieu d'une énième dispute, mais ça n'empêcha pas Griffin de me donner une tape sur les fesses au passage. Je soupirai et jetai un regard à Sam, qui ne leur accordait pas la moindre attention. N'importe qui d'autre faisant ça aurait été fichu dehors à coups de pied aux fesses, mais apparemment, ces quatre-là étaient intouchables.

Kellan entra en dernier, aussi parfait que d'habitude. Il avait sa guitare en bandoulière, signe qu'il travaillait sur de nouveaux morceaux. Il hocha la tête dans ma direction avec un adorable petit sourire avant d'aller s'asseoir.

– Comme d'habitude ? demandai-je en essayant d'afficher la même assurance que Jenny.

– Oui, merci Kiera, répondit Evan poliment.

Griffin, lui, ne fit pas autant de manières.

– Ben évidemment, ma jolie, dit-il avec un air lubrique.

Il savait à quel point cet aspect de sa personnalité me tapait sur les nerfs, et il ne se privait pas d'en jouer dès que j'étais dans les parages. Je l'ignorai autant que possible et fis en sorte de conserver une expression neutre. Mais apparemment, je ne m'appliquai pas suffisamment car il remarqua mon agacement.

– Tu es si douce, Kiera. Une vraie écolière innocente.

Il secoua la tête, visiblement aux anges.

– Je voudrais juste… te déniaiser, c'est tout.

Il me fit un clin d'œil et je blêmis, sans voix. Kellan rit doucement et Matt renifla.

– Mec, elle est avec Denny depuis des lustres, alors je pense que tu as raté ta chance sur ce coup-là.

J'étais bouche bée et mortifiée de les entendre parler comme ça. Est-ce qu'ils étaient vraiment en train d'évoquer ma virginité devant moi ? J'étais tellement choquée que j'étais clouée sur place. Griffin se tourna vers Matt.

– Dommage, j'aurais pu lui faire découvrir le monde.

Evan et Kellan se moquèrent de lui tandis que Matt peinait à contenir son propre rire.

– Depuis quand tu fais découvrir quoi que ce soit à qui que ce soit ?

Griffin les fusilla du regard.

– Qu'est-ce que vous en savez ? Je dois être un sacré bon coup car aucune s'est jamais plainte.

– Aucune en a jamais redemandé non plus, rétorqua Kellan.

– Va te faire foutre, mec. Je vais même te le prouver tout de suite. Amène-moi une fille.

Il balaya la salle du regard à la recherche d'une volontaire. Puis finit par poser son regard sur moi. Je pâlis et reculai.

– Non ! crièrent-ils tous à l'unisson.

Ils tendirent tous les mains vers lui, comme s'ils s'apprêtaient à le maîtriser physiquement. C'était sûrement le bon moment pour moi de battre en retraite. Je commençai à glisser entre leur table et une table voisine, mais les yeux de Griffin étaient encore posés sur moi. Il affichait un grand sourire, comme s'il ignorait les rires autour de lui.

– Eh bien si t'es plus une petite fille innocente, tu dois pouvoir nous dire quelque chose de vulgaire.

Les rires des autres augmentèrent, et ses yeux pâles étincelaient tandis qu'il jouait avec la barre du piercing qu'il avait à la langue, une manie qui me dégoûtait. Je n'avais absolument pas envie de satisfaire sa demande ridicule et je fis la grimace avant de faire mine de m'éloigner.

– Je dois retourner travailler, Griffin.

– Allez, juste un petit juron. Tu jures jamais ?

Il tendit la main et m'attrapa par le bras alors que j'essayais de passer à côté de lui. Plus concentrée sur le fait de me dégager de son étreinte que sur la conversation, je répondis sans réfléchir.

– Si, Griffin, je jure, dis-je en soupirant.

– Vraiment ? On t'écoute, alors.

Je regrettai immédiatement ma réponse. La perspective de m'entendre parler aussi vulgairement que lui semblait le réjouir profondément. Evan baissa les yeux, visiblement embarrassé par l'attitude de son ami. Matt se laissa aller contre le dossier de sa chaise et Kellan l'imita en se passant la main dans les cheveux. Leurs regards curieux et insistants commençaient à me mettre sérieusement mal à l'aise.

– Merde, dis-je à Griffin.

Matt et Kellan rirent tandis que Griffin ramenait ses longs cheveux derrière ses oreilles en faisant la moue.

– Ouh, la vicieuse. Allez, un vrai gros mot, maintenant.

– C'est un vrai gros mot.

Je souhaitais juste retourner au bar mais j'avais l'impression d'être prisonnière. Kellan riait franchement de me voir aussi gênée, et je sentais ma colère contre lui monter en flèche.

– Admettons. Quelque chose d'un peu plus haut en couleur, alors. Qu'est-ce que tu dirais de… salope ?

Il croisa les bras, un sourire diabolique aux lèvres.

– T'es qu'un gamin, Griffin.

Je regardai Evan en le suppliant intérieurement de mettre fin à cette conversation, puisqu'il était le seul à part moi qui semblait la trouver déplacée, mais Griffin s'en aperçut.

– T'es incapable de le dire, pas vrai ?

– J'en ai pas besoin.

Le problème n'était pas que je ne disais jamais de gros mots. C'était juste que la plupart du temps, je les disais dans ma tête, ce qui les rendait bien moins insultants. Et dans tous les cas, il était hors de question que je fasse ça juste pour lui faire plaisir. Je voulais tourner les talons pour mettre fin à son jeu stupide, mais je savais que me voir battre en retraite l'enchanterait. Il se pencha sur la table et joignit les mains.

– Allez… N'importe quoi, je m'en fous. Je veux juste que tu dises un truc sale.

Je me tortillai sur place, mal à l'aise et toujours en quête d'un moyen de lui échapper. Je pouvais peut-être le gifler ? Il me laisserait sûrement tranquille après ça, mais je ne le connaissais pas assez bien pour savoir comment il réagirait face à un affront pareil, et je voulais à tout prix éviter de me le mettre à dos… ou au contraire de l'exciter en le frappant. C'est à ce moment-là que Kellan jugea bon d'intervenir.

– Elle m'a dit que j'étais sexuel, une fois.

Griffin éclata de rire si fort que je crus qu'il allait tomber de sa chaise. Quant à Kellan, il me regardait d'un air innocent avec les mains levées, dans une position qui semblait dire *ben quoi ?* Voyant enfin une occasion de me défiler maintenant que toute la table était pliée de rire, y compris Evan, je retournai au bar. Rita était déjà en train de préparer leur commande. Je me retournai pour jeter un coup d'œil en direction de la table : Griffin et Matt étaient encore pliés de rire, tandis qu'Evan me regardait d'un air contrit. Au moins, il se sentait coupable. Quant à Kellan, il avait attrapé sa guitare et gratouillait les cordes paresseusement en chantant à voix basse ce qui avait l'air d'une nouvelle chanson. De là où j'étais, je ne pouvais pas comprendre les paroles, mais la mélodie était plutôt jolie. D'instinct, je tendis mon corps vers eux pour mieux l'entendre.

– Je me fatiguerais pas, à ta place, dit Rita brusquement.

– Pardon ?

– Perds pas ton temps avec lui, répondit-elle en désignant Kellan.

Intriguée, j'en oubliai de lui dire que je voulais juste entendre la chanson et l'interrogeai à la place.

– Qu'est-ce que tu veux dire ?

Elle se pencha en avant avec un air de conspiratrice, ravie d'avoir une occasion de raconter une petite histoire.

– Il est séduisant à mort, c'est sûr, mais il te brisera le cœur. Il les prend et il les jette les unes après les autres.

– Oh…

Je n'étais qu'à moitié étonnée, après avoir vu la meute de groupies enragées qui se jetait sur lui à chaque concert et les commentaires dans les toilettes.

– C'est mon colocataire, rien de plus. Je voulais juste…

– Je ne sais pas comment tu fais, m'interrompit-elle.

Elle le regarda et se mordit la lèvre.

– Avoir ça à côté de moi jour et nuit, ça me rendrait dingue.

Elle posa deux bouteilles de bière sur le comptoir. La façon qu'elle avait de le regarder commençait à me taper sur les nerfs, sans parler de sa manière de l'appeler « ça » comme s'il s'agissait d'un bout de viande. Elle croyait qu'on jouait à quoi à la maison, franchement ?

– Je suppose que ça m'aide d'avoir un petit ami.

Mon ton était clairement sarcastique, mais elle n'eut pas l'air de le comprendre.

– Ma pauvre chérie, parce que tu crois que ça le gêne ? J'étais mariée et ça l'a pas dérangé.

Elle posa deux autres bières sur le comptoir en souriant.

– Ça valait le coup, cela dit, ajouta-t-elle avec un clin d'œil.

J'étais sciée. Elle avait au moins le double de son âge, et j'avais entendu dire qu'elle en était à son quatrième mariage. Visiblement, Kellan n'était pas trop regardant et je commençais à me dire qu'il couchait sûrement avec n'importe qui. Sauf que, bizarrement, je n'avais encore pas vu une seule fille à la maison.

– Eh bien moi, ça me dérange, finis-je par dire.

J'attrapai les bières et les apportai à la table des garçons. J'étais légèrement troublée, sans vraiment comprendre pourquoi.

4

Changements

Comme je l'avais prévu, Denny se distingua rapidement auprès de ses collègues. J'étais ravie, mais aussi frustrée par le peu de temps qu'on passait ensemble. J'avais commencé à prendre l'habitude de me coucher tard, et j'avais de plus en plus de mal à me lever en même temps que lui. Bientôt, il n'obtint plus qu'un bisou d'au revoir tandis que j'étais encore sous la couette. Il restait tard pour faire bonne impression et je le voyais très rarement avant de prendre mon service. On comprit rapidement que nos seuls moments à deux étaient les samedis et les dimanches après-midi et le soir ou deux de repos que j'avais en semaine.

Cependant, Denny faisait tout son possible pour passer du temps avec moi. Il venait souvent au bar en sortant du bureau et il restait parfois pour le dîner ou pour boire un verre avec Kellan et les garçons. On trouvait toujours un moment pour nous enlacer ou nous embrasser, ce qui déclenchait toujours des grognements exaspérés de la part des habitués. On nous avait même jeté une serviette en papier roulée en boule une fois, et j'étais certaine que c'était Griffin.

Juin passa à toute vitesse, et on arriva bientôt au mois de juillet. Denny devait travailler le 4 juillet, pendant que le reste du pays fêtait le jour de l'Indépendance. Ça m'avait un peu contrariée, car on avait prévu de passer la journée sur la plage préférée de Denny pour qu'il fasse le plein de mer et de soleil. Mais il avait réussi à me dérider en promettant de venir au bar le soir et de rester pendant tout mon service.

Je passai la majeure partie de la journée à bouquiner et à bronzer dans notre petite cour. Enfin, bronzer était un grand mot. Quand Denny bronzait, sa peau prenait une jolie couleur hâlée, ce qui n'était pas le cas pour moi : je devenais rose écarlate, puis je repassais au blanc fantomatique. Je m'étais donc enduite d'écran total afin d'éviter de ressembler à une écrevisse, puis j'avais enfilé un bikini pour profiter du soleil avec un bon livre. La chaleur chatouillait mes cuisses et le bas de mon dos. Je levai les yeux et aperçus une jolie libellule au bout d'un brin d'herbe, à quelques centimètres de mon visage. Sa tête et son abdomen étaient du même bleu turquoise que certains bijoux indiens que j'avais vus dans les bijouteries du coin. Au soleil, comme moi, elle semblait au paradis sur son petit perchoir. Au moins, je n'étais pas complètement seule ici.

Quand mon corps eut fini d'absorber son quota de vitamine D, je rentrai dans la maison et m'endormis presque instantanément dans le canapé. Je me réveillai une demi-heure avant mon service et me préparai en quatrième vitesse avant de courir jusqu'à l'arrêt de bus. Un bus arriva quelques instants plus tard et me déposa devant le bar pile à l'heure. Au moins, avec ma sieste, je ne risquais pas d'avoir un coup de barre.

Fidèle à sa promesse, comme toujours, Denny vint au bar après le travail. L'endroit était bondé, ce qui était étrange pour un jour férié, et il dut s'asseoir à un tabouret au bar. Les regards appuyés de Rita dans sa direction commençaient sérieusement à m'énerver lorsque Kellan et le groupe firent leur apparition. Ils allèrent s'installer à leur table habituelle et ajoutèrent une chaise en plus pour Denny. Un peu avant le concert, Denny et

Kellan décidèrent d'aller jouer au billard. Je m'adossai contre le mur près de la cuisine pour les observer, et je ne pus dissimuler un sourire : ils passaient leur temps à plaisanter et à discuter en jouant comme s'ils étaient les meilleurs amis du monde. Personne n'aurait pu deviner qu'ils avaient été séparés pendant des années.

Je souris aussi en constatant à quel point Kellan était mauvais au billard. Denny riait et essayait de lui expliquer comment faire, mais Kellan se contentait de rire à son tour en haussant les épaules, comme s'il savait qu'il n'allait jamais y arriver. Je n'étais pas très douée, à l'inverse de Denny, qui avait essayé de m'apprendre à jouer. Il me répétait patiemment que ce n'était qu'une affaire de physique, comme si le fait de le savoir rendrait d'un seul coup la manœuvre plus facile. Il me surprit en train de les regarder et me fit un clin d'œil, puis je retournai au travail.

Ils venaient de finir la partie et Kellan se dirigeait vers la scène lorsqu'un bruit de feu d'artifice retentit à l'extérieur. Matt et Griffin sourirent simultanément et se précipitèrent vers la porte, suivis par une demi-douzaine de filles. Evan et Jenny ne tardèrent pas à leur emboîter le pas. Kellan s'approcha de Denny et moi accompagné d'une fille de petite taille dont les cheveux blonds étaient ornés d'une intéressante série de mèches rouges et bleues. Il passa son bras autour de ses épaules et nous fit signe de le suivre. On sortit, avec une dizaine d'autres curieux sur les talons. Environ la moitié des personnes présentes dans le bar étaient désormais sur le parking et regardaient en direction du lac Union, d'où était tiré le feu d'artifice qui illuminait le ciel de couleurs et de formes plus belles les unes que les autres. Griffin et Matt regardaient le spectacle sur le côté. Enfin, Matt regardait pendant que Griffin était aux prises avec une fille quelconque qu'il essayait de draguer. Jenny et Evan étaient dans les bras l'un de l'autre et regardaient eux aussi le feu d'artifice de l'autre côté du parking.

Denny passa ses bras autour de moi et me serra contre son torse. Kellan était juste devant nous, son bras entourant nonchalamment les épaules de la fille tandis que son autre main tenait sa bière. Il détourna la tête pour boire une gorgée et vit qu'on était juste derrière lui. Il me sourit quand son regard croisa le mien et je lui répondis par un sourire timide tandis que Denny soupirait de satisfaction en embrassant le sommet de ma tête. La fille qui était avec Kellan devait lui avoir dit quelque chose car il se tourna vers elle et lui murmura un truc à l'oreille. Elle se mit sur la pointe des pieds pour l'embrasser dans le cou et passa sa main autour de sa taille. Il sourit et la serra contre lui, et je me demandai si j'allais la croiser à la maison le lendemain matin. Soudain, une voix forte retentit derrière nous.

– Dites donc, je vous paye pas pour avoir le nez en l'air.

Je me retournai et vis Pete près de l'entrée, qui regardait Kellan d'un air mécontent. Le groupe aurait déjà dû être en train de jouer.

– En scène, marmonna-t-il, en désignant l'intérieur du bar.

Il observa le feu d'artifice quelques secondes pendant que Kellan ricanait, puis reporta son attention sur Jenny et moi.

– Et vous deux, en salle ! Il y a des gens qui ont soif, ici.

Jenny s'écarta d'Evan et s'approcha prudemment de Pete.

– Désolée, Pete, dit-elle gentiment avant de l'embrasser sur la joue et de rentrer dans le bar.

Kellan la suivit, main dans la main avec la fille.

– Oui, désolé, Pete.

Il sourit avec malice et s'avança vers Pete pour lui planter un bisou sur la joue à son tour. Il recula d'un bond lorsque Pete fit mine de le gifler et la fille éclata de rire tandis qu'ils retournaient à l'intérieur. Je restai dans les bras de Denny une seconde de plus avant de les imiter. Le groupe était particulièrement bon, ce soir-là, et je parvins même à danser un peu avec Denny. À la fin de mon service, je n'avais qu'une hâte, rentrer et filer sous la couette avec lui. J'étais en train de ramasser un dernier verre vide quand j'aperçus Kellan en train de quitter le bar et je fus surprise de constater qu'il était seul. Quelques instants plus tard, je rejoignis Denny et on prit aussi le chemin de la maison.

Un peu plus tard, je soupirai d'aise alors que j'étais blottie contre lui, ravie de ma nouvelle vie et comblée à l'idée que rien n'allait changer pour au moins les deux années à venir. J'étais loin d'imaginer que tout allait changer deux semaines plus tard…

Un vendredi soir, alors que j'étais de service, les garçons, assis à leur table habituelle, buvaient une bière avant le concert. Pour le plus grand plaisir de quelques filles qui se trouvaient dans les parages, Griffin était torse nu en train de montrer à Sam le nouveau tatouage qu'il s'était fait faire sur l'épaule, un serpent enroulé autour d'une femme nue. À en juger par son grand sourire, Sam avait l'air de l'apprécier, même si, personnellement, je le trouvais du plus mauvais goût. Le serpent était obscène et la femme outrageusement disproportionnée. Dans la vraie vie, elle n'aurait même pas pu tenir debout avec des seins pareils. Je souris néanmoins en songeant que le tatouage allait très bien au propriétaire.

Matt aussi était en train de montrer son nouveau tatouage à Sam : il s'agissait d'un symbole sur la face interne de son poignet. Je ne savais pas ce que ça voulait dire mais je le préférais de loin à celui de Griffin. Sam hocha la tête puis regarda de nouveau le tatouage du serpent. Assis au bord de la scène, Evan, qui avait les bras recouverts de tatouages, ne leur accordait pas la moindre attention, bien trop occupé à flirter avec un groupe de filles. Kellan se laissa aller contre le dossier de sa chaise et me regarda.

– Bière ?

– Oui. Merci, Kiera.

Je me demandai soudain si lui aussi avait des tatouages, puis je rougis en me rappelant que je l'avais déjà vu presque nu. S'il en avait un, il devait être bien caché.

– Quoi ? demanda-t-il en remarquant ma gêne.

Le plus facile était encore de lui poser la question.

– Est-ce que tu en as un ? osai-je en désignant Griffin.

Il regarda dans la direction de Griffin, toujours torse nu.

– Un tatouage ? Non, dit-il en secouant la tête. J'arrive pas à imaginer un motif que j'aimerais avoir sur la peau jusqu'à la fin de mes jours. Et toi ?

– Pareil. Ma peau est vierge.

Je regrettai immédiatement d'avoir employé ce mot, et bien sûr, Kellan se mit à rire.

– Je reviens tout de suite avec ta bière, bafouillai-je.

Je m'éloignai en quatrième vitesse et me dis qu'il fallait vraiment que je réfléchisse avant de parler. Je rentrai presque dans Denny, qui venait juste d'arriver.

– Oh, salut ! Devine quoi ! s'exclama-t-il en me prenant par les épaules, rayonnant. Mark m'a pris à part aujourd'hui pour me dire qu'ils voulaient que j'aille avec eux à Tucson, dans leurs nouveaux bureaux !

Je sentis mon cœur se serrer dans ma poitrine.

– Vraiment ? Pour combien de temps ?

J'essayai de ne pas faire la rabat-joie, mais l'idée était loin de m'enchanter. Il haussa les épaules.

– Aucune idée. Deux mois, peut-être ?

– Deux mois ? Mais on vient juste d'arriver, et je reprends les cours dans à peine plus d'un mois ! Je dois aller m'inscrire, récupérer mon emploi du temps, mes livres… Je ne peux pas venir à Tucson maintenant.

– Mais t'as pas besoin de venir, dit-il d'un air confus. C'est que pour deux mois, Kiera.

Soudain, je n'en eus plus rien à faire, de son enthousiasme.

– Pardon ? dis-je avec colère.

J'avais crié et les gens, autour de nous, nous dévisagèrent. Denny m'attrapa doucement par le bras et m'emmena dehors. Une fois à l'extérieur, il me prit de nouveau par les épaules et m'obligea à le regarder.

– Il faut que j'y aille, Kiera. Pour mon job, mais aussi pour notre avenir.

Je sentis des larmes me monter aux yeux.

– Deux mois… C'est super long.

Depuis qu'on était ensemble, on n'avait jamais été séparés plus de deux semaines, quand il avait dû rentrer en Australie à la mort de son grand-père. Et j'avais détesté chaque minute de ces deux semaines. Il essuya une larme sur ma joue.

– Ça va aller. Et si ça se trouve, j'aurai pas besoin de partir aussi longtemps. Je le fais pour nous, tu comprends ?

– Et tu partirais quand ? murmurai-je.

– Lundi, répondit-il à voix basse.

Mes larmes devinrent incontrôlables. Il me serra dans ses bras un long moment puis relâcha son étreinte.

– Je suis désolé, je voulais pas te contrarier. Je pensais que tu serais contente pour moi, dit-il en fronçant légèrement les sourcils. J'aurais dû attendre la fin de ton service pour t'en parler, excuse-moi.

Je sentis la culpabilité m'envahir.

– Non, ça fait rien. Je m'y attendais pas, c'est tout. Mais tu as raison, ça va bien se passer.

Il me serra encore dans ses bras pendant un long moment.

– Je suis désolé, mais je dois y aller, dit-il d'un air penaud. Ils veulent que je retourne au bureau pour passer certains détails en revue. Je suis venu car je voulais absolument t'en parler tout de suite.

– Vas-y, t'inquiète pas. Il faut que je retourne travailler de toute façon.

– Je t'aime, dit-il en prenant mon visage dans ses mains.

– Moi aussi, je t'aime, chuchotai-je.

Il m'embrassa sur le front et regagna sa voiture à grands pas. Visiblement, il était pressé de se débarrasser de moi. La première chose que je remarquai une fois à l'intérieur fut Kellan en train de parler avec Rita au bar en buvant une bière. Je me souvins qu'il m'en avait commandé une avant la visite de Denny. Penser à lui me donna de nouveau envie de pleurer et je me frottai les yeux rapidement, mais pas assez vite pour empêcher Kellan de le remarquer. Il fronça les sourcils et avança vers moi.

– Ça va ?

Je fuis son regard, sachant que je recommencerais à pleurer si mes yeux rencontraient les siens.

– Tout va bien.

– Kiera…

Il posa sa main sur mon bras et je levai les yeux vers lui par réflexe. L'inquiétude sincère dans son regard et son contact tendre et inattendu eurent raison de ma bonne volonté, et les larmes roulèrent sur mes joues. Sans hésiter, il me serra contre lui et se mit à me frotter le dos doucement. C'était très réconfortant mais je continuai à sangloter, tandis que les gens autour de nous observaient. Il ignora les regards curieux et interrogateurs et resta ainsi sans rien dire jusqu'à ce que mes sanglots diminuent.

À un moment, Sam s'approcha, probablement pour lui dire que c'était l'heure de monter sur scène, mais je sentis Kellan secouer la tête avant même que Sam ait pu ouvrir la bouche. Je m'écartai un peu de lui et m'essuyai les joues du revers de la main.

– Ça va mieux, merci. Va plutôt faire la star.

– T'es sûre ? Ils peuvent attendre encore un peu.

Son offre me toucha mais je secouai la tête.

– Je t'assure, je vais bien. Je ferais mieux de retourner bosser. Et en plus, j'ai oublié de t'apporter ta bière.

Il desserra son étreinte et rit.

– Il y en aura d'autres.

Il me caressa le bras puis partit rejoindre les autres, qui étaient déjà sur scène. Pendant le concert, je remarquai que Kellan regardait dans ma direction plus souvent que d'habitude. Parfois, il fronçait les sourcils et je lui souriais pour le rassurer. J'allais bien, et il n'avait pas besoin de s'inquiéter pour moi, même si c'était gentil de sa part.

Je restai plus tard que d'habitude après la fermeture. Jenny avait offert de me ramener mais j'avais refusé. Je n'étais pas prête à rentrer, et la perspective de parler de nouveau du départ de Denny me brisait le cœur. Tout comme celle de ne pas le trouver à la maison en rentrant. Je ne savais pas ce qui serait le pire, et je n'avais pas envie de le découvrir.

Je sentis les larmes monter une fois de plus et les essuyai d'un geste rageur. Ce n'était que pour un mois ou deux, pas la peine d'en faire tout un plat. *Calme-toi*, m'ordonnai-je.

Kellan vint s'asseoir à côté de moi sans que je le voie arriver.

– Tu veux en parler ?

Je regardai en direction de la scène : Evan discutait avec Sam, mais Griffin et Matt nous regardaient fixement. Griffin dit quelque chose à Matt avec un sale sourire, et Matt leva les yeux au ciel en riant. Je n'avais aucun mal à imaginer ce qu'ils étaient en train de se dire. Je n'avais pas envie de parler ici, car je savais que j'allais m'effondrer et je n'avais pas besoin qu'ils me voient dans cet état. Ils étaient déjà suffisamment sur mon dos. Kellan remarqua que j'avais les yeux fixés sur le groupe et eut l'air de comprendre.

– Je te ramène ?

Je n'avais plus trente-six solutions pour rentrer à la maison et je hochai la tête.

– Je veux bien.

– D'accord. Je récupère mes affaires, et on y va.

Il m'adressa un sourire plein de charme qui me fit rougir sans que je sache pourquoi. Il alla voir les garçons, qui buvaient un verre avec Sam, et leur dit quelques mots. Ils hochèrent la tête, et Griffin donna un coup de coude à Matt en souriant bêtement. Kellan attrapa sa guitare en secouant la tête et allait partir lorsque

Evan lui agrippa le bras et lui dit quelque chose. Kellan secoua la tête d'un air agacé et Evan le lâcha. Puis Kellan revint près de moi et me sourit.

– Prête ?

Je hochai la tête et soupirai, me préparant mentalement à voir ou à ne pas voir Denny. Je fis un signe de la main à Rita, qui haussa les sourcils et me sourit d'un air entendu. Elle avait l'air de croire que je voulais sauter sur Kellan dès que nous serions seuls, et elle me mettait mal à l'aise.

Le trajet se fit dans un silence confortable. Kellan ne me posa aucune question, mais sa gentillesse et le souvenir de son étreinte affectueuse me donnèrent envie de lui parler.

– Denny s'en va, dis-je à voix basse.

Il tourna la tête vers moi, en état de choc.

– Quoi ?

Je me rendis compte que la façon dont j'avais présenté la chose pouvait prêter à confusion.

– Juste pour quelques mois. À cause de son travail.

Il se détendit et sourit.

– Oh ! J'ai cru que…

– Non. Tout va bien, mais c'est moi qui réagis de façon excessive. C'est juste que…

– Vous n'avez jamais été séparés, dit-il tout bas.

Je souris, soulagée qu'il comprenne.

– Exactement. Enfin, si, mais pas pendant aussi longtemps. Je suppose que je suis habituée à le voir tous les jours et… on a attendu pendant si longtemps de pouvoir vivre ensemble, et tout a été tellement parfait, et maintenant…

– Maintenant, il part.

– C'est ça.

Il semblait perdu dans ses pensées. Les lampadaires éclairaient son visage à intervalles réguliers, et l'effet le rendait encore plus beau. Je me demandai à quoi il pensait.

– À rien, dit-il en tournant la tête vers moi.

Je me rendis soudainement compte que j'avais dit la dernière phrase à voix haute, et il me sourit.

– J'étais juste en train de me dire que j'espérais que tout allait bien se passer pour vous. Vous êtes…

Il ne finit pas sa phrase et se contenta de sourire. Je songeai une fois de plus que je devais faire plus attention à ce que je disais en sa présence. À ce que je pensais aussi, puisque les mots semblaient sortir de ma bouche sans me demander la permission. Quelques instants plus tard, nous étions à la maison. Je me détendis légèrement en constatant que la vieille Honda de Denny était garée dans l'allée. J'avais sans doute espéré qu'il serait rentré, en fait.

– Merci pour tout ce que tu as fait.

– Pas de quoi, dit-il en baissant les yeux, presque timide.

On sortit de la voiture, rentra dans la maison et monta à l'étage. Je marquai une pause devant la porte de ma chambre, la main sur la poignée, soudain trop nerveuse pour entrer. Kellan s'était arrêté devant sa porte et me regardait.

– Ça va aller, Kiera.

Je souris, lui dis bonne nuit puis entrai dans la pièce sombre. Je fermai la porte derrière moi et mes yeux mirent quelques instants à s'habituer à l'obscurité. J'entendis Denny se retourner dans le lit avant de réussir à le voir. Il se redressa sur ses coudes pour me regarder.

– Salut. Tu rentres tard, dit-il d'une voix ensommeillée.

Je ne dis rien. Je ne savais toujours pas ce que je pensais de la situation, à part qu'elle me rendait triste. Je m'assis au bout du lit et me changeai pendant qu'il me regardait sans un mot. Quand j'eus finis de mettre mon pyjama, il se décida à briser le silence.

– Kiera, parle-moi, dit-il doucement.

Je soupirai et le rejoignis sous les couvertures. Il se tourna pour me faire face et passa sa main dans mes cheveux avant de me caresser la joue.

– Il se passe quoi, là-haut ? demanda-t-il en tapotant ma tempe du bout du doigt.

– Je me demande juste comment je vais faire sans toi.

Il m'embrassa sur le front.

– Tu vas travailler… rentrer à la maison… aller travailler… rentrer encore… Comme si j'étais là.

– Oui, sauf que tu seras pas là, dis-je d'un air maussade.

– Toi aussi, tu vas me manquer.

– Vraiment ?

Il écarquilla les yeux, surpris.

– Bien sûr. Attends une minute… tu crois que je veux partir ? Que c'est facile pour moi ? Que tu vas pas me manquer tous les jours ?

– Oui.

C'était exactement ce que je m'étais dit à plusieurs reprises pendant la soirée. Il soupira.

– Tu dis n'importe quoi. Tu verras, c'est toi qui en auras marre que je t'appelle à longueur de temps.

Je parvins à esquisser un sourire.

– Ça risque pas. Tu dois vraiment y aller ?

J'étais sérieuse et son sourire s'évanouit.

– Oui.

– Et tu reviendras dès que tu auras fini ?

– À la seconde où j'aurai fini.

– Dans ce cas… Il y a encore un truc dont on doit discuter.

– Quoi ? demanda-t-il d'un air intrigué.

Je posai ma main sur sa joue et l'embrassai tendrement.

– La manière dont on va passer tes deux derniers jours ici.

Il sourit et me chuchota toutes les choses qu'on pouvait faire au cours des deux prochains jours. Je souris, je ris, et enfin je l'embrassai jusqu'à en perdre haleine. L'espace d'un instant, j'oubliai que tout était sur le point de changer.

Le lundi matin arriva à la vitesse de l'éclair. On avait fait en sorte de passer chaque minute des deux derniers jours tous les deux et Denny avait été d'une patience d'ange avec moi et mes sautes d'humeur. Il savait à quel point la séparation allait m'être difficile, et j'espérais secrètement qu'elle le serait autant pour lui. Une partie de moi voulait qu'il réussisse et qu'il en profite au maximum. Mais une autre espérait que ce soit tellement nul qu'il revienne pour ne plus jamais me quitter. J'étais peut-être un petit peu aigrie.

Kellan offrit de nous conduire à l'aéroport. J'acceptai sa proposition car j'étais trop stressée pour conduire, et je ne me sentais pas capable de dire au revoir à Denny dans un taxi. Je souhaitais rester avec lui jusqu'à la dernière seconde et j'avais besoin de voir décoller son avion. Mais lorsque ce moment finit par arriver et que je me retrouvai seule à l'aéroport avec Kellan, je mourus soudain d'envie d'être à la maison en train de pleurer la tête dans mon oreiller. Voyant les larmes naître au coin de mes yeux, Kellan mit son bras autour de mes épaules et me ramena à la voiture. J'arrivai à la maison sans même m'en rendre compte, bien trop occupée à imaginer une série de catastrophes impliquant de ne jamais revoir Denny. Et forcément, je me remis à pleurer.

Kellan m'installa sur le canapé et m'apporta un verre d'eau et des mouchoirs, se montrant bien plus gentil et compréhensif que ne l'aurait été n'importe quel garçon dans la même situation. Il se vautra dans le fauteuil et trouva un film comique à la télé pour nous changer les idées. Je commençai à m'assoupir vers la fin du film et Kellan me recouvrit d'une couverture avant que je ne m'endorme.

Je me réveillai seule dans le salon quelques heures plus tard et me repassai les derniers moments avec Denny à l'aéroport. On les avait adorés et détestés à la fois. Denny m'avait serrée fort contre lui et j'avais attrapé son visage dans mes mains pour l'embrasser aussi passionnément que possible, pour qu'il emporte ce souvenir avec lui. Il avait fini par s'écarter, hors d'haleine, avec un petit sourire.

– Je t'aime. Et je rentre bientôt, d'accord ? T'en fais pas.

Il m'avait embrassée sur la joue et j'avais juste hoché la tête, une énorme boule dans la gorge. Puis il s'était dirigé vers Kellan, qui était resté à l'écart pour nous laisser seuls. Denny s'était retourné et m'avait jeté un drôle de regard avant de murmurer quelque chose à Kellan, qui avait pâli avant de me jeter un bref regard lui aussi. Puis Denny avait fait un pas en arrière et lui avait tendu la main. Kellan avait hoché la tête une seule fois, serré la main de Denny et dit quelque chose que je n'avais pas entendu. Puis Denny s'était tourné vers moi une dernière fois pour m'envoyer un baiser et avait embarqué. Il m'avait abandonnée.

Soudain, le téléphone sonna et je me précipitai dans la cuisine pour répondre. La voix de Denny inonda mes oreilles, et je crus que j'allais exploser de joie. Nous n'étions séparés que depuis une demi-journée et déjà son absence était insupportable. Il me raconta son voyage et me décrivit l'endroit où il allait passer ces deux mois. Je parvins à le garder en ligne longtemps après qu'il eut annoncé devoir me laisser. Il finit par me dire qu'il devait vraiment y aller mais promit de rappeler le soir, et j'acceptai de raccrocher de mauvaise grâce.

Je dus aller travailler ce soir-là et je détestai chaque minute de mon service. La possibilité de manquer le coup de fil de Denny m'obsédait. Il n'avait pas dit exactement à quelle heure il appellerait, juste que ce serait avant d'aller dormir. Mais est-ce que c'était avant son coucher à lui ou le mien ? Je fus d'une humeur exécrable toute la soirée et j'envoyai carrément balader Rita après une remarque particulièrement déplacée quant au fait qu'on était maintenant seuls à la maison avec Kellan. Je me trompai dans plusieurs commandes et ne pris pas la peine de m'excuser auprès des clients. Je finis même par mettre une gifle à Griffin quand il me pinça les fesses, ce qui, à vrai dire, fut le seul moment agréable de la soirée.

Kellan resta au bar tard et m'offrit de nouveau de me ramener à la maison. J'étais une boule de nerfs dans la voiture, stressée à l'idée d'avoir raté l'appel de Denny, espérant qu'il était encore réveillé et que je pourrais le rappeler. Peut-être que je pouvais m'allonger sur le comptoir de la cuisine pour lui parler jusqu'à ce que je m'endorme ? Il fallait vraiment que je me calme. Mon agitation fit sourire Kellan.

– Je suis sûr que Denny est encore debout.

– Merci d'avoir joué au chauffeur aujourd'hui.

– Pas de problème, répondit-il à voix basse.

Le téléphone sonna quelques secondes à peine après notre arrivée à la maison et je décrochai à la première sonnerie, excitée comme une collégienne. Denny savait que je travaillais et il avait attendu que je sois rentrée pour appeler. Je n'aurais vraiment pas dû être aussi nerveuse pendant la soirée. Lui aussi avait envie de me parler et il ferait en sorte qu'on y arrive d'une manière ou d'une autre.

Kellan fit irruption dans la cuisine et attrapa le combiné.

– Bonne nuit, Denny !

Puis il me repassa le téléphone, me fit un clin d'œil et partit se coucher. Je restai en ligne avec Denny et on passa des heures à discuter et à rire…

5

Seule

La première semaine fut la plus longue de toute ma vie. Les cours n'avaient pas encore repris, et à force de n'avoir rien à faire dans la journée, je commençai à me renfermer. J'avais l'impression de voir passer chaque minute de chaque heure à une lenteur exaspérante.

Kellan faisait de son mieux pour me changer les idées : il discutait avec moi autour d'un café, essayait de m'apprendre à jouer de la guitare (j'étais incroyablement nulle), et il finit même par me convaincre d'aller courir avec lui. Il ne me fallut que quelques minutes pour le regretter : Seattle était une belle ville, c'est certain, mais pas l'endroit idéal pour les coureurs qui préféraient les surfaces planes aux collines qui donnaient des crampes. Je dus m'arrêter à mi-chemin et rentrer en marchant à la maison. Kellan offrit de rentrer avec moi mais je me sentis nulle et stupide et je le convainquis de finir son footing pendant que je rentrais me vautrer sur le canapé.

Il me conduisit aussi au supermarché pour faire des courses. Notre expédition fut d'abord drôle avant de devenir hyper gênante. Heureusement, j'avais assez de protections périodiques pour ne pas avoir à en racheter, mais il parvint quand même à me faire rougir en jetant négligemment une boîte de préservatifs dans le chariot. Je regardai autour de nous d'un air horrifié et l'attrapai pour lui rendre, aussi agitée que si le paquet était en feu. Il commença par refuser en me regardant avec un sourire narquois, mais en voyant à quel point j'étais mal à l'aise, il finit par la remettre en rayon en se moquant de moi.

Je continuai à pousser le chariot entre les rayons. Kellan reprenait les chansons mièvres qui passaient à la radio (il les connaissait par cœur) tout en mettant des produits dans le chariot. On avait parcouru la moitié des rayons et on était devant les céréales quand la chanson qui passait se transforma en duo. Il me regarda en attendant que je me joigne à lui. Sauf que j'étais tout sauf une chanteuse.

Il chanta le couplet suivant plus fort, en marchant à reculons et en gesticulant comme s'il me jouait la sérénade, ce qui fit rire quelques personnes qui passaient à côté de nous. Il fit comme si elles n'étaient pas là et continua pendant que mon visage virait à l'écarlate. Il s'amusait comme un petit fou et ses yeux étincelaient.

Il écarta les mains dans un geste qui semblait dire « *Vas-y* » et haussa les sourcils, s'attendant que je chante le couplet de la fille. Je secouai la tête d'un air buté et lui donnai une tape sur le bras pour qu'il me fiche la paix. Au lieu de ça, il me prit la main pour me faire tourner sur moi-même en plein milieu du rayon et me fit basculer en arrière, sans jamais s'arrêter de chanter. Un vieux couple sourit en nous contournant et, lorsqu'il me lâcha enfin, je finis par chanter d'une toute petite voix. Il m'adressa un sourire plein de charme et on finit de faire les courses… et de chanter la chanson. Après ça, je pris le parti de chanter dès qu'il me le demandait. Le défier était bien trop embarrassant.

Plus pour passer le temps que par envie, j'appelai mes parents. Je n'avais pas prévu de leur dire que Denny avait laissé leur petite fille chérie toute seule en terre inconnue mais ça m'échappa, et je dus endurer une heure de « Je savais que ça ne donnerait rien de bon » et autres « Rentre immédiatement à la maison ». Pour la énième fois, je leur répétai que je comptais rester à Seattle et que j'y étais très heureuse (enfin, je le serais une fois que Denny serait revenu). Je me tuai à leur dire de ne pas s'inquiéter puis je finis par mettre un terme à cet appel pénible.

Denny me téléphonait deux ou trois fois par jour et ses appels devinrent vite les temps forts de mes journées. Je passais mon temps à traîner dans la cuisine en attendant que le téléphone sonne, jusqu'au moment où mon propre comportement finit par me taper sur les nerfs : j'avais une vie, moi aussi, et je pouvais bien passer une journée sans lui parler, ou au moins quelques heures. J'essayais de ne pas être obsédée par le fait de manquer un de ses appels, mais c'était plus facile à dire qu'à faire.

– Salut, ma belle.

Je savais que je souriais comme une cruche au bout du fil, mais je ne pouvais pas m'en empêcher.

– Salut. Comment tu vas ? Prêt à rentrer à la maison ?

Je me crispai en réalisant que je parlais comme mes parents, et il rit, comme s'il y avait pensé aussi.

– Fatigué, mais ça va. On est loin d'avoir fini, en revanche… Je suis désolé.

Il avait l'air vraiment déconfit et je souris.

– Ça fait rien… On a pas le choix. Tu me manques.

– Toi aussi, tu me manques.

C'était devenu notre routine quotidienne. *Tu rentres à la maison ? Non. Tu me manques. Tu me manques aussi.*

– Je vais grignoter un truc et aller me coucher. Tu as prévu quoi pour ta soirée de repos ?

Il laissa échapper un soupir exténué, et je soupirai aussi.

– Rien du tout. Le groupe joue au Razors ce soir, du coup je suis toute seule à la maison.

Je regardai autour de moi et notre petite maison vide me parut soudain immense.

– Pourquoi t'y vas pas ? demanda-t-il en étouffant un bâillement. Ça t'occuperait.

– T'as l'air épuisé.

Je me sentais coupable de le tenir éveillé, mais je ne voulais pas raccrocher tout de suite.

– Ça fait rien. Je veux discuter avec toi encore un peu.

Je sentis des larmes me monter aux yeux. Il me manquait tellement.

– On a qu'à s'appeler demain matin avant que tu partes travailler et on prendra le petit déjeuner ensemble.

J'essayais d'avoir l'air enjoué mais je n'avais qu'une envie : le supplier de rentrer. Il bâilla de nouveau.

– Tu es sûre ?

Non.

– Absolument. Mange, va te coucher et dépêche-toi de revenir à la maison.

– Je t'aime, Kiera.

– Moi aussi, je t'aime. Bonne nuit.

– Bonne nuit.

Je l'entendis bâiller une dernière fois avant de raccrocher. Je fixai le combiné pendant une bonne minute et sentis une larme couler le long de ma joue. Ça ne faisait que neuf jours, mais je me sentais si seule. Peut-être qu'il avait raison et que je devrais sortir ? Au moins, la soirée passerait plus vite et le petit déjeuner arriverait plus vite aussi. Je montai au premier et frappai à la porte de Kellan.

– Entre, répondit-il immédiatement.

J'entrai et rougis dans la seconde : debout près de son lit, face à la porte, il était torse nu en train de boutonner son jean IKKS qui lui allait si bien. Son corps ridiculement parfait était encore humide de la douche qu'il venait de prendre.

– Qu'est-ce qu'il y a ?

Son regard curieux me fit me rendre compte que je le regardais bouche bée comme une idiote.

– Je me demandais si je pouvais venir avec toi au Razors.

Je me sentais de plus en plus stupide à chaque mot qui sortait de ma bouche. Pourquoi étais-je venue le voir au lieu de me cacher dans ma chambre pour passer la soirée à bouder ? Il sourit de toutes ses dents et attrapa son tee-shirt.

– Vraiment ? T'en as pas marre de m'écouter ?

– Non, pas encore. Et puis ça m'occupera.

Je regrettai immédiatement ma dernière phrase, qui avait dû lui paraître terriblement mal élevée, mais il se contenta de rire. Il attrapa un pot de cire sur sa commode et en mit une dose dans ses cheveux en pagaille. Je n'avais jamais vu personne se coiffer comme ça : il ne se regardait même pas dans le miroir, comme s'il savait d'instinct que c'était parfait. Sa voix me fit revenir sur terre.

– Pas de problème. Je suis presque prêt.

Il s'assit pour enfiler ses chaussures et tapota le lit à côté de lui pour que je vienne m'asseoir. J'obéis et le regardai tout en continuant à me sentir ridicule.

– C'était Denny au téléphone ?

– Oui.

– Il sait quand il va rentrer ?

– Non.

– Je suis sûr qu'il en a plus pour longtemps.

Il attrapa sa guitare et la mit dans un étui.

– Tu verras, ça va passer vite.

Il m'adressa un sourire si encourageant que je souris aussi. Puis il ferma l'étui et mit la courroie sur son épaule.

– Prête ?

Je hochai la tête et on descendit au rez-de-chaussée. Il attrapa ses clés, moi ma carte d'identité et un peu de liquide, et on se mit en route.

Contre toute attente, je passai une super soirée. Bien plus petit que le Pete's, le Razors était un long rectangle étroit avec une petite scène sur le devant. Le bar s'étirait contre un mur, et des tables et des chaises occupaient le reste de l'espace. Kellan m'installa à une table au premier rang. Ils jouèrent à merveille, comme d'habitude, mais avec bien plus de retenue, comme s'ils donnaient un concert privé. Kellan était assis sur un tabouret et l'absence des groupies habituelles fit qu'il n'avait pas du tout la même attitude sur scène. Bien sûr, les filles présentes criaient leur enthousiasme, mais les clients étaient surtout des gens qui étaient là par hasard, et non une horde de fans qui traînaient chez Pete dès que le groupe jouait.

J'étais fascinée par la performance de Kellan. Je me surpris à chantonner en même temps que lui à plusieurs reprises, et il eut l'air ravi quand il s'en rendit compte. Denny avait eu raison, la soirée passa à toute vitesse. Avant que j'aie le temps de dire « ouf », les garçons étaient déjà en train de remballer leur matériel tandis que Kellan disait au revoir à quelques personnes qu'il connaissait… et embrassait sur la joue quelques admiratrices. Puis on monta en voiture pour rentrer à la maison.

Sur le chemin du retour, Kellan chanta à voix basse la dernière chanson que le groupe avait jouée. C'était la chanson qui m'avait tellement plu lors de notre première soirée à Seattle. Je laissai aller ma tête contre la banquette et le regardai. Il ne tarda pas à surprendre mon regard et sourit.

– J'adore celle ci.

Il hocha la tête sans s'arrêter de chanter.

– Ça a l'air d'être une chanson importante pour toi. Elle a une signification particulière ?

Je n'avais pas prévu de lui poser la question, mais comme d'habitude, c'était trop tard. Il me regarda d'un air surpris.

– Oui.

– Laquelle ? demandai-je timidement.

– Personne ne m'a jamais posé la question. Enfin, personne en dehors du groupe, corrigea-t-il.

Il me regarda encore une fois et je me demandai s'il me trouvait stupide de poser ce genre de questions.

– Oui…

Je clignai des yeux et tournai la tête dans sa direction, en me disant que j'avais peut-être pensé à voix haute une fois de plus et qu'il venait de me confirmer que j'étais stupide.

– Oui, elle a vraiment une signification particulière.

Il se tut, et je me mordis la lèvre dans un effort surhumain pour ne pas lui demander de m'en dire plus. À sa façon de se concentrer exagérément sur la route et de me jeter de brefs coups d'œil à intervalles réguliers, je voyais bien qu'il n'avait pas envie de s'étendre sur le sujet. J'avais beau être curieuse, j'étais aussi respectueuse, et je décidai de le laisser tranquille.

Le lendemain matin, je racontai ma soirée à Denny pendant notre petit déjeuner téléphonique. Il eut l'air ravi que je me sois aussi bien amusée sans lui, ce qui fut loin de m'enchanter. Je voulais m'amuser avec lui. En même temps, il avait sans doute raison : il fallait que je sorte davantage. Ça ne servait à rien de rester cloîtrée à la maison.

Je me mis à sortir un peu plus souvent avec Jenny, et elle vint même passer le dimanche suivant à la maison. L'absence de décoration la choqua aussi. On passa donc l'après-midi à écumer les magasins de déco et d'occasion à la recherche d'articles sympas et pas chers. On mit la main sur des objets Art déco pour le salon, deux tableaux de paysage pour ma chambre, deux photos sur le thème du café et une sur le thème du thé pour la cuisine, et une photo de goutte d'eau pour la salle de bain. J'avais même déniché un vieux poster des Ramones pour Kellan. Je trouvai aussi un tas de cadres pour y mettre des photos qu'on avait prises la semaine de notre arrivée à Seattle. Bien sûr, on acheta aussi plein de bricoles typiquement féminines, comme des paniers, des plantes et de jolies serviettes pour la salle de bain. Je trouvai même un répondeur pas cher : j'allais enfin arrêter de paniquer à l'idée de rater un coup de fil.

Je n'étais pas sûre que Kellan soit enchanté par la touche féminine que je pensais donner à sa maison, mais il n'était pas là à notre retour. On décida de se dépêcher de tout installer avant qu'il ne revienne, et on était en train d'accrocher les photos dans la cuisine quand j'entendis la porte d'entrée. Kellan entra dans la pièce, nous dévisagea, secoua doucement la tête, puis il rit et alla dans sa chambre. Sa réaction ressemblait à une approbation, ce qui nous incita à poursuivre nos aménagements.

Jenny dut partir peu après pour prendre son service et je la remerciai de m'avoir aidée à me changer les idées et à décorer la maison. Elle cria au revoir à Kellan depuis le rez-de-chaussée, me fit un signe de la main et partit. Je me demandais quand même si tout ça plaisait à Kellan. Je montai silencieusement les marches : sa porte était entrouverte et je pouvais le voir assis au bord de son lit et en train de regarder par terre avec une drôle d'expression sur le visage. Curieuse, je frappai à la porte. Il leva les yeux et me fit signe d'entrer.

– Désolée pour tous ces trucs. Je peux les rapporter si ça te plaît pas.

Je m'assis à côté de lui. Il sourit et secoua la tête.

– Non, au contraire, c'est sympa. C'était un peu vide.

Il pointa du doigt le poster que j'avais accroché au mur derrière lui.

– Merci pour le poster, j'adore.

– De rien, je me suis dit que ça te plairait. Ça va, toi ?

– Oui, pourquoi ?

Je n'étais pas sûre de ce que je devais répondre.

– Comme ça. C'est juste que tu avais l'air… Non, rien, excuse-moi.

Il me regarda d'un air pensif, comme s'il se demandait si oui ou non il allait me répondre. Ses yeux bleus me fixaient intensément et je retins mon souffle. Il secoua la tête, sourit et répondit à ma question par une autre question.

– J'ai faim, pas toi ? On pourrait aller chez Pete ?

Il était encore tôt mais le bar était plein à craquer. On alla s'asseoir à sa table habituelle et Jenny vint prendre notre commande. On choisit chacun un hamburger et une bière avant de nous plonger dans un examen approfondi de la clientèle. C'était un peu bizarre d'être assise seule avec lui en public, surtout dans le bar où je travaillais. Rita nous dévisageait avec curiosité et j'essayais d'éviter son regard. Je savais très bien le genre de choses qu'elle imaginait.

Kellan, lui, semblait super à l'aise. Il était assis les bras croisés et me regardait. Je me rendis soudain compte que j'avais passé la journée avec Jenny, l'après-midi à décorer la maison, et que j'étais à présent chez Pete, tout ça sans avoir parlé à Denny. Je fronçai les sourcils : c'était la première fois qu'on passait une journée sans se parler, et ça me contraria tellement que je faillis demander à Kellan de me ramener.

– Ça va ? demanda-t-il, remarquant que quelque chose me chiffonnait.

Sa question me fit prendre conscience de mon attitude ridicule. En plus, on avait un répondeur maintenant.

– Oui, j'étais juste en train de penser à Denny.

Jenny nous apporta nos bières et il but la sienne en silence, sans me quitter des yeux. Je commençai à me sentir un peu mal à l'aise et fus soulagée lorsqu'elle apporta nos assiettes quelques minutes plus tard. Le léger malaise ne tarda pas à se dissiper, et on mangea en discutant comme des bons copains. On resta comme ça pendant un moment, jusqu'à ce que la table soit envahie : le reste des D-Bags venait de faire son apparition, et ils s'assirent sans même demander si ça nous dérangeait. En réalité, ça ne me gênait pas, car je les trouvais sympas. Enfin, à l'exception de Griffin, mais je pouvais le tolérer tant qu'il gardait ses mains dans ses poches. Par chance, il s'assit à côté de Kellan, de l'autre côté de la table, sans résister à l'envie de lui taper sur l'épaule en le félicitant pour sa nouvelle conquête. Matt prit place à côté de moi et Evan s'assit en bout de table.

Jenny apporta une bière à tout le monde, et je devins le cinquième membre du groupe pour la soirée. C'était marrant de les observer d'aussi près. Avec le bar bondé, les opportunités ne manquaient pas pour eux d'interagir avec d'autres personnes et c'était intéressant de voir comment chacun se comportait avec leurs fans. Ils semblaient tous apprécier leur pseudo-célébrité de différentes manières et à différents degrés, et naturellement, ils flirtaient tous, même Matt et Evan.

D'un côté, il y avait Griffin, qui n'aurait pas hésité à se tatouer la liste de ses conquêtes sur les bras s'il en avait eu l'idée. Il racontait ses aventures à quiconque avait le malheur de lui accorder une seconde d'attention. Je trouvais ça répugnant mais le reste du groupe avait l'air de trouver ça drôle. Il arrivait même que des filles s'extasient au récit de ses exploits, et je voyais bien qu'elles s'imaginaient à la place de celles dont il parlait dans ses anecdotes.

Il avait aussi l'air d'être dans une compétition bizarre avec Kellan, à lui demander sans arrêt s'il était sorti avec telle ou telle fille. À sa décharge, Kellan était très discret sur le sujet et il ne répondait jamais directement. Il changeait toujours diplomatiquement de conversation, sans préciser s'il était sorti avec la fille en question ou pas. En y pensant, je ne l'avais jamais vu avec quelqu'un depuis notre arrivée à Seattle. Je l'avais seulement vu flirter, et pas qu'un peu. Il était tactile et j'en avais entendu des vertes et des pas mûres sur ses conquêtes, surtout de la part des clientes du bar et des autres membres du groupe, ou sur les murs des toilettes. C'était dur d'imaginer que quelqu'un comme lui ne « chope » pas régulièrement, et je me demandais où il allait dans ces cas-là.

Il était en ce moment même en train de discuter avec une brune. Il lui murmura un truc à l'oreille qui la fit éclater de rire et elle passa sa main sur son torse. Je détournai la tête en direction d'Evan, assis au bord de la scène. Il était adorable et drôle, et bien sûr, dragueur. J'avais entendu dire qu'il avait tendance à concentrer son attention sur une fille pour un court laps de temps, puis à changer de cible quand les choses commençaient à devenir sérieuses. Quand il était amoureux, il l'était profondément, mais ça ne durait jamais longtemps. Il était donc très souvent « amoureux », et en ce moment, il était en train de jurer fidélité à une blonde à gros seins en micro-short. Je souris et regardai Matt, le seul qui passait aussi son temps à observer les gens. Il me sourit en retour et continua à boire sa bière sans rien dire. Il était plutôt timide avec les filles et je ne l'avais jamais vu draguer personne. C'était toujours les filles qui l'accostaient. Je comprenais sa timidité mieux que personne, car on se ressemblait beaucoup sur ce point. Mais avant la fin de la soirée, même lui avait fini par attirer l'attention d'une jolie fille, qui rapprocha sa chaise pour venir s'asseoir à côté de lui.

Je pris une gorgée de bière et continuai ma petite étude sociologique. À les voir tous flirter, Denny se mit soudain à me manquer terriblement. Je fixai tristement ma bouteille de bière quand je sentis quelqu'un s'approcher. C'était Kellan. Il me prit la main et m'obligea à me lever.

– On va jouer au billard avec Griffin, tu viens ?

Je n'avais pas particulièrement envie de passer du temps avec Griffin, mais le sourire de Kellan me convainquit. Il mit une main dans mon dos et se dirigea vers la salle où se trouvaient les tables de billard. La fille avec qui il flirtait un peu plus tôt et des copines à elles nous emboîtèrent le pas, ainsi que Griffin, dont les yeux brillaient d'un éclat lubrique.

Celui-ci joua en premier et Kellan sourit en voyant qu'il n'avait pas rentré une seule boule. Il se pencha sur la table et tira à son tour. J'éclatai de rire en voyant sa boule complètement manquer celle qu'il visait. Il fixa la table d'un air contrarié, puis me regarda et rit en haussant les épaules. Une des filles lui caressa le bras pour le consoler mais il n'y prêta pas attention. Griffin lui tapa dans le dos en passant à côté de lui.

– Bien joué ! Merci du cadeau.

Il rentra deux boules à la suite pendant que Kellan attendait son tour, assis sur un tabouret. Son admiratrice se tenait juste à côté de lui et le regardait comme s'il était la huitième merveille du monde. Il caressa inconsciemment l'arrière du genou de la fille et ses doigts soulevèrent légèrement sa jupe tandis qu'il observait Griffin. Mal à l'aise, je décidai de me concentrer sur la partie.

– T'es vraiment pas doué au billard, on dirait.

– Pas vraiment, dit-il en riant. Merci de me le faire remarquer.

La brune passa la main dans ses cheveux en bataille.

– Ça doit être pour ça que Griffin aime jouer avec moi.

Il rit à nouveau et sourit à la fille, qui pouffa de rire.

– Peut-être que si tu te concentrais davantage…

Il prit l'air faussement offensé et je ris.

– T'as peut-être raison, dit-il, l'air sérieux tout à coup.

Griffin rentra deux autres boules. Il n'était vraiment pas mauvais. J'entendis Kellan rire de bon cœur et me retournai vers lui.

– Je t'ai pas dit : tu joues contre le gagnant, dit-il en m'effleurant le genou.

Les yeux ronds, je jetai un regard à Griffin, qui essayait de soulever la jupe d'une fille entre deux coups. Plutôt mourir que de jouer au billard avec lui ! Kellan eut l'air de comprendre ce qui se passait dans ma tête car il éclata de rire. Il finit sa partie (ou plutôt, il déclara forfait) et donna à sa brune soudain inconsolable un baiser sur la joue. Puis on dit au revoir à Jenny, au reste du groupe et à Rita, et il me ramena à la maison. Malgré l'absence de Denny, je m'étais vraiment bien amusée, mais la première chose que je fis en arrivant à la maison fut quand même d'aller regarder s'il y avait un message de lui sur le répondeur.

Il n'y en avait pas… Je soupirai et allai me réfugier au fond de mon lit.

Après être restée sans aucune nouvelle de lui la veille, je laissai libre cours à mon agacement lors du coup de fil de Denny le lendemain soir. Il se répandit en excuses en jurant qu'il avait eu une journée de dingue et qu'il n'avait même pas eu le temps de manger. Il finit par réussir à me faire rire et je me calmai un peu. Mais la même chose se reproduisit quelques jours plus tard, et encore la semaine suivante.

En plus de m'inquiéter et de me poser des questions à propos de Denny, je devais aller m'inscrire à la fac. Au départ, Denny devait venir avec moi faire le tour du campus. On avait prévu d'y passer la journée du dimanche pour m'inscrire à mes cours (il était le meilleur pour créer l'emploi du temps parfait), aller à la librairie, visiter le campus et découvrir les lieux… tout ça tous les deux. Mais depuis, il était parti et j'allais devoir tout faire toute seule.

J'examinais des brochures, des catalogues et un plan du campus d'un air renfrogné quand Kellan entra dans la cuisine un mercredi après-midi. En colère contre Denny, je finis par tout balayer d'un revers de main en jurant comme un charretier. Bien sûr, je ne m'étais pas aperçue de la présence de Kellan, sans quoi je me serais retenue. Je l'entendis rire dans mon dos et me retournai d'un bloc, surprise par sa présence.

– J'ai hâte de raconter ça à Griff.

Il sourit un peu trop gaiement à mon goût et je maugréai en imaginant la tête de Griffin quand il apprendrait ça. Génial.

– C'est la reprise, c'est ça ? dit-il en désignant les brochures par terre.

Je soupirai et me baissai pour les ramasser.

– Oui, et je suis pas encore allée sur le campus. Je sais même pas à quoi ça ressemble. C'est juste que… Denny était supposé être là.

Je me détestai de dire ça, à croire que j'étais incapable de me débrouiller seule. Je savais d'avance que j'allais avoir du mal à affronter ça sans lui, mais après tout, il fallait bien que je m'en sorte toute seule.

– Ça fait presque un mois qu'il est parti.

Kellan me regarda fixement, et je baissai les yeux.

– On joue sur le campus de temps en temps. Je connais bien le coin, je peux te faire visiter si tu veux.

Un immense soulagement m'envahit.

– Ce serait génial. Enfin, si ça te dérange pas.

– Non, Kiera, ça me dérange pas.

J'ignorai son sourire ravageur et le ton étrange de sa voix.

– C'est le jour des inscriptions demain. Tu crois que tu pourrais m'emmener ? Et on pourrait visiter le campus dimanche.

– Impec'.

Le lendemain, il m'emmena à la fac et me conduisit au bureau des admissions. Il avait vraiment l'air de connaître le campus sur le bout des doigts.

– Merci beaucoup, vraiment.

– Arrête, c'est rien du tout.

– Si. Je sais pas pendant combien de temps je vais devoir attendre, alors tu peux rentrer si tu veux. Je prendrai le bus.

Il me regarda bizarrement puis me sourit.

– OK. Bon courage.

Je patientai au milieu d'autres étudiants à l'air nerveux et fixai le bout de mes pieds en me demandant à quels cours m'inscrire. Enfin, une femme m'invita à entrer dans le bureau. La pièce était accueillante, ce qui m'aida à me détendre un peu. Il y avait deux grandes bibliothèques qui débordaient de bouquins, des armoires de rangement en acier et un grand bureau en face d'une fenêtre qui donnait sur la cour. La personne qui occupait ce bureau devait avoir la main verte car il y avait plein de plantes. Je l'enviai, car dès que j'en achetais une, elle mourait au bout de trois jours.

La femme assise au bureau leva les yeux vers moi quand j'entrai. Elle avait l'air très pro et je me sentis soudain inélégante et mal à l'aise. J'aurais aimé que Kellan soit encore là : il aurait discuté avec elle le plus naturellement du monde et obtenu tout ce qu'il voulait d'un simple sourire. Un éclair de jalousie me traversa. La vie devait être tellement plus simple pour les gens séduisants.

Je soupirai intérieurement et me redressai en approchant du bureau. Je n'étais peut-être pas exceptionnelle physiquement mais j'étais intelligente, et dans un endroit comme celui-ci, c'était ça le plus important. Je lui tendis la main en essayant d'imaginer ce que Denny ferait à ma place.

– Bonjour, je m'appelle Kiera Allen. J'ai demandé mon transfert chez vous cette année et je souhaiterais m'inscrire.

Elle sourit et me serra la main.

– Ravie de vous rencontrer, Kiera, bienvenue chez nous. En quoi puis-je vous aider ?

Je souris à mon tour et m'assis en face d'elle. Finalement, tout se passa bien mieux que je l'avais imaginé. On parla des matières que j'avais déjà étudiées à l'université de l'Ohio et de celles que je devais encore valider. On passa en revue les cours disponibles afin de trouver la meilleure combinaison pour mon emploi du temps. Je n'avais besoin que de trois matières ce semestre, ce qui me laissait du temps pour étudier, et aussi pour dormir après mon service.

À la fin de notre entretien, j'avais choisi mes trois matières : littérature européenne avec tous les grands classiques (les sœurs Brontë, Austen, Dickens… j'avais hâte de commencer) ; micro-économie (Denny avait insisté pour que je suive ce cours en disant qu'il m'aiderait à étudier) ; et enfin un cours de psychologie. Le seul cours où il y avait encore de la place était celui de sexualité humaine. J'étais mal à l'aise rien que d'y penser mais j'avais toujours voulu étudier la psychologie et je m'inscrivis quand même. Je n'aurais qu'à m'asseoir au fond de la salle sans dire un mot. Et puis quand Denny rentrerait à la maison, il pourrait m'aider à étudier cette matière-là aussi…

Quand je sortis du bureau, j'écarquillai les yeux de surprise en voyant Kellan appuyé contre le mur du couloir, un expresso dans chaque main. Il en leva un et haussa les sourcils, et je ne pus retenir un immense sourire.

– Qu'est-ce que tu fais là ? demandai-je en m'emparant avec joie du café. Je t'avais dit de rentrer.

– Je me suis dit que tu préférerais rentrer en voiture. Et avoir quelqu'un pour t'attendre.

Abasourdie, je l'embrassai sur la joue.

– Merci, Kellan. Merci pour tout.

Il sourit et baissa les yeux.

– Allez, on y va. Tu me parleras de tes cours sur la route.

Le lendemain, il m'emmena visiter le campus. Il y avait du monde, entre les étudiants qui s'apprêtaient à reprendre les cours et ceux, comme moi, qui venaient ici pour la première fois. Le campus était immense et ressemblait plus à une petite ville qu'à une université. Bien sûr, le premier endroit où m'emmena Kellan fut un petit bar en face de la librairie universitaire. Je secouai la tête en souriant et le suivis à l'intérieur pour déjeuner et boire une bière avant de partir à l'aventure. Puis on alla à la librairie, où je trouvai tous les livres dont j'avais besoin. Je les achetai presque tous d'occasion, ce qui me permit d'économiser une petite fortune. Pendant que j'attendais pour passer à la caisse, je ne pus m'empêcher de sourire en voyant Kellan feuilleter un énorme livre d'anatomie tout en parlant à deux étudiantes qui gloussaient… La séduction, encore et toujours.

Puis on traversa la rue pour entrer sur le campus à proprement parler. C'était magnifique : des petites allées conduisaient à des bâtiments en brique à travers de grandes étendues d'herbes parfaitement entretenues. Il y avait des cerisiers partout, qui devaient sans doute être magnifiques au printemps. Des personnes de tous âges et de toutes origines se prélassaient sur l'herbe, profitant des rayons du soleil.

Kellan me guida au milieu des bâtiments imposants. Il connaissait leurs noms, mais aussi leurs spécialités. Le hall Gowen servait aux cours de littérature asiatique et de sciences politiques ; le hall Smith aux cours d'histoire et de géographie ; le hall Savery à la philosophie, la sociologie et l'économie ; le hall Raitt était celui des cours de communication et des sciences de la nutrition ; le hall Miller, que je connaissais déjà, abritait l'administration…

Il m'expliqua en détail où se trouvait tel ou tel endroit, sans même consulter les brochures que j'avais apportées avec moi. Il semblait tout connaître par cœur, et je n'aurais pas pu rêver d'un meilleur guide. Je l'appréciais de plus en plus, et pas seulement parce qu'il connaissait le moindre recoin du campus, mais aussi parce que marcher à côté de lui dans les allées et les couloirs me rendait presque invisible. Il attirait tous les regards, toutes les femmes, et même quelques hommes l'observaient sans aucune discrétion. Et les garçons qui ne le regardaient pas observaient l'expression admirative des filles, avec l'air de ne rien comprendre au phénomène qui se déroulait sous leurs yeux. Du coup, personne ne faisait attention à moi, et ça m'allait très bien.

Il échangea des regards avec plusieurs filles dans les couloirs et on évita certaines, ce qui piqua ma curiosité. On explora une grande partie du campus et de nombreux bâtiments. Il fit en sorte de me faire traverser tous ceux où j'allais avoir cours et me montra dans quelles salles je devais aller et les raccourcis pour m'y rendre.

L'après-midi avait été riche en événements, mais c'était sans compter sur la surprise qui nous attendait. On venait de dépasser la salle où devait avoir lieu mon cours de littérature européenne quand quelqu'un cria derrière nous.

– J'ha-llu-ci-ne. Kellan Kyle !

Une petite rousse aux cheveux en pétard et au visage recouvert de taches de rousseur se dirigea vers nous, sous le regard perplexe de Kellan. Puis il eut soudain l'air paniqué, et je crus l'espace d'un instant qu'il allait partir en courant. Mais avant qu'il ait eu le temps de bouger, la fille enroula ses bras autour de lui et l'embrassa goulûment. J'étais choquée et atrocement mal à l'aise. Enfin, elle s'écarta et laissa échapper un soupir d'extase.

– J'en reviens pas que tu sois venu me voir à la fac !

Kellan cligna des yeux et ouvrit la bouche, mais aucun mot ne sortit. La fille me dévisagea et fronça les sourcils.

– T'es occupé, on dirait.

Elle sortit un petit bout de papier de son sac et un stylo, gribouilla quelque chose et mit le papier dans la poche avant de Kellan, qui se tortilla avec un drôle d'air sur le visage.

– Appelle-moi, dit-elle dans un souffle, avant de lui donner un autre baiser passionné et de continuer sa route.

Kellan se remit en marche comme si rien ne s'était passé. Je ne pouvais pas m'empêcher de le dévisager d'un air incrédule. Il se comportait comme si se faire aborder comme ça était tout à fait normal. Enfin, son regard croisa le mien.

– C'était qui ?

– Aucune idée.

Il mit la main dans sa poche à la recherche du papier.

– C'était… Candy, dit-il en ayant enfin l'air de se souvenir de qui elle était.

Il eut un sourire en regardant dans la direction qu'elle avait prise et je levai les yeux au ciel, agacée. Apparemment, j'avais eu raison de croire que c'était un don Juan. C'est alors qu'il me surprit en chiffonnant le bout de papier avant de le jeter dans une poubelle. J'avais déjà imaginé que Candy recevrait un appel plus tard et je ne pus retenir un sourire. La pauvre…

Une semaine plus tard, lors d'un dimanche matin ensoleillé, je zappais sans but d'une chaîne à l'autre, perdue dans mes pensées. Denny n'avait pas appelé la veille. Ça arrivait de plus en plus souvent, et ça commençait vraiment à m'énerver. J'essayais de me répéter qu'il n'en avait plus que pour quelques semaines et que tout cela allait bientôt prendre fin, mais ça ne suffisait pas à me mettre de bonne humeur, du moins pas ce jour-là. J'avais donc prévu de passer la journée cloîtrée à me lamenter sur mon sort.

J'en étais à mon millième soupir de la matinée quand Kellan fit irruption dans le salon et vint se planter devant l'écran de télé.

– Ça suffit, dit-il en me tendant la main.

– Quoi ?

– Tu vas pas encore passer ta journée à te morfondre dans le canapé. Tu viens avec moi.

Il m'agaça, et je ne bougeai pas d'un millimètre.

– Et on va où ?

– Au Bumbershoot.

– Au quoi ?

– Au Bumbershoot. Fais-moi confiance, tu vas adorer.

Je lui adressai un sourire sarcastique.

– Mais ça va ruiner ma parfaite journée d'auto-apitoiement.

– Effectivement.

Il me fit un grand sourire, et sa beauté me coupa le souffle. Il avait peut-être raison, après tout…

– C'est bon, soupirai-je.

Je me levai en ignorant sa main tendue et j'allai à l'étage en traînant les pieds bruyamment pendant qu'il se moquait de moi. Il portait un short et un tee-shirt décontractés, et je décidai de l'imiter. Je redescendis vêtue d'un short et d'un débardeur fluide, et il m'examina avant de tourner la tête en souriant dans le vague.

– Prête ? demanda-t-il en attrapant ses clés et son portefeuille.

– Oui.

Je n'avais aucune idée de ce dans quoi je m'embarquais, et je fus étonnée de voir qu'on allait chez Pete.

– C'est chez Pete, Bumbershoot ? Dépaysant, dis-je d'un ton moqueur.

Kellan me sourit et leva les yeux au ciel.

– Non, mais je passe prendre les mecs chez Pete.

Je sentis une pointe de déception m'envahir.

– Ils viennent aussi ?

Il fronça les sourcils en remarquant mon air déçu.

– Oui… Ça t'embête ?

– Non, pas du tout. C'est moi qui m'incruste, après tout.

Je ne savais même pas pourquoi j'avais réagi comme ça.

– Tu t'incrustes pas du tout.

Je me détendis et regardai par la fenêtre, et de nouveau mon cœur se serra. Il y avait bien une chose que traîner avec les garçons impliquait et dont je ne raffolais pas, et cette chose était précisément en train de marcher dans ma direction. Kellan rit en m'entendant soupirer.

– T'en fais pas, me murmura-t-il dans le creux de l'oreille, je te protégerai contre Griffin.

Griffin frappa à la fenêtre et pressa sa bouche contre la vitre, puis il se mit à la lécher en faisant tinter son piercing contre le verre. Je grimaçai et tournai la tête pour ne pas le voir. Matt ouvrit la portière arrière du côté de Kellan et me sourit. Il avait l'air sincèrement content de me voir.

– Salut, Matt.

– Tu viens avec nous ? Cool.

Evan ouvrit la portière arrière de mon côté et fit signe à Griffin de grimper au milieu.

– Hors de question de monter à la place du mort. T'as qu'à t'y mettre, toi, dit-il d'un air buté, en secouant la tête.

– Y a pas moyen, mec, j'ai mal au cœur si je suis pas à côté de la fenêtre.

Evan soupira et lui indiqua le siège encore une fois. Griffin leva les yeux et regarda Matt, dont la tête indiquait clairement qu'il n'allait pas bouger de là. Griffin croisa les bras sur sa poitrine, bien décidé à ne pas bouger non plus, et Evan et Kellan soupirèrent en même temps.

– C'est pas vrai, je rêve ! m'exclamai-je avant de me glisser à l'arrière.

– Trop cool !

Griffin grimpa à côté de moi et claqua la portière au nez d'Evan. Je regrettai immédiatement ma décision et regardai Kellan dans le rétroviseur, mais il ne pouvait pas faire grand-chose. Je me rapprochai de Matt, mais Griffin fit en sorte de me coller autant que possible en dépit de toute la place qu'on avait à l'arrière. Evan s'assit à l'avant et me fit signe, puis Kellan démarra. Je n'eus besoin de taper Griffin que quatre fois, trois quand il essaya de poser sa main sur ma cuisse et l'autre quand il voulut mettre sa tête sur mon épaule. Kellan jetait des coups d'œil réguliers dans le rétro mais impossible de savoir si le manège de Griffin l'amusait ou l'agaçait.

Bumbershoot était un festival musical et artistique qui se déroulait au Seattle Center. Kellan se gara sur le parking de l'autre côté de la rue et m'attendit pour me prendre la main. En plus de trouver son geste gentil, je ne tardai pas à le trouver pratique, étant donné que l'endroit était blindé de monde. Il insista pour payer ma place en disant que c'était lui qui m'avait fait venir, et on entra dans le parc.

C'était incroyable : il y avait des expos et des représentations partout. On passa à côté de la Space Needle en chemin, et Kellan me dit à l'oreille qu'on pourrait y aller plus tard si je voulais. Plus on avançait, plus j'étais impressionnée : il y avait une douzaine de podiums et presque autant d'amphithéâtres, chacun occupé par un groupe différent. Du rock au reggae, tous les styles étaient là, et il y avait aussi des dizaines de stands de souvenirs et de nourriture, et même un parc d'attractions.

Je ne savais pas par où commencer, mais Griffin et Matt avaient l'air de savoir exactement où aller. On les suivit à travers la foule qui s'épaississait à mesure qu'on approchait des podiums en plein air. Je serrai un peu plus fort la main de Kellan et il m'attira plus près de lui. Denny me manquait toujours autant, mais c'était agréable de traîner avec Kellan. Ça me mettait de bonne humeur.

Griffin, Matt et Evan avançaient vers un groupe particulièrement agité qui écoutait un groupe de rock que je n'avais jamais entendu avant. Ça avait l'air un peu trop violent à mon goût, et je fus soulagée quand Kellan s'arrêta à bonne distance. Il chantonna certaines de leurs chansons, sans jamais lâcher ma main. D'autres spectateurs derrière nous me bousculaient sans ménagement. En voyant que j'étais ballottée de droite à gauche, il passa ses bras autour de ma taille et me fit me placer devant lui, à l'abri. Ses bras étaient accueillants et réconfortants et, à l'inverse de Griffin, je ne le repoussai pas.

J'écoutai le groupe pendant un moment (je préférais le groupe de Kellan) puis je me remis à scruter la foule. J'avais perdu les autres de vue mais je finis enfin par les apercevoir un peu en retrait, formant un petit cercle avec d'autres gens, qui se passaient ce qui n'était certainement pas une cigarette. Kellan remarqua mon regard et je guettai sa réaction, curieuse de voir s'il allait les rejoindre. Ses yeux étincelèrent mais il me regarda en haussant les épaules avant de reporter son attention sur le concert. J'étais soulagée qu'il reste avec moi, même si je commençais à m'interroger sur ses raisons. Mais je décidai que c'était sympa d'être avec lui, qu'il n'était pas désagréable à regarder, et que c'était tout ce que j'avais besoin de savoir pour le moment. De plus, je m'étais vraiment sentie seule, ces derniers temps, et son contact, bon ou mauvais, me faisait oublier un peu ce sentiment. Je me détendis enfin pour la première fois depuis des semaines ; je me retournai et passai mes bras autour de sa taille. Je le sentis se crisper un petit peu au départ, puis il finit par se relaxer et je sentis son pouce me caresser le dos. Je ne savais pas trop pourquoi je faisais ça, mais la chaleur de son étreinte me fit du bien, et j'arrêtai de me poser des questions.

On passa la plus grande partie de la matinée comme ça, à passer d'un podium et d'un concert à l'autre. Griffin et Matt nous guidaient à travers la foule, Griffin sifflant dès qu'il passait à côté d'une jolie fille, ce qui ravissait certaines et en excédait d'autres. Matt lui envoyait un coup de coude de temps en temps pour attirer son attention et changer de direction. Evan restait à nos côtés et jetait de drôles de regards à Kellan, qui me tenait toujours la main. Une fois arrivés devant un nouveau groupe, les garçons essayaient de s'approcher le plus possible de la scène et Kellan demeurait à côté de moi. Je me sentais un peu coupable de l'empêcher d'en profiter avec les autres, mais j'étais contente qu'il reste avec moi.

Vers midi, on fit une pause pour acheter des hamburgers et des frites. Kellan attrapa ma part et se dirigea vers un carré d'herbe inoccupé. Matt et Evan s'assirent et Matt attrapa une bouteille d'eau qui contenait un liquide qu'ils mélangèrent avec leurs boissons. Griffin vint s'accroupir devant Matt et lui tendit son verre pour en avoir aussi. J'ignorais ce que c'était, mais j'étais presque sûre que c'était de l'alcool. Les mecs étaient vraiment tous pareils.

Matt était assis à côté de moi et il me tendit la bouteille poliment mais je refusai d'un hochement de tête. Il tendit alors la bouteille à Kellan qui, à ma grande surprise, refusa aussi. Je bus une gorgée de soda, contente de voir que Kellan n'avait pas besoin de ça pour s'amuser. Matt haussa les épaules et but une gorgée à la bouteille avant de la remettre dans son sac.

Griffin se releva et fit un geste comme s'il s'apprêtait à s'asseoir à côté de moi, mais Kellan lui piqua la place et vint se mettre juste à côté de moi. Je le regardai avec gratitude et il me donna un petit coup d'épaule complice. Griffin le regarda d'un sale air puis alla s'asseoir à côté d'Evan, en face de Matt. On était assis en ligne au lieu de former un cercle, ce que je trouvais un peu bizarre. Mais quand les premiers mots de l'histoire que Griffin avait commencé à raconter à Evan me parvinrent, je fus ravie de notre agencement : en entendant les mots « vicieuse » et « coquine », je tournai la tête vers Kellan, amusé, qui levait les yeux au ciel. Je décidai d'ignorer Griffin et de discuter avec Kellan.

Bien sûr, les filles qui étaient là se comportaient de la même manière envers lui que n'importe où ailleurs. Mais pour la toute première fois, il avait l'air de vraiment les ignorer. D'habitude, il aurait au moins souri ou échangé quelques regards, mais aujourd'hui, il avait juste l'air content d'être assis à côté de moi et de me parler. Les garçons étaient plus que ravis de son peu d'intérêt, car ça voulait dire que l'attention se reportait sur eux. Après le déjeuner, ils décidèrent d'aller au petit parc d'attractions. Evan, Matt et Griffin se dirigèrent vers un manège qui avait l'air terrifiant. Non seulement ça vous projetait d'avant en arrière tout en prenant de plus en plus de hauteur, mais ça vous mettait la tête en bas une fois au sommet. Je détestais ce genre de manège et je m'agrippai à la main de Kellan en arrivant à hauteur de la file d'attente. Il s'arrêta et s'écarta légèrement tandis que les autres rentraient dans la queue. Je me collai à lui et posai ma tête sur son épaule, soulagée de ne pas avoir à monter avec les autres. Les garçons étaient entourés d'un groupe d'admiratrices et ils avaient l'air de bien s'amuser. Kellan m'emmena jouer à des jeux un peu plus loin et il finit par gagner un ours en peluche. Il me l'offrit et je l'embrassai sur la joue pour le remercier.

Alors qu'on s'éloignait des jeux, une petite fille devant nous se mit à pleurer. Elle avait fait tomber sa glace et elle semblait inconsolable en dépit des efforts de sa mère. Kellan jeta un regard à la mère exaspérée et à la petite fille écarlate, puis ses yeux se posèrent sur moi, et enfin sur l'ours en peluche.

– Ça ne t'embête pas ? me demanda-t-il en hochant la tête en direction de la petite fille.

Sa gentillesse me fit sourire et je lui tendis l'ours.

– Bien sûr que non. Vas-y.

Il se dirigea vers la petite fille et interrogea sa mère du regard, qui sourit et acquiesça d'un signe de la tête. Il s'accroupit devant la petite fille et lui tendit l'ours. Elle le prit dans ses bras et cessa immédiatement de pleurer, puis elle remercia timidement Kellan et se mit à rire. Il lui ébouriffa les cheveux, et la mère de la petite le remercia également. Il hocha la tête et leur sourit gentiment avant de revenir vers moi. Je lui tendis la main et souris tandis que nos doigts s'entrelaçaient.

– Tu es un gros nounours en fait.

– Oui, mais chut, dit-il en regardant autour de nous. Tu veux que j'essaye d'en gagner un autre ?

– Non, c'est pas la peine.

Le souvenir qu'il venait d'imprimer dans mon esprit valait bien toutes les peluches du monde. Il me sourit et m'entraîna là où on avait laissé les garçons. Quand le jour commença à décliner, j'étais si fatiguée que je tenais à peine debout. On retourna à la voiture et je montai à l'avant entre Kellan et Evan, bien décidée à ne pas être à côté de Griffin. Je souris en le voyant faire la moue sur la banquette arrière. Le ronronnement de la voiture ne tarda pas à me bercer et je posai la tête sur l'épaule de Kellan. Je me sentais vraiment à l'aise avec lui après cette journée passée ensemble, et j'avais une envie étrange d'être à son contact. J'étais presque endormie quand je sentis la voiture s'arrêter et entendis les portières s'ouvrir. Je voulus ouvrir les yeux et dire bonsoir aux garçons, mais j'étais si fatiguée que mon corps refusa d'obéir.

– On va boire un verre, tu viens ?

Je crus reconnaître la voix d'Evan, et je sentis Kellan s'écarter légèrement pour me regarder.

– Pas ce soir. Je vais aller la mettre au lit.

– Fais gaffe, Kellan, dit Evan après un long silence. T'as pas besoin d'une autre Joey et… Denny est ton ami, mec.

Je voulus protester, mais mon cerveau fatigué fut incapable de former une phrase. Kellan marqua une pause encore plus longue avant de répondre.

– C'est complètement différent. Jamais je…

Il ne finit pas sa phrase et je me demandai ce qu'il avait voulu dire.

– T'en fais pas pour moi. Je passerai peut-être après.

– OK. À plus tard.

La portière se referma et Kellan soupira profondément avant de se remettre en route. J'eus envie de poser ma tête sur ses genoux mais je me ravisai et je finis par m'endormir complètement. Après ce qui me sembla être quelques secondes, il arrêta la voiture puis il resta dans le noir sans rien dire. Je pouvais sentir ses yeux posés sur moi. Je me demandais si je devais me lever et rentrer pour qu'il puisse retourner chez Pete, mais j'étais vraiment curieuse de savoir ce qu'il allait faire, et surtout, je me sentais vraiment bien. Mais le silence se prolongea et je sentis les battements de mon cœur s'accélérer. Ma propre réaction me mit mal à l'aise et je bâillai en m'étirant un peu comme si je venais d'émerger.

– Salut, Belle au bois dormant. Je commençais à croire que j'allais devoir te porter.

– Désolée.

– Pas de problème, ça m'aurait pas dérangé. Tu t'es bien amusée ?

Je me remémorai la journée et me rendis compte que oui.

– Comme une folle. Merci de m'avoir invitée.

– De rien, dit-il en baissant les yeux timidement.

– Désolée que tu aies raté le pogo à cause de moi, ajoutai-je en riant.

Il rit à son tour et releva les yeux vers moi.

– Au contraire. Je préfère rester en compagnie d'une jolie fille que prendre des coups dans tous les sens.

Il sourit d'un air un peu gêné, et je baissai les yeux. Entendre quelqu'un comme lui dire que j'étais jolie était complètement ridicule, même si c'était gentil de sa part.

– Allez, viens, on rentre.

– T'en fais pas pour moi. Retourne chez Pete.

Il eut soudain l'air inquiet, et je me rendis compte qu'il avait sans doute cru que j'étais endormie tout au long de sa conversation avec Evan. J'essayai de rattraper le coup.

– J'imagine que les autres y sont ?

– Oui, mais je suis pas obligé d'y aller. Je veux dire, on peut commander une pizza ou regarder un film si tu veux.

Je me rendis compte que je mourrais de faim. Une pizza me parut être une excellente idée et mon estomac me fit savoir qu'il était d'accord en gargouillant.

– Apparemment, mon estomac vote pour la pizza.

– C'est parti, alors.

On commanda une grande pizza aux pepperoni qu'on mangea debout dans la cuisine en se remémorant les idioties de Griffin et des autres dans la journée. Puis je me blottis dans le fauteuil tandis qu'il s'allongeait sur le canapé et allumait la télé. On commença à regarder *Princess Bride* et je me rappelai vaguement entendre le petit garçon parler à son grand-père avant de m'endormir. Je me réveillai au moment où Kellan me posait sur mon lit et me recouvrait de ma couette.

– Kellan, murmurai-je.

– Oui ? dit-il en s'immobilisant.

– On a oublié la Space Needle.

Il me sourit et finit de me border.

– La prochaine fois.

Quand il eut fini, il marqua une pause, penché au-dessus de moi. Je pouvais à peine distinguer ses yeux dans le noir mais son regard me donna des papillons dans l'estomac. Il finit par me souhaiter une bonne nuit et sortit de ma chambre. Je souris en me remémorant la journée. La plupart du temps, Denny ne m'avait pas manqué… enfin pas trop.

6

Tequila

Après cette journée, je commençai à faire plus attention à Kellan et à remarquer combien il était gentil avec moi. Ses petits hochements de tête quand il arrivait au bar, sa façon de me regarder et de me sourire quand il chantait, nos conversations au petit déjeuner, les moments où il chantait pour moi à la maison… Je me sentais chaque jour un peu plus proche de lui. Ça me ravissait et m'inquiétait à la fois. M'intéresser à lui compensait l'absence de Denny, mais je culpabilisais en même temps. Je me languissais toujours de ses appels, mais si on restait un ou deux jours sans se parler, je parvenais à oublier ma solitude en passant du temps avec Kellan, ce qui n'avait pas l'air de le déranger, bien au contraire.

On continua à flirter amicalement après le festival. Les jours où il faisait beau, on s'allongeait dans l'herbe dans le jardin pour lire et prendre le soleil. Souvent, il se mettait torse nu pour bronzer et je sentais mon cœur s'accélérer. Il finissait toujours par s'endormir, et j'en profitais pour le regarder. Sauf qu'une fois, il ne dormait pas encore et il avait souri en ouvrant un œil. J'avais rougi furieusement et détourné la tête pendant qu'il se moquait de moi.

Les soirs où je n'étais pas de service, il rentrait parfois à la maison après sa répétition au lieu d'aller chez Pete avec les autres, et on dînait ensemble avant de regarder un film dans le canapé. Parfois, il mettait un bras autour de mes épaules et me caressait le bras. D'autres fois, il me tenait la main et jouait avec mes doigts en souriant.

Les autres soirs, on se faisait un câlin sur le canapé, on lisait ou on regardait la télé avant mon service. Il me laissait m'appuyer contre lui ou poser la tête contre son épaule. Un jour où j'étais épuisée après une nuit d'insomnie passée à penser à Denny, on s'était lovés sur le canapé et il avait posé ma tête sur ses genoux. Je m'étais endormie avec ses bras protecteurs autour de moi et ses doigts caressant doucement mes cheveux. Au fond de moi, je savais que c'était plus que Denny n'aurait accepté, mais c'était réconfortant et agréable. J'étais inquiète de voir à quel point j'aimais être près de lui, et en même temps, je ne pouvais pas m'en empêcher.

Un soir de semaine, quelqu'un choisit une chanson particulièrement entraînante sur le juke-box et Griffin, fièrement vêtu de son tee-shirt « Douche Bags », fut pris d'une envie irrésistible d'agripper toutes les filles des tables voisines pour les amener sur la piste, ce qu'elles firent avec joie. Mais ensuite, il remarqua ma présence et commença à avancer vers moi. Peu enthousiaste à l'idée de sentir ses sales pattes sur moi, je reculai en levant les mains. Evan rit et attrapa Jenny pour un petit pas de danse, tandis que Matt était assis et observait la scène en riant lui aussi.

Griffin était presque à ma hauteur quand je sentis quelqu'un m'attirer et me faire virevolter sur la piste. Kellan rit au nez de Griffin et m'emmena de l'autre côté de la pièce. Je lui souris tandis qu'il me faisait danser avant de me faire un baisemain et de me relâcher. Une demi-douzaine de filles l'entourèrent aussitôt, désireuses de danser elles aussi avec le dieu du rock.

Il passa le reste de la soirée à danser de façon plutôt suggestive avec plusieurs groupes de filles. Il bougeait sans effort au rythme de la musique et offrait un spectacle vraiment agréable, si bien que je me surpris à le regarder à de nombreuses reprises pendant mon service.

Je pensais encore à son corps en train d'onduler en rythme en rentrant à la maison. Je fus accueillie par la sonnerie du téléphone et souris en pensant qu'il ne pouvait s'agir que de Denny, à cette heure-ci. Je fus donc plus qu'étonnée d'entendre la voix de ma sœur à l'autre bout du fil.

– Salut, sœurette.

– Anna ! Ça fait un bail ! Ça va ? Pourquoi tu appelles si tard ?

– J'ai reçu ton colis aujourd'hui...

J'avais envoyé des photos à Anna et à mes parents, qui représentaient la ville, mon université, le bar, ainsi qu'une photo de Kellan, Denny et moi.

– Et donc je me demandais... C'est qui, ce canon ? Et pourquoi tu m'en as pas parlé à la minute où t'es arrivée ?

J'aurais dû deviner que Kellan susciterait un grand intérêt chez moi.

– C'est Kellan, mon coloc'.

– Punaise ! Maintenant c'est sûr, je vais venir te rendre visite !

Avoir ma sœur et Kellan dans la même pièce, voilà qui serait intéressant. Sauf que soudain, imaginer Anna ici me parut une très mauvaise idée.

– C'est-à-dire qu'en ce moment, c'est pas vraiment... Mais attends, et Phil ?

– Phil ? Arrête ! Comparé à ton coloc', c'est tout vu.

Ma mère m'avait dit qu'Anna connaissait Phil depuis deux longues semaines lorsqu'elle avait décidé d'emménager chez lui. Visiblement, la lune de miel était déjà finie.

– Ça tombe mal en ce moment. Je m'apprête à reprendre les cours et Denny est toujours pas revenu...

– Comment ça, pas revenu ?

– Bon sang, Anna, ça t'arrive de parler aux parents ?

Je ne souhaitais vraiment pas avoir encore cette conversation avec un autre membre de ma famille.

– Pas si je peux l'éviter, non. Qu'est-ce qui s'est passé ?

– Il a dû partir quelque temps à Tucson pour le travail.

Quelque temps qui ressemblaient plutôt à une éternité. D'ailleurs, il n'avait pas appelé aujourd'hui.

– Attends, il est parti flâner dans le désert en te laissant toute seule avec Mister Univers ?

Je pouvais l'entendre sourire à l'autre bout du fil.

– Arrête de te faire des films.

Certes, mes rapports avec Kellan étaient plus amicaux qu'avant, mais ça n'était pas du tout ce que ma sœur croyait.

– Raconte-moi, alors ?

– Rien, il est…

Comment résumer Kellan en un mot ?

– Il est gentil, c'est tout.

– Il est gay, c'est ça ? J'en étais sûre. Les plus beaux sont toujours gays, dit-elle avec un soupir dramatique.

Je ris : d'après ce que j'avais pu voir, il était tout sauf homo.

– Je crois pas, non.

– Parfait. Je viens quand, alors ?

Elle avait l'air de trépigner à présent. Elle n'allait pas lâcher le morceau si facilement.

– Après les vacances de Noël ? suggérai-je. On pourra sortir et aller en boîte tous ensemble.

Voilà le genre d'activités qui plairait à tout le monde. Surtout que j'avais toujours en tête l'image de Kellan en train de danser.

– Je m'imagine déjà en sueur avec lui sur la piste… Je pourrais lui arracher son tee-shirt quand il commencera à avoir trop chaud…

– Bon sang, Anna, arrête un peu !

Je n'aimais pas du tout l'image qui venait de s'insinuer dans ma tête, et je décidai de changer de tactique.

– Si tu penses que lui est canon, tu devrais voir son pote Griffin.

– Sérieux ?

Je passai le reste de notre conversation à la convaincre des nombreuses vertus de Griffin. C'était la première fois de ma vie que je mentais aussi effrontément.

L'après-midi suivant, Denny finit enfin par m'appeler après deux jours de silence. J'avais l'impression que ça faisait une éternité que je ne lui avais pas réellement parlé. Mais surtout, je mourais d'envie de le voir et de le toucher. La conversation fut brève et il avait l'air distrait, comme si m'appeler était une corvée plutôt qu'un plaisir. Il s'excusa au bout de quelques minutes en disant qu'il devait partir en réunion. Mon cœur se brisa en lui disant au revoir et je regardai le combiné pendant vingt minutes en me demandant s'il allait rappeler, et pourquoi il téléphonait de moins en moins.

Plus tard, dans la même nuit, je me réveillai en panique, le cœur battant. J'avais fait un cauchemar dont j'étais incapable de me souvenir, mais qui m'avait terrifiée. Je m'assis dans mon lit et repliai mes genoux sous mon menton, puis j'essayai de stabiliser ma respiration. J'avais un besoin irrépressible de parler à Denny. Je n'en étais pas sûre mais j'avais l'impression que mon rêve avait un rapport avec lui. Me demandant si je pouvais encore appeler son hôtel, je regardai l'heure. 3 h 30. Trop tard pour l'appeler, trop tôt pour le réveiller. J'allais devoir attendre encore quelques heures pour essayer de lui parler avant qu'il ne parte travailler. J'entendis alors du bruit au rez-de-chaussée et je me levai en pensant que Kellan était réveillé et que je pourrais en profiter pour me confier à lui. En arrivant dans le salon, je vis qu'il n'était pas seul et voulus tourner les talons et retourner dans ma chambre, mais il était trop tard.

– Tiens, salut ma p'tite chatte.

Griffin était là, une bière à la main et la télécommande dans l'autre.

– Sympa ton pyjama, dit-il avec un clin d'œil.

Kellan m'adressa un regard d'excuse depuis le canapé.

– Désolé, on voulait pas te réveiller.

Matt était installé dans le fauteuil et me sourit, mais il n'y avait aucune trace d'Evan.

– C'est moi qui ai fait un cauchemar.

– Tu veux une bière ?

– Je veux bien.

Je n'avais pas envie de retourner me coucher tout de suite. Il alla chercher une bière dans la cuisine pendant que je restais debout derrière le fauteuil. Griffin se remit à zapper et Matt se retourna vers l'écran. Kellan réapparut quelques instants plus tard, me tendit une bière et me fit signe d'aller m'asseoir près de lui. Assis au bout du canapé, près de la table, Griffin posa sa bière et fronça les sourcils. Apparemment, il ne trouvait pas ce qu'il cherchait. J'allai m'asseoir à l'opposé et Kellan prit place entre nous, tout près de moi. Je souris et me pressai contre lui. Je m'étais réellement habituée à nos cajoleries. Il passa un bras autour de ma taille et me donna un petit coup de coude complice, et je posai ma tête sur son épaule.

– Vous savez, j'ai réfléchi, dit Griffin d'un air frustré.

Matt grogna et j'éclatai de rire, mais il nous ignora.

– Quand ce groupe se séparera…

Je levai la tête et haussai les sourcils, et Kellan me sourit.

– Je pense que je participerai aux Dieux du Rock.

Je m'étranglai en crachant la gorgée de bière que j'avais dans la bouche. Kellan me sourit et secoua la tête à l'attention de Griffin, qui leva les yeux au ciel, tandis que Matt le regardait d'un air incrédule.

– Les Dieux du Rock ? Sans déconner.

Griffin sourit sans s'arrêter de zapper.

– Grave ! Toutes ces vierges en chaleur, tu rigoles ?

Enfin, il arrêta de zapper et sourit d'un air satisfait. Griffin était tellement bizarre parfois, il aurait vraiment été parfait pour ma sœur. Je finis par regarder la télé pour voir sur quoi son choix s'était arrêté. Naturellement, c'était un porno, ou un truc qui s'en rapprochait sérieusement. Je sentis le rouge me monter aux joues et fixai intensément ma bouteille de bière. Matt et Griffin s'installèrent confortablement pour regarder tandis que Kellan regardait vers moi avec curiosité. Si je me levais pour partir, Griffin s'en donnerait à cœur joie la prochaine fois que je le verrais au bar. Tandis que si je restais assise là et que je faisais mine de regarder d'un air impassible, il me ficherait la paix. Les bruits du film me gênaient de plus en plus. Sincèrement, pourquoi les mecs regardent ça ? Et pourquoi Kellan me regardait moi ?

– Ça te gêne ? finit-il par me chuchoter.

Je secouai négativement la tête. Hors de question qu'il me prenne pour une prude. Je voulais juste qu'il oublie ma présence et qu'il continue à regarder ces obscénités. J'étais en train de me demander pendant encore combien de temps je devrais rester assise là avant de pouvoir filer discrètement quand Kellan se pencha en avant afin de faire écran entre Griffin et moi. Il regardait attentivement la télé et je trouvai son expression intéressante. Je me fichais du film, mais observer Kellan en train de le regarder était fascinant.

Au début, il se contentait de regarder, mais ses yeux ne tardèrent pas à briller d'un éclat intense. Il avala une gorgée de bière, laissant ses lèvres sur le goulot pendant quelques secondes. Il entrouvrit légèrement la bouche et sa respiration sembla s'accélérer imperceptiblement. Puis il passa lentement sa langue sur ses lèvres avant de mordiller sa lèvre inférieure. Je trouvai son geste si sexy que je laissai échapper un léger bruit de gorge. Les autres ne l'entendirent pas mais Kellan, si. Ses yeux bleus plongèrent dans les miens, et je me demandai comment une femme était capable de résister à un regard pareil. Je sentis ma respiration s'accélérer. Est-ce que je résisterais s'il tentait quoi que ce soit ? Il pensait à quoi en ce moment ? J'aurais payé cher pour le savoir.

Sa respiration s'accéléra notablement, il regarda ma bouche et je sus exactement à quoi il pensait. Il n'aurait pas dû le penser et je n'aurais pas dû souhaiter qu'il le pense. Il humecta ses lèvres une fois de plus et son regard de plus en plus ardent se reposa sur mes lèvres. Il se pencha vers moi et mon cœur se mit à battre à tout rompre. Je savais qu'il fallait que je le repousse, mais j'étais incapable de me rappeler pourquoi. Incapable de bouger aussi.

Il s'approcha davantage et je fermai les yeux. Je pouvais sentir à quel point son corps était proche du mien, le contact de son bras autour de ma taille, sa main sur ma jambe. Le tout, combiné aux bruits qui s'échappaient de la télévision, me fit frissonner des pieds à la tête. Après ce qui me parut une éternité, il me toucha, mais pas comme je l'avais imaginé. Il appuya son front contre le mien et nos nez se frôlèrent. Je pouvais sentir le souffle intense de sa respiration et je levai la tête instinctivement pour trouver ses lèvres.

Mais une nanoseconde avant que nos lèvres ne se touchent, il tourna la tête et vint nicher son nez dans mon cou. Ce quasi contact me coupa le souffle, et il expira profondément en laissant échapper un soupir si séduisant que je frémis. Il resta immobile et prit deux respirations irrégulières tandis que je lançais mon corps vers le sien sans m'en rendre compte. Je me penchai sur lui, posai une main sur sa cuisse, tournai la tête pour chercher ses lèvres. Il sentait si bon…

Soudain, il attrapa la main que j'avais posée sur sa jambe et la pressa presque douloureusement.

– Viens avec moi, murmura-t-il d'une voix rauque.

Incertaine de ce qu'il allait faire et de ce que j'allais faire moi-même, je me levai et le suivis. Matt et Griffin, dont j'avais oublié jusqu'à l'existence, ne nous jetèrent même pas un regard.

Étonnamment, il m'entraîna dans la cuisine et je me demandai ce qu'il allait faire. Je l'imaginai me pressant contre lui, à l'abri du regard des garçons, dans un long baiser passionné. Je l'imaginai passer ses doigts dans mes cheveux en me serrant contre lui. J'imaginai tout son corps collé au mien, et lorsqu'on arriva dans la cuisine, ma respiration était légèrement entrecoupée.

Kellan, de son côté, était tout ce qu'il y a de plus normal. Il me lâcha la main une fois dans la cuisine, posa sa bière sur le comptoir et remplit un verre d'eau. Confuse et un peu contrariée par ce brusque changement d'attitude, je me demandai si je ne venais pas d'imaginer le quasi incident dans le salon. Mais il y avait vraiment eu des étincelles entre nous. Il avait failli m'embrasser, j'en étais sûre. Et le plus troublant, c'était que moi aussi, j'avais failli.

Il me sourit comme si rien ne s'était passé, me tendit le verre d'eau et s'empara de ma bière pour la poser sur le comptoir près de la sienne. Je pris une grande respiration et intimai à mon corps de se calmer. Je me sentis soudain complètement stupide. Bien sûr que rien ne s'était presque passé. Il était juste un mec lambda qui s'était senti excité en regardant un porno débile, comme n'importe quel mec, et j'avais cru que c'était moi la raison de cette excitation. J'avais vraiment dû avoir l'air ridicule avec les yeux fermés en attendant qu'il m'embrasse. Une vague d'embarras me submergea et j'avalai mon verre d'eau d'un trait.

– Désolé pour le film.

Je levai les yeux au son de sa voix et vit qu'il souriait.

– Griffin est… Enfin, c'est Griffin, dit-il en haussant les épaules, avant de changer complètement de sujet. T'avais l'air contrarié tout à l'heure, tu veux en parler ?

Il s'appuya contre le plan de travail et croisa ses bras sur sa poitrine, l'air parfaitement détendu et maître de lui-même.

– Je m'en souviens pas. Je sais juste que c'était un cauchemar, bafouillai-je en me sentant toujours aussi bête.

– Mince, dit-il à voix basse, soudainement inquiet.

Regrettant soudain de ne pas être restée au lit, je posai mon verre vide et le dépassai.

– Je retourne au lit, je suis crevée. Bonne nuit.

– Toi aussi, murmura-t-il avec un sourire.

En évitant de regarder Matt, Griffin et le film érotique devant lequel ils étaient toujours scotchés, j'arrivai au bas de l'escalier et regardai par-dessus mon épaule. Kellan était toujours au même endroit, sauf qu'à présent il était affalé sur le plan de travail et se pinçait fortement les ailes du nez. Il avait l'air d'avoir mal à la tête, mais au lieu de revenir sur mes pas, je me dépêchai de retourner au premier pour qu'il ne me surprenne pas en train de l'observer. Je n'avais qu'une envie, ne plus entendre les bruits de ce fichu film.

Je rougis légèrement en arrivant dans la cuisine le lendemain matin, mais il sourit comme à son habitude et m'offrit une tasse de café. Il ne parla pas de la veille, et je me gardai bien de dire quoi que ce soit à ce sujet. Assise en face de lui, je remarquai qu'il portait de nouveau le tee-shirt des Douche Bags. Je fronçai les sourcils et il pâlit légèrement.

– Quoi ? demanda-t-il nerveusement.

Qu'est-ce qu'il avait ? Je pointai son tee-shirt du doigt.

– Je n'ai jamais eu le mien, répondis-je avec toute la légèreté dont j'étais capable.

– C'est vrai, dit-il en se relaxant visiblement.

C'est alors qu'il se leva et retira le tee-shirt avant de le passer par-dessus ma tête. J'étais bouche bée, les yeux fixés sur son corps tandis qu'il m'habillait, incapable de parler ou de faire un geste pour l'aider. Il venait de passer mes bras dans les manches comme si j'étais une enfant de deux ans.

– Voilà. T'as qu'à prendre le mien.

Il sourit debout devant moi, absolument pas gêné d'être désormais à moitié nu. Je devais être rouge comme une tomate.

– Je voulais pas… Enfin, c'était pas la peine de…

Je n'étais même pas capable de faire une phrase complète.

– T'en fais pas, je peux en avoir d'autres. Si tu savais combien Griffin en a fait faire.

Il rit puis tourna les talons et quitta la pièce. Je ne pus m'empêcher de regarder son dos musclé, ses épaules larges et sa taille parfaite. Enfin, mes yeux se posèrent sur ses fesses et il surprit mon regard en se retournant une fois dans l'entrée.

– Je reviens tout de suite.

Il m'adressa un sourire adorable et je rougis encore plus fort. C'est alors que son odeur m'atteignit, si puissante et délicieuse que j'en fermai les yeux. Je humai le col de son tee-shirt profondément. Je ne savais pas si c'était son savon, son shampoing hors de prix, sa lessive, du parfum, ou juste son odeur naturelle, mais ça sentait incroyablement bon. J'étais toujours assise au même endroit en train de respirer le col comme une idiote quand il revint dans la pièce. Il pencha la tête et me sourit avec curiosité tandis que je réajustais le tee-shirt, et je souhaitai soudain ne m'être jamais réveillée ce matin-là. De combien de manières différentes je pouvais avoir l'air stupide en vingt-quatre heures ? Il se rassit et finit son café, désormais vêtu d'une chemise bleue qui mettait encore plus ses yeux en valeur. Je déglutis et me concentrai sur ma tasse.

La journée se déroula normalement, entre lessive et aspirateur pour moi et vaisselle et guitare pour lui. Mais j'étais quand même gênée à mort par ce qui s'était passé la veille et je décidai de prendre mes distances. Sauf que naturellement, quand il alla s'installer devant la télé un peu avant sa répétition, je mourus d'envie de le rejoindre. Il remarqua mon regard et tapota le canapé à côté de lui. Je fus incapable de résister et allai instantanément le rejoindre.

On passa une grande partie du week-end à nous tenir la main, à nous cajoler dans le canapé, à nous prendre dans les bras l'un de l'autre dans la cuisine, moi assise sur ses genoux ou nous deux allongés dans le jardin. Mais il n'y eut aucun autre incident de quasi baiser. Le lundi matin arriva à toute vitesse. Mes cours reprenaient le lendemain. Cette après-midi-là, un coup de téléphone acheva de me mettre sur les dents.

– Salut, ma belle.

Entendre l'accent de Denny me faisait sourire d'habitude, mais pas cette fois. J'étais trop frustrée par ses appels brefs et de toute évidence peu intéressés.

– Kiera ?

Je ne m'étais pas rendu compte que je n'avais pas répondu.

– Salut, bredouillai-je.

– Tu es fâchée ? demanda-t-il en soupirant.

– Peut-être.

Oui.

– Je suis désolé. Je sais que j'ai été distrait. Ça a rien à voir avec toi, je te jure, j'ai juste énormément de boulot.

Ses excuses n'apaisèrent en rien mon agacement.

– Si tu le dis.

Il soupira de nouveau.

– J'ai du temps devant moi. Tu veux qu'on parle de ta rentrée demain ?

Le fait qu'il s'en souvienne me fit plaisir, puis l'idée de la reprise en elle-même me fit froncer les sourcils.

– Si seulement tu étais là… J'ai une de ces trouilles.

– Ma chérie, si tu savais à quel point j'aimerais être avec toi en ce moment. Tu me manques.

– Tu me manques aussi… imbécile.

Il rit de bon cœur.

– Maintenant, raconte-moi tout ce que tu as fait ces jours-ci. J'ai envie d'entendre ta voix.

Je passai l'heure suivante à lui raconter tout ce qui me passait par la tête. Certes, je laissai de côté certains petits détails sur mon rapprochement avec Kellan et notre moment de presque intimité sur le canapé, mais autrement, je lui racontai tout le reste et je parvins à me détendre un peu. Après son appel, je réussis à aller travailler et à dormir avec juste un tout petit nœud à l'estomac.

Mais le nœud était loin d'être petit quand j'arrivai dans la cuisine le lendemain matin. Je reprenais les cours dans quelques heures, et je détestais autant les premiers jours de cours que commencer un nouveau travail. Kellan était en train de faire du café en chantonnant l'une de ses chansons, un petit sourire aux lèvres. Quand le groupe la jouait en concert, c'était une chanson rapide, mais il la chantait comme si c'était une ballade. C'était magnifique et je m'adossai au comptoir pour l'écouter. Il me regarda, sans cesser de chanter, et son sourire s'agrandit. Peut-être qu'il remarqua ma mélancolie, peut-être qu'il me connaissait désormais assez bien pour savoir comment je me sentais, ou peut-être juste qu'il s'ennuyait. Mais pour une raison quelconque, il m'attrapa la main et m'attira à lui. Je ris tandis qu'il passait un bras autour de ma taille avant d'entamer un slow lent. Puis il se mit à chanter plus fort et à exagérer nos mouvements, pour finalement me faire tourner sur moi-même. Il me fit basculer en arrière et, l'espace d'un instant, le rire me fit oublier mon angoisse. Il me releva et passa ses bras autour de ma taille, et je soupirai en mettant mes bras autour de son cou, tandis qu'il chantait au creux de mon oreille.

Soudain, il s'interrompit et me regarda dans les yeux. Je me rendis alors compte que j'avais commencé à passer mes doigts dans ses cheveux. C'était hyper agréable mais je me forçai à arrêter et posai mes mains sur ses épaules.

– Je sais que tu préférerais que ce soit Denny, mais…

Je me raidis en entendant son prénom.

– … je peux t'emmener à la fac pour ton premier jour ? proposa-t-il.

De le voir si beau et de le sentir si près de moi, je sentis les battements de mon cœur s'accélérer.

– Je suppose que tu feras l'affaire, dis-je en feignant l'indifférence.

Il rit et me serra dans ses bras avant de me relâcher.

– C'est pas ce que les femmes me disent d'habitude, maugréa-t-il en s'emparant d'une tasse dans le placard.

– Non, non, je voulais juste dire…

J'eus peur de l'avoir vexé mais il rit en me servant un café.

– Je plaisantais. Enfin, plus ou moins.

– D'accord. Alors euh, oui. Merci.

J'allai m'habiller et passai un temps fou à me coiffer et à me maquiller. Ça ne me rendit pas plus jolie mais ça me permit au moins de me calmer un minimum. J'espérai que le stade des présentations ne serait pas trop embarrassant. Peut-être que je pouvais me cacher au fond de la salle toute la semaine, jusqu'à ce que je me sente plus à l'aise ?

J'attrapai mon sac Soldier IKKS, parfait pour la fac, y glissai mes livres, je ne sais pas combien de stylos et un bloc-notes. Par chance, je n'avais qu'un cours ce jour-là, celui de micro-économie. Denny risquait d'être intarissable sur le sujet. Peut-être que je pourrais l'appeler plus tard et qu'on pourrait en discuter… Toutes les excuses étaient bonnes pour entendre sa voix.

Enfin, je redescendis au rez-de-chaussée et Kellan me sourit depuis le canapé.

– Prête ?

– Non, répondis-je en soupirant à fendre l'âme.

Il me prit la main et me conduisit jusqu'à la porte avec un sourire qui me rendit nerveuse d'une tout autre manière. On fit le trajet jusqu'au campus en silence, à l'exception des bruits de mon estomac. *Franchement, inutile de se mettre dans un état pareil*, répétai-je à mon corps, mais il n'avait pas l'air de vouloir m'écouter. La maison n'était pas loin de l'université, et le trajet ne prit pas longtemps. Lorsque Kellan se gara sur le parking, mon cœur battait à toute vitesse. Je devais être pâle ou avoir l'air malade car il me regarda d'un air inquiet. Il descendit, fit le tour de la voiture et vint ouvrir ma portière.

– Je sais le faire toute seule, tu sais.

Il rit et me prit la main, et la chaleur de son contact me rassura. Je serrai sa main fort dans la mienne et il me sourit.

– Allez, viens, dit-il en indiquant le bâtiment où mon cours avait lieu.

Au bout de quelques pas, je le regardai avec curiosité.

– On peut savoir où tu vas ?

– Je t'accompagne, ça se voit pas ?

Je levai les yeux au ciel. Le fait qu'il ait le sentiment de devoir faire ça me fit me sentir ridicule. Vraiment, j'étais tout à fait capable d'affronter ça toute seule.

– T'es pas obligé. Je peux me débrouiller.

– Peut-être que j'en ai envie, dit-il en m'ouvrant la porte. C'est pas comme si j'étais débordé le matin. En temps normal, je serais juste retourné me coucher.

– Pourquoi tu te lèves si tôt alors ?

On était dans le couloir à présent et de nombreuses filles se retournaient sur lui.

– Je le fais pas par plaisir, crois-moi. Je préférerais dormir plutôt que de faire des nuits de quatre ou cinq heures.

– Dans ce cas, tu devrais vraiment rentrer et retourner te coucher, dis-je alors qu'on approchait de ma salle.

– C'est ce que je vais faire.

Il sourit en ouvrant la porte de ma salle de cours et je me demandai s'il allait aussi m'accompagner jusqu'à ma chaise. Il eut l'air de lire dans mes pensées et eut un nouveau sourire.

– Tu veux que je t'accompagne à l'intérieur ?

Je lâchai sa main et le poussai.

– Ça va aller, dis-je malicieusement.

Cela dit, arriver en sa compagnie m'avait vraiment aidée à me détendre. Je restai un instant à la porte.

– Merci, dis-je en lui plantant un baiser sur la joue.

– De rien. Je passerai te chercher tout à l'heure, répondit-il en baissant la tête.

– C'est vraiment pas…

Il n'eut pas besoin de répondre : son regard suffit à me clouer le bec.

– Très bien, me résignai-je. À tout à l'heure.

Ses yeux scannèrent la pièce avant de revenir sur moi.

– Amuse-toi bien.

Puis il tourna les talons et partit, et je ne pus m'empêcher de le suivre des yeux quelques instants. Malheureusement, il se retourna et me prit en flagrant délit. Il me sourit et agita la main pendant que je rougissais en ayant l'impression d'être la dernière des cruches.

Sérieusement, parfois, il était trop beau pour être vrai. Et en rentrant dans la salle, je pus voir que je n'étais pas la seule à le penser : la plupart des filles étaient encore en train de regarder en direction de la porte, en se demandant sans doute s'il allait revenir et assister au cours. D'autres riaient et discutaient entre elles en désignant le couloir du doigt. Et d'autres me désignaient moi, ce qui m'aurait fait rougir encore plus si je n'étais pas déjà écarlate. Moi qui avais voulu me fondre dans le décor, c'était raté : maintenant qu'il était parti, c'était sur moi que les gens semblaient s'interroger. Un ou deux groupes me sondèrent du regard comme pour m'inviter à m'asseoir, sans doute pour me poser des questions sur lui. Mais je n'étais pas d'humeur à papoter avec des inconnus et j'allai m'asseoir en retrait. Quelques filles me suivirent des yeux mais aucune ne vint me rejoindre.

Le cours était si passionnant que je ne vis pas le temps passer. Finalement, ce n'était pas si compliqué. J'avais vraiment eu tort de m'inquiéter. Ma sœur me disait toujours que j'étais bien plus intellectuelle que sociale, je ne savais pas si c'était un compliment mais elle avait raison : j'étais bien plus douée avec les dissertations et les exams qu'avec les gens. Ce constat me faisait souvent m'interroger sur ma carrière ultérieure. Je n'avais pas encore choisi ma spécialité, mais j'avais l'air de me diriger vers la littérature, et je ne savais pas quel type de profession je pourrais exercer avec ça. Parfois, j'étais jalouse de l'assurance de Denny. Il avait toujours su ce qu'il voulait faire, et il avait réussi. Tandis que moi, je n'en avais pas la moindre idée.

Comme promis, Kellan m'attendait à la sortie. Il me tendit la main en me voyant m'approcher, tandis que certaines des filles qui l'avaient remarqué au début du cours quittaient aussi la salle. Il leur adressa un sourire et elles gloussèrent bêtement. Il était vraiment incapable de s'en empêcher, et je levai les yeux au ciel.

– Allez, Casanova, dis-je en l'entraînant à l'écart de sa nouvelle basse-cour.

Il fronça les sourcils puis se mit à rire.

– Alors, ton cours ?

– Génial !

Il secoua la tête face à tant d'enthousiasme. Visiblement, il ne trouvait pas les cours d'économie aussi intéressants que moi. Je souris en l'imaginant assis dans un amphi en train de s'ennuyer à mourir.

– Alors, tu as fait la sieste ?

Il sourit et hocha la tête.

– Oui, pendant une bonne heure. Je devrais tenir jusqu'à trois heures.

– Comment tu fais ?

– C'est un don… ou une malédiction, ça dépend.

Il me conduisit en cours et vint me chercher toute la semaine, ce qui n'était pas nécessaire étant donné que Denny m'avait laissé sa vieille Honda, mais fort agréable vu que je détestais conduire une manuelle. On discutait, on riait, il me posait des questions sur mes cours et sur ce que j'aimais ou pas dans chaque matière. Les filles se taisaient quand il approchait et l'observaient avec presque la bave aux lèvres quand il me disait au revoir. Il en était conscient, bien sûr, et leur faisait toujours un ou deux clins d'œil. Il m'attendait devant ma salle ou sur le parking après les cours, et il m'apporta même un expresso une fois.

Je m'étais attendue au pire, mais Kellan parvint à faire de cette première semaine de cours une transition tout en douceur, et je débordais de reconnaissance. En fait, il n'y avait qu'une chose qui me contrariait, et pas qu'un peu : Denny. Quand il était parti, il m'avait d'abord appelé tous les jours. Puis, petit à petit, il avait commencé à appeler tous les deux jours. Mais cette semaine-là, ça faisait cinq jours que j'étais sans nouvelles ! Notre dernière conversation datait de la veille de la rentrée. J'avais cru qu'il appellerait pour savoir comment ma première semaine se passait, mais non. J'avais laissé des messages à son hôtel, mais apparemment il était si occupé au bureau qu'il n'y était presque jamais. Quand le week-end arriva, ma colère avait atteint des sommets. Le dimanche soir, alors que j'étais en pyjama et prête à aller au lit, je décidai d'essayer de l'appeler une dernière fois. Et quand il décrocha enfin, j'étais folle de joie. Du moins au début.

– Bonsoir, ma belle.

Il avait l'air épuisé.

– Coucou ! Tu as l'air fatigué, tu veux que je rappelle demain ?

Je me mordis la lèvre en espérant qu'il dise non.

– Non, je suis content de t'entendre. Il fallait que je te parle de toute façon.

Je regrettai soudain qu'il ne m'ait pas demandé de le rappeler. Un vent de panique souffla sur moi et la peur me noua l'estomac, mais j'essayai de rester calme.

– Ah bon ? À propos de quoi ?

Il marqua une pause et mon cœur se mit à tambouriner.

– J'ai fait quelque chose. Je pense que ça va pas te plaire.

Mon esprit se mit instantanément à passer en revue une série de situations plus atroces les unes que les autres. Mes pensées s'orientèrent vers Kellan et ce qui aurait pu se passer entre nous le soir où on avait regardé ce fichu film. Ça n'aurait sans doute pas plu à Denny. Ma gorge se serra mais je parvins à prendre la parole.

– De quoi tu parles ?

Il garda le silence pendant une éternité et j'eus soudain envie de lui hurler de me répondre.

– Mardi soir, après le boulot…

Il marqua une nouvelle pause et j'imaginai le pire.

– Mark m'a offert un CDI ici.

Le soulagement m'envahit.

– Mon Dieu, j'ai cru que…

– J'ai dit oui, m'interrompit-il.

J'eus l'impression que mon cerveau se liquéfiait. Il me fallut quelques secondes pour comprendre ce que ça voulait dire, et quand je compris, j'arrêtai de respirer.

– Tu reviens pas, c'est ça ?

– C'est la chance de ma vie. Ils offrent jamais de poste aux stagiaires d'habitude.

Sa voix se brisa. Il savait qu'il était en train de me faire de la peine.

– S'il te plaît, essaie de comprendre.

– Comprendre ? J'ai tout quitté pour te suivre, et maintenant tu vas me laisser ici ?

Des larmes commençaient à monter mais je les refoulai. Ce n'était pas le moment de perdre mes moyens.

– C'est juste pour deux ans… Une fois que tu auras fini les cours, tu pourras me rejoindre ici. Ça passera vite, tu verras, et puis tu adoreras Tucson.

J'eus l'impression de sombrer. Rien que quelques semaines sans lui avaient été insupportables, alors deux ans ? C'était plus que la durée de notre relation.

– Non, Denny.

Il ne répondit pas et le silence se fit assourdissant.

– Ça veut dire quoi ?

– Ça veut dire non ! Je veux que tu reviennes ! Reste avec moi, trouve un autre boulot. Tu es super bon, tu trouveras autre chose ! le suppliai-je.

– Mais c'est ce boulot-là que je veux, murmura-t-il.

– Plus qu'être avec moi ?

Je savais que j'étais injuste, mais j'étais trop en colère pour me raisonner.

– Kiera, dit-il avec peine. Tu sais que c'est pas…

– Vraiment ?

J'avais l'impression d'être sur le point d'exploser.

– Parce qu'on dirait qu'entre ton travail et moi, c'est ton travail que tu choisis. On dirait que tu me laisses.

Une partie de moi voulait que cette conversation prenne fin pour que j'arrête de lui faire du mal, mais je ne me contrôlais plus. J'étais en rage. Deux ans… deux foutues années ? Sans réfléchir, sans même prendre la peine de m'en parler, il avait accepté une carrière à des milliers de kilomètres, puis il avait gardé cela pour lui pendant des jours ! Et moi, j'étais là, coincée à Seattle. Mes parents avaient été plus ou moins indulgents grâce à ma bourse d'études, mais ils ne me laisseraient jamais aller dans une autre université, et encore moins dans un autre État ! Ils ne paieraient pas, et je ne pouvais pas financer seule deux années d'études. La bourse que j'avais obtenue était ma chance, et un tel miracle ne se reproduirait pas. J'étais coincée ici jusqu'à la fin de mes études et il le savait.

Il le savait ! Dans ma rage, je tirai tout de suite la conclusion la plus probable : il voulait que je reste. Il voulait qu'on soit séparés. Il voulait me quitter. Il était en train de rompre avec moi. Mon sang se mit à bouillir dans mes veines. C'était hors de question que je lui laisse le plaisir de me larguer.

– Mon cœur, c'est seulement deux ans. Je viendrai te voir dès que je pourrai, dit-il d'une voix chargée d'émotion.

– Te fatigue pas. Amuse-toi bien avec ton travail, surtout. C'est terminé. Au revoir.

Après avoir raccroché furieusement, je débranchai le téléphone. Je ne voulais pas qu'il rappelle. Je ne voulais plus jamais lui parler. La perspective de ne plus jamais le voir était si désespérante qu'elle me coupa le souffle. Ma tête se mit à tourner et je me laissai glisser au sol en sanglotant.

Après ce qui me parut être des heures à pleurer, je me levai et ouvris le frigo pour prendre une bouteille d'eau. À la place, je trouvais une bouteille de vin dans la porte. Je savais que c'était une manière stupide de surmonter ma douleur mais j'en avais besoin. Je voulais ne plus rien ressentir. Je m'occuperais de mes sentiments plus tard.

J'attrapai un verre à eau, y versai autant de vin que possible et commençai à boire d'un trait. Ma gorge me brûla mais je voulais désespérément anesthésier ma douleur. Vider le verre ne me prit que quelques instants et je le remplis encore. Je ne sanglotais plus mais des larmes roulaient toujours sur mes joues. L'image du visage de Denny était gravée dans mon esprit, ses beaux yeux, son sourire ravageur, son accent, son rire, son corps. Mon cœur se serra douloureusement et je pris une gorgée interminable.

C'est impossible, me répétai-je sans cesse. Ça ne pouvait pas être fini, on ne pouvait pas être séparés. Il avait dit que j'étais toute sa vie, il ne pouvait pas m'abandonner comme ça.

Je venais juste de finir mon deuxième verre et de m'en servir un troisième (qui marquait hélas la fin de la bouteille) quand j'entendis la porte s'ouvrir. C'était Kellan qui rentrait de sa soirée avec les garçons chez Pete, il devait être très tard, ou très tôt. Il entra dans la cuisine et balança ses clés sur le comptoir, puis s'immobilisa quand il me vit. Je n'étais jamais debout à des heures pareilles les soirs où je ne travaillais pas.

– Salut.

Je tournai la tête vers lui sans arrêter de boire, et le mouvement me donna un peu le tournis. Parfait. J'étudiai Kellan en silence. Le drôle d'éclat dans ses yeux bleus indiquait qu'il avait dû boire plus d'un verre avec le groupe. Il portait ces vêtements IKKS qu'il aimait tant : un tee-shirt près du corps, un jean délavé et des bottines noires. Peut-être que c'était le vin, ou ma tristesse, mais je le trouvai encore plus beau que d'habitude. Ses cheveux ébouriffés lui donnaient l'air plus sexy que jamais. *Waouh*, pensai-je avec la partie de mon cerveau qui fonctionnait encore. Me noyer dans ses yeux était encore plus agréable que me noyer dans l'alcool.

– Tu vas bien ?

Il pencha la tête et me regarda d'un air intrigué. J'arrêtai de boire l'espace d'un instant.

– Non.

J'eus l'impression de parler au ralenti. À croire que le vin commençait à faire effet.

– Denny ne reviendra pas. C'est fini, trouvai-je le courage d'ajouter.

Il avança vers moi. L'espace d'une seconde, je crus qu'il allait me prendre dans ses bras et mon cœur commença à battre plus vite, mais il ne le fit pas. Je continuai à boire mon verre de vin sans le quitter des yeux.

– Tu veux en parler ?

– Non.

Il regarda la bouteille de vin vide sur le plan de travail puis le verre que je venais juste de finir.

– Tequila ?

Pour la première fois depuis ce qui me sembla être des années, je souris.

– Absolument.

Il ouvrit le placard au-dessus du frigo et farfouilla parmi plusieurs bouteilles d'alcool que je n'avais jamais remarquées. Son tee-shirt se souleva, dévoilant quelques centimètres carrés de peau, et je sentis ma douleur s'estomper doucement tandis que je regardais cet homme si séduisant. Bon sang, il était tellement sexy.

Il finit par trouver ce qu'il cherchait et je soupirai quand son tee-shirt retrouva sa place. Soudain, la solitude vint hanter mon cerveau embrumé par les vapeurs d'alcool. J'avais fait tous ces kilomètres pour être ici avec Denny, et maintenant, j'étais complètement seule. Je regardai Kellan tandis qu'il attrapait des verres et du citron. Mon sentiment de solitude s'évanouit alors pour laisser place à quelque chose de complètement différent.

Kellan nous servit et me tendit mon verre.

– Tiens. Il paraît que ça soigne les peines de cœur.

J'effleurai ses doigts en attrapant mon verre et ce contact me fit l'effet d'une brûlure. Et si c'était lui, le meilleur moyen d'oublier Denny ?

J'avais déjà vu de nombreux clients boire des shots au bar, et j'en avais déjà bus moi-même. Mais la façon dont Kellan but le sien était si sexy que j'eus l'impression d'être perverse en le regardant. Le vin que j'avais englouti transformait chacun de ses mouvements en un geste érotique. Il trempa un doigt dans l'alcool pour humecter le dos de sa main et de la mienne et saupoudra un peu de sel dessus. Je regardai sa langue lécher le sel avant de boire rapidement la tequila et sa bouche se refermer sur le citron.

Je bus à mon tour et fis une grimace qui fit rire Kellan et il nous servit immédiatement un autre verre. Je n'avais aucune envie de parler et il eut l'air de le sentir car on n'échangea pas un mot en buvant le deuxième shot. Cette fois, je ne grimaçai pas.

Arrivés au troisième shot, j'avais chaud et j'étais émoustillée. J'avais du mal à me concentrer mais je continuais à épier attentivement le moindre de ses mouvements. À sa place, j'aurais été mal à l'aise de me faire dévisager de la sorte, mais il faisait comme si de rien n'était. Il devait avoir l'habitude.

Au quatrième shot, je constatai que ses yeux étaient de plus en plus vitreux et qu'il souriait constamment. Il renversa un peu de tequila en remplissant nos verres et rit en s'emparant de son quartier de citron. Je le regardai le sucer et ressentis le besoin irrépressible de sucer le même quartier.

Au cinquième shot, mon désespoir, ma solitude et ma douleur s'étaient complètement transformés en autre chose… en désir. Et plus exactement en désir pour le mec beau comme un dieu juste en face de moi. Je me souvins du courant qui était passé entre nous quelques jours plus tôt : imagination ou pas, je voulais sentir cette passion de nouveau.

Sans réfléchir, je fis ce que j'avais voulu faire depuis le premier shot : je pris sa main au moment où il s'apprêtait à lécher le sel et pressai délicatement ma langue contre le dos de sa main. Le sel se mélangea délicieusement au goût de sa peau et sa respiration s'accéléra tandis qu'il me regardait boire ma tequila. Je posai mon verre et plaçai la tranche de citron dans sa bouche entrouverte, puis je suçai le citron, mes lèvres à demi pressées contre les siennes.

Je me reculai doucement avec le quartier de citron dans ma bouche, cette fois, avec l'impression qu'un incendie s'était allumé en moi. Sa respiration était plus rapide et légèrement irrégulière. Je posai le quartier sur le plan de travail et me léchai les doigts un par un. Kellan but son shot d'un trait sans me quitter des yeux avant de poser brusquement son verre. Puis il lécha sa lèvre inférieure, plaça une main derrière ma nuque et rapprocha mon visage du sien.

7

Erreurs

Ma première erreur avait été la bouteille de vin, et la deuxième les shots de tequila… Mais pour le moment, la seule chose qui m'inquiétait était mon mal de tête. La lumière éclatante qui passait par la fenêtre me brûlait les yeux, mais quand je les fermais, la tête me tournait si fort que je devais fixer un point au plafond sans bouger. Je bougonnai. Bon sang, j'étais encore soûle ou quoi ?

Sans bouger la tête, je tentai de regarder dans la pièce autour de moi. Merde… je n'étais pas dans mon lit ! Je baissai les yeux et le regrettai instantanément : la pièce tournait à toute vitesse et je crus que ma tête allait exploser. J'eus néanmoins le temps de voir que j'étais nue sous les draps. Merde… j'étais toute nue !

Je tentai de rester immobile et de me rappeler ce qui s'était passé. Oh ! Mon Dieu… Non… Soudain, je sus exactement où j'étais. Je regardai à côté de moi mais le lit était vide. Kellan était parti. Ma tête protesta énergiquement contre ce mouvement, bientôt rejointe par mon estomac.

Merde, merde et merde, pensai-je, soudain en colère. J'appuyai sur mes tempes en espérant stopper leurs battements. Les souvenirs commencèrent à me revenir sans que je puisse les contrôler, comme quand on passe devant un accident et qu'on ne peut pas s'empêcher de regarder.

Ce premier baiser incroyable… avide, intense et si passionné. Sa main resserrant son emprise derrière ma nuque à mesure qu'il me pressait contre lui. Son autre main en bas de mon dos. Lui en train de me plaquer contre le plan de travail avant de me soulever pour m'asseoir dessus. Mes jambes autour de sa taille, mes mains dans ses cheveux. Son odeur envoûtante, le goût de la tequila sur sa langue…

Le souvenir de la tequila me retourna l'estomac. Par peur d'être malade dans son lit, je décidai de prendre le risque fou de me redresser et de m'asseoir. J'attendis une seconde que ma tête arrête de tourner mais le tournis ne s'arrêta pas. Je décidai de me lancer à la recherche de mes vêtements mais je ne trouvai que mon débardeur, qui pendait n'importe comment au bout du manche de sa guitare. Et merde !

Je l'enfilai au ralenti et me levai en tanguant un peu. Sérieusement, c'était normal que je sois encore dans cet état ? Je regardai le réveil : 14 h 30. Déjà ? Mon cours de psycho était presque terminé à cette heure-ci. C'était bien la peine de me vanter d'être la parfaite petite étudiante. Je marchai prudemment vers la porte et vis que ma culotte traînait à l'entrée de la chambre. Je l'enfilai rapidement tandis que mon estomac se rebellait dangereusement.

Finalement, je décidai que la décence était le cadet de mes soucis. Je n'avais pas la moindre idée d'où était Kellan, de toute façon. Je courus jusqu'à la salle de bain et atteignis les toilettes juste à temps pour vomir. Tandis que j'avais la tête adossée contre la porcelaine, d'autres images me revinrent.

… la main de Kellan glissant le long de ma gorge, sa bouche dans mon cou. Ma tête basculée en arrière et mes yeux clos. Ma respiration irrégulière, mes gémissements. Mes mains relevant son tee-shirt. Son torse absolument magnifique. Ses muscles durs et sa peau douce. La respiration de Kellan

plus forte à mesure que mes doigts descendaient le long de son torse. Ses grognements et ses bras qui me serraient de plus en plus avant de me soulever pour m'emmener à l'étage…

Mon estomac se souleva une fois de plus et mon front se couvrit de sueur. Je détestais la tequila.

… la montée des escaliers en trébuchant et en riant tous les deux. Notre chute en haut des marches, lui allongé lourdement sur moi et bafouillant un « désolé » tout en m'embrassant dans le cou. Mon souffle court en sentant son excitation. Moi en train de lui lécher le lobe de l'oreille. Ses lèvres chaudes sur les miennes. Ses mains baissant maladroitement mon pantalon…

Ah! pensai-je distraitement tandis que mon estomac se retournait, *c'est donc là qu'est mon pantalon.*

… Moi essayant de déboutonner son jean du bout de mes doigts engourdis. Sa langue qui léchait doucement ma lèvre inférieure. Moi caressant son torse et mordillant son épaule. Sa main caressant ma poitrine sous mon débardeur. Ses doigts se glissant dans ma culotte et désignant des cercles sur ma peau lisse avant de se glisser en moi. La passion dans ses yeux en voyant ma réaction. Moi le suppliant de m'emmener dans sa chambre…

Oh mon Dieu! Je l'avais supplié. Pitié, achevez-moi… J'eus un nouveau haut-le-cœur.

Être soulevée du sol. Le sentir arracher mes sous-vêtements. Le voir retirer ses chaussures et son jean en riant parce que moi, je n'avais pas réussi. Lui riant avec moi pendant qu'il me retirait mon haut. Sa langue douce sur mes tétons. M'allonger sur son lit. Retirer son boxer. Observer encore son corps nu incroyable. Nos rires s'évanouissant alors que les choses s'intensifiaient. Ses yeux détaillant chaque centimètre carré de mon corps, ses lèvres les embrassant. Mes doigts partout sur lui, suivant le contour de chacun de ses muscles parfaitement dessinés. Mes lèvres embrassant sa bouche, son cou, sa gorge, son torse, son ventre. La façon dont il gémit quand ma langue s'enroula autour de son sexe…

Je me redressai, mon estomac un peu moins agité, et essayai de me souvenir du reste.

… Kellan me faisant basculer sur le dos et entrant doucement en moi. Mon souffle coupé par le plaisir. Nos hanches ondulant ensemble. L'impression

d'être sur des montagnes russes. La lenteur qui caractérisait tout, tandis que nos corps ivres absorbaient chaque sensation. La chaleur de son souffle dans mon cou. Moi prenant son visage dans mes mains et l'immobilisant tandis que nous approchions de l'orgasme. Nos cris alors que nous jouissions ensemble. Nous deux à bout de souffle tandis que nos cœurs reprenaient un rythme normal. Ses yeux dans les miens et moi finissant par m'endormir dans ses bras…

Je me relevai en tremblant, me lavai le visage et me brossai les dents. C'est alors que je m'en rendis compte : cette nuit avec lui avait été… exceptionnelle.

J'entrai dans ma chambre perdue dans mes pensées et m'arrêtai sur le pas de la porte en voyant mon lit impeccable. Tous les sentiments de la nuit dernière, la tristesse de ma séparation avec Denny, tout ce que j'avais voulu oublier avec l'alcool et avec Kellan me revint en pleine face comme une gifle. Je me laissai tomber à genoux et sanglotai, inconsolable.

Je ne sais plus quand, mais à un moment de la journée, je descendis au rez-de-chaussée et ramassai mon pantalon dans les escaliers. Je l'enfilai et restai immobile en bas des marches, sans savoir quoi faire. Je mourais de soif et j'avais toujours mal au crâne. Mais c'était surtout au cœur que j'avais mal.

Je m'assis sur une marche et me pris la tête entre les mains. Des larmes me montèrent aux yeux et je ressentis l'étrange désir que Kellan rentre à la maison. Je voulais juste que mon ami passe un bras autour de mes épaules et me dise que tout allait bien se passer. Que quitter Denny n'avait pas été une erreur monumentale. Et que l'autre truc non plus n'était pas une erreur monumentale. J'essayais de comprendre ce qui m'avait pris la veille au soir. La tequila avait joué un rôle, c'est sûr, mais est-ce qu'il n'y avait pas autre chose ? Voilà un scoop que Rita aurait adoré, si seulement j'avais prévu de lui en parler. Il y avait eu tellement de signaux d'alarme, et je les avais tous ignorés.

Ce « malentendu » avec Joey, l'ancienne colocataire. Ça se voyait pourtant comme le nez au milieu de la figure qu'il était un de ces types qui couchent avec tout ce qui bouge.

Super. Maintenant, non seulement j'étais complètement seule, mais il allait certainement me demander de partir comme il l'avait fait avec Joey. Seule ET sans domicile. Ça semblait impensable. Il avait toujours été gentil. Il aimait me taquiner, c'est vrai, mais il n'avait jamais été cruel. Je ne pouvais pas l'imaginer me mettre dehors sans pitié, me virer sans que j'aie nulle part où aller. Mais peut-être qu'il me ferait me sentir si mal à l'aise que je finirais par vouloir partir. Comme en ce moment. J'avais mal au ventre rien qu'en imaginant son air suffisant et son sourire narquois. *Une de plus à son tableau de chasse*, pensai-je. Il était passé où, d'ailleurs ? L'idée de me voir était si horrible qu'il faisait exprès de ne pas rentrer à la maison ?

Quelle idiote ! Je me fis le serment de ne plus jamais boire de tequila. Je finis par me remuer et allai chercher le verre d'eau dont j'avais tellement besoin. J'en bus trois à la suite, puis je rebranchai le téléphone et l'observai pendant vingt bonnes minutes. Je mourais d'envie d'appeler Denny pour lui dire que j'avais besoin de lui et que j'avais fait une énorme erreur la nuit dernière – sans parler de l'autre erreur. Mais je me sentais tellement coupable que j'étais incapable de lui parler. Après cinq autres minutes passées à regarder le stupide appareil, je retournai à l'étage et pris une douche en espérant qu'elle laverait aussi mon désespoir. Hélas, ce ne fut pas le cas. Après ma douche, j'allai m'allonger et me mis à pleurer en voyant une photo de Denny et moi sur la table de nuit.

Finalement, un nouveau drame vint s'ajouter à mon désespoir : il fallait que j'aille travailler. À moitié ahurie, je m'habillai, m'attachai les cheveux en une queue de cheval désordonnée et me maquillai à la hâte. J'avais l'air au bout du rouleau, je ne me sentais pas mieux, mais au moins je n'avais plus le tournis et mon estomac semblait s'être calmé.

J'arrivai chez Pete en retard – je n'avais pas encore pris l'habitude de conduire une manuelle et les collines ne m'aidaient pas – et je passai à côté de Rita sans m'arrêter. Je pouvais me passer de ses commentaires pour le moment. J'avais l'estomac noué en accrochant ma veste dans la réserve. Je ne savais absolument pas si Kellan allait venir ce soir. Est-ce que ça serait bizarre de le voir après la nuit dernière ? Je retournai en salle et balayai le bar des yeux, mais il n'était pas là et les autres non plus. Je pris une grande inspiration et tentai de ne penser ni à lui ni à Denny.

Je parvins à effectuer la moitié de mon service dans une sorte d'hébétude calme, mais au moment où Jenny me prit à part pour me demander ce qui n'allait pas, je fus incapable de sauver les apparences. Mes larmes commencèrent à couler tandis que je lui racontais ce qui s'était passé avec Denny. Elle me prit dans ses bras, ce qui me fit pleurer encore plus, et me dit que Denny et moi étions faits l'un pour l'autre et que tout allait s'arranger. Son sourire était si réconfortant que je sentis un minuscule espoir naître en moi. Puis le reste de la soirée me revint et j'envisageai la possibilité de lui en parler.

– Jenny…

Elle recula d'un pas et me regarda avec douceur, dans l'attente. Son visage était si bienveillant et honnête. C'était vraiment une fille géniale et je me sentis encore plus nulle en la regardant. Elle ne comprendrait pas et elle me verrait différemment. Peut-être même qu'elle perdrait tout estime pour moi et qu'elle cesserait d'être mon amie. Une partie de moi doutait qu'elle me juge si durement, mais j'avais du mal à me regarder en face à cet instant et je ne voulais pas que les gens aient cette image de moi. Je ne pouvais parler à personne de ce qui s'était passé avec Kellan.

– Merci de m'avoir écoutée.

– De rien, voyons.

Elle me sourit et me serra dans ses bras, puis on retourna au travail. Environ une heure plus tard, un son me cloua sur place : le rire sonore d'Evan, qui venait de passer la porte. Matt ne tarda pas à apparaître à son tour, lui aussi riant aux éclats. Deux sur quatre… Griffin entra un instant plus tard, l'air furax. Il foudroya Evan et Matt du regard tandis qu'ils riaient toujours, apparemment à ses dépens. Puis il les dépassa et se dirigea vers leur table habituelle. Je fixai bêtement la porte des yeux. Il n'en manquait plus qu'un.

Mais rien ne se produisit. Ma propre bêtise me fit secouer la tête : évidemment qu'il n'allait pas venir. Il évitait le bar aussi. D'une certaine façon, je trouvais ça encore pire que de m'éviter à la maison, et je sentis les larmes monter une fois de plus. Jenny s'approcha et posa sa main sur mon épaule.

– Tu es sûre que ça va ?

– Oui, je t'assure, dis-je en ravalant mes larmes.

En réalité, j'étais épuisée, et Jenny l'avait remarqué.

– Rentre chez toi, Kiera.

Hors de question. Je pouvais y arriver.

– Ça va, je t'assure. La journée a été longue, c'est tout.

Elle se mit à me pousser vers le couloir qui menait à la réserve.

– Rentre, je te dis. Il y a pas un chat ce soir, je peux assurer nos deux sections.

Elle laissa ses mains sur mes épaules jusqu'à ce que j'arrive à la porte de l'arrière-salle.

– C'est vraiment pas la peine, Jenny.

– Je sais, je sais… T'es une grande fille, tout ça, dit-elle d'un air taquin. Tu rentres, un point c'est tout. T'auras qu'à me remplacer demain si tu veux, je partirai plus tôt.

Soudain, je me sentis épuisée et son idée me parut excellente.

– Bon, d'accord…

Je ne me souviens pas du trajet jusqu'à la maison : à un moment, j'étais sur le parking en train de dire au revoir à Jenny qui promettait de m'appeler le lendemain, et l'instant d'après, j'arrivais devant notre allée. La voiture de Kellan n'était pas là.

Son absence m'agaça avant de m'attrister, et je me sentis encore plus fatiguée. Je me traînai jusqu'à ma chambre, me changeai en hâte et m'effondrai sur le lit. Après quelques larmes de plus, je glissai enfin dans le sommeil.

Des pas de loup dans les escaliers me réveillèrent après ce qui me parut être quelques secondes. Kellan devait être rentré. Mon réveil indiquait 23 h 10. Peut-être qu'il s'était dit que j'étais au bar et qu'il ne risquait pas de me croiser. Je fus de nouveau prise par une soudaine envie de pleurer.

C'est alors que ma porte s'ouvrit. Super, il allait donc bel et bien me demander de partir, et il allait le faire maintenant. C'était exactement ce qu'il me fallait pour finir la journée. Vas-y, Kellan, j'ai déjà le cœur brisé alors fais-toi plaisir et achève-moi. S'il croyait que j'étais endormie, peut-être qu'il attendrait jusqu'au matin ? Cette possibilité me donna un soupçon d'espoir et je me tins parfaitement immobile, en m'assurant que ma respiration était calme et régulière.

Il s'assit au bord du lit. Ça n'allait jamais marcher. Connard. Il ne pouvait vraiment pas attendre jusqu'au matin ? Je résistai à l'envie de soupirer et de lui dire de retourner dans sa chambre, que je partirais le lendemain matin et que je n'allais pas lui causer le moindre problème. Mais je continuai à faire semblant de dormir en espérant qu'il parte. Il posa sa main sur mon épaule et je dus résister de toutes mes forces à l'envie de le repousser brusquement.

– Kiera ?

Cet accent… Sous le choc, j'ouvris brusquement les yeux et me tournai vers la silhouette assise sur le lit.

– Denny ?

Mes yeux se remplirent immédiatement de larmes. Est-ce que j'étais en train de rêver ? Est-ce qu'il était bien réel ? Il me sourit, les yeux brillants.

– Salut, murmura-t-il.

– Qu'est-ce que… Pourquoi… Comment…

J'étais tellement perdue que j'étais incapable d'aligner deux mots.

Il posa sa main sur ma joue et essuya une larme.

– Tu es toute ma vie, se contenta-t-il de dire.

Je me redressai en sanglotant et me pendis à son cou.

– Denny, je suis tellement désolée.

En réalité, j'étais davantage désolée pour Kellan que pour notre dispute, mais il était hors de question de le lui dire.

– Chut… dit-il en me serrant contre lui et en me berçant doucement. Je suis là… Tout va bien…

Je me reculai pour le regarder et vis qu'il pleurait aussi.

– Tu es revenu pour moi ?

– Bien sûr. Qu'est-ce que tu croyais ? Que j'allais te laisser me quitter sans rien faire ? Je t'aime…

Je sentis une énorme boule se former dans ma gorge.

– Et le CDI ?

– J'ai dit non.

Je me sentis soudain horriblement égoïste. Deux ans… Ça m'avait paru une éternité, mais à présent, je trouvais ça presque insignifiant. Je sentis la panique se mêler à la culpabilité.

– Je suis tellement désolée d'avoir réagi comme ça. Rappelle-les pour dire oui.

– Ils ont déjà offert le poste à quelqu'un d'autre.

– Et ton stage ?

– Non. Ils ont pris quelqu'un d'autre quand je suis parti à Tucson, dit-il après un long soupir.

Je finis enfin par réaliser ce qu'il avait fait. Il avait tout abandonné pour moi. Un stage de rêve, un travail qui était la chance de sa vie, et qu'ils n'avaient jamais proposé à aucun stagiaire. Tout ça parce que j'avais été incapable d'attendre deux ans, et qu'il ne voulait pas me perdre. Des larmes de regret et de culpabilité me montèrent aux yeux.

– Je suis tellement désolée, pardonne-moi…

Je répétai ces mots encore et encore tandis qu'il me serrait contre lui. Mes larmes commençaient à se tarir lorsque le souvenir de ma nuit avec Kellan me revint. Je me remis à pleurer, et Denny me garda dans ses bras en me répétant que tout allait bien se passer, qu'on était ensemble et que c'était tout ce qui comptait. Puis il me souleva le menton et m'embrassa longuement.

La chaleur, la familiarité et le confort de ce baiser apaisèrent ma culpabilité quelques instants. Ensuite, lorsque ses lèvres s'écartèrent délicatement et que sa langue trouva la mienne, une vague de désir me submergea et je l'embrassai avidement. Des larmes roulaient encore sur mes joues et il les essuya tendrement du bout de son pouce.

Il m'étendit sur les oreillers et m'embrassa tout en me caressant le visage. Je passai ma main dans ses cheveux, sur sa joue, sur sa douce barbe de trois jours, sur ses lèvres. Je ne pouvais pas à croire qu'il était bel et bien là. Je repoussai les sentiments de regret et la culpabilité causée par la nuit précédente. Je m'en occuperais plus tard. Je voulais me concentrer sur ce moment et rien d'autre. Je pressai mes lèvres contre les siennes et l'embrassai sauvagement. Il soupira de satisfaction et sa respiration s'accéléra tandis que je repoussai les couvertures. Il avait été trop loin, trop longtemps, et j'avais besoin de le sentir tout contre moi.

– Viens ici.

Il se mit debout et se déshabilla lentement avant de me rejoindre sous la couette et de me prendre dans ses bras.

– Tu m'as manqué, souffla-t-il.

Je retins ma respiration pendant qu'il m'embrassait dans le cou et clignai des yeux pour chasser une larme. *Plus tard.*

– Toi aussi.

Je soupirai et collai de nouveau ma bouche contre la sienne. Ses baisers me faisaient l'effet d'une bouffée d'oxygène et je ne pouvais pas m'arrêter de l'embrasser. C'était tout ce que je voulais, tout ce dont j'avais besoin, ses lèvres contre les miennes, sa langue caressant ma langue. Je commençai enfin à me détendre et à m'abandonner.

Il retira mon pantalon et fit de même avec mes sous-vêtements. Je me raidis soudain, terrifiée à l'idée qu'un sixième sens lui dise que j'avais été infidèle ou qu'il s'en rende compte d'une façon ou d'une autre. Mais il m'ôta ma culotte sans hésiter, ses lèvres toujours collées aux miennes. Il ne me détestait pas. Il voulait toujours de moi.

Ses doigts glissèrent en moi et mon cerveau se mit en veille. Plus rien n'avait d'importance. Je retirai mon débardeur pour sentir son corps contre le mien. Il déposa une pluie de baisers sur mon cou et ma poitrine, me titillant et me caressant, ses doigts glissant sur ma peau humide tandis que je murmurais son nom. Il leva la tête pour me regarder, mais je pressai ma bouche contre la sienne.

– J'ai tellement besoin de toi.

Il vint au-dessus de moi et ses doigts ne tardèrent pas à être remplacés par autre chose de bien plus satisfaisant. Je suffoquai puis fermai les yeux tandis qu'il glissait en moi. Quand il commença à bouger, ce fut comme si un éclair me transperçait. La solitude des dernières semaines me frappa de plein fouet et une larme roula sur ma joue.

– Qu'est-ce que tu m'as manqué…

– Je t'aime, chuchota-t-il.

Mon désir pour lui ne tarda pas à exploser, de même que son désir pour moi. Je ne parvins pas à m'empêcher de crier. Pendant cet instant parfait, ce que j'avais fait n'avait aucune importance, tout comme la présence de quelqu'un dans la maison. Tout ce qui m'importait, c'était que Denny était enfin là avec moi. On jouit ensemble, puis il me garda serré contre lui pendant un long moment, caressant mes cheveux jusqu'à ce qu'il s'endorme.

Mais de mon côté, j'étais incapable de dormir. La respiration légère de Denny emplissait la pièce, et j'eus soudain l'impression de suffoquer. La culpabilité et les regrets que j'avais réussi à occulter refaisaient leur apparition. Pour ne pas le réveiller et ne pas avoir à affronter ses questions, je remis mon pyjama et quittai la pièce en refermant silencieusement la porte derrière moi. J'allai au rez-de-chaussée en évitant de regarder vers la chambre de Kellan.

Voir les sacs de Denny derrière le fauteuil et sa veste sur le dossier fit s'effondrer le barrage qui retenait mes larmes. Je me laissai tomber sur le fauteuil et sanglotai pendant une éternité. Un coup léger à la porte finit par me sortir de ma léthargie. J'essuyai mes larmes et allai ouvrir, en espérant que Denny ne se réveille pas. Qui ça pouvait bien être à cette heure ?

Un Sam visiblement épuisé se tenait devant la porte, et il soutenait un Kellan apparemment ivre mort.

– Je crois que c'est à toi.

Sans me laisser le temps de réagir, il entra et traîna Kellan dans le salon avant de l'installer dans le fauteuil. Je regardai Kellan d'un air ébahi. Il était peut-être soûl la nuit précédente, mais je ne l'avais jamais vu aussi ivre qu'à cet instant. Il se recroquevilla dans le fauteuil, la tête penchée en avant, comme s'il était incapable de se tenir droit.

– Qu'est-ce qui lui est arrivé ?

– Beaucoup de whisky, je dirais. J'en sais rien, je l'ai trouvé comme ça, dit-il en haussant ses larges épaules.

– Comment ça ?

– Il était vautré en travers de mon paillasson, j'ai failli lui marcher dessus.

Il passa une main sur son crâne, puis sur son visage fatigué.

– Je me suis dit qu'il valait mieux que je ramène cet abruti chez lui. Je vais me coucher, je suis crevé.

– Attends ! Qu'est-ce que je suis censée…

Mais il disparut dans l'obscurité avant que je puisse finir.

– Génial.

Je me retournai vers Kellan : il n'avait pas bougé d'un pouce, et je me demandais ce qui avait bien pu lui arriver. Il avait sûrement passé la soirée à faire la fête avec je ne sais quelle groupie. Cette idée me mit en rogne, et le fait d'être en rogne m'énerva encore plus.

– Kellan ?

Je tapotai sa cuisse. Il leva lentement la tête et la lumière de la lampe lui fit plisser les yeux.

– Eh, mais c'est ma coloc…

Il insista étrangement sur le dernier mot et se mordit la lèvre inférieure. Il se leva en chancelant, ou plutôt il essaya de se lever avant de retomber dans le fauteuil, un air surpris sur le visage. Je soupirai et tendis la main.

– Je vais t'aider.

Une lueur de colère passa dans ses yeux.

– J'ai pas besoin d'ton aide, répondit-il méchamment.

Étonnée, je laissai retomber ma main et le regardai se lever, avec succès cette fois, avant de trébucher. Je l'aidai à reprendre l'équilibre sans m'inquiéter de savoir s'il était d'accord ou non. Il s'affaissa légèrement sur moi et ne fit aucun geste pour me repousser. Il empestait le whisky et le vomi.

– Allez, viens.

Collée à lui, je l'entraînai vers l'escalier, et des images de la veille me revinrent en mémoire. Je ne savais toujours pas ce que je ressentais à ce sujet, à part de la culpabilité. Je repoussai une fois de plus ces questions, car j'étais incapable d'y répondre pour le moment. Tant bien que mal, je parvins à lui faire grimper l'escalier. Il trébuchait et paraissait redescendre une marche chaque fois qu'il en grimpait deux. À mi-chemin, il eut l'air de se sentir mal et je craignis qu'il ne s'effondre sur moi. Cette peur raviva un souvenir si vif que je le poussai brusquement pour qu'il continue à avancer. Il ne dit rien mais me lança un regard teinté d'irritation et d'un autre sentiment que je ne parvins pas à déchiffrer.

Arrivés presque en haut, on se cogna bruyamment contre le mur et je m'immobilisai en regardant en direction de ma chambre et en priant pour que Denny ne se réveille pas. Kellan suivit mon regard mais j'étais trop inquiète pour faire attention à lui. Aucun bruit ne se fit entendre et je soupirai de soulagement. Lorsque je tournai la tête vers Kellan, il avait baissé les yeux et il regardait dans le vide.

Je voulais vraiment l'aider et je me dis qu'une douche pourrait le débarrasser de cette odeur nauséabonde et le faire se sentir mieux. Il n'allait pas être bien en se levant, de toute façon, mais se réveiller dans cet état serait encore pire. Je le traînai jusqu'à la salle de bain et l'assis sur les toilettes, sous son regard dénué d'expression.

Je fis couler l'eau et me demandai s'il allait pouvoir se doucher sans glisser ou se faire mal. Je rougis soudainement en me demandant si j'allais devoir le déshabiller, mais il coupa court à mes interrogations en se levant et en grimpant dans la baignoire tout habillé. Il s'appuya contre le mur puis se laissa glisser au fond de la baignoire, les yeux clos. Il fut rapidement trempé jusqu'aux os, l'eau ruisselant sur son visage et collant ses cheveux à son front. Ses lèvres étaient légèrement entrouvertes et sa respiration saccadée, et sa chemise trempée accentuait encore plus les muscles de son torse. Même ivre mort, il était beau à tomber.

Je parvins à lui retirer ses bottines et ses chaussettes avant qu'elles ne soient trempées. Je cherchai ce que je pouvais faire d'autre pour lui. Je lui passai la main dans les cheveux pour les mouiller complètement et il soupira, les yeux toujours fermés. Je me rappelai la façon dont j'avais joué avec ses cheveux la nuit précédente, et je déglutis péniblement, la gorge serrée.

Il resta ensuite si parfaitement immobile que je crus qu'il avait perdu connaissance. Le bouger toute seule était impossible. Je devrais demander de l'aide à Denny. Et si Kellan faisait une gaffe ? S'il lui disait ce qui s'était passé la veille ? Je ne voulais surtout pas que Denny l'apprenne. Il avait tout laissé tomber et il était revenu… juste pour moi. Ça le tuerait s'il l'apprenait.

Je coupai l'eau, mais Kellan ne fit pas un geste.

– Kellan… dis-je en lui donnant une tape sur la joue.

Toujours rien.

– Kellan ! répétai-je en tapant plus fort.

Il ouvrit les yeux, essaya de se concentrer sur mon visage, puis il cligna des paupières à une lenteur inouïe et secoua légèrement la tête.

– Allez, lève-toi.

Je le secouai par l'épaule en me demandant comment j'allais m'y prendre pour le sortir de la douche. Je voulais faire en sorte que le lendemain matin ne soit pas trop dur pour lui, mais ça m'avait l'air compromis. Il finit quand même par se lever doucement pour sortir de la baignoire, dégoulinant d'eau. Je le séchai tant bien que mal et tentai de lui essorer les cheveux. Puis je lui passai la main dans les cheveux, mais son air peiné me dissuada de continuer. Je le pris par la main et le conduisis jusqu'à sa chambre. J'avais tellement de questions à lui poser mais il n'était clairement pas en état de parler. Avant que les choses ne deviennent si intenses entre nous, la veille, il avait respecté mon silence, et je me dis que le minimum était de faire de même en cet instant.

Être avec lui dans sa chambre raviva encore plus de souvenirs dont je ne voulais pas me rappeler, surtout quand il entreprit de retirer sa chemise. Je quittai la pièce au moment où il commençait à déboutonner son jean et m'adossai à la porte derrière moi, mais je ne pus m'empêcher de le regarder à travers la porte entrouverte. Il commença à baisser son jean en chancelant, gêné par le tissu mouillé, et j'envisageai d'aller l'aider, mais il finit par y arriver tout seul. Uniquement vêtu de son boxer, il fixait son lit sans bouger.

D'un coup, il passa sa main dans ses cheveux mouillés et se retourna. J'ignorais s'il m'avait vue dans l'entrebâillement.

C'était peu probable, compte tenu de sa difficulté à poser son regard sur moi dans la douche. Je me sentis un peu coupable de le regarder à son insu, mais j'étais si curieuse de voir ce qu'il faisait que je ne pouvais pas m'arrêter.

Son expression était indéchiffrable. Il regarda la porte, puis son lit, pris la porte une nouvelle fois. Puis il fixa encore son lit et finit par se laisser tomber lourdement dessus. Lorsque sa respiration se fit calme et régulière, j'en déduisis qu'il avait fini par s'assoupir et j'entrai de nouveau dans sa chambre. Même endormi, il était la perfection incarnée. Je le bordai et fus alors prise d'un besoin irrépressible de l'embrasser. Je m'assis au bord de son lit et me penchai sur lui pour lui donner un baiser sur le front. Je lui passai la main dans les cheveux et caressai sa joue, en me demandant où il avait bien pu passer la journée et s'il avait repensé à notre nuit à deux. Est-ce que j'aurais dû lui dire que Denny était revenu ? Est-ce qu'il allait lui parler ? Est-ce que les choses allaient changer ?

Il s'étira et je retirai ma main de sa joue. Ses yeux vitreux trouvèrent les miens et je m'immobilisai.

– T'inquiète pas, je lui dirai rien.

Puis il ferma les yeux et s'endormit comme une masse.

Je restai assise quelques instants et réfléchis à ce qu'il venait de me dire. Est-ce qu'il allait vraiment garder le secret ? Comment il savait que Denny était rentré ? Qu'est-ce qui allait se passer maintenant ?

8

Le salopard

Le matin suivant, j'étais sonnée en me réveillant. J'avais vraiment eu du mal à retourner me coucher auprès de Denny. Au moment où il avait soupiré de satisfaction dans son sommeil en posant un bras sur moi, la vague de culpabilité qui m'avait submergée m'avait donné envie de sortir de la chambre en courant. Mais je m'étais obligée à fermer les yeux et à rester près de lui.

Quand j'arrivai dans la cuisine, la surprise me cloua sur le pas de la porte. Même s'il avait été ivre mort le soir précédent, Kellan avait quand même réussi à se lever avant moi. Sauf que, pour la première fois depuis que j'avais emménagé, il avait une tête affreuse. Il portait juste un boxer et sa chemise de la veille, et ses cheveux en pagaille surlignaient ses cernes et la pâleur de son visage. Il était recroquevillé à la table de la cuisine avec la tête dans les mains, et il respirait lentement.

– Ça va ? murmurai-je.

Il grimaça et leva les yeux vers moi.

– Oui, murmura-t-il à son tour.

Vraiment ? Parce que ça n'avait vraiment pas l'air.

– Café ?

J'osais à peine parler de peur d'accentuer son mal de tête. Il se crispa en dépit de mes efforts mais hocha la tête, et je préparai une cafetière. M'étant retrouvée dans le même état la veille, je ne pouvais que compatir. Je repensai à notre échange de la nuit précédente, mais il n'avait dit que deux phrases, dans lesquelles rien ne permettait de deviner ce qu'il avait fait de sa soirée. Néanmoins, l'un de ses commentaires me trottait dans la tête. Sans réfléchir, j'ouvris la bouche et les mots sortirent au volume normal.

– Comment tu as su que Denny était revenu ?

Il posa la tête sur la table en râlant et je posai la main sur ma bouche. J'avais parlé trop fort.

– J'ai vu son manteau.

Je clignai des yeux, surprise. Il n'avait pas eu l'air de remarquer quoi que ce soit la nuit dernière, et encore moins quelque chose d'aussi anodin qu'une veste sur un fauteuil.

– Ah !

Je ne savais pas quoi dire d'autre. Soudain, il devint encore plus pâle.

– T'es sûr que ça va ?

– Super bien, répondit-il froidement avec un éclair d'agacement dans les yeux.

J'attendis près du plan de travail que le café soit prêt, puis j'attrapai deux tasses dans le placard.

– Et toi… ça va ? demanda-t-il, brisant le silence.

Il me regardait d'un drôle d'air. Je tentai de sourire d'un air rassurant.

– Oui, très bien.

Il fit soudain pris de nausée et enfouit sa tête entre ses bras. Il respirait bruyamment, comme s'il essayait de respirer normalement sans y parvenir. Je lui servis une tasse de café en espérant que ça lui ferait du bien.

– Ajoute du whisky.

Il plaisantait ou quoi ? Il leva la tête pour me regarder et je vis à son air qu'il ne rigolait pas.

– S'il te plaît.

– Comme tu voudras, dis-je en haussant les épaules.

Je farfouillai aussi silencieusement que possible dans le placard au-dessus du réfrigérateur et finis par trouver une bouteille de Jack Daniel's. Je la posai sur la table devant lui, mais il ne bougea pas d'un pouce. Je finis d'ajouter du lait et du sucre dans mon café et posai une tasse de café noir devant lui. Je lui versai un doigt de Jack Daniel's et m'apprêtai à refermer la bouteille quand il finit par bouger la main pour me faire comprendre d'en verser davantage. Je soupirai et en versai une quantité indécente. Il leva la tête légèrement et me remercia.

J'allai ranger la bouteille et le rejoignis à table. Il but une longue gorgée de café puis expira entre ses dents. C'était sans doute un peu fort, mais ça soulagerait peut-être son mal de tête d'une façon ou d'une autre.

Je bus mon café en silence, sans savoir quoi lui dire alors qu'on avait été si intimes si peu de temps auparavant. J'avais un milliard de questions à lui poser, la plupart tournant autour du fait de savoir si, oui ou non, j'avais représenté quoi que ce soit pour lui... et si notre relation était intacte... et où il était allé traîner la veille. Je finis par décider qu'il y avait un sujet que je devais traiter en priorité tant que Denny était encore au lit, même si je n'avais aucune envie d'avoir cette conversation.

– Kellan... L'autre nuit...

Il finit par me regarder par-dessus sa tasse. J'étais incapable de dire à quoi il pensait.

– C'est juste que...

Je m'éclaircis la gorge.

– Je veux pas de malentendu, finis-je par dire d'une voix presque inaudible.

Je n'avais aucune idée de ce que je voulais dire par là, ni de ce que je ressentais pour lui. Il avait été si adorable après le départ de Denny. Et maintenant que Denny était rentré, j'étais complètement paumée. Mais je savais que je ne voulais pas perdre son amitié, car il comptait beaucoup pour moi. Il but une longue gorgée de café avant de me répondre.

– Il y a pas le moindre malentendu entre nous.

Sa voix était si froide et monocorde que j'en eus des frissons et mon estomac se contracta : peut-être que c'était trop tard et que notre amitié était complètement gâchée. On resta assis en silence le temps de finir nos cafés, puis je lui servis un autre café noir et constatai avec soulagement qu'il n'y ajoutait pas d'alcool. Quelques instants plus tard, Denny descendit et dit bonjour à Kellan avant de lui adresser un regard perplexe en le voyant en si piteux état.

– Ça va, mec ?

Il passa un bras autour de mes épaules et je me crispai. J'étais soudain hyper mal à l'aise d'être dans la même pièce que Denny et Kellan.

– Pas trop, nan. Je vais retourner m'allonger, je crois. Content de te revoir, en tout cas.

Il se leva et quitta la pièce en évitant de croiser le regard de Denny, qui le suivit des yeux en fronçant les sourcils.

– Il a vraiment une sale tête. Je me demande ce qu'il a.

– Sûrement une histoire de nana, dis-je d'une voix agacée.

– Ça a été entre vous, pendant mon absence ?

Est-ce qu'il avait des soupçons ? La panique s'empara de moi mais je parvins à sourire et passai un bras autour de lui.

– Super. À part que tu me manquais…

J'étais horrible. Peut-être qu'il fallait que je lui en parle ? Ses yeux brillaient lorsqu'il les posa sur moi, et je me rendis compte que je ne pouvais pas le lui dire, même si je le voulais. Je ne supporterais pas qu'il pose un regard différent sur moi. Il se pencha et m'embrassa doucement.

– Toi aussi, tu m'as manqué, mais…

Je m'écartai et le regardai prudemment.

– Mais quoi ?

– Mais j'ai plus de boulot, et on peut pas rester ici en vivant juste sur ton salaire. J'ai des gens à voir qui peuvent peut-être m'aider à trouver quelque chose, expliqua-t-il avec un regard plein d'espoir.

Je me souvins de tout ce qu'il avait abandonné pour moi et me doutai à quel point il serait en colère contre moi s'il savait…

– Tout de suite ?

J'aurais aimé qu'il ne commence que le lendemain pour qu'on puisse passer la journée ensemble, après une si longue séparation. Je pouvais sécher les cours. Je pouvais même rater le travail pour rester avec lui.

– Je suis désolé mais je dois m'y mettre tout de suite. J'ai une demi-douzaine de personnes à voir aujourd'hui.

Il m'attira contre lui et je fermai les yeux en désirant qu'il reste mais en sachant qu'il devait partir… encore.

– D'accord.

Je levai la tête et l'embrassai dans le cou.

– Je suis sûre que tu vas trouver super vite, monsieur le surdoué. T'en fais pas, d'accord ?

– Comment je peux avoir autant de chance ?

Il me sourit et je me sentis soudain au bord des larmes. S'il savait… il serait loin d'avoir une aussi haute estime de moi… Il crut qu'il s'agissait de larmes de joie et m'embrassa sur la joue avant de m'entraîner à l'étage. Il se changea pendant que je l'observais en silence, assise sur le lit. J'essayais de ne pas m'inquiéter et de ne pas me sentir coupable, mais c'était impossible. Je me sentais coupable par rapport à son job, par rapport à Kellan, par rapport aux secrets que je devrais avoir pour lui désormais. Je ne lui avais jamais rien caché auparavant et je détestais ça.

Il m'embrassa et je vis qu'il avait hâte de partir à la recherche d'un travail. Je lui rendis son baiser et lui souhaitai bonne chance. Il descendit l'escalier, claqua la porte puis fit démarrer la voiture et, de nouveau, la solitude m'envahit. Comment tout avait pu changer en seulement quarante-huit heures ? Je restai un moment à réfléchir, puis je me préparai pour aller en cours avant d'attraper mon sac, ma veste et de sortir dans l'allée vide. Je songeai que Kellan devrait aller récupérer sa voiture chez Sam plus tard. Je me retournai vers la fenêtre de la cuisine, et à ma grande surprise, je vis Kellan en train de me regarder d'un air indéchiffrable. Je levai la main pour lui faire signe mais il disparut immédiatement. Une boule se forma dans ma gorge. Est-ce que j'avais complètement ruiné notre amitié ?

Je fus totalement incapable de me concentrer sur mes cours. Je naviguais entre la joie que Denny soit rentré, la culpabilité à l'idée de tout ce qu'il avait laissé pour moi, celle de l'avoir trompé, ma colère en voyant qu'apparemment je ne représentais rien pour Kellan, ma colère contre moi-même pour avoir voulu représenter quelque chose pour lui, et encore de la culpabilité de penser autant à lui au lieu de penser à Denny. C'était un cercle vicieux qui me mettait le cerveau en bouillie.

Denny n'était toujours pas rentré quand j'arrivai à la maison et je me dis que regarder un peu la télé m'aiderait à oublier mes idées noires. En observant le salon, je vis que Kellan était vautré dans le canapé, toujours vêtu de son boxer. La télé était allumée mais il n'avait pas l'air de la voir. J'envisageai d'aller me cacher à l'étage jusqu'au retour de Denny, mais je changeai d'avis. Je posai mon sac et accrochai ma veste, puis j'entrai dans le salon en tentant d'avoir l'air aussi naturel que possible pour aller m'asseoir dans le fauteuil. Les choses allaient bien devoir revenir à la normale, que le malaise passe, et je me convainquis qu'éviter Kellan n'arrangerait rien.

Il me jeta un regard tandis que je m'asseyais puis se remit à regarder le programme débile qui était diffusé. Soudainement mal à l'aise, et commençant à me dire que c'était peut-être une mauvaise idée, je balayai la pièce du regard. Les quelques objets de déco qu'on avait choisis avec Jenny avaient vraiment égayé l'endroit. Ça et les quelques photos de nous trois que j'avais accrochées ici et là. La pièce était bien plus accueillante, c'est vrai, mais peut-être qu'il avait un propriétaire pas très ouvert d'esprit et que j'avais mis le bazar en accrochant tous ces trucs ?

Je regardai une photo de nous trois en train de rire, à l'époque où tout était encore simple.

– À qui tu loues la maison ? demandai-je sans même y réfléchir.

– À personne. C'est moi le proprio.

Sa voix était froide et il ne quittait pas l'écran des yeux.

– Ah bon ? Mais comment tu as pu te permettre de…

Je m'interrompis, ne sachant pas si ma question était déplacée.

– Mes parents, dit-il en me lançant un bref regard. Ils sont morts il y a environ deux ans dans un accident de voiture et ils m'ont laissé leur palace, dit-il en désignant la pièce d'un geste. Je suis fils unique, donc…

Il avait l'air de dire que si ses parents avaient eu le choix, ils en auraient décidé autrement.

– Je suis vraiment désolée.

Je regrettais de ne pas pouvoir remonter le temps et de ne pas avoir fermé mon clapet. Il avait encore l'air mal en point et cette conversation était sûrement la dernière chose dont il avait besoin. Je regardai de nouveau autour de moi en me rappelant combien la pièce était vide à notre arrivée. La maison n'avait rien d'une maison de famille.

– Le sois pas. Ça arrive, c'est tout.

On aurait dit qu'il évoquait la mort de son chien. Je me rappelai ce que m'avait dit Denny à propos de la famille de Kellan et j'eus envie de lui en parler mais c'était sûrement une mauvaise idée. Pas après la nuit qu'on avait partagée. On avait beau avoir été proches, lui poser des questions sur sa famille me semblait indiscret.

– Alors pourquoi tu loues la chambre ? Je veux dire, si la maison t'appartient…

Pourquoi est-ce que je continuais à l'ouvrir comme ça ?

Il tourna la tête pour me regarder attentivement. Il allait dire quelque chose mais il referma brutalement la bouche et secoua la tête.

– Ça met du beurre dans les épinards, finit-il par dire.

J'étais sûre que ce n'était pas la vérité mais je n'insistai pas. Je me sentis coupable d'avoir abordé un sujet aussi difficile pour lui et j'allai m'asseoir à côté de lui sur le canapé, ce qui me valut un regard circonspect.

– Excuse-moi, je voulais pas être indiscrète.

– Pas de problème.

Il avait vraiment l'air d'avoir besoin de réconfort et je me penchai sur lui pour le prendre dans mes bras. Il avait chaud mais il tremblait et sa respiration était saccadée. Il laissa ses bras le long de son corps sans me rendre mon étreinte et son corps se crispa légèrement. Je soupirai en me rappelant à quel point le toucher était devenu facile et agréable. Apparemment, ce n'était plus le cas. Je me reculai un peu, sur le point de lui demander s'il avait besoin de quelque chose, mais son expression me laissa sans voix. La souffrance se lisait sur son visage, comme si j'étais en train de lui faire mal. Il regardait par-dessus mon épaule et ses yeux étaient plissés sous l'effet de la colère. Je le lâchai immédiatement.

– Kellan ?

– Pardon, dit-il brusquement en s'écartant.

Je l'attrapai par le bras, sans savoir quoi dire. Je ne voulais surtout pas qu'il soit fâché contre moi.

– Attends… Parle-moi.

Son regard était froid et plein de colère.

– Y a rien à dire. Je dois y aller.

Il repoussa ma main et se leva.

– Où ça ?

– Chercher ma voiture, dit-il en quittant la pièce.

– Mais…

Je me tus en entendant la porte claquer. J'aurais voulu me gifler. *Comment amener sur le tapis un sujet inapproprié et blesser son colocataire, avec qui vous avez également couché pas moins de deux jours plus tôt. La classe, Kiera.*

Je restai dans le canapé et regardai la télé sans la voir, l'esprit pollué par mille pensées à la minute. Kellan revint au rez-de-chaussée un peu plus tard, douché et habillé. Il était pâle et il avait encore des cernes, mais il avait un peu moins mauvaise mine. Il ne me regarda pas et attrapa sa veste.

– Kellan…

Je ne voulais pas qu'il parte. Son regard, si froid auparavant, était à présent plein de tristesse. Entre la conversation que nous venions d'avoir et ce qui s'était passé l'autre nuit, je me sentais atrocement bête. Je baissai les yeux en arrivant près de lui, mais trop tard pour ne pas le voir froncer les sourcils.

– Je suis vraiment désolée pour tes parents.

Il eut l'air de se détendre, et c'est seulement à ce moment-là que je me rendis compte que c'était à mon approche qu'il s'était crispé.

– C'est bon, Kiera, dit-il à voix basse.

Est-ce que tu vas bien ? Est-ce qu'on est amis ? Est-ce que je compte pour toi ? J'avais tellement de questions à lui poser, mais ses yeux tristes bloquaient les mots dans ma gorge. Sans savoir quoi faire d'autre, je l'embrassai sur la joue. Il détourna les yeux et avala péniblement sa salive, puis il sortit de la maison. J'allai dans la cuisine et le regardai par la fenêtre : il était dans l'allée, en train de se pincer les ailes du nez, comme s'il avait de nouveau la migraine. Pendant un moment, je me demandai ce qu'il fabriquait, puis je me souvins que sa voiture n'était pas là. Quelques instants plus tard, Griffin arriva au volant de son Combi Volkswagen bariolé. Kellan contourna la voiture et regarda derrière lui avant de monter. Il eut l'air surpris de me voir à la fenêtre et il me dévisagea avec un regard intense qui fit s'accélérer les battements de mon cœur. Puis il secoua la tête et monta dans la voiture, qui s'éloigna rapidement.

Denny rentra à la maison vingt minutes plus tard, l'air abattu. Ses recherches d'emploi n'avaient rien donné et la culpabilité s'abattit de nouveau sur moi. Est-ce que j'arrêterais de me sentir coupable un jour ? Il s'obligea à sourire et s'assit sur le plan de travail pour papoter avec moi pendant que je me préparais à aller travailler. Il me conduisit au bar et me demanda ce que j'avais fait pendant son absence. Je lui avais déjà tout raconté au cours de nos conversations téléphoniques (à part certains détails), mais je réussis à me rappeler de quelques histoires amusantes qu'il ignorait. Quand il m'accompagna à l'intérieur du bar, on se tenait par la main en riant à cause d'un commentaire idiot de Griffin.

Quand je vis Jenny ouvrir grand la bouche, je me rappelai combien les choses avaient changé depuis mon service de la veille. Elle marcha vers nous en souriant jusqu'aux oreilles.

– Denny, je suis trop contente de te voir ! s'exclama-t-elle en se jetant dans ses bras.

Il eut l'air un peu étonné par son enthousiasme et la serra maladroitement dans ses bras. Je ris car je savais que si elle était aussi contente de le revoir, c'était parce qu'en réalité elle était contente pour moi qu'on soit de nouveau ensemble. Mais lui ne le savait pas et son air confus était adorable. Jenny recula et lui donna une petite tape sur la joue.

– Force plus jamais ma copine à rompre avec toi, elle était dans un sale état !

Puis elle l'embrassa sur la joue et me prit dans ses bras.

– Tu vois… Je te l'avais dit, me murmura-t-elle.

– Merci pour tout ce que tu as fait. Je te dois toujours une demi-soirée. Oublie pas que tu finis tôt aujourd'hui.

– J'ai pas oublié.

Elle m'attrapa le bras en souriant et hocha la tête en direction d'un mec super sexy installé au bar.

– On a rencard ce soir. On va dans la nouvelle boîte de Pioneer Square dès que j'ai fini mon service.

– Pourquoi t'y vas pas maintenant ? Allez dîner avant. C'est toujours calme le lundi, et puis je te dois bien ça.

– Sûre ? Ça me gêne pas de rester encore un peu. Au moins jusqu'à ce que le coup de feu du dîner soit passé.

– Je l'aiderai, intervint Denny en me souriant. Je suis le champion pour nettoyer les tables.

– Tu vois, dis-je en riant, on a pas besoin de toi. Vas-y et amuse-toi bien.

Elle rit à son tour et me serra dans ses bras une fois de plus.

– Merci, dit-elle avant de faire une bise à Denny. Merci, Denny. Et je suis vraiment contente de te voir.

Un grand sourire sur les lèvres, elle alla voir son cavalier et partit dans la réserve pour se changer.

– Alors comme ça, tu étais dans un sale état ? demanda alors Denny à voix basse.

Je secouai la tête en pensant à tout ce que cette rupture avait provoqué… et à ce que j'avais fait dans une tentative stupide d'oublier mon malheur.

– Si tu savais…

Pourvu que tu ne le saches jamais…

Il me serra contre lui pendant une éternité avant de m'embrasser doucement. Quelqu'un dans le bar poussa un soupir exaspéré et on se sépara en riant.

– Allez, dis-je en le tirant par le bras vers la réserve, on a du boulot !

Le matin suivant, je m'immobilisai à l'entrée de la cuisine. Kellan était déjà levé, naturellement, et il attendait que le café soit prêt. Il avait les mains posées sur le plan de travail et la tête penchée en avant, et il avait l'air perdu dans ses pensées. Il était de nouveau parfait, comme si la journée précèente n'avait jamais existé. Il remarqua ma présence et sourit, mais son regard était froid et distant. Toujours pareil, donc. Génial…

– Salut, murmurai-je.

– Bonjour, dit-il en me fixant dans les yeux.

Je détournai le regard et m'emparai d'une tasse dans le placard. J'attendis en silence en regrettant que notre relation soit devenue aussi bizarre. Enfin, le café fut prêt et il s'en servit une tasse avant de me tendre la cafetière.

– Tu veux que je t'en mette ?

Le ton qu'il employa me fit lever la tête : ses yeux reflétaient toujours la même froideur, mais il souriait presque méchamment maintenant. Je me sentis hyper mal à l'aise.

– Euh… oui.

Je ne savais pas comment répondre à sa question, que je trouvais presque grossière.

– Lait ? demanda-t-il d'un air machiavélique.

Je n'aimais pas son expression, ni le drôle de ton qu'il employait. Qu'est-ce qu'il avait aujourd'hui ? Je préférais encore quand il restait muet comme une tombe.

– Oui, finis-je par murmurer.

Il eut un sourire et alla chercher la bouteille de lait dans le frigo. J'envisageais de laisser ma tasse et de retourner à l'étage, mais il revint près de moi avant que j'aie eu le temps de bouger.

– Dis-moi quand tu es satisfaite.

Sa voix était à la fois suave et glaciale. Il me regarda dans les yeux en versant, et je lui dis « stop » après une seconde à peine. Il se pencha tout près de moi.

– Tu veux vraiment que j'arrête ? Je pensais que t'aimais ça.

Je déglutis avec difficulté et détournai la tête. Il rit froidement tandis que j'ajoutais du sucre dans ma tasse. Sérieusement, quelle mouche l'avait piqué ?

– Alors, toi et Denny… c'est reparti ? finit-il par demander.

– Oui, répondis-je en rougissant.

Il pencha la tête sur le côté. Ça lui donnait l'air attendrissant d'habitude, mais là, je le trouvais presque menaçant.

– Comme par magie ? Sans poser de questions ?

Je sentis la panique m'envahir. Qu'est-ce qu'il voulait dire par là ? Est-ce qu'il avait changé d'avis et qu'il voulait en parler à Denny ?

– Et tu as prévu de lui dire pour… ?

Il fit un geste obscène qui me fit rougir encore plus.

– Non, bien sûr que non. Et toi ?

– Non, dit-il en haussant les épaules. Je t'ai dit que je dirais rien. Je m'en fous un peu, à vrai dire. Je me posais la question, c'est tout.

– Eh bien la réponse est non. Et merci d'en faire autant. Il t'est arrivé quoi l'autre soir ? finis-je par lâcher, irritée par la conversation.

Il attrapa son café et en but une longue gorgée sans répondre, mais son sourire voulait tout dire. Je décidai que je ne voulais pas en savoir plus et je retournai à l'étage, en sentant son regard sur moi jusqu'à ce que je sois hors de son champ de vision. Je n'en pouvais plus de son comportement.

J'essayai de ne plus y penser en me réfugiant dans mes études. J'étais dans une des bibliothèques de la fac, qui était d'ailleurs une des bibliothèques les plus impressionnantes que j'avais jamais vues (j'avais l'impression d'être dans *Harry Potter*), en train d'étudier entre mon cours de littérature et mon cours de psycho, quand une rousse à l'aspect familier s'approcha de ma table. Elle fronça les yeux à ma vue et j'en fis autant. Pourquoi avais-je l'impression de l'avoir déjà vue ? Il me fallut quelques secondes avant de la resituer : c'était Candy, l'admiratrice de Kellan. Je me crispai et baissai les yeux tandis qu'elle allait rejoindre deux autres filles à une table. Kellan ne l'avait sûrement jamais rappelée. Ses deux amies s'offusquèrent ouvertement quand elle me montra du doigt, mais j'essayai de les ignorer. Je ne voyais pas en quoi je pouvais les intéresser.

Plus tard, en cours de psycho, les deux mêmes filles, que je n'avais jamais remarqué auparavant, vinrent s'asseoir à côté de moi.

– Salut, dit la blonde gaiement. Moi, c'est Tina et elle, c'est Geneviève.

La brune me sourit et me fit un petit signe de la main.

– Bonjour.

J'avais envie de disparaître sous terre.

– Notre copine Candy a dit qu'elle t'avait vue sur le campus avec Kellan Kyle, il y a un moment… C'est vrai ? demanda Tina en contenant avec peine son excitation.

– Oui.

Son visage s'illumina et l'autre pouffa.

– Alors tu le connais ?

– C'est mon colocataire.

La brune me tapa sur l'épaule.

– Tu déconnes ?

Tina eut l'air à deux doigts de faire un infarctus. Puis elle se reprit et se pencha vers moi d'un air complice, comme si on était soudain les meilleures amies du monde.

– Comment tu t'appelles déjà ?

– Kiera Allen.

– Alors dis-moi, Kiera, y a un truc entre toi et Kellan ? demanda Geneviève.

Je me retins de faire la grimace et regardai l'heure avant de maudire le prof intérieurement. Comme par hasard, il fallait qu'il soit en retard aujourd'hui.

– Non. C'est un ami de mon copain, dis-je en évitant son regard.

Ce n'était pas loin de la vérité. Je ne savais pas ce qu'on était avec Kellan mais il n'y avait certainement pas de « truc ». Ma réponse eut l'air de les ravir, comme si je venais de confirmer que je n'étais pas un obstacle pour elles. J'aurais dû m'attendre à ce que sa pseudo-célébrité ait des répercussions sur moi, mais je ne m'y étais pas préparée, et la dernière chose dont j'avais envie était que des étrangers analysent notre relation. Surtout quand je n'en étais même pas capable moi-même.

– Il est vraiment canon ! s'exclama Geneviève. Allez, raconte, on veut tout savoir !

– Y a pas grand-chose à dire, c'est juste un mec normal.

Un mec sexy à mourir qui s'était comporté comme un véritable connard avec moi le matin même, mais un mec normal. Je ne savais vraiment pas quoi leur dire d'autre, et quant aux détails croustillants, je n'allais certainement pas les partager avec elles. J'aurais de loin préféré m'asseoir dans un coin et écouter le prof, qui avait fini par arriver, mais sa présence n'avait pas l'air de déranger les filles, surtout maintenant qu'elles avaient à côté d'elles quelqu'un qui pouvait espionner leur dieu du rock. Elles baissèrent la voix mais continuèrent à m'interroger pendant tout le cours. Au début, je me contentai de les ignorer, mais ça ne les arrêta pas. J'essayai ensuite de répondre à leurs questions les plus simples en espérant que ça leur suffise. Est-ce qu'il avait une petite amie ? Pas à ma connaissance. Est-ce qu'il jouait de la guitare sans arrêt ? Oui. Est-ce qu'il chantait sous la douche ? Oui (je rougis légèrement en répondant). Est-ce qu'il avait un frère ? Non, il n'avait pas de famille. On vivait où ? À Seattle, dis-je avec une pointe de sarcasme (elles voulaient quoi, le double des clés ?). Il préférait les boxers ou les caleçons ? Aucune idée (je le savais mais je ne risquais pas de répondre à ça). Il était toujours aussi sexy ? Oui. Je soupirai en songeant à quel point il était parfait chaque matin, à l'opposé de ma tête de zombie. Est-ce que je l'avais déjà vu nu ? Hors de question que je réponde. Elles rirent à mon silence qu'elles interprétèrent comme un oui.

Un nouveau coup d'œil vers l'horloge m'indiqua qu'on était qu'à la moitié du cours. C'est alors que je compris mon erreur : j'avais cru que répondre à quelques questions innocentes les calmerait et qu'elles me laisseraient tranquille ensuite. Mais maintenant que j'avais commencé à répondre, elles n'avaient pas la moindre intention de s'arrêter, et le silence que j'avais opposé à leur dernière question les titilla encore plus. Il était comment physiquement ? Je ne répondis pas mais les mots « absolument incroyable » me vinrent à l'esprit. Il embrassait bien ? Là encore, pas de réponse, mais certaines images me revinrent en tête et… la réponse était oui. Pas qu'un peu, même. Est-ce qu'on l'avait fait ? Je gardai le silence. Pourvu que je ne rougisse pas.

Leur interrogatoire était si poussé que je finis par comprendre que ce n'était pas pour elles qu'elles posaient ces questions. Elles étaient curieuses aussi, sans doute, mais c'était Candy qui les envoyait, et c'était pour elle qu'elles jaugeaient ma relation avec Kellan. Est-ce qu'elles étaient vraiment inscrites à ce cours ou est-ce qu'elles m'avaient tout simplement suivie ? Une vague de colère m'envahit soudain et je m'appliquai à ignorer chacune de leurs questions à partir de ce moment-là, qu'il s'agisse de choses anodines ou de détails particulièrement intimes. Personne n'était supposé demander ça après même pas une heure de conversation. La fin du cours fut une véritable délivrance. Je ramassai mes affaires à la hâte tandis qu'elles me submergeaient d'une dernière salve de questions auxquelles je ne répondis pas. Puis je m'excusai et me précipitai dans le couloir.

– Hé, tu organises des soirées révisions chez toi ?

Elles gloussèrent et je les maudis intérieurement. Ce n'était vraiment pas le genre de questions sur la sexualité humaine auxquelles j'avais envie de répondre.

Je me préparai à un nouvel affrontement avec Kellan le lendemain matin, mais il n'était pas dans la cuisine… D'ailleurs, il n'était même pas à la maison. Il n'était pas non plus à la maison la veille quand j'étais revenue de la fac. Mon cœur se serra en constatant qu'il n'était pas là en train de boire son café et de lire le journal. Pendant l'absence de Denny, j'avais commencé à me lever plus tôt que nécessaire juste pour profiter de ce spectacle chaque matin. Cette prise de conscience me contraria, mais ça n'avait plus d'importance. Notre amitié avait changé, si tant est qu'elle existait encore. Je retins mes larmes en me faisant un café.

Denny se réveilla un peu plus tard pour affronter une nouvelle journée de recherche et il me dit au revoir tandis que j'étais moi-même en train de me préparer à aller en cours. Je ne m'attendais pas à ce que Kellan continue à me conduire à la fac avec le retour de Denny, ou après notre conversation dans la cuisine, mais la tristesse m'envahit pendant que j'attendais le bus. Nos trajets ensemble me manquaient. Peut-être que sa froideur était une bonne chose, après tout. Peut-être que je m'étais trop attachée. Maintenant que Denny était revenu, ça aurait été déplacé. En même temps, beaucoup de trucs déplacés s'étaient passés entre Kellan et moi…

Je l'avais à peine vu à la maison, mais je dus bientôt l'affronter au bar. J'avais entamé mon service depuis peu ce soir-là quand le groupe arriva. Kellan m'ignora et se dirigea droit sur Rita pour aller chercher les bières lui-même, ce qui me vexa. Je ne pouvais même plus les servir maintenant ? Rita tendit la main et ébouriffa les cheveux de Kellan tandis qu'il se penchait sur le comptoir en lui souriant. Ça me tapa sur les nerfs, d'autant que, désormais, j'avais un point commun avec Rita. Cette pensée me donna la nausée et je détournai les yeux pour ne pas les voir flirter. Je rejoignis Jenny qui finissait de servir un client pour lui demander comment s'était passé son rencard, bien décidée à penser à autre chose.

– Alors, je t'ai pas demandé : c'était bien, ta soirée ?

Elle se dirigea vers le bar, et je soupirai intérieurement : je venais d'entamer une conversation avec elle et je devais la suivre, même si Kellan était toujours en plein exercice de drague avec Rita. De quoi ils parlaient ? Est-ce qu'il était avec elle l'autre nuit ?

– Un désastre.

Je fis un effort pour me concentrer sur ce que Jenny disait. Elle se dirigea droit sur Kellan et je restai derrière elle en essayant de ne pas regarder les muscles parfaits de son dos.

– Il était d'un ennui… J'ai cru que j'allais m'endormir dans mon assiette de risotto.

En entendant Jenny, Kellan tourna la tête et nous regarda chacune notre tour.

– Salut, Kellan.

Il la salua poliment d'un hochement de tête mais ne fit pas un geste dans ma direction. Jenny continua son histoire.

– Je suis rentrée après le resto, j'avais même pas envie d'aller en boîte avec lui.

Elle se tourna vers Rita pour passer sa commande, et Rita eut soudain l'air ennuyée qu'on interrompe sa conversation. Jenny se retourna vers moi tandis que Kellan regardait ses pieds en penchant la tête comme s'il nous écoutait.

– Beau mec, mais rien dans la tête.

Kellan eut l'air d'avoir envie de rire, et j'espérai que peut-être sa mauvaise humeur s'était dissipée et qu'il allait redevenir sympa.

– Désolée…

Je ne savais pas trop quoi dire d'autre mais elle haussa les épaules et attrapa les verres qu'avait préparés Rita.

– Ça fait rien. Mon prince charmant doit bien être quelque part, dit-elle en souriant, avant de retourner en salle.

Je me sentais mieux d'avoir vu Kellan sourire, et je décidai de rester au bar. Un client à l'autre bout du comptoir héla Rita et je sautai sur l'occasion.

– Kellan, dis-je doucement dans son dos.

Il se retourna, et son air suffisant et son sourire méprisant me firent l'effet d'une gifle.

– Kiera.

Il n'y avait pas la moindre trace de bonne humeur dans sa voix et, soudain, je ne sus plus quoi dire. Je finis par pointer du doigt les bouteilles de bière qu'il avait dans les mains.

– J'aurais pu te les apporter.

Il se redressa et je me sentis brusquement toute petite.

– Je vais m'en sortir, merci.

Il me frôla en passant à côté de moi, et je sentis une boule dans ma gorge. Pourquoi je lui tapais autant sur les nerfs ? Pourquoi on ne pouvait plus être amis ? Et surtout, pourquoi il me manquait autant ?

Le vendredi matin, on était dans le canapé avec Denny quand il soupira pour la centième fois en se tortillant dans tous les sens. Sa recherche d'emploi ne donnait rien : les agences ne recrutaient pas et les stages étaient rares. Il avait passé toute la semaine à postuler et avait épuisé toutes ses ressources. Il avait commencé à dire en riant à moitié qu'il allait finir par devoir bosser au McDo pour pouvoir payer le loyer. Kellan lui avait dit de ne pas s'en faire pour ça, ce qui m'avait interpellée. Puisqu'il n'avait pas besoin de l'argent, pourquoi il s'entêtait à louer la chambre ?

Denny aurait peut-être pu travailler chez Pete, mais c'était si compliqué avec Kellan ces derniers temps que j'en conclus que ce n'était pas une bonne idée. De plus, être avec eux deux dans la même pièce me mettait toujours hyper mal à l'aise. Kellan n'était pas beaucoup à la maison, mais quand il était là, son regard froid épiait le moindre de nos mouvements, et je n'avais pas besoin de ça au travail.

Au bar, l'ambiance était tendue, même si personne n'avait eu l'air de remarquer son changement d'attitude envers moi.

Les garçons continuaient à me taquiner, sauf que, désormais, c'était Kellan qui ouvrait le feu le plus souvent. Il n'interrompait plus les histoires cochonnes de Griffin quand j'approchais. En réalité, il semblait les apprécier encore plus et posait les pires questions quand j'arrivais à leur table pour que j'entende les détails les plus gore. « Alors, combien de filles, Griffin ? Ah non, je connais pas cette position-là. Redis-moi un peu ce qu'elle a fait ? » Mais le pire, c'était quand il me demandait de faire des commentaires. Je rougissais toujours horriblement avant de m'éloigner en quatrième vitesse sans répondre. Evan fronçait alors les sourcils en lui disant de me laisser tranquille, tandis que Matt riait sous cape. Kellan et Griffin riaient alors à gorge déployée comme si c'était la chose la plus drôle du monde. Leurs rires me suivaient jusqu'au bar, et j'en venais à avoir hâte de parler à Rita pour ne plus penser à eux. Pendant tout mon service, Kellan faisa des commentaires suggestifs et narquois et me suiva froidement du regard partout où j'allais. Il sursautait dès que je le touchais, même quand c'était sans le vouloir. Ça me rendait triste qu'une erreur idiote ait ruiné une si belle amitié. Le Kellan qui discutait avec moi en buvant un café, qui passait tendrement son bras autour de mes épaules, qui me consolait quand je pleurais, qui m'avait bordée, ce Kellan me manquait. Et les rares fois où je songeais à notre nuit à deux sans me sentir atrocement coupable, j'y repensais avec plaisir, et même avec tendresse. Voir qu'il ne ressentait pas la même chose me faisait mal. Mais surtout, cela me mettait en colère.

Je comprenais pourquoi Joey était partie, maintenant : le Kellan post-nuit d'amour était un véritable salopard. Sauf que moi, je ne pouvais pas m'offrir le luxe de quitter la ville du jour au lendemain, encore moins après avoir fait un tel scandale à Denny. Il se poserait bien trop de questions. Kellan commençait à réellement me déplaire, tout en me manquant. J'aurais aimé qu'il parte, ça aurait tellement simplifié les choses. Mais cette idée me nouait étrangement l'estomac. Fronçant les sourcils à cette pensée, je détournai mon visage de Denny pour qu'il ne remarque rien, mais il avait vu que quelque chose n'allait pas.

– Ça va ?

– Oui. Je me fais du souci pour toi, c'est tout.

Je détestais lui mentir, même si ce n'était qu'un demi-mensonge : j'étais vraiment inquiète à son sujet. C'était juste que l'attitude de Kellan m'inquiétait encore plus.

Denny passa un bras autour de moi et me serra contre lui. Puis il arrêta de soupirer. Je savais que c'était pour me faire plaisir, et ça me fit me sentir encore plus mal. Ma culpabilité grimpait en flèche à chaque fois qu'il me souriait. Il m'embrassa tendrement sur le front et je levai les yeux pour le regarder. Il me sourit doucement et me caressa la joue.

– Ça va aller, Kiera.

Sa tendresse me ravissait et me brisait le cœur à la fois. Il pressa doucement ses lèvres contre les miennes et m'embrassa plus profondément. Je me laissai aller à sa chaleur et à sa tendresse et lui rendis son baiser. Il fit glisser ses mains sur mes hanches et me fit basculer sur ses genoux. Je souris en pensant à quel point j'aimais qu'il soit à la maison avec moi le matin, d'autant qu'il me restait une bonne heure avant le début de mes cours.

Je me blottis contre lui et passai mes doigts dans ses cheveux. Ma respiration venait de commencer à s'accélérer lorsque j'entendis s'ouvrir la porte d'entrée. Une fois de plus, Kellan n'était pas rentré la nuit dernière. Ni la nuit d'avant. Je me demandais avec qui il sortait, et ça me mit immédiatement de mauvaise humeur. En tout cas, il était de retour, et je m'immobilisai en regardant vers la porte.

Ses yeux se rivèrent instantanément aux miens et il me sourit avec un éclat de méchanceté dans les yeux. Quand Denny tourna la tête vers lui, son expression s'adoucit immédiatement et il lui sourit, mais son sourire ne gagna pas son regard.

– Salut.

– Tu rentres seulement ? demanda Denny.

Kellan nous dévisagea une seconde puis sourit de nouveau, en regardant uniquement Denny.

– Oui, j'étais…

Puis il me regarda, toujours avec la même froideur.

– … sorti.

Denny ne remarqua rien et se contenta de hausser les épaules. Je m'assis de façon à pouvoir voir Denny et Kellan en même temps, mais les avoir tous les deux dans mon champ de vision me retourna l'estomac. Denny me couvait d'un regard tendre tandis que Kellan nous observait froidement, les sourcils froncés. J'avais envie de disparaître sous les coussins du canapé.

Kellan finit par murmurer un mot d'excuse et partit au premier. Je me détendis un peu en entendant la porte de sa chambre se fermer. Denny voulut me faire revenir sur ses genoux mais je fronçai les sourcils. Il rit et me garda serrée contre lui jusqu'à ce que l'heure de partir en cours arrive.

Denny me conduisit à la fac et fit enfin un tour sur le campus avec moi. J'essayai d'être un aussi bon guide que Kellan et le souvenir de cette journée me déprima. Je montrai les différents bâtiments à Denny sur le chemin de mon cours de psychologie. Naturellement, Denny tenait à me parler de mon cours d'éco et je fis en sorte de retenir autant de choses que possible pendant notre courte promenade.

On entra dans le bâtiment, dont la beauté impressionna Denny autant qu'elle m'avait impressionnée la première fois. L'endroit était vraiment remarquable et donnait l'impression de voyager dans le temps. Denny ouvrit la porte de la salle de mon cours de sexualité humaine et me dit en riant qu'il fallait que je lui raconte tout en détail quand il viendrait me rechercher. Je ris à mon tour et lui donnai un long baiser. Quelqu'un nous bouscula en passant à côté de nous et je lui dis au revoir à regret avant d'aller à ma place.

C'était bizarre d'assister à ce cours avec tout ce que j'avais dans la tête. Le cours portait plus sur les aspects psychologiques et sociaux du comportement sexuel que sur la mécanique du sexe, et les thèmes abordés allaient de la diversité culturelle à l'hygiène sexuelle en passant par les abus et les agressions. Certains points s'appliquaient parfaitement à ma situation actuelle et je dus plus d'une fois m'empêcher d'analyser mes problèmes pour me concentrer sur ce que disait le prof. Je me sentis soulagée lorsque le cours prit fin et je souris en voyant la vieille Honda de Denny sur le parking, au même endroit que quand il m'avait accompagnée le matin. Il sortit de la voiture et se dirigea vers moi avec un grand sourire.

– Salut, dit-il avant de me prendre dans ses bras et de me faire tournoyer.

Je ris et me pendis à son cou jusqu'à ce qu'il cesse de tourner et me pose pour m'embrasser passionnément. Quand je réussis à reprendre mon souffle, je vis que ses yeux pétillaient.

– On dirait que quelqu'un est de bonne humeur ?

– J'ai reçu un appel cette après-midi. Un de mes contacts a fini par mordre à l'hameçon. Tu as en face de toi le tout nouvel employé de SLS Publicité.

Je le serrai dans mes bras et l'embrassai sur la joue.

– C'est génial ! Je savais que tu allais trouver. T'es le meilleur.

– Si tu le dis, c'est que c'est vrai. Je t'aime… Je suis tellement désolé.

La culpabilité m'envahit de nouveau. C'était moi l'idiote et c'était lui qui était désolé ?

– Arrête. Tout est rentré dans l'ordre à présent.

Enfin, presque tout était rentré dans l'ordre…

On s'embrassa pendant encore une minute, tandis que les gens allaient et venaient autour de nous sans qu'on fasse attention à eux. Enfin, Denny me sourit, me prit la main et me ramena à la maison.

Il me conduisit aussi au travail le soir. Je n'avais vraiment pas hâte d'assister au concert des D-Bags. Je ne savais pas trop pourquoi, mais j'avais le sentiment que la froideur de Kellan à mon égard allait d'une certaine façon se révéler sur scène devant tout le monde. Denny m'embrassa sur la joue avant que j'aille déposer mes affaires dans la réserve, et je tombai sur Jenny et Kate en ressortant.

Kate était normalement du matin. Je la voyais rarement et je n'avais jamais vraiment parlé avec elle. Elle était plutôt jolie, avec de longs cheveux bruns ramenés en une parfaite queue de cheval. Ses yeux étaient d'un marron si clair qu'ils semblaient ocre, et elle avait les cils les plus longs que j'aie jamais vus. Elle était grande et un peu trop mince mais très gracieuse, comme si elle avait fait de la danse classique.

– Salut, Kiera, dit Jenny en me prenant dans ses bras. Il y avait tellement de monde vendredi dernier que Kate va nous donner un coup de main ce soir. Je rendis son étreinte à Jenny et souris poliment à Kate.

– Génial.

En effet, le vendredi précédent avait été très agité. J'avais à peine eu le temps de prêter attention au groupe ce soir-là. Mais assez pour prêter attention à Kellan. Mes yeux s'étaient posés sur lui dès que j'avais eu une seconde de libre. Tant de choses avaient changé en une semaine.

Le début de la soirée fut relativement agréable. C'était vraiment bien d'avoir une serveuse en plus car je pouvais passer un peu plus de temps à flirter avec Denny. Il décida de rester pour dîner et pour le concert. Je trouvai plein d'excuses pour aller le voir et l'embrasser, ce qui fit sourire Jenny. J'étais tellement contente qu'il soit de retour.

Finalement, les portes s'ouvrirent et Griffin fit son entrée en fanfare, les bras levés comme s'il était un roi arrivant dans la salle du trône. Les fans déjà présents s'enthousiasmèrent immédiatement et ne tardèrent pas à se diriger vers lui. Il passa ses bras autour des épaules de deux d'entre elles et se dirigea vers leur table habituelle, non sans voler un baiser à Kate au passage, qui le repoussa sans s'émouvoir. Apparemment, elle était habituée.

Matt et Evan firent une entrée bien plus discrète : Matt se contenta de sourire poliment et Evan serra Jenny dans ses bras avant de passer son bras autour d'une fan qui venait de l'embrasser sur la joue.

Je regardai vers la porte le cœur serré, sachant qui rentrerait dans le bar en dernier. Quelques instants plus tard, il entra et j'eus le souffle coupé. Il était magnifique. Sa chemise IKKS, par-dessus un tee-shirt noir basique, mettait parfaitement son torse en valeur. Son jean délavé et élimé après des années de bons et loyaux services lui allait comme un gant. Ses lèvres étaient retroussées dans un demi-sourire et son regard perçant trouva immédiatement le mien.

Sachant que Denny pouvait être en train de m'observer, je me forçai à détourner les yeux. Je regardai vers Denny mais il était en train de serrer la main de Matt et de discuter avec les autres. Mes yeux revinrent sur Kellan, qui se dirigeait maintenant vers moi avec un drôle de regard. J'eus envie de faire demi-tour et de m'éloigner, mais il était dans ma section, et l'ignorer ou refuser de le servir paraîtrait bizarre. J'espérais qu'il se comporterait normalement, au lieu d'agir comme le crétin distant qu'il était devenu.

– Kiera ?

Je me forçai à le regarder dans les yeux.

– Oui ?

– Comme d'habitude. Et apportes-en une pour Denny aussi, dit-il en hochant la tête dans sa direction. Puisqu'il est au milieu de tout ça.

Je fronçai les sourcils mais je hochai la tête. Il tourna les talons et se dirigea vers sa table. Presque instantanément, deux filles vinrent se pendre à son cou. Je retournai au bar pour aller chercher leurs verres, et Rita me fit un clin d'œil de conspiratrice, visiblement persuadée d'être au courant de quelque chose. Bien sûr, elle pensait que j'avais sauté dans le lit de Kellan depuis le début. Je décidai de l'ignorer.

Après l'arrivée des garçons, le bar fut vite plein à craquer et je n'eus plus un instant pour flirter avec Denny. Avec Kellan à la même table, je ne me serais pas sentie à l'aise de toute façon. Je remarquai que Kellan était assis en bout de la table, face à la foule, et qu'il flirtait avec les filles de la table voisine. Il ne regarda pas Denny une seule fois, et je me demandai comment il se sentait envers lui… Coupable ?

L'heure arriva pour eux de monter sur scène. Le public, majoritairement composé de filles, comme d'habitude, était en délire et s'agglutina sur le devant de la scène. Je regardai le début du concert depuis le fond de la salle. Ils étaient super bons, comme toujours. Les chansons étaient entraînantes, la voix de Kellan était sexy, les regards qu'il jetait à la foule indécents juste ce qu'il faut, et il ne fallut pas longtemps pour que la moitié du bar se mette à danser. J'arrêtai de regarder et retournai m'occuper des clients restés assis.

Le groupe commença à jouer un morceau que j'avais déjà entendu avant sans jamais vraiment l'écouter, et je me concentrai sur les paroles. Peut-être que c'était à cause de notre fiasco sous l'emprise de l'alcool, mais les mots prirent soudain tout leur sens. Je m'arrêtai près d'une table et levai les yeux vers lui, bouche bée. Ce que je remarquai en premier, bizarrement, fut le visage de Griffin, qui aurait dû constituer un premier indice. Il avait l'air extatique, bien trop content de jouer ce morceau, ce qui indiquait clairement qu'il l'adorait. Puis mes yeux se posèrent sur Kellan.

Les paroles n'étaient que des métaphores sur le sexe, et pas n'importe lequel : le sexe facile, sans importance, du type coup d'un soir. La chanson semblait vouloir dire que même si l'acte en lui-même avait été génial… il était déjà passé à autre chose de son côté, et qu'il espérait qu'elle se rappelle de lui parce que lui l'avait déjà oubliée. Peut-être que je comprenais mal, mais l'expression de Griffin et le regard de Kellan laissaient pu de place au doute.

Le plus choquant était le fait que Kellan ne me quittait pas des yeux. J'avais l'impression qu'il hurlait ce qui s'était passé entre nous à travers le bar. J'étais totalement sous le choc, incapable de bouger, et je sentais les larmes me monter aux yeux. Pourquoi était-il si froid et si méchant ? Une main se glissa autour de ma taille, qui me fit sursauter.

– Je suis épuisé, murmura Denny à mon oreille. Je pense que je vais rentrer. Il y aura quelqu'un pour te ramener ?

Puis il remarqua mon air et me fit pivoter.

– Tout va bien ?

J'essayai de sourire en espérant qu'il ne remarque pas mes yeux embués.

– Oui, je…

Une phrase particulièrement vicieuse dans la chanson me cloua le bec. Kellan criait presque, les yeux toujours fixés sur moi, et la foule était totalement emportée par l'intensité du morceau. La réaction du public surprit Denny.

– Vraiment pas mal, cette chanson. C'est nouveau ?

– Non, ils l'ont déjà jouée avant, réussis-je à répondre. Tu peux rentrer à la maison, Jenny me ramènera. Tout va bien, je suis juste fatiguée.

– D'accord. Réveille-moi quand tu rentres.

Il déposa un bref baiser sur mes lèvres et partit. J'aurais tout donné pour partir avec lui, mais je ne pouvais pas : j'étais coincée ici pour la soirée, condamnée à écouter Kellan me torturer.

Le matin suivant, je décidai qu'il était temps de prendre le problème « Kellan » à bras-le-corps. Je pouvais comprendre qu'il se sente coupable et qu'il se comporte bizarrement quand Denny était là, mais rien n'excusait sa méchanceté. Il n'avait pas été très souvent à la maison dernièrement, et je ne m'attendais pas vraiment à le trouver dans la cuisine, mais il était là, avec son journal et un café.

Il me lança un regard froid, et toutes mes bonnes résolutions s'évanouirent. Je fermai les yeux et pris une grande inspiration avant de me servir une tasse de café et de le rejoindre à table.

– Bonjour, finit-il par dire sans relever les yeux.

– Kellan…

Ma bouche se dessécha instantanément.

– Quoi ?

Le ton de sa voix était presque méchant et j'eus envie de quitter la pièce.

Ne sois pas stupide, Kiera… Parle-lui. Après tout ce qu'on avait fait ensemble, je pouvais bien lui parler, non ?

– Pourquoi tu es fâché contre moi ?

– Moi, fâché ? Au contraire, j'ai plutôt été super gentil avec toi. La plupart des filles apprécient d'habitude.

Son ton narquois me tapa sur les nerfs.

– Tu te comportes comme un vrai con depuis que…

Il haussa les sourcils, en attendant que je finisse ma phrase, mais les mots ne sortirent pas. Il reporta son attention sur son journal et prit une nouvelle gorgée de café.

– Je vois vraiment pas de quoi tu parles.

Je n'en croyais pas mes oreilles. Alors il allait juste nier le fait qu'il s'était comporté comme un crétin fini ces jours-ci ?

– C'est à cause de Denny ? Tu te sens coupable ?

– C'est pas moi qui l'ai trompé.

Je vacillai imperceptiblement et me mordis la lèvre.

– On était amis, toi et moi, murmurai-je.

– Ah ouais ? répondit-il négligemment. J'avais pas remarqué.

Je sentis des larmes de colère se former au coin de mes yeux et répliquai sans attendre.

– Bien sûr qu'on l'était, avant de…

Il me regarda et son expression me fit stopper net.

– Denny est mon ami, m'interrompit-il. Toi, tu es ma colocataire, dit-il en me toisant de haut en bas avec mépris.

– T'as une drôle de façon de témoigner ton amitié. Si Denny savait que…

Il m'interrompit une fois de plus avec un regard glacial.

– Sauf que tu vas rien lui dire, si ?

Il reposa les yeux sur son journal et je pensais qu'il avait terminé, mais il reprit la parole d'une voix plus douce.

– De toute façon, ça vous regarde, j'ai rien à voir là-dedans. J'étais là pour toi, c'est tout.

Je le regardai, abasourdie et incapable de parler. Kellan regarda son journal pendant une minute puis soupira.

– C'est bon, t'as fini ?

Je hochai la tête avec le sentiment qu'on en avait fini dans tous les sens du terme. Il se leva et quitta la cuisine, et quelques instants plus tard, j'entendis la porte d'entrée claquer et sa voiture démarrer. Il ne rentra pas à la maison du week-end.

9

Le stand à expresso

Denny avait commencé à travailler pour une petite société de marketing qui gérait surtout la clientèle en ligne. On était bien loin du stage prestigieux pour la plus grosse agence de pub. Ses talents, accueillis avec joie et encouragés dans son job précédent, étaient presque ignorés dans sa nouvelle boîte. Ses collègues étaient des gens étroits d'esprit, intimidés par ses idées, et ils le traitaient comme un homme à tout faire, chargé des commissions et de flatter leur ego.

Il détestait son nouveau travail. Il ne l'aurait jamais avoué, pour ne pas m'inquiéter ou me faire culpabiliser, mais je le savais. Je le voyais dans ses yeux quand il s'attardait dans la cuisine avant de partir le matin. Je le voyais à ses épaules voûtées quand il passait au bar le soir après une journée interminable. Il était malheureux.

Un soir, il était assis tout seul à une table chez Pete et buvait une bière, perdu dans ses pensées. J'avais envie d'aller le voir pour lui parler, mais il n'y avait rien à ajouter. Je lui avais déjà dit que tout finirait par s'arranger mais les choses n'avaient pas l'air de s'améliorer. Je lui avais même suggéré de démissionner et de chercher ailleurs, mais personne ne recrutait en ce moment. Il était toujours en recherche active mais s'il voulait rester dans son domaine et à Seattle, il n'avait pas d'autre choix.

Je soupirai puis dirigeai mon regard vers Kellan, installé avec le groupe un peu plus loin. J'aurais voulu qu'il vienne s'asseoir avec Denny, mais il était occupé à discuter avec Matt et lui tournait le dos. De l'extérieur, ça n'avait l'air de rien, et pourtant je savais qu'il l'évitait. Il ne le regardait même plus et lui parlait à peine. Je voulais qu'il arrête de se comporter comme ça et qu'il redevienne l'ami qu'il prétendait être. Je comprenais sa culpabilité – je la ressentais tout autant –, mais il fallait que ça s'arrête. Denny avait besoin de nous.

Le portable posé à côté de la bière de Denny sonna et il répondit en soupirant. La société avait voulu pouvoir le joindre en permanence et lui avait donné un téléphone de fonction, en précisant bien qu'il ne pouvait l'utiliser que dans le cadre du travail et qu'il avait plutôt intérêt à répondre dès qu'il sonnait. Ça allait bien plus loin que les obligations d'un simple stagiaire et ça me tapait sur les nerfs.

Il parla d'un air abattu pendant plusieurs minutes avant de raccrocher et de se diriger vers moi.

– Salut.

Il sourit mais je savais à quel point il se forçait.

– Coucou.

Je lui souris d'un air encourageant, même si j'étais déjà agacée par ce qu'il s'apprêtait à me dire.

– Je suis désolé, c'était Max. Il faut que j'y aille.

Max était un homme petit, fourbe et insupportable qui adorait par-dessus tout envoyer Denny faire des commissions sans intérêt, de préférence après les heures de bureau. Sa dernière mission de la plus haute importance avait impliqué un passage chez le teinturier et au Starbucks.

– Encore ? Denny…

Je ne voulais pas montrer que j'étais énervée mais je l'étais, et le ton de ma voix s'en ressentit. J'en avais plus que marre que son temps et ses pensées soient occupés par un boulot tellement en dessous de ses capacités intellectuelles.

– C'est mon boulot, dit-il avec colère. J'ai pas le choix.

Cette fois, je n'essayai même plus de parler gentiment.

– Comme d'habitude.

– Oui, comme d'habitude…

La culpabilité s'ajouta à ma colère, et je lui tournai le dos pour débarrasser des verres vides sur une table voisine.

– À plus tard, alors.

C'était lui qui avait tout quitté pour revenir ici ventre à terre. S'il m'avait laissé plus de temps, je me serais calmée et on aurait trouvé une solution. Je détestais me sentir coupable à cause de sa décision. Je me sentais déjà bien assez coupable à cause de la mienne et de celle de Kellan.

Il ne répondit pas, tourna les talons et quitta le bar. Je le suivis du regard et retournai à mon travail quand je remarquai que Kellan m'observait. Je savais qu'il ne nous avait pas quittés des yeux pendant notre conversation. *Super, une dispute, ça va lui faire plaisir.*

Il se leva lentement et se dirigea vers moi. Je n'étais vraiment pas d'humeur à le supporter. Depuis notre conversation dans la cuisine, il n'avait pas changé d'attitude, et le souvenir de cette discussion m'irrita passablement. Je décidai d'empiler des verres sans m'occuper de lui.

Il arriva juste derrière moi et me frôla dans un mouvement résolument intime qui me fit sursauter. Il y avait du monde, mais pas tant que ça, et n'importe qui aurait trouvé bizarre qu'il me colle autant. Je m'écartai instinctivement et lui lançai un regard noir. Pour ce qui était de l'ignorer, c'était raté.

– Denny t'a encore quittée ? Je peux te trouver un autre compagnon de beuverie si tu te sens seule ? demanda-t-il avec un sourire diabolique. Peut-être Griffin, ce coup-ci ?

– Fous-moi la paix, Kellan !

– T'es pas heureuse avec lui, dit-il avec sérieux.

– Quoi ? Et tu crois que je serais plus heureuse avec toi ?

Il ne répondit pas et se contenta de conserver ce sourire aussi agaçant qu'enchanteur. Soudain, je sentis que je passais de la phase « colère » à la phase « rage ». Je me penchai vers lui pour que personne ne puisse m'entendre.

– Tu es la pire erreur que j'ai faite. T'avais raison, on a jamais été amis. Si seulement tu pouvais disparaître de ma vie.

Son sourit s'évanouit instantanément et je regrettai immédiatement mes paroles. Il se comportait comme un crétin fini mais je ne voulais pas non plus le blesser en minimisant ce qu'on avait partagé. Et je le voyais toujours comme un ami, même si lui ne me voyait pas comme ça. Il s'éloigna en me bousculant si fort que je faillis faire tomber ma pile de verre, et il partit peu après.

Quand j'arrivai à la maison, Denny m'attendait. Il était assis sur le lit en train de regarder la télé, et il avait l'air épuisé. L'expression sur son visage et le fait qu'il m'ait attendue apaisèrent ma colère, et je lui souris.

– Salut.

– Je suis désolé pour tout à l'heure, dit-il immédiatement en éteignant la télé. J'aurais pas dû te parler comme ça. C'est pas ta faute si je suis malheureux.

J'allai m'asseoir à côté de lui. C'était la première fois qu'il admettait qu'il était malheureux. Je posai la main sur sa joue.

– Moi aussi, je suis désolée de t'avoir parlé comme ça. C'est juste que tu me manques.

– Tu me manques aussi. Je vais faire des efforts, promis.

Il me sourit pour la première fois depuis des semaines.

– D'accord. Je te promets d'en faire aussi.

Le lendemain matin, je me sentais mieux d'avoir parlé à Denny et j'espérais en faire autant avec Kellan. Il ne leva pas la tête quand j'arrivai dans la cuisine et je ne sus pas quoi faire, gênée par mon comportement de la veille. J'étais incapable de gérer la situation. Je me fis un café sans un mot et allais retourner à l'étage, mais la culpabilité me rattrapa juste avant que je ne quitte la pièce et je lui dis que j'étais désolée sans toutefois oser le regarder. Je l'entendis soupirer profondément, mais il ne répondit pas.

De son côté, Denny eut l'air de prendre un nouveau départ. Même s'il n'aimait toujours pas son job, il arrêta de se morfondre et on recommença à discuter. Je ne le voyais toujours pas assez à mon goût et il continuait à recevoir bien trop d'appels après les heures de bureau mais j'essayais de ne pas me plaindre non plus. On allait devoir faire des efforts tous les deux si on voulait que ça marche.

Si Denny et moi faisions en sorte de ne pas être maussades, Kellan, lui, compensait largement. Il nous évitait la plupart du temps, et dans les rares moments où on était tous ensemble, il nous adressait à peine quelques mots. Il avait arrêté d'être désagréable avec moi, ce dont je lui étais reconnaissante, mais son silence n'augurait rien de bon. Je sentais que quelque chose se tramait. Mais je ne savais pas quoi.

Un samedi matin, Kellan et Denny étaient en train de discuter dans la cuisine tandis que j'étais encore à l'étage. Je ne pouvais pas les entendre, mais quand j'entrai dans la pièce, Kellan souriait à Denny qui avait une main sur son épaule. Les voir comme ça me réchauffa le cœur tout en m'écrasant de culpabilité. Denny tourna la tête en m'entendant entrer.

– Tu peux trouver quelqu'un pour te remplacer ce soir ?

Je tentai de sourire mais sentis mon estomac se nouer. Ça ne me disait rien qui vaille.

– Je pense, oui. Pourquoi ?

– Le groupe d'un pote joue au Shack, ce soir, dit Kellan en me regardant pour la première fois depuis des jours.

Son regard triste me tordit le cœur.

– Génial. Je vais voir avec Emily. Elle est d'après-midi normalement mais elle a demandé à Jenny si elle pouvait travailler le soir pour avoir plus de pourboires…

– Super, s'exclama Denny. Tu vois, je sais encore m'amuser.

Il me serra dans ses bras et se dirigea vers la porte.

– Je vais me laver et après je te prépare un bon petit déj.

Je souris puis me retournai vers Kellan : les yeux dans le vague, il était pâle comme un mort, et mon sourire s'évanouit.

– Ça va pas ? murmurai-je.

J'y allais avec des pincettes, par peur que le Kellan désagréable ne revienne à la surface. Il sourit mais son regard était toujours aussi triste.

– Si. Ça va être sympa ce soir.

Son ton m'inquiéta et je m'approchai de lui.

– Sûr ? T'es pas obligé de venir, tu sais.

Il eut soudain l'air furieux.

– Absolument sûr. Et puis ça fait longtemps que j'ai pas passé une soirée avec mes colocataires.

Il me tourna le dos et partit dans sa chambre. Je n'aimais pas ça du tout.

Il disparut peu longtemps après en disant qu'il nous retrouverait là-bas, et on ne le revit pas de la journée, ce qui m'arrangea bien. Son air triste et ses silences me retournaient l'estomac tout en m'angoissant, et je n'avais pas envie d'analyser pourquoi.

Je me concentrai sur Denny, qui avait l'air de meilleure humeur que d'habitude, et essayai de passer un bon moment avec lui, comme avant. Peut-être avait-il remarqué que l'ambiance n'était pas au beau fixe avec Kellan et qu'il essayait de compenser. En tout cas, il avait l'air impatient qu'on sorte tous ensemble. J'étais loin de partager son enthousiasme mais je n'en laissai rien paraître.

La journée passa lentement et paisiblement, jusqu'à ce que l'heure de nous préparer arrive. Il faisait encore bon pour la saison et je choisis une de mes jupes préférées, une imprimée que j'avais achetée chez IKKS. Avec un haut rose à manches courtes et un pull léger. Denny me sourit et m'embrassa sur la joue pendant que je mettais du rouge à lèvres. Il mit son tee-shirt préféré, d'un bleu qui s'accordait à merveille à sa peau bronzée. Il me tendit le pot de gel et me laissa le coiffer comme je voulais. Il faisait tout pour me faire plaisir, et ça fonctionnait : j'étais de super bonne humeur.

À notre arrivée au Shack, la voiture de Kellan était déjà là et on se gara à côté de lui. À l'intérieur, le bar était deux fois plus petit que chez Pete et je me demandai où le groupe allait jouer. Puis j'aperçus les grandes baies vitrées au fond de la salle, qui donnaient sur un jardin déjà bondé. Des tables étaient alignées le long des clôtures et du mur du bar, et un grand espace en plein air donnait sur une grande scène au fond du jardin. Un groupe était en train d'installer son matériel et Kellan était avec eux, parlant avec l'un des musiciens. Il nous vit arriver et nous indiqua une table sur laquelle se trouvait déjà un pichet de bière et trois verres.

On lui fit signe de la main et on alla s'asseoir. Denny rapprocha ma chaise comme si c'était notre premier rendez-vous, et je lui souris.

– Merci, monsieur, le taquinai-je.

– Que ne ferait-on pas pour une belle demoiselle, dit-il en me baisant la main.

– Ça alors, mais vous êtes australien ? demandai-je en feignant la surprise. J'adore les Australiens !

– Absolument ! Un p'tit bisou avant la bière ? dit-il en exagérant son accent.

Je ris et me penchai pour l'embrasser.

– Ce que t'es bête.

– Oui, mais tu m'aimes quand même.

– Il paraît, oui.

Je souris puis sentis un regard dans mon dos. Kellan était derrière moi et nous observait avec des yeux de merlan frit. J'essayais de faire revenir les choses à la normale et j'aurais apprécié qu'il essaye d'en faire autant. Sa mélancolie commençait vraiment à m'énerver. Il s'assit et remplit nos verres sans même nous adresser un regard, mais Denny ne sembla rien remarquer.

– Le concert commence quand ? demanda-t-il gaiement.

– Dans environ vingt minutes.

Il prit une longue gorgée de bière tandis qu'une fille qui passait à côté de notre table le dévisageait ouvertement de haut en bas. À ma grande surprise, il lui adressa à peine un regard méprisant avant de reporter son attention sur sa bière et elle s'éloigna, visiblement vexée.

Notre petit trio n'était pas très bavard et les vingt minutes avant le début du concert semblèrent durer vingt heures. Denny essayait de lancer des sujets de conversation mais Kellan répondait à peine, et il finit par abandonner. Je sentais mon énervement croître de minute en minute.

Enfin, le groupe commença à jouer et on se leva avec Denny pour aller danser près de la scène, laissant Kellan bouder dans son coin. Entre deux pirouettes, je jetai un coup d'œil à notre table et vit qu'il nous regardait. Des filles essayaient bien de l'inviter à danser mais il refusait systématiquement. C'était quoi, son problème, à la fin ?

Pendant la pause, on revint finir notre bière et reprendre notre souffle. La température commençait à se rafraîchir mais danser avec Denny me réchauffait. Kellan contemplait son verre vide sans dire un mot quand le téléphone de Denny sonna. Je fus surprise, car je ne savais pas qu'il l'avait sur lui. Il répondit honteusement, et je tâchai de ne pas me mettre en colère. C'était son travail, après tout.

– Merde ! cria-t-il soudain en reposant son portable. Plus de batterie.

Il me regarda et secoua la tête d'un air d'excuse.

– Désolé mais il faut vraiment que je rappelle Max. Je vais voir à l'intérieur si je peux utiliser leur fixe.

Je me forçai à sourire. On était venus pour s'amuser, pas pour se disputer.

– Pas de souci, on bouge pas, dis-je en hochant la tête en direction de Kellan.

Il se redressa gauchement sur sa chaise, les sourcils légèrement froncés. Denny m'embrassa sur la joue puis rentra dans le bar. Kellan soupira imperceptiblement et se tortilla sur sa chaise. Je suivis Denny des yeux jusqu'à ce que je le perde de vue puis je me retournai vers Kellan. Une vague de colère me submergea soudain, sans doute aidée par l'appel de Denny.

– Je croyais que tout allait bien. C'est quoi, ton problème ?

Ses yeux bleus me dévisagèrent.

– Je vois pas de quoi tu parles, je m'éclate, dit-il d'une voix monocorde.

Je détournai les yeux et tentai de garder mon calme. Je ne voulais pas gâcher la soirée en me disputant avec lui.

– Laisse tomber.

Kellan posa son verre et se leva brusquement.

– Dis à Denny que je me sentais pas bien.

Il allait dire autre chose mais s'arrêta et secoua la tête.

– J'en ai assez, finit-il par lâcher.

Ses mots résonnèrent comme une sentence irrévocable qui m'angoissa. J'eus soudain l'impression qu'il ne parlait pas seulement de la soirée. Je me levai à mon tour et le regardai dans les yeux, mais il tourna les talons sans un mot et se dirigea vers la sortie qui donnait sur le parking. Je regardai son corps grand, mince et musclé s'éloigner à grands pas. Mon cœur se serra quand je le vis ouvrir la porte. Je savais qu'une fois qu'il la refermerait, je ne le verrais plus jamais, et cette pensée me brisa le cœur.

Je devais le laisser partir. Il était lunatique, froid, silencieux et déprimé en permanence. Et avant d'être tout ça, il s'était comporté comme un véritable fumier, mettant en danger ma relation avec Denny, faisant des commentaires déplacés sur la nuit qu'on avait passée ensemble et le secret qu'on cachait à tout le monde. Des visions de cette fameuse nuit me revinrent : ses bras puissants, ses mains douces, ses lèvres caressantes. J'essayai d'oublier ces sensations et de repenser à l'époque où on était juste amis, de bons amis. Les larmes me montèrent aux yeux et je me lançai à sa poursuite.

Il était à mi-chemin de sa voiture quand j'arrivai sur le parking.

– Kellan ! criai-je d'une voix trop haut perchée.

Reprends-toi, pensai-je avec colère. *Dis-lui au revoir, laisse-le partir, et retourne dans ce fichu bar pour attendre Denny.*

– Attends, s'il te plaît.

Il ralentit et regarda par-dessus son épaule.

– Qu'est-ce que tu fous ?

Je le rattrapai et l'agrippai par le bras pour l'arrêter et l'obliger à me faire face.

– Reste.

Il repoussa brusquement ma main et leva les yeux en l'air pendant un instant avant de les plonger dans les miens.

– Je peux pas continuer comme ça.

Je m'étais attendue à une de ses remarques désinvoltes ou blessantes, et son sérieux me prit par surprise.

– De quoi tu parles ? Reste, Denny sera déçu si tu pars.

Mes mots sonnaient affreusement faux. Je savais que ça n'avait rien à voir avec Denny. Ou peut-être que tout avait à voir avec Denny. Il secoua la tête et regarda par-dessus mon épaule pour éviter mon regard.

– Je peux plus rester ici… à Seattle. Je m'en vais.

Les larmes qui avaient menacé de couler un peu plus tôt se pressaient au coin de mes paupières. Pourquoi mon corps réagissait comme ça ? Après tout, c'était ce que j'avais espéré. J'aurais dû lui donner une tape dans le dos en lui souhaitant bon voyage. Tout serait plus facile s'il partait en emmenant avec lui sa froideur, ses remarques insupportables, sa liste interminable de prétendantes, ses yeux bleus qui me suivaient partout et les images qui me hantaient sans cesse…

J'agrippai son bras de nouveau et il se raidit, mais il ne me repoussa pas.

– Non, s'il te plaît ! Reste ici… avec nous… t'en va pas…

Ma voix finit par se briser. Pourquoi je lui disais tout ça ? J'étais supposée lui dire au revoir. Alors pourquoi c'était le contraire qui sortait de ma bouche ? Il regarda les larmes couler sur mes joues d'un air ahuri.

– Mais tu as dit que…

Il avala sa salive et regarda au loin, comme si ma vue lui était insupportable.

– Toi et moi, on… Je croyais que tu…

Il expira lentement et retrouva enfin son calme.

– Écoute, je suis désolé de m'être comporté comme ça, mais je peux pas rester. Je peux plus assister à ça. Il faut que je parte.

J'écarquillai les yeux sans comprendre. Est-ce que j'étais en train de rêver ? Interprétant mon silence comme un point final à cette conversation sans queue ni tête, il me tourna le dos. La panique m'envahit et mon corps réagit sans que j'aie eu le temps de réfléchir.

– Non !

Je criai presque et agrippai son bras encore plus fort.

– S'il te plaît, dis-moi que c'est pas à cause de moi.

– Kiera…

Je posai mon autre main sur son torse et m'approchai de lui.

– Pars pas à cause de moi. Tu as ta vie ici et…

Il recula d'un pas mais il ne dégagea pas ma main.

– C'est pas ta faute, t'as rien fait de mal. Mais t'es avec Denny. J'aurais jamais dû…

Il soupira tristement.

– Toi et Denny, vous êtes…

Je fis un pas vers lui et me serrai contre lui, les larmes coulant toujours sur mes joues.

– On est quoi ?

– Vous êtes importants pour moi, dit-il dans un murmure.

– Importants comment ?

Il secoua la tête et recula de nouveau.

– Laisse-moi partir. C'est pas ça que tu veux. Retourne à l'intérieur, rejoins Denny.

Il essaya de se dégager de mon étreinte mais je ne le laissai pas faire. Le mot sortit de ma bouche avant que je puisse l'arrêter.

– Reste.

– Kiera, s'il te plaît. Va-t'en, souffla-t-il.

– Reste… s'il te plaît. Reste avec moi, le suppliai-je à voix basse.

Je ne savais pas ce que je disais, je savais juste que je ne pouvais pas supporter l'idée de ne plus jamais le voir.

Une larme roula le long de sa joue et mon cœur se brisa en mille morceaux. Sa douleur, sa souffrance éveillèrent des sentiments que je n'avais jamais éprouvés pour lui avant. Je voulais le protéger, le guérir. J'aurais donné n'importe quoi pour qu'il arrête de souffrir. Sa froideur, sa colère, les filles, Denny, le bien et le mal… tout ça disparaissait quand je voyais la souffrance dans ses yeux.

– Fais pas ça, supplia-t-il sans que je sache s'il me parlait ou s'il se parlait à lui-même. Je veux pas…

J'essuyai une larme sur sa joue et je sus immédiatement que c'était une erreur : ce contact était bien trop intime, la chaleur de sa peau irradiait dans mon bras et embrasait tout mon être.

Il retint son souffle quand nos regards se croisèrent. Je savais que j'aurais dû faire demi-tour et retourner au bar. Mais je savais aussi qu'il était trop tard.

– S'il te plaît… laisse-moi partir, chuchota-t-il.

Je l'ignorai et l'attrapai par le cou pour l'attirer à moi jusqu'à ce que mes lèvres effleurent les siennes. Je fermai les yeux et me serrai doucement contre lui. Son corps se crispa mais il ne résista pas au contact de mes lèvres.

– Arrête, murmura-t-il si faiblement que je l'entendis à peine.

Je ne savais toujours pas à qui il s'adressait. Je pressai ma bouche plus fort contre la sienne et il laissa échapper un cri qui ressemblait presque à de la douleur.

– Qu'est-ce que tu fais ?

– Je sais pas… mais je veux pas que tu partes. S'il te plaît, me laisse pas, suppliai-je dans un souffle, les yeux toujours fermés par peur de voir sa réaction.

– S'il te plaît…

Enfin, il pressa ses lèvres contre les miennes, m'embrassant passionnément. Il me prit fermement par la taille et me serra contre lui. Ses lèvres s'écartèrent, sa langue trouva la mienne et je ne tardai pas à lui rendre son baiser avec avidité. À travers le brouillard qui avait envahi mon esprit, je me rendis vaguement compte qu'on se déplaçait en même temps qu'on s'embrassait. Il me poussait doucement, je ne savais pas vers où ni pourquoi, et je m'en fichais complètement. Je le sentis se cogner dans quelque chose de dur et profitai de l'occasion pour se plaquer contre la chose en question et me serrer contre lui aussi fort que possible. Sa respiration s'accéléra de concert avec la mienne et il resserra son étreinte.

Il glissa ses mains sous mon tee-shirt pour caresser le bas de mon dos et je soupirai au contact de sa peau. L'une de ses mains me lâcha. J'entendis un bruit qui me fit ouvrir les yeux. Il était appuyé contre la porte d'un stand à expresso, au milieu du parking. Je savais dans un coin de ma tête que le stand était là, mais je n'avais pas réalisé qu'on était si près. Il essaya d'ouvrir la porte : par miracle, elle n'était pas fermée à clé. La partie de moi qui était encore capable de réfléchir se demanda ce qu'il aurait fait si elle n'avait pas été ouverte, tout en s'en moquant éperdument. Je voulais juste être quelque part d'un peu plus intime qu'un parking.

Il s'écarta pour pousser la porte et nos lèvres se séparèrent. J'osai enfin le regarder et la passion que je lus dans ses yeux me coupa le souffle. J'étais incapable de réfléchir ou de bouger. Tout ce que je pouvais faire, c'était me perdre dans ses yeux bleus. Il m'attrapa par les hanches et me souleva sans effort pour m'amener à l'intérieur du stand plongé dans le noir.

Il me reposa délicatement et ferma la porte. On resta dans le noir un moment, mes bras autour de son cou, une de ses mains autour de ma taille et l'autre appuyée contre la porte close. Il n'y avait aucun bruit, à part celui de nos respirations. Le fait d'être dans le noir, pressés l'un contre l'autre, anesthésia mon cerveau, et ce qui me restait de capacité de réflexion m'abandonna. Il ne restait plus que la passion, et le besoin… un besoin intense et brûlant.

Il bougea en premier. Il se mit à genoux et m'entraîna doucement avec lui. Mes mains se lancèrent à l'assaut de sa veste avant de s'attaquer à sa chemise. Mes yeux s'étaient suffisamment accoutumés à l'obscurité pour distinguer son torse sculptural. Ses muscles étaient étonnamment puissants et sa peau incroyablement douce. Parfaite. Je le caressai sans répit puis suivis du bout des doigts les courbes de son abdomen avant de descendre sous son nombril. Je sentis son corps réagir instantanément, et mon désir pour lui atteindre des sommets vertigineux. Je poussai un soupir de satisfaction en sentant sa bouche chaude contre mon cou. Ses lèvres descendirent tandis qu'il me retirait mon pull et soulevait mon tee-shirt. J'avais tellement envie de lui que j'enlevai mon tee-shirt moi-même pour enfin sentir sa peau contre la mienne.

Il respira bruyamment et me regarda de haut en bas d'une façon qui me fit frissonner. Il caressa mon cou et laissa descendre sa main sur ma poitrine et ma hanche. J'avais l'impression que ma peau était en feu partout où il me touchait. J'étais si bruyante que j'en aurais sans doute été gênée, si j'avais encore eu un soupçon de conscience. Sa main remonta jusqu'à prendre un de mes seins en coupe. Il caressa mon téton à travers mon soutien-gorge et ma respiration s'entrecoupa tandis que j'arquais mon corps vers le sien. Je le voulais, et tout de suite. Je trouvai à nouveau ses lèvres et nos respirations s'accélérèrent.

Il nous allongea sur le sol, et l'odeur du café envahit mes narines et se mélangea à celle de Kellan dans une telle alchimie que je sus que je ne pourrais plus jamais les dissocier. Je labourai littéralement le bas de son dos avec mes ongles, et il émit un cri qui m'enchanta.

Je commençai à retirer son jean. Il gémit et inhala à travers ses dents tandis que je le déboutonnais. Je le fis glisser sur ses cuisses et pris un moment pour l'observer : il était prêt pour moi, dur à travers ses vêtements, et je n'en revenais pas de savoir que c'était mon corps qui lui faisait cet effet. J'étais tellement prête pour lui. Je promenai mes doigts le long de son sexe et il arqua les hanches vers moi en appuyant son front contre le mien. Je resserrai ma main autour de lui à travers son caleçon et me souvins de la sensation de le sentir en moi. J'avais désespérément besoin d'éprouver ça une nouvelle fois. Ses lèvres s'emparèrent des miennes et ses mains remontèrent ma jupe avant de baisser brusquement ma culotte. J'étais incapable de réfléchir. J'avais tellement envie de lui que ça me faisait mal.

– Kellan, s'il te plaît, murmurai-je.

Il entra en moi et je fus obligée de mordre son épaule pour ne pas hurler de plaisir. Il enfouit sa tête dans mon cou et marqua une pause pour reprendre son souffle. Dans mon impatience, je soulevai mes hanches. Je voulais qu'il me prenne plus fort.

Je le lui dis et il s'empressa d'obéir avant de chuchoter quelque chose que je ne compris pas.

Son souffle chaud sur ma peau envoya une onde de choc à travers mon corps et je m'agrippai à lui encore plus fort. Un véritable incendie faisait rage en moi. C'était si différent de la première fois : plus intense, plus fort et plus brutal, mais en même temps inexplicablement plus doux. Il s'enfouit en moi plus profondément et j'accueillis chacun de ses va-et-vient avec avidité. On n'ambitionnait pas de faire durer le plaisir : on avait juste besoin de satisfaire le désir qui nous consumait. Chaque sensation dans mon corps commença à s'amplifier, et je sentis que je m'approchais de l'orgasme. Je perdis le peu de contrôle qui me restait : j'étais incapable de me retenir, et j'adorais voir que Kellan aussi avait renoncé et que ses cris s'accordaient aux miens.

Quand je sentis chaque muscle de mon corps contracté autour de lui et lui profondément enfoui en moi, je labourai son dos une nouvelle fois, encore plus fort. Je sentis sa peau meurtrie au bout de mes doigts et il écrit un son dont j'ignorais s'il s'agissait de douleur ou de plaisir. Mon excitation décupla et je laissai échapper un cri en sentant une nouvelle vague de chaleur m'envahir. Il me répondit par un gémissement sourd et m'agrippa les hanches si fort que je sus que j'aurais un bleu tandis qu'il allait et venait en moi plus fort avant de jouir.

Immédiatement après cet instant où la passion m'avait embrasée, mon cerveau se réveilla. Un souffle glacé me fit frissonner tandis que je prenais conscience avec horreur de ce qu'on venait de faire. De ce que je venais de faire. Je fermai les yeux en priant pour que ce ne soit qu'un rêve particulièrement réaliste dont j'allais me réveiller d'une seconde à l'autre. Sauf que ce n'était pas un rêve. Je portai la main à ma bouche et tentai de ravaler mes larmes.

Kellan détourna le regard, s'écarta et remonta son pantalon. Les yeux fixés au sol, il attrapa sa chemise en tremblant de froid.

Mon estomac se révulsa et je crus que j'allais vomir pendant que je rabaissais ma jupe et remettais ma culotte. J'enfilai mon tee-shirt à la hâte avant de remettre ma main devant ma bouche, certaine de perdre la bataille contre mon estomac si jamais je la retirais. Angoissée, je tremblais de tout mon corps en sanglotant. Kellan frissonnait mais ne bougeait pas, les yeux désormais fixés sur la porte, sans faire un geste pour me venir en aide.

Mon esprit était incapable d'assimiler quoi que ce soit. Je ne comprenais pas ce qui venait de se passer, comment mon corps avait pu trahir mon esprit de la sorte. Pourquoi je l'avais laissé me toucher comme ça ? Pourquoi je l'avais touché, voulu et supplié comme ça ? Et Denny… Je ne voulais même pas y penser.

– Kellan, dis-je en reniflant.

Il leva les yeux pour me regarder : la passion qui les habitait quelques instants plus tôt avait totalement disparu.

– J'ai essayé de faire ce qu'il fallait. Pourquoi tu m'as pas laissé partir ? murmura-t-il d'une voix rauque.

Sa question me brisa le cœur et je recommençai à sangloter. Je ramassai mon pull en tremblant, me levai et me dirigeai vers la porte. Kellan baissa de nouveau les yeux et ne fit pas un geste pour m'arrêter. J'ouvris la porte sans faire de bruit et lui lançai un dernier regard. Il était toujours accroupi avec sa chemise dans les mains, et je remarquai les traces rouges dans son dos. Je fis un pas vers lui.

– Arrête. Va-t'en. Denny a dû remarquer ton absence.

Sa voix était de nouveau froide et distante. En larmes, je sortis et me précipitai dans le froid nocturne.

10

De plus en plus chaud

Je remarquai plusieurs choses en émergeant le lendemain matin. La première était que j'avais des courbatures. Apparemment, la nuit dernière avait été encore plus brutale que je le croyais… Est-ce que je lui avais réellement demandé d'être brutal ? Qu'est-ce qui ne tournait pas rond chez moi ? Le souvenir de ses mains et de ses lèvres m'envahit mais j'essayai de penser à autre chose.

La deuxième chose que je remarquai était que mon estomac avait encore l'air de vouloir rendre l'intégralité de son contenu. Au moins, j'avais arrêté de pleurer. Raconter à Denny que j'étais allée sur le parking parce que je me sentais mal et que je ne voulais pas vomir mon dîner devant tout le monde avait été bien plus facile que je ne l'avais cru.

Il n'avait pas posé de question. Il avait cru mon histoire et s'était contenté de me ramener à la maison. Je n'avais pas pu m'empêcher de regarder vers le stand à expresso en partant, en me demandant si Kellan était toujours là, à genoux, avec des traces de griffes dans le dos. J'avais alors porté la main à mon estomac et Denny avait accéléré en croyant que j'allais encore être malade. Quand il m'avait demandé où était passé Kellan, je lui avais dit que je l'avais laissé à notre table et que je ne savais pas où il était passé, tout ça d'une voix parfaitement égale.

Une fois à la maison, il m'avait aidée à me changer puis il m'avait mise au lit. Je n'avais pas supporté sa douceur ni son regard plein d'adoration. J'aurais voulu qu'il crie ou qu'il soit cruel, parce que c'était ce que je méritais, et pire encore. J'avais senti les larmes monter et j'avais roulé sur le côté et fait semblant de m'endormir. Il m'avait tendrement embrassé l'épaule avant de se coucher à mes côtés, et j'avais passé plusieurs heures à pleurer en silence, la tête enfouie dans mon oreiller.

En me réveillant, j'étais partie du principe que Kellan s'en était allé pour de bon : jamais il ne voudrait me revoir, ou affronter Denny. Pas après ce qu'il avait fait. Notre première fois avait été une erreur d'ivrognes alors que Denny et moi étions séparés, aussi courte soit la séparation. Mais cette fois, c'était différent : c'était une véritable trahison.

Ce qui m'amena à ma troisième observation. Je pouvais entendre Denny et Kellan discuter et même rire au rez-de-chaussée. Je me redressai et écoutai plus attentivement. Pas de dispute ni de cris, apparemment. Pas la moindre trace de colère. Est-ce qu'il était sérieusement en train d'avoir une conversation bon enfant par un dimanche matin avec l'ami qu'il venait juste de poignarder dans le dos ?

Je me levai pour aller à la salle de bain. J'avais une tête affreuse : mes yeux étaient rouges et bouffis et j'avais les cheveux tout emmêlés. Je les brossai à la va-vite, me passai de l'eau froide sur le visage et me brossai les dents. Pas génial, mais c'était déjà mieux, et j'étais censée être malade, après tout. Je jetai un coup d'œil à ma hanche et vis que j'avais un hématome. Je rajustai hâtivement mon pyjama et décidai de descendre comme ça. Je traînais souvent en pyjama à la maison et j'étais trop curieuse pour prendre le temps de me changer.

Je descendis l'escalier quatre à quatre et m'arrêtai à la dernière marche. Puis je pris une grande inspiration et tentai de faire ralentir les battements de mon cœur. Peut-être qu'il était là parce que la nuit dernière n'était qu'un mauvais rêve ? J'aurais presque pu y croire si je n'avais pas eu ces bleus, ces courbatures et ces nausées.

J'avançai à pas lents vers la cuisine et me faufilai silencieusement jusqu'à la porte. Denny se tenait contre le plan de travail et buvait tranquillement une tasse de thé. Il remarqua mon arrivée et me sourit.

– Salut, Belle au bois dormant. Ça va mieux ?

Kellan était assis nonchalamment à la table de la cuisine, une main tenant sa tasse de café et l'autre négligemment posée sur son genou. Il devait déjà regarder vers la porte avant que je n'arrive car ses yeux se rivèrent immédiatement aux miens. Ils étaient calmes et paisibles, avec de nouveau cette étrange froideur, en dépit de son sourire en coin. Je finis par me rappeler que Denny m'avait posé une question.

– Beaucoup mieux, oui.

Je m'assis en face de Kellan et vis qu'il ne me quittait pas des yeux. Il jouait à quoi ? Est-ce qu'il essayait de faire en sorte que Denny se rende compte de quelque chose ? Ce dernier était toujours adossé contre le plan de travail, occupé à boire son thé et à regarder les infos que diffusait la télé du salon. Il devait être levé depuis un moment car il était douché et habillé, son jean usé et sa chemise grise épousant ses formes à la perfection. Il était vraiment beau, pensai-je avec tristesse.

Je laissai échapper un soupir coupable et détournai le regard. Malheureusement, j'avais oublié que Kellan était toujours assis en face de moi en train de me dévisager. Il plissa les yeux en m'observant et je réalisai qu'il avait exactement la même expression que la veille au soir. Il ne s'était pas changé, et il portait encore sa chemise blanche IKKS dont il avait remonté les manches jusqu'aux coudes. Il avait toujours son jean bleu délavé et même ses cheveux n'avaient pas bougé. On aurait dit qu'il venait juste de rentrer à la maison. J'eus envie de lui hurler dessus et de lui demander ce qu'il foutait encore ici. Pourquoi il me dévisageait comme ça alors que Denny était juste à côté ?

Il finit enfin par détourner le regard, une demi-seconde avant que Denny ne se tourne vers moi. Mais je n'avais pas été assez rapide et Denny me surprit en train de regarder Kellan avec ce qui ressemblait sûrement à de la colère. Celui-ci affichait de nouveau un petit sourire insupportable au moment où je tournai la tête.

– Tu veux que je te prépare un truc à manger ? demanda Denny.

– Non merci. J'ai vraiment pas faim.

Je me sentais encore nauséeuse, mais pour des raisons qu'il était loin d'imaginer.

– Tu veux un café ?

L'odeur de la cafetière me parvint et je crus que j'allais vomir. Je ne pourrais plus jamais voir une tasse de café de la même façon, et encore moins en boire.

– Non, murmurai-je en pâlissant.

Denny ne s'en rendit pas compte et avança jusqu'à moi.

– Comme tu voudras.

Il se pencha pour m'embrasser sur le front et je crus apercevoir Kellan se crisper du coin de l'œil.

– Dis-moi si tu as faim, je te ferai ce que tu veux, dit-il en souriant avant de passer au salon.

Il s'allongea sur le canapé et se mit à regarder la chaîne des sports. J'avais envie de le rejoindre, de me nicher dans ses bras et de m'endormir pendant qu'il regardait la télé. L'idée était tentante et réconfortante, mais la culpabilité me paralysait sur ma chaise. Je ne le méritais pas, je ne méritais pas sa tendresse et son dévouement. Je ne méritais que la dureté froide de la chaise de la cuisine.

Je sursautai en entendant Kellan s'éclaircir la gorge. Il lança un coup d'œil vers Denny puis chercha mon regard. Je crus voir un air de tristesse sur son visage mais il changea si vite d'expression que je n'en étais pas sûre. J'essayai de m'en empêcher mais je finis par repenser à la nuit précédente et à son dos plein de marques. Il sourit, avec pour la première fois un peu de chaleur dans son regard, et j'eus l'impression qu'il savait exactement à quoi je pensais. Je rougis et tournai la tête pour n'avoir aucun d'eux dans mon champ de vision.

– C'est un peu tard pour faire ta timide, tu crois pas ?

Je n'en croyais pas mes oreilles : il pensait sérieusement avoir cette conversation ici et maintenant ? Je me demandai s'il avait parlé assez fort pour que sa voix couvre le bruit de la télé, même si j'étais presque sûre que non.

– T'es cinglé ou quoi ?

J'essayai de contrôler le volume de ma voix mais j'étais si en colère que les mots sortirent bien plus fort que prévu.

– Qu'est-ce que tu fous ici ? parvins-je à dire d'une voix bien plus contenue.

– Je vis ici, tu te souviens ?

J'aurais voulu le gifler. J'en mourais d'envie, mais la pensée d'attirer la curiosité de Denny me freina.

– Et moi je croyais que tu devais partir… tu te souviens ? Une sortie très dramatique, d'ailleurs… Ça te rappelle rien ? dis-je d'un ton sarcastique.

Il rit doucement.

– J'ai changé d'avis. On m'a instamment demandé de rester, dit-il avec un sourire diabolique.

– T'as aucune raison d'être ici.

J'ouvris les yeux : il me souriait d'un air charmeur. Il avait dû péter les plombs la nuit dernière. C'était la seule explication possible à ce brusque changement d'attitude. Je jetai un coup d'œil à Denny mais il était toujours en train de regarder la télé paisiblement. Lorsque je posai de nouveau les yeux sur lui, Kellan cessa de sourire et se pencha vers moi.

– Peut-être que j'avais tort et que c'est ça que tu veux. Je me suis dit que ça valait le coup de rester pour le savoir.

– Non, éructai-je. C'est Denny que je veux.

Je n'osais même pas regarder en direction du salon au cas où Denny aurait entendu son nom. Kellan sourit et tendit la main pour me toucher la joue. Mon instinct m'ordonna de le repousser mais mon corps ne fit rien. Pourquoi est-ce que mon débile de corps ne m'obéissait plus ? Les doigts de Kellan suivirent les contours de ma bouche et je sentis instantanément le feu de la passion brûler en moi. J'entrouvris les lèvres et fermai les yeux à demi à son contact, avant de les rouvrir brusquement en l'entendant rire.

– C'est ce qu'on verra, dit-il nonchalamment en se laissant aller contre le dossier de sa chaise avec un sourire de triomphe sur le visage.

– Et lui ? demandai-je en faisant un geste en direction de Denny.

Son sourire s'évanouit et il baissa les yeux, mais lorsqu'il répondit, sa voix était ferme.

– J'ai réfléchi cette nuit. Je veux vraiment éviter de lui faire du mal alors je lui dirai rien, si c'est ce que tu veux.

– C'est hors de question qu'il l'apprenne. Ça veut dire quoi, « éviter de lui faire du mal » ?

Son sourire revint et il tendit la main pour prendre la mienne. Je reculai mais il parvint à l'attraper et pressa mes doigts d'une main ferme.

– On est amis, toi et moi, maintenant…

Il me regarda de haut en bas d'une façon qui me fit rougir.

– De bons amis, ajouta-t-il.

– Ah bon ? Je croyais qu'on était juste colocataires.

– Tu m'as fait changer d'avis. Tu peux être très persuasive. D'ailleurs, tu voudrais pas me persuader encore, à l'occasion ?

Je me levai brusquement et les pieds de ma chaise grincèrent sur le sol. Kellan me lâcha la main tandis que la voix de Denny retentit dans l'autre pièce.

– Tout va bien ?

– Oui, je vais prendre une douche. Il faut que je me prépare pour aller travailler… Je remplace Emily.

J'avais surtout besoin de nettoyer mon corps de la moindre trace de Kellan. Je regardai dans le salon : Denny était de nouveau concentré sur la télévision, sans avoir la moindre idée de ce qui se passait dans la cuisine.

– Tu veux que je t'accompagne ? On pourrait continuer notre conversation, murmura Kellan.

Je lui lançai un regard furieux puis je sortis de la pièce au pas de course. Je mis une éternité à me préparer, en retournant dans tous les sens le problème qu'était devenu Kellan. Qu'est-ce que j'avais fait ? Qu'est-ce qui m'était passé par la tête ? J'aurais dû le laisser partir… Alors pourquoi je ne l'avais pas fait ? Pourquoi j'avais été incapable de le laisser monter en voiture et pourquoi l'avais-je laissé me…

Je soupirai. Je n'avais pas la moindre envie de penser à ça. J'avais déjà bien assez mal au ventre.

Il avait dit un truc que j'avais trouvé vraiment bizarre. C'était quoi, déjà ? *« Peut-être que c'est ça que tu veux ? »* Ça ? Qu'est-ce qu'il croyait qu'on était, à part une grossière erreur ? Apparemment, d'après lui, on était amis maintenant. C'était donc ça qu'il lui fallait pour me considérer comme une amie, pensai-je avec colère. *Désolée*, songeai-je en me brossant rageusement les cheveux avant de les ramener en une queue de cheval, *mais on n'était certainement pas ce genre d'amis. Du moins, on le serait plus jamais.*

Denny me conduisit au travail, mais Max l'appela à la seconde où il allait se garer pour m'accompagner à l'intérieur. Il secoua la tête d'un air irrité, soupira et me dit qu'il devait retourner au bureau pour quelques heures mais qu'il viendrait me chercher à la fin de mon service. Je hochai la tête et lui dis de ne pas s'inquiéter. Ce que je lui avais fait annihilait le moindre ressentiment que j'éprouvais à l'égard de Max. Je portai la main à mon estomac en regardant la lumière de ses phares disparaître. Une partie de moi était soulagée de pouvoir gérer ma culpabilité sans qu'il soit là.

Travailler chez Pete en journée m'offrit le luxe d'être seule. Pas physiquement, bien sûr, car beaucoup de monde venait aussi pour déjeuner, mais je ne connaissais pas ces clients-là. Si le Pete's était une grande famille, alors ses habitués de la journée et de la soirée étaient des cousins éloignés qui se voyaient pendant les vacances mais ne se donnaient pas beaucoup de nouvelles le restant de l'année.

Le barman de service était un homme plutôt séduisant qui hocha poliment la tête quand j'entrai dans le bar. Je crois qu'il s'appelait Troy mais je n'en étais pas sûre, et je me contentai donc d'un simple « bonjour » pour ne pas risquer de passer pour une idiote. Les deux autres serveuses étaient plus âgées et avaient l'air de travailler ici depuis toujours. Elles avaient toutes les deux des cheveux gris et frisés et appelaient tout le monde « mon cœur » ou « ma chérie », j'en conclus donc que m'adresser à elles ainsi ne les dérangerait pas. Elles étaient vraiment gentilles et je me sentis rapidement à l'aise en leur compagnie.

Les clients aussi étaient différents : ceux du soir venaient surtout pour boire un verre, tandis que ceux-ci étaient là pour manger. J'allai plus souvent à la cuisine en une demi-journée que depuis mon premier jour chez Pete. Le soir, le chef était un garçon timide qui s'appelait Scott. Il était grand et étrangement mince pour un cuisinier, mais tout ce qu'il préparait était délicieux. Je compris d'où Scott tenait son talent quand je vis que le chef chargé de la cuisine dans la journée n'était autre que son père, Sal. Il était aussi grand et aussi mince que son fils et était aussi bon cuisinier, voire encore meilleur. Il avait beaucoup d'humour et faisait toujours une blague dès que je venais passer une commande.

Tout allait comme sur des roulettes quand j'eus littéralement l'impression de sentir l'air s'appesantir. Je n'eus pas besoin de me retourner pour savoir que Kellan Kyle venait d'arriver. Je le sentis se diriger droit sur moi mais je ne me retournai pas. Il n'avait qu'à aller s'asseoir et attendre comme tout le monde, et de préférence pas dans ma section. Mais il resta planté derrière moi tandis que j'attendais que Troy me donne les boissons que j'avais commandées. Troy le regarda avec un petit sourire en coin qui me tapa sur les nerfs. Qu'est-ce que tout le monde avait à le trouver irrésistible ? Je sentis alors une main se poser sur ma hanche, pile là où j'avais un bleu. Je me raidis et me retournai pour lui faire face.

Il venait de se doucher et avait les cheveux en bataille encore humides sur les tempes. Il portait un jean noir qui contrastait parfaitement avec son tee-shirt rouge ajusté à la perfection, qui dévoilait la moindre courbe de ses épaules et laissait deviner des pectoraux qui auraient rendu jaloux n'importe quel mannequin. On avait l'impresion que les vêtements IKKS étaient taillés specialement pour la silhouette de Kellan, il était sublime. Mais ce sont ses yeux qui m'interpellèrent : ils avaient l'air de brûler. Je repoussai brutalement sa main, en espérant que mon cœur retrouve un rythme normal. Ça aurait presque pu marcher s'il n'avait pas attrapé ma main à la place. Du coin de l'œil, je pouvais voir Troy nous observer avec curiosité.

– Qu'est-ce que tu fais ici ? dis-je à voix basse en essayant de dégager mes doigts des siens.

– J'avais faim et j'ai entendu dire que la nourriture est bonne… sans parler des serveuses.

Je voulus lui répondre mais je restai bouche bée. Il rit puis ramena une mèche de cheveux derrière mon oreille. Son contact était si délicieux que je fermai les yeux une seconde avant de retrouver mes esprits et de reculer brusquement.

– Va t'asseoir. La serveuse arrive.

– À vos ordres, dit-il en souriant.

Il lança un regard charmeur à Troy puis alla s'installer à sa table habituelle. Est-ce qu'il y avait une personne sur cette terre avec qui il ne flirtait pas ? J'évitai d'aller prendre sa commande aussi longtemps que possible en aidant tout le monde au bar tandis qu'il me regardait avec insolence, les bras croisés sur la poitrine. Je finis par aller à sa table pas tant pour le servir que pour m'en débarrasser.

– Qu'est-ce que je peux faire pour toi ?

Il haussa les sourcils d'un air qui en disait long et je virai à l'écarlate. Je me concentrai sur mon bloc-notes et tentai de repousser les pensées qu'il venait d'insinuer dans mon esprit. Pourquoi mon cerveau devenait aussi pervers quand il était dans les parages ? Et pourquoi lui était aussi pervers en permanence ?

– Je voudrais un hamburger, des frites et une bière.

– Très bien.

Je me retournai pour partir en cuisine mais il me rappela.

– Il y a du paracétamol ici ?

Il fit la grimace et porta une main à son omoplate.

– J'ai le dos broyé, expliqua-t-il avec un large sourire.

Les images de la veille me revinrent avec une telle précision que je dus fermer les yeux. J'ouvris grand la bouche puis me sauvai sans lui répondre. Une gêne immense m'envahit, suivie par de la culpabilité, elle-même suivie par du désir. J'allai donner sa commande en cuisine en espérant qu'il partirait tout de suite après.

Son déjeuner fut plus pénible qu'un dîner de gala, aussi bien en matière de durée que d'attention. Les deux autres serveuses étaient aux petits soins, et Troy prit même la peine de lui apporter personnellement une bière, que Kellan accepta avec un sourire des plus charmeurs. Je levai les yeux au ciel : s'il y avait bien une personne qui n'avait pas besoin de toute cette attention, c'était bien lui.

Enfin, il se leva pour partir. Il s'approcha de moi et glissa un billet dans ma poche sans dire un mot, alors que je ne lui avais même pas encore apporté l'addition. Honnêtement, il aurait mieux fait de demander à Pete de lui faire une facture mensuelle, vu qu'il était là sans arrêt. Il me sourit et quitta le bar, et j'aurais pu jurer que Troy soupira en le voyant disparaître. J'allai derrière le bar pour encaisser son paiement, soulagée qu'il soit enfin parti, quand je remarquai qu'il m'avait donné un billet de cinquante dollars.

Cinquante ? Sérieusement ? Je sortis du bar en furie. Il avait dû m'entendre arriver ou s'attendre à ce que je le suive car il se retourna immédiatement au bruit de mes pas. En voyant mon expression, le sourire sur son visage se volatilisa.

– C'est quoi, ça ? demandai-je en secouant le billet sous son nez.

– C'est un billet de cinquante dollars. On le donne en échange d'un bien ou d'un service.

Il souriait de nouveau et je pris une grande respiration. Est-ce que j'allais réussir à passer la journée sans le gifler ?

– Je suis au courant, merci, sifflai-je entre mes dents. Et pourquoi tu m'as donné ça ?

– C'est pour toi… et pour mon déjeuner, bien sûr.

– Je me suis à peine occupée de toi. Je t'ai même pas apporté ta nourriture.

J'avais laissé une autre serveuse le faire, en prétextant que je devais aller aux toilettes. Il fronça les sourcils, s'adossa contre sa voiture et croisa les bras sur sa poitrine.

– C'est juste un pourboire, Kiera.

Mais bien sûr. Comme si j'allais croire ça. Pas aujourd'hui, pas après la nuit dernière.

– En quel honneur ?

– Pour tout ce que tu as fait pour moi, dit-il avec un ton sérieux et un sourire enjôleur.

Je lui jetai son billet à la figure et retournai à l'intérieur. Il avait peut-être souri, mais il ne m'en avait pas moins insultée. Et ça faisait vraiment mal.

Denny vint me chercher après mon service et me raconta sa fameuse mission si cruciale qu'elle n'avait pas pu attendre lundi. Il avait dû faire livrer des fleurs et réserver une table dans un resto hyper tendance pour une fille que Max essayait de draguer. Denny avait l'air écœuré, et j'essayai de le réconforter en lui disant qu'au moins sa journée était terminée. Malheureusement, c'était loin d'être le cas de la mienne : on allait droit là où se trouvait Kellan.

Mais il n'était pas à la maison, et il n'était toujours pas rentré avant qu'on aille au lit. Est-ce qu'il était de sortie avec les garçons, ou avec une fille ? Et qu'est-ce que ça pouvait me faire, après tout ? J'allais me brosser les dents lorsque je trouvai un papier caché derrière mon démaquillant. C'était un mot de Kellan qui disait simplement « Désolé », accompagné d'un billet de vingt dollars.

Ça alors… Des excuses, c'était nouveau.

Le lendemain matin, je m'étais un peu calmée par rapport à toute cette histoire et je me sentais même bête d'avoir réagi comme ça. Peut-être qu'il avait juste voulu être gentil en me donnant un gros pourboire, sans que ça ait de rapport avec notre nuit ensemble. Il était si difficile à suivre, surtout depuis notre première nuit. « Première »… Je détestais qu'il y en ait eu une deuxième. Au moins, il n'y en aurait pas de troisième.

Je descendis au rez-de-chaussée en me demandant de quelle humeur il allait être. Il sourit à mon arrivée et ne dit rien à propos de l'incident de la veille. Je lui en fus reconnaissante, même si j'avais l'impression qu'il me déshabillait du regard. C'était à la fois stressant et excitant, et je me sentis coupable.

Il buvait son café à longues gorgées et je ne pus m'empêcher de penser au stand à expresso. Je rougis et il eut un air amusé, comme s'il lisait dans mes pensées. Il posa sa tasse et se dirigea vers moi à pas lents. Il passa sa main dans mes cheveux et sur mes épaules, puis m'embrassa sur la nuque.

– Bonjour, chuchota-t-il dans mon oreille.

Je frissonnai. Pourquoi il me faisait autant d'effet ? Il passa ses bras autour de ma taille et m'attira à lui.

– Arrête, Kellan, murmurai-je en me dégageant.

– Arrêter quoi ? On faisait ça tout le temps quand Denny était parti… Tu te souviens ?

Il voulut m'attirer à lui mais je le repoussai fermement.

– C'est différent maintenant.

Il se colla à moi, et je sentis son souffle chaud contre moi.

– Très différent, en effet.

Je le repoussai faiblement tout en commençant à perdre patience.

– Ce que tu peux être lunatique.

– Je suis pas lunatique, je suis un artiste.

– Un artiste lunatique, alors… Pire qu'une nana, ajoutai-je d'une voix imperceptible.

Mais il m'avait entendue. Il me retourna brutalement pour que je sois face à lui, me plaqua contre le comptoir et se pressa contre moi, une main sur ma hanche, le souffle court.

– Je peux te garantir que je suis un mec.

Il m'embrassa dans le cou et je frissonnai à nouveau. Et merde… Il avait tout d'un mec, en effet.

– S'il te plaît, arrête.

Il m'embrassa une dernière fois avec insistance, si fort que je craignis d'avoir une marque.

– OK, mais seulement parce que tu me supplies. J'adore quand tu fais ça.

Il quitta la pièce en riant et j'allai prendre une douche pour essayer de m'éclaircir les idées, mais la sensation de son corps collé au mien ne me quittait pas. Embrasser Denny avant son départ au travail un peu plus tôt m'avait complètement chamboulée. Ma culpabilité ne me quittait pas non plus, et Kellan ne faisait rien pour arranger les choses. Il était tellement bizarre. La première fois qu'on avait couché ensemble, il était devenu odieux, et à présent il était chaud comme la braise. Qu'est-ce qui arriverait si… ? Non, hors de question de réfléchir à ça. Peu importe ce qui se passait entre nous, ça n'arriverait plus. J'étais incapable de trahir Denny une fois de plus.

Je commençais à me sentir un peu mieux, quand je me retrouvai face à la plus grosse araignée que j'aie jamais vue. J'avais pourtant tendance à me contrôler quand il s'agissait de rongeurs, d'insectes et d'araignées, en me disant qu'ils sont là dans un but précis et qu'ils ont leur place sur terre. Mais en avoir une sous le nez avec des pattes de huit centimètres me fit réagir comme n'importe quelle fille : je criai. Ou plutôt, je hurlai de terreur.

Je sortis de la douche et commençai à sautiller dans tous les sens comme une hystérique quand Kellan fit irruption dans la salle de bain. Pourquoi je n'avais pas pensé à verrouiller cette foutue porte ? Je me figeai en le voyant, et il en fit autant. J'attrapai la première serviette que je trouvais pour me couvrir.

– Ça va ? demanda-t-il en inspectant la pièce comme s'il s'attendait à y trouver un malade avec une hache et du sang plein les murs.

– Il y avait une araignée.

J'étais mortifiée. Est-ce qu'on pouvait recommencer la journée depuis le début ? Il se mordit la lèvre, pouvant à peine se retenir de rire.

– Une araignée ? Je pensais que c'était un tueur en série.

Ses yeux détaillèrent de haut en bas mon corps mouillé.

– Je pense que je devrais vérifier que tu vas bien.

Il fit deux pas dans ma direction et je me sentis soudain claustrophobe dans notre minuscule salle de bain. J'avais chaud et je me sentais mal. Je le poussai vers la porte.

– Sors d'ici !

– Comme tu voudras. Je suis dans ma chambre, si tu changes d'avis… ou s'il y a une autre araignée.

Il partit et je claquai la porte en prenant soin de la fermer à clé, rouge de honte. Il fallait vraiment que je fasse quelque chose… sauf que je ne savais vraiment pas quoi.

Il arrivait toujours à flirter en douce où à trouver des moments où Denny était dans une autre pièce ou nous tournait le dos. J'avais cru faire une attaque la première fois qu'il m'avait embrassée dans le cou alors que Denny était à côté de nous. Il s'était écarté juste avant que Denny ne surprenne mon air ébahi tandis que ma peau brûlait délicieusement là où il l'avait embrassée. J'avais raconté quelque chose à propos d'une araignée et Kellan avait éclaté de rire.

J'appréciais de plus en plus la solitude de l'université. Quand j'y étais, je pensais à autre chose qu'au bazar qui régnait à la maison. À part lors d'un cours de psycho, quelques jours plus tard, sur la répression sexuelle…

Je ne savais pas quoi faire : d'un côté, j'avais un petit copain que j'adorais et pour qui j'avais traversé tout le pays. Sauf qu'il m'avait fait peur en me laissant tomber pour un boulot. Je détestais y repenser. Ma réaction lamentable n'était pas sa faute et il avait changé d'avis. Il était revenu en courant presque immédiatement, en faisant un énorme sacrifice… sauf qu'il n'était pas revenu assez vite. Pendant sa brève absence, Kellan avait pris de la place, et il avait l'air de ne pas vouloir bouger de là. On m'avait pourtant avertie contre lui et j'étais quand même tombée dans le panneau… deux fois. Je me détestais pour ma faiblesse.

Il devenait de plus en plus audacieux ces derniers jours, et ses caresses volées étaient de plus en plus intimes. Il me rendait folle. Ses doigts trouvaient toujours le petit bout de peau découvert entre mon tee-shirt et mon jean quand il me croisait dans l'entrée. Il me caressait la joue en ouvrant la porte du frigo. Il m'embrassait sur l'épaule quand je préparais à dîner. Il me mordillait l'oreille quand Denny allait chercher le courrier. Il me mettait la main aux fesses au bar quand les autres avaient le dos tourné. Je détestais ça. Enfin, je crois…

Le cours qui m'avait distraite était fini, et je n'avais pas retenu un seul mot. Je n'avais même pas remarqué que les autres avaient commencé à ranger leurs affaires, et à présent, la salle était à moitié vide.

Foutu Kellan. Et maintenant, j'allais devoir le voir à ce fichu bar, étant donné que je prenais mon service dans deux heures. Il y serait déjà, bien sûr, en train de boire avec son groupe. Il ne ratait jamais une occasion d'être sur mon dos quand Denny n'était pas là. Il faisait toujours attention que personne ne remarque son petit jeu, mais j'avais l'impression que c'était plus facile pour lui quand il n'avait pas à regarder Denny dans les yeux.

Je me dirigeai vers l'arrêt de bus sous une bruine légère. Je n'avais aucune envie d'attendre le bus sous la pluie mais les gens d'ici semblaient s'en moquer : je ne voyais jamais personne avec un parapluie, sauf quand la pluie était torrentielle. Personnellement, je préférais être au sec, mais il ne pleuvait pas quand j'avais quitté la maison et je détestais me balader avec un parapluie.

Je décidai d'aller directement au bar : je préférais arriver là-bas en avance que d'être seule à la maison avec Kellan. Avec Denny encore au bureau, qui sait de quoi il était capable ? Non pas que je comptais le laisser faire. J'étais presque sûre que j'aurais réussi à le repousser… Enfin bref, au moins, je pourrais travailler sur ma dissert' de littérature dans l'arrière-salle.

– Waouh, t'as vu ce mec ? Quel canon !

Je tournai la tête par réflexe et n'en crus pas mes yeux. Qu'est-ce que Kellan faisait là ? Il était déjà à moitié trempé mais il avait l'air de s'en moquer, comme tous les autres. Je levai les yeux au ciel en le voyant me sourire et avançai vers lui de mauvaise grâce. Ses cheveux lui collaient aux tempes à cause de la pluie, il portait sa veste en cuir noir et était adossé à sa voiture, les bras croisés sur sa poitrine. L'admiratrice inconnue avait raison : il était canon.

– Je me suis dit que tu aimerais qu'on te dépose.

Être au sec était bien trop tentant, et même si l'idée d'être dans un espace clos avec lui m'affolait déjà, j'affichai un calme olympien.

– Merci. Je vais au Pete's.

Il s'installa au volant après avoir ouvert ma portière dans un grand geste théâtral. Dès qu'il s'éloigna du campus, je me crispai en me demandant ce qu'il allait faire. Je n'avais aucune idée de ce dont il était capable et mon esprit jonglait avec diverses possibilités. Est-ce qu'il allait me coincer sur mon siège et essayer de… Je jetai un œil vers la banquette arrière, qui me parut soudain immense et plutôt accueillante. Ma respiration s'accéléra imperceptiblement.

– Ça va ?

– Oui, mentis-je d'un ton peu convaincant.

– Cool.

La voiture s'arrêta à un feu rouge et il en profita pour me regarder avec malice en se passant la main dans les cheveux. Je me rendis compte que ma respiration s'était encore accélérée. *C'est pas vrai.* Il ne m'avait même pas encore touchée et j'étais déjà dans cet état. Si seulement il pouvait se décider. Sauf que je ne voulais pas qu'il me touche. *Si* ?

Il se remit en route et je regardai par la fenêtre, complètement perdue. J'aimais Denny, alors pourquoi je ressentais ça ? Ça n'avait pas de sens. C'est alors que Kellan posa sa main sur mon genou et remonta jusqu'à l'intérieur de ma cuisse. Je fermai les yeux et ne les rouvris qu'à l'arrivée.

On atteignit le bar à la fois bien trop vite et pas assez. Kellan gara la voiture sans retirer sa main. Je savais qu'il me regardait mais je gardai les yeux fermés. Il se décala sur la banquette pour venir tout près de moi. Sa chaleur, son odeur firent battre mon cœur plus vite. Il remonta sa main sur ma hanche et je laissai échapper un soupir. Soudain, j'avais envie de beaucoup plus… et je détestais ça. Il nicha sa tête dans mon cou et j'eus le plus grand mal à ne pas tourner la tête vers lui. Il m'embrassa dans le cou et me mordilla le lobe de l'oreille avant de me demander si j'étais prête.

J'ouvris les yeux et l'irrégularité de ma respiration me mortifia. Quelques centimètres seulement nous séparaient et il se pencha sur moi. J'entendis alors un clic et sentis ma ceinture de sécurité se détacher. Kellan s'écarta et se mit à rire. Furieuse, je sortis de la voiture et claquai violemment la portière. Je me retournai et vis qu'il me regardait m'éloigner en jubilant. J'étais finalement contente qu'il pleuve, car l'eau froide me remit les idées en place. Il était vraiment très fort.

Le lendemain matin, je le coinçai dans la cuisine tandis qu'il se servait un café.

– Tiens, bonj…

– Tu vas me foutre la paix maintenant, dis-je en pointant un doigt sur son torse.

Il me prit la main et me serra contre lui.

– J'ai rien fait… récemment, dit-il d'un air innocent.

J'essayai de me dégager mais il était plus fort que moi.

– Et ça, alors ? demandai-je en désignant ses bras autour de moi.

Il rit et m'embrassa sur la joue.

– On fait ça tout le temps. Et parfois, on fait même plus que ça…

– Tu parles d'hier ? Ça t'amuse ?

– C'est ta faute, dit-il en riant. C'est toi qui étais excitée rien qu'en étant à côté de moi. J'étais censé faire quoi ?

Je rougis violemment. Il avait raison.

– Tu veux que j'arrête ?

En disant ça, il caressa mes cheveux puis ma joue, avant de faire descendre sa main entre mes seins et de s'arrêter à la taille de mon jean. Il m'attira plus près et mon corps réagit instantanément. Je fermai les yeux pour ne pas voir sa bouche.

– Oui, dis-je dans un souffle.

C'était quoi la question, déjà ?

– On dirait que t'es pas sûre ? Je te mets mal à l'aise ?

Sa voix était rauque et sexy, et je gardai les yeux fermés. Ses doigts couraient le long de ma taille à présent.

– Oui.

J'avais la tête qui tournait. Qu'est-ce qu'il avait dit ?

– Est-ce que tu veux qu'on le refasse ?

Je dis oui sans réfléchir et ses doigts s'immobilisèrent. J'ouvris les yeux en réalisant mon erreur.

– Non ! Je veux dire non !

Il avait l'air d'être sur le point d'éclater de rire à tout moment et la colère m'envahit. *Super, maintenant je l'avais carrément allumé.*

– J'ai voulu dire non.

– Je sais exactement ce que t'as voulu dire.

Je le repoussai brusquement et retournai au premier. Ça ne s'était pas du tout passé comme prévu.

Cette après-midi-là, j'avais quelques heures à tuer après les cours, avant que Denny ne rentre du travail. Je dormais mal depuis plusieurs jours et j'étais épuisée. Denny, Kellan, la culpabilité, la passion, tout ça tournait sans cesse dans ma tête, et dormir était devenu mission impossible. Si ça continuait comme ça, j'allais devenir cinglée.

J'étais assise dans le canapé en train de regarder la télé, perdue dans mes pensées, quand je sentis quelqu'un s'asseoir à côté de moi. J'essayai instantanément de me lever sans même le regarder mais il m'attrapa par le bras et me fit me rasseoir. J'étais bien trop fatiguée pour ce genre de petit jeu. Je restai raide comme un piquet, les bras croisés sur la poitrine et les yeux fixés droit devant moi. En sentant son bras sur mes épaules, je me crispai mais ne fis aucun geste pour me dégager.

Quand il voulut m'attirer sur ses genoux, je m'écartai et lui jetai un regard glacial. Il eut l'air étonné et fronça les sourcils, avant de rire en désignant ses genoux.

– Allonge-toi. T'as l'air fatigué.

C'était donc ça qu'il voulait ? Me faire faire la sieste ?

– Enfin, si t'as autre chose en tête, je dis pas non.

Ma propre supposition me mit mal à l'aise et je lui balançai un coup de coude dans les côtes.

– Têtue comme une mule, dit-il en riant avant de m'attirer de nouveau vers lui.

Je m'allongeai sur le dos et mit la tête sur ses genoux. C'était confortable et j'étais épuisée. Il commença à me caresser les cheveux, et je me détendis immédiatement.

– Tu vois, c'est pas si mal.

Ses yeux bleus avaient un éclat presque mélancolique et il me regarda en silence pendant plusieurs minutes avant de reprendre la parole.

– Je peux te poser une question indiscrète ?

Je me crispai immédiatement mais hochai la tête.

– Tu as été avec d'autres hommes à part Denny ?

Pourquoi il voulait savoir ça ?

– Je vois pas en quoi…

– Réponds juste à ma question.

– Non. Enfin, à part toi. C'était Denny le premier.

Il hocha la tête et continua à me caresser les cheveux. Je n'étais même pas mal à l'aise d'avoir répondu à une question aussi personnelle. Avec tout ce qu'il avait vu de moi, on n'était plus à ça près.

– Pourquoi tu me demandes ça ?

Il sourit doucement mais ne répondit pas, l'air perdu dans

ses pensées. Je me rappelai soudain des moments semblables à celui-ci pendant l'absence de Denny. Le souvenir de ces instants me fit monter les larmes aux yeux. Il fronça les sourcils et essuya une larme sur ma joue.

– Je te fais du mal ?

– Tous les jours...

Il reprit la parole après un silence de plusieurs minutes.

– Je suis désolé. C'est pas ça que je veux.

– Pourquoi tu le fais, alors ? Pourquoi tu me laisses pas tranquille ?

– T'aimes pas être avec moi ? Même pas un tout petit peu ?

Ses questions me déroutaient complètement, mais je décidai de lui dire la vérité.

– Si. Mais je peux pas. C'est mal par rapport à Denny.

– C'est vrai... Je veux pas vous faire de mal. Alors je vais m'en tenir à ça, finit-il par dire. Un simple flirt. J'essaierai de bien me tenir avec toi. Juste un flirt amical, comme on faisait avant...

– Kellan, même ça... Je pense qu'on devrait pas. Pas depuis la dernière fois qu'on a...

Il sourit comme si les souvenirs lui revenaient, et me caressa la joue.

– J'ai besoin d'être près de toi. C'est le meilleur compromis que j'aie à t'offrir. Enfin, je pourrais te prendre sur le canapé ici et maintenant, dit-il avec malice.

Je me raidis et il soupira.

– Je plaisante, Kiera.

– Non, tu plaisantes pas, et c'est ça le problème. Si je disais oui...

– Alors je ferais tout ce que tu voudrais.

Je déglutis et détournai le regard. Il me caressa le cou et l'épaule avant de poser sa main sur ma hanche. Ma respiration s'accéléra et je lui lançai un regard sévère.

– Désolé, dit-il avec un sourire d'excuse. J'ai dit que j'allais essayer.

Il se remit à me caresser les cheveux et je finis par m'endormir. Je me réveillai plusieurs heures plus tard, sous ma couette. À mon grand soulagement, j'étais tout habillée. Kellan voulait flirter avec moi et rien d'autre, mais est-ce qu'il en était capable ? Et moi ? Est-ce que c'était trahir Denny si c'était innocent ? Je ne savais pas si c'était possible, mais être sur le canapé avec Kellan avait ravivé tellement de souvenirs. Est-ce qu'on pourrait retrouver notre ancienne relation ? La possibilité de pouvoir le toucher de nouveau me réjouissait tellement que ça m'inquiéta.

Quand Denny arriva, je pensais toujours à Kellan et à sa proposition. Je sursautai et il me regarda d'un air curieux en retirant ses chaussures et sa chemise.

– Qu'est-ce que tu fais là ? demanda-t-il avec un petit sourire et des étincelles dans les yeux.

Normalement, le voir se changer et le regard qu'il venait de m'adresser m'auraient fait sourire mais les pensées que j'avais en tête me firent rougir. Ma réaction lui fit froncer les sourcils et il s'assit au bord du lit.

– Tout va bien ? demanda-t-il en posant une main sur mon front. Tu es encore malade ?

Son geste était si tendre que je me redressai et mis mes bras autour de son cou. Je soupirai et me serrai fort contre lui pendant qu'il me caressait le dos.

– Non, je faisais juste la sieste.

Je remarquai soudain à quel point il avait l'air fatigué.

– Et toi, ça va ?

Il soupira et secoua la tête.

– C'est Max, comme d'habitude. Je sais pas ce qu'il ferait si son oncle était pas le directeur de la boîte. Ils travaillent sur cette campagne pour un distributeur qui…

Il s'interrompit.

– Laisse tomber, ça vaut même pas le coup d'en parler. Je préfère m'occuper de toi…

Il m'attira à lui pour m'embrasser et je lui caressai les cheveux pendant que notre baiser se prolongeait.

– T'as faim ? demanda-t-il ensuite. Si tu veux te reposer encore un peu, je peux aller nous faire à manger.

– Je vais venir avec toi.

Il me prit par la main et je le suivis dans l'escalier en regardant les courbes de son corps. Comment j'avais pu lui être infidèle ? Il était parfait. Je luttai contre la boule qui se formait dans ma gorge et me rappelai que ça n'arriverait plus. Je ne le trahirais plus jamais. Kellan avait accepté de me laisser tranquille. On allait redevenir amis et tout allait bien se passer.

J'allai m'allonger dans le canapé pendant que Denny préparait le dîner et je finis par me rendormir. *Génial*, pensai-je avant de sombrer, *je vais jamais réussir à m'endormir ce soir.* Je fus réveillée par un baiser et je paniquai, ne sachant pas à qui les lèvres appartenaient.

Je tendis la main et me détendis en reconnaissant la barbe de trois jours de Denny. Tout allait bien. Je ne travaillais pas ce soir, Denny était à la maison et Kellan avait un concert avec les D-Bags au Razors. Ils y étaient sans doute déjà pour boire une bière avant de monter sur scène.

Denny savait que j'étais toujours partante pour tirer profit du moindre moment de solitude, et il était déjà prêt à passer à l'action. Ce fut étrange au début, car je n'avais pas couché avec lui depuis que je l'avais trahi avec Kellan et la culpabilité me transperçait de toutes parts. Mais après plusieurs baisers et en sentant ses mains sur ma peau, j'oubliai tout et décidai d'en profiter.

Le délicieux dîner qu'il avait préparé était froid depuis longtemps quand on retourna dans la cuisine.

11

Les règles

En dépit de toutes les siestes que j'avais faites dans la journée, je parvins quand même à dormir comme une masse cette nuit-là. À croire que le stress de ne pas savoir ce que Kellan allait me faire et la culpabilité qui allait avec avaient été les causes de mon insomnie. Maintenant qu'on avait fixé des limites, je me sentais mieux. Peut-être qu'on allait pouvoir redevenir amis sans plus trahir Denny ? Je ne pourrais jamais effacer ce que je lui avais fait et je devrais vivre avec, mais savoir qu'aucune culpabilité supplémentaire ne viendrait s'y ajouter me remplit de joie alors que je descendais les escaliers très tôt le lendemain matin. Sans parler du bonheur de pouvoir de nouveau me comporter normalement avec Kellan. Il était dans la cuisine et se retourna en m'entendant arriver. Comme toujours, tout était parfait chez lui, de ses cheveux à son sourire.

– Salut. Tu veux un café ?

Aux anges, je le rejoignis et passai mes bras autour de sa taille. Il eut l'air surpris au début, mais il ne tarda pas à m'imiter. Il sentait délicieusement bon et une onde de soulagement me parcourut. C'était tellement naturel et facile d'être près de lui, encore plus en sachant que ça n'irait pas plus loin.

– Bonjour. Oui, je veux bien.

C'était mon premier café depuis ce qui s'était passé sur le parking. Je me sentais enfin capable d'en reboire, et ça m'avait vraiment manqué. Il m'attira près de lui en souriant.

– Et si je fais ça, tu vas me repousser ?

– Non… Ça m'a manqué.

Il se pencha en avant comme s'il voulait m'embrasser dans le cou et je le repoussai en fronçant les sourcils.

– Mais il va falloir qu'on établisse des règles.

– Je t'écoute.

– Déjà, la règle de base : toi et moi, plus jamais…

Je rougis et fus incapable de finir ma phrase.

– Plus jamais on fera l'amour sauvagement, finit-il en riant. T'es sûre ? Parce que c'était vraiment…

Il s'interrompit en voyant mon regard courroucé.

– Pas de bisou non plus. Jamais.

– Sur la bouche, tu veux dire ?

Je frissonnai en repensant à sa bouche dans mon cou.

– Ni sur la bouche, ni ailleurs.

– Comme tu veux, dit-il en soupirant. Quoi d'autre ?

Je reculai d'un pas et mimai la forme d'un bikini.

– Interdiction de toucher ces zones-là.

Il fronça les sourcils.

– Ça va vite devenir chiant, dit-il avant de sourire. Autre chose ?

Je revins contre lui.

– Non. Mais ça doit rester innocent, sinon, on arrête.

Je cherchai son regard mais il colla ma tête contre son épaule et me serra contre lui.

– D'accord. Mais ça vaut pour toi aussi, dit-il en s'écartant de moi et en désignant sa bouche et sa braguette. Pas touche. Sauf si t'en as vraiment envie, ajouta-t-il en riant.

Je lui donnai un coup dans les côtes et il m'attira de nouveau contre lui. J'aurais pu passer toute la matinée dans ses bras, mais la sonnerie du téléphone me ramena sur terre. Il était encore très tôt et je me précipitai pour décrocher, inquiète à la pensée que la sonnerie puisse réveiller Denny. Au fond de moi, je savais que si je ne voulais pas qu'il se réveille, c'était parce que je voulais rester seule avec Kellan, et je me sentis hyper coupable.

– Allô ? dis-je, penchée sur le plan travail.

J'entendis Kellan rire et je me retournai : il avait un sourire complètement déplacé et était visiblement ravi de ma position. Je me redressai et fronçai les sourcils.

– Salut, p'tite sœur !

La voix de ma sœur ne me dérida pas, mais Kellan mima la forme d'un halo au-dessus de sa tête qui finit par me faire sourire.

– Salut, Anna. Il est pas un peu tôt ?

Je m'appuyai contre le comptoir et regardai Kellan préparer mon café. Anna était plutôt du genre papillon de nuit, et elle émergeait rarement avant midi.

– Je viens de rentrer à la maison et je me suis dit que j'allais te passer un coup de fil avant que tu partes en cours. Je t'ai réveillée ?

Je jetai un coup d'œil à l'horloge de la cuisine : il était 7 h 05 ici, ce qui voulait dire 10 h 05 dans l'Ohio. Et elle venait de rentrer à la maison !

– Non, j'étais levée.

– Cool. Est-ce que j'ai réveillé le canon ?

– Non, dis-je en riant, le canon aussi est réveillé.

Je me rappelai soudain que « le canon » était en train d'écouter la conversation et regardai dans sa direction : il avait l'air enchanté, et murmura le mot « canon » en se pointant du doigt. Je levai les yeux au ciel et il rit sans bruit.

– Ah ouais ? Et qu'est-ce que vous faites déjà levés tous les deux ?

Curieuse de voir comment Kellan allait réagir, je décidai de jouer un peu avec lui et avec ma sœur.

– Il était en train de me prendre sur la table en attendant que le café soit prêt.

La tête de Kellan s'accorda si bien avec l'exclamation de ma sœur que j'éclatai de rire.

– Tu déconnes ? dit-elle pendant qu'il crachait son café.

Il toussa et me regarda d'un air incrédule, avant de recommencer à sourire d'un air pervers. Je lui tournai le dos.

– C'est bon, je plaisante. Jamais je ferais un truc pareil. Si tu savais avec combien de nanas il est sorti en plus, ça m'écœure rien que d'y penser. Et puis Denny dort à l'étage.

J'espérai que mon rire ne l'avait pas réveillé. Kellan regardait le bout de ses pieds d'un drôle d'air, sa tasse à la main.

– C'est vrai ? Il me plaît de plus en plus. Mais attends... Denny est revenu ?

– Ça te tuerait d'appeler les parents de temps en temps ?

Kellan posa sa tasse pleine et se dirigea vers la porte, et je me rendis compte que ce que j'avais dit à Anna l'avait blessé.

– Sûrement, ouais. Alors comme ça, tout est arrangé ?

J'attrapai Kellan par le bras quand il passa à côté de moi. Il devait bien se douter que j'avais dit ça pour me couvrir ?

– Oui, tout va bien.

Je m'adressai à la fois à lui et à Anna. Il me regarda avec tristesse mais je passai son bras autour de ma taille et il eut l'air de se dérider.

– Super. À ta place, j'aurais sûrement sauté dans le lit du canon pendant son absence. Heureusement que tu me ressembles pas.

Si elle savait...

– Heureusement, ouais.

– Je peux venir ce week-end, alors ?

– Non ! dis-je en me raidissant instantanément.

– Allez... J'ai vraiment envie de rencontrer le canon.

Tout était finalement en train de s'arranger avec Kellan et je n'avais pas besoin qu'elle vienne mettre le bazar... et encore moins qu'elle essaye de finir dans son lit. D'autant que je n'étais pas sûre qu'il la repousse si elle essayait.

– Il a un nom, tu sais.

– Ouais, Kellan. Même son nom est sexy, dit-elle avec un profond soupir. Tu vas quand même pas te le garder pour toi toute seule.

– Tu dis n'importe quoi.

Elle commençait vraiment à m'énerver mais je me forçai à me calmer en croisant le regard inquiet de Kellan.

– On avait parlé des vacances de Noël, pourquoi tu viens pas à ce moment-là ? Là, j'ai vraiment pas le temps.

Je regardai ses beaux yeux bleus et il me sourit. Les imaginer ensemble était carrément insupportable.

– Noël ? Mais on est qu'en octobre.

– Je suis débordée, dis-je en essayant de me rattraper.

– Un week-end, ça va pas te tuer.

Elle allait avoir des soupçons si je continuais à dire non…

– OK, c'est bon.

Je me triturai quand même le cerveau en essayant de trouver une excuse pour au moins repousser un peu sa venue, et c'est en dévisageant Kellan que j'eus une idée.

– C'est juste que…

– Quoi ?

– Kellan a des concerts tous les vendredis et tous les samedis en ce moment. Il sera pas libre avant…

Je haussai les sourcils et il réfléchit un instant avant de murmurer « jusqu'au sept ».

– … le sept. Tu pourrais venir ce week-end-là.

– Le sept novembre ? Mais c'est dans trois semaines !

– Je sais… Tu peux venir avant si tu veux. Kellan sera pas dispo, mais t'auras qu'à rester avec Denny et moi. On pourra aller au ciné ou…

– Non, c'est bon. Je viendrai le week-end du sept. On va bien se marrer, tu verras !

Elle rit et je fus incapable de dire si elle avait hâte de me voir moi, ou mon coloc'.

– Je pourrai dormir dans la chambre de Kellan ?

Apparemment, c'était la deuxième option… Je soupirai.

– Je dois y aller mais je te rappelle plus tard, OK ? Va te coucher, et prends une douche froide !

– Salut, à bientôt.

– Salut, dis-je avant de raccrocher. Et merde !

Kellan rit en m'entendant jurer.

– Évite de raconter ça à Griffin, s'il te plaît.

Ça le fit rire encore plus.

– Qu'est-ce qu'il y a ?

– Ma sœur. Elle veut venir me voir.

– Je vois… Et tu l'aimes pas, c'est ça ?

– Si, je l'adore même. Mais…

– Mais quoi ?

– T'es tout à fait son genre de proie…

– Je vois, dit-il en riant. Donc, je risque de me faire attaquer, c'est ça ?

L'idée avait vraiment l'air de l'amuser. Pas moi.

– C'est pas drôle.

Il arrêta de rire et me sourit.

– Un peu quand même.

Je détournai le regard en sentant les larmes me monter aux yeux. Il ne pouvait pas comprendre. Je savais comment Anna allait être avec lui, et comment il allait sûrement être avec elle… et ça me rendait malade, même si je savais que je n'avais aucun droit sur lui. Il ne m'appartenait pas. Il prit ma tête entre ses mains et m'obligea à le regarder.

– Tu veux que je fasse quoi ?

Je n'avais pas prévu de lui demander quoi que ce soit, mais les mots sortirent tout seuls de ma bouche.

– Je veux pas que tu couches avec elle. Je veux même pas que tu la touches, dis-je presque méchamment.

– D'accord, finit-il par répondre en me caressant la nuque.

– Promets-moi.

– C'est promis. Je coucherai pas avec elle.

Son sourire me réconforta et je finis par le laisser m'attirer contre lui.

Quand on dit au revoir à Denny avant qu'il ne parte au bureau, Kellan avait l'air d'excellente humeur. Il lui donna une tape dans le dos en lui souhaitant bonne chance avec son abruti de patron et Denny le remercia en riant. Puis il m'embrassa sur la joue et partit, en ayant aussi l'air de meilleure humeur, et j'étais ravie que tout soit plus facile entre nous trois. Après le départ de Denny, Kellan m'attrapa par la main et on alla s'installer dans le canapé pour regarder la télé. C'était tellement génial de pouvoir être à côté de lui, ma tête sur son épaule, comme avant. Il entoura mes épaules de son bras et on passa la matinée comme ça.

Je n'avais qu'un seul cours, et j'avais prévu de réviser un peu avant d'aller travailler. Kellan me conduisit à la fac, et je sentis ma vieille addiction revenir au galop. Je le remerciai mais lui demandai de ne pas m'accompagner à l'intérieur. Je n'avais pas besoin d'un autre interrogatoire. Il eut l'air contrarié mais il accepta. Je n'avais jamais revu Tina et Geneviève dans mon cours de psycho, ce qui voulait dire qu'elles étaient bien là pour écarter une rivale potentielle pour Candy. Je souris en pensant à quel point j'avais toute l'attention de Kellan, puis je fronçai immédiatement les sourcils. Pourquoi une fille aussi quelconque que moi l'intéressait autant ? Bref, je n'avais aucune envie de retomber sur elles, et j'avais soigneusement évité la bibliothèque depuis. En plus, j'avais récemment trouvé un joli parc pas loin qui était parfait pour s'y installer avec des bouquins. Après mon cours, je décidai que c'était la journée idéale pour aller étudier là-bas.

Je regardai autour de moi en respirant l'air frais de l'automne. Les feuilles des arbres, orange et rouges, frémissaient légèrement dans la brise et elles n'allaient pas tarder à tomber, mais il faisait encore bon. C'était vraiment l'endroit rêvé pour réviser avant d'aller au bar. Je retirai ma veste avant de m'allonger dans l'herbe, attrapai du raisin dans mon sac et commençai à picorer.

Il y avait plusieurs petits groupes dans le parc qui profitaient eux aussi du soleil, car c'était peut-être la dernière journée de beau temps qu'on allait avoir avant longtemps. Des personnes promenaient leur chien, certaines étudiaient, et d'autres étaient en train de pique-niquer.

Je remarquai un groupe d'ados en train de rire pas loin de moi et cherchai la cause de leurs gloussements. Un type qui nous tournait le dos avait enlevé son tee-shirt et il faisait des pompes contre un banc. Je le regardai pendant une minute tandis que les filles continuaient à murmurer. Il finit ses exercices et attrapa sa bouteille d'eau sur le banc en se tournant légèrement vers moi. Son corps était incroyablement parfait… et bien trop familier. Je ris en levant les yeux au ciel.

Forcément. Forcément, il avait fallu que je choisisse le parc où Kellan venait faire de l'exercice après son footing. Et forcément, il était là pendant que j'essayais de réviser. Il me remarqua instantanément et un sourire charmeur illumina lentement son visage. Il avança vers moi avec sa bouteille dans une main et son tee-shirt dans l'autre et les gloussements des filles redoublèrent quand il passa à côté d'elles. Elles me lancèrent un regard curieux pendant que je m'asseyais dans l'herbe et le regardais s'approcher.

Il vint s'asseoir à côté de moi et je soupirai bruyamment.

– C'est possible d'aller quelque part sans tomber sur toi ?

Il rit et s'appuya sur ses coudes.

– C'est mon parc. C'est toi qui me suis.

Je souris et pris un autre grain de raisin sans le quitter des yeux. J'étudiais chaque ligne de son visage et de son corps avec fascination et commençai à imaginer les courbes du bas de son abdomen, là où sa peau disparaissait sous son jogging. Je ne pouvais pas m'empêcher de me dire que je l'avais touché à cet endroit, et je me mordis la lèvre.

– T'es en train de me mater ou quoi ?

Je détournai les yeux en rougissant et il rit.

– Ça me dérange pas. Mais du coup, tu veux peut-être qu'on renégocie les règles…

J'attrapai son tee-shirt et lui balançai à la figure.

– Commence par te rhabiller…

– Mais j'ai chaud…

– On frôle l'attentat à la pudeur… et tout le monde nous regarde.

Il regarda dans la direction des filles, ce qui les fit pouffer de rire, puis secoua la tête en baissant les yeux sur son corps à moitié nu.

– Attentat à la pudeur ? Si tu le dis…

Il attrapa sa bouteille d'eau et la vida sur son tee-shirt avant de le remettre.

– Voilà. C'est mieux ?

Je restai bouche bée pendant un certain temps.

– Oui, merci, finis-je par dire.

Sauf que ce n'était pas mieux du tout, étant donné que son tee-shirt mouillé était maintenant collé au moindre de ses muscles. J'essayai de ne pas le fixer. Inutile qu'il sache à quel point il était irrésistible, même si j'étais sûre qu'il le savait déjà de toute façon. Il se redressa, fouilla dans mon sac et prit plusieurs grains de raisin.

– Ben vas-y, sers-toi.

– C'est ce que je fais, en général, dit-il en souriant.

Je levai les yeux, et il vint s'asseoir juste derrière moi.

– Tu révises quoi ?

– Mon cours de sexualité humaine.

– Ah ouais ? C'est une de mes matières préférées.

Puis, sans prévenir, il me plaqua au sol et se colla contre moi avec son tee-shirt trempé.

– Lâche-moi, t'es glacé !

J'essayai de le repousser mais je riais tellement que j'en avais les larmes aux yeux. Il continua à rire lui aussi et m'attrapa par les poignets pour m'empêcher de bouger. Enfin, nos rires finirent par se calmer tandis qu'on se regardait les yeux dans les yeux. Il appuya son front contre le mien, ce qui n'était pas vraiment contraire aux règles. Puis il entrelaça ses doigts avec les miens. Je commençais à me dire qu'il n'allait pas tarder à dépasser les bornes quand une des filles du groupe cria.

– Embrasse-la !

Il recula et rit en hochant la tête dans leur direction.

– Tu vois ? Elles aussi, elles veulent qu'on renégocie.

Il sourit avec malice et je le repoussai fermement.

– Va plutôt finir ton footing. Je dois réviser.

– Comme tu voudras.

Il se leva en souriant, se tourna vers le groupe de filles et leur fit un clin d'œil, et elles rirent tandis qu'il s'éloignait. Je brossai mon tee-shirt désormais trempé du plat de la main et remis ma veste, et l'humidité me fit légèrement frissonner. Enfin, j'étais presque sûre que c'était l'humidité.

Je me laissai distraire par le souvenir de son corps et finis par me rendre compte que je lisais le même paragraphe depuis dix bonnes minutes. Il arrivait à me déconcentrer même quand il n'était pas là. Je frissonnai encore en me souvenant de son corps pressé contre le mien, de son front touchant le mien, de son souffle sur ma peau…

Soudain, je me levai. Ce n'était vraiment pas le genre de révisions dont j'avais besoin. Je ferais mieux d'aller au bar. Travailler m'aiderait sûrement à penser à autre chose.

Sauf que travailler au bar ne m'aida pas du tout à penser à autre chose. Je passais mon temps à jeter des coups d'œil vers la porte pour guetter l'arrivée du groupe avant le concert, tout en trouvant ridicule ma propre impatience. Je le voyais tout le temps, après tout. Je passai la soirée avec un sourire complètement niais en y pensant, tout en continuant à épier la porte.

– Bon, il a fait quoi ? finit par me demander Kate.

– Qui ça ?

– Denny. T'as passé la soirée avec un sourire jusqu'aux oreilles. En général, ça veut dire que le petit copain a marqué des points.

Elle et Rita se penchèrent sur le comptoir avec intérêt.

– Allez, accouche. Des fleurs ? Un bijou ? Me dis pas qu'il t'a demandé en mariage ?

Les yeux marron de Kate pétillèrent à cette idée et elle posa sa tête dans ses mains, l'air rêveur.

Je rougis jusqu'à la racine des cheveux. On n'avait jamais parlé mariage avec Denny, et je savais qu'il était le genre de personne qui ne l'envisageait pas avant d'avoir une situation. Et surtout, ce n'était pas lui qui me faisait sourire.

– Non, pas de demande en mariage, et rien de spécial, d'ailleurs. Je suis de bonne humeur, c'est tout.

Elles échangèrent un regard désappointé.

– Parfait, garde tes petits secrets alors, dit-elle en me faisant un clin d'œil avant de retourner au travail.

Après son départ, Rita me regarda avec un air de conspiratrice.

– C'est bon, elle est partie. Tu peux y aller.

– Désolée, Rita, mais il y a vraiment rien à dire.

Mon mensonge me fit sourire intérieurement. Le groupe arriva peu de temps après et mon cœur battit plus vite lorsque je vis Kellan. À la façon dont mon corps réagit, on aurait pu croire que je ne l'avais pas vu depuis des jours. Il avança vers moi, sexy au possible dans son tee-shirt gris et sa chemise noire, et me demanda comment s'étaient passées mes révisions. Je lui dis qu'elles avaient été bien plus efficaces après son départ, ce qui était absolument faux.

Après avoir commandé sa bière, il se dirigea vers sa table, où le reste des garçons parlaient d'un truc visiblement hilarant, car je pouvais les entendre rire du bar. Kellan donna une tape sur l'épaule de Sam en passant à côté de lui et je remarquai que ma propre épaule était agréablement tiède, avant de me rendre compte que c'était parce que Kellan y avait posé sa main en commandant sa bière. Mon sourire ne me quitta pas de toute la soirée.

D'ailleurs, il ne me quitta pas de tout le week-end.

On se fit des câlins en prenant notre café le matin et on se tint la main pendant que Denny était sous la douche. On passa tous les trois la majeure partie du week-end à la maison, et quand Denny s'endormait devant la télé, on allait dans la cuisine pour discuter en se tenant dans les bras l'un de l'autre. Max appela Denny tôt le dimanche matin pour lui demander d'aller au bureau, et j'en profitai pour me lover dans le canapé avec Kellan. J'adorais être près de lui et flirter innocemment, même si mon cœur s'emballait toujours un peu quand il me touchait.

Le lundi après-midi, je partis de mon cours une demi-heure avant la fin, impatiente de retrouver Kellan. Savoir qu'il était seul à la maison et qu'il était peut-être en train de s'ennuyer ou de penser à moi… Ça m'avait rendue dingue pendant tout mon cours.

J'entrai dans le salon et sourit en voyant Kellan affalé dans le canapé, un bras sur la poitrine et l'autre derrière la tête. Il tourna la tête en m'entendant arriver et me sourit.

– Tu rentres tôt, dit-il d'une voix endormie. J'allais venir te chercher.

Il s'assit, écarta les jambes et tapota l'espace libre entre elles.

– T'as l'air fatigué. Ça va ? demandai-je en allant m'asseoir entre ses jambes.

Je me laissai aller contre sa poitrine et il me serra dans ses bras avant de commencer à me caresser les cheveux. Flirter avait des avantages.

– Oui, j'ai juste mal dormi.

– Ah bon ? Quelque chose t'a empêché de dormir ? demandai-je avec un sourire narquois.

Il rit et me serra plus fort.

– Toi, tu veux dire ? Tous les jours.

Il soupira et me poussa vers l'avant, et je m'apprêtai à protester quand il plaça ses mains sur mes épaules pour me masser.

– Hummm… Je pourrais bien m'habituer.

Je me détendis en sentant ses mains puissantes sur mes omoplates.

– T'as fait un cauchemar ?

– Non… Plutôt un rêve.

Sa voix basse et douce m'enveloppait comme une couverture.

– Hummm… T'as rêvé de quoi ?

Ses doigts couraient le long de ma colonne et je laissai échapper un petit bruit de gorge.

– De toi.

– Hummm… Rien de cochon, j'espère. Ça doit rester innocent, tu te souviens ?

Je sentis ses mains descendre en bas de mon dos et je soupirai bruyamment.

– Rien de cochon, promis.

Ses mains remontèrent le long de mon dos et je laissai échapper un gémissement en sentant la tension abandonner mon corps petit à petit. Il avait des doigts magiques.

– Hummm. Tant mieux. Je veux pas que tu penses à moi de cette façon.

Il ne répondit pas et continua à me masser. Je laissai échapper de plus en plus de soupirs de satisfaction à mesure que je me détendais à son contact. Je le sentis bouger derrière moi mais il garda le silence, et je ne dis rien non plus, bien trop détendue pour discuter. J'étais au paradis.

Ses mains montèrent puis redescendirent jusqu'à se poser sur mes hanches. Je le sentis de nouveau remuer avant de m'attirer plus près. Je me dis que ça ne devait pas être confortable pour lui d'être assis de côté sur le canapé avec moi entre ses jambes, mais il se contenta de se rapprocher encore un peu. Je supposai qu'il était bien installé à présent et me laissai aller contre lui, mais je fus surprise de sentir qu'il était raide comme un piquet. J'allai me tourner pour lui faire face quand il posa ses mains sur mes cuisses. Puis il les fit passer sur l'intérieur de mes cuisses tout en m'attirant tout contre lui. C'est là que je remarquai que sa respiration n'était pas aussi lente et régulière que la mienne.

Je pivotai pour lui faire face : il était hyper tendu, les yeux clos et les lèvres entrouvertes. Le souffle court, il déglutit et ouvrit les yeux lentement. Brûlant de désir, il amena une main jusqu'à ma joue et me serra contre lui de sa main libre.

– Non, Kellan, murmurai-je en secouant la tête.

J'étais à la fois inquiète en voyant l'expression sur son visage et fière d'avoir réussi à dire non. Il referma les yeux et me repoussa doucement.

– Désolé. Donne-moi une minute…

J'allai m'asseoir à l'autre bout du canapé et l'observai en me demandant ce que j'avais bien pu faire. Il ramena ses genoux sous son menton et prit trois longues respirations. Quand il rouvrit les yeux, il avait toujours l'air bizarre, mais un peu plus maître de lui-même. Il sourit faiblement.

– Désolé… Je fais de mon mieux, pourtant. La prochaine fois, peut-être que tu pourrais éviter de… faire du bruit ?

Je rougis et détournai le regard. Je ne m'en étais pas rendu compte… Peut-être que ce n'était pas une bonne idée, en fait. Peut-être que c'était tout simplement impossible de flirter innocemment.

12

Innocent

Je commençai à me lever de plus en plus tôt, si tôt que j'étais généralement réveillée avant Denny, et vu l'heure à laquelle je me couchais le soir, ça voulait aussi dire que je devais souvent faire la sieste l'après-midi après les cours. Mais je ne pouvais pas m'en empêcher, l'idée que Kellan puisse être réveillé et tout seul au rez-de-chaussée fonctionnait comme un réveil naturel. Ça m'inquiétait un peu, mais j'étais incapable de résister à l'appel de ses bras et de ne pas me précipiter en bas pour le voir.

Un matin, alors qu'on attendait que le café soit prêt, il glissa ses bras autour de ma taille et je refermai mes mains sur les siennes. Mon dos appuyé contre sa poitrine et ma tête sur son épaule, j'étais complètement détendue dans ses bras.

– Si je te pose une question, tu promets de pas te fâcher ?

Je pivotai dans ses bras pour lui faire face et plaçai mes mains sur son torse. Il rit puis opina en souriant mais j'hésitais quand même à poser ma question, pas sûre de vouloir connaître la réponse.

– Ça t'embêterait que je couche avec Denny ?

Il pâlit mais continua à sourire.

– Tu couches avec lui tous les soirs.

– Tu sais très bien ce que je veux dire, rétorquai-je en lui donnant un petit coup dans les côtes.

– Est-ce que ça m'embêterait que tu aies des rapports sexuels avec ton petit ami ? demanda-t-il doucement.

Je rougis et hochai la tête, et il me sourit sans répondre.

– Réponds à la question.

– Oui, ça m'embêterait, finit-il par dire en soupirant. Mais je comprends. Tu m'appartiens pas.

Il avait l'air mélancolique et une vague d'émotion me submergea soudain. Je ressentis un besoin désespéré de le serrer contre moi, de caresser sa joue et de l'embrasser. Je m'écartai et il fronça les sourcils en essayant de me garder contre lui.

– Juste une minute, murmurai-je.

Il me lâcha sans comprendre.

– Je vais bien, Kiera.

– Moi, j'ai besoin d'une minute.

– Oh, dit-il à voix basse, l'air surpris.

Il fallait que je m'éloigne de lui un moment. L'envie de l'embrasser était trop grande et ça me faisait peur. On se dévisageait en buvant notre café, chacun adossé à un plan de travail, quand j'entendis le bruit de la douche. Je levai les yeux en direction de la salle de bain puis les ramenai sur Kellan : il avait un drôle d'air que j'étais incapable de déchiffrer. Je finis mon café et m'approchai de lui pour poser une main sur son bras. Son regard croisa le mien et l'expression que j'y lus me laissa sans voix. Je lui pressai doucement le bras et retournai au premier retrouver Denny qui était en train de se préparer.

J'étais assise sur le lit quand il rentra dans la chambre.

– Salut, toi, dit-il gaiement en m'embrassant sur la joue.

Je lui souris mais j'étais encore en train de penser à la conversation que je venais d'avoir avec Kellan. Denny vint s'asseoir près de moi, juste enroulé dans une serviette, et il me regarda avec un sourire qui fit s'élargir le mien. Puis il fronça les sourcils et je l'imitai.

– Je vais sûrement finir tard, ce soir.

– Ah bon ? Pourquoi ?

Il soupira et se leva pour s'habiller. Il balança sa serviette sur le lit et je le regardai avec un petit sourire aux lèvres.

– C'est Max. Il veut que je finisse un projet pour lui. Apparemment, son oncle en a besoin aujourd'hui, mais il devait être trop occupé avec ses escort girls pour le faire lui-même…

Je n'en croyais pas mes oreilles.

– J'aimerais tellement qu'on puisse passer plus de temps ensemble, ajouta-t-il tristement. Enfin, j'imagine que je devrais être content qu'il m'ait pas appelé samedi.

Il soupira et secoua la tête tandis qu'il enfilait son pantalon. La culpabilité m'étreignit alors que je pensais à son travail. Il surprit mon expression et s'obligea à sourire.

– Je voulais pas me plaindre, excuse-moi.

Il était sincèrement désolé et ma culpabilité grandit.

– T'as le droit de te plaindre. Max est un abruti.

Il rit et enfila sa chemise. Je me levai et la boutonnai pour lui avant de la rentrer dans son pantalon.

– Merci de supporter ça pour rester ici avec moi.

Il sourit et me prit dans ses bras.

– Je serais prêt à accepter bien pire pour rester avec toi.

Ses mots étaient touchants, mais ils me firent l'effet d'une gifle. S'il savait… Je gardai le silence pendant qu'il finissait de se préparer. Et quand je l'embrassai pour lui dire au revoir. Et quand je décidai de ne pas aller rejoindre Kellan sur le canapé mais de me préparer pour aller en cours.

L'eau chaude m'aida à m'éclaircir l'esprit et à me débarrasser des émotions qui m'étouffaient. Je choisis mon haut moulant à longues manches favori, un IKKS bien sûr, et un pantalon kaki et je me bouclai les cheveux, sans trop savoir pourquoi… Peut-être parce que j'avais le temps, ou qu'avoir l'air plus jolie m'aidait toujours à me sentir mieux. Dans tous les cas, après ma douche et mon relooking, je me sentis vraiment bien dans ma peau.

Je fus récompensée par un sourire éblouissant de Kellan en descendant l'escalier. Il avait l'air d'aller bien, en dépit de notre conversation. Il me prit la main, attrapa mon sac et me conduisit jusqu'à sa voiture. Il me supplia de le laisser m'accompagner jusqu'à ma classe, et j'acceptai. Ce n'était vraiment pas nécessaire, mais je n'allais quand même pas dire non à un garçon beau comme un dieu qui me suppliait. Traverser le bâtiment avec lui valait bien un autre interrogatoire potentiel.

Il me tint la main en me conduisant à mon cours d'éco et on parla de mes parents et de ma dernière conversation téléphonique avec eux. Ils n'étaient pas ravis que Denny soit aussi occupé et moi aussi seule. J'avais fait l'erreur de leur dire que Kellan était beaucoup à la maison, ce qui avait déclenché la question « Il ne travaille pas ? », qui avait elle-même débouché sur la conversation « Il joue dans un groupe ». Kellan était hilare en arrivant devant ma salle et le son de son rire m'accompagna pendant tout le cours.

À la sortie, il m'attendait dans le hall avec un expresso extra large dans chaque main, et je me jetai à son cou en faisant attention de ne pas le faire renverser.

– Ah, du café ! Je t'aime !

Je me figeai en réalisant ce que je venais de dire, mais il se contenta de rire tandis que je reculais.

– Il doit y avoir un truc entre moi et le café pour que tu te mettes dans des états pareils.

Il se mordit la lèvre avec un sourire malicieux et haussa les sourcils d'un air suggestif. Je rougis et lui donnai une tape sur l'épaule, sachant très bien qu'il faisait référence à ce qui s'était passé dans le stand à expresso, puis je m'emparai de ma tasse et traversai le hall au pas de course. Il rit et ne mit que quelques secondes à me rattraper. Je le fusillai du regard, et son rire redoubla.

– Allez, c'était marrant.

– Tu serais pas un peu tordu ?

– Si tu savais…

Je haussai les sourcils et il rit à nouveau, si bien que je finis par l'imiter. Il me prit la main et on retourna à sa voiture. En chemin, j'essayai d'ignorer les regards qu'il suscitait. De toute façon, personne ne connaissait mon petit ami… si ?

Avec Denny qui travaillait tard ce soir-là et Kellan qui avait un concert dans un petit bar dont je n'avais jamais entendu parler, j'étais seule à la maison pour la soirée, et j'en profitai pour faire quelque chose que je ne faisais presque jamais : me coucher tôt.

Je me levai tôt et plutôt en forme le lendemain matin. La cuisine était vide et je préparai mon café en me demandant avec impatience quand Kellan allait faire son apparition et passer ses bras autour de moi. C'était tellement rare que je sois levée en premier. J'étais perdue dans mes pensées quand des bras vinrent entourer ma taille, et je m'y réfugiai en touillant mon café.

– Tiens, te voilà, Ke…

Je m'interrompis en sentant une barbe douce sur ma peau et des lèvres m'embrasser doucement dans le cou. J'avais failli dire le nom de Kellan, sauf que ce n'était pas lui. Mon cœur battait à toute vitesse et la boule que j'avais dans la gorge était si énorme que j'étais incapable de parler. Denny me dit bonjour, sa tête nichée dans mon épaule. Apparemment, il n'avait pas entendu mon erreur quasi désastreuse, mais j'étais complètement paniquée et incapable de me calmer. J'avais vraiment frôlé la catastrophe.

Ses lèvres remontèrent le long de mon cou et il titilla le lobe de mon oreille.

– Tu m'as manqué, dit-il en me serrant plus fort. Il faisait froid dans le lit, sans toi.

Ma respiration était toujours saccadée, mais pour une autre raison cette fois. Je me retournai pour l'embrasser, et sa bouche s'empara avidement de la mienne. Je me forçai à ne plus penser à Kellan, mais c'était plus difficile que prévu.

Soudain, Denny s'immobilisa et recula en soupirant. La panique m'envahit à nouveau, sans parler de la culpabilité qui me nouait la gorge, mais je tentai d'afficher une expression neutre pendant qu'il me caressait la joue.

– Si seulement je pouvais rester, mais Max veut que je commence tôt aujourd'hui. Il faut que j'aille me préparer.

Puis il sourit encore et je me détendis instantanément. Il me prit la main et m'entraîna avec lui à l'étage, avant de me pousser dans la salle de bain en riant doucement.

– Je croyais que tu devais te préparer ?

– C'est le cas, dit-il en fermant la porte. Et toi, tu vas m'aider, ajouta-t-il en faisant couler l'eau.

– Ah bon ? répondis-je en riant.

J'allais m'asseoir sur les toilettes pour le regarder mais il me prit par la main pour m'en empêcher.

– Absolument.

À son air, je compris où il voulait en venir, et il fut encore plus clair quand il me retira mon débardeur. Il m'embrassa dans le cou et m'ôta mon pantalon et ma culotte. Puis il recula et se déshabilla à son tour, et on passa un moment à se regarder dans les yeux. Mon amour pour lui se mélangeait à la culpabilité. Il sourit en ramenant une mèche de cheveux derrière mon oreille et je passai mes bras autour de son cou avant de l'embrasser.

Il passa sa main sous l'eau pour en vérifier la température et m'entraîna avec lui sous la douche. C'était paradisiaque : l'eau était chaude, ses mains douces, et ses lèvres gourmandes. L'eau coulait le long de sa peau bronzée et je me laissai aller au plaisir d'être avec lui. C'était naturel, facile et agréable, et je profitai de l'instant sans culpabilité ni sentiment de trahison.

Je passai les doigts dans ses cheveux, attrapai notre shampoing et commençai à masser son cuir chevelu, ce qui le fit soupirer de plaisir. Puis il changea de place avec moi pour me laver les cheveux à son tour. Il me rinça la tête et m'embrassa sur le front, puis se rinça les cheveux tandis que j'embrassais son torse.

Pendant qu'il se rinçait, je savonnai chaque centimètre carré de sa poitrine et regardai les bulles glisser sur son corps en me mordant la lèvre. Il sourit, me prit le savon des mains et le posa sur le bord de la douche, puis il me serra contre lui pour que le savon passe de sa peau à la mienne. Il frotta le moindre centimètre carré de ma peau, en s'attardant sur ma poitrine et mes tétons durcis.

Je retins mon souffle en sentant soudain sa main bouger entre mes cuisses. Il entrouvrit les lèvres en regardant ma réaction tandis que ses doigts traçaient des cercles sur la partie la plus sensible de mon corps avant de glisser en moi. Je m'arquai contre lui en sentant ses doigts remuer paresseusement en moi. Quand il retira sa main, je faillis lui mordre la lèvre inférieure, et il me poussa contre le mur de la douche. Son dos faisait écran entre le pommeau de douche et moi, et seulement quelques éclaboussures arrivaient jusqu'à moi. Avec son corps fermement pressé contre le mien et le savon qui le faisait glisser contre moi, il se pencha pour m'embrasser langoureusement et je gémis en lui rendant son baiser.

Son sexe dur était pressé contre moi et je tendis la main pour enrouler mes doigts autour de lui. Il grogna de plaisir dans mon oreille et je fis monter et descendre ma main plusieurs fois tandis qu'il haletait bruyamment. Soudain, il me plaqua contre le mur, me souleva légèrement et s'introduisit en moi. Il était si fort que cette position n'exigeait aucun effort de sa part et j'enroulai mes jambes autour de lui pour l'accueillir encore plus profondément.

Mes mains étaient derrière sa nuque tandis qu'il utilisait les siennes pour faire remuer mes hanches à un rythme soutenu. Il n'y avait plus que lui, son odeur, sa respiration, le moindre de ses mouvements. C'était à la fois enivrant, beau et réconfortant, et en même temps un peu triste.

Quelques instants plus tard, sa respiration s'accéléra encore et il agrippa mes hanches avec un râle sonore pendant qu'il jouissait. Il ne s'arrêta pas cependant, et ce fut bientôt à mon tour de sentir le moindre de mes muscles se contracter autour de lui. Puis il me reposa et se décala pour laisser l'eau nettoyer les dernières traces de savon pendant qu'on reprenait notre souffle.

– Je t'aime, murmura-t-il avant de couper l'eau.

Il sortit de la douche et me tendit une serviette.

– Je t'aime aussi, dis-je en sortant à mon tour.

Il me sécha le dos avec sa serviette et se sécha ensuite, puis on quitta la petite salle de bain pleine de vapeur d'eau pour qu'il finisse de se préparer. Vêtu d'un pantalon beige et d'une chemise bleue (le bleu lui allait vraiment bien), il redescendit dans la cuisine. J'enfilai un jean et une chemise à rayure IKKS et le suivis. Kellan était dans la cuisine en train de boire son café, un peu pâle.

– Salut, mec, dit Denny en lui souriant joyeusement.

En dépit de son teint blafard, Kellan lui rendit son sourire.

– Salut.

Denny m'embrassa en me caressant la joue.

– Maintenant, je vais être en retard, dit-il avec un sourire entendu. Mais ça valait le coup, murmura-t-il.

Je jetai un œil à Kellan : il blêmit encore plus, et je sus qu'il savait ce que Denny voulait dire. Peut-être qu'il nous avait entendus sous la douche ? Je ne me rappelais pas si j'avais fait du bruit ou pas… Probablement. Denny me serra dans ses bras, nous dit au revoir puis partit travailler. Je restai plantée au milieu de la pièce sans savoir quoi faire.

– J'ai mis ta tasse au micro-ondes, murmura Kellan. Ton café était froid.

Je sentis une boule se former dans ma gorge et allai mettre le micro-ondes en route.

– Kellan, je…

– Tais-toi, dit-il doucement.

Je clignai des yeux, surprise.

– Mais…

Il se leva et avança vers moi, mais il ne me toucha pas.

– T'as pas de comptes à me rendre. Et tu me dois pas d'excuses non plus. Alors dis rien, s'il te plaît.

La culpabilité et la tendresse s'emparèrent de moi, et j'écartai les bras.

– Viens ici.

Il hésita l'espace d'un instant puis il glissa ses bras autour de ma taille et nicha son visage dans mon cou. Je le serrai contre moi en lui caressant le dos.

– Je suis désolée, murmurai-je à son oreille.

Il ne voulait peut-être pas l'entendre, mais j'avais besoin de le dire. Il expira doucement et hocha la tête en me serrant plus fort.

Quand il m'emmena à la fac, il était toujours aussi pâle et pas très bavard, et je me sentais coupable. Ça l'avait gêné. Je ne savais pas trop ce que j'étais pour lui mais il m'avait prévenu que ça le dérangerait, et ça avait été le cas. Je me sentais mal et en même temps, je n'étais pas avec lui. On était juste amis, j'étais avec Denny et ça arriverait encore. J'espérais quand même ne pas l'avoir trop blessé.

Il m'accompagna jusqu'à la porte de ma salle et eut l'air de retrouver un peu de sa bonne humeur. Il me parla de mon cours de littérature : il avait des théories plutôt drôles sur la vision qu'avait Austen de la société, la plupart liées mon cours de psycho sur la répression sexuelle. Je riais à gorge déployée en arrivant devant ma salle, et j'étais sûrement écarlate quand il partit.

Je décidai de sécher mon cours de psycho. Ce n'était pas très malin mais je voulais rentrer à la maison et passer un peu de temps avec Kellan avant mon service. De plus, le cours était sur Freud, et je ne me sentais vraiment pas d'attaque pour affronter ça aujourd'hui. Quand j'entrai dans la maison, Kellan était en train de jouer de la guitare dans le salon. La chanson était magnifique et je lui souris chaleureusement. Il arrêta de jouer et il allait reposer sa guitare.

– Non, continue. C'est vraiment joli.

Il sourit en secouant la tête et posa la guitare sur mes genoux.

– Vas-y, toi.

Je fis la grimace. La dernière fois qu'il avait essayé de m'apprendre, j'avais été pire que nulle.

– Quand tu joues, c'est joli. Quand c'est moi, on dirait que la guitare a envie de se jeter par la fenêtre.

Il rit et me fit asseoir sur le canapé, puis il mit ses bras autour de moi et ses mains par-dessus les miennes.

– Il faut la tenir correctement, c'est tout.

Son souffle dans mon oreille me fit frissonner et je fermai les yeux une seconde en inhalant son parfum, pendant qu'il plaçait mes doigts sur le manche de la guitare.

– Voilà… Hé oh !

Il me tapota sur l'épaule en remarquant que j'avais les yeux fermés et je les rouvris, gênée.

– Garde tes doigts juste sous les miens. Maintenant, dit-il en me montrant le médiator dans son autre main, gratte doucement les cordes, comme ça.

Il effleura les cordes et un son délicat sortit de la guitare. J'essayai d'en faire autant, mais le son qui sortit fut tout sauf délicat. Il me prit la main en riant et il finit par gratter les cordes à ma place. Il faisait bouger nos doigts habilement sur le manche et jouait un air lent et facile. Je finis par prendre le rythme et me détendre un peu. Il sourit et continua à jouer sans même regarder ce qu'il faisait.

– Tu vois, c'est pas compliqué. J'avais six ans quand j'ai appris ce morceau.

– On dirait que tu es plus habile de tes mains que moi.

Il arrêta de jouer et éclata de rire, et je levai les yeux au ciel en riant aussi.

– T'as vraiment l'esprit mal placé. T'es pas mieux que Griffin.

Il fit la grimace et rit de nouveau.

– J'y peux rien si ça arrive toujours quand je suis avec toi. À ton tour, maintenant, dit-il en retirant ses mains.

Je replaçai mes mains au bon endroit et essayai de reproduire la mélodie. À ma grande surprise, après trois ou quatre essais, le résultat ne fut pas trop mal. Il hocha la tête et me montra un nouvel accord, que je parvins à reproduire plus ou moins correctement. Après pas mal de cafouillage, je finis par réussir à jouer l'intro du morceau que lui maîtrisait depuis son plus jeune âge.

Je jouai pendant un moment, et il replaçait mes doigts de temps en temps ou me montrait un nouvel accord une fois que j'avais mémorisé le précédent. Enfin, je m'affaissai contre lui en laissant tomber ma main. Il posa la guitare par terre en riant, m'attira à lui et attrapa ma main pour la masser. C'était hyper agréable, et je fis attention à ne pas faire de bruit pour ne pas le distraire.

– Tu dois la muscler, murmura-t-il en massant mes doigts endoloris.

Il finit par arrêter le massage mais me garda serrée contre lui. J'aurais pu rester là toute la nuit.

– On peut essayer un truc ?

Je me raidis instantanément et me retournai.

– Quoi ? demandai-je prudemment.

– C'est innocent, je t'assure.

Il s'allongea et mit ses bras autour de moi. Je ne comprenais pas bien où il voulait en venir mais je m'allongeai entre lui et le dossier du canapé et mis ma tête dans son cou. Il soupira et passa ses bras autour de moi, et je m'écartai pour le regarder.

– C'est ça que tu voulais faire ?

– Oui… Ça avait l'air agréable quand tu le faisais avec Denny.

Je hochai la tête et m'appuyai contre son torse, en luttant contre la culpabilité qui venait de m'envahir en entendant le nom de Denny. Je passai une jambe par-dessus la sienne et il soupira de nouveau en appuyant son front contre le mien. Les battements de son cœur étaient réguliers et apaisants. Pas comme les miens.

– Ça va pour toi ?

Je m'obligeai à me détendre. Il ne voulait rien de plus, et j'aimais être près de lui, après tout.

– Oui, c'est agréable. Ça va, toi ? demandai-je en caressant distraitement son torse.

– Oui.

Il se mit à me caresser le dos et je me détendis enfin. On se rapprocha et on resta comme ça à se serrer dans les bras l'un de l'autre. Bercée par sa respiration et sa chaleur, je fermai les yeux et me blottis contre lui.

C'est en le sentant s'étirer que je me rendis compte que je m'étais endormie dans ses bras.

– Désolé. Je voulais pas te réveiller.

Je me redressai d'un coup et regardai vers la porte d'entrée.

– Denny, murmurai-je d'un air confus.

– T'as pas dormi longtemps, dit-il en s'asseyant. Il est encore tôt, Denny sera là que dans une heure environ. Et je le laisserai pas voir ça, si tu veux pas.

Je secouai la tête immédiatement. Denny ne comprendrait pas. Je n'étais même pas sûre de comprendre moi-même. Kellan hocha la tête et me regarda attentivement. Pour détourner son attention, je finis par poser une question qui me trottait dans la tête depuis un moment.

– Tu allais où quand tu disparaissais ? Les soirs où tu rentrais pas de la nuit ?

Je m'assis à côté de lui et il sourit mais ne répondit pas.

– Si tu voyais… enfin, si tu vois quelqu'un, tu peux me le dire.

– C'est ça que tu penses ? Que quand je suis pas avec toi, je suis avec une autre fille ?

Je me crispai et regrettai d'avoir posé la question.

– On est pas ensemble. T'as tout à fait le droit de sortir avec quelqu'un, me forçai-je à dire.

– Je sais. Ça te dérangerait si c'était le cas ?

Je déglutis et détournai la tête. Je ne voulais pas répondre mais le mot sortit tout seul.

– Oui, murmurai-je.

Il soupira, et quand je regardai de nouveau vers lui, il avait les yeux baissés.

– Quoi ? demandai-je prudemment.

Il passa un bras autour de ma taille et m'attira contre lui.

– Rien.

– Je suis injuste, pas vrai ? Je suis avec Denny, et on est juste amis, toi et moi… Je peux pas te demander de…

Il se tortilla et émit un petit rire.

– On pourrait résoudre ce problème si tu revoyais tes règles. Surtout la première.

Il arrêta de rire en voyant mon air sérieux.

– Je comprendrais. Ça me plairait pas, tout comme ça te plaît pas de me voir avec Denny. Mais je comprendrais. Je veux juste que tu me le dises. Je veux pas qu'on ait de secrets.

Je savais que c'était absurde et une partie de moi ne voulait rien voir ni rien savoir, mais je ne voulais pas non plus être dans l'ignorance. Je savais que notre amitié était spéciale et qu'elle dérivait parfois vers autre chose. Je savais que ce qu'on faisait était dangereux stupide et qu'on jouait avec le feu. Mais je ne pouvais pas m'en empêcher. J'étais incapable d'arrêter de penser à lui ou de réprimer mon envie d'être près de lui, de le toucher, de le sentir contre moi. Mais ça ne pouvait pas aller plus loin, et c'était injuste de lui demander de rester seul, vu le peu que je lui donnais.

Il me regarda tristement avant de hocher la tête une seule fois.

– Alors, tu vas où dans ces moments-là ?

– Ça dépend. Parfois, je vais chez Matt et Griffin, parfois chez Evan. Parfois, je me soûle sur le paillasson de Sam.

La réponse était si simple que j'aurais dû m'en douter, mais j'avais supposé qu'il partait assouvir ses pulsions, comme on dit. Je lui caressai la joue et eus l'impression que je pouvais enfin lui poser la question que j'avais vraiment voulu lui poser pendant tout ce temps.

– T'es allé où, après notre première fois ? Je t'ai pas vu de la journée ni de la soirée, et t'es rentré…

Complètement bourré, pensai-je, mais je le gardai pour moi.

Il se leva brusquement et me tendit la main.

– Viens, je t'emmène chez Pete.

Je me levai et attrapai sa main.

– Tu peux me le dire, je vais pas…

Il sourit mais son regard était froid.

– Tu voudrais pas être en retard.

La discussion était close. Ça me mit de mauvaise humeur, mais ça m'inquiéta aussi. On avait dit qu'on ne devait pas avoir de secrets, mais visiblement, il en avait.

– C'est pas la peine de me conduire partout. Je me débrouillais très bien sans toi, dis-je en faisant la moue.

Il leva les yeux au ciel d'un air amusé et m'emmena à l'étage pour que je me prépare. Le soir, il passa la majeure partie de la soirée au bar avec moi. Je l'enguirlandai de manquer la répétition avec les garçons, mais il s'en moquait. Je fus à la fois ravie et inquiète de constater qu'il préférait passer du temps avec moi au lieu d'aller rejoindre les autres.

Pendant une de mes pauses, il essaya de m'apprendre à jouer au billard, ce qui était plutôt comique étant donné qu'on était aussi nuls l'un que l'autre. Honnêtement, je pense qu'il aimait juste m'aider à aligner mes tirs, et j'aimais bien sentir son corps contre le mien. On décida de faire une partie pendant que je grignotais quelque chose, mais ma pause se terminant, je le laissai finir la partie avec Griffin, qui lui mit une raclée monumentale. Je passai dans la salle à la fin de la partie pour me moquer de lui.

– Tu ferais mieux de t'en tenir à la musique, espèce de chanteur de boys band !

– Chanteur de boys band ? dit-il en haussant les sourcils.

Je hochai la tête en souriant et tournai les talons.

– Boys band ? entendis-je dans mon dos. On est revenus à l'école primaire ou quoi ?

Je ris et retournai au bar pour passer une commande, bientôt rejointe par Jenny.

– Ça a l'air d'aller mieux avec Kellan.

Je passai ma commande à Rita en fronçant les sourcils, et elle partit de l'autre côté du bar pour préparer mes consos.

– Qu'est-ce que tu veux dire ?

Kate nous rejoignit à son tour et s'assit sur un tabouret en attendant le retour de Rita.

– Il avait l'air un peu froid avec toi pendant un moment.

– Ah bon ? intervint Kate. Qu'est-ce que tu lui avais fait ? T'avais fini sa bouteille de shampoing ? C'est vrai qu'il a de beaux cheveux, dit-elle en soupirant, l'air songeur.

Je ris nerveusement en les regardant.

– Juste des histoires débiles entre colocs. Mais ça va mieux maintenant.

Heureusement, Rita revint avec ma commande et je n'eus pas le loisir de m'étendre. Je les laissai toutes les trois discuter des vertus capillaires de Kellan et repris mon service. J'allais devoir faire plus attention avec Jenny. Elle remarquait trop de choses.

13

Mauvaise idée

Le lendemain, il y avait du monde pour un soir de semaine, mais apparemment, Griffin s'ennuyait, et pour se distraire, il était monté sur la table et chantait à tue-tête « Baby Got Back » de Sir Mix-A-Lot, que quelqu'un avait mis sur le juke-box. Il accompagnait le tout de gestes obscènes et de coups de hanche qui allaient finir par me donner des cauchemars. Quelques clientes riaient et lui tendaient des billets d'un dollar dont il s'emparait avec joie avant de les glisser à un endroit auquel je ne voulais même pas penser.

Evan, Matt et Kellan s'étaient éloignés de la table et l'observaient, morts de rire. Kellan regarda dans ma direction tandis que j'observais le spectacle depuis le milieu de la salle et me fit un clin d'œil.

– Descends de cette foutue table, Griffin !

Pete venait d'émerger de la cuisine, où il avait aménagé son bureau dans un vieux placard. Griffin sauta immédiatement au bas de la table et un harem ne tarda pas à l'entourer.

– Désolé, Pete, dit-il avec un grand sourire.

Il n'avait absolument pas l'air désolé et Pete secoua la tête en parlant dans sa barbe avant de regagner la cuisine.

Je ris jusqu'au moment où je sentis quelque chose derrière moi. Une main venait de soulever légèrement ma jupe et de se poser sur ma cuisse. Je poussai un cri et me retournai : un mec d'âge moyen était en train de me reluquer de ses yeux perçants. Il sourit et dévoila une rangée de dents jaunes avant de me faire un clin d'œil tout sauf charmant, tandis que son minable de copain riait. J'allai immédiatement me réfugier derrière le bar.

Ce n'était pas des habitués et ils me dégoûtaient, mais ils étaient assis dans ma section, et je devais passer à côté d'eux à chaque fois que j'allais au bar. Ce sale pervers essayait de me toucher la jambe à chaque fois. Je repoussai ce moment aussi longtemps que possible, mais je finis par être obligée de leur apporter l'addition. Le plus grand, celui qui avait posé sa main sur ma cuisse, se leva et me mit carrément la main aux fesses. Puis il m'attira contre lui et posa son autre main sur ma poitrine.

Je repoussai sa main avec colère et tentai de le pousser, mais il se contenta de rire. Il dégageait une odeur répugnante de cigarettes, de whisky et de purin, ce qui était délicieux comparé à son haleine. Je cherchai Sam du regard avant de me rappeler qu'il était de repos, et bien sûr, Pete s'était dit qu'il n'y aurait pas assez de monde pour faire venir un autre videur. Grossière erreur.

Je ne savais pas quoi faire et je commençais à me dire que j'étais coincée quand quelqu'un le tira brusquement en arrière. Evan avait attrapé ses bras par-derrière lui et les tenait maintenant coincés dans son dos. Kellan arriva une seconde plus tard, livide.

– Mauvaise idée, dit-il d'une voix sourde.

Matt vint se poster à côté du plus petit, qui s'était levé pour défendre l'autre. Griffin me rejoignit et passa négligemment un bras autour de mes épaules.

– Désolé mais elle est prise, dit-il avec un grand sourire.

Le plus grand se dégagea avec colère et poussa Kellan.

– Dégage, sale minet.

Kellan l'attrapa à deux mains par le col de sa chemise et vint coller son visage au sien.

– Vas-y, essaye pour voir…

L'autre le regarda comme s'il voulait l'exterminer mais Kellan ne bougea pas d'un cil. Tout le monde s'était tu et observait la scène. Kellan finit par le lâcher, tremblant de colère.

– Je te conseille de dégager d'ici. Et à ta place, j'éviterais de revenir, dit-il d'un ton glacial.

– Laisse tomber, elle vaut pas le coup, dit le plus petit en attrapant son pote par l'épaule.

Le grand renifla, dévisagea Kellan de haut en bas et me fit un autre clin d'œil avant de commencer à tourner les talons. Kellan se détendit un peu et regarda dans ma direction, l'air inquiet. Soudain, alors qu'il lui tournait presque le dos, le type plongea sa main dans sa poche. J'eus à peine le temps de voir un éclair métallique et d'entendre un déclic qu'il se précipita vers Kellan.

Je criai son nom et il parvint à l'éviter de justesse. Griffin m'entraîna à l'écart au moment où j'allais me jeter en avant pour empêcher le plus petit de venir à la rescousse. Matt le repoussa et Evan essaya d'attraper la main du type qui tenait le couteau, mais Kellan fut plus rapide : il lui donna un coup de poing dans la mâchoire qui l'envoya au tapis, et le couteau glissa sous une table voisine.

Kellan s'approcha mais l'autre savait qu'il avait perdu la partie. Il se releva et se précipita vers la sortie, immédiatement suivi par son ami. Tout le monde garda le silence pendant une bonne minute, puis le bruit revint et chacun recommença à discuter.

– Ça va ? me demanda Kellan, en secouant sa main.

– Oui. Merci beaucoup. Merci à vous quatre.

Je souris en regardant Kellan, Evan, Matt, et enfin Griffin, qui était toujours à côté de moi.

– Tu peux arrêter de me toucher les fesses, maintenant.

Pâle, Kellan rit doucement tandis que Griffin levait sa main en l'air.

– Désolé. Elle bouge toute seule.

Il me fit un clin d'œil et lui et Matt retournèrent s'asseoir en riant. Evan et Kellan étaient toujours là, et Evan regarda son ami d'un air inquiet.

– Ça va, Kell ? T'as rien ?

Je le regardai plus attentivement. Est-ce qu'il était blessé ? Il se crispa en se tournant vers moi et glissa une main sous sa chemise. Lorsqu'il la retira, ses doigts étaient tachés de sang.

– Mon Dieu…

J'attrapai sa main et soulevai sa chemise. Il avait une entaille qui devait bien faire huit centimètres le long de ses côtes. La coupure n'avait pas l'air d'être profonde mais saignait quand même pas mal.

– Tu devrais aller à l'hôpital.

– C'est bon, il m'a à peine touché.

– Suis-moi, dis-je en laissant retomber sa chemise.

Evan lui donna une tape dans le dos et on traversa le bar. Kellan avait l'air très content de lui et plusieurs personnes l'abordèrent en chemin pour parler de ce qui venait de se passer. *Les mecs, vraiment*, pensai-je, en l'entraînant à l'écart des gars curieux et des filles qui bavaient presque. Je l'emmenai dans la réserve et j'attrapai une serviette propre et un grand pansement dans une trousse de premiers soins. J'espérais que ça suffirait et qu'il n'aurait pas besoin de points de suture. Puis je l'entraînai vers les toilettes des filles et le laissai à la porte.

– Tu bouges pas, ordonnai-je en secouant le bout de mon index sous son nez.

J'entrai et regardai à l'intérieur. Voyant qu'il n'y avait personne, je ressortis : Kellan était sagement adossé contre le mur en train de m'attendre. Sa chemise était tachée de sang à présent, et elle collait à sa peau. Je lui pris la main pour l'emmener à l'intérieur.

– C'est vraiment pas la peine, je vais bien.

– Discute pas. Enlève ta chemise.

– Oui, madame, dit-il avec un sourire malicieux.

Je levai les yeux au ciel et tentai de ne pas me perdre dans la contemplation de son corps parfait tandis qu'il s'étirait pour retirer sa chemise. Ça allait mieux, mais il saignait encore un peu. J'eus mal au ventre en pensant à ce qui aurait pu se passer s'il avait bougé une seconde plus tard.

Je fis couler de l'eau froide et mouillai la serviette. Il inspira de l'air entre ses dents quand je commençai à nettoyer la plaie, ce qui me fit sourire.

– T'es qu'une sadique.

– Qu'est-ce qui t'a pris de te battre contre un mec avec un couteau ?

J'essayai d'être aussi douce que possible mais la coupure était plus profonde que ce que je croyais et avait recommencé à saigner tandis que je la nettoyais.

– C'est-à-dire que je savais pas qu'il en avait un, tu vois ?

Je finis de nettoyer la plaie et pressai la serviette contre son flanc, ce qui lui arracha un grognement de douleur.

– J'allais certainement pas le laisser continuer à te tripoter.

Je levai les yeux vers lui et continuai d'appuyer sur la serviette pendant un moment, mes yeux dans les siens. Quand je la retirai, il ne saignait plus, mais j'avais peur que ça recommence s'il bougeait. Je dépliai le pansement et il sourit.

– Hors de question que lui te touche comme ça si moi j'ai pas le droit. C'est contre le règlement.

Il rit et j'appuyai un peu sur la compresse pour me venger, ce qui le fit hurler de douleur.

– C'était complètement débile. T'aurais pu être gravement blessé, dis-je en lissant le pansement.

Rien que d'y penser, j'avais la gorge nouée.

– Il valait mieux que ce soit moi que toi… Merci de t'être occupée de moi, ajouta-t-il.

Il caressa ma main et mon cœur battit plus vite quand je sentis sa peau nue sous mes doigts.

– Tu peux remettre ta chemise.

Il se rhabilla et je frémis en voyant la tache et le trou dans sa chemise. Il n'était vraiment pas passé loin. Des larmes me montèrent aux yeux et Kellan m'attira à lui en les voyant. Je le serrai dans mes bras mais il gémit, et je relâchai mon étreinte pour ne pas lui faire mal.

– Désolée. Tu devrais vraiment voir un médecin.

Il hocha la tête et m'attira plus près. On était dans les bras l'un de l'autre quand Jenny ouvrit la porte.

– Oups… Désolée, je voulais juste vérifier si ça allait.

Je m'écartai immédiatement.

– On était juste en train de… Il va bien, balbutiai-je.

Kellan rit et passa à côté de Jenny. Arrivé à la porte, il se retourna pour me regarder.

– Merci encore, Kiera. Vaut mieux que j'aille confisquer le couteau à Griffin, dit-il en hochant la tête à l'attention Jenny.

– C'est Griffin qui l'a ? dit-elle d'un air étonné. Alors oui, vaudrait mieux.

Il me jeta un dernier regard et sortit.

– Tu viens ? me demanda Jenny.

Je soupirai. Si seulement mes mains pouvaient arrêter de trembler et mon cœur ralentir un peu.

– J'arrive dans une minute.

Il m'en fallut dix.

Je donnai une tape dans l'estomac de Kellan en arrivant dans la cuisine le lendemain matin. Il se pencha en avant et je me rappelai sa blessure, mais trop tard.

– Mince, excuse-moi.

– Je te fais marcher, ça fait pas si mal que ça, dit-il en m'attirant contre lui.

– Crétin, dis-je en mettant mes bras autour de son cou.

– Peut-être, mais au moins tu me fais un câlin.

– T'es vraiment insupportable.

– Oui, mais tu m'aimes bien quand même.

– Je sais vraiment pas pourquoi, répondis-je avec un soupir dramatique.

– Donc, tu m'aimes vraiment bien. J'étais pas sûr…

Je lui donnai une petite tape sur la poitrine et m'écartai.

– Fais voir, dis-je en lui faisant le geste de relever son tee-shirt.

– T'essaies encore de me déshabiller ?

Je ne pus m'empêcher de rire et examinai son pansement. Je fronçai les sourcils en voyant qu'il avait saigné dans la nuit.

– Je croyais que tu devais aller aux urgences.

Il haussa les épaules. Je l'avais obligé à quitter le bar peu après l'incident, mais apparemment, il n'avait pas cru nécessaire d'aller consulter.

– Il faut changer ton pansement. T'as ce qu'il faut ?

Il acquiesça et alla à l'étage pendant que je me faisais un café. Il revint avec le nécessaire et s'adossa contre le plan de travail.

– Si madame veut bien se donner la peine, puisque apparemment ça t'amuse de me faire mal.

On sourit tous les deux et il leva son tee-shirt. Je décollai doucement un coin du pansement et m'assurai que celui-ci n'adhérait pas à la plaie. En voyant que non, je l'arrachai d'un seul coup.

– La vache ! cria-t-il en reculant.

Je ris et lui fis signe de se taire en désignant l'étage, où Denny dormait encore.

– Désolé, mais putain, qu'est-ce que ça fait mal.

– Gros bébé.

Je n'étais pas infirmière mais je ne remarquai rien d'inquiétant en examinant la plaie. Je la nettoyai avec soin et fus soulagée en voyant qu'elle ne saignait pas. Il n'allait pas avoir besoin de points de suture.

Je déballai le pansement lentement et souris en l'entendant soupirer : il savait qu'il faudrait aussi retirer celui-ci le lendemain. Je l'appliquai doucement en riant intérieurement, et je laissai courir mes doigts le long de ses côtes, ce qui lui arracha un éclat de rire.

– Bon sang !

Je pivotai en direction de la porte de la cuisine : Denny était en train de bâiller tout en regardant Kellan.

– Qu'est-ce qui t'est arrivé ?

Kellan baissa son tee-shirt et s'adossa contre le comptoir. Il avait l'air super calme, pas gêné que Denny m'ait surpris quasi en train de lui caresser le torse. Je m'écartai en essayant d'adopter la même attitude.

– Une groupie qui a pété les plombs, dit Kellan en riant. Heureusement que Kiera est une bonne infirmière. Mais pas la plus délicate…

Je le fusillai du regard et Kellan rit.

– C'est vraiment ce qui s'est passé ? demanda Denny en entrant dans la pièce.

Kellan secoua la tête. Je n'en revenais pas qu'il puisse plaisanter et être aussi détendu avec Denny.

– Un mec bourré a sorti un couteau hier soir.

– Eh ben…

Denny vint près de moi et passa ses bras autour de ma taille, ce qui me mit étrangement mal à l'aise.

– Tu t'es tapé sa copine ?

Denny souriait. Je savais qu'il plaisantait, mais Kellan fit une drôle de tête pendant une seconde.

– Peut-être bien. Parfois, c'est dur de savoir qui est avec qui.

Il me regarda en disant ça mais Denny ne remarqua rien, trop occupé à m'embrasser dans le cou. Puis il s'avança vers Kellan et lui donna une tape sur l'épaule.

– J'espère que tu t'es pas laissé faire.

Kellan sourit et hocha la tête.

– Tant mieux. Content que t'ailles bien.

Puis il m'embrassa sur la joue.

– J'ai un peu de temps. T'as faim ?

– Oui.

Il approcha pour m'embrasser et je lui donnai un petit bisou en regardant Kellan : il avait les yeux rivés au sol. Denny alla jusqu'au frigo et se pencha pour chercher quelque chose à l'intérieur. Kellan passa alors derrière moi, attrapa ma main et la dissimula derrière mon dos. Je le regardai, mais son visage ne trahissait aucune émotion. Il me caressa la main sans quitter Denny des yeux, avant de serrer mes doigts dans les siens. Puis il me lâcha pile au moment où Denny refermait la porte du frigo.

– Pancakes à la framboise ? demanda-t-il en agitant la barquette de framboises qu'il venait de trouver.

Je hochai la tête et baissai les yeux. Kellan quitta la pièce et une vague de culpabilité me submergea, sauf que je ne savais pas à cause de qui : Kellan ou Denny ?

Quand j'arrivai au bar, ce jour-là, Jenny et Kate me sautèrent tout de suite dessus. Elles voulaient tout savoir sur la bagarre, car elles étaient trop loin la veille pour voir quoi que ce soit. Elles demandèrent comment Kellan allait et je leur dis qu'il allait bien et qu'il était même fier de sa blessure de guerre. Je regardai vers sa table : il était en train de manger en attendant le reste du groupe. Quelques filles le regardaient en espérant sûrement qu'il les invite à se joindre à lui, mais il les ignorait et discutait avec Sam.

On retourna s'occuper des clients avec Jenny et Kate et je souris en regardant de nouveau dans la direction de Kellan. Il surprit mon regard et sourit à son tour. Plus tard dans la soirée, le reste des D-Bags arriva, et Pete vint me voir alors que je sortais de la cuisine pour me demander de leur dire que c'était l'heure de monter sur scène. Je hochai la tête et me dirigeai vers leur table.

Kellan sourit en me voyant arriver. Il était assis un peu à l'écart de la table, et ses genoux étaient une invitation. Pendant un instant, j'eus envie d'être comme ces fans qui n'hésitaient à se jeter sur lui. J'imaginais ses bras autour de moi, son odeur, la douceur de sa peau tandis que je l'embrassais dans le cou.

– Kiera ?

Il me regardait curieusement, et je me rendis compte que j'étais en train de le dévisager sans dire un mot.

– C'est l'heure, dis-je en détournant le regard.

Ils se levèrent tous et Matt et Evan me remercièrent avant de monter sur la scène en faisant un boucan pas possible. Griffin se contenta de sauter sur scène sans bruit. Il pouvait parfois être subtil sans même s'en rendre compte. Kellan finit sa bière et se leva doucement, puis il resta immobile en me regardant, comme s'il attendait quelque chose.

– Tu me souhaites pas bonne chance ? demanda-t-il en venant juste à côté de moi.

– T'as pas besoin de ça pour faire un bon concert, dis-je en souriant.

Son sourire fut si éblouissant qu'il m'étourdit.

– C'est vrai, mais j'aime bien quand tu le fais.

Je ris et le serrai brièvement dans mes bras.

– Bonne chance, alors.

– Normalement, j'ai droit à un peu mieux qu'un câlin de grand-mère quand une fille me souhaite bonne chance, dit-il en haussant les sourcils.

– Sauf que je suis pas n'importe quelle fille.

– Non… T'es pas n'importe quelle fille, dit-il en secouant la tête avant de rejoindre les autres.

Comme d'habitude, le groupe fut génial. La foule avait l'air de doubler à mesure que le concert avançait, et je n'avais pas trop le temps de regarder Kellan jouer. Mais entre deux commandes, je réussis quand même à intercepter un ou deux regards. J'adorais le surprendre en train de me regarder, même si ça m'inquiétait un peu, mais j'essayais de ne pas trop y penser. J'aimais bien qu'il fasse attention à moi, tout simplement.

Je chantonnais les chansons que je connaissais tout en servant les clients. Vers la fin du concert, ils jouèrent un morceau qui attira mon attention : je ne l'avais jamais entendu avant, mais la foule le reprenait en chœur, alors ça devait être une ancienne chanson. Jenny aussi la connaissait. Les paroles étaient super sérieuses, comme le visage de Kellan. À vrai dire, il avait presque l'air en colère.

Je sais ce que tu lui as fait… Je connais ton secret. Tu vas peut-être la briser, mais ça ne durera pas. Tu ne dureras pas. Elle reste dans son coin en attendant que la peine disparaisse, en attendant que les anges apparaissent.

Il se concentrait davantage sur sa guitare que sur le public en jouant, et je fus convaincue que la chanson n'avait rien à voir avec une histoire de filles.

Tu as tout emporté, elle est restée sans rien. Elle aurait dû être aimée. Mais pour toi elle n'était pas assez bien. Elle trouvera la force, elle se libérera. Ça ne sera pas long, ni pour elle, ni pour moi…

Je ressentis soudain le besoin de le serrer dans mes bras et de le consoler, et je ne le quittai plus des yeux entre mes commandes. Enfin, la chanson se termina et ils en entamèrent une autre beaucoup plus joyeuse. Toute l'émotion contenue dans la chanson précédente avait disparu, mais je n'arrivais pas à oublier la colère que j'avais vue sur son visage.

– Je suis désolé, bébé.

Denny s'assit au bord du lit d'un air découragé et retira ses chaussures pour se masser les pieds.

– Ça fait rien, je t'assure. C'est juste un week-end, ça va pas me tuer.

– C'est juste une nuit. En revanche, je rentrerai tard le lendemain, un peu avant que tu finisses le boulot, je pense.

C'est n'importe quoi : la seule raison pour laquelle Max veut que j'aille à cette conférence à sa place, c'est parce qu'il va à Las Vegas pour un enterrement de vie de garçon. Si son oncle savait, il lui mettrait un sacré coup de pied au cul.

– Pourquoi tu lui dis pas ?

Il sourit d'un air ironique et secoua la tête.

– J'ai vraiment pas besoin d'aggraver mon cas.

Je me crispai en me rappelant pourquoi il avait accepté ce poste au départ, et il s'excusa immédiatement.

– Donc, tu pars vendredi matin et tu reviens tard samedi soir, c'est ça ?

– Oui. Tu vas me manquer.

Il me sourit et m'embrassa dans le cou, mais j'étais déjà en train de penser à autre chose. J'aurais toute une après-midi rien qu'avec Kellan. Peut-être qu'on pourrait aller se balader, prendre la voiture et aller quelque part où personne ne nous connaissait pour ne pas avoir à nous cacher. Il avait passé presque tout le week-end précédent avec Denny et moi : on avait exploré le centre-ville tous les trois et Kellan nous avait montré ses endroits préférés. Il m'avait pris la main ou m'avait serrée une fraction de seconde dans ses bras à chaque fois que Denny avait eu le dos tourné. On avait passé le temps à se regarder discrètement et à se sourire.

Les lèvres de Denny étaient toujours en train de se balader dans mon cou. Il m'empêchait de réfléchir et je le repoussai doucement.

– T'as faim ? Je peux nous préparer à dîner.

Quelque chose me dit qu'il n'avait pas faim de nourriture mais je n'étais vraiment pas d'humeur.

Il fronça les sourcils mais s'écarta quand même.

– Oui, si tu veux.

– D'accord, dis-je joyeusement.

Je l'embrassai sur la joue et sortis de la chambre. Je regardai vers celle de Kellan en passant mais il n'était pas là. Le groupe avait un concert dans une petite boîte à Pioneer Square. Je m'étais demandé comment y aller sans éveiller les soupçons de Denny. C'était mon soir de repos et je voyais rarement Kellan jouer ailleurs qu'au Pete's. Je repensai à la fois où je l'avais vu au Razors : il avait été tellement bon dans un cadre plus intime… même s'il était toujours parfait sur scène.

Je soupirai en descendant la dernière marche et en traversant le salon vide. La maison était si silencieuse quand il n'était pas là. Il était toujours en train de jouer de la guitare ou de chantonner, d'habitude. J'avais envisagé de dire à Denny que j'allais passer la soirée avec Jenny, mais ça aurait vraiment été un gros mensonge. D'abord, Jenny était au travail, elle, et si Denny finissait par s'ennuyer et aller au bar… Ça ne donnerait rien de bon.

J'entrai dans la cuisine et cherchai quoi faire à manger. Je ne voulais pas mentir de toute façon. Ça ne me ressemblait pas, et puis je pouvais bien attendre. On allait passer presque tout le week-end ensemble. Je fronçai les sourcils en me rendant compte qu'on allait aussi avoir toute une soirée, mais je secouai la tête. Ça n'avait pas d'importance : on était juste amis, et on n'irait pas plus loin.

Mon sourire revint alors que je repensais aux derniers jours passés avec lui pendant que je commençais à préparer le dîner. Non seulement on avait passé un très bon week-end, mais il avait été adorable pendant toute la semaine. Il m'avait accompagnée en cours tous les jours, et à présent, les autres filles attendaient son arrivée avec impatience. Il était aussi venu me chercher pour me ramener à la maison ou me conduire au Pete's si je voulais y aller tôt pour réviser, mais ça n'arrivait pas souvent. Je préférais réviser avec lui sur le canapé, même si c'était souvent plus tentant de poser la tête sur ses genoux et de lire *Orgueil et Préjugés* pendant qu'il me caressait les cheveux. Souvent, je finissais par le regarder au lieu de lire, et il riait en montrant le livre du doigt. Puis je lui passais le bouquin pour qu'il me fasse la lecture et je me laissais bercer par sa voix douce et rauque.

Quand Denny arriva dans la cuisine, j'avais fini de préparer le dîner et on mangea tous les deux. Il me donna des détails sur la conférence à laquelle il allait et je lui parlai de mes cours. On discuta d'économie pendant une éternité – je n'avais jamais besoin de réviser pour ce cours, car j'en apprenais plus en parlant avec lui qu'en relisant mes notes. Après le dîner, il était en train de débarrasser quand le téléphone sonna. C'était ma sœur, avec qui je discutai pendant un long moment. Elle était impatiente de venir nous voir et voulait s'assurer que Kellan sortirait avec nous. Je ravalai mon agacement – tout allait bien se passer – et on finit par discuter de son dernier mec en date.

J'étais encore au téléphone avec elle quand Denny vint m'embrasser sur la joue pour me dire bonne nuit. Je ne sais pas si c'était pour attendre Kellan, mais je restai au téléphone longtemps après que Denny fut parti se coucher. Quand il arriva enfin, je raccrochai et me réfugiai dans ses bras.

– Alors comme ça, Denny est pas là ce soir ? demanda Kellan en me tenant la main pendant qu'on buvait notre café.

Je le regardai d'un air suspicieux.

– Il est à Portland jusqu'à demain soir. Pourquoi ?

Il baissa les yeux et répondit sans me regarder.

– Reste avec moi ce soir.

– Je reste avec toi tous les soirs, répondis-je sans comprendre.

– Non. Dors avec moi ce soir.

– Si tu crois que…

– Je voulais dire littéralement, m'interrompit-il. Je voudrais que tu t'endormes avec moi.

– Je pense pas que ce soit une très bonne idée.

– Pourquoi ? Ça serait juste dormir. Je me mettrai même pas sous les draps.

– Et on sera tout habillés aussi ?

Pourquoi est-ce que j'envisageais de faire ça ?

– Bien sûr, si c'est ce que tu veux.

Il caressa ma main avec son pouce et je souris à l'idée de m'endormir dans ses bras.

– Alors d'accord.

C'était vraiment une mauvaise idée.

– Tu me diras quand ça deviendra trop dur.

Il détourna les yeux et put à peine contenir un éclat de rire.

– Tu sais très bien ce que je veux dire, murmurai-je, rouge de honte.

– Oui, je sais ce que tu veux dire. Et oui, je te dirai. T'es vraiment adorable… Tu le sais, ça ?

Il avait l'air sincère. Je souris puis détournai le regard.

– D'accord. On va essayer.

Denny descendit un peu plus tard, fraîchement douché et avec un petit sac de voyage à la main. Il avait l'air triste et je voyais bien qu'il n'avait pas envie de partir. Je l'embrassai longuement pour lui dire au revoir en espérant que ça lui remonterait un peu le moral, et il m'adressa un demi-sourire avant de quitter la maison. Je n'étais pas triste de le voir partir, mais je me dis que c'était parce que c'était juste pour une nuit. C'était pour une période déterminée, pas comme la dernière fois qu'il m'avait laissée. Kellan arriva derrière moi et m'enlaça en regardant avec moi par la fenêtre de la cuisine. Je finis quand même par me demander pourquoi le départ de Denny me dérangeait si peu.

Plus tard, au bar, j'arrêtai de nettoyer une table pour écouter les paroles d'une chanson que je ne connaissais pas. C'était la première fois que j'entendais le groupe jouer quelque chose qui ressemblait à une chanson d'amour. L'air était entraînant et les paroles parlaient de quelqu'un qui n'était plus seul maintenant et qui était heureux quand l'autre était là. Je me demandai si c'était une nouvelle chanson et si peut-être Kellan l'avait écrite juste pour moi. Je souris avec satisfaction, perdue dans mes pensées.

– Beurk.

C'était Jenny, debout à côté de moi, en train de regarder le groupe. Je craignis qu'elle n'ait surpris un regard inapproprié de Kellan dans ma direction, mais il était juste en train de sourire à la foule de filles devant la scène.

– Quoi ?

– Evan doit être amoureux.

– Pourquoi tu dis ça ?

Elle rit et fit un geste en direction de la scène.

– Ils jouent toujours celle-là quand il a un coup de cœur pour une fille. Je me demande qui est l'heureuse élue, dit-elle en balayant la foule du regard.

– Aucune idée.

Ma bonne humeur s'évanouit. La chanson n'était pas pour moi… C'était sûrement mieux comme ça, en y réfléchissant bien. C'était déjà assez compliqué qu'il soit attiré par moi (pour une raison que j'ignorais), et de toute façon, on était juste amis. Des amis qui flirtaient et qui allaient dormir dans le même lit ce soir. Je fronçai les sourcils : c'était vraiment une mauvaise idée.

– Tu veux que je te ramène après ? demanda Jenny.

– C'est gentil, mais je vais rentrer avec Kellan, dis-je en essayant de ne pas avoir l'air surexcitée. Merci.

– Pas de quoi.

Quelqu'un l'appela de l'autre côté du bar et elle s'excusa poliment. Je pris plusieurs commandes, dont celle d'un couple qui était visiblement là pour un premier rendez-vous. Le mec était hyper nerveux, et la fille affreusement timide, et leur gêne m'amusa. La chanson s'acheva pendant que j'attendais leurs consos au bar et je levai la tête vers la scène.

– Mesdames…

La foule hurla et Kellan sourit.

– … et messieurs, bien sûr…

Quelques cris masculins vinrent s'ajouter aux autres.

– Merci d'être venus. On a une dernière chanson pour vous avant de remballer.

Il me regarda discrètement.

– Projets pour la soirée, tout ça…

Il rit et certaines filles au premier rang crièrent à tue-tête. Il leur fit un clin d'œil et souleva son tee-shirt pour essuyer la sueur sur son visage (il faisait une chaleur étouffante dans le bar). En faisant ça, il dévoila ses abdos et les filles devinrent carrément hystériques.

– Enlève-le, allez ! cria Rita derrière moi.

Il s'immobilisa et lui fit un grand sourire, qui glissa ensuite sur moi. Le public cria encore plus fort, et Kellan rit en regardant les garçons. Finalement, il haussa les épaules et retira son tee-shirt aussi naturellement que s'il était en train de se déshabiller dans sa chambre. Je n'en croyais pas mes yeux, et le volume sonore dans la salle devint assourdissant. Rita beuglait derrière moi et je fus étonnée de constater que Jenny et Kate, qui m'avaient rejointe au bar, braillaient elles aussi.

J'étais toujours bouche bée quand Jenny se mit à rire et me donna une tape sur l'épaule.

– Allez, même toi, tu dois bien reconnaître qu'il est canon ! T'es peut-être avec Denny mais t'as quand même des yeux !

Sur la scène, Kellan avait coincé son tee-shirt dans la poche arrière de son jean. Il tournait le dos à la foule et ses larges épaules brillaient sous les lumières de la scène. Heureusement, les traces de griffe dans son dos avaient complètement disparu. Il dit quelque chose à Evan, qui rit puis hocha la tête. Kellan le pointa du doigt et il commença à jouer, bientôt rejoint par Matt.

Kellan se retourna face au public et les cris retentirent de plus belle. Il prit le micro dans une main et passa son autre main dans ses cheveux. Je regardai vers Griffin en entendant les premiers accords de guitare et j'éclatai de rire en voyant qu'il n'avait pas hésité à retirer son tee-shirt, lui aussi. Tous les prétextes étaient bons pour qu'il se déshabille.

Il n'était pas mal et ses tatouages attiraient le regard, mais il était loin d'atteindre la perfection de Kellan. Rita, Kate et Jenny ne quittaient pas Kellan des yeux et ignoraient les clients, et je profitai de l'occasion pour le regarder, moi aussi. Il commença à chanter d'une voix rauque qui me fit frissonner. Enfin, je crois que c'était à cause de sa voix. Tout le monde adorait la chanson et se mit à danser et à reprendre les paroles en chœur. Au refrain, Kellan tendit le micro vers le public, qui accueillit son geste par des cris.

Kate et Jenny dansaient aussi, et je décidai de les imiter. Pete passa la tête à la porte de la cuisine et je crus qu'il allait se mettre en colère en voyant que Kellan avait enlevé son tee-shirt, mais il se contenta de sourire avant de retourner en cuisine.

Kellan arriva à un passage de la chanson où les paroles disaient « *C'est tout ce que tu veux ?* ». Il porta la main à son oreille et le public répondit par un nouveau concert de cris. Il rit en chantant le couplet suivant, et j'étais ravie de voir à quel point il s'amusait.

Mes yeux finirent par se poser sur sa blessure. Même de loin, je pouvais voir la ligne rose sur son flanc. Il allait sûrement avoir une cicatrice. Je fus distraite en voyant sa main passer sur ses abdos et l'avant de son jean. Il l'avait sûrement fait sans y penser, mais qu'est-ce que c'était sexy…

Il arriva au dernier couplet, et Matt et Griffin s'arrêtèrent de jouer. Il n'y avait plus qu'Evan et lui, et sa voix était plus basse, plus intense. Il me regarda droit dans les yeux en chantant « *Je sais qu'il se passe quelque chose… Je sais que tu en veux plus… Dis-moi ce que tu veux… Et tu l'auras* ».

Puis Matt et Griffin recommencèrent à jouer et la voix de Kellan se fit plus puissante. Je jetai un œil vers Kate et Jenny, mais elles étaient toujours en train de danser et elles n'avaient rien remarqué. Je réfléchis aux paroles pendant un moment. Peut-être que je ferais mieux d'annuler ce qu'on avait prévu pour la suite ? L'idée me paraissait de plus en plus mauvaise, surtout après l'avoir vu à moitié nu sur scène. Je me mordis la lèvre en riant : ma sœur aurait dû venir ce week-end, en fin de compte, elle aurait adoré ça. Puis je fus soudain heureuse qu'elle ne soit pas là.

Enfin, la chanson se termina, et Kellan fit une petite révérence au public en délire avant de remettre son tee-shirt (Griffin resta torse nu, évidemment). La foule le hua, à commencer par Rita derrière moi, et il rit en secouant la tête. Kate et Jenny retournèrent s'occuper de leurs clients et je le regardai une dernière fois. Il me sourit d'un air radieux puis sauta au bas de la scène. Il se retrouva immédiatement entouré par une nuée de fans et j'apportai enfin leurs boissons à mes amoureux transis.

À la fin de mon service, j'allai chercher mon sac dans la réserve et dis au revoir à Kate et Jenny dans le couloir. En revenant dans la salle, je vis Kellan assis à califourchon sur une chaise en train de discuter avec Sam, et je me sentis soudain hyper nerveuse à l'idée d'être seule avec lui. Il finit par me voir et son sourire m'aida à me détendre. Je le rejoignis à sa table.

– Prête ?

– Oui.

Il dit au revoir à Sam et me poussa vers la porte, une main dans le bas de mon dos. Il fit un signe de la main à Rita pour lui dire au revoir avant de sortir.

– Bon concert, Kellan, dit-elle d'un air suggestif.

Il hocha la tête en guise de remerciements et j'aurais pu jurer l'avoir entendue dire qu'elle penserait à lui plus tard, mais il n'eut pas l'air de l'entendre, ou alors il l'ignora. Une fois dehors, il me prit la main et me mena à la voiture en chantonnant la dernière chanson qu'ils avaient jouée. C'était encore plus beau *a cappella*. Soudain, je fronçai les sourcils, et il s'interrompit.

– Quoi ?

– On avait pas eu une conversation concernant ta façon de

chanter, une fois ?

Il rit et tenta d'avoir l'air innocent.

– Qu'est-ce que j'ai fait de mal ? J'étais habillé presque tout le temps.

J'essayai de lui donner un coup de coude mais il l'esquiva avant de me soulever du sol. J'essayai de me débattre mais il me serrait trop fort. Il finit par me reposer sans me lâcher.

– Je l'ai fait pour Pete, finit-il par dire tout bas.

Je m'immobilisai et le regardai, surprise.

– Oh… OH !

Je n'avais pas compris que ça plaisait à Pete de voir Kellan… pas très habillé. Il eut l'air confus pendant une seconde puis il finit par comprendre l'expression sur mon visage. Il me lâcha, recula d'un pas et se mit à rire si fort qu'il s'en tenait les côtes.

– Tu crois quand même pas que… C'est pas du tout ce que j'ai voulu dire !

Il essuya une larme au coin de son œil en soupirant.

– J'ai trop hâte de raconter ça à Griffin.

Je rougis en ayant vraiment l'impression de passer pour l'idiote de service. Il s'en rendit compte et essaya de contrôler son fou rire, sans succès.

– Et après, c'est moi qui ai l'esprit mal tourné.

Il repassa ses bras autour de moi et je fronçai les sourcils pendant qu'il essayait de reprendre son souffle.

– T'as vu comment les gens ont réagi quand j'ai fait ça ? finit-il par dire après s'être calmé. Tu verras, demain, il y aura deux fois plus de monde et il devra sûrement refuser des clients. J'ai fait ça pour l'aider.

– Je commence à comprendre : tu attires plus de monde, il gagne plus d'argent, toi plus de visibilité, et du coup plus d'argent aussi.

– Un truc comme ça, oui.

– J'imagine que c'est pour la bonne cause, alors.

Sans réfléchir, je l'embrassai sur la joue et il en fit

immédiatement autant. Je sursautai et il sourit.

– Si tu respectes pas les règles, alors moi non plus, dit-il en me poussant vers la voiture.

– T'es drôlement joyeux, ce soir, observai-je une fois à l'intérieur.

– C'est pas tous les soirs que j'ai la chance de dormir avec une belle femme.

Je rougis à son compliment. Je savais très bien qu'il n'avait qu'à claquer des doigts pour avoir des filles bien plus belles que moi à ses pieds, et certainement plus disponibles. Alors pourquoi il perdait son temps avec moi ?

Il fit démarrer la voiture et remarqua mon air pensif.

– Hé, j'ai dit dormir, pas bai…

– Kellan ! criai-je avec un regard sévère.

– Euh, faire l'amour ?

Il haussa les épaules en ayant l'air de dire *me faites pas de mal, je suis innocent* et je ris en posant ma tête sur son épaule. On garda le silence pendant un moment et je finis par lui poser la question qui me trottait dans la tête depuis le concert.

– Alors, Evan est amoureux de qui ?

– Va savoir, ça peut être n'importe qui. Pourquoi ?

Alors il n'était même pas au courant ?

– Jenny m'a dit que vous jouiez toujours cette chanson quand c'était le cas.

– Il faudra que je lui demande. Il a parlé de rien.

Une fois à la maison, je sautai sur son lit tout habillée. En réalité, j'avais même mis un pull en plus, ce qui l'avait beaucoup fait rire. Il vint s'allonger à côté de moi par-dessus les couvertures, tout habillé lui aussi. Je me sentais un peu ridicule : c'était bizarre d'être au lit habillée, encore plus sur les draps. Je finis par me glisser en dessous et allais lui dire d'en faire autant quand il se tourna d'un seul coup pour me faire face. Il passa une jambe par-dessus la mienne et laissa reposa son bras sur ma taille. C'était une bonne idée d'avoir remis un pull, finalement.

Il tendit la main et éteignit la lampe sur la table de nuit. Dans le noir, l'électricité entre nous fut immédiate. Il n'y avait aucun bruit, à part celui de nos respirations et les battements de mon propre cœur. Je le sentis se nicher dans les oreillers à côté de moi avant de m'attirer contre lui. Il respirait doucement dans mon oreille, et tout ça me parut bien trop intime, d'un seul coup.

– Kellan ?

– Quoi ?

Sa voix était grave et rauque et je frissonnai. Je luttai contre l'envie de l'embrasser.

– Tu peux rallumer la lumière, s'il te plaît ?

Il tendit le bras et la pièce fut baignée dans une lumière si crue qu'elle me fit cligner des yeux. Tout était de nouveau normal, et je ne sentais plus de courant entre nous, juste sa chaleur.

– C'est mieux ? demanda-t-il malicieusement.

Il m'attira de nouveau contre lui mais je restai sur le dos. Il s'appuya sur son coude pour me regarder. J'aurais pu me noyer dans ses yeux bleus pendant des heures, mais je me forçai à me concentrer sur autre chose. Je lui dis la première chose qui me passait par la tête.

– C'était avec qui, ta première fois ?

– Hein ? Pourquoi ?

– T'as posé la question sur Denny et moi.

Il sourit et baissa les yeux.

– C'est vrai. Et d'ailleurs, je suis désolé de l'avoir fait. Ça me regardait pas.

– Contente-toi de répondre à la question.

Il rit et réfléchit un instant, ce qui m'interpella : il avait besoin d'y réfléchir ? Il vit mon air interloqué et reprit la parole.

– C'était une fille de mon quartier. Elle devait avoir seize ans et elle était très jolie. Je crois qu'elle m'aimait bien, dit-il en souriant. On l'a juste fait deux fois pendant l'été.

– Et qu'est-ce qui s'est passé ?

– Je l'ai mise enceinte et elle a dû aller vivre chez sa tante pour avoir le bébé.

– Quoi ? criai-je en me redressant.

– Je déconne, dit-il en riant.

Je le poussai dans les oreillers.

– C'est pas drôle.

– N'empêche que t'y as cru. Je suis pas un monstre, tu sais, dit-il d'un air soudain sérieux.

– T'es pas un ange non plus. Alors, qu'est-ce qui s'est vraiment passé ?

– Rien de dramatique. Elle a repris l'école, moi aussi. On a suivi des chemins différents.

– Je croyais qu'elle était dans le même quartier. Vous étiez pas dans la même école ?

– Si, mais on était pas de la même année.

J'essayais de comprendre ce qu'il voulait dire.

– T'avais quel âge, alors ?

– Pas seize ans, dit-il d'un drôle d'air.

– Mais…

– Tu ferais mieux de dormir… Il est tard.

La discussion était close, mais je tentai quand même de déterminer son âge dans ma tête. S'il n'était pas au lycée avec elle, alors il devait avoir eu quatorze ans au maximum. Je me sentis blessée sans bien comprendre pourquoi.

Je pris quand même sa main dans la mienne et son sourire réapparut. On se rallongea tous les deux et il me serra contre son torse. Je soupirai de satisfaction en écoutant les battements réguliers de son cœur. Il avait l'air de trouver la situation tout à fait normale. Peut-être que ce n'était pas une si mauvaise idée, finalement.

Il me prit dans ses bras et se mit à me caresser les cheveux d'une main et le dos de l'autre. Je souris et me collai davantage contre lui, et il m'embrassa sur le front. Ça ne respectait pas vraiment les règles, mais je me dis que je ne risquais pas grand-chose. Je passai mes doigts le long de sa blessure avant de remonter sur son torse. Même à travers son tee-shirt, je pouvais sentir ses muscles. Son cœur se mit à battre plus vite et il soupira légèrement en me serrant plus fort.

Je m'écartai pour regarder son visage : il avait l'air serein, et il me regardait avec des yeux débordants d'adoration.

– Peut-être qu'on devrait pas…

– Ça va, Kiera. Dors, murmura-t-il en souriant.

Je me rallongeai et posai ma tête sur son épaule. J'attrapai la main qui caressait mon dos et entrelaçai mes doigts avec les siens. Puis j'amenai nos mains sur l'oreiller et y nichai ma joue. Il soupira de contentement et m'embrassa de nouveau sur le front.

– Kellan ?

– Ça va, je t'assure…

– Non, c'est juste que je me demandais… pourquoi tu veux faire tout ça avec moi ? Je veux dire, tu sais que ça mène à rien, alors pourquoi tu perds ton temps ?

– Je perds jamais mon temps avec toi, dit-il d'une voix douce et caressante. Et si c'est tout ce que je peux avoir…

Si c'était tout ce qu'il pouvait avoir avec moi, alors il s'en contenterait, c'était ça que ça voulait dire ? Il s'était demandé s'il me faisait du mal, mais est-ce que moi je lui en faisais ? Est-ce qu'il me désirait, tout simplement, ou est-ce que je comptais vraiment pour lui ? Je lâchai sa main et lui caressai la joue. Il avait l'air si triste… Je détestais quand il avait l'air triste.

Soudain, il s'approcha et m'embrassa juste au coin de la bouche, en effleurant à peine ma lèvre inférieure. J'étais si choquée que j'étais incapable de réagir. Ma main était toujours sur sa joue et je retins mon souffle. Il m'embrassa dans le cou et glissa sa main sous les draps pour la poser autour de ma taille. Il m'attira plus près et j'entendis sa respiration s'accélérer. Ses lèvres se promenaient dans mon cou et sa main se resserrait sur ma peau. Puis il arrêta de m'embrasser et appuya son front contre le mien. Sa respiration était entrecoupée. Là, c'était clairement contre mes règles.

– Kiera ?

Il semblait avoir vraiment du mal à se contrôler et l'expression de son visage et le souvenir de ses lèvres sur ma peau me paralysèrent. Je ne pouvais rien faire que regarder ses yeux pleins de passion et ses lèvres qui se rapprochaient des miennes. Son regard passa de mes yeux à ma bouche avant de revenir à mes yeux. Il avait l'air si torturé que j'étais fascinée.

Je passai ma main de sa joue à ses lèvres entrouvertes. Il ferma les yeux et son souffle devint encore plus irrégulier. Je laissai mes doigts sur sa bouche et il la pressa sur la mienne, comme si on s'embrassait, excepté le fait que ma main était entre nos lèvres. C'était tout sauf innocent et je devais arrêter ça. Je devais me lever et retourner dans ma chambre.

Seulement j'étais incapable de bouger. Ma respiration s'accéléra tandis qu'il embrassait délicatement le bout de mes doigts et je me convainquis que quelques secondes de plus ou de moins ne changeraient rien. Qu'on ne faisait rien de mal. Mais la main qu'il avait posée sur ma taille vint attraper mon poignet et il commença à écarter mes doigts de sa bouche.

– Je veux te sentir…

Il pressa ses lèvres contre ma lèvre supérieure, et c'est à ce moment-là que je revins à la réalité. Je le poussai aussi loin que possible et sautai à bas du lit. Il se redressa, le souffle court, et je me rendis compte que j'étais moi aussi à bout de souffle.

– Kiera, je suis tellement désolé. Je voulais pas…

Il déglutit et essaya de retrouver une respiration normale.

– Non. C'était vraiment une mauvaise idée. Je vais dormir dans ma chambre.

– Attends, dit-il en se levant. C'est bon, donne-moi juste une minute. Ça va passer.

Je levai les bras.

– Non. Reste là. Je peux pas faire ça. C'est trop dangereux. Et c'est trop dur, dis-je en me dirigeant vers la porte.

– Kiera, attends. Je vais faire un effort. T'en va pas.

Il avait l'air si triste…

– J'ai besoin de rester seule cette nuit. On en reparlera demain, d'accord ?

Il inclina la tête sans rien dire et je quittai la pièce. Qu'est-ce que j'avais imaginé ? C'était vraiment complètement débile, comme idée. J'avais cru que ça serait agréable, sauf que c'était vraiment injuste.

Je passai la nuit à regarder le plafond en me demandant ce qu'il faisait et à quoi il pensait. S'il dormait, si je pouvais aller le rejoindre, si je devais… Quand je finis par m'endormir, je rêvai de lui. Dans mon rêve, j'étais restée dans son lit, et on faisait autre chose que dormir.

Il frappa à ma porte tôt le lendemain matin et je lui dis d'entrer. Il vint s'asseoir au bord du lit et je vis qu'il était déjà habillé.

– Bonjour. T'es encore fâchée ?

– Non.

C'était vrai, mais je ne supportais pas de le voir assis sur mon lit. Entre le souvenir de la nuit précédente et mon rêve, c'était trop.

– Tu devrais pas être ici. C'est un manque de respect par rapport à Denny.

Il rit et détourna le regard.

– Avec tout ce qu'on a fait, tu crois vraiment que me voir assis sur son lit est le truc qui le dérangerait le plus ?

Je savais qu'il avait raison mais je lui adressai un regard glacial. Il s'excusa avant de se lever et de retourner sur le pas de la porte.

– C'est mieux ?

– Oui, merci.

– J'arrive pas à te parler ici, dit-il en me tendant la main.

Je soupirai mais me levai quand même pour le suivre jusqu'à la cuisine.

– Je suis désolé pour hier, poursuivit-il en descendant l'escalier. T'avais raison, on aurait pas dû. J'ai essayé, pourtant.

Ses yeux étaient pleins d'espoir, comme s'il espérait que je le félicite pour ses efforts.

– C'est pas un jeu, Kellan.

Il s'arrêta sur la dernière marche et se retourna pour me faire face.

– Je sais bien.

– Alors va pas si loin la prochaine fois.

Je finis par passer mes bras autour de son cou. J'avais eu peur, mais je n'étais pas prête à arrêter. Il sourit et me souleva pour me reposer en bas de l'escalier.

– Je ferai attention, promis.

Puis il me prit la main pour m'emmener à la cuisine et je soupirai intérieurement. Continuer notre petit jeu était un mauvais plan. Et je me comportais comme une idiote.

14

Stade critique

On décida de passer le samedi ensemble et de prendre un train vers le nord. Entre les montagnes enneigées dans le lointain et la verdure des prairies alentour, la vue était vraiment magnifique. Notre destination était une petite ville touristique et on se promena main dans la main. Sans personne ici pour nous surprendre, on était beaucoup plus proches et on pouvait faire beaucoup moins attention que d'habitude.

On s'arrêta plusieurs fois pour regarder la rivière et les vitrines des petits magasins de souvenirs. Kellan me tenait tendrement serrée contre lui et j'adorais sentir sa chaleur. Quelque chose avait changé entre nous (encore) après la nuit dernière. Je ne savais pas exactement ce que c'était, mais les regards qu'on échangeait étaient plus appuyés, et nos contacts étaient plus intimes, même s'il faisait attention à respecter les règles. Les limites devenaient floues, et ça me gênait. Mais ça m'excitait aussi.

Je travaillais ce soir-là et on finit par reprendre le train. Je soupirai en voyant Seattle apparaître au loin. Ç'avait été tellement libérateur de ne pas avoir à se cacher. J'avais adoré notre petite escapade, et je savais que ça ne se reproduirait pas avant longtemps. Je l'observai pendant qu'il regardait par la fenêtre. Il avait l'air un peu préoccupé et je me demandais s'il pensait à la même chose que moi. Il tourna la tête vers moi et me sourit, et je ressentis le besoin irrépressible de l'embrasser. Je détournai le regard et fermai les yeux.

– Ça va ?

– Oui, je suis juste un peu barbouillée. Ça doit être à cause du train, ça va passer.

Je ne savais pas pourquoi je lui mentais. Il aurait compris si je lui avais dit la vérité. Sauf qu'il aurait sans doute trop bien compris, et que ce genre de révélations risquait de l'encourager encore plus au lieu de le persuader de prendre ses distances.

Je gardai les yeux fermés jusqu'à l'arrivée, et il me conduisit directement au Pete's. Il resta au bar avec moi jusqu'à ce que les D-Bags arrivent, puis ils montèrent sur scène. Après sa performance de la veille, les prévisions de Kellan se révélèrent exactes : le bar était plein à craquer. À la fin de la soirée, j'étais épuisée, et j'acceptai l'offre de Jenny de me ramener à la maison. Kellan n'eut pas l'air d'apprécier quand je le lui dis mais Denny était rentré, et même s'il dormait sans doute déjà, je ne voulais pas arriver en même temps que Kellan. Après le week-end qu'on avait passé ensemble, j'avais l'impression qu'on avait une pancarte autour du cou qui disait ce qu'on avait fait et je ne voulais pas prendre de risques.

Quand j'arrivai, Denny était à la maison, mais pas Kellan, ce qui était bizarre étant donné qu'il était parti avant moi. Denny était au lit en train de regarder la télé. Apparemment, il m'avait attendue.

– Salut, bébé, dit-il gaiement en ouvrant les bras.

Ma récréation avec Kellan était finie (*il était où, d'ailleurs ?*) et je tentai d'ignorer le nœud dans mon estomac. Je ravalai un soupir et le rejoignis au lit pour me blottir dans ses bras. Il me frotta le dos et entreprit de me raconter son voyage. Il était en train de me parler de la conférence et de son crétin de patron quand je sentis le sommeil me gagner. Je l'entendis me poser une question mais j'étais trop fatiguée pour y répondre et je m'endormis tout habillée, la tête sur sa poitrine. J'espérais qu'il ne m'en voudrait pas.

Deux jours plus tard, je passai un peu de temps avec Kellan après les cours, avant d'aller prendre mon service. On était assis sur l'herbe à l'écart des autres groupes, dans ce qui était maintenant « notre » parc, à côté du campus. On se retrouvait souvent là entre ou après mes cours. S'il pleuvait, on restait dans sa voiture à écouter la radio, et s'il faisait beau, on s'asseyait dans l'herbe sur un plaid. Aujourd'hui, il y avait du soleil mais il faisait froid, et le parc était presque vide. On était juste l'un à côté de l'autre, emmitouflés frileusement dans nos manteaux après avoir bu un expresso, à profiter de l'après-midi fraîche et de la présence de l'autre.

Il jouait avec mes doigts, un petit sourire aux lèvres. Une fois de plus, la curiosité prit le pas sur mon bon sens.

– La chanson de l'autre week-end… Ça parlait pas vraiment d'une fille, si ?

Il eut l'air étonné.

– C'est Denny, expliquai-je. Il m'a dit ce qui s'était passé quand il avait vécu chez tes parents. C'est de ça que la chanson parle ? De toi et ton père ?

Il hocha la tête mais garda le silence.

– Tu veux en parler ? demandai-je timidement.

– Non, dit-il sans me regarder.

Ce que je lus dans son regard me brisa le cœur. Je me détestais pour ce que je m'apprêtais à dire mais je voulais désespérément qu'il se confie à moi.

– Est-ce que tu m'en parleras un jour ?

Il renifla et arracha un brin d'herbe qu'il fit rouler entre ses doigts. Puis il tourna enfin la tête vers moi et je me raidis en me demandant s'il était en colère contre moi. Mais il n'y avait que de la tristesse dans ses yeux.

– Y a rien à dire.

Sa voix était douce mais il avait l'air bouleversé.

– Si Denny t'a dit ce qu'il a vu et ce qu'il a fait pour moi, alors t'en sais autant que tout le monde.

– Mais pas autant que toi, insistai-je.

Il me dévisagea en silence, ses yeux suppliant que je ne pose pas d'autres questions. Mais je continuai.

– Il te frappait souvent ?

Sans me quitter des yeux, il déglutit et hocha la tête.

– Vraiment fort ?

Ma propre question me tapa sur le système. *Parce que s'il le frappait pas trop fort, alors c'était moins grave ?* Il resta longtemps immobile et je crus qu'il n'allait pas me répondre, mais il hocha de nouveau la tête, juste une fois.

– Depuis que tu étais petit ?

Un autre hochement de tête. Ses yeux brillaient à présent.

– Ta mère a jamais essayé de l'arrêter ? De t'aider ?

Il secoua la tête et une larme roula sur sa joue. Je sentis les larmes me monter aux yeux. *Arrête, tu lui fais du mal.*

– Ça s'est arrêté après le départ de Denny ?

– Au contraire. C'était encore pire, murmura-t-il.

Une autre larme coula sur son visage. Comment un parent pouvait faire ça à son enfant ? Comment une mère pouvait laisser faire ça au lieu de tout faire pour protéger son fils unique ?

– Pourquoi ? murmurai-je par inadvertance.

– C'est à eux qu'il faudrait demander.

Les larmes coulaient sur mes joues à présent. Je passai mes bras autour de son cou et le serrai fort contre moi.

– Je suis tellement désolée.

– C'est bon, dit-il d'une voix entrecoupée. Ça fait longtemps.

Sauf qu'à en juger par sa réaction, ça faisait toujours aussi mal. Je le gardai serré contre moi et je pouvais le sentir trembler. Ses joues étaient humides quand je m'écartai, et j'essuyai ses larmes. J'étais incapable d'imaginer à quel point son enfance avait dû être difficile et combien il avait dû souffrir. Ma propre enfance avait été joyeuse, une suite de souvenirs heureux avec des parents gentils et aimants, même s'ils avaient tendance à nous surprotéger.

Il me regarda tristement et j'embrassai une autre larme qui roulait sur sa joue. Il tourna la tête à ce moment-là et nos lèvres se frôlèrent.

Submergée par ma tristesse et sa proximité, je laissai ses lèvres sur les miennes. Mes mains étaient encore posées sur ses joues, on était toujours assis sur l'herbe et nos lèvres se touchaient mais aucun de nous ne bougeait. On retenait presque notre souffle. N'importe qui passant par là nous aurait sûrement trouvés très bizarres.

Enfin, il prit une inspiration, entrouvrant légèrement la bouche. Immédiatement et instinctivement, sans même le vouloir, je l'embrassai. Je collai ma bouche contre la sienne et sentis sa chaleur et la douceur de son souffle. Sans hésiter, il me rendit tout de suite mon baiser. Il se laissa rapidement emporter et m'attrapa par le cou pour m'embrasser plus profondément. Sa langue effleura la mienne et je soupira de plaisir mais je m'obligeai à le repousser. C'était moi qui avais commencé, mais il s'excusa tout de suite.

– Pardon. Je suis vraiment désolé. C'est juste… J'ai cru que t'avais changé d'avis.

– Non, c'est ma faute.

Tout s'accélérait et les lignes étaient de plus en plus floues. Mon cœur battait à toute vitesse et mes lèvres brûlaient au souvenir des siennes.

– C'est moi qui suis désolée. Il faut qu'on arrête.

Il se pencha sur moi et m'attrapa par le bras.

– Non, s'il te plaît. Je vais faire plus attention. S'il te plaît, fais pas ça. Me quitte pas.

Il avait l'air dans tous ses états et ses mots me brisaient le cœur.

– Écoute…

– S'il te plaît, dit-il en cherchant mon regard.

Je luttai contre l'envie de l'embrasser encore.

– C'est pas juste.

Une larme coula sur mon visage mais je l'empêchai de l'essuyer.

– C'est pas juste pour Denny, et c'est pas juste pour toi. Je te fais du mal.

Il s'agenouilla et prit mes mains dans les siennes.

– Non, c'est pas vrai. Tu me donnes plus que… Je t'en prie, je veux pas que ça s'arrête.

– Je comprends pas. Qu'est-ce que ça représente pour toi ?

Il baissa les yeux et ne répondit pas.

– S'il te plaît, se contenta-t-il de dire.

Je finis par laisser tomber. Je ne voulais pas continuer à le faire souffrir.

– D'accord…

Il leva les yeux vers moi en souriant et je m'agenouillai pour le prendre dans mes bras. Je le serrai fort, en espérant que je savais ce que j'étais en train de faire.

J'essayai de ne pas penser à ce qui s'était passé dans le parc jusqu'à ce que j'arrive au bar. Enfin, j'essayais surtout de ne pas repenser au baiser, même si je sentais que mes lèvres me démangeaient agréablement.

Malgré mes efforts, j'étais incapable d'oublier notre conversation. Mon envie égoïste d'en savoir davantage avait réveillé des blessures profondes. Je l'observai à la dérobée pendant mon service, en me demandant s'il allait vraiment bien. Il riait avec les autres en buvant une bière, confortablement installé sur sa chaise. Mais est-ce qu'il était vraiment aussi bien dans sa peau qu'il en avait l'air ? Ou est-ce qu'il s'était conditionné depuis l'enfance ?

Il finit par s'approcher du bar pour parler à Sam, et Rita lui tendit une autre bière. Il la remercia en souriant et Sam quitta le bar une minute plus tard. Kellan était toujours appuyé contre le bar quand je m'approchai pour passer une commande à Rita.

– Alors, où est-ce qu'on emmène ta sœur, samedi ?

J'avais oublié jusqu'à sa visite. Il faut dire que j'avais été plutôt… préoccupée, ces derniers temps. La façon dont il s'adossait contre le comptoir faisait ressortir ses muscles et je ressentis soudain le besoin de glisser mes mains sous sa chemise pour sentir sa peau. Rita le regarda avec gourmandise pendant qu'elle préparait mes consos, sûrement en train de se dire la même chose que moi à en juger par l'expression sur son visage trop bronzé. Je détestais quand elle avait cet air-là. Entre ça et la venue de ma sœur, je commençais à être sur les nerfs…

– Aucune idée, grommelai-je.

– Ça sera super sympa, tu verras.

Je haussai les sourcils.

– Oui, enfin, pas trop non plus, corrigea-t-il.

Griffin apparut soudain derrière moi et passa ses bras autour de ma taille. Je lui donnai un grand coup de coude dans les côtes qui le fit protester de douleur. Enfin une bonne nouvelle !

– Bon sang, Kiera, et l'amour de ton prochain, alors ? demanda-t-il d'un air indigné, tandis que Kellan riait.

Je levai les yeux au ciel et l'ignorai.

– Griff, tu connais une boîte sympa dans le coin ? lui demanda Kellan.

Je le regardai avec inquiétude : la définition de Griffin d'une boîte sympa n'était sûrement pas la même que la mienne.

– Ohhhh, on va en boîte ?

Il s'assit sur un tabouret avec Kellan, ses yeux clairs pétillants d'impatience.

– Il y a un super bar à strip-tease à Vancouver…

– Non, pas nous, interrompit Kellan rapidement. La sœur de Kiera vient ce week-end et on voudrait l'emmener en boîte. Pour danser.

Griffin sourit et hocha la tête avec enthousiasme.

– La frangine débarque ? Cool !

– Griff…

– Le Spanks, dit-il simplement.

Kellan avait l'air de connaître l'endroit dont il parlait.

– Ça pourrait le faire. Merci.

– Alors, on y va quand ?

J'allais répliquer mais Kellan sourit et répondit à ma place.

– Au revoir, Griffin.

Griffin fit la moue mais s'éloigna quand même. Je sentis un nœud se former dans mon estomac en le regardant passer sa main sous la jupe d'une fille qui le repoussa sans ménagement. Je n'avais vraiment pas envie d'aller dans une boîte recommandée par Griffin.

– Le Spanks[2] ? Hors de question que j'aille dans un endroit avec un nom pareil, marmonnai-je.

Kellan rit et secoua la tête.

– J'adore la façon dont tu réfléchis par moments. C'est juste une boîte. Promis.

J'étais en train de le contempler quand Rita me donna une tape sur le bras pour attirer mon attention.

– Hé, tes consos sont prêtes.

Je rougis, attrapai mon plateau et retournai travailler. Il fallait vraiment que j'arrête de me laisser distraire comme ça.

Les jours suivants se déroulèrent sans incident, mais la sensation des lèvres de Kellan sur les miennes ne me quittait pas. Ça devenait ridicule. Je devenais ridicule. Il fallait que j'arrête,

2. *Spank* signifie « fessée », en anglais.

mais il était tellement… Je soupirai. J'étais incapable d'arrêter. J'étais bien trop accro.

Comme presque tous les soirs, j'essayai de ne pas regarder Kellan pendant mon service, sauf que, comme presque tous les soirs, j'échouai. Ce soir-là, il était assis en train de jouer avec sa bouteille de bière et de rire en écoutant une histoire que Matt lui racontait. Il était tellement beau quand il souriait d'un air insouciant. Quelques filles autour de lui faisaient tout ce qu'elles pouvaient pour attirer son attention, et je me demandais laquelle allait réussir. Cela dit, il flirtait beaucoup moins avec les filles du bar depuis… depuis qu'il avait commencé à flirter avec moi. Cette prise de conscience m'inquiéta : il fallait qu'il flirte. Il méritait plus que le peu que je lui donnais, même si l'imaginer avec quelqu'un me brisait le cœur.

J'étais en train de froncer les sourcils quand il posa les yeux sur moi. Il se leva et me rejoignit alors que je débarrassais une table. Plusieurs filles qui avaient l'air sur le point de passer à l'attaque eurent du mal à cacher leur déception.

– Salut, dit-il en posant sa main sur la table pour effleurer le bout de mes doigts.

– Salut, répondis-je timidement.

J'aurais tellement aimé pouvoir passer un bras autour de lui, mais je me contentai de rester debout près de lui.

– À quoi tu penses ? T'as l'air contrariée.

Ses yeux étaient soudain pleins de tristesse et… d'espoir. Et je ne comprenais vraiment pas pourquoi. J'allais lui répondre quand Griffin nous rejoignit. Il lui donna une tape sur l'épaule et Kellan s'écarta de moi immédiatement.

– Mec, t'as vu ce canon au bar ? Elle a grave envie de moi, dit-il en mordant son poing fermé. Tu crois que je pourrais me la faire dans la réserve ?

Il était vraiment écœurant. J'examinai la fille au bar : elle était jolie, mais elle avait l'air plus intéressée par Kellan que par Griffin. Et Griffin eut l'air de le remarquer aussi.

– Merde, tu te l'es déjà faite ? Je déteste passer après toi, elles n'arrêtent pas de répéter à quel point…

Kellan lui envoya un coup de poing dans les côtes pour l'empêcher de finir sa phrase.

– Ferme-la.

– Qu'est-ce que j'ai dit ?

Kellan fit un geste dans ma direction et je sentis la colère m'envahir. Est-ce qu'il avait vraiment couché avec elle ? Puis la culpabilité ne tarda pas à remplacer la colère. On était juste amis, et il ne m'appartenait pas. Qu'est-ce que ça pouvait me faire ?

– Oh, salut Kiera, dit-il comme s'il venait juste de s'apercevoir de ma présence, et comme s'il n'avait rien dit de vulgaire et de choquant (ce qui, dans sa tête, était sans doute le cas).

Il tapa de nouveau sur l'épaule de Kellan et retourna au bar, apparemment décidé à tenter sa chance quand même. Kellan tourna les talons sans rien dire et retourna à sa table.

Je passai le reste de la soirée à me demander s'il avait couché avec elle, si j'étais juste un nom sur son tableau de chasse et ce que les filles qui avaient couché avec lui pouvaient bien passer leur temps à répéter. Je me demandais pourquoi il avait gardé le silence après le départ de Griffin. Pourquoi il avait eu l'air bizarre avant même que Griffin arrive. Si j'étais complètement débile de continuer à flirter avec lui. Pourquoi j'avais mal au ventre. Et pourquoi je passais autant de temps à penser à lui.

Jenny me ramena à la maison au lieu de Kellan, même s'il avait gentiment proposé d'attendre la fin de mon service. Je l'avais vu bâiller plusieurs fois avant de partir et je supposais qu'il dormirait déjà quand j'arrivai à la maison. Je fus donc étonnée de le trouver en train de m'attendre dans le salon. Il m'entraîna dans sa chambre et ferma sa porte sans faire de bruit. Il appuya ses mains sur la porte de chaque côté de mon visage et se pencha sur moi jusqu'à ce que seuls quelques centimètres nous séparent. Il était si près que je pouvais sentir son souffle sur son visage.

– Désolé pour Griffin, murmura-t-il. Il peut être vraiment… vraiment con, parfois, acheva-t-il en souriant.

Je voulais lui parler de la fille, mais j'étais incapable de formuler une phrase. Je n'étais même pas capable de le repousser. J'étais coincée entre la porte et son corps sensuel, et mon propre corps était passé en surrégime. J'étais en pleine overdose. Il était trop près. Beaucoup trop près. Je voulais qu'il me laisse partir mais j'étais incapable de le dire.

– Tu pensais à quoi tout à l'heure ?

Je voulais lui répondre, lui dire de reculer, mais je ne pouvais pas. Il était si près de moi et il sentait tellement bon… Ma respiration s'accéléra et il s'en rendit compte.

– Et à quoi tu penses maintenant ?

Son souffle sur ma peau me fit frissonner.

– Kiera ?

Il me regarda des pieds à la tête et pressa son corps contre le mien. Ses mains glissèrent sur mes épaules, puis ma taille, avant de finir sur mes hanches. Sa respiration s'accéléra tandis que la passion grandissait dans ses yeux. Mes lèvres s'entrouvrirent pendant que je luttais pour contrôler ma respiration. Il fallait que ça s'arrête. Il fallait que je dise quelque chose.

– Kiera, parle-moi.

Il eut l'air de lutter contre quelque chose pendant une seconde puis il appuya son front contre le mien. Il glissa un genou entre les miens et un gémissement sortit de ma bouche. Un autre bruit s'échappa de la gorge de Kellan et il se mordit la lèvre en glissant ses mains sous ma jupe. On était loin du flirt innocent. Très loin.

– Dis quelque chose. Est-ce que… Tu veux que je…

Il expira et inclina légèrement la tête pour passer sa langue le long de ma lèvre supérieure. Il me caressa la poitrine par-dessus mon soutien-gorge, puis mon dos. Je soupirai et fermai les yeux, et il embrassa ma lèvre supérieure en glissant sa langue dans ma bouche. Je frissonnai et il perdit le contrôle : il plaça une main sur ma nuque et m'embrassa à pleine bouche en se collant contre moi.

Ses lèvres me firent l'effet d'une véritable montée d'adrénaline qui me permit enfin de bouger de nouveau. Le souffle court, je le repoussai brusquement. C'était contre les règles, mais c'était aussi trop tard. Je ne savais pas ce qui était en train de se passer, mais j'en voulais encore.

Il leva les mains comme si j'allais le frapper.

– Je suis désolé. J'ai cru que…

Je marchai jusqu'à lui et mis une main sur son torse et l'autre autour de son cou pour l'attirer à moi. Il arrêta de parler et même de respirer, et il recula même d'un pas, mais je me rapprochai encore. Je me mordis la lèvre et observai la panique dans ses yeux, puis la confusion, et enfin la passion. Il me voulait. Je me sentis puissante en le voyant entrouvrir les lèvres et en voyant sa respiration s'accélérer. Je savais que je pouvais le pousser sur le lit et lui faire tout ce que je voulais.

Je l'attrapai par la ceinture et l'attirai à moi jusqu'à ce que nos hanches se touchent.

– Kiera ? demanda-t-il en regardant dans la direction de ma chambre, où Denny dormait.

Il avait toujours les mains en l'air, comme s'il était en train de se rendre.

Ma détermination s'envola en entendant le ton interrogateur dans sa voix. Notre flirt innocent avait dégénéré doucement mais sûrement, et je venais d'atteindre le point de non-retour. Soit je couchais avec lui ici et maintenant, et je trahissais Denny qui dormait dans la pièce à côté, soit j'arrêtais tout.

Je dus réunir toute la volonté dont j'étais capable.

– Me touche plus jamais.

Puis je le poussai violemment sur le lit et quittai la pièce avant de changer d'avis.

Quand j'allai finalement me coucher quelques instants plus tard, Denny tendit la main et essaya de m'attirer contre lui. Je me raidis dans le noir et le repoussai brusquement. Je ne voulais pas être proche de lui. Ni de personne. Du moins, c'est ce que je n'arrêtais pas de me répéter.

– Ça va ? murmura-t-il d'une voix ensommeillée.

– Oui, dis-je d'une voix que j'espérais douce mais que je trouvai hésitante.

– OK.

Il s'approcha pour m'embrasser dans le cou mais je me raidis encore et tournai la tête dans l'autre sens.

– Kiera, dit-il d'une voix rauque.

Ses doigts couraient sur ma peau et il passa une jambe par-dessus la mienne en embrassant le lobe de mon oreille. Je reconnaissais le ton de sa voix, ses mouvements... Je savais ce qu'il voulait, mais je ne pouvais pas. J'avais la tête qui tournait en repensant à Kellan et à ce qui avait failli se passer quelques minutes plus tôt. Et à quel point j'avais encore envie de lui... Je ne pouvais être avec Denny à cet instant. Ce n'était pas lui que mon corps réclamait.

– Je suis crevée. Est-ce qu'on peut juste dormir ?

J'essayais d'avoir l'air endormie, et non irritée et agacée, comme je l'étais en réalité. Il soupira mais arrêta de me caresser, et il posa sa main sur mon ventre. Je fermai les yeux en espérant m'endormir rapidement, avant que ma bonne volonté ne me quitte et que je ne retourne voir Kellan.

Denny respirait doucement et je crus qu'il s'était endormi, mais il changea de position et glissa sa main sous mon débardeur. Je me dégageai avec mauvaise humeur.

– Denny, je plaisante pas. Pas ce soir.

Il soupira de nouveau et se mit sur le dos.

– J'ai déjà entendu ça quelque part, grommela-t-il.

– Quoi ?

– Rien.

J'aurais dû laisser tomber mais j'insistai. Il n'allait pas s'en tirer comme ça.

– Non. Si t'as quelque chose à dire, dis-le.

Je m'appuyai sur mon coude pour le regarder.

– Rien, je te dis. C'est juste… Est-ce que tu sais depuis quand on a pas…

Il haussa les épaules tristement et je ravalai ma colère en essayant de me rappeler de la dernière fois. Mais je ne m'en souvenais pas.

– Tu te rappelles pas, c'est ça ?

Il détourna les yeux, agacé.

– C'était dans la douche. Normalement, jamais on…

Il s'interrompit et réfléchit avant de reprendre la parole.

– Le problème, c'est pas que ça fait longtemps. Ça nous est arrivé de rester plus longtemps que ça sans le faire, et ça me dérange pas. Ce qui me dérange, c'est qu'on dirait que tu t'en fiches. Que je te manque pas. Je pensais que ça irait mieux à mon retour de Portland. Je croyais que tu te jetterais sur moi. Mais tu l'as pas fait… T'es tellement… je sais pas, distante.

La colère l'avait quitté, et à présent, il me regardait tristement en me caressant le bras.

– Tu me manques.

Le remords m'envahit instantanément et je me lovai contre lui. J'essayai de l'embrasser mais il me repoussa.

– Non. Je veux que tu couches avec moi parce que tu en as envie, pas parce que tu te sens coupable.

– J'en ai envie… C'est juste que…

J'étais incapable d'expliquer ce que j'avais ressenti ces derniers temps. Je ne m'étais pas rendu compte qu'on ne l'avait pas fait depuis un moment. Ni que j'avais été froide ou distante avec lui. J'avais eu la tête ailleurs et je n'avais pas vu qu'il s'en était aperçu. Et je ne pouvais pas lui dire pourquoi. Je me redressai et cherchai son regard.

– Je suis désolée.

Il me regarda un moment puis me fit signe de m'allonger à côté de lui. Je nichai ma tête dans son cou et respirai son odeur en essayant de me calmer.

– Je t'aime, dit-il en m'embrassant sur le front.

Je hochai la tête et enroulai mes jambes et mes bras autour de lui. Une larme coula le long de mon nez et s'écrasa sur son tee-shirt.

– Moi aussi, je t'aime.

Je le serrai plus fort en priant pour que les choses s'arrangent entre nous. J'avais bien fait d'arrêter avec Kellan. J'avais enfin pris la bonne décision.

Malgré ça, je rêvai quand même de lui pendant la nuit. J'étais restée avec lui, j'avais arraché ses vêtements avant de le pousser sur le lit et je l'avais fait avec lui. C'était à la fois le meilleur et le pire des rêves possible.

Kellan m'attendait à l'entrée de la cuisine le lendemain matin et il posa immédiatement une main sur mon bras. J'aurais dû rester au lit avec Denny mais j'avais besoin de régler ça au plus vite.

– Je suis désolé, je suis allé trop loin. Ça n'arrivera plus.

Je le repoussai. C'était fini, et il devait l'accepter.

– Non, ça n'arrivera plus. Ça fait longtemps que c'est plus du tout innocent, et c'était stupide de vouloir nous persuader du contraire.

– Mais je veux pas que ça s'arrête.

– On a pas le choix. Denny sent qu'il y a quelque chose qui cloche. Je pense pas qu'il se doute de ce que c'est, ni que c'est avec toi, mais il voit bien que j'ai la tête ailleurs. On n'a rien fait depuis un moment et ça le rend malheureux. Je lui fais du mal, murmurai-je.

– Je t'ai jamais demandé de pas coucher avec lui. Je te l'ai dit, je comprends.

– Je sais mais j'ai été tellement préoccupée… tellement absorbée par toi que j'ai fini par le négliger.

Il m'attrapa immédiatement par les bras et m'attira à lui en cherchant mon regard.

– Absorbée par moi, tu sais ce que ça veut dire ? Que tu veux être avec moi. Toi aussi, tu veux qu'on soit plus que des amis.

Je fermai les yeux pour ne plus voir son visage suppliant.

– S'il te plaît, arrête. Je peux pas continuer comme ça.

J'essayais de contrôler ma respiration et de retenir mes larmes. Je gardai les yeux fermés. Si je les ouvrais, je savais que j'allais rechuter.

– Kiera, regarde-moi… s'il te plaît.

– Je peux pas. C'est mal, je le sais. Je veux plus que tu me touches.

– Je sais que c'est pas vraiment ce que tu ressens, murmura-t-il à mon oreille en m'attirant plus près. Je sais que tu ressens quelque chose…

J'ouvris les yeux mais je les gardai fixés sur son torse et je le repoussai fermement. Il devait me laisser tranquille et j'allais devoir lui faire du mal pour y arriver.

– Je veux pas être avec toi. C'est lui que j'aime. Pas toi.

Je levai les yeux vers lui : il était au bord des larmes et je détestais ce que j'étais en train de faire, mais je n'avais pas le choix.

– Je suis attirée par toi, mais je ressens rien pour toi.

Il me lâcha immédiatement et quitta la pièce sans un mot.

Je ne le vis pas de la journée, je ne le vis pas au travail, et je ne le vis pas non plus en rentrant du bar. En fait, je ne le vis pas jusqu'au lendemain matin, et à ce moment-là, je me sentis envahie par un mélange de soulagement et de culpabilité. Soulagement qu'il ait arrêté de se cacher et culpabilité de savoir que je lui avais fait tellement mal qu'il avait ressenti le besoin de se cacher.

Il était assis en train de boire son café quand j'arrivai dans la cuisine, et il avait l'air fatigué. Il me lança un regard mais ne dit rien tandis que je m'asseyais en face de lui. Est-ce qu'il allait redevenir aussi froid qu'avant ?

– Salut, dis-je à voix basse.

– Salut, murmura-t-il.

Bon. Au moins, il me parlait. Je résistai à l'envie de prendre sa main quand il posa sa tasse. On avait été si proches l'un de l'autre pendant si longtemps que c'était plus naturel de le toucher que de ne pas le faire. Je vis sa main se crisper sur la table puis il la dissimula en dessous. Est-ce qu'il luttait contre l'envie de me toucher, lui aussi ? Une tension soudaine envahit la pièce.

– Ma sœur arrive demain, finis-je par dire. On va la chercher à l'aéroport demain matin.

– D'accord. Elle aura qu'à dormir dans ma chambre, je peux aller chez Matt.

– Non, c'est pas la peine.

Je me sentis soudain très triste.

– J'ai pas aimé comment ça s'est fini hier.

– Moi non plus, dit-il en fixant la table.

Je résistai à l'envie de lui caresser la joue.

– Je veux que ça se passe bien entre nous. Est-ce qu'on peut encore être amis ?

– T'es vraiment en train de me faire le discours de « Restons amis » ? dit-il en souriant.

– On dirait, oui…, répondis-je en lui rendant son sourire.

Il eut soudain l'air très sérieux et mon estomac se rétracta. D'un coup, je n'avais plus envie de connaître la réponse à ma question et je repris la parole pour l'empêcher de me la donner.

– Faut que je te dise, à propos de ma sœur.

– Je me souviens… Je suis son genre de proie, dit-il en se pointant du doigt.

– Non… Enfin, oui, mais c'est pas de ça que je voulais te parler.

– De quoi, alors ?

– Disons qu'elle est plutôt…

Je baissai les yeux, embarrassée.

– Elle est jolie… intéressante, pleine d'assurance…

– Vous êtes sœurs, je m'en serais douté.

Alors c'était comme ça qu'il me voyait ? L'entendre me comparer à ma sœur était juste ridicule. Il ne l'avait pas encore vue, en même temps.

– Kellan…

– Je sais, juste amis.

– Tu veux toujours sortir avec nous ?

– Tu veux toujours que je vienne ?

– Bien sûr. On est amis, et ma sœur trouverait ça bizarre si…

Je ne finis pas ma phrase, mais il comprit où je voulais en venir.

– On voudrait pas qu'elle se pose des questions, dit-il avec une pointe de dureté.

– Kellan…

– Je serai là.

– Merci.

Il finit le reste de son café et se leva.

– Kellan ! dis-je en paniquant soudain. Oublie pas ce que tu m'as promis.

Il me dévisagea pendant un instant et je crus qu'il allait m'envoyer balader, mais il se contenta de secouer la tête.

– J'ai rien oublié.

15

En boîte

– Nom… de… Dieu…, murmura Griffin en donnant un coup de coude à Matt, qui était assis à côté de lui. Je crois que je suis amoureux. Regarde un peu ce canon !

Je ne me retournai même pas pour voir de qui il parlait et je leur donnai leurs bières en regardant Kellan du coin de l'œil. Il avait l'air résigné. J'avais redouté la façon dont il allait se comporter avec moi après la conversation qu'on avait eue dans la cuisine. Mais il m'avait conduite en cours comme d'habitude. Puis il était venu me rechercher. Puis il m'avait amenée au bar… Tout s'était déroulé comme d'habitude, même si je ne l'avais pas trouvé très bavard. Je lui avais dit qu'il n'était pas obligé de faire ça, mais il m'avait regardé l'air de dire *Sois pas bête, bien sûr que je vais continuer à faire ça, puisqu'on est toujours amis…*

Je me demandais à quoi il pensait quand je remarquai que Griffin souriait bêtement et qu'il s'était redressé sur sa chaise. Soudain, des mains me couvrirent les yeux.

– Devine qui c'est !

J'écartai les mains et me retournai.

– Anna ! m'exclamai-je en la prenant dans mes bras. Je croyais que tu arrivais demain matin !

Elle me regarda brièvement avant de fixer Kellan.

– J'avais trop hâte… J'ai pris l'avion plus tôt.

J'essayai d'ignorer sur qui ses yeux étaient fixés et la toux impatiente de Griffin qui attendait que je fasse les présentations. Je reculai d'un pas pour regarder ma sœur cinglée et impulsive… elle n'avait pas changé. Nos visages avaient presque la même forme et on avait le nez de notre mère, mais la ressemblance s'arrêtait là. Elle était grande, presque aussi grande que Denny, et ses chaussures à talons noires accentuaient encore plus sa haute taille. J'étais athlétique tandis qu'elle était voluptueuse, et ses formes étaient mises en valeur par une robe rouge bien trop serrée. Je soupirai intérieurement : elle avait l'air de sortir d'une couverture de magazine, pas d'un vol de douze heures.

Son rouge à lèvres était de la même couleur que sa robe, et ses yeux étaient d'un vert profond, tandis que mes yeux noisette avaient l'air de changer de couleur sans arrêt. Là où mes cheveux bruns étaient ondulés et indomptables, les siens étaient parfaitement bouclés et brillants, si sombres qu'ils semblaient presque noirs. Elle les avait attachés avec une pince et les mèches qui retombaient sur ses épaules avaient les mêmes reflets rouges que sa robe. Ça, c'était nouveau.

– C'est joli, dis-je en attrapant l'une de ses mèches.

Elle haussa les épaules. Elle n'avait toujours pas quitté Kellan des yeux, et lui aussi la fixait.

– Je suis sortie avec un coiffeur. Enfin, juste pendant une heure, ajouta-t-elle en souriant.

Je soupirai intérieurement… Elle était aventurière, provocante… Elle était tout ce que je n'étais pas. Elle était celle dont mes parents parlaient en ajoutant toujours un adjectif comme « belle », « magnifique » ou « radieuse », même si la phrase se terminait souvent par « Qu'est-ce qu'elle a encore fait ? ». Elle était bien trop attirante, et maintenant je devais la présenter à mon coloc, qui était juste aussi canon qu'elle.

– Les garçons, je vous présente ma sœur…

– Anna, interrompit-elle en tendant la main à Kellan.

Elle était loin d'être timide, en plus du reste.

– Kellan, répondit-il poliment, en gardant sa main dans la sienne pendant bien trop longtemps.

Griffin se leva brusquement et s'empara de sa main, et pour la première fois, j'eus envie de le serrer dans mes bras.

– Griffin… salut.

Elle laissa échapper un rire charmeur, puis Matt et Evan se présentèrent à leur tour et je me sentis un peu bête en réalisant qu'elle n'avait absolument pas besoin de moi : elle se débrouillait très bien toute seule. Elle sourit en disant bonjour à Matt et Evan, parfaitement à l'aise avec ce groupe de beaux mecs qu'elle venait à peine de rencontrer.

Griffin attrapa une chaise à une table voisine et la posa à côté de lui, en bout de table. Il tapota la chaise et Anna le remercia en souriant. Puis elle prit la chaise et alla s'asseoir à côté de Kellan. Matt et Evan rirent doucement et Griffin la fusilla du regard en même temps que moi, mais elle ne s'en rendit pas compte. Sa chaise touchait celle de Kellan et elle n'avait d'yeux que pour lui. Elle s'assit gracieusement et lui adressa un sourire plein de charme qu'il lui retourna.

Je détestais ça. Elle n'était là que depuis dix minutes et j'avais déjà envie qu'elle s'en aille. Je me sentais coupable de penser ça car j'adorais ma sœur, mais je ne supportais pas de la voir avec Kellan. Notre flirt avait beau être fini, ça me dérangeait. Il avait intérêt à tenir sa promesse.

– Je dois retourner bosser. Anna, je t'amène un truc à boire ?

– Oui, je veux bien, dit-elle sans me regarder. Au fait, un mec a mis ma veste et mes affaires dans la réserve. Sam, je crois ?

Elle leur faisait vraiment faire tout ce qu'elle voulait.

– Ça marche. Je vais appeler Denny pour qu'il te conduise à la maison.

Elle me regarda enfin et me fit un clin d'œil.

– Je pense que je peux me débrouiller toute seule. Alors comme ça, t'es chanteur ? demanda-t-elle en reportant son attention sur Kellan. Et qu'est-ce que tu sais faire d'autre ?

Elle rit pendant que Kellan souriait, et je m'éloignai en quatrième vitesse. Que ça lui plaise ou non, j'allais appeler Denny et il la ramènerait chez nous. Je lui passai un coup de fil pour lui expliquer la situation : le coup de tête d'Anna le fit rire et il me dit qu'il pouvait passer la chercher, mais qu'il devait d'abord finir un projet pour Max. J'étais presque sûre que son « projet » aurait parfaitement pu attendre le lundi matin, mais je me mordis la langue.

Quand je revins avec une vodka cranberry (son cocktail préféré), elle était en pleine conversation avec Kellan et Griffin essayait désespérément de s'incruster. Elle me remercia pour le verre et se retourna tout de suite vers Kellan. Je fronçai les sourcils et il me regarda d'un air amusé. Apparemment, il trouvait ça drôle que moi je ne trouve pas ça drôle…

Je la regardai flirter avec lui pendant mon service. Il n'avait pas l'air de lui faire des avances ni d'encourager les siennes, mais il ne faisait rien pour la faire fuir non plus. Pendant qu'ils discutaient, je la vis lui toucher les cheveux, effleurer son épaule, sa cuisse… Elle était subtile, mais pas tant que ça. Elle riait en penchant la tête quand il faisait une blague, puis elle se mordait la lèvre et laissait glisser son index le long de son cou en continuant à rire. Griffin avait l'air aussi agacé que moi. Jamais je n'aurais imaginé qu'on puisse ressentir la même chose, lui et moi.

Quand je vins les prévenir qu'il était l'heure de monter sur scène, elle avait la main sur sa cuisse et ça n'avait pas l'air de le déranger.

– Ton temps est écoulé, dis-je sèchement.

Anna me regarda bizarrement et je me forçai à sourire.

– Ils doivent monter sur scène, expliquai-je.

– Génial, dit-elle d'un air rayonnant.

Je priai pour que Denny ne tarde pas. Ils sautèrent sur scène et Anna réussit à se faufiler à travers la foule pour aller se placer juste devant Kellan. Il lui sourit pendant qu'ils se préparaient, mais je dus bientôt arrêter de les épier pour aller servir les clients. Qu'est-ce que Denny foutait ?

Il finit par arriver à la moitié du concert. Anna s'amusait beaucoup trop à mon goût, et Kellan ne l'avait pas quittée des yeux. J'étais d'une humeur massacrante.

– T'étais où ? demandai-je sèchement.

Il me regarda bizarrement et passa une main dans ses cheveux.

– Je te l'ai dit, j'avais encore des trucs à faire au bureau. Elle a l'air de bien s'amuser en tout cas, dit-il en riant.

Elle avait les bras levés en direction de Kellan, et il tendait la main vers elle. Je fermai les yeux et essayai de ravaler mon énervement. En les rouvrant, je vis que Denny me dévisageait avec curiosité.

– Tu peux la ramener ? Ses affaires sont dans la réserve.

– Pas de souci. Tu m'as manqué aujourd'hui, dit-il avec un sourire en passant ses bras autour de ma taille.

– Toi aussi, tu m'as manqué.

Je l'embrassai doucement et il m'attira plus près pour m'embrasser plus profondément.

– Désolée, dis-je en m'écartant, on est vraiment débordés. Tu peux la ramener à la maison ? Elle doit être fatiguée par le voyage.

Il regarda de nouveau vers la scène : Anna était en train de sauter dans tous les sens au milieu des autres filles.

– Ouais, elle a l'air lessivé…

Il me sourit mais je fronçai les sourcils.

– Comme tu voudras.

– Merci.

Je l'embrassai et il alla chercher ses affaires. Puis il la rejoignit tant bien que mal et lui tapa sur l'épaule. Surprise, elle se retourna et se jeta à son cou, et je ne pus m'empêcher de rire en voyant la tête de Denny : il n'avait pas l'air de savoir s'il devait la prendre dans ses bras ou pas, mais elle était collée à lui de toute façon. Je levai les yeux vers Kellan, qui était en train de les observer avec un sourire amusé. Soudain, ses yeux rencontrèrent les miens et je me retrouvai prise au piège, incapable de regarder ailleurs.

Une main sur mon épaule me fit sursauter.

– Désolé, elle refuse de partir, dit Denny en haussant les épaules, comme si ça ne l'étonnait pas.

Je ne l'avais même pas vu revenir.

– Pardon ?

– Elle veut rester jusqu'à la fin du concert. Tu veux que je reste pour vous ramener tout à l'heure ?

– Oui, je veux bien.

Au moins, elle ne rentrerait pas avec Kellan. Sauf que, bien sûr, j'avais oublié à quel point elle pouvait être têtue quand elle voulait quelque chose, et visiblement elle voulait Kellan. Ça n'avait rien d'étonnant : je m'étais doutée que ça arriverait. C'était dur de lui résister. J'avais été trop occupée à la fin de mon service pour l'empêcher de partir avec lui, et ils étaient en train de monter en voiture quand je sortis enfin du bar. Je soupirai tandis que Denny observait la scène en riant. Il avait intérêt à la ramener directement à la maison.

Heureusement pour lui, c'est ce qu'il fit : sa Chevelle était dans l'allée à notre arrivée. Je traversai rapidement l'allée et les trouvai assis dans le canapé en pleine conversation. De quoi ils pouvaient bien parler ? Ils levèrent les yeux vers moi quand j'entrai dans le salon, et je sentis la colère m'envahir une nouvelle fois en voyant qu'elle avait sa main sur sa cuisse. Denny arriva quelques secondes plus tard et il passa ses bras autour de ma taille.

– Alors, demanda-t-elle à Kellan en souriant, je dors où ?

Il s'apprêtait à lui répondre mais je pris les devants.

– Avec moi.

Anna fronça les sourcils et Kellan se retint de rire.

– Tu peux dormir sur le canapé ? demandai-je à Denny.

– Sur le canapé ? Sérieux ?

– Tu peux aussi dormir avec Kellan, si tu préfères, dis-je froidement.

Mon ton indiquait clairement qu'il n'y avait pas d'autre option. Avoir Anna dans ma chambre était mon seul moyen de m'assurer qu'elle ne bougerait pas de la nuit. Denny haussa les sourcils d'un air mécontent et Kellan rit.

– Je te préviens, je bouge beaucoup.

– Va pour le canapé, grommela Denny avant d'aller à l'étage chercher une couverture.

– Tu sais, je pourrais dormir avec…

– Allez.

Je l'entraînai à l'étage pendant que Kellan nous suivait des yeux, hilare.

Je ne dormis pas de la nuit. Ma sœur était allée à la salle de bain après moi, et je n'avais pas eu d'autre choix que de me mettre au lit, même si j'aurais préféré rester sur le palier à la surveiller. J'avais été à l'affût du moindre bruit et j'aurais juré entendre Kellan rire. Je dus déployer tous les efforts du monde pour ne pas me précipiter dans sa chambre et la traîner au lit à coups de pied aux fesses.

Elle finit par rentrer dans la chambre et se glissa dans le lit en me souhaitant bonne nuit joyeusement. Je ne sais pas trop pourquoi mais je fis semblant de dormir. Sauf que j'étais incapable de fermer l'œil. Je guettais le moindre de ses mouvements. Est-ce qu'elle bougeait dans son sommeil, ou est-ce qu'elle s'apprêtait à se lever pour aller rejoindre Kellan dans sa chambre pendant que tout le monde dormait ? J'avais l'impression de devenir folle, et je me demandai si je pourrais passer une autre nuit comme celle-ci. Peut-être qu'il valait mieux que Kellan aille chez Matt, finalement.

Au matin, j'entendis la porte de la chambre de Kellan s'ouvrir et je descendis peu après pour le rejoindre dans la cuisine. Je m'arrêtai sur la dernière marche : Denny était profondément endormi dans le canapé, mais il n'avait vraiment pas l'air bien installé. Je me sentis coupable de l'avoir fait dormir là, mais je me rattraperais plus tard.

Kellan n'eut pas l'air étonné de me voir.

– Bonjour. Bien dormi ?

– Très bien, merci. Et toi ?

Il mit la cafetière en route puis il se retourna pour s'adosser contre le comptoir.

– Comme un bébé.

Je me forçai à sourire pour cacher mon agacement.

– Ta sœur est… intéressante, dit-il après une minute.

Je fronçai les sourcils mais ne répondis rien. Je me demandais s'il allait développer mais il ne dit rien non plus.

– Elle l'est, finis-je par répondre.

Quand le café fut prêt, il en prépara deux tasses. On s'assit et on but dans un silence pas tout à fait confortable. Enfin, Kellan avait l'air tout à fait à l'aise, mais moi… Il fallait vraiment que je me calme.

Après avoir fini mon café, je m'adossai contre le mur pour observer Denny endormi sur le canapé. L'arrivée de ma sœur dans la cuisine me ramena sur terre. Elle portait un tee-shirt des D-Bags… et rien d'autre. Je remerciai le ciel que Kellan soit déjà remonté dans sa chambre. Pour quelqu'un qui venait juste de se réveiller, elle était bien trop parfaite.

– T'as eu ça où ?

Ça avait pris des semaines à Kellan pour m'en donner un. Comment elle avait fait ? Elle avait battu des cils et il lui avait fait un strip-tease ? Je me sentis trahie.

– Griffin me l'a donné après le concert. Il en a un carton plein dans son van. T'en veux un ?

Elle me sourit affectueusement et je me sentis coupable d'avoir pensé ça d'elle.

– C'est gentil mais j'en ai déjà un.

Un qui sentait Kellan et que je ne portais jamais, pour ne pas enlever son odeur.

– Tu pourrais t'habiller ? Denny va pas tarder à se réveiller.

– Bien sûr, désolée. Kellan est levé ? demanda-t-elle d'un ton presque détaché.

– Oui, mais il est remonté dans sa chambre.

Elle sourit et regarda au plafond.

– Il a parlé de moi ?

Je détestais lui donner l'impression de jouer les entremetteuses, mais je décidai de lui dire la vérité.

– Il a dit qu'il te trouvait intéressante.

– C'est pas le genre de trucs que les mecs disent d'habitude. Enfin, ça pourrait être pire.

Elle sourit encore et tourna les talons pour remonter au premier.

– Je vais devoir passer à la vitesse supérieure.

Elle me fit un clin d'œil avant de sortir de la cuisine et je me laissai tomber sur une chaise en soupirant. Est-ce qu'on pouvait déjà être à dimanche ?

Anna avait envie d'aller faire un peu les boutiques, alors on emprunta la voiture de Denny. Comme elle conduisait bien mieux que moi, c'est elle qui nous emmena à Bellevue Square. On était en train de se balader chez Macy's, dans le corner IKKS, quand elle dénicha une petite robe noire qu'elle décida d'essayer. Bien sûr, elle lui allait à merveille. C'était une robe toute simple, mais elle épousait les moindres courbes de son corps à la perfection… et elle était vraiment très courte. J'aurais été incapable de porter un truc pareil. J'aurais eu bien trop peur que le monde entier voie ma petite culotte, pour commencer. Mais elle avait l'air complètement à l'aise en se regardant sous toutes les coutures dans le miroir de la cabine. Quant à moi, je choisis un trench blanc, élégant mais beaucoup plus sobre.

Tandis qu'on se dirigeait vers la caisse, on traversa le rayon des parfums. Je m'arrêtai devant celui que Denny aimait porter et respirai profondément le testeur. Ma sœur leva les yeux au ciel mais sourit avant de renifler plusieurs flacons.

– C'est quoi, le parfum de Kellan ?

– Je sais pas, pourquoi ?

Je m'étais moi-même posé la question plusieurs fois.

– Il sent super bon. T'as jamais remarqué ?

Si.

– Non.

– Écoute, je sais que t'es super heureuse avec Denny… Mais par pitié, dans l'intérêt de toutes les femmes de cette planète, quand la vie te fait un cadeau, tu pourrais au moins l'ouvrir. Et même jouer un peu avec…

Je fis la grimace. Si elle savait tout ce que j'avais fait…

Elle trouva une paire de talons aiguilles et un collier en argent pour aller avec sa robe, et je soupirai intérieurement. Elle allait être magnifique… Elle l'était déjà juste en jean et en tee-shirt. De mon côté, je n'avais plus un centime pour refaire ma garde-robe et j'allais devoir fouiller dans mon placard pour trouver quelque chose à me mettre. Ça n'avait pas d'importance : peu importe ce que j'allais porter, je ne lui arriverais pas à la cheville de toute façon. Et je n'avais pas besoin d'entrer en compétition avec elle. Denny m'aimait, et c'était tout ce qui comptait. Denny, pas…

Je m'empêchai de finir la phrase dans ma tête.

On grignota un truc léger en ville et elle me parla des différents mecs qu'elle avait « vus » depuis qu'elle avait largué Phil (plutôt brutalement, à en juger par la façon dont elle en parlait). J'eus mal pour lui pendant un instant : elle lui avait probablement brisé le cœur sans même s'en rendre compte, et je me sentis soudain pleine d'empathie pour lui.

On fit encore quelques magasins, puis on rentra à la maison pour se préparer pour la soirée. Anna enfila rapidement sa nouvelle tenue et se précipita au rez-de-chaussée pendant que je cherchais quelque chose à me mettre. Denny fit quelques suggestions mais se tut après mon regard particulièrement assassin. Il secoua la tête et boutonna sa chemise, et je l'observai pendant un moment. C'était tellement plus facile pour les mecs. Sa chemise blanche et son jean délavé lui allaient à la perfection, et si j'avais été de meilleure humeur, je lui aurais sûrement retiré sa chemise avant qu'il ait fini de la boutonner, sauf que j'étais de très mauvaise poil. Je finis par dénicher quelque chose et je m'habillai à contrecœur.

Je descendis un peu plus tard et m'immobilisai en bas des marches. Ma sœur et Kellan étaient sur le canapé : il était assis tout au bord du coussin, les coudes sur les genoux, et elle était à genoux derrière lui. Elle était collée contre son dos et sa robe était si courte qu'elle lui remontait jusqu'en haut des cuisses, mais ça n'avait pas l'air de la déranger. Kellan non plus, d'ailleurs. Elle jouait avec ses cheveux pendant qu'il regardait la télé, et les voir comme ça me mit les nerfs en pelote.

Elle leva les yeux vers moi et me sourit.

– T'es belle comme ça.

En la regardant, je me sentais tout sauf belle. Au mieux, j'étais passable, sans plus. Kellan me regarda aussi et me fit un petit sourire approbateur.

– T'es magnifique, susurra Denny à mon oreille

Il m'embrassa dans le cou et je me relaxai un peu. J'étais contente que la tenue que j'avais eu autant de mal à choisir lui plaise. Je ne pouvais pas lutter face à ma sœur, alors j'avais fini par opter pour quelque chose de confortable : des chaussures noires plates, un jean noir taille basse et un joli haut rouge échancré.

Je savais que j'allais vite avoir chaud, et j'avais aussi attaché mes cheveux en queue de cheval en prévision.

– Elle va pas en faire autant avec moi, si ? demanda Denny, en regardant dans leur direction.

Je les regardai plus attentivement. Anna n'était pas juste en train de jouer avec ses cheveux, elle était en train de le coiffer. Denny alla s'asseoir dans le fauteuil et me fit signe de venir m'asseoir sur ses genoux. Je le rejoignis après avoir jeté un bref regard à Kellan.

– Tu fais quoi, Anna ? demandai-je en essayant d'afficher un air nonchalant.

– Il me laisse le coiffer avant de sortir. Il sera le plus beau de la soirée. Sans vouloir te vexer, dit-elle en regardant Denny.

– Pas de problème, répondit-il en riant.

– Tu trouves pas qu'il a des cheveux géniaux ? Ça donne vraiment envie de…

Elle lui attrapa une mèche et tira doucement dessus.

– Hummm, grogna-t-elle.

Je rougis jusqu'à la racine des cheveux, sachant exactement ce qu'elle voulait dire. Je restai silencieuse et elle se remit à le coiffer.

Je trouvais que ses cheveux étaient parfaits avant qu'elle y touche, mais réflexion faite… il était encore plus sexy maintenant. Il me surprit en train de l'observer et je détournai le regard pour qu'il ne me voie pas rougir. Un éclair de jalousie me traversa en la voyant faire quelque chose d'aussi intime, suivi par un éclair de désir que je repoussai de toutes mes forces.

– Qu'est-ce que t'en dis ? demanda Kellan.

– T'es beau comme tout, répondit Denny en riant.

– T'y connais rien. Toutes les filles vont se jeter sur lui, pas vrai, Kiera ? demanda Anna.

Kellan rit et je rougis encore plus.

– Il sera…

– La proie idéale ? compléta Kellan sans me quitter des yeux.

– Exactement ! s'exclama Anna.

Elle laissa ses bras glisser autour de son cou et je me hérissai en les voyant si proches.

– On y va ? dis-je un peu trop hâtivement.

Kellan hocha la tête et se leva, et je remarquai enfin ce qu'il portait. De ses chaussures à son jean en passant par son tee-shirt moulant, il était tout en noir. Entre sa tenue et ses cheveux, il était beau à tomber. La soirée risquait d'être… intéressante.

Connaissant les goûts de Griffin, j'avais vraiment des gros doutes en arrivant au Spanks, même si Kellan nous avait assuré que c'était juste une boîte normale avec de la bonne musique. Il aurait trouvé ça très amusant de nous convaincre que c'était une boîte sado-maso, et en y réfléchissant bien, Anna aussi aurait trouvé ça drôle. D'une certaine façon, ils allaient très bien ensemble, et cette pensée m'attrista.

On pouvait entendre la musique depuis l'extérieur. Denny me sourit, descendit pour ouvrir ma portière et me prit la main. Kellan était venu avec sa voiture, et naturellement, Anna s'était précipitée pour monter avec lui. Il avait réussi à trouver une place pas loin de nous, et lui aussi aida Anna à descendre de voiture. On aurait dit un couple de mannequins, pensai-je en les voyant s'approcher.

Ma sœur ajusta sa robe ridiculement courte et jeta un coup d'œil à ses chaussures avant de me prendre brièvement dans ses bras, et je ne pus m'empêcher d'être jalouse en la regardant. Ses lèvres rouges, ses beaux yeux verts derrière ses longs cils parfaitement recouverts de mascara, sa coiffure impeccable, ses mèches rouges qui attiraient le regard… Si la perfection de Kellan avait pu se transformer en femme… cette femme aurait été ma sœur.

Elle attrapa Kellan par la main et l'entraîna vers l'entrée. Il sourit et passa un bras autour de ses épaules, et Denny passa son bras autour des miennes. Le videur jeta un regard à Kellan et Anna et écarta immédiatement le cordon. Forcément, les personnes super sexy n'avaient pas besoin de faire la queue, elles. Kellan s'immobilisa et attendit qu'on le rejoigne, Denny et moi – les moins sexy –, pour s'assurer que le videur nous laisse entrer aussi.

L'intérieur se composait de canapés et de longues tables avec des tabourets. Il y avait quelques cadres sur les murs, un bar le long du mur en face de l'entrée, et pas mal de monde était en train de danser sur la piste. Entre la foule et la musique, tout était réuni pour que je me fasse oublier.

On trouva de la place à une des tables avec Denny et Anna pendant que Kellan bravait la queue pour aller nous chercher des boissons. Il revint en un temps record et je ne pus m'empêcher de remarquer le regard salace que la barmaid lui avait lancé.

Il nous tendit un verre à shot à chacun. Je reniflai le contenu pour savoir ce que c'était et changeai de tête à la seconde. De la tequila ? Il nous avait sérieusement apporté de la tequila ? Je levai les yeux vers lui : il sourit et posa des quartiers de citron et du sel sur la table pendant que je le dévisageais d'un air incrédule. Tout le monde se prépara, visiblement ravi du choix de Kellan, et je les imitai en serrant les dents.

Il rit doucement, mais à cause du bruit, je fus la seule à le remarquer. Il trempa le doigt dans son verre pour humecter le dos de sa main, et les souvenirs de notre première nuit ensemble que ce geste réveilla me revinrent si violemment en mémoire que je dus fermer les yeux et prendre une grande respiration.

– Ça va ? me demanda Denny à l'oreille.

– Oui. Je suis pas fan de tequila, c'est tout.

Le sourire de Kellan s'élargit.

– Ah ouais ? Je pensais que t'adorais ça.

– Moi, j'adore ça, interrompit Anna. Santé !

Kellan leva son verre et trinqua avec elle, et ils burent leur shot en même temps avant de croquer dans leur quartier de citron en riant. Je levai mon verre en même temps que Denny et on but notre verre au même moment. Puis je me penchai pour prendre son quartier de citron d'entre ses lèvres avant de l'embrasser longuement. Surpris mais ravi, Denny me rendit mon baiser et j'entendis ma sœur crier.

– Wouhou ! Que la fête commence !

Je m'écartai et regardai dans la direction de Kellan : son sourire avait disparu, et sa mâchoire était contractée. Quelques instants plus tard, il tendit la main à Anna en souriant.

– On y va ?

Il hocha la tête en direction de la piste et elle approuva avec enthousiasme. Il me lança un regard par-dessus son épaule et ils disparurent dans la foule, la main de Kellan en bas du dos d'Anna. Tout en bas de son dos… Je tentai de ravaler ma colère et de me concentrer sur Denny.

– Ils font un beau couple, dit-il.

Je me forçai à vraiment me détendre pour la première fois depuis ce qui me parut être une éternité. Denny me regarda avec un sourire adorable et quand il hocha la tête vers la piste, j'acceptai avec joie.

« Danser » était relatif dans une boîte aussi bondée : on ressemblait plus à des sardines qui bougeaient en rythme. Denny me prit la main pour ne pas me perdre et il m'entraîna au centre de la piste. Je ne connaissais pas la chanson qui passait, mais je m'en moquais : les basses étaient si fortes que j'étais incapable de réfléchir, et ça m'allait très bien.

Denny me prit par la taille pour m'attirer à lui et je ris en passant les bras autour de son cou. Il n'avait pas boutonné sa chemise jusqu'en haut et sa peau nue était plus que tentante. Je passai mes doigts dans ses cheveux et il sourit. Parfois, j'oubliais à quel point il était séduisant, mais les filles sur la piste avaient l'air de le remarquer, elles. Elles avaient tourné la tête sur son passage sans même remarquer ma présence, mais il n'avait pas eu l'air de s'en rendre compte. Il ne s'en rendait jamais compte, peut-être parce qu'il ne regardait jamais personne d'autre que moi. Il se pencha pour m'embrasser, des étincelles dans les yeux, et je caressai sa barbe de trois jours en soupirant de satisfaction. Entraînée par la musique et son corps, j'étais en train d'oublier tous mes soucis.

On avait perdu Kellan et Anna de vue et je m'obligeai à ne pas me demander où ils pouvaient bien être. Et à ne pas les imaginer en train de danser ensemble. Et à ne pas me dire qu'ils nous avaient laissés pour aller dans un coin plus tranquille. Je finis par arrêter de réfléchir. Il n'y avait plus que la musique, les corps en mouvement et Denny. Mon bonheur dura pendant ce qui me parut être des heures.

Il commençait à faire vraiment chaud et Denny fit un geste en direction du bar pour savoir si je voulais boire quelque chose. Je le poussai malicieusement et secouai la tête : je n'avais aucune envie d'arrêter de danser. Je l'embrassai et lui fis signe que je ne bougeais pas.

Il traversa la foule sous le regard des filles qui nous entouraient et je secouai la tête tandis qu'il atteignait le bar. Mon mec était super beau, et il n'en avait pas la moindre idée. Je fermai les yeux et me concentrai sur la musique. Je ne pensais plus à rien et j'étais heureuse.

Je restai clouée sur place en sentant une main forte et familière se glisser sous mon débardeur pour ensuite se poser sur mon ventre. J'ouvris les yeux instantanément mais je n'eus pas besoin de me retourner. Je connaissais trop bien ce toucher et le feu qui avait l'air de s'être allumé en moi. Pendant un moment, j'avais presque oublié qu'il était là. Est-ce qu'il m'avait observée ? Après la façon dont les choses s'étaient terminées et avec Anna et Denny ici, je n'en revenais pas de son culot. Il m'attira contre lui et on commença à bouger en rythme. Ce qui avait été drôle et innocent avec Denny une seconde plus tôt s'était transformé en quelque chose de complètement différent. J'avais l'impression d'être nue.

C'était comme si la température avait doublé. Je pouvais sentir la sueur se former entre mes omoplates et commencer à perler le long de mon dos dénudé. Sa main libre dégagea les cheveux collés dans mon cou et envoya une décharge électrique le long de ma colonne vertébrale. Il se pencha et m'embrassa dans la nuque avant de laisser sa bouche glisser en haut de mon dos, tout en me mordillant tout doucement. Je pris une grande inspiration et sentis ma vue se brouiller.

Apparemment, il ne se donnait même plus la peine de prétendre que c'était innocent. Il fallait que j'arrête ça tout de suite… mais j'étais incapable de résister.

Je fermai les yeux et laissai mon corps onduler contre le sien. Je posai une main sur mon ventre par-dessus la sienne et l'autre sur sa hanche, et ma respiration s'accéléra tandis que je laissais aller ma tête contre son torse. Sa main descendit petit à petit jusqu'à s'arrêter au niveau du bouton de mon jean. Ça suffit à me faire suffoquer et je la serrai de toutes mes forces dans la mienne. Je voulais partir en courant, je voulais traverser la foule et retrouver Denny, retourner dans ma bulle, m'enfuir loin des émotions qu'il faisait naître en moi. Mais ça, c'était ce que me disait ma tête. Mon corps tremblait, ma main glissa de sa hanche vers l'avant de sa cuisse et ma tête tourna doucement vers lui.

Son autre main se posa sur ma joue et il m'embrassa brutalement. Je gémis, mais mon cri se perdit dans la musique. Après des semaines de flirt et de tentation, après des semaines passées à se toucher en ayant envie des lèvres et du corps de l'autre, mais sans jamais vraiment céder, j'avais plus envie de lui que jamais. J'aurais aimé presser mes lèvres contre les siennes encore plus fort, et j'avais l'impression que mon corps brûlait de désir. Je ne pensais même plus à l'arrêter à présent.

Il écarta les lèvres et j'eus l'impression d'exploser en sentant sa langue caresser la mienne. Je perdis le peu de contrôle qui me restait et pivotai pour lui faire face, sans détacher mes lèvres des siennes. Le cœur battant à toute vitesse, je passai mes mains autour de son cou et sentis les siennes dans mon dos, sous mon tee-shirt. Nos deux respirations étaient entrecoupées quand il m'attira encore plus près de lui.

La chaleur, la musique, ses mains, son souffle, son odeur, son goût, ses lèvres, sa langue… tout ça me rendait complètement folle. Une de ses mains descendit jusqu'à ma hanche pour me presser tout contre lui, et je sentis à quel point il avait envie de moi. J'étais dévorée par le désir incontrôlable de le prendre ici et maintenant. J'ouvris les yeux et arrêtai de l'embrasser. Mon front contre le sien, le souffle court, je passai mes mains sous son tee-shirt, sans même penser aux gens autour de nous.

Plusieurs filles avaient remarqué Kellan et le regardaient avec gourmandise, mais apparemment, notre proximité et ce qu'on était en train de faire (ou ce qu'on s'apprêtait à faire) n'avait pas l'air de déranger qui que ce soit. Il ferma les yeux et expira bruyamment avant de m'embrasser encore. Absorbée par la passion, j'avais l'impression d'être une autre personne. Je ne savais pas quoi faire, ni comment arrêter de me comporter comme ça en public. Je voulais juste qu'il m'emmène quelque part. N'importe où. On ne pourrait pas rester comme ça bien longtemps.

Soudain, il me repoussa et disparut dans la foule. J'étais en train d'essayer de reprendre mon souffle et de comprendre ce qui venait de se passer quand je sentis quelqu'un me prendre la main : Denny. Je n'avais pas vu qu'il était revenu. Est-ce qu'il avait remarqué quelque chose ? Est-ce que j'avais l'air bizarre ? Je guettai la moindre trace de colère dans ses yeux mais il avait juste l'air content de me voir. Il pensait sûrement que j'étais en sueur et essoufflée parce que j'avais dansé.

C'est alors que je fis quelque chose qui me hanterait pendant je ne sais pas combien de temps par la suite : je me collai à Denny, pris son visage entre mes mains et l'embrassai passionnément.

L'excitation parcourut mon corps, comme si j'imaginais être encore avec Kellan. Pendant une demi-seconde, il eut l'air étonné, puis il me rendit mon baiser. Je me dégoûtais, mais je ne pouvais pas m'empêcher de l'embrasser, d'avoir envie de lui et d'avoir besoin de lui, même si je savais que ce n'était pas lui que je voulais vraiment. Pendant tout ce temps, je pouvais sentir le regard brûlant de quelqu'un dans mon dos.

– Ramène-moi à la maison, murmurai-je à l'oreille de Denny.

Bien plus tard, j'étais assise dans mon lit, nue, en train de regarder Denny endormi près de moi pendant que la culpabilité me dévorait. S'il avait su ce que je venais de faire… qui j'avais imaginé à sa place… J'essayai de déglutir mais j'avais la gorge trop sèche. Il fallait que je boive quelque chose. J'attrapai le premier vêtement qui me tomba sous la main : c'était la chemise de Denny, qui sentait merveilleusement bon. Je sortis de ma chambre pour descendre à la cuisine et marquai une petite pause devant la porte de Kellan, en guettant un bruit qui indiquerait qu'il était à la maison. J'espérais qu'il ne nous avait pas entendus. On ne pouvait pas dire que j'avais été discrète, et je ne voulais même pas imaginer ce qu'il aurait ressenti si c'était le cas.

Je pensais toujours à lui en arrivant dans la cuisine, et à ce qui s'était passé au Spanks. J'avais eu tellement envie de lui, et lui de moi. Ça devenait beaucoup trop dangereux et je ne savais pas quoi faire.

Je m'immobilisai en regardant par la fenêtre : sa voiture n'était pas là. Il n'était pas rentré ? J'allai dans le salon : aucune trace d'Anna. Ils étaient encore là-bas tous les deux… tous seuls. J'imaginais déjà une demi-douzaine d'endroits où ils pouvaient être et autant de positions. Rien que d'y penser me rendit malade, puis je me sentis coupable, et enfin, furieuse. Peu importe ce qui se passait entre Kellan et moi, il avait promis qu'il ne coucherait pas avec elle !

Ma soif m'abandonna, et je retournai me coucher.

16

Sous la pluie

Vers midi, je reconnus le bruit de la voiture de Kellan dans l'allée. Il ne coupa pas le moteur et repartit après que j'eus entendu un claquement de portière. Anna apparut sur le pas de la porte. Elle portait les mêmes vêtements que la veille au soir et elle avait l'air ravie.

Elle s'assit près de moi sur le canapé et j'essayai de ravaler ma colère. Ce n'était pas sa faute si elle avait flashé sur Kellan. S'il y avait quelqu'un contre qui je devais être énervée, c'était lui. Il avait promis.

– T'as passé une bonne soirée ? demandai-je platement.

Elle s'affala sur le canapé en souriant de toutes ses dents.

– Si tu savais…

Sauf que je n'avais absolument pas envie de savoir.

– Kellan m'a emmenée chez Matt et Griffin et…

– Épargne-moi les détails, par pitié.

Elle fronça les sourcils, contrariée : elle adorait parler de sexe.

– Comme tu voudras. Et toi, t'as passé une bonne nuit ? Vous êtes partis vachement tôt avec Denny, dit-elle en haussant les sourcils d'un air entendu. Kellan a dit que vous aviez besoin de passer un peu de temps ensemble.

Elle rit et je me sentis transpercée par un mélange de culpabilité, de colère et d'embarras. Kellan lui avait dit ça ?

– Ça non plus, j'ai pas envie d'en parler.

– Comme tu veux, dit-elle d'un air boudeur. Si je peux dire juste un truc…

– Non !

– Bon, d'accord.

On garda toutes les deux le silence pendant un moment.

– T'es sûre que ça va ? finit-elle par demander.

Je me laissai aller contre le dossier du canapé et essayai d'adoucir l'expression de mon visage.

– Oui… je suis fatiguée, c'est tout. J'ai pas beaucoup dormi, dis-je en regrettant immédiatement mes paroles.

– Ah, ben voilà !

Denny prépara à manger pour nous trois, sous le regard approbateur d'Anna, qui trouvait sans doute ça épatant qu'il sache faire la cuisine. Elle se mordit plusieurs fois les lèvres pendant le déjeuner et je savais qu'elle se retenait pour ne pas nous raconter son histoire. J'étais sûre qu'elle en mourait d'envie, mais j'étais également persuadée que ça me tuerait de l'entendre. Le scénario que j'avais imaginé dans mon coin me suffisait largement.

Tout en mangeant la salade au poulet et aux noix de cajou absolument délicieuse qu'il nous avait préparée, je regardai Denny du coin de l'œil. La nuit avait été intense et je me raidis en sachant que le souvenir qu'il allait en garder était loin d'être le même que moi. Il s'en souviendrait comme de simples retrouvailles après une séparation trop longue. Mais pour moi, ce n'était pas si simple…

Anna et lui firent quatre-vingt-dix pour cent de la conversation pendant que je les observais en silence. J'avais trop de choses en tête pour me joindre à eux. Après avoir passé l'après-midi à les écouter avoir des discussions enjouées que j'aurais aimé moi-même avoir avec elle, c'était déjà l'heure pour elle de faire son sac.

Elle me serra fort dans ses bras au moment de me dire au revoir.

– Merci de m'avoir laissée venir, dit-elle avec un vague sourire. C'était… sympa.

Je me crispai intérieurement mais me forçai à sourire.

– La prochaine fois, on fera davantage de trucs rien que toutes les deux, d'accord ? ajouta-t-elle.

Elle me sourit et je la pris dans mes bras.

– D'accord.

– Remercie Kellan de ma part, souffla-t-elle en me prenant par le bras. Je sais que tu veux pas que je t'en parle, mais j'ai passé une de ces nuits… Genre, la meilleure nuit de ma vie !

Elle avait parlé à toute vitesse pour que je n'aie pas le temps de l'interrompre, et elle souriait à présent.

– Ah bon ? réussis-je à dire.

– T'as pas idée. Le meilleur orgasme de ma vie. Et pas qu'une fois, si tu vois ce que je veux dire.

Je voyais très bien… malheureusement.

– Si seulement je pouvais rester, soupira-t-elle.

Si seulement elle pouvait se dépêcher de partir…

Enfin, l'embarquement fut annoncé pour son vol et elle me serra une dernière fois dans ses bras.

– Tu vas me manquer… Je reviens bientôt. Je t'aime, dit-elle en m'embrassant sur la joue.

– Moi aussi, je t'aime.

Puis elle se dirigea vers Denny, qui se tenait un peu à l'écart, et l'attrapa par le cou pour l'embrasser aussi.

– Toi aussi, tu vas me manquer, étalon, murmura-t-elle en lui pinçant les fesses.

On rougit tous les deux, puis ma folle de sœur embarqua et retourna dans l'Ohio en laissant, sans le savoir, mon monde encore plus sens dessus dessous qu'avant sa visite.

Kellan n'était toujours pas là à notre retour et je ne le vis pas jusqu'au lendemain soir, quand il passa au bar avec le reste des

D-Bags. Je le regardai prudemment, ne sachant pas du tout à quoi m'attendre. Il portait un tee-shirt gris fin qui laissait deviner ses muscles sous sa veste en cuir noir, son jean préféré, et il avait les cheveux mouillés, ce qui voulait dire qu'il avait dû passer à la maison prendre une douche. Il regarda dans ma direction et me fit un petit sourire. Au moins, il ne m'ignorait pas.

Mais je réalisai soudain que moi, je devais l'ignorer ! Ce connard avait promis ! Plus j'y pensais, et plus j'avais d'horribles images en tête, et plus je me mis à faire comme s'il n'était pas là. J'évitai leur table, jusqu'au moment où Evan me fit signe, et je leur apportai directement des bières sans même leur avoir demandé ce qu'ils voulaient (ils ne prenaient jamais rien d'autre de toute façon). Je ne dis rien en posant les bouteilles sur la table et fis en sorte de ne pas écouter leur conversation, comme si mon corps était séparé de mon esprit et que Kellan n'existait pas.

Le problème, c'est qu'il n'avait pas l'air du même avis. Il finit par me coincer dans le couloir alors que je revenais des toilettes. En le voyant, j'envisageai d'aller me planquer dans la réserve mais j'abandonnai rapidement l'idée : le verrou était cassé et s'il voulait vraiment me parler, ce qui avait l'air d'être le cas, il n'hésiterait pas à me suivre. Et je voulais absolument éviter d'être seule dans une pièce avec lui. J'essayai de forcer le passage mais il m'attrapa fermement par le bras.

– Kiera…

Je levai les yeux vers lui et fronçai les sourcils en voyant ses yeux bleus qui faisaient chavirer toutes les nanas du coin, moi y compris. J'avais envie de le gifler. Je dégageai mon bras et ne répondis pas.

– Il faut qu'on parle.

– Y a rien à dire, répliquai-je.

– Je suis pas d'accord.

– Fais ce que tu veux. Ça changera pas de d'habitude.

Je n'essayai même pas de cacher le dédain dans ma voix.

– Ça veut dire quoi ? dit-il d'un ton sec.

– Ça veut dire qu'on a rien à se dire, c'est tout, dis-je en le plantant là.

Je travaillai plus tard que prévu, et au moment où je me demandais comment j'allais rentrer à la maison, presque tout le monde était déjà parti. Jenny n'avait pas travaillé ce soir-là, Kate était repartie avec son copain, et Sam et Rita étaient partis juste après Kate pendant que j'étais occupée à appeler un taxi pour un client qui avait trop bu. Evan s'employait à faire du charme à une blonde et Matt était déjà parti depuis longtemps. Kellan était encore là, et me voir chercher quelqu'un pour me ramener avait l'air de beaucoup l'amuser. Quand Evan sortit, je vis qu'il avait commencé à pleuvoir. Génial. Peut-être que je devais appeler Denny ? Mais il était vraiment tard… Et si je demandais à un des habitués ?

Je remarquai alors que Griffin était encore là, et qu'il était tout seul… C'était loin de m'enthousiasmer mais c'était toujours mieux que Kellan, et mieux que de rentrer à pied sous la pluie. Je m'approchai de lui pleine d'espoir et vis le sourire de Kellan s'élargir.

– Salut, Griffin.

Sachant que je n'engageais jamais la conversation avec lui d'habitude, il eut tout de suite l'air soupçonneux.

– Tu veux quoi ?

Il haussa les sourcils et me décocha un sourire qui me donna la chair de poule, mais pas dans le bon sens.

– Tu pourrais me ramener ?

– Pas trop tôt. J'ai cru que tu me demanderais jamais. J'adorerais te ramener, répondit-il en mimant des guillemets au moment de dire le dernier mot.

– Quand je dis ramener, c'est pas une métaphore.

– Quoi, pas de sexe ? demanda-t-il en fronçant les sourcils.

– Non, dis-je en secouant énergiquement la tête.

– Alors non merci, dit-il en reniflant. Pour ça, t'as qu'à demander à Kellan.

Il tourna les talons et s'en alla, et j'entendis Kellan rire. Tout le monde était parti, à part Pete, qui était encore dans son bureau. Peut-être qu'il voudrait bien…

– Tu veux que je te ramène ? demanda Kellan.

Je secouai la tête et me précipitai vers la porte. Puis je croisai les bras sur la poitrine juste avant de sortir pour me préparer à affronter la pluie. Il ne me suivit pas, et je me sentis à la fois triste et soulagée. La pluie n'était pas très forte mais elle était glacée, et dans ma précipitation, j'avais oublié mon sac et ma veste à l'intérieur. Après quelques pas sur le parking, j'étais déjà en train de trembler tandis que l'eau ruisselait sur mon visage. Je soupirai et envisageai de retourner dans le bar chercher mes affaires, puis je changeai d'avis. Je n'avais aucune envie de le recroiser après ce qu'il avait fait avec ma sœur.

Après plusieurs minutes à marcher sous la pluie – qui, naturellement, s'était mise à tomber plus fort –, je me demandai combien de pâtés de maisons me séparaient encore de chez nous. Le trajet ne prenait pas longtemps en voiture, mais à pied ? Je tremblais comme une feuille et je décidai de trouver un téléphone pour appeler Denny. Je regardai autour de moi à la recherche d'une cabine ou d'un magasin encore ouvert quand, soudain, je remarquai une voiture qui s'approchait de moi tout doucement. Le quartier était loin d'être bien fréquenté et la panique m'envahit. Il faisait nuit, j'étais seule, trempée, et surtout sans défense.

La voiture me rattrapa et commença à rouler à la vitesse à laquelle je marchais. Je finis par tourner la tête et me sentis encore plus vulnérable en reconnaissant la vieille Chevelle noire. Bien sûr, il avait fallu qu'il me suive. Il se pencha par-dessus la banquette pour ouvrir la fenêtre côté passager.

– Monte, dit-il à travers la vitre ouverte.

– Non.

Furax comme j'étais, c'était une très mauvaise idée de me retrouver seule avec lui. Et encore plus après ce qui s'était passé au Spanks.

– Tu vas être trempée. Monte, dit-il en essayant de masquer l'impatience dans sa voix.

– J'ai dit non.

– Bon, alors je vais te suivre comme ça jusqu'à la maison.

– Ça va, je suis une grande fille.

J'arrêtai d'avancer et il arrêta la voiture.

– Hors de question que tu rentres toute seule à cette heure-ci. C'est dangereux.

Toujours moins dangereux que de rentrer avec toi.

– C'est bon, je te dis.

Je repris ma route et l'entendis soupirer d'un air exaspéré avant de redémarrer. Je le vis tourner au coin de la rue et je pensais en avoir fini avec lui, mais il arrêta la voiture et descendit. *Bon sang, il peut pas me laisser tranquille ?*

Le temps de me rejoindre, il était déjà trempé jusqu'aux os. Ses cheveux lui tombaient sur le front et son tee-shirt lui collait à la peau, ce qui me fit soudain repenser à la fois où il avait pris une douche tout habillé. Il était tellement sexy que je sentis ma respiration s'accélérer. Je n'avais vraiment pas besoin de ça.

– Monte dans cette foutue bagnole, Kiera.

– J'ai dit non !

Lui aussi avait l'air furieux. Je le poussai en arrière mais il m'attrapa par le bras et commença à me traîner vers la voiture.

– Arrête ! Lâche-moi !

J'essayai de me dégager, mais il était bien plus fort que moi et il me poussa jusqu'à la portière côté passager. Voir la pluie lui dégouliner sur la nuque me fit frissonner encore plus que le froid… Je n'avais vraiment pas besoin de ça, et je ne le voulais pas ! Je réussis à dégager mon bras pendant qu'il ouvrait la portière et me remis en route. Il me rattrapa en deux secondes, me ceintura et me souleva du sol. J'essayai de lui donner des coups pour me libérer mais il me serrait trop fort. Enfin, il me posa devant la portière ouverte, et je me retrouvai coincée entre lui et la voiture.

– Arrête ton cirque et monte dans cette putain de voiture !

Son corps mouillé et pressé contre le mien me rendit folle. Je lui en voulais tellement pour la boîte, pour ma sœur, pour Denny, pour tout ce qu'il me faisait ressentir. Je lui en voulais même d'exister. Et en même temps, je n'avais jamais été aussi excitée de ma vie. Furieuse, je posai une main de chaque côté de sa tête et amenai son visage tout prêt du mien. Mes lèvres étaient à un cheveu des siennes et mes yeux lançaient des éclairs. Le souffle court, je pressai avidement ma bouche contre la sienne, puis… je le giflai.

Il me poussa brusquement contre la carrosserie froide de la voiture, mais j'étais tellement en colère que je ne sentis rien. Il eut l'air choqué pendant une seconde puis ses yeux se mirent à briller du même éclat rageur que les miens. Tant mieux. Je pouvais entendre le bruit de la pluie autour de nous, sur la toiture métallique de la voiture et sur les sièges en cuir. Il me prit par la taille et me força à me plier en deux pour me faire asseoir à l'intérieur.

Une fois assise, je crus qu'il allait refermer la portière, mais il me poussa vers le milieu de la banquette pour venir à côté de moi, avant de me lâcher pour se retourner et fermer la portière. Je reculai pour m'éloigner de lui autant que possible, en pensant que je pourrais lui échapper en sortant du côté conducteur, mais il se retourna, m'attrapa les jambes et m'obligea à me rapprocher. Puis il s'allongea au-dessus de moi. Je tentai de le repousser avec colère, mais il ne bougea pas.

– Laisse-moi.

– Non, dit-il avec un regard furieux.

Je l'attrapai par le cou et amenai son visage près du mien.

– Je te déteste, sifflai-je.

Ses mains écartèrent mes jambes et il se pressa contre moi avant que j'aie eu le temps de réagir. Même à travers son jean, sentir à quel point il était excité me coupa le souffle.

– Ce que tu ressens, c'est pas de la haine. Et c'est pas de l'amitié non plus, dit-il durement.

Je lui jetai un regard glacial et il sourit, mais il n'y avait pas la moindre trace d'humour dans ses yeux.

– Arrête ça tout de suite.

Je me tortillai pour essayer de me dégager mais il m'attrapa par les hanches et m'empêcha de remuer, avant de presser de nouveau son corps contre le mien. Je laissai aller ma tête en arrière sans même m'en rendre compte et il m'attrapa par le menton pour me forcer à le regarder dans les yeux.

– Ça devrait être innocent ! éructai-je.

– Ça a jamais été innocent. T'es vraiment naïve à ce point ? répondit-il en recommençant à bouger au-dessus de moi.

– Tu me dégoûtes, murmurai-je en sentant des larmes de rage me monter aux yeux.

– Tu mens.

Il se pressa de nouveau contre moi et se mordit la lèvre en laissant échapper un bruit qui me fit l'effet d'une décharge électrique. Je pouvais à peine reprendre mon souffle. Des gouttes d'eau tombaient de ses cheveux sur mes joues, et l'odeur de la pluie se mélangeait à celle, enivrante, de son parfum. Une larme coula sur ma joue.

– Je te déteste, répétai-je.

Il s'appuya contre moi, les yeux brûlants.

– Tu mens. T'as envie, toi aussi, dit-il en plissant les yeux. J'ai bien vu comment t'étais au Spanks.

Il amena ses lèvres à quelques millimètres des miennes et les effleura presque. J'avais l'impression de devenir folle, à la fois de rage et d'excitation.

– T'étais à deux doigts de me déshabiller. T'en mourais d'envie, là, devant tout le monde, dit-il en caressant la peau de mon cou avec sa langue. Et moi aussi.

Je l'attrapai par les cheveux et tirai sa tête en arrière. Il laissa échapper un cri de douleur mais recommença à se frotter contre moi.

– J'ai choisi Denny ! Et toi, t'as choisi qui, hein ? dis-je avec colère.

– Quoi ?

– Ma sœur, espèce de salaud ! Comment t'as pu coucher avec elle ? Tu m'avais promis ! dis-je en lui envoyant un coup dans les côtes.

Il s'immobilisa et je vis un éclat cruel briller dans ses yeux.

– T'as pas le droit de m'en vouloir pour ça. T'es partie pour coucher avec Denny et tu m'as planté là avec elle ! Elle demandait que ça, de toute façon. Ça a été tellement facile. Super coup, en tout cas.

Je me crispai et essayai de le pousser brutalement, mais il me tenait plaquée contre la banquette.

– Sale enfoiré.

Il me sourit d'un air diabolique.

– Moi, je sais avec qui j'ai couché, mais dis-moi…

Il se pencha pour murmurer dans mon oreille.

– Toi, t'as couché avec qui, ce soir-là ?

Il m'écrasa de tout son poids et je protestai, à la fois à cause de son geste et de la question qu'il venait de me poser.

– C'était mieux que d'habitude, je parie ?

Il effleura mes lèvres avec les siennes et passa sa langue sur ma bouche.

– Enfin, je sais que c'était pas aussi bon qu'avec moi.

– Arrête ça, tu me dégoûtes.

Je détestais qu'il sache que j'avais pensé à lui en le faisant. Je détestais qu'il ait raison (c'était la première fois que je prenais autant de plaisir avec Denny). Et je détestais m'avouer qu'il avait raison quand il disait que c'était mieux avec lui…

– T'adores ça, au contraire.

Sa langue le long de mon cou me fit frissonner.

– T'en meurs d'envie. C'est moi que tu veux, pas lui.

Je passai les doigts dans ses cheveux et commençai à arquer mes hanches contre les siennes. Le désir se fit encore plus intense et on grogna tous les deux en même temps. Je le haïssais et le désirais plus que tout.

Je commençai à lui ôter sa veste, bien déterminée à ce qu'il se les gèle autant que moi, et il finit de la retirer pour ensuite la jeter sur la banquette arrière, collant son torse parfait contre moi.

J'essayai de l'embrasser mais il recula, et ça me mit dans une colère inimaginable. Puis j'essayai de caresser ses lèvres entrouvertes avec ma langue mais il tourna la tête. Hors de moi, je plantai mes ongles dans son dos et le griffai de haut en bas. Il gémit dans un mélange de douleur et d'excitation et pressa ses hanches encore plus fort contre les miennes. Je laissai échapper un cri et j'attrapai les poches arrière de son jean pour l'attirer plus près avant d'enrouler mes jambes autour de lui.

– C'est lui que je veux, dis-je en m'agrippant à lui.

– C'est moi que tu veux, rectifia-t-il dans mon cou.

– Lui, il aurait jamais touché ma sœur !

Ma colère resurgit et j'essayai de le repousser pour échapper à son emprise.

– C'est fait, et on peut rien y changer.

Il attrapa mes mains et les plaqua de chaque côté de ma tête.

– Mais ça… Arrête de lutter. Dis juste que t'en as envie autant que moi, dit-il en rapprochant de nouveau sa bouche de la mienne. Je sais déjà que c'est ça que tu veux.

Il m'embrassa, et je me laissai enfin aller. Il me lâcha les mains et je les passai dans ses cheveux. Il détacha les miens sans arrêter de se frotter contre moi.

– Non, dis-je en passant mes mains dans son dos.

Je l'attrapai par les hanches et le plaquai contre moi. On s'embrassa pendant une éternité, et entre deux gémissements, je continuais à lui dire à quel point je le détestais.

– C'est mal, dis-je en le caressant sous son tee-shirt.

Ses mains couraient partout sur moi, dans mes cheveux, sur mon visage, sur ma poitrine…

– Je sais, mais c'est tellement bon.

Les frottements se faisaient de plus en plus intenses, et soit il allait m'en falloir plus, soit il allait falloir que ça s'arrête. Comme s'il lisait dans mes pensées, il arrêta de m'embrasser et commença à déboutonner mon jean, à bout de souffle.

Non… oui… non…

J'étais incapable de déchiffrer mes propres pensées tellement je changeais d'avis rapidement. Il me regardait avec, dans les yeux, la même colère que celle qui brillait dans les miens. Il y avait tellement d'étincelles entre nous qu'on aurait sans doute pu déclencher un incendie.

Quand il arriva au dernier bouton, j'attrapai ses poignets et amenai ses mains au-dessus de ma tête. Il gémit tandis que nos corps étaient de nouveau plaqués l'un contre l'autre.

– Je tiens plus, laisse-moi faire, dit-il d'un ton ferme. Je peux te faire oublier Denny. Je peux te faire t'oublier toi-même.

Je tremblai en sachant à quel point il avait raison.

Il dégagea une de ses mains et la laissa descendre le long de ma poitrine jusqu'à mon jean, ses lèvres rivées à mon cou.

– J'ai tellement envie d'être en toi.

Ses mots m'envoyèrent une véritable décharge électrique. Mon corps en mourait d'envie, mais j'étais incapable de me sortir de la tête l'image de lui au lit avec ma sœur.

– Arrête ça !

– Pourquoi ? C'est ça que tu veux, t'en meurs d'envie ! dit-il en glissant une main dans mon jean, par-dessus ma culotte.

On était si proches et son toucher promettait un plaisir tellement intense… Je l'attrapai par le cou pour amener son visage près du mien. Il respirait bruyamment et il inhalait en sifflant entre ses dents. Parfait, il était aussi excité que moi.

– Non. Je veux pas.

Pendant que je disais non, je sentis son doigt suivre la couture de ma culotte sur ma cuisse et ma voix se brisa. Ça avait l'air de tout sauf d'un refus. Je savais pertinemment que j'étais fichue s'il réussissait à me toucher et j'essayai d'attraper sa main pour l'empêcher de continuer, mais il était plus fort et ses doigts se rapprochèrent dangereusement.

– Je sens bien à quel point t'as envie de moi.

Il me regardait avec des yeux brûlants de désir, et je vis à quel point il avait du mal à se contrôler pour s'empêcher d'aller plus loin. Il émit un bruit sourd, et je pus lire un mélange de désir douloureux et de colère latente sur son visage. C'était la chose la plus sexy que j'avais jamais vue.

– J'ai envie de toi maintenant. J'en peux plus.

Il libéra son autre main et commença à baisser mon jean.

– J'ai tellement envie…

– Attends ! Kellan… arrête ! J'ai besoin d'une minute… S'il te plaît.

Notre vieille phrase codée eut l'air de fonctionner car ses mains s'immobilisèrent.

– J'ai besoin d'une minute, répétai-je au prix d'un effort inouï entre deux bouffées d'air.

– Merde ! s'exclama-t-il d'un seul coup.

Je sursautai mais je ne dis rien. J'étais incapable d'articuler quoi que ce soit de toute façon. Il s'assit et se passa une main dans les cheveux, puis il déglutit péniblement avant de regarder vers moi.

– Merde ! dit-il encore avant de donner un grand coup dans la portière.

Je reboutonnai lentement mon jean et m'assis en essayant de contrôler ma respiration et les battements de mon cœur.

– Tu… Tu es…

Il ferma immédiatement la bouche et secoua la tête. J'allais lui demander ce qu'il voulait dire quand il ouvrit la portière et sortit sous la pluie battante. Je passai la tête par la portière ouverte et le fixai sans bouger. Je me sentais complètement idiote et je ne savais absolument pas quoi faire.

– Putain ! cria-t-il en donnant un coup de pied dans l'un des pneus de la voiture.

Il était de nouveau trempé et il donna plusieurs coups de pied en continuant à éructer des insultes toutes plus vulgaires les unes que les autres. Puis il s'éloigna de la voiture et hurla un autre juron en plein milieu de la rue vide, les poings serrés.

Il se couvrit le visage de ses mains, les passa dans ses cheveux, puis il pencha la tête en arrière, ferma les yeux et laissa la pluie ruisseler sur lui. Doucement, sa respiration se fit plus régulière, et il resta dans cette position pendant une éternité, alors que je l'observais dans la chaleur toute relative de l'habitacle. Avec ses cheveux mouillés ramenés en arrière, son visage tourné vers le ciel, ses yeux fermés et sa bouche entrouverte, il était plus beau que jamais. Son tee-shirt épousait le moindre de ses muscles et son jean trempé collait à ses jambes. Je remarquai soudain qu'il tremblait de froid.

– Kellan ?

Il ne répondit pas et se contenta de lever la main vers moi, un doigt en l'air : il avait besoin d'une minute.

– On gèle… reviens dans la voiture.

Il secoua doucement la tête. Je ne savais pas trop ce qu'il était en train de faire, mais je savais qu'il n'allait pas tarder à attraper une crève pas possible s'il restait comme ça.

– Je suis désolée. S'il te plaît, reviens.

Il serra les dents et secoua de nouveau la tête. Bon. Il était toujours en colère.

– Et merde, murmurai-je avant de sortir de la voiture pour aller le rejoindre.

Il ouvrit les yeux et fronça les sourcils à mesure que je m'approchai. D'accord, il était donc très en colère.

– Retourne dans la voiture.

Il avait éructé chaque mot, et la passion dans ses yeux avait disparu pour laisser place à un regard glacial.

– Pas sans toi.

Je ne pouvais pas le laisser là, il tremblait comme une feuille.

– Retourne dans la voiture, je te dis ! Fais ce que je te dis, pour une fois !

Il criait à présent, mais je pris mon courage à deux mains.

– Non ! Parle, au lieu de rester dehors à m'éviter !

Je commençais à être trempée, moi aussi, mais je m'en moquais. Il fit un pas vers moi, et je ne savais pas s'il tremblait de froid ou de colère.

– Et qu'est-ce que tu veux que je te dise ?

– Je veux que tu me dises pourquoi tu me laisses pas tranquille ! Je t'ai dit que c'était fini, que c'était Denny que je voulais. Mais tu continues à me tourner autour !

– À te tourner autour ? C'est toi qui…

Il s'interrompit et détourna le regard.

– Moi qui quoi ?

Son regard revint sur moi : ses yeux brillaient de colère, et je compris que j'aurais mieux fait de le laisser tout seul au lieu de venir le provoquer. Il me sourit froidement.

– Tu veux vraiment savoir ce que je pense ?

Il fit un autre pas en avant, et je reculai sans le vouloir.

– Je pense que t'es qu'une sale allumeuse, et que j'aurais dû te baiser de toute façon !

Je restai sans voix et je sentis le sang quitter mon visage. Il fit un autre pas en avant et se retrouva juste devant moi.

– Je devrais te baiser ici et maintenant, comme la salope que tu…

Il n'eut pas le temps de finir : je lui décochai une claque monumentale. Toute la sympathie, la tendresse et l'amitié que j'avais pu ressentir pour lui, tout ça avait disparu, et j'aurais tout donné pour que lui aussi disparaisse. Les larmes me montaient aux yeux au moment où il me poussa brutalement vers la voiture.

– C'est toi qui as commencé ! Tu croyais que ça nous mènerait où, notre flirt « innocent » ? T'allais me faire tourner en bourrique pendant combien de temps encore ?

Les larmes coulaient sur mon visage à présent en se mélangeant à la pluie.

– T'as encore envie de moi, maintenant ?

– Maintenant, je te déteste ! criai-je.

– Tant mieux ! Alors monte dans cette putain de voiture ! hurla-t-il en me poussant à l'intérieur.

Je me réfugiai sur la banquette en sanglotant. Il claqua la portière de toutes ses forces et le bruit me fit sursauter. Je voulais rentrer à la maison et retrouver le confort et la sécurité de ma relation avec Denny. Et lui, je ne voulais plus jamais le voir. Je voulais être aussi éloignée de lui que possible. Il resta un moment dehors à faire les cent pas pour se calmer, puis il monta dans la voiture et claqua la portière derrière lui.

– Putain de merde ! dit-il soudain en donnant un coup de poing dans le volant. Fais chier, Kiera !

Il frappa le volant plusieurs fois de suite et j'allai me ratatiner au bout de la banquette. Puis il posa la tête sur le volant et demeura sans bouger.

– J'aurais jamais dû rester, grommela-t-il.

Il leva la tête et se pinça les ailes du nez. Si moi j'étais trempée, lui dégoulinait carrément, et il y avait de l'eau partout. Il tremblait comme une feuille, ses lèvres étaient presque bleues et il était pâle comme un mort. Je me détournai de lui en pleurant et il finit par faire démarrer la voiture.

– Je suis désolé, j'aurais pas dû te dire ça. Rien de tout ça aurait dû arriver.

Je continuai à pleurer en guise de réponse. Il soupira, tendit le bras pour attraper ma veste à l'arrière et me la tendit sans dire un mot. Je regardai par-dessus mon épaule et vis mon sac sur la banquette : il l'avait récupéré pour moi avant de quitter le bar. Je sentis ma gorge se serrer et je l'enfilai sans rien dire non plus. Il me ramena à la maison sans qu'on échange un mot.

Il se gara dans l'allée, coupa le moteur et sortit immédiatement de la voiture pour rentrer dans la maison, sans m'attendre. Je rentrai peu après et allai directement au premier. J'entendis le bruit de ses pas trempés sur la moquette. Qu'il crève ! Je regardai vers ma chambre, où Denny avait probablement dû s'endormir en m'attendant, puis vers la porte de Kellan. J'aurais tout donné pour être encore dans l'Ohio avec Denny, chez mes parents. Puis, dans le silence, j'entendis un bruit que je n'aurais jamais cru entendre. Je pris alors une grande respiration, ouvris la porte de Kellan et entrai en la refermant sans bruit derrière moi.

Il était assis en plein milieu de son lit. Les draps étaient trempés et ses chaussures avaient laissé des traces de boue. Il avait ses bras fermement serrés autour de ses jambes et sa tête entre les genoux. Son corps tremblait, mais pas parce qu'il avait froid : il tremblait parce qu'il pleurait.

Je m'assis à côté de lui mais il ne dit rien. Il ne bougea pas et il n'arrêta pas de pleurer non plus. J'avais l'impression d'être prise dans une tempête d'émotions : haine, culpabilité, regret… et même désir. Finalement, j'optai pour la sympathie et passai un bras autour de ses épaules. Il laissa échapper un sanglot et se tourna vers moi, puis il passa ses bras autour de ma taille et posa sa tête sur mes genoux. Il s'agrippait à moi comme si j'allais disparaître, et il sanglotait tellement qu'il pouvait à peine respirer.

J'étais penchée sur lui, à lui caresser le dos et les cheveux, quand les larmes me montèrent aux yeux. Une vague de culpabilité me submergea alors que je pensais à ce que j'avais fait. Il avait raison, même si je détestais les mots qu'il avait employés pour le dire. J'étais une allumeuse et je l'avais fait marcher. J'avais passé mon temps à le pousser à bout avant de le laisser en plan pour un autre. Je lui avais fait du mal, et je continuais à lui en faire. Il avait explosé et je l'avais mérité, mais maintenant, il se détestait de m'avoir dit tout ça.

Il tremblait de manière incontrôlable et je sentis le froid me gagner. Je tendis le bras derrière moi et il s'agrippa à moi plus fort, comme s'il avait peur que je m'en aille. J'attrapai une couverture au bout de son lit et l'enroulai autour de nous, puis je m'appuyai contre son dos en passant mes bras autour de lui. Je commençai à me réchauffer petit à petit, et ses tremblements diminuèrent progressivement.

Après je ne sais combien de temps, ses sanglots diminuèrent jusqu'à cesser complètement. Je continuai à le serrer dans mes bras en silence et je finis par m'apercevoir avec surprise que j'étais en train de le bercer, comme un petit garçon. Au bout d'un moment, son étreinte se desserra, sa respiration se fit plus régulière, et je me rendis compte que, comme un petit garçon, il s'était endormi.

Je ressentais tant d'émotions contradictoires que j'en avais le vertige. Je m'évertuais à repousser les images de cette soirée, mais elles me revenaient sans cesse et je secouai la tête pour essayer de me débarrasser de ces mauvais souvenirs. Je déposai un baiser dans ses cheveux et essayai de me dégager. Il s'étira mais ne se réveilla pas, même s'il tendit la main instinctivement pour m'attraper et me retenir. Je retirai gentiment sa main mais il se raidit et dit « Non », et pendant un instant, je crus qu'il s'était réveillé. Je restai immobile une minute de plus en attendant de voir s'il allait bouger ou parler, mais il ne se passa rien.

Je soupirai en passant la main dans ses cheveux. Les larmes me montèrent de nouveau aux yeux, et je ressentis soudain le besoin désespéré de quitter la pièce. Je le bordai dans la couverture, puis j'allai dans ma chambre.

17

Comme il se doit

Le lendemain matin, Kellan arriva dans la cuisine après moi, habillé comme la veille, l'air épuisé et les yeux rouges. J'étais près de la cafetière à attendre que le café soit prêt et je le regardai avec hésitation. Il soupira, puis il finit par s'approcher.

– Drapeau blanc ? demanda-t-il, les mains en l'air.

– Drapeau blanc, répondis-je en hochant doucement la tête.

Il s'appuya contre le comptoir et mit ses mains dans son dos.

– Merci d'être restée avec moi hier soir, murmura-t-il en regardant le bout de ses pieds.

– Écoute…

– J'aurais jamais dû dire tout ça, c'est pas ce que tu es. Je suis désolé si je t'ai fait peur. J'étais vraiment en colère, mais jamais je te ferais du mal… Enfin, pas volontairement.

Sa voix était calme mais il avait l'air inquiet.

– J'ai vraiment dépassé les bornes et j'aurais jamais dû te mettre dans cette situation. T'es pas…

Il détourna les yeux, embarrassé.

– T'as rien d'une salope, acheva-t-il à voix basse.

– Kellan… commençai-je, mais il m'interrompit.

– Jamais je… Je t'aurais jamais forcée. Je suis pas…

– Je sais.

Je ne savais pas quoi dire d'autre. J'étais aussi fautive que lui et je me sentais hyper mal.

– T'avais raison, je t'ai fait tourner en bourrique. C'est moi qui suis désolée.

Je posai une main sur sa joue et le contraignit à me regarder. Il avait l'air affreusement triste et plein de remords.

– Non. J'étais en colère, mais j'avais tort. T'as pas à t'excuser, t'as rien fait de mal.

– On sait très bien que je suis aussi fautive que toi.

– Mais tu m'as dit non… plusieurs fois… et je t'ai pas écoutée… plusieurs fois.

Il soupira et écarta ma main de son visage.

– J'ai été horrible et je suis allé beaucoup trop loin. Je m'en veux tellement.

– Kellan… c'est moi qui ai pas été claire et qui t'ai envoyé des signes contradictoires.

Je lui avais peut-être dit non, mais mon corps lui avait dit complètement autre chose. Comment il pouvait s'en vouloir pour ça ?

– « Non », c'est pourtant clair. Et « Arrête » encore plus.

– Arrête de parler comme si t'étais un monstre. Je sais bien que t'aurais jamais…

– Je suis pas un ange… tu te souviens ? T'as aucune idée de ce dont je suis capable, finit-il par dire à voix basse en me regardant prudemment.

Je ne savais pas ce qu'il voulait dire par là, mais je refusai de croire qu'il aurait pu, ou qu'il pourrait, m'obliger à faire quoi ce soit.

– On a merdé tous les deux. Mais je sais que tu m'aurais jamais obligée.

Il me regarda d'un air torturé puis il m'attira contre lui pour me serrer dans ses bras. Pendant une seconde, j'imaginai qu'on était revenus des mois en arrière et qu'on était juste deux amis qui se réconfortaient l'un l'autre. Sauf qu'on ne l'était pas. Notre amitié s'était transformée en une passion qui, une fois allumée, avait brûlé sans que quoi que ce soit puisse l'éteindre.

– T'avais raison, Kiera. Faut qu'on arrête ça.

Il essuya une larme sur ma joue et c'est seulement à ce moment-là que je me rendis compte que j'étais en train de pleurer. Puis il prit mon visage entre ses mains et me caressa les joues d'un geste tellement tendre que je sentis les battements de mon cœur s'accélérer. Je savais qu'il avait raison. Je le savais depuis longtemps.

– Je sais.

Je fermai les yeux tandis que les larmes continuaient à couler. Ses lèvres effleurèrent les miennes et j'étouffai un sanglot en me serrant contre lui. Puis il m'embrassa encore, mais pas du tout comme je l'avais imaginé : doucement, tendrement, pas comme les baisers qu'on avait partagés avant. Ça me terrifia et me ravit à la fois.

Il continua à m'embrasser comme ça pendant une bonne minute, puis il recula en soupirant. Il ôta sa main de ma joue et la passa dans mes cheveux et le long de mon dos.

– T'avais raison. T'as fait un choix.

Il m'attira à lui, ses lèvres touchant presque les miennes.

Je veux toujours être avec toi, mais pas tant que t'es avec lui. Pas comme ça, pas comme hier soir.

Il se recula, un air nostalgique sur le visage.

– C'est fini, dit-il en passant un doigt sur mes lèvres, tandis que mes larmes ruisselaient.

Il soupira bruyamment, et je vis que ses propres yeux étaient pleins de larmes.

– Apparemment, je suis pas très doué pour ce qui est de te laisser tranquille, dit-il en ôtant sa main de ma bouche, mais ce qui s'est passé hier… ça se reproduira pas. À partir de maintenant, je te touche plus, je te le jure.

Il sourit tristement et tourna les talons pour quitter la pièce. Arrivé à la porte, il se retourna une dernière fois.

– Vous êtes bien ensemble, Denny et toi. Tu devrais rester avec lui.

Il baissa la tête, et quand il la releva, une larme coulait le long de sa joue.

– Tout ira bien, tu verras.

Je le regardai partir, le visage toujours inondé de larmes. Puis, quand je n'entendis plus ses pas dans l'escalier, je soupirai et me pris la tête entre les mains. Est-ce que c'était vraiment ça que je voulais ? Et pourquoi je me sentais aussi triste ?

À partir de là, Kellan tint parole et il n'eut plus un seul geste déplacé. C'était même comme s'il évitait de me toucher. Quand on était dans la même pièce, il restait aussi loin de moi que possible et s'assurait qu'on ne s'effleurait jamais, allant jusqu'à s'excuser les rares fois où ça arrivait. Il ne me quittait pas des yeux, néanmoins, et parfois, j'aurais préféré qu'il me touche plutôt qu'il me regarde comme ça.

J'essayais de me concentrer sur mes études, mais le cœur n'y était pas. Même si les cours étaient toujours intéressants, je ne les trouvais plus aussi captivants, et j'avais souvent la tête ailleurs. Je fis aussi un effort pour me concentrer sur Denny : il était toujours aussi malheureux au travail, mais bien plus joyeux à la maison depuis la soirée au Spanks. Je me sentais affreusement coupable et j'essayais de l'écouter religieusement quand il me parlait de Max et des missions débiles qu'il lui confiait, sauf qu'en toute honnêteté je ne faisais pas vraiment attention à ce qu'il racontait. J'essayais aussi de me concentrer sur Jenny et Kate et de me rapprocher d'elles. On allait parfois prendre un café avant notre service, et elles parlaient des garçons avec qui elles sortaient. Je n'avais pas souvent grand-chose à apporter au débat, alors je me contentais d'écouter à moitié, et mon esprit dérivait toujours vers le même sujet : Kellan.

J'essayai même de me concentrer sur ma famille en les appelant plus souvent, mais ma mère sentit tout de suite que quelque chose n'allait pas. Elle me demanda de rentrer à la maison et mon père accusa Denny de m'avoir brisé le cœur quand il était parti, même si je lui assurais que non. Quant à ma sœur… je ne me sentais pas encore capable de lui parler. Je n'étais pas fâchée contre elle, et j'avais même fini par pardonner à Kellan à contrecœur (enfin, pardonner était un grand mot mais j'avais au moins réussi à repousser ce souvenir dans un coin de ma tête), mais je ne pouvais pas encore discuter avec Anna, car je savais que je ne supporterais pas de l'entendre me parler de lui.

Au fur et à mesure des jours, je me rendis compte que Kellan me manquait : son contact, nos conversations dans la cuisine en prenant un café, son rire quand il me racontait une histoire drôle en voiture… Je commençais à me demander si on ne devrait pas refaire un essai. Peut-être que cette fois, on trouverait un moyen pour que ça fonctionne…

– Kellan…

Je venais d'arriver dans la cuisine pour me servir un café et il s'apprêtait déjà à quitter la pièce.

– Reste, s'il te plaît. On doit bien être capables d'être seuls dans la même pièce.

Il s'immobilisa et se retourna pour me faire face.

– Je préfère pas. C'est plus sûr.

– À t'entendre, on dirait qu'on est des bombes à retardement.

Il fit un demi-sourire et haussa les sourcils.

– Parce que c'est pas le cas ?

Puis son sourire disparut et il eut soudain l'air épuisé.

– Rappelle-toi ce qui s'est passé. Je me pardonnerai jamais de t'avoir parlé comme ça.

Je rougis en y repensant et baissai les yeux.

– Tu devrais pourtant, car c'était la vérité. Énoncée très vulgairement, mais t'avais raison.

– Kiera, t'es pas…

– On peut pas juste redevenir amis ? l'interrompis-je. Se parler comme avant ? Se toucher ?

Je me levai pour faire un pas vers lui mais, en entendant mon dernier mot, il fit deux pas en arrière et déglutit en secouant la tête.

– Non. T'avais raison, ça peut pas marcher.

Je sentis des larmes me monter aux yeux. Ça me manquait tellement.

– Mais j'ai envie que ça marche, moi. Je voudrais juste pouvoir te toucher, te serrer dans mes bras. Rien de plus.

J'étais en pleine crise de manque et je ressentais un besoin irrépressible de sentir ses bras autour de moi et de poser ma tête sur son épaule. Il ferma les yeux et prit une grande respiration avant de les rouvrir.

– C'est impossible. Y a qu'avec Denny que tu peux faire ça. C'est un mec bien, lui.

– Toi aussi, t'es un mec bien.

Je repensais à la façon dont il avait pleuré dans mes bras : je n'avais jamais vu quelqu'un éprouver autant de remords.

– Je suis tout le contraire, murmura-t-il avant de quitter la pièce.

Ses mots résonnaient encore dans ma tête pendant que j'étais assise à côté de Denny, qui se préparait à aller au bureau. Il m'embrassa joyeusement avant d'enfiler sa chemise et je fus envahie par l'envie de le repousser, puis par une onde de culpabilité d'avoir eu envie de le repousser. Ce n'était pas sa faute si j'étais malheureuse. À part tout le temps qu'il passait au bureau (et j'essayais toujours de me rappeler que ce n'était pas sa faute non plus), il n'avait rien fait de mal depuis son retour. Il était tendre, drôle, charmeur, et il essayait toujours de me faire plaisir. Il n'avait presque jamais de sautes d'humeur et je savais que son amour et sa loyauté étaient inconditionnels. Je n'avais jamais de doutes sur ses sentiments pour moi… pas comme avec Kellan. Alors pourquoi je me sentais aussi vide ? J'étais en train d'y réfléchir quand Denny s'assit à côté de moi et m'embrassa doucement.

– Dis, je me disais…

Je sursautai en me rendant compte qu'il me parlait.

– Quoi ?

– T'es pas encore réveillée, on dirait.

Il secoua la tête et enfila ses chaussures.

– Ça peut attendre. Retourne te coucher. T'es pas obligée de te lever en même temps que moi tous les matins, tu sais. Tu rentres tard, il faut que tu te reposes.

Je me raidis en songeant que Denny n'était pas vraiment la raison pour laquelle je me levais tôt tous les matins. Pour lutter contre les pensées que je n'aurais même pas dû avoir au départ, je l'encourageai à continuer.

– Non, vas-y, je suis réveillée. Qu'est-ce qu'il y a ?

Il noua ses lacets puis s'assit au bord du lit, les coudes sur les genoux. Il me regarda timidement et se gratta la tête, et à le voir aussi nerveux, je brûlai soudain de curiosité, même si je commençais à me sentir nerveuse, moi aussi.

– T'as pensé à ce que tu voulais faire pour les vacances de Noël ?

– Pas vraiment, dis-je en me détendant instantanément. Je pensais qu'on irait à la maison pour le réveillon de Noël et qu'on passerait le week-end là-bas. T'as des vacances ?

– J'ai exigé qu'ils me donnent toute la semaine.

– T'as quoi ?

Ça n'était vraiment pas son style d'exiger, et il rit en voyant mon air étonné.

– Apparemment, le bureau ferme à Noël et personne travaille cette semaine-là. Donc, j'ai toute la semaine et… j'aimerais t'emmener à la maison.

C'était exactement ce que je venais de dire, non ?

– En Australie, je veux dire, expliqua-t-il en voyant mon air confus. Je voudrais que tu rencontres mes parents.

Je baissai les yeux, surprise.

– Oh…

J'avais toujours eu envie de les rencontrer, même si ça me terrifiait, mais tellement de choses avaient changé… Avec leur sixième sens de parents, un seul regard leur suffirait pour s'apercevoir que je l'avais trompé, et ils le diraient à Denny. J'en étais sûre et je ne pouvais pas prendre ce risque. Sauf que Denny ne comprendrait pas pourquoi je ne pouvais pas y aller.

– J'ai jamais passé un Noël loin de ma famille. On pourrait pas y aller à un autre moment ?

– Avec Max, je sais pas quand j'aurai de nouveau la chance de prendre des vacances… répondit-il en soupirant à son tour. Tu veux bien juste y réfléchir ?

Je me contentai de hocher la tête. Super, un truc en plus auquel réfléchir. Comme si je n'avais pas assez de choses dans la tête. Denny me regarda pensivement puis il se leva pour finir de se préparer, et j'étais toujours assise au même endroit quand il m'embrassa pour me dire au revoir.

Une partie de moi s'inquiétait de ce que les parents de Denny penseraient de moi, mais regarder Kellan au travail ce soir-là fit naître une autre inquiétude. Il me manquerait… horriblement. À le voir assis à sa table avec ses amis, en train de me regarder, j'eus envie d'aller le voir pour lui en parler, mais je ne le fis pas. Je savais ce qu'il répondrait de toute façon : pars avec Denny, ça nous fera du bien d'être séparés, tu devrais rester avec lui, c'est un mec comme lui qu'il te faut, etc. Et c'était aussi ce que me disait ma tête de toute façon… mais mon cœur ? Entre les vacances de Denny et les jours fériés, on pourrait sûrement réussir à partir deux semaines, et deux semaines loin des yeux bleus de Kellan… Rien que d'y penser, j'étais déjà en manque.

Deux jours après la proposition de Denny, je me réveillai complètement perdue. Je me sentais bizarre, sans savoir pourquoi. J'avais sûrement fait un rêve, encore. J'avais rêvé de mon dernier baiser avec Kellan pendant toute la semaine. Notre dernier baiser si tendre… J'aurais aimé qu'il ne se finisse jamais… Sauf qu'après, il y avait eu cette tristesse dans ses yeux, cette larme sur sa joue, et sa promesse de rester loin de moi… Je soupirai, en proie, une fois de plus, à mille sentiments contradictoires.

Des doigts me caressèrent légèrement les cheveux et le dos, et je me raidis un peu. Je me sentais toujours tellement coupable quand Denny me touchait alors que je pensais à Kellan… J'étais encore en train de réfléchir à la possibilité de partir ou pas en Australie. Mais même si on n'y allait pas, on irait chez mes parents, et il y aurait Anna. D'un côté comme de l'autre, j'étais perdante : soit j'allais me retrouver dans un autre pays pour faire face à des gens qui se rendraient immédiatement compte que je n'étais pas digne de leur fils, soit j'allais me retrouver face à Anna, qui serait sûrement incapable de garder pour elle les détails de son aventure avec Kellan pendant toute une semaine. Et d'un côté comme de l'autre, ça voulait dire devoir quitter Kellan.

– Bonjour…

Une voix familière mais dépourvue d'accent résonna à mon oreille et je me retournai immédiatement, pour me retrouver face à un Kellan plus sexy et apparemment plus satisfait que jamais. Je me rendis soudain compte que le drap qui recouvrait à peine ma poitrine n'était pas le mien. En regardant autour de moi, je m'aperçus qu'on était dans sa chambre, et mon cœur s'emballa.

– C'est pas vrai… murmurai-je tandis qu'il caressait négligemment ma joue.

– Moi aussi, j'aurais l'impression de rêver à ta place, dit-il pour me taquiner.

– Qu'est-ce qui s'est passé ? demandai-je en le repoussant. Je me souviens de rien. Pourquoi on est là ? Est-ce qu'on a… ?

Super, maintenant je n'étais même plus fichue de faire une phrase complète. Il se recula, confus.

– T'es sûre que ça va ? Je sais que c'était plutôt intense ce matin, mais t'es quand même pas en train de faire une attaque, si ? dit-il avec un clin d'œil avant de se pencher sur moi pour m'embrasser.

Je sentis la panique m'envahir.

– Dis-moi que c'est pas vrai… On l'a fait ? Kellan, on avait dit que c'était fini. On peut pas… On est pas…

– Tu commences à me faire flipper, dit-il d'un air inquiet.

– Dis-moi ce qui se passe ! dis-je d'une voix suraiguë. Où est Denny ?

– Au bureau, voyons. On le fait toujours quand il est bureau.

– Comment ça, toujours ?

Il s'appuya sur son coude et me regarda en fronçant les sourcils.

– Tu te souviens vraiment pas ?

– Non… murmurai-je.

Il se pencha sur moi et me caressa doucement la joue.

– Denny part travailler, on vient ici, et on…

Il se mordit la lèvre en souriant d'un air charmeur.

– On fait l'amour comme des bêtes avant que tu ailles à la fac. Et parfois, comme aujourd'hui, tu sèches les cours pour passer la journée au lit avec moi, expliqua-t-il avant de m'embrasser tendrement. On fait ça depuis des semaines.

Je le dévisageai, abasourdie.

– C'est pas possible. Après notre dispute dans la voiture, on a dit que c'était fini. C'est toi qui as voulu tout arrêter, t'as même promis de…

– J'ai aussi dit que j'étais pas doué pour garder mes distances avec toi. J'en suis incapable, et toi aussi. On est faits l'un pour l'autre, Kiera, et ça va tellement mieux depuis qu'on l'a accepté.

Il m'embrassa de nouveau, encore plus tendrement qu'avant.

– Je vais te montrer.

La confusion me paralysa. Je n'avais aucun souvenir de quoi que ce soit d'intime entre lui et moi à part notre dernière étreinte douloureuse dans la cuisine. Est-ce que c'était possible que je ne me souvienne pas d'avoir couché avec lui tous les jours ? Il me droguait ou quoi ?

Il ne me laissa pas le loisir d'y réfléchir : il m'embrassa amoureusement en prenant mon visage dans ses mains, et je me laissai automatiquement aller. Ça m'avait tellement manqué… Il se pencha au-dessus de moi et me fit m'allonger sur le dos, puis il se mit à caresser mon cou, ma poitrine, mon ventre… Mon cœur se mit à battre plus vite et ma respiration s'accéléra.

– Tu vois, tu te souviens, dit-il en souriant.

Je fermai les yeux en essayant de me rappeler comment j'étais arrivée ici. Il grimpa sur moi et glissa un genou entre les miens, puis il se remit à m'embrasser plus intensément. Je n'avais aucune idée de comment arrêter ça, et je ne savais même pas s'il fallait que j'arrête. J'étais en train d'envisager de m'abandonner, vu qu'apparemment j'en arrivais toujours au même point, quand soudain, la porte s'ouvrit avec fracas.

Denny était sur le pas de la porte et nous regardait d'un air horrifié, tremblant de rage.

– Kiera ?

Je me redressai et poussai Kellan, qui était d'un calme olympien.

– Denny, attends, je vais t'expliquer.

Sauf que je ne savais vraiment pas ce que j'allais bien pouvoir lui raconter. Il se précipita vers le lit.

– M'expliquer ? Pas la peine, j'ai pas besoin que tu me fasses un dessin pour comprendre que t'es qu'une salope.

J'éclatai en sanglots. Kellan se redressa doucement et me regarda d'un air amusé. Denny m'attrapa par le bras et me secoua.

– Kiera ?

Le ton de sa voix était doux et tendre mais ses yeux étaient toujours brillants de colère. Il me secoua une nouvelle fois et je le regardai sans comprendre.

Je me réveillai en sursaut : il faisait nuit, j'étais en pyjama, j'étais dans ma chambre… et Denny était allongé à côté de moi, en train de me secouer le bras doucement.

– Tout va bien, t'as fait un cauchemar.

J'essayai de contenir les larmes qui me montaient aux yeux. Dieu soit loué, c'était juste un rêve. Juste un rêve… Soudain, mes larmes devinrent des larmes de tristesse…

– Tu veux en parler ?

– Je me souviens de rien… J'ai dit quelque chose ?

– Non. Tu gémissais juste, et tu tremblais. T'avais l'air d'avoir peur.

Un immense soulagement m'envahit. Je m'assis dans le lit, et Denny se redressa pour m'imiter.

– Bouge pas, je vais juste me chercher un verre d'eau.

Il hocha la tête, se rallongea et ferma les yeux. Je me penchai pour l'embrasser sur le front, puis je me levai et sortis sans faire de bruit. Après un rêve pareil, je n'étais même pas capable de regarder la porte de Kellan en passant à côté. Je n'avais pas la moindre idée de ce qui avait provoqué ça, et j'étais vraiment perturbée.

Je me dirigeai vers la cuisine en me repassant le rêve dans la tête, et je restai clouée sur place une fois à la porte. Kellan était là, et surtout, il n'était pas seul : il était en train de plaquer une brune aux jambes interminables contre le frigo. Elle avait une de ses jambes autour des siennes et il avait la main sous sa mini-jupe. Ils s'embrassaient goulûment, et la fille, visiblement au comble du bonheur, ne remarqua pas mon arrivée. Mais lui, oui.

Il resta interdit pendant une seconde, et elle en profita pour l'embrasser dans le cou et lui mordiller le lobe de l'oreille.

Sa main descendit de son torse à son jean et elle le caressa. Mon estomac se souleva et j'eus envie de quitter la pièce, mais j'étais incapable de détourner le regard.

Enfin, Kellan tourna la tête vers elle. Elle essaya de l'embrasser mais il la repoussa doucement.

– Chérie…

Elle le regarda d'un air énamouré en se mordant la lèvre.

– Tu peux aller m'attendre à l'étage ? Il faut que je parle à ma colocataire.

Sans même me regarder, elle hocha la tête et il se pencha vers elle pour l'embrasser passionnément. Elle avait l'air d'être sur le point de lui sauter dessus de nouveau, mais il s'écarta et la conduisit dans l'entrée.

– C'est la porte de droite. J'en ai pour une seconde.

Je faillis me pencher par-dessus l'évier pour vomir. Kellan resta un instant immobile à la porte.

– Tu crois que Denny réagirait comment si elle se trompait de porte ?

Il fit plusieurs pas dans ma direction qui me donnèrent envie de reculer mais je m'obligeai à ne pas bouger.

– T'as dit que si je voyais quelqu'un, t'aimerais le savoir, alors voilà… je vois quelqu'un. Je vais recommencer à sortir. Je t'ai dit que je te le cacherais pas, donc…

Il s'interrompit pour prendre une grande respiration.

– Je vais monter, et…

Je dus avoir l'air complètement dégoûtée car il se tut immédiatement. J'avais très bien compris ce qu'il allait faire là-haut, pas besoin de me faire un dessin.

– Je t'ai dit que je t'en parlerais, donc je t'en parle. Puisque tu voulais de l'honnêteté.

Je sentis la colère monter en moi. Quand on en avait parlé, je ne lui avais certainement pas demandé d'amener une étrangère chez nous pour que je puisse les écouter à travers les murs fins comme du papier à cigarette. Je pense que ce que j'avais voulu dire, c'était que s'il rencontrait quelqu'un qui lui plaisait et qu'il commençait à sortir avec elle, alors peut-être qu'au bout de plusieurs mois ils pourraient aller dans une chambre d'hôtel très loin d'ici et que… je comprendrais. Enfin, c'était sûrement pas très réaliste comme scénario…

– Tu connais son nom, au moins ?

– Non, et j'ai pas besoin de le savoir.

Je lui jetai un regard glacial et il me le rendit avant de reprendre la parole d'un ton sec.

– Me juge pas, et je ferai en sorte de pas te juger non plus.

Puis il me tourna le dos et quitta la pièce. Quand je pus enfin bouger, je me précipitai au premier et allai me cacher au fond de mon lit. Les rires et les bruits qui vinrent de sa chambre un peu plus tard me retournèrent l'estomac pendant toute la nuit.

Le lendemain matin, je restai au lit et attendis que Denny se réveille. L'image de cette fille en train de frotter sa main contre la braguette de Kellan me hantait, sans parler des bruits qui résonnaient encore dans ma tête. Elle ne s'était pas gênée, et je dus retenir mes larmes en y repensant. Je l'avais entendue partir en plein milieu de la nuit (apparemment, elle n'avait pas été conviée à rester jusqu'au petit déjeuner), mais je n'avais pas la moindre envie d'être avec lui dans la cuisine ce matin. Je ne savais pas ce qui était le plus perturbant, mon rêve bizarre, ou le voir avec cette fille. Qu'est-ce que ça voulait dire pour lui, « voir quelqu'un » ?

Denny se réveilla un peu plus tard et sourit en voyant que j'étais encore au lit, vu que d'habitude je m'esquivais quand il dormait encore. Il s'approcha de moi et m'embrassa dans le cou mais je me raidis et il arrêta en soupirant. Je n'étais vraiment pas d'humeur. J'attendis patiemment qu'il s'asseye, s'étire et enfin se lève, et j'eus un sourire contraint en me levant à mon tour.

– Ça va ? T'as l'air fatiguée.

Il me caressa les cheveux et je hochai la tête.

– Oui, t'en fais pas. J'ai pas bien dormi, c'est tout.

Je mis aussi longtemps que possible à me préparer, Denny me regarda faire en souriant : il était toujours tellement patient et heureux de passer la moindre minute avec moi, et à cette pensée je sentis ma gorge se serrer. Je lui pris la main et on alla tous les deux dans la cuisine. Kellan était debout, naturellement, et il regardait la télé dans le salon. En nous entendant, il l'éteignit et vint nous rejoindre dans la cuisine. Il nous dit bonjour en me regardant bizarrement.

– Je pensais inviter un pote ou deux ce soir, ça vous embête ?

– Bien sûr que non, répondit Denny. T'es chez toi, ajouta-t-il en souriant.

Il se dirigea ensuite vers le frigo pour prendre de quoi nous préparer à manger et je restai debout à côté de la table sans rien dire.

– Ça te dérange pas ? me demanda alors Kellan.

Je savais que sa question avait un double sens et je baissai les yeux en rougissant.

– Pas du tout. Tu fais ce que tu veux.

J'eus la tête dans les nuages pendant toute la journée. Que ce soit pendant les cours ou au bar, je n'arrêtais pas de repenser à notre dernier baiser dans la cuisine, à mon rêve et à la brune plaquée contre le frigo.

Les D-Bags arrivèrent au milieu de mon service mais Kellan n'était pas avec eux. Il était sûrement à la maison en train de divertir ses invités. Mais si le groupe n'y était pas, alors qui avait-il invité ?

Evan remarqua mon air distrait au moment où je leur apportai leurs bières.

– Ça va, Kiera ? On dirait que t'es dans la lune.

– Ouais, t'as tes règles ou quoi ?

Décidément, Griffin était toujours aussi classe. Matt lui envoya un coup de coude exactement comme l'aurait fait Kellan à sa place, et j'avalai péniblement ma salive.

– Ça va, merci. Je suis fatiguée, c'est tout.

Je réfléchis pendant une seconde puis décidai de leur poser la question.

– Vous allez à la soirée à la maison ?

Matt regarda Griffin d'un air étonné.

– Kellan a organisé une soirée ?

Je fronçai les sourcils, étonnée.

– Il vous en a pas parlé ?

– Non, répondit Evan. J'y serais pas allé de toute façon, j'ai un rencard, dit-il en me faisant un clin d'œil.

– On a une vie en dehors de Kellan Kyle, tu sais, dit Griffin.

En réalité, je le soupçonnais d'être vexé. Matt secoua la tête et se passa une main dans les cheveux.

– De toute façon, je suis pas d'humeur à passer la soirée avec ses groupies.

– Pareil. Qu'il aille se faire foutre avec ses soirées gonzesses.

– Mec, me dis pas que t'es encore fâché pour ça ? demanda Matt en riant. C'était y a une éternité.

Griffin croisa ses bras sur sa poitrine et fit la moue comme un enfant de cinq ans.

– J'avais dit prem's.

Evan soupira.

– On parle d'une nana, pas d'un paquet de chips.

– Et alors ? J'avais dit prem's, et il m'avait très bien entendu. Il avait même dit « Comme tu veux, Griffin ». Mais qui est-ce que ce connard a emmené dans sa piaule en fin de soirée ? MA gonzesse !

Matt rit de nouveau.

– Et t'as vraiment cru que parce qu'il avait dit « Comme tu veux », ça voulait dire qu'il allait te la laisser ?

Evan rit à son tour et Griffin avala une gorgée de bière.

– N'empêche que c'est nase de griller un pote. Les soirées chez lui, terminé.

– Mais bien sûr, c'est pour ça que c'est lui qui l'a chopée. Parce qu'il était sur son terrain, dit Evan en riant.

Griffin souffla et les assassina tous les deux du regard.

– Fermez-la, bande de connards.

Regrettant d'avoir abordé le sujet, je quittai la table. Maintenant, j'avais vraiment peur de rentrer à la maison.

C'est Jenny qui me ramena après mon service.

– Tu veux venir ? proposai-je quand elle s'engagea dans l'allée. Y a une soirée à la maison.

Quelque chose me disait que j'allais vraiment avoir besoin de soutien.

– D'accord !

Elle réussit à se garer juste derrière Denny et j'étais presque en apnée quand on rentra à l'intérieur. La première chose que je remarquai fut Kellan assis dans le canapé en train de rire et de discuter. Je posai mon sac et accrochai ma veste, un peu plus détendue. C'était agréable de le voir comme ça. J'avais l'impression qu'on n'avait pas discuté depuis des siècles. Je me dirigeai vers lui quand, soudain, une grande brune mince à la peau mate vint s'asseoir sur ses genoux et l'embrassa. Elle était magnifique, et ma bonne humeur se volatilisa instantanément en le voyant lui sourire et lui rendre son baiser. Je vis alors Denny qui souriait en les regardant. Il remarqua que j'étais là et me fit signe, puis il fronça les sourcils. Je me rendis alors compte de la tête que je faisais en observant Kellan et essayai de sourire.

– Tu connais tous ces gens-là ? demanda Jenny.

C'est seulement à ce moment-là que je m'aperçus qu'il y avait une bonne douzaine de personnes dans le salon, et que d'autres voix encore venaient de la cuisine. *Un pote ou deux ?*

– Non.

Elle fit signe à Denny qui était assis sur le canapé et rit.

– Kellan a l'air de bien les connaître, en tout cas.

Pleine de rancœur, je regardai de nouveau le canapé : il était toujours en train d'embrasser la fille, une main en haut de sa cuisse. L'image de sa langue dans sa bouche me soulevait le cœur et je détournai les yeux, mais Denny me regardait toujours d'un air bizarre et il se leva pour nous rejoindre.

– Salut, Jenny. Ça va, toi ? me demanda-t-il. Y a du monde, je sais, mais Kellan a dit qu'on avait qu'à lui dire quand on en aurait marre et qu'il mettrait tout le monde dehors.

Il me sourit et m'attira à lui et je parvins à lui rendre son sourire en le prenant dans mes bras. Je pouvais voir Kellan pardessus son épaule : il avait arrêté d'embrasser la fille, et il passait la main dans ses cheveux à présent, tout en parlant avec une blonde venue s'asseoir à la place de Denny. À ma grande surprise, il embrassa soudain la blonde, tandis que l'autre avait l'air de s'en moquer complètement.

– Pas de souci. Je boirais bien quelque chose, en revanche.

J'essayais de garder un ton égal, même si je sentais ma colère grandir de minute en minute.

– Viens.

Il m'entraîna vers la cuisine et Jenny nous suivit. Il attrapa une bière dans un pack sur le comptoir et me la tendit, et je l'ouvris précipitamment pour en boire une longue gorgée. Il fallait vraiment que je me calme. Kellan couchait à droite à gauche, et alors ? Je ne voyais pas ce qui m'étonnait là-dedans. Je le connaissais, après tout.

Je me forçai à passer les deux heures suivantes sans faire de scène : je restai sagement assise sur ma chaise à côté de la table de la cuisine et je discutai avec Jenny et Denny, tout en observant la demi-douzaine d'étrangers autour de nous. Quatre-vingt-dix pour cent des personnes présentes étaient des filles et je ne connaissais personne, à part un couple qui m'avait l'air vaguement familier (sans doute des habitués des concerts). J'étais quand même étonnée que le groupe ne soit pas venu. J'écoutai pendant un moment une conversation entre Denny et un des rares garçons présents, puis je me retournai vers le salon. Je n'en crus pas mes yeux : Kellan dansait avec la blonde sous les yeux de l'autre fille, assise dans le canapé, exactement de la même façon qu'il avait dansé avec moi en boîte. Il était derrière elle, son bras autour de sa taille et sa main posée sur son ventre. Ils étaient collés l'un à l'autre et ils remuaient ensemble d'une façon qui me fit rougir. Il sourit et baissa la tête pour lui murmurer quelque chose à l'oreille, et elle se mordit la lèvre en se laissant aller contre lui. J'étais furieuse de le voir partager le même genre d'intimité avec une autre.

Sans se départir de son sourire, il leva la tête et vit que je l'observais. Il se figea pendant une demi-seconde et son regard devint presque triste, mais il se reprit immédiatement. Il hocha la tête vers moi puis reporta son attention sur sa cavalière, bientôt rejoint par la brune qui vint se coller derrière lui. Il sourit de toutes ses dents, se pencha en arrière et l'embrassa, et je lui tournai le dos, écœurée.

– Tout va bien ? me demanda Jenny.

Son regard se posa sur Kellan et ses deux poules avant de revenir sur moi.

– Ça te gêne ?

Je paniquai en me demandant comment me justifier. Je secouai la tête et fixai ma bouteille de bière.

– Non. Mais s'afficher comme ça devant tout le monde… dis-je en essayant de prendre un air prude. Deux nanas en même temps, il cherche vraiment les problèmes.

Elle rit et reporta son regard sur lui.

– Oui, sûrement.

Elle secoua la tête, comme si elle s'en moquait.

– Enfin, tant qu'il prend ses précautions…

– Tu lui as déjà posé la question ?

– Oh non ! S'il y a bien un truc dont je veux pas parler avec lui, c'est de sa vie sentimentale. C'est Evan qui lui a demandé une fois, et je passais à côté donc j'ai entendu la réponse. Il s'inquiète toujours pour Kellan, c'est marrant.

Je ne pus m'empêcher de repenser aux fois où on avait couché ensemble avec Kellan. Il n'avait absolument pas fait attention. La première fois, on était juste trop soûls pour y penser, et la deuxième fois, on était bien trop impatients. Ça avait été tellement intense à chaque fois qu'on n'avait jamais pensé à se protéger. Si ça se trouve, il ne s'était pas protégé parce que je n'avais pas assez d'importance à ses yeux… Ma colère augmenta plus encore en pensant à toutes les filles avec lesquelles il faisait attention.

Je gardai la tête baissée et restai à l'écart du salon pour le reste de la soirée. Puis il se fit tard pour un soir de semaine et les gens commencèrent à partir. Jenny me serra dans ses bras et me promit de m'appeler le lendemain. Elle dit aussi au revoir à Denny et fit signe à Kellan en traversant le salon. Je résistai à l'envie de vérifier si les deux autres traînées étaient parties, et bientôt, la maison fut vide.

– Au lit ? me demanda Denny en bâillant.

Je me levai et m'étirai.

– Oui.

Je finis par regarder dans le salon et me figeai : les deux filles étaient encore là, chacune assise d'un côté de Kellan sur le canapé et chacune avait une main posée sur son torse. La brune l'embrassait dans le cou pendant que la blonde l'embrassait sur la bouche. Puis la blonde le lâcha, hors d'haleine, et Kellan sourit à la brune, qui s'arrêta de lui léchouiller le cou et regarda la blonde d'un air provocateur. Les deux filles s'embrassèrent, et Kellan se mordit la lèvre en les regardant faire d'un air gourmand.

Le sang bouillait dans mes veines et je m'imposai de tourner la tête. Denny les regardait aussi en souriant comme un imbécile, ce qui m'énerva encore plus.

– Allez, dis-je en lui prenant la main et en le tirant sans ménagement vers l'escalier.

Dès qu'on fut au lit, il m'attira à lui pour m'embrasser mais je le repoussai avec humeur avant de mettre mon pyjama. Penser à ce qui était en train de se passer au rez-de-chaussée me rendait folle de rage.

– Qu'est-ce que t'as ? demanda Denny.

– Rien, éructai-je.

– J'ai fait quelque chose ?

– J'en sais rien. T'avais vraiment l'air d'apprécier le spectacle. Tu veux qu'on leur propose de se joindre à nous une fois que Kellan aura fini avec elles ?

Je savais très bien qu'il n'aurait jamais rien fait avec elles, mais j'étais vraiment en boule et il fallait que je passe mes nerfs sur quelqu'un.

– Qu'est-ce que tu racontes ? dit-il en blêmissant. Tu me connais, jamais je voudrais faire un truc pareil.

– Ah ouais ? Et tu faisais quoi au milieu de cette orgie avant que j'arrive ? T'en as pas amené deux à l'étage pour un petit coup rapide ?

J'employais rarement ce genre de langage et le choc était visible sur son visage.

– Je suis resté assis sur le canapé à parler avec Kellan, dit-il d'un air un peu agacé. C'est tout.

– Si tu le dis.

Je me couchai et ramenai les couvertures au-dessus de moi.

– J'ai mal à la tête, je vais essayer de dormir.

Il soupira.

– Kiera…

– Bonne nuit.

Il se retourna, se déshabilla et se glissa sous les couvertures à côté de moi.

– Bonne nuit.

Il m'embrassa tendrement dans le cou et je m'écartai un peu. Je savais que j'étais injuste et qu'il n'avait rien fait de mal, mais j'étais tellement en colère dès que je pensais à Kellan et à ces deux garces… Denny soupira et me tourna le dos, et je restai allongée dans le noir à écouter les bruits en provenance du rez-de-chaussée. Au bout d'un moment, la respiration de Denny se fit plus légère et je compris qu'il s'était endormi. Un peu après, j'entendis des rires étouffés et les pas de trois personnes dans l'escalier, puis Kellan ferma sa porte et mit de la musique dans sa chambre.

Incapable de supporter ça plus longtemps, je me levai et sortis de ma chambre. J'avais envie de partir mais je n'avais aucune idée de là où aller, ni de ce que je pourrais bien dire à Denny pour expliquer mon geste le lendemain matin. Au lieu de ça, j'allai dans la cuisine et me servis un verre d'eau. Je bus à grandes gorgées, appuyée contre le plan de travail, en suppliant mon corps de se calmer. Kellan avait tout à fait le droit…

La tête baissée et les deux mains sur le plan de travail, je sentis des larmes me monter aux yeux, avant de remarquer une présence dans la cuisine. Je ne savais pas qui c'était, mais dans tous les cas, j'étais dans le pétrin : si c'était Denny, il n'allait pas comprendre pourquoi j'étais dans cet état. Et si c'était Kellan… je ne voulais surtout pas qu'il me voie comme ça.

– Kiera ?

La voix de Kellan me tira de ma torpeur. Bien sûr, il fallait que ça soit lui.

– Quoi ?

– Ça va ?

Sa voix était douce et pleine d'inquiétude. En colère, je pivotai pour lui faire face et le dévisageai. Il était torse nu, son jean IKKS qui lui faisait de si belles fesses était déboutonné et il était décoiffé. Il était tellement beau que je sentis une boule se former dans ma gorge, sans parler du fait que c'était une autre qui l'avait mis dans cet état. Enfin… deux autres.

– Qu'est-ce que tu fais là ? Tu devrais pas être en train de t'occuper de tes invitées ?

Je pouvais sentir les larmes au coin de mes yeux et priai pour qu'elles ne coulent pas. Il sourit doucement et désigna le frigo.

– Justement…

Il ouvrit alors la porte et s'empara d'une bombe de crème Chantilly. Je levai les yeux au ciel et soupirai bruyamment, puis je les fermai et priai mentalement pour qu'il me laisse tranquille et retourne jouer dans son film porno amateur.

– Kiera…

Il dit mon nom si tendrement que je rouvris les yeux, et je vis qu'il me souriait tristement.

– C'est ce que je suis. C'est ce que j'étais avant que t'arrives.

Il désigna l'étage où Denny dormait.

– Ça, là-haut, c'est ça qu'il te faut. C'est comme ça que ça doit être.

Il s'approcha de moi comme s'il allait me prendre dans ses bras ou m'embrasser le front, mais il eut l'air de changer d'avis au dernier moment et il se dirigea vers la porte.

– Bonne nuit, Kiera, dit-il doucement juste avant de quitter la pièce.

Puis il partit sans attendre ma réponse, et les larmes qui me brûlaient les yeux jaillirent enfin. Je passai la nuit sur le canapé à regarder la télé, en mettant le volume aussi fort que possible.

18

Le collectionneur

Un matin, je descendis au rez-de-chaussée avec Denny, après avoir passé plusieurs nuits sans sommeil. Ces derniers temps, j'attendais toujours qu'il soit prêt avant de descendre. Il continuait à me dire que je n'étais pas obligée de me lever en même temps que lui, mais après des semaines passées à me lever tôt pour passer un peu de temps avec Kellan, j'avais du mal à changer mes habitudes.

Le fait que Kellan ait dérangé mon horloge biologique m'énervait, mais le voir en entrant dans la cuisine m'énerva encore plus. Ce ne fut pourtant pas ses magnifiques yeux bleus, ni le désordre soigneusement étudié de ses cheveux ni son sourire parfait qui me tapèrent sur les nerfs : ce fut son tee-shirt. Il était adossé contre le plan de travail, ce qui mettait encore plus en avant l'inscription de son tee-shirt rouge, qui disait simplement « Je chante si tu couches ». C'était bizarre de le voir porter ça, car c'était plutôt le genre de Griffin. C'était criard, vulgaire, et ça me mit vraiment en pétard. Où est-ce qu'il avait trouvé ça ? Denny sourit en le voyant.

– Excellent ! Où est-ce que…

Je l'interrompis immédiatement.

– Si tu lui demandes de t'en rapporter un, tu dors sur le canapé pendant un mois.

Mon ton était sans doute plus cinglant que nécessaire, mais je n'avais pas pu me retenir. Denny rit, néanmoins.

– C'était pas mon intention, dit-il amusé.

Il m'embrassa sur la joue et donna une tape sur l'épaule de Kellan avant d'attraper deux tasses pour mon café et son thé.

– Tu sais bien que je chante très mal de toute façon.

Kellan, qui avait assisté à la scène d'un air réjoui, ricana. Parfait, maintenant j'étais en pétard contre lui et contre Denny.

– Je retourne au premier, dis-je sur un ton glacial.

Je sortis de la pièce en trombe et entendis leurs éclats de rire en montant l'escalier. Bande d'abrutis.

Plusieurs heures plus tard, j'étais de service, et toujours aussi en colère que le matin. Soudain, une voix douce me tira de mes pensées. Jenny me souriait :

– Tu recommences, Kiera.

– De quoi ?

J'avais vraiment du mal à me concentrer, et je savais pourquoi. Kellan avait commencé à faire quelque chose qu'il n'avait jamais fait depuis qu'on avait emménagé chez lui : il « voyait des gens », comme il disait. Ce qui, en d'autres termes, signifiait qu'il ramenait une fille différente chaque soir, et que chaque soir j'avais droit aux bruits de son « invitée ». Aucune ne semblait s'intéresser à lui en tant que personne. Tout ce qui les intéressait, c'était sa petite célébrité et son apparence physique, bien sûr. La même fille ne revenait jamais deux fois, et elles se succédaient à l'infini. Ça me rendait malade, et dormir était devenu carrément impossible. Je finissais par m'assoupir d'épuisement tard dans la nuit, ce qui commençait à avoir des conséquences sur mon état physique.

– T'es encore en train de fusiller Kellan du regard. Vous vous êtes disputés ?

Je sursautai en me rendant compte que ça faisait plusieurs minutes que je le regardais comme ça. J'espérai que personne d'autre ne l'avait remarqué.

– Non, tout va bien, dis-je en essayant de prendre un air dégagé.

– T'es encore fâchée à cause de ce qu'il a fait à la soirée ?

L'entendre reparler de ça me mit instantanément en boule. D'un coup, j'eus si mal au ventre que je dus résister à l'envie de me plier en deux. Je restai là en continuant de me forcer à sourire.

– Il est comme ça, tu sais. Il a toujours été comme ça, et maintenant, il risque pas de changer.

– Il peut faire ce qu'il veut, je m'en fiche complètement.

Elle remarqua mon agacement et s'apprêtait à dire quelque chose, mais je l'interrompis en disant la première chose qui me passait par la tête.

– Est-ce que lui et toi, vous avez… ?

Je ne finis pas ma phrase. En fait, je n'avais aucune envie de savoir. Mais elle avait déjà compris où je voulais en venir et elle secoua la tête en souriant.

– Oh non ! Certainement pas.

Elle regarda vers lui : une fille d'origine asiatique belle comme le jour était assise au bord de sa table et il lui murmurait je ne sais quoi en lui mordillant le lobe de l'oreille. Bien sûr, il portait son foutu tee-shirt et ça avait l'air de fonctionner à merveille. Un peu plus tôt, un petit groupe d'adoratrices s'était rassemblé autour de lui et l'avait obligé à entonner une chanson ou deux. Visiblement, il en avait choisi une dans le tas… Je rougis en pensant que je la verrais – ou l'entendrais – sans doute plus tard dans la soirée.

– Enfin, c'est pas faute qu'il ait essayé, ajouta-t-elle en souriant.

Je fus surprise dans un premier temps, mais cela n'avait rien d'étonnant : Jenny était une très jolie fille.

– Il a essayé de te draguer ?

– Sans arrêt pendant ma première semaine ici.

Elle croisa les bras sur sa poitrine et resta à côté de moi à observer Kellan et sa bimbo.

– Comme il avait pas l'air de comprendre, j'ai fini par lui dire cash que j'étais pas intéressée, mais que s'il arrêtait de me courir après, on pourrait être amis. Il a trouvé ça drôle et depuis, on s'entend super bien.

J'avais du mal à y croire : elle l'avait envoyé balader… plusieurs fois ? J'avais eu tellement de mal à le repousser que j'avais des difficultés à imaginer que quiconque en soit capable.

– Mais pourquoi t'as pas voulu… ?

– Je savais comment il était dès le début. Les coups d'un soir m'intéressent pas, et je pense qu'il a rien d'autre à offrir. Enfin, pas pour le moment en tout cas. Il faudrait qu'il grandisse un peu d'abord.

Je rougis et détournai le regard. Elle avait raison, c'était exactement ce qu'il était : un séducteur. Mais sûrement pas quelqu'un avec qui avoir une relation sérieuse. Il ne l'avait jamais été et il ne le serait jamais. Je n'étais qu'une idiote… Je le regardai tristement, tandis qu'il continuait à flirter.

– Pourquoi tu me demandes ça ? dit-elle soudain.

En effet, je n'avais aucune raison de poser la question.

– Comme ça, par curiosité.

Elle me dévisagea d'un air incrédule et je me demandai comment faire pour mettre fin à cette conversation.

– Il t'a draguée ? demanda-t-elle tout à coup.

Je pâlis et je luttai pour conserver une expression neutre.

– Non, pourquoi ?

C'était vrai… enfin, en quelque sorte. Mais elle n'en crut pas un mot.

– Si tu veux me parler de quoi que ce soit, tu peux, tu sais. Jamais je te jugerai.

Je hochai la tête et souris comme si tout allait pour le mieux dans le meilleur des mondes.

– Je sais. Il faut que j'y retourne, les clients vont pas tarder à mourir de soif.

J'essayai de rire mais cela sonna creux. Elle me suivit du regard d'un air suspicieux, puis elle regarda Kellan avec la même expression. Elle venait de me dire qu'ils étaient amis… Est-ce qu'elle allait lui parler ? Et est-ce qu'il allait lui dire quelque chose ?

Au début, il s'était contenté de draguer, et même ça, ça s'était calmé pendant notre flirt. Mais à présent, ça allait beaucoup plus loin, et je n'avais aucun moyen de l'éviter. Les soirs où je ne travaillais pas, il amenait une fille à la maison et je devais supporter de les entendre se bécoter dans la cuisine avant qu'ils aillent au premier. Et les soirs où je travaillais, il était déjà en plein milieu de son « rendez-vous » au moment où je rentrais à la maison. Aucune de ces filles ne semblait s'inquiéter du fait qu'il avait des voisins, et encore moins des colocataires. Peut-être qu'elles pensaient que Kellan offrait une récompense à celle qui criait le plus fort ou qui disait le plus « Encore ! » ? Je n'en pouvais plus non plus de les entendre crier son nom… Elles croyaient quoi, qu'il ne savait pas comment il s'appelait ?

Au bar, ce n'était pas mieux : il avait l'air de passer son temps à nettoyer les amygdales de toutes les filles qui traînaient au Pete's. Il avait même voulu apprendre à une fille à jouer au billard une fois, et ça m'avait fait rire au début, en sachant combien il était nul, mais ensuite, ça m'avait fait mal de le voir se pencher sur quelqu'un d'autre… Et la voir manquer son coup et se retourner pour se pendre à son cou m'avait blessée encore plus.

Il en était à son cinquième « rendez-vous » de la semaine quand je craquai, après avoir passé je ne sais pas combien de temps à me retourner dans tous les sens en essayant d'ignorer les rires étouffés et les bruits intimes en provenance de sa chambre.

– Denny !

Il détourna son regard de la télé qu'il essayait de regarder avec beaucoup trop d'application, et dont le volume était désagréablement trop fort.

– Quoi ?

– Ça devient n'importe quoi. Fais quelque chose, faut que je dorme !

Et il fallait surtout que Kellan arrête de coucher avec tout ce qui bouge.

– Qu'est-ce que tu veux que je fasse ? demanda Denny d'un air gêné. Que je frappe à sa porte et que je lui demande de faire moins de bruit ?

Exactement ! Et tant qu'il y était, il pouvait aussi mettre cette garce à la porte.

– J'en sais rien, débrouille-toi !

– On est pas mieux, tu sais, dit-il en riant. Peut-être qu'il se venge.

Je tournai la tête pour qu'il ne voie pas mon air triste.

– N'empêche, c'est bizarre, reprit Denny. Il a toujours eu du succès auprès des filles, mais quand on est arrivés, il avait l'air en pleine traversée du désert. Enfin, apparemment, il a repris du poil de la bête.

– Comment ça, « il a toujours eu du succès » ? T'as juste passé un an avec lui et il était quoi, en seconde ? Ça fait un peu jeune pour collectionner les nanas.

Il haussa les épaules, un peu étonné par ma réaction.

– Disons qu'il était pas en retard. Une fois, ses parents étaient absents, et il a ramené des jumelles à la maison…

Il s'interrompit en voyant mon regard glacial.

– Pour lui, pas pour moi. Ils sont allés dans sa chambre, j'étais pas avec eux, je te jure.

Je me doutais bien qu'il ne les avait pas touchées. Alors pourquoi est-ce que j'étais aussi en colère ? Kellan avait toujours été un coureur et on n'était pas ensemble, alors qu'est-ce que ça pouvait me faire ? Il fallait vraiment que j'arrête. Je luttai contre les larmes qui me montaient aux yeux

– Va le voir, s'il te plaît.

– Non.

– Comment ça, non ? dis-je en le fusillant du regard.

– Désolé, mais tu dramatises.

Je me redressai sur les coudes, agacée. Ce n'était pas dans ses habitudes de me refuser quoi que ce soit.

– Je dramatise ?

– Je déteste te dire non, et tu le sais. Mais c'est sa maison, et s'il veut… s'amuser tous les soirs, c'est son droit. Il nous laisse rester ici pour presque rien, et on a pas les moyens de vivre ailleurs. Alors je suis désolé, mais tu vas devoir faire avec.

Son ton n'admettait pas la réplique, et il ne changerait pas d'avis. Il ne me parlait jamais comme ça, et ça ne me plut pas du tout.

– Super, dis-je en me rallongeant.

Il se mit sur un coude et me caressa le bras.

– On pourrait essayer de crier plus fort qu'eux.

Absolument pas d'humeur, je lui donnai un coup d'oreiller et me tournai face au mur. Il soupira exaspéré.

– Dans ce cas, je peux finir de regarder mon émission ?

– Fais ce que tu veux.

Il monta un tout petit peu le son au moment où les bruits augmentaient de l'autre côté du palier, et je me mordis la lèvre en priant pour m'endormir aussi vite que possible.

Plusieurs jours passèrent sans aucun changement. Denny n'avait pas la moindre intention de lui parler de quelque chose qui, d'après lui, ne nous regardait pas. Je n'étais absolument pas d'accord, sauf que je ne pouvais pas lui expliquer pourquoi. J'étais à bout de nerfs. Peut-être que moi, j'aurais dû lui parler, mais j'avais de sacrés doutes quant à mes talents de diplomate.

J'embrassai brièvement Denny pour lui dire au revoir sans même sortir du lit. Mon baiser avait beau être tendre, il indiquait aussi clairement que j'étais tout sauf épanouie… Je m'habillai et allai à la salle de bain pour me préparer. J'avais une tête affreuse : les cernes sous mes yeux étaient immenses, et j'avais les cheveux emmêlés de m'être retournée dans tous les sens pendant la nuit. Je les démêlai rageusement en pensant que si ça continuait, j'allais finir à l'asile. Puis je descendis.

– Bonjour.

Rien que le son de sa voix me tapa immédiatement sur les nerfs et je ne répondis pas, décidée à ne pas lui dire un mot de la journée.

– Kiera ?

Toujours silencieuse, j'attrapai une tasse et me versai un café en l'ignorant totalement.

– T'es fâchée ?

L'idée avait l'air de l'amuser. Je finis par briser mon vœu de silence bien plus tôt que prévu.

– Non.

– Tant mieux, parce que tu devrais pas.

– Ça tombe bien, parce que je le suis pas.

J'étais désagréable au possible, mais je ne pouvais pas m'en empêcher. Si je devais lui parler, autant que ce soit aussi déplaisant que possible.

– On peut savoir pourquoi je devrais pas, au passage ?

– On a arrêté tous les deux quand ça a commencé à aller trop loin.

– Je sais, j'étais là.

Mon ton était glacial et il fronça les sourcils.

– Je me contente de faire ce que tu m'as demandé. Tu voulais être au courant si jamais je voyais quelqu'un.

Il commençait à être désagréable lui aussi. Apparemment, il n'appréciait pas mon comportement. Ça tombait bien, car le sien ne me plaisait pas non plus.

– J'ai dit que je ne voulais pas de secrets entre nous, je t'ai pas demandé de me balancer ta vie intime en pleine face.

– Et où tu voudrais que je…

Il s'interrompit et prit une grande respiration.

– T'es pas mieux, je te signale. On peut pas dire que tu sois discrète. Tu crois que ça me plaît ? Tu crois que depuis le début, ça me plaît de…

Il prit une autre inspiration et se leva.

– Je dis rien et j'encaisse, alors t'as qu'à en faire autant.

Puis il quitta la pièce sans me jeter un regard.

Je pris le bus pour aller en cours, comme tous les jours depuis que Kellan avait recommencé à « voir des gens ». Rien dire et encaisser, et puis quoi encore ? J'étais censée l'applaudir parce qu'il se tapait toute la ville ? Oui, il devait supporter les bruits que je faisais avec mon copain mais je ne voyais pas le rapport. Ce que lui faisait, c'était tout simplement répugnant.

Je soupirai en traversant le campus. Il faisait froid et tout le monde se pressait pour rentrer à l'intérieur des différents bâtiments. J'avais beau être en colère contre Kellan, ça ne rendait pas le manque que je ressentais plus facile à supporter. Et savoir qu'il m'avait remplacée ne faisait qu'aggraver les choses. En rentrant dans le bâtiment où avait lieu mon cours de littérature, je me figeai en reconnaissant une chevelure rousse familière. Une chevelure que je n'avais absolument pas envie de voir et qui se dirigeait vers moi, et qui, même de loin, avait l'air sacrément en pétard.

– T'es la copine de Kellan ? demanda Candy en se plantant devant moi.

Même pas de bonjour, alors qu'on ne s'était jamais parlé. Au moins, ça avait le mérite d'être direct. Je soupirai et la contournai pour aller en cours, mais elle m'emboîta le pas.

– Non. Je l'ai déjà dit à tes espionnes y a des mois. C'est juste mon coloc.

– Ah ouais ? Parce que plein de gens m'ont dit qu'ils vous avaient vus sur le campus, et apparemment, vous passiez votre temps à vous grimper dessus.

Par « plein de gens », elle voulait sûrement dire ses deux copines. Je rougis, car je savais qu'on s'était laissé aller sur le campus, même si on ne s'était jamais « grimpé dessus ». Je pressai le pas en espérant qu'elle laisse tomber mais elle me rattrapa et me regarda froidement, comme si elle attendait une explication.

– Je sais vraiment pas quoi te dire. J'ai un copain, et c'est sûrement pas Kellan.

Un copain auquel j'étais bien décidée à rester fidèle, et qui n'ouvrait pas sa braguette à tout bout de champ, lui. La colère me noua l'estomac, et sans réfléchir, je dis quelque chose dont j'aurais vraiment pu m'abstenir.

– Puisque t'as tellement envie de le voir, t'as qu'à aller au Pete's, il y est tout le temps.

– Merci du conseil, dit-elle dédaigneusement.

Tout allait vraiment de mieux en mieux…

Ma journée atteignit son paroxysme quand le bus tomba en panne sur la route de la maison et qu'on dut rester à l'intérieur en attendant qu'un bus de remplacement arrive. Le chauffeur refusait de laisser rentrer à pied ceux qui le voulaient, et je me dis que lui aussi avait sûrement passé une journée pourrie et qu'il se vengeait en exerçant sa petite autorité sur nous. Certains passagers plus agressifs que d'autres forcèrent la porte pour sortir, mais je n'étais pas aussi téméraire : le chauffeur était une vraie armoire à glace, et je me contentai donc d'attendre à l'intérieur en râlant.

J'étais restée tard à la fac pour réviser – et pour éviter la maison, pour être honnête –, et maintenant, j'étais en retard pour mon service. J'aurais dû aller au bar directement, mais après une journée pareille, j'avais vraiment envie de repasser par la maison pour me rafraîchir.

La voiture de Kellan était dans l'allée. Je détestais l'idée de lui demander quoi que ce soit, mais puisqu'il était là, peut-être qu'il pourrait m'emmener au travail ? Je commençais dans dix minutes, et si je devais prendre un autre bus, j'allais vraiment être hyper en retard.

Je me précipitai dans ma chambre, posai mon sac et ramassai mon uniforme que j'avais laissé par terre la veille. Je l'enfilai, trouvai un élastique entre le lit et la table de nuit et m'attachai rapidement les cheveux, puis je mis ma veste, attrapai mon sac et sortis sur le palier.

Soudain, j'entendis de la musique en provenance de la chambre de Kellan et je remarquai que sa porte était entrouverte. J'étais affreusement en retard et j'avais vraiment besoin d'aide… Je me dirigeai vers sa porte et m'apprêtai à l'ouvrir mais mon geste resta en suspens.

Kellan était assis au bord du lit, la tête baissé et les yeux clos. Il se mordait la lèvre et sa main était crispée sur les draps. Une fille aux cheveux blonds et bouclés était agenouillée devant lui, la tête entre ses genoux, et sa position ne laissait aucun doute sur ce qu'elle était en train de faire. Je voulais m'enfuir aussi loin que possible mais j'étais incapable de bouger et de détacher mon regard de la scène.

La fille dut finir par sentir la présence de quelqu'un car elle fit mine de se redresser, mais Kellan ne s'était rendu compte de rien (ou alors ça lui était égal) et il mit immédiatement la main sur sa tête pour l'empêcher de bouger. Elle eut l'air d'adorer ça et reprit ce qu'elle était en train de faire avec un enthousiasme redoublé. J'avais envie de vomir.

Enfin, je finis par retrouver l'usage de mes jambes et je me précipitai au rez-de-chaussée. Sans réfléchir, j'attrapai les clés de sa voiture sur la console dans l'entrée et claquai la porte de la maison. S'il n'avait pas remarqué que j'étais là, maintenant il le savait !

Il ne fermait jamais sa voiture à clé, et je n'eus qu'à ouvrir la portière et à m'installer au volant. Je mis immédiatement le contact et un éclair de plaisir vicieux me parcourut lorsque j'entendis le moteur rugir. Je savais qu'il allait l'entendre et qu'il comprendrait immédiatement ce que j'avais fait. Je fis précipitamment marche arrière et me mis en route en jetant un coup d'œil dans le rétro, mais la porte d'entrée ne s'ouvrit pas. Peut-être qu'il était trop pris par son « rencard » pour s'inquiéter de sa voiture. Je violai une demi-douzaine de lois sur la route mais je parvins à arriver au bar à l'heure et je souris en me garant sur le parking. Sa voiture était vraiment sympa à conduire et je jubilai de savoir que Kellan allait être fou de rage. Il n'y avait pas de raison pour que je sois la seule en pétard à la maison. Avec un sourire diabolique, je réglai la radio sur une station qui passait de la polka et montai le volume au maximum avant de couper le contact. C'était complètement gamin mais ça me mit d'excellente humeur, et j'avais un sourire jusqu'aux oreilles en entrant dans le bar.

– T'as l'air en forme, ce soir, dit Jenny en me voyant arriver.

– Ah bon ?

Je souris en rangeant les clés dans ma poche, encore surexcitée par mon « vol de voiture ». Mais au fur et à mesure, ma satisfaction disparut pour être remplacée par un sentiment de tristesse, provoqué par la scène dont j'avais été témoin sans le vouloir. L'entendre était une chose, mais le voir en était une autre, et quand les portes du bar s'ouvrirent en grand une heure plus tard, j'avais le moral à zéro.

Je me raidis en regardant vers l'entrée : Kellan était définitivement plus concentré que la dernière fois que je l'avais vu, et il avait aussi l'air complètement furax. Ses yeux bleus venaient de rencontrer les miens quand Matt s'approcha de lui. Il allait lui mettre la main sur l'épaule mais Kellan le poussa en lui disant quelque chose, et Matt leva les mains en l'air.

Je sentis la panique m'envahir et je reculai de quelques pas. Prendre sa voiture avait été une très mauvaise idée. J'eus envie de lui balancer ses clés et de partir en courant, puis je me ravisai. Hors de question. Si ce connard voulait ses clés, il n'avait qu'à venir les chercher !

Il me rejoignit en quelques pas et les gens qui se trouvaient entre nous s'écartèrent de son chemin en voyant l'expression de son visage. Il avait les yeux plissés, les lèvres et les poings serrés, et sa poitrine se soulevait à un rythme soutenu. Il était encore plus attirant quand il était en colère. Arrivé devant moi, il me tendit la main sans dire un mot.

– Qu'est-ce que tu veux ?

– Mes clés, siffla-t-il.

– Quelles clés ?

Je ne savais pas pourquoi je le poussais à bout. Peut-être que ce que j'avais vu dans l'après-midi me donnait enfin le courage de l'affronter.

– Mes clés de voiture, dit-il avec un geste en direction du parking. Je t'ai entendue la prendre…

– Si tu m'as entendue, pourquoi t'as rien fait ?

– J'étais…

– Ouais, je sais, t'étais occupé, dis-je en mimant des guillemets.

Il pâlit. Apparemment, il n'avait pas remarqué que j'étais venue à l'étage.

– Et alors ? Ça te donne le droit de piquer ma voiture ?

Il avait raison, mais je n'allais certainement pas le reconnaître.

– Je l'ai empruntée. Ça se fait de s'emprunter des trucs entre amis, pas vrai ?

Il prit une grande respiration et mit sa main dans la poche de mon jean. J'essayai de me dégager, mais il réussit à les prendre et il les agita sous mon nez.

– On est pas amis, et on l'a jamais été.

Sa phrase me fit l'effet d'une gifle. Sans un mot, je me précipitai aux toilettes et me laissai glisser contre le mur en respirant bruyamment. Je me sentis pâlir tandis que je faisais tout mon possible pour ne pas me mettre à pleurer. Soudain, j'entendis la porte s'ouvrir.

– Kiera ? demanda la voix douce de Jenny.

Incapable de lui répondre, je me contentai de la fixer d'un air ahuri, et elle vint s'agenouiller à côté de moi.

– C'était quoi, ça ? Tu vas bien ?

Je secouai la tête et je me mis à sangloter. Elle s'assit par terre près de moi et passa son bras autour de mes épaules.

– Kiera, qu'est-ce qui va pas ?

Je parvins enfin à aligner une phrase entre deux sanglots.

– J'ai fait une énorme erreur.

– De quoi tu parles ? demanda-t-elle en me caressant les cheveux.

Soudain, j'eus envie de tout lui raconter, mais j'étais sûre qu'elle ne comprendrait pas. Elle allait me détester.

– Tu peux tout me dire. Je dirai rien à Denny.

J'écarquillai les yeux de surprise. Est-ce qu'elle savait ?

– J'ai couché avec Kellan.

Les mots étaient sortis de ma bouche sans que j'aie eu le temps de les arrêter, et je retins mon souffle.

– Ma pauvre. J'en étais sûre.

Elle soupira et me serra dans ses bras.

– Raconte.

– Tu le savais ?

– J'avais des doutes, dit-elle en s'adossant au mur, et j'ai remarqué certains trucs. La façon dont tu le regardais quand tu croyais que personne te voyait, la façon dont il te souriait. Je l'ai vu t'effleurer discrètement, j'ai vu ta tête quand il chante, et ta réaction à la soirée… Ça fait un moment que je me posais des questions.

Je fermai les yeux. Est-ce que d'autres personnes s'en étaient rendu compte ?

– C'est arrivé quand ? demanda-t-elle à voix basse.

Je recommençai à pleurer, et entre deux sanglots, je lui racontai toute l'histoire. J'étais tellement soulagée de pouvoir enfin en parler à quelqu'un. Elle m'écouta sans rien dire, juste en hochant la tête ou en m'offrant un sourire réconfortant. Je lui racontai notre rapprochement innocent au début, notre première fois, soûls, quand Denny était parti. Sa froideur ensuite, ma panique quand il avait parlé de partir, qui avait entraîné notre deuxième fois. Puis je lui parlai de notre flirt pas si innocent et de ce qui s'était passé en boîte, mais sans dire ce que j'avais fait à Denny et ce qu'il avait fait avec ma sœur – je n'étais pas encore prête à en parler. Puis la dispute dans la voiture, ma jalousie, et la dernière pique qu'il m'avait lancée.

Elle m'attira à elle et me prit dans ses bras.

– Je suis vraiment désolée. Je savais qu'il était comme ça, j'aurais dû te prévenir plus tôt.

Je pleurai sur son épaule, épuisée, et elle me serra contre elle jusqu'à ce que mes larmes arrêtent de couler.

– Qu'est-ce que tu vas faire, maintenant ?

– À part le tuer ? J'en sais rien… Qu'est-ce que je peux faire ? J'aime Denny et je veux surtout pas qu'il l'apprenne. Je veux pas lui faire de mal. Mais j'en peux plus du défilé de filles à la maison, ça me tue.

– Est-ce que t'aimes Kellan ?

– Non !

– T'es sûre ? Si t'étais pas en colère contre lui, tu crois que tu répondrais la même chose ?

Je gardai le silence. J'en étais presque sûre, même si parfois, j'avais l'impression de ressentir… quelque chose pour lui.

Soudain, la porte des toilettes s'ouvrit en grand et Kate apparut dans l'encadrement.

– Ah ! vous êtes là. C'est la folie dans le bar, vous en avez pour longtemps ? demanda-t-elle d'un air suppliant.

– On arrive dans deux minutes.

Kate me regarda avec sympathie tandis que j'essuyai précipitamment des larmes sur mes joues.

– Pas de problème.

Elle me sourit doucement et referma la porte.

– Merci, Jenny.

J'étais tellement reconnaissante qu'elle m'ait écoutée sans me juger. Je me remis à pleurer et elle essuya mes joues.

– Ça va aller, tu verras.

Pendant le reste de mon service, je me concentrai uniquement sur mes clients. Ça m'aida à me sentir un peu mieux, et à l'heure de la fermeture, mon envie de pleurer était passée, mais je n'avais pas non plus envie de rentrer à la maison. Je ne savais pas si Kellan avait été assez « occupé » pour la journée. Si ça se trouve, il avait fini le lait et il était allé en racheter juste pour ramasser une fille entre le rayon des pâtes et des céréales.

J'approchai du bar, où Kate et Jenny étaient en train de discuter avec Rita. Pete était toujours le dernier à partir, mais pas ce soir-là, et il avait demandé à Rita de fermer. Bien décidée à profiter de son absence, elle décida de nous servir à boire. Elle posa un verre à shot rempli d'un liquide sombre devant moi, et je soupirai. Au moins, ce n'était pas de la tequila.

– Allez les filles, un dernier pour la route, dit-elle en levant son verre.

On trinqua avant de boire cul sec et je fis une grimace affreuse qui fit rire Kate et Jenny. Je ne savais pas ce que je venais de boire, mais ça me brûlait sérieusement la gorge. Rita ne bougea pas d'un cil et nous resservit.

– Allez, un autre.

Kate et Jenny firent la grimace mais acceptèrent. Moi, je m'en fichais. Je ne conduisais pas, et après la journée que je venais de passer, ça ne pouvait pas me faire de mal. Rita finit de nous servir puis elle nous regarda avec un sourire complice.

– Dites-moi un peu… Si vous pouviez passer une nuit avec un homme, n'importe lequel… sans attaches et sans complications… vous choisiriez qui ? Et vous pouvez pas choisir votre copain, ajouta-t-elle à mon attention.

Elle nous dévisagea une par une et Kate et Jenny gloussèrent tandis que je rougissais en réfléchissant à ma réponse.

– Bon, je commence, soupira Rita. Moi, y a pas photo, ce serait Kellan. J'hésiterais pas une seconde à remettre ça…

Kate rit puis elle me regarda bizarrement. Je pâlis légèrement en me demandant si elle aussi avait des doutes.

– Kellan aussi… dit-elle en haussant les épaules.

Elle et Rita échangèrent un regard complice puis se tournèrent vers moi. Elles attendaient ma réponse, et je sentis ma gorge se serrer. J'essayais de penser à n'importe qui mais rien ne venait. Il n'y avait qu'un nom qui résonnait dans mon esprit, et il était hors de question que je le dise à voix haute.

– Moi, ce serait Denny, dit soudain Jenny.

Kate et Rita la regardèrent avec des yeux ronds, comme si elle venait de réellement coucher avec lui. J'aurais pu l'embrasser. D'une simple phrase, elle avait réussi à attirer toute l'attention sur elle, et à présent, les autres continuaient à la regarder, Kate d'un air incrédule et Rita d'un air amusé. Je fis semblant de froncer les sourcils.

– Santé, dit Jenny joyeusement.

On but nos verres et tout le monde eut l'air d'oublier que je n'avais pas répondu à la question de Rita.

– Kiera, je te ramène ?

– Oui, dis-je d'un air faussement fâché.

On dit au revoir aux autres, et une fois dehors, je me confondis en remerciements.

Le lendemain matin, je descendis quelques secondes avant Denny. La maison avait été silencieuse la nuit dernière, à croire qu'une fois par jour suffisait à Kellan. En dépit du silence, j'avais quand même mal dormi. Je me rembrunis en le voyant : il fixait la table et avait l'air perdu dans ses pensées. Il me vit et ouvrit la bouche pour dire quelque chose, mais il la referma aussitôt quand Denny arriva à son tour.

Avec son dernier commentaire qui résonnait encore dans ma tête, je décidai de lui rendre la monnaie de sa pièce.

– Je sais que t'es déjà habillé, dis-je à Denny en passant une main sur son torse et en la laissant reposer sur la boucle de sa ceinture, mais ça te dirait pas de venir prendre une douche ?

Je me tournai pour que Kellan puisse voir mon air suggestif tandis que je me mordais la lèvre. Il n'avait vraiment pas l'air enchanté et il se concentrait désespérément sur le dessus de table. Excellent.

– Je voudrais bien, mais je dois vraiment être à l'heure aujourd'hui. Max est complètement flippé avec les vacances qui arrivent.

– Mince, dis-je en exagérant ma déception. Même une toute petite douche super rapide ?

Je regardai de nouveau vers Kellan : il serrait les dents et je dus résister à l'envie de sourire.

– Je peux vraiment pas. Ce soir si tu veux ?

Il avait murmuré la dernière phrase mais j'étais sûre que Kellan l'avait entendue. J'embrassai Denny passionnément en faisant courir mes mains partout sur lui, et même s'il sembla surpris au début, il me rendit mon baiser avec enthousiasme. Je regardai Kellan du coin de l'œil : il se leva, renifla et quitta la pièce sans me jeter un regard. Je m'écartai de Denny en entendant Kellan claquer la porte de sa chambre et je lui souris gaiement. Mais intérieurement, mon sourire était sarcastique et revanchard. Moi aussi, je pouvais jouer à ça.

19

Tu m'appartiens

Thanksgiving arriva et Denny nous prépara un repas de fête absolument délicieux. Kellan se contenta de nous souhaiter bon appétit sans même se donner la peine de se joindre à nous, et on ne le vit pas du reste de la soirée. Denny avait fait de la dinde avec de la purée, et il avait bien voulu que je l'aide en préparant la salade. Le reste du temps, j'étais restée assise sur le plan de travail à lui tenir compagnie pendant qu'il cuisinait. Il passait son temps à sourire et à m'embrasser, et j'essayais d'afficher la même bonne humeur que lui, sans penser à l'endroit où Kellan pouvait bien être… ni avec qui.

Pendant que Denny débarrassait (c'était vraiment l'homme parfait), j'appelai ma famille pour leur souhaiter un bon Thanksgiving, mais j'évitai de parler à ma sœur, même si je savais que ça devenait ridicule. Mes parents avaient déjà acheté nos billets pour Noël – très malin de leur part – et ils avaient préparé ma chambre pour nous. Ça m'étonna beaucoup, car on n'avait jamais eu le droit de dormir ensemble chez eux. Je devais vraiment leur manquer beaucoup. Le cœur lourd, je leur annonçai que Denny voulait que j'aille en Australie avec lui et que je n'avais pas encore décidé. Connaissant Denny, il avait sûrement acheté les billets de son côté, juste au cas où…

La nouvelle les contraria, et même si on passa rapidement à autre chose, je savais qu'ils ne parleraient que de ça pendant les prochains jours. J'eus vraiment mal au cœur en raccrochant. Denny m'avait demandé plusieurs fois ce que je voulais faire mais je n'avais toujours pas répondu. Je ne savais pas quoi faire, et je détestais ce genre de décisions. Dans tous les cas, j'allais faire de la peine à quelqu'un, que ce soit à mes parents ou à Denny. Quant à Kellan… même si ses derniers mots facilitaient les choses, l'idée de ne pas le voir continuait de m'attrister.

Ma colère contre lui s'intensifiait graduellement, comme notre flirt quelques semaines plus tôt. On avait été inséparables, maintenant il était inséparable de presque la moitié de Seattle… et de Candy. Elle avait suivi mon conseil et était venue au bar peu après Thanksgiving. En la reconnaissant, il m'avait regardée d'un air de dire *Je sais que toi aussi, tu la reconnais* et il était resté collé à elle toute la soirée. Et quand je dis toute la soirée… je veux dire toute la soirée. Je dus écouter son « ravissement » face aux talents de Kellan encore et encore à travers ces fichus murs.

Je pense que c'est son air suffisant qui m'acheva quand je la croisai sur le campus le lundi matin, et son regard qui me criait *J'ai pris ce que tu veux tellement en secret, et j'ai adoré ça* !.

J'en avais assez. Et un soir, j'ai craqué.

Pete, sans doute encouragé par Griffin ou Kellan, avait décidé que le lundi soir était Ladies Night, avec tous les shots à deux dollars pour les filles jusqu'à minuit. Par conséquent, le bar était rempli d'étudiantes qui étaient de plus en plus soûles à chaque minute. Le groupe était là, bien sûr, et les garçons s'amusaient comme des petits fous avec leur harem transcendé par l'alcool.

Kellan se donnait carrément en spectacle avec une garce, cheveux coupés à la garçonne, qui était assise sur ses genoux et lui léchait le cou avec application pendant qu'il lui caressait la cuisse. Les autres les ignoraient totalement, bien trop occupés eux-mêmes. Elle pointa la réserve du doigt mais Kellan secoua la tête. Évidemment, pourquoi faire ça maintenant quand il pouvait l'emmener à la maison et faire ça sous mon nez ?

J'étais en train de récurer rageusement une table quand je le vis s'approcher.

– Ben alors, t'as fait le pari de garder ton froc, ce soir ?

Il fit encore quelques pas avant de percuter sur ce que je venais de dire. Il se retourna, les yeux brillants de colère.

– On aura tout vu.

– Quoi ?

Il s'approcha de la table et m'attrapa par le bras pour m'attirer contre lui. Il ne m'avait pas touchée depuis une éternité et mon cœur se mit à battre plus vite. Il se pencha sur moi pour murmurer à mon oreille.

– C'est la fille qui vit avec son petit copain et avec qui j'ai couché deux fois qui me fait la leçon en matière d'abstinence ?

Je le fusillai du regard et essayai de me dégager mais il me tenait fermement, et avec la table derrière moi, j'étais complètement coincée.

– Je pourrai continuer de te baiser une fois que vous serez mariés ?

Ce qui suivit fut plus tard connu sous le nom de « la gifle que tout le bar entendit ».

Ma main se leva automatiquement et je le giflai de toutes mes forces. Il chancela un peu, les yeux écarquillés de surprise, et il inspira bruyamment. Une marque rouge apparut immédiatement sur son visage.

– Sale con ! criai-je en oubliant complètement qu'on était dans un bar plein à craquer.

Ma main était douloureuse mais ça faisait un bien fou de me débarrasser de ma frustration. Alors que je m'apprêtais déjà à lui en coller une autre, il attrapa mon poignet et le tordit violemment. Son regard était aussi furieux que le mien et je me débattis pour me dégager et le frapper encore. J'avais tellement envie de lui faire mal.

– T'es cinglée ou quoi ?

Il attrapa mon autre main et je m'apprêtai à lui donner un coup de genou mais il vit le coup venir et me poussa sur le côté. Au bord de l'hystérie, j'allais me rejeter sur lui quand je sentis une paire de bras autour de ma taille.

– Du calme, Kiera, dit la douce voix d'Evan.

Il me tenait par-derrière et m'obligea à m'éloigner de Kellan, lui-même aux prises avec Sam, qui avait une main sur sa poitrine pour l'empêcher d'avancer vers moi. Matt et Griffin étaient juste derrière Kellan, le premier inquiet tandis que le second avait l'air de trouver ça super amusant. Jenny était entre Kellan et moi, les bras tendus, comme si son corps menu pouvait suffire à nous empêcher de nous sauter une nouvelle fois à la gorge. À part Griffin qui ricanait, il régnait un silence de mort dans le bar et Sam avait l'air de ne pas savoir quoi faire. En temps normal, il aurait fichu les fauteurs de trouble dehors, mais dans le cas présent, on travaillait là tous les deux, et on était ses amis.

Finalement, Jenny nous attrapa tous les deux par la main.

– Suivez-moi, dit-elle sans nous regarder.

On s'ignora consciencieusement l'un l'autre alors qu'elle nous traînait vers la réserve. Je vis Evan hocher la tête à l'attention de Matt, qui hocha la tête à son tour et força Griffin à rester là où il était tandis qu'Evan nous emboîtait le pas.

Une fois dans le couloir, Evan nous dépassa pour ouvrir la porte et nous faire rentrer à l'intérieur. Il jeta un dernier regard dans le couloir avant de fermer et resta planté devant pour nous empêcher de sortir et pour empêcher les curieux de rentrer.

– Qu'est-ce qui se passe ? demanda Jenny en nous lâchant la main.

– Elle a…

– Il a…

On avait commencé à parler tous les deux en même temps et elle leva les mains pour nous faire taire.

– Chacun son tour.

– On a pas besoin d'un médiateur, dit Kellan.

Elle ne se laissa pas intimider par son regard furieux.

– Et moi, je pense que si, comme la moitié des gens dans le bar, d'ailleurs. Avec ce que je sais de vos disputes, tu rêves si tu crois que je vais te laisser seule avec elle…

Il la regarda d'un air ébahi avant de me regarder par-dessus l'épaule de Jenny.

– Tu lui as dit que… Elle sait ?

Je haussai les épaules en regardant vers Evan, qui avait l'air à la fois inquiet et confus.

– Tout ? insista-t-il.

Je haussai les épaules une fois de plus et il soupira en se passant une main dans les cheveux.

– Et moi qui croyais qu'on devait surtout pas en parler. Puisque t'as vidé ton sac, dit-il en regardant Evan, autant qu'on soit tous raccord. J'ai baisé avec Kiera, même si tu m'avais dit de pas le faire. Et histoire d'enfoncer le clou, je l'ai fait une deuxième fois.

Tout le monde parla en même temps. Jenny pour dire à Kellan de parler autrement, Evan pour jurer, et moi pour lui crier de se taire.

– Ah, et je l'ai traitée de salope aussi ! ajouta-t-il.

– T'es vraiment qu'un sale con, dis-je en détournant le regard, les larmes aux yeux.

– Ah ouais ? me demanda Kellan d'un air incrédule. Moi, je suis un sale con ?

Il fit un pas vers moi mais Jenny l'empêcha d'avancer.

– C'est toi qui m'as frappé ! Encore !

Evan s'en mêla. Il avait l'air vraiment en pétard.

– Bon sang, mec, tu pensais à quoi ? Enfin, j'imagine que t'as pas utilisé ton cerveau…

– Elle m'a supplié, je suis pas de glace non plus.

Je laissai échapper un cri indigné. Est-ce qu'il avait vraiment besoin de leur raconter des détails aussi intimes ? Il essayait de me faire passer pour quoi ? Alors comme ça, il était parfaitement innocent et c'était moi qui l'avais séduit ? Mais bien sûr !

– Parce que je mens, peut-être ? Tu m'as supplié les deux fois, tu te souviens ? J'ai fait ce que tu m'as demandé, rien d'autre.

J'étais mortifiée et furieuse. J'aurais pu réciter une liste longue comme le bras de choses que je lui avais demandé de ne pas faire et qu'il avait faites malgré tout.

– J'ai pas demandé à me faire traiter de salope !

– Et moi j'ai pas demandé à me prendre une putain de gifle !

– Parle autrement, dit Jenny.

– Calme-toi, dit Evan.

– Tu l'as bien cherché, connard ! Et puisqu'on partage, dis-je en insistant sur le dernier mot, pourquoi tu leur racontes pas ce que tu m'as dit avant que je te gifle ?

Je fis un pas vers lui mais Jenny posa une main sur mon épaule.

– Si tu m'avais laissé deux secondes, je me serais excusé. Mais tu sais quoi ? Je suis plus du tout désolé ! C'est toi qui dépasses les bornes ! Tout ça parce que tu supportes pas de me voir sortir avec d'autres filles.

– Sortir avec d'autres filles ? Te taper tout ce qui bouge, tu veux dire ! Tu connais même pas leur nom, et tu trouves ça normal ? T'es qu'un porc.

– Elle a pas tort, intervint soudain Evan.

– Quoi ? T'as quelque chose à dire, toi aussi ? répliqua Kellan. Qu'est-ce que t'en sais, de toute façon ?

– Plus que ce que tu crois, répondit Evan.

Kellan se figea et son visage devint blême.

– Fous-moi la paix. Je te le dirai pas deux fois. Va te faire foutre, Evan.

– De quoi tu parles ? demandai-je à Evan, agacée par leur échange incompréhensible.

Kellan le fusillait du regard et Evan finit par soupirer d'un air résigné.

– Comme tu voudras. C'est ton problème.

– Exactement. C'est mon putain de problème.

Il nous pointa du doigt tous les deux.

– Je sors avec qui je veux. Et si j'ai envie de m'envoyer tout le bar, c'est…

– Comme si c'était pas déjà le cas ! criai-je.

– Tout le bar non, mais toi oui ! cria-t-il à son tour. Et après, tu t'es sentie coupable d'avoir trompé Denny. Tu t'es sentie coupable d'avoir une aventure, mais tu…

– On a jamais eu une aventure ! l'interrompis-je. On a fait une erreur deux fois, point barre !

– Arrête un peu ! T'es vraiment naïve à ce point ? On a peut-être couché ensemble que deux fois, mais tu crois qu'on a fait quoi le reste du temps ?

– Tu dis n'importe quoi !

– Ah ouais ? Alors pourquoi tu voulais à ce point le cacher à Denny ? Si notre relation était aussi innocente que ça, pourquoi on s'affichait pas devant tout le monde ?

Il avait raison : devant les autres, on n'avait toujours montré qu'une fraction de notre relation. Je ne sus pas quoi répondre.

– Pourquoi on peut même plus se toucher ? Il se passe quoi quand je te touche ? insista-t-il.

Je retins mon souffle.

– Ton cœur bat plus vite, ta respiration s'accélère.

Il se mordit la lèvre et commença à faire semblant de respirer plus vite, sans me quitter des yeux.

– T'écartes les lèvres, tu trembles, tes yeux brillent.

Il ferma les yeux et gémis doucement, puis il les rouvrit et expira de manière évocatrice. Avec une voix volontairement tendue, il continua son petit manège.

– T'as mal partout…

Il referma les yeux et m'imita. Il passa une main dans ses cheveux et caressa son torse de l'autre, comme je l'avais fait avec lui. L'effet était si érotique et si familier que je devins écarlate.

– Kellan… s'il te plaît, murmura-t-il en passant ses mains sur lui avant de les arrêter au niveau de sa braguette.

– Arrête ça !

Je regardai vers Jenny : elle était aussi pâle que j'étais rouge, et j'entendis Evan murmurer depuis la porte.

– Bon sang, Kellan…

– C'est bien ce que je pensais, dit-il en rouvrant les yeux. Vous trouvez ça innocent, vous ? T'as fait un choix, tu te rappelles ? dit-il en me regardant. T'as choisi Denny, et on a mis un terme à… ça, dit-il en nous montrant du doigt, lui et moi. Tu ressentais rien pour moi, tu voulais pas être avec moi, mais maintenant tu voudrais que personne d'autre veuille de moi, c'est ça ? C'est ça que tu veux, que je reste tout seul ?

– J'ai jamais dit ça ! J'ai dit que si tu sortais avec quelqu'un, je comprendrais. Sauf que c'est absolument pas ce que tu fais !

La pièce plongea dans le silence, et on se dévisagea tous à tour de rôle.

– T'essaies de me faire du mal ? T'as quelque chose à prouver ?

– À qui, à toi ? Sûrement pas.

Il s'écarta de Jenny et je fis un pas en avant, mais elle me prit par les épaules pour me retenir.

– Donc, t'essaies pas sciemment de me faire du mal ?

– Non, dit-il en secouant la tête.

J'étais tellement en rage que je vis rouge. Bien sûr qu'il essayait de me faire du mal ! Pourquoi il couchait avec toute la ville, sinon ? Et pourquoi il n'avait pas tenu sa promesse ?

– Ah ouais ? Et ma sœur, alors ?

Il maugréa et leva les yeux au ciel.

– Pitié, on va pas remettre ça.

Je recommençai à m'agiter et Evan fit un pas vers nous pour aider Jenny à me contrôler, mais elle secoua la tête dans sa direction et il resta près de la porte.

– Si, on va remettre ça ! T'avais promis !

– Surprise, j'ai menti ! Au cas où t'aurais pas remarqué, c'est ce que je fais en général. Et puis qu'est-ce que ça peut faire, de toute façon ? Elle me voulait, et pas toi. Alors qu'est-ce que ça peut te faire si…

– Parce que tu m'appartiens ! criai-je sans réfléchir.

Le silence qui suivit ma réaction fut assourdissant. Kellan pâlit et eut l'air de devenir fou furieux.

– Non, je t'appartiens pas ! C'est justement ça que tu comprends pas, bordel !

– Kellan ! le réprimanda Jenny.

– Alors c'est pour ça que t'as couché avec elle, salopard ? Pour me donner une leçon ?

– Il a pas couché avec elle, intervint Jenny.

– Jenny ! cria Kellan en la fusillant du regard.

– Quoi ?

Je la regardai sans comprendre et elle me lâcha.

– C'est pas Kellan qui a couché avec ta sœur.

Il avança vers elle d'un air menaçant, et Evan fit un pas vers Kellan, qui se figea.

– Ça te regarde pas, Jenny !

– Maintenant, si ! Pourquoi tu mens ? Dis-lui la vérité pour une fois !

Il ferma la bouche et serra les dents. Evan lui jeta un regard mauvais et Jenny fronça les sourcils.

– Quelqu'un peut m'expliquer ?

– Tu parles jamais à Griffin ? me demanda doucement Jenny.

– Non, intervint Kellan. Et c'est sur ça que je comptais pour qu'elle l'apprenne pas.

– Attends… Ma sœur a couché avec Griffin ?

Elle aquiesça en levant les yeux au ciel.

– Il a pas arrêté d'en parler depuis. Il passe son temps à répéter à tout le monde que c'était le meilleur coup de sa vie, ajouta-t-elle d'un air dégoûté.

Je la regardai, incrédule, puis je regardai Evan. Il haussa les épaules, hocha la tête, et regarda Kellan curieusement, imité par Jenny, puis par moi.

– Tu m'as menti ? murmurai-je.

– T'as tiré des conclusions… je me suis contenté de pas te contredire.

– Tu m'as menti !

– Je te l'ai dit, je mens tout le temps !

– Pourquoi t'as fait ça ?

Il détourna les yeux et ne répondit pas.

– Réponds-lui, Kellan, dit Jenny.

Il la regarda et elle haussa les sourcils mais il garda le silence. Pendant ce temps-là, un tas de souvenirs me revenaient.

– La dispute dans la voiture… sous la pluie… Ça a commencé parce que j'étais en colère à cause de ça. Pourquoi tu m'as laissé croire…

– Et pourquoi t'as automatiquement supposé…

– Elle me l'a dit. Enfin, elle m'a fait comprendre que…

Je fermai les yeux. J'avais refusé d'écouter Anna et je ne l'avais jamais laissé m'expliquer ce qui c'était passé cette nuit-là. Elle m'avait juste demandé de remercier Kellan, et j'avais supposé que c'était pour… ça. Peut-être qu'elle avait juste voulu le remercier de l'avoir emmenée en boîte, d'avoir dansé avec elle, de l'avoir conduite chez Griffin, de l'avoir ramenée à la maison, ou… Ça aurait pu être tout et n'importe quoi.

Je rouvris les yeux et ma voix se fit plus douce.

– Je suis désolée d'avoir pensé que… mais pourquoi tu m'as laissé croire ça pendant tout ce temps ?

Son regard et sa voix s'adoucirent également.

– Je voulais te faire du mal.

– Pourquoi ? chuchotai-je en faisant un pas vers lui.

Voyant qu'on était plus calmes tous les deux, Jenny me laissa passer. Arrivée à côté de lui, je posai une main sur sa joue et il ferma les yeux.

– Pourquoi, Kellan ?

– Parce que tu m'as fait du mal tellement de fois… Je voulais faire pareil.

Ma colère s'évanouit et il me regarda sans un mot. Quelque part derrière moi, j'entendis Jenny dire à Evan qu'il valait mieux nous laisser seuls. Puis j'entendis la porte s'ouvrir et se fermer. Il n'y avait plus que nous dans la pièce.

– J'ai jamais voulu te faire de mal. Ni à toi, ni à personne.

Je me mis à genoux en plein milieu de la pièce. La culpabilité, la douleur, la colère, tout ça m'avait épuisée. Kellan se mit à genoux devant moi et me prit la main.

– Ça a pas d'importance. Tout est rentré dans l'ordre, t'es avec Denny, et moi je…

Il ne finit pas sa phrase. À présent, je pouvais à peine me souvenir d'à quel point tout avait été parfait au début, avant que je gâche tout. Notre relation du début me manquait tellement, avant qu'il ne devienne distant, puis trop proche, puis je ne sais quoi d'autre encore.

– Tu me manques, murmurai-je soudain avant de me mettre à pleurer.

À ma grande surprise, il me prit dans ses bras et me serra contre lui. Je m'agrippai à lui et il me caressa le dos pendant que je sanglotais sur son épaule. J'aurais juste voulu ne plus rien ressentir. J'avais la tête qui tournait. Il murmura quelque chose qui ressemblait à « Je suis désolé, bébé » et mon cœur s'accéléra de l'entendre dire quelque chose d'aussi tendre. Il commença à me caresser les cheveux et je restai comme ça jusqu'à ce que mes larmes s'arrêtent de couler.

En tournant la tête vers lui, je vis qu'il avait les yeux clos et la tête baissée. Il avait l'air triste, et quand je tentai de m'écarter, il me serra plus fort.

– Non, s'il te plaît… reste, murmura-t-il.

En une seconde, je me rendis compte que notre position était dangereuse. Nos respirations, le silence dans la pièce, la façon dont il me serrait, le manque de ne pas avoir été dans les bras l'un de l'autre pendant si longtemps… Il ouvrit les yeux et me regarda, et je vis qu'il pensait la même chose. Il écarta les lèvres et sa respiration s'accéléra. Il avait raison : ce n'était pas pour rien qu'on ne pouvait pas se toucher. Il fallait que je lui dise que je ne pouvais plus faire ça à Denny.

– Tu me manques tellement.

Ce n'était pas du tout ce que j'avais prévu de dire… Il ferma les yeux et appuya son front contre le mien. Je pouvais voir à quel point je rendais les choses compliquées pour lui, même si ce n'était pas du tout ce que je voulais.

– Kiera, je peux pas… C'est mal, tu m'appartiens pas.

– Si.

Ça non plus, ça n'était pas ce que j'avais voulu dire. Il fit un drôle de bruit et prit une grande inspiration.

– Vraiment ? dit-il si bas que je l'entendis à peine.

Il me regarda et je vis de nouveau la passion brûler dans ses yeux.

– Je veux tellement être avec toi, dit-il.

Je me sentais si triste d'avoir gâché notre amitié, si coupable par rapport à Denny, et si heureuse d'être dans les bras de Kellan… et c'était ce sentiment-là qui l'emportait. Il m'avait tellement manqué que, maintenant qu'il était là avec moi, je ne voulais plus jamais qu'il s'en aille.

– Moi aussi.

Les mots qui sortirent de ma bouche furent enfin ceux que j'avais voulu dire.

Il nous fit rouler doucement sur le côté et je me retrouvai allongée sous lui. Il allait m'embrasser mais il se retint, et je vis l'incertitude dans ses yeux.

– Tu m'as tellement manqué. Ça fait si longtemps que j'ai envie d'être avec toi, de te toucher, te sentir. J'ai besoin de toi, Kellan.

Il me scrutait, comme pour déceler si je mentais ou pas.

– Me fais pas marcher. Je préfère arrêter tout de suite que de souffrir à nouveau. Je peux pas…

Je cherchai la réponse en moi, mais tout ce que je trouvai fut un besoin irrépressible d'être avec lui. Je ne supportais pas l'idée de passer un jour de plus en le voyant avec une autre. Je ne supportais pas de passer une seconde de plus avec ses lèvres sur une autre bouche que la mienne. Je ne pensais même pas à ce que ça impliquait pour Denny et moi. J'avais juste besoin que Kellan soit à moi. Rien qu'à moi.

– Me quitte pas, dis-je en prenant doucement son visage dans mes mains. Je veux être avec toi, mais faut que t'arrêtes de voir toutes ces…

– Non, me coupa-t-il. Je veux pas être avec toi juste parce que t'es jalouse.

J'amenai son visage près du mien et reproduisis un geste à lui qui m'avait rendue folle il n'y a pas si longtemps : je passai ma langue le long de sa lèvre supérieure. Ça eut l'air de lui faire le même effet qu'à moi, car il ferma les yeux et frissonna.

– Kiera, non. Me fais pas ça…

– Je suis désolée de t'avoir repoussé avant, mais c'est différent maintenant.

Je recommençai et je m'apprêtais à lécher sa lèvre inférieure quand il colla ses lèvres aux miennes. Puis il se recula, le souffle court, et me regarda en ayant soudain l'air hyper nerveux.

– Je suis amoureux de toi, murmura-t-il en cherchant mon regard.

Il était très pâle et il avait l'air terrifié... et plein d'espoir.

– Kellan, je...

Je ne savais pas quoi dire, et je sentis les larmes monter encore. Il ne me laissa pas finir : il leva une main pour me caresser la joue et il m'embrassa une nouvelle fois, dans un baiser plein de tendresse et d'émotion.

– Je tiens tellement à toi, et tu m'as tellement manqué. Je suis vraiment désolé pour tout ce que je t'ai dit, et d'avoir menti à propos de ta sœur... Je l'ai pas touchée, je t'avais promis que je ferais rien. Mais je pouvais pas te dire à quel point j'avais mal.

C'était comme si le fait de me dire enfin ce qu'il ressentait avait fait céder un barrage, et à présent, il ne pouvait plus s'arrêter. Il parlait à toute vitesse entre deux baisers.

– Toutes ces filles... J'avais tellement peur de te toucher. Tu voulais pas de moi, et ça me faisait trop mal. Je suis tellement désolé. Je t'aime.

Les larmes ruisselaient sur mes joues tandis que je l'écoutais, abasourdie. Ses lèvres continuaient à me parler et à m'embrasser sans s'arrêter.

– S'il te plaît, pardonne-moi. J'ai essayé de t'oublier mais ça a pas marché. Je suis désolé de t'avoir fait du mal. J'ai jamais voulu être avec quelqu'un comme je veux être avec toi. Quand j'étais avec elles, c'était toi que je voyais, et c'était toi que je voulais. C'est toi que je veux, pour toujours. Je t'aime tellement.

J'avais du mal à suivre ce qu'il disait, mais je le voulais encore plus, et ma respiration s'accéléra encore, tandis que nos baisers s'intensifiaient.

– Je t'aime tellement, et j'ai besoin de toi. Pardonne-moi. Reste avec moi. Dis-moi que c'est ce que tu veux, toi aussi. S'il te plaît… Je veux que tu sois à moi.

Il arrêta de m'embrasser et se figea. Il avait de nouveau l'air terrifié, comme s'il venait de se rendre compte de ce qu'il venait de dire.

– Kiera ? dit-il d'une voix tremblante.

Je réalisai que je n'avais pas dit un mot depuis un long moment. Il avait mis son cœur à nu devant moi et j'étais restée là sans rien dire. Certes, il ne m'avait pas trop laissé la possibilité de répondre, mais il ne s'en était sans doute même pas rendu compte, et à présent, tout ce qu'il voyait, c'était mes larmes et mon silence.

L'émotion me noua la gorge et je fermai les yeux. J'avais besoin d'une minute pour imprimer tout ce qu'il venait de dire. Il m'aimait ? Il m'adorait ? Il voulait être avec moi pour toujours ? Il m'aimait ? Il voulait que je sois avec lui ? Il m'aimait ? Les sentiments contre lesquels j'avais tellement lutté m'envahirent à nouveau, avec tout ce qu'on avait traversé, chaque larme, chaque sourire, chaque mot… Il m'avait aimée pendant tout ce temps ?

Je le sentis se redresser et je me rendis compte que j'étais toujours allongée sans rien dire, les yeux fermés. Je les ouvris et vis son air triste et paniqué. J'attrapai son bras pour l'empêcher de s'éloigner et une larme roula sur sa joue quand son regard croisa le mien. Je l'essuyai avec mon pouce, attirai son visage à moi et l'embrassai.

– Kiera, murmura-t-il contre ma bouche.

– T'avais raison depuis le début : on est pas amis, on est bien plus que ça. Et je veux être avec toi. Je veux être à toi.

C'était exactement ce que je ressentais à cet instant. À cet instant, il était tout pour moi, et plus rien n'existait à part lui. Je n'en pouvais plus de résister. J'étais fatiguée de me battre, et je voulais être à lui.

Il soupira doucement et m'embrassa comme si on ne s'était pas embrassés depuis des années. Il tremblait de tout son corps et il se décala légèrement pour se presser contre moi. Le bruit qui s'échappa de sa gorge me ravit.

Je caressai son dos de haut en bas et il frissonna. Puis je passai mes mains sous sa chemise et caressai sa peau. Je sentis ses mains passer de mon cou à ma poitrine avant d'atterrir sous ma chemise. Il tremblait en écartant le tissu tandis qu'il m'embrassait. Je me rendis compte qu'il se retenait, qu'il s'obligeait à aller doucement et à garder le contrôle, comme s'il avait peur que je change d'avis, son désir et sa crainte déclenchèrent un véritable incendie en moi.

Je laissai courir mes doigts sur son dos, le long de chaque muscle, et il geignit doucement quand je caressai son torse et la fine cicatrice sur son flanc. La cicatrice qu'il avait à cause de moi… parce qu'il m'aimait. Sans séparer ses lèvres des miennes, il caressa mes épaules, mes bras, ma poitrine, mon ventre… C'était tellement bon de sentir ses mains sur moi… Elles descendirent jusqu'à mon jean et il les laissa sur ma taille, comme s'il me demandait l'autorisation de continuer ou pas.

– Je suis à toi… t'arrête pas, murmurai-je à son oreille.

Il commença à déboutonner mon jean, et je tendis les mains pour déboutonner le sien. Il s'écarta pour me regarder attentivement et je vis qu'il ne tremblait plus, comme s'il avait finalement compris que je n'allais pas l'arrêter.

– Je t'aime, dit-il avant de m'embrasser dans le cou.

L'expression de son visage et ses mots me firent un tel effet que je retins mon souffle. Soudain, ce qu'on était en train de faire me parut déplac, et sale. Ça jurait avec la tendresse de ses mots, et je me sentis incapable de continuer.

– Kellan, attends… juste une min…

Il s'immobilisa puis il s'affala sur moi en protestant, sa tête sur mon épaule.

– Dis-moi que c'est pas vrai. Tu vas pas me faire ça ?

– Non, c'est pas ça… C'est juste que…

– C'est juste que quoi ?

Il se recula et me regarda, hors d'haleine. Ses yeux brûlaient de désir, et d'agacement aussi.

– Tu sais que si tu continues à me faire ce genre de plans, je pourrai jamais avoir d'enfants ?

Je ris et il fronça les sourcils.

– Parce que ça t'amuse, en plus ?

Je lui caressai la joue, et je réussis à le faire sourire.

– Si on le fait… Si on décide d'être ensemble, je veux pas que ce soit par terre dans la réserve.

– Parce que maintenant, ça te dérange de le faire avec moi à même le sol ?

À la référence de notre moment dans le stand à expresso, nous rîmes. J'avais l'impression de ne pas avoir entendu ce son depuis une éternité. Il m'embrassa de nouveau puis prit un air faussement inquiet.

– Attends… est-ce que tu m'as laissé te déballer tout ça juste pour me revoir tout nu ?

Je ris encore une fois et pris son visage dans mes mains.

– Qu'est-ce que ça m'a manqué…

– Quoi ?

– Toi… Ton humour, ton sourire, tes caresses… Tout.

– Toi aussi, tu m'as manqué.

Une boule me noua la gorge et il m'embrassa encore.

– Tu sais, reprit-il en haussant les sourcils, y a plein d'autres options à part le sol.

– Ah bon ?

– Ouais, regarde… Tables, chaises, étagères… Murs ?

Quelques minutes plus tôt, on se sautait à la gorge, et maintenant, on était là en train de plaisanter, à moitié habillés.

– Embrasse-moi, dis-je en secouant la tête.

– À vos ordres.

Il sourit et m'embrassa intensément.

– Allumeuse, murmura-t-il dans mon cou.

– Traînée, bougonnai-je en souriant et en embrassant la joue que j'avais giflée un peu plus tôt.

De petits coups furent frappés à la porte mais on les ignora tous les deux.

– Hummm, soupirai-je en fermant les yeux.

Il était en train de remonter jusqu'à ma bouche quand les coups cessèrent. Soudain, la porte s'ouvrit en grand, et on sursauta tous les deux en voyant Evan dans la pièce.

– Merde. Evan, tu m'as foutu une de ces trouilles ! dit Kellan en riant.

Je n'avais aucune envie de rire. Me faire surprendre dans cette situation était loin de m'amuser, même si Evan avait mis une main devant ses yeux. Il referma immédiatement la porte derrière lui et regarda ailleurs.

– Désolé… Je pensais pas que vous étiez… Kellan, faut que je te parle.

Il avait l'air hyper gêné, mais sans doute pas autant que moi.

– Ton timing est vraiment pourri, dit Kellan.

– Désolé, mais tu vas remercier mon timing dans environ dix secondes.

Kellan sourit de toutes ses dents.

– Ça peut vraiment pas attendre dix…

J'enfonçai mon index dans ses côtes et il baissa les yeux vers moi avant de les ramener sur Evan.

– Ou plutôt vingt minutes ? corrigea-t-il.

Je ne pus m'empêcher de pouffer de rire.

– Denny est là, annonça Evan.

Cela eut le mérite de me couper l'envie de rire en deux secondes.

– Quoi ? demandai-je à voix basse.

– Merde, dit Kellan en me tendant ma chemise.

Je l'enfilai rapidement et Evan osa enfin nous regarder.

– À moins que vous vouliez que la soirée devienne encore plus intéressante, il faut que Kiera retourne en salle. Et toi, tu restes ici. Il faut qu'on parle.

– Merci… dit-il en regardant Evan.

– Tu vois, je savais que tu me remercierais, répondit-il à moitié amusé.

Quand Kellan se leva et m'aida à me redresser, j'étais glacée. On remit nos vêtements en place et je commençai à avoir du mal à respirer.

– T'inquiète pas, ça va aller.

– Mais les gens dans le bar… Ils ont vu, et tout le monde doit être en train d'en parler. Il va être au courant.

J'étais complètement paniquée mais il secoua la tête.

– Il saura qu'on s'est disputés, c'est tout. Tu ferais mieux d'y aller avant qu'il vienne te chercher ici.

– D'accord…

– Kiera ?

J'allais partir quand il m'attrapa par le bras et m'attira à lui pour un dernier baiser interminable.

Quand je sortis dans le couloir, j'étais à bout de souffle.

20

Confessions

Par chance, le couloir était vide et je ne croisai personne en allant me réfugier aux toilettes, vides elles aussi. Abattue, je me laissai glisser au sol et me pris la tête entre mes mains. On avait frôlé la catastrophe. Qu'est-ce qui ce serait passé si ça avait été Denny à la place d'Evan ? Si je devais quitter Denny, je refusais qu'il l'apprenne de cette façon.

Est-ce que j'allais vraiment laisser Denny pour Kellan ? Je l'adorais et je ne voulais pas le quitter mais j'avais tellement aimé sentir les bras de Kellan autour de moi. Je savais que je ne pourrais plus lui dire non. J'avais trop besoin de lui. Je souris et portai ma main à mes lèvres en me remémorant le dernier baiser de Kellan. Était-il vraiment amoureux de moi ? Et moi, est-ce que je l'étais ?

J'ouvris la porte et glissai la tête à l'extérieur : le couloir était toujours vide. Parfait. Je regardai dans la glace et décidai que ça ne se voyait pas sur ma tête que j'avais été dans les bras de Kellan quelques secondes plus tôt... Je soupirai et quittai enfin la pièce.

Mes yeux se dirigèrent instinctivement vers la table du groupe quand je rentrai dans la salle. Aucune trace de Kellan. Est-ce qu'il était encore dans la réserve avec Evan ? Le regard glacial de plusieurs clients qui n'avaient pas apprécié mon absence prolongée m'empêcha d'y réfléchir. Ça et Denny qui s'approchait de moi prudemment.

J'espérai l'espace d'une seconde qu'il n'était au courant de rien, mais par-dessus les autres conversations, j'entendis soudain la voix de Griffin.

– Ouais, Kiera, bien joué ! Sacrée baffe !

Matt lui donna un coup dans les côtes.

– Quoi ? grommela Griffin. Ce connard la méritait, j'suis sûr.

Je fermai les yeux un instant et maudis ce crétin intérieurement. Qu'est-ce que ma sœur avait bien pu lui trouver ?

– Kiera, tout va bien ? Tout le monde dit que t'as frappé Kellan ? demanda-t-il d'un air inquiet.

Je lui pris la main et l'entraînai jusqu'au bar pour gagner du temps. Qu'est-ce que j'allais bien pouvoir lui raconter ? Soudain, mon agacement contre Griffin me donna une idée et je répondis sans trop réfléchir.

– Ce salaud a couché avec Anna quand elle est venue ici et il l'a jamais rappelée. Il lui a brisé le cœur.

Denny s'immobilisa et je m'arrêtai aussi. Je m'arrêtai même de respirer.

– Oh…

Il n'ajouta rien et je me demandai s'il me croyait ou pas.

– Quand je l'ai appris, ça m'a rendue malade qu'il l'utilise comme ça, et après, il y a eu toutes les filles qu'il a ramenées à la maison… Tout à l'heure, une fille a limite commencé à lui faire un strip-tease, et j'ai craqué.

– Pourquoi tu me l'as pas dit avant ? Je lui en aurais parlé.

– J'avais promis à Anna que j'en parlerais à personne, dis-je en recommençant à respirer normalement.

– Ah bon ? Pourtant, vu comment elle le collait, j'aurais cru qu'elle aurait plutôt été du genre à le crier sur les toits. Enfin bref, si ça te dérange pas, je préfère m'occuper de mettre des droites à ta place, d'accord ?

Il m'embrassa sur la joue et je ris nerveusement en serrant sa main plus fort. Il allait vraiment gober ça ?

– Comme tu veux, dis-je en l'embrassant rapidement. Les clients ont pas l'air ravi, il vaut mieux que j'y retourne.

– Tu parles, je suis sûr qu'ils ont adoré le spectacle. Je meurs de faim, je pense que je vais rester manger quelque chose, dit-il en me serrant dans ses bras. Je t'aime.

Là-dessus, il me tourna le dos et se dirigea vers une table… la table des garçons. Je crus que j'allais être malade.

Je ne savais pas de quoi Evan parlait avec Kellan, mais ils restèrent enfermés dans la réserve pendant plus d'une heure, et quand ils finirent par ressortir, Kellan traversa le bar la tête basse et il partit tout de suite, sans même me regarder. Je fus d'abord vexée, mais en remarquant les murmures autour de moi, je me dis qu'il avait eu raison : après tout, on venait de se disputer et les clients n'auraient pas compris qu'il vienne me dire au revoir.

Je ne vis plus Kellan de la soirée. Par chance, Denny crut l'histoire que je lui avais racontée et il ne posa pas de questions aux garçons. Quand je lui apportai son dîner un peu plus tard, ils étaient tous en train de parler football. Denny me sourit et se pencha pour m'embrasser. Je ne pus m'empêcher de regarder Evan. On l'avait mis dans une position extrêmement délicate, et à voir comment il rougissait, il avait vraiment l'air mal à l'aise. J'évitai de croiser son regard pour le reste de la soirée.

Denny partit peu après dîner et je passai les heures qui me séparaient de la fin de mon service à essayer d'ignorer les murmures qui s'arrêtaient dès que j'approchais. J'espérais que personne n'avait compris de quoi il s'agissait. Je n'avais pas besoin que qui que ce soit aille parler à Denny.

Jenny proposa de me ramener à la maison et je la remerciai pour son offre, ainsi que pour son aide un peu plus tôt avec

Kellan. On marchait vers sa voiture quand je restai clouée sur place, la gorge nouée. Jenny suivit mon regard et vit la voiture de Kellan garée de l'autre côté de la rue. Il était adossé contre la portière, les bras croisés sur sa poitrine, et il sourit en me voyant.

Mon cœur se mit à battre deux fois plus fort. Jenny soupira et je la regardai d'un air suppliant.

– C'est bon, vas-y. Je dirai qu'on est allées boire un café et qu'on a pas vu le temps passer, ou un truc comme ça.

– Merci, dis-je en la serrant dans mes bras.

J'allai partir quand elle m'attrapa par le bras.

– C'est la première et la dernière fois. Je veux pas être mêlée à ça.

– Je suis désolée de t'avoir entraînée là-dedans.

Elle me regarda intensément et me lâcha le bras.

– Tu dois en choisir un, et laisser partir l'autre. Tu peux pas les garder tous les deux.

Ses mots me nouèrent la gorge mais je hochai la tête. Elle fit signe à Kellan et monta dans sa voiture, et je traversai la rue presque en courant.

Il sourit et me tendit la main pour me faire faire le tour de la voiture, puis il m'aida à monter à l'intérieur. En le regardant, des images de notre dispute commencèrent à me revenir, notamment un moment qui restait gravé dans ma mémoire, et je fronçai les sourcils au moment où il s'asseyait près de moi.

– Quoi ? Je t'ai pas vue depuis plusieurs heures, qu'est-ce que j'ai bien pu faire de mal pendant ce temps ?

– C'est un truc que t'as fait tout à l'heure.

– Va falloir être un peu plus spécifique, dit-il malicieusement, on a fait pas mal de trucs…

Je n'avais pas du tout envie de plaisanter.

– Comment t'as pu m'imiter comme ça devant Evan et Jenny ? dis-je en lui envoyant des coups répétés dans le bras. C'était hyper embarrassant !

Il s'écarta de moi en riant.

– Désolé, c'était pour appuyer ma théorie.

– Je pense que t'as réussi, petit con !

– J'ai vraiment une mauvaise influence sur toi, t'as vu comment tu parles ?

Je finis par sourire et me blottis contre lui.

– Tu peux m'imiter aussi, si tu veux, offrit-il d'un air ravi.

– T'étais pas mauvais, en tout cas.

– Question d'habitude, dit-il en riant.

Soudain, ses yeux prirent un drôle d'éclat.

– T'as raison, c'était pas juste. Pour la peine, je vais m'imiter moi-même.

J'allais lui répondre que ça n'avait rien à voir étant donné qu'il n'y avait que moi pour l'entendre, quand il me serra tout contre lui en amenant ses lèvres à mon oreille. Il se mit à respirer plus fort et je fermai les yeux en sentant mon propre souffle s'accélérer : l'air qui s'échappait de ses lèvres venait me caresser dans le cou et sa bouche effleura mon oreille, ce qui me fit frissonner.

– Hummm, gémit-il avant de souffler bruyamment.

Mon corps réagit immédiatement, comme si j'avais reçu une décharge électrique. Il me caressa la cuisse et je me tortillai sur mon siège, puis il murmura mon prénom, ce qui me fit perdre le peu de self-control qui me restait. Je pivotai pour lui faire face, l'attrapai par le cou et l'embrassai sauvagement. C'était si bon de le sentir, de le goûter… Peut-être que la voiture n'était pas si mal, comparée au sol poussiéreux de la réserve ? Soudain, il écarta son visage du mien.

– J'ai une idée, dit-il, les yeux pétillants.

– Quoi ? demandai-je.

Il pouvait vraiment faire de moi ce qu'il voulait…

– Besoin d'une minute ? demanda-t-il avec un grand sourire.

Je lui donnai une autre tape sur le bras et il rit avant de faire démarrer la voiture.

– On va où ?

J'étais un peu en rogne à présent et il secoua la tête.

– Désolé, je voulais pas te frustrer.

Je haussai les sourcils et il rit à nouveau.

– Bon, peut-être que si, dit-il en me faisant un clin d'œil. Je voudrais te montrer quelque chose.

Je soupirai et me laissai aller contre lui, son bras autour de mes épaules. Puis je me rendis compte qu'on allait en direction du centre-ville.

– Tu m'emmènes où ?

– Je t'avais promis qu'on irait à la Space Needle.

– Kellan, il est deux heures du mat'… C'est fermé.

– Je connais du monde… dit-il en souriant.

On se gara au même endroit que la première fois qu'on était venus et Kellan me prit la main. On retrouva un employé qui, de toute évidence, nous attendait, et qui nous laissa entrer. Je regardai Kellan d'un air interrogateur. Comment il avait fait ? Il lui tendit une poignée de billets et l'homme nous conduisit aux ascenseurs.

– Tu lui as donné combien ? demandai-je à Kellan tandis que les portes de l'ascenseur se refermaient sur nous.

– T'en fais pas pour ça. La maison est pas la seule chose que mes parents m'ont laissée.

Il me fit un clin d'œil et j'allais lui poser une autre question quand l'ascenseur se mit en route. Je pouvais voir la ville rétrécir rapidement en dessous de nous à travers les portes vitrées. Les hauteurs n'étaient vraiment pas mon truc, et je me collai à la paroi de l'ascenseur qui, d'un coup, me parut minuscule et fragile. Kellan remarqua ma pâleur et posa une main sur ma joue.

– T'inquiète pas, tu risques rien.

Puis il m'embrassa doucement et j'oubliai complètement l'ascenseur. Quand on arriva en haut, j'avais les doigts dans ses cheveux et ses bras autour de ma taille. L'homme toussota et on arrêta de s'embrasser immédiatement. Kellan rit en me voyant rougir comme une pivoine.

– Tout le monde descend, dit Kellan en me poussant à l'extérieur de l'ascenseur.

Il tapota l'homme dans le dos, me prit par les deux mains et avança à reculons jusqu'au bord de la plate-forme d'observation qui surplombait la ville. On était dans le noir, étant donné que le bâtiment était fermé, mais la ville brillait de mille feux sous nos pieds.

– C'est magnifique, murmurai-je.

– Je trouve aussi, dit-il à voix basse.

Mais il était adossé à la balustrade, et c'était moi qu'il regardait.

– Viens ici, dit-il en me tendant les bras.

Je réussis à le rejoindre et à m'adosser à la balustrade sans avoir le vertige. À présent, c'était lui qui avait la tête tournée vers la ville et moi qui le contemplais. J'avais vraiment du mal à comprendre pourquoi cet homme aussi parfait était amoureux de moi.

– Pourquoi moi ? murmurai-je.

Il tourna la tête vers moi et sourit.

– T'as aucune idée d'à quel point je te trouve belle.

Il sourit en voyant le rouge me monter aux joues et réfléchit une seconde avant de reprendre la parole.

– C'était toi et Denny… votre relation.

– Qu'est-ce que tu veux dire ?

Il soupira et baissa les yeux.

– Je peux pas vraiment t'expliquer sans clarifier un truc qu'Evan a dit.

Je me rembrunis en repensant à notre dispute.

– Quand tu lui as dit de te foutre la paix ?

Il n'avait vraiment pas l'air d'avoir envie d'en parler.

– Oui, finit-il par répondre.

– Je comprends pas… Qu'est-ce que ça a à voir avec moi ?

– Rien… ou tout… dit-il en secouant la tête.

– Tu te rends compte que ce que tu dis n'a aucun sens ? demandai-je en souriant à moitié.

– Je sais, dit-il en riant. Donne-moi une minute.

Je me serrai contre lui et mis ma tête sur son épaule. Tant que je pouvais rester comme ça, il pouvait prendre tout le temps qu'il voulait. Le spectacle de la ville sous nos pieds était époustouflant et je respirai son parfum en me collant encore un peu plus contre lui. Il me serra dans ses bras et caressa mon dos d'une main.

– Vous aviez raison, Evan et toi. À propos des filles. Ça fait des années que je me sers d'elles.

– Des années ? C'est pas juste à cause de moi, alors ?

Bizarrement, j'étais presque un peu déçue.

– Non… Même si t'as sûrement pas arrangé les choses.

Je fronçai les sourcils, un peu mal à l'aise.

– Tu devrais pas utiliser les gens… peu importe la raison.

– Parce que tu m'as pas utilisé pour te venger de Denny, la première fois ? demanda-t-il en souriant.

Je détournai le regard. Il avait raison, je m'étais servie de lui. Il m'attrapa par le menton et m'obligea à le regarder.

– C'est pas grave, je m'en doutais. Ça m'a pas empêché d'espérer un truc entre nous. Après, j'ai passé la journée à traîner en ville, à me demander comment je pouvais faire pour te dire que je t'aimais sans passer pour un idiot.

Je m'étais toujours demandé où il était passé ce jour-là.

– Quand tu t'es jetée dans ses bras à son retour comme s'il s'était jamais rien passé, ça m'a achevé. Je le savais, dit-il en secouant la tête presque avec colère. À la minute où je suis rentré à la maison et où je vous ai entendus à l'étage, j'ai su qu'on avait aucune chance.

J'écarquillai les yeux, surprise.

– Tu nous as entendus ?

Je ne comprenais plus rien… Il était rentré à la maison bien plus tard… et bien plus soûl, aussi. Il baissa les yeux, comme s'il regrettait ce qu'il venait de dire.

– Ouais… Je suis rentré et je vous ai entendus dans la chambre. Vous étiez en train de vous… réconcilier. J'ai attrapé une bouteille de whisky, je suis allé chez Sam, et tu connais la suite.

Je me sentis étrangement coupable.

– Je suis désolée… Je savais pas.

– T'as rien fait de mal. J'ai été un vrai connard avec toi après… Je suis désolé.

Il sourit d'un air penaud et je fis la grimace.

– J'ai tendance à pas filtrer les mots qui sortent de ma bouche quand je suis en colère. Et apparemment, t'es la personne la plus douée du monde pour me mettre en rogne.

Je ris en haussant les sourcils.

– J'avais remarqué, dis-je en repensant à nos pires disputes. Mais t'avais raison, et quelque part, je pense que je méritais tout ce que t'as dit.

– Non. Tu méritais pas toutes ces horreurs.

– Je t'ai induit en erreur…

– Mais tu savais pas que je t'aimais.

Il me caressa la joue et je noyai mes yeux dans les siens. Je savais que je ne méritais pas sa gentillesse.

– Non, mais je savais que je comptais pour toi, et j'ai été carrément insensible.

– C'est vrai… Mais on s'éloigne du sujet. Je croyais qu'on parlait de mes troubles psychologiques.

– Ah oui, tes coucheries, dis-je en riant.

– Je suppose qu'il faut que je commence par le discours sur mon enfance malheureuse.

– On en a déjà parlé.

Je ne voulais pas remettre ce sujet si douloureux sur la table.

– C'était juste le haut de l'iceberg. Y a plein d'autres choses que j'ai jamais racontées à personne.

– T'es pas obligé de m'en parler. Je veux pas te faire souffrir.

– Mais j'ai envie de t'en parler. Je veux que tu comprennes, et que tu saches ces choses-là sur moi.

– Si c'est ce que tu veux… j'écouterai tout ce que t'as à me dire, et je respecterai tout ce que tu veux garder pour toi.

Je souris pour l'encourager, et à ma grande surprise, il rit.

– Tu vas voir, c'est marrant.

J'avais du mal à le croire : ce qu'il m'avait raconté jusqu'à maintenant sur son enfance était tout sauf marrant.

– Va falloir que tu m'expliques.

– D'accord, peut-être que marrant est pas le bon mot… Appelons plutôt ça une drôle de coïncidence. Apparemment, ma mère était amoureuse du meilleur ami de mon père.

Je pâlis. *Tu parles d'une coïncidence.* Kellan sourit en voyant ma réaction et continua.

– Alors quand mon cher papa a dû partir plusieurs mois pour aller régler des affaires de famille… tu peux imaginer sa surprise au retour quand il a découvert que sa charmante femme était enceinte.

J'ouvris grand la bouche et Kellan sourit d'un air sarcastique.

– Surprise, mon chéri !

– Qu'est-ce que ton père a fait ?

– Justement, c'est là que ma mère a brillé dans toute sa splendeur : elle lui a raconté qu'elle avait été violée pendant son absence. Et il l'a crue.

Moi, je n'en croyais pas mes oreilles. Qui pouvait faire un truc pareil ? Je remarquai que lui aussi était blême.

– Il m'a détesté avant même que je sois né.

Ses yeux devinrent humides, mais il ne pleura pas. Je l'embrassai sur la joue en me sentant impuissante.

– Je suis tellement désolée… Mais pourquoi ta mère a fait ça ?

– J'imagine qu'elle a eu peur de tout perdre. Au moins, elle est toujours restée fidèle à son histoire. Elle a carrément porté plainte, et y a même marqué « Né de père inconnu » sur mon certificat de naissance. Mon père n'a pas voulu me reconnaître.

– Qui t'a raconté tout ça ?

– Eux. Ils n'arrêtaient pas de me le répéter. C'était presque mon histoire avant d'aller au lit. « Bonne nuit, mon chéri. Et merci d'avoir détruit nos vies, au fait. »

– Comment tu sais… pour l'ami de ton père ?

– C'est ma mère qui me l'a dit. J'imagine qu'il a flippé quand il a su qu'elle était enceinte et elle l'a jamais revu. Ça lui a brisé le cœur, et je pense que c'est pour ça qu'elle me détestait. Elle me détestait encore plus que mon père.

Je le serrai contre moi et l'embrassai sur la joue.

– Tu l'as jamais dit à ton père ? Peut-être qu'il…

– Il m'aurait jamais cru, interrompit Kellan. Il se serait contenté de me mettre une raclée encore plus violente que d'habitude, et c'est le genre de trucs que j'essayais d'éviter. De toute façon, je suis sûr qu'il le savait.

– Pourquoi ?

– Je suis le portrait craché de son meilleur ami. C'est peut-être pour ça qu'il me tapait dessus.

Soudain, j'étais en rage contre ces gens qui l'avaient élevé en le traitant de cette façon.

– Mais c'était pas ta faute.

– Je sais… Je l'ai jamais dit à personne. Ni Evan, ni Denny… Absolument personne.

J'étais touchée qu'il me confie quelque chose d'aussi personnel mais je ne comprenais pas bien ce que ça avait à voir avec les autres filles, ni avec moi.

– Pourquoi tu me racontes ça ?

– Parce que je veux que tu comprennes. Tu t'imagines, grandir dans une maison remplie d'autant de haine ? Je suppose que non… T'as sûrement grandi dans une maison pleine d'amour, dit-il en souriant tristement.

Le cœur serré, je me penchai pour l'embrasser. Il me sourit doucement et me prit par la main.

– Viens.

On commença à faire le tour de la plate-forme, le long de la balustrade. J'avais du mal à regarder le paysage, car mes yeux restaient fixés sur lui. Il avait l'air perdu dans ses pensées, et je devinais qu'il avait encore des choses à me dire.

– J'étais plutôt timide et renfermé quand j'étais petit, reprit-il. J'avais pas vraiment de copains, à part ma guitare. Bon sang, j'étais pathétique…

– Dis pas ça.

– C'est vrai, pourtant. Enfin, disons plutôt que ma solitude était pathétique, si tu préfères. Et puis j'ai découvert un truc et, pour la première fois, j'ai eu l'impression que quelqu'un voulait de moi. Qu'on m'aimait, presque.

– Le sexe ?

– C'est ça. J'étais jeune la première fois, dit-il en secouant la tête, mais j'imagine que t'avais compris.

Je rougis en me rappelant de la discussion qu'on avait eue à ce sujet dans sa chambre.

– J'étais bien trop jeune, mais je l'ignorais à ce moment-là… J'avais juste l'impression, que quelqu'un faisait attention à moi, et après, j'ai voulu retrouver cette sensation aussi souvent que possible, dit-il en baissant les yeux. Même à l'époque, c'était super simple. J'arrivais toujours à trouver quelqu'un, et tant que la fille avait envie d'être avec moi, je me fichais de qui elle était. Ça a pas tardé à m'obséder, et si ça se trouve, c'est toujours…

Il arrêta de marcher et me regarda d'un air inquiet.

– Je te dégoûte ?

Comment lui reprocher de chercher à être aimé, avec la vie qu'il avait eue ?

– Pourquoi tu dis ça ?

– Parce que, ce serait compréhensible.

– C'est pas le cas.

– T'es vraiment adorable…

– T'avais quel âge ? demandai-je pour cacher ma gêne.

– J'avais douze ans, avoua-t-il après un soupir. Pour sa défense, je lui ai dit que j'en avais quatorze. Elle a eu l'air de me croire, mais en vrai, je pense que ça lui était égal.

Je me forçai à fermer la bouche et à sourire, mais il vit que j'étais choquée et il eut l'air de nouveau inquiet. Je l'embrassai tendrement pour le rassurer, et il sourit, un peu moins tendu.

– Alors tu te sers des femmes pour te sentir aimé ? finis-je par demander après plusieurs minutes de silence.

– Je m'en rendais pas compte, au début. J'y avais même jamais vraiment réfléchi, jusqu'à toi. Je comprenais pas pourquoi t'étais si différente à mes yeux. Maintenant, je sais que c'est mal, mais c'était mieux que rien… et je me sentais moins seul. Même si elles aussi se servent de moi, mais ça, personne n'y pense jamais. Elles en ont rien à faire de moi, en réalité.

Je ne pus m'empêcher de me sentir coupable en pensant que moi aussi je m'étais servi de lui. Mais dans toutes ces rencontres, il y en avait bien qui avaient dû compter ?

– T'es jamais tombé amoureux ? demandai-je timidement.

Il me fit un sourire qui doubla mon rythme cardiaque.

– Jusqu'à toi, non. Et personne m'a jamais aimé non plus.

J'essayai de comprendre comment quelqu'un comme lui n'avait jamais connu le véritable amour. Ça n'avait pas de sens pour quelqu'un d'aussi beau, talentueux, drôle et génial que lui.

– Il y a bien une fille qui a dû…

– Non, interrompit-il. Que du sexe, jamais d'amour.

– Même pas un amour de lycée ?

– Non. J'avais tendance à sortir avec des femmes plus âgées. Et c'était pas l'amour qu'elles recherchaient.

– Une serveuse un peu naïve ?

– Je t'ai dit, avant toi… j'ai jamais compté pour personne.

– Même pas une de tes fans alors ?

– Encore moins, dit-il en riant. C'est les relations les plus fausses de toutes. Elles se foutent de qui je suis, et elles sont même pas vraiment avec moi… Elles sont avec l'image de la star du rock qu'elles se font de moi. Sauf que c'est pas ce que je suis. Pas du tout.

Je souris et l'embrassai doucement sur la joue. Il était tellement plus que ça.

– Et dans tes colocs ? finis-je par demander d'une voix mal assurée.

Je savais très bien que je n'étais pas la seule avec qui il avait couché, et je n'étais pas sûre d'avoir envie de connaître l'histoire avec Joey, mais j'étais quand même curieuse. Il me regarda du coin de l'œil et sourit, penaud.

– J'aurais vraiment préféré que Griffin la boucle à ce sujet. T'as dû croire que j'étais un monstre. Parfois, je me demande même pourquoi tu me touches.

Je fronçai les sourcils et il continua son histoire.

– Y a jamais rien eu à part du sexe entre Joey et moi. Elle adorait être au centre du monde, et quand elle a compris qu'elle était pas le centre du mien, ça a fait tout un drame. Elle a piqué une crise et elle est partie du jour au lendemain avec son plan cul numéro trois, si mes souvenirs sont bons.

Il s'interrompit encore et prit mes mains dans les siennes.

– Je sais que c'est dur à croire, mais j'ai jamais ressenti pour personne ce que je ressens pour toi. Et ce que tu ressens pour moi, j'ai jamais vu ça chez personne non plus.

Étranglée par l'émotion, je l'embrassai doucement.

– Et donc, Denny et moi… notre relation ? repris-je.

– Ah oui, c'est vrai. Je pense que ça m'intriguait au début. J'avais jamais vu quelque chose d'aussi tendre et d'aussi vrai.

Et le fait que tu traverses le pays pour être avec lui… Je suis incapable d'imaginer que quelqu'un puisse faire ça pour moi. J'avais jamais rencontré un couple comme vous, et en vivant avec vous et en te regardant avec lui jour après jour, j'ai commencé à avoir envie de la même chose. J'ai arrêté mes coucheries, sauf que j'ai commencé à avoir des sentiments pour toi, même si je l'ai pas compris tout de suite. Je savais que c'était mal de penser à toi de cette façon, parce que tu étais avec Denny. Avec quelqu'un d'autre, ça m'aurait été égal, mais Denny compte beaucoup pour moi. L'année qu'il a passée chez nous a été la meilleure année de ma vie… enfin, peut-être jusqu'à celle-ci.

Je souris et l'embrassai au coin de la bouche. C'était tellement génial de pouvoir l'embrasser librement dès que j'en avais envie.

– Quand je suis tombé amoureux de toi… c'était complètement différent de tout ce que j'avais connu avant. C'était presque instantané, et je crois que ça a commencé au moment où tu m'as serré la main.

Il rit en se rappelant de notre première rencontre et je rougis.

– C'était tellement puissant. J'avais entendu dire que c'était fort, mais c'était vraiment incroyable. Je suis devenu complètement accro à toi. Parfois, j'avais l'impression que tu tenais à moi, et j'étais le plus heureux du monde. Mais le plus souvent, c'était lui que tu voulais, et c'était comme si quelque chose mourait à l'intérieur de moi. J'essayais vraiment de garder mes distances, mais je trouvais toujours des excuses pour te toucher ou te prendre dans mes bras. Jusqu'à la fois où j'ai failli t'embrasser dans le salon. Tu peux pas savoir à quel point ça a été difficile de résister.

Il ferma les yeux et secoua la tête.

– La première fois qu'on l'a fait, je t'ai tenue dans mes bras pendant des heures après… juste pour sentir ta chaleur et ton souffle sur ma peau.

Il rouvrit les yeux et put voir que je le dévisageais d'un air absolument ébahi.

– T'as dit mon nom pendant que tu dormais. C'était presque aussi bon que ce qu'on venait de faire.

Il sourit malicieusement et je ris pour cacher ma gêne.

– J'aurais aimé rester, dit-il en reprenant son sérieux, mais j'ai pas pu. J'ai eu la trouille. J'étais incapable de te dire que je venais de découvrir que j'étais fou amoureux de toi…

J'aurais aimé répondre quelque chose de profond, mais mon cerveau était incapable de fonctionner.

– Kellan, je…

Il ne me laissa pas finir, ce qui m'arrangea bien.

– Quand t'es retournée avec lui, j'ai voulu partir. C'était trop dur de te voir avec lui après avoir été avec toi. De te voir l'aimer comme je voulais que tu m'aimes moi. Ça me mettait tellement en colère de vous voir ensemble.

Je sentis les larmes me monter aux yeux et je le pris dans mes bras. J'avais cru que j'étais juste une conquête de plus… et je l'avais profondément blessé.

– C'est moi qui suis désolée. Je savais pas.

Il soupira avant de baisser les yeux.

– Quand j'ai enfin trouvé la force de partir, tu m'as demandé de rester et j'ai recommencé à espérer. Je me suis dit que, peut-être, je comptais vraiment pour toi. T'avais vraiment l'air de vouloir que je reste, ajouta-t-il avec un sourire en coin.

Je rougis, en me rappelant la façon dont je l'avais supplié de ne pas partir. Il sourit encore plus avant de reprendre son sérieux.

– Tu m'as sûrement pas entendu, mais je t'ai dit que je t'aimais ce soir-là. J'ai pas pu m'en empêcher.

C'était donc ça qu'il avait murmuré à mon oreille…

– Et puis tu t'es mise à pleurer à cause de Denny. C'était horrible.

Je sentis les larmes couler sur mes joues. Je lui avais fait tellement de mal. Il avait l'air en colère à présent.

– Je crevais d'envie de te prendre dans mes bras, mais t'étais si mal… T'avais l'air malade. Et c'était ma faute. T'étais dégoûtée par ce qu'on venait de faire, alors que pour moi c'était hyper important. Je t'ai détestée après ça.

Je reniflai tout en continuant à pleurer, et il détourna le regard pour ne pas me voir.

– J'ai failli partir cette nuit-là. Je voulais vraiment m'en aller. Mais j'étais incapable de te quitter.

Il se tourna vers moi, radouci, et essuya ma joue.

– Je me suis rappelé de l'expression sur ton visage quand je t'ai dit que je partais. Personne m'avait jamais regardé comme ça. Personne avait jamais pleuré pour moi. Et personne m'avait jamais demandé de rester avant… Alors je me suis dit que tu ressentais quelque chose pour moi. C'est là que j'ai su que j'allais rester, même si ça me tuait à petit feu.

Il m'attira à lui pour m'embrasser et je lui rendis son baiser passionnément, comme pour me rattraper après tout ce que je lui avais fait vivre. Puis il me prit la main et on recommença à faire le tour de la plate-forme.

– J'ai jamais voulu te faire de mal. Je voulais juste être avec toi… dit-il en souriant. Du coup, quand tu m'as demandé, j'ai vraiment essayé de… Dans le fond, tu devais bien savoir que c'était pas vraiment innocent, si ?

Je hochai la tête à contrecœur et il sourit.

– Donc, comme je disais, j'ai vraiment essayé de rendre ça moins déplacé, mais tu m'as pas facilité les choses.

– Moi ?

Jusqu'à preuve du contraire, c'était lui la bombe sexuelle.

– Quand tu me provoquais pas avec tes vêtements, c'était avec ta façon de te coller à moi, et quand c'était pas ça, c'était les bruits que tu faisais… Et quand c'était pas tout ça, t'étais quand même trop adorable pour que je puisse te résister. Je suis qu'un homme, après tout.

Je secouai la tête. À part les bruits, je n'avais rien fait de tout ça. Je levai les yeux au ciel.

– Tu dis n'importe quoi.

– Je te l'ai déjà dit, t'as aucune idée d'à quel point je te trouve attirante. Après tout ce temps, je croyais que t'avais compris, dit-il en riant, tandis que je lui donnais un petit coup de coude. Je suis désolé d'être allé trop loin, reprit-il sérieusement. Quand t'as voulu arrêter, j'aurais dû accepter. Tout ce qui s'est passé ensuite était ma faute. J'aurais dû te laisser partir, mais je pouvais pas.

J'allais parler, mais il ne m'en laissa pas le temps.

– Et après, dans la boîte, c'était vraiment fort. J'avais tellement envie de toi, et je savais que toi aussi. J'ai même pensé à t'emmener le faire dans les toilettes, et quelque chose me dit que t'aurais sûrement été d'accord.

Il me regarda et je ne pus rien faire à part acquiescer en silence. Je l'aurais laissé m'emmener n'importe où.

– Et puis j'ai vu Denny arriver, et j'ai pas pu. Je t'ai repoussée en priant pour que tu lui dises que tu voulais être avec moi et pour que tu partes. Mais tu l'as pas fait.

Je restai clouée sur place. Il fit un pas de plus et se retourna pour me faire face. Il avait de nouveau cette expression de souffrance sur le visage, et je m'approchai de lui pour poser la main sur sa joue. Je me détestais.

– J'avais même pas le courage de rentrer à la maison, alors j'ai emmené ta sœur chez Griffin. Elle a dû me trouver chiant au possible, parce que j'ai passé la soirée à me morfondre dans le canapé. Elle a fini par me laisser de côté et elle a reporté son attention sur Griffin. Tu connais la suite.

Je déglutis avec peine. Je m'étais imaginé tellement de choses cette nuit-là, et j'avais eu tort sur toute la ligne.

– J'ai vraiment flippé après ce qui s'est passé dans la voiture, les trucs que j'ai dits et que j'ai faits. Jusqu'à ce moment-là, je savais pas que tu croyais que j'avais couché avec Anna, et j'étais tellement en colère contre toi que je t'ai menée en bateau. Sauf que plus j'étais en colère, et plus j'avais envie de toi.

Je dus avaler ma salive je ne sais pas combien de fois avant de réussir à parler.

– T'as pas idée d'à quel point c'était difficile pour moi de te demander d'arrêter, alors que mon corps mourait d'envie du contraire.

– C'était si dur d'arrêter. Je mentais pas quand je t'ai dit ce à quoi j'avais pensé.

Je me raidis en me souvenant de ce qu'il m'avait dit, et il eut l'air anxieux en me regardant.

– Je te dégoûte, maintenant ?

Je secouai énergiquement la tête et il soupira.

– Je suis désolé de t'avoir crié dessus.

Ses yeux brillaient et je passai une main dans ses cheveux.

– Je sais que t'es désolé. Je me souviens...

– De moi en train de pleurer comme un bébé ? J'ai jamais été aussi minable.

Il allait détourner les yeux mais je le forçai à me regarder.

– Au contraire. Si t'avais pas eu l'air de le regretter autant, je t'aurais sûrement plus jamais adressé la parole.

– C'était pas juste des regrets. C'est vrai que je me sentais hyper mal de t'avoir parlé comme ça, mais si j'étais dans un état pareil, c'était surtout parce que j'étais sûr d'avoir tout foutu en l'air. J'avais vu le dégoût dans tes yeux, et j'ai cru que j'avais plus la moindre chance avec toi.

Une larme roula finalement sur sa joue.

– J'en reviens toujours pas que tu m'aies consolé. Personne avait jamais fait ça pour moi.

J'eus envie de l'embrasser mais il recula et me scruta, comme s'il cherchait le pardon dans mes yeux.

– Après ça j'avais peur d'être près de toi. Je me suis autorisé un dernier au revoir dans la cuisine mais je voulais plus te toucher ensuite. J'avais besoin de t'oublier, et de m'assurer que je retomberais plus jamais amoureux. Je suis désolée pour toutes les filles, j'aurais pas dû faire ça, je voulais pas te blesser. Enfin, peut-être que si, au fond, mais…

– Tu t'es déjà excusé pour ça, l'interrompis-je.

– Je sais mais j'ai l'impression que ça suffit pas. Je voulais être avec toi mais tu voulais pas de moi, et j'étais incapable de partir, alors j'ai fait la seule chose que je sais faire pour oublier que j'étais malheureux.

– Tu t'es mis à coucher à droite à gauche.

Il hocha la tête. Il était aussi livide que s'il avait avoué un triple meurtre, alors qu'il était juste un célibataire qui avait couché avec des filles parfaitement consentantes.

– Et du nord au sud, et d'est en ouest, ajoutai-je en essayant de le faire rire.

– Désolé, dit-il en souriant quand même faiblement.

– C'est pas grave. Enfin, si, parce que tu devrais pas te servir des gens comme ça. Mais je crois que je comprends.

Il leva les yeux vers moi, plein d'espoir, et je ne résistai plus à l'envie de l'embrasser.

– Et toi alors ? demanda-t-il en s'écartant bien trop vite.

– Quoi ? demandai-je, impatiente de recommencer à l'embrasser.

– Est-ce que j'avais raison ? Tu t'es servi de moi ?

– Je…

Une vague de culpabilité m'envahit et je tournai la tête.

– C'est pas grave si tu dis oui. Je voudrais juste le savoir, c'est tout.

– J'ai toujours ressenti quelque chose pour toi, mais je pense que la première fois… je me suis servie de toi. Et je suis vraiment désolée, j'aurais jamais dû faire ça. Si j'avais su ce que tu ressentais, j'aurais jamais…

– C'est pas grave, Kiera.

– Si, c'est grave, murmurai-je. Mais la deuxième fois, c'était pas pareil. Ça avait rien à voir avec Denny. C'était juste toi et moi, et c'était sincère. Comme toutes les fois où on s'est touchés après.

– Je suis content que tu me dises ça, murmura-t-il.

Il sourit doucement, avant de se rembrunir.

– C'est avec lui que tu devrais être, pas avec moi. C'est un mec bien.

– Toi aussi.

Il secoua la tête en soupirant.

– Laisse pas notre relation te faire croire que t'es pas quelqu'un de bien. C'est juste… compliqué, toi et moi.

– Compliqué… répéta-t-il en caressant mon cou. C'est le mot. C'est ma faute, j'ai…

– Arrête, Kellan. Je suis aussi coupable que toi.

– Mais…

– Non, on a tous les deux fait des erreurs. J'en avais autant envie que toi. Moi aussi, je voulais être près de toi, moi aussi je voulais te toucher, moi aussi je…

Incapable de finir ma phrase, je restai là sans rien dire, et il eut de nouveau les larmes aux yeux.

– J'ai jamais été clair avec toi. Si je t'avais dit que je t'aimais dès le début, peut-être que ça aurait été différent ? J'aimerais tellement revenir en arrière et…

Je l'embrassai pour l'empêcher de continuer. Maintenant, je comprenais. Je savais à quel point je lui avais fait du mal, et pourquoi il avait réagi comme ça. Qu'il ait eu raison ou pas, c'était la seule consolation qu'il connaissait. Il amena sa main à ma joue et me rendit mon baiser avec une telle passion que, l'espace d'un instant, on oublia la discussion qu'on venait d'avoir.

Après un long moment qui me parut bien trop court, il s'écarta, mettant fin à notre étreinte.

– On devrait pas tarder.

– Attends, tu m'as amenée jusqu'ici… dans un endroit désert et super romantique… et tout ça juste pour parler ?

– J'ai créé un monstre, dit-il d'un air qui me fit rire. Allez viens. On rentre à la maison.

Il se dirigea vers l'ascenseur mais je faisais la tête.

– Kiera, il est tard… ou tôt, ça dépend. Et crois-moi, t'as pas envie d'être en retard au bal, autrement, c'est pas juste ton carrosse qui va se transformer en citrouille.

Il appuya sur le bouton de l'ascenseur et je levai les yeux au ciel, tout en sachant qu'il avait raison. Il fallait vraiment que je rentre. J'essayai de mettre ma déception de côté, et la surprise provoquée par ma propre déception. J'avais vraiment cru qu'on allait…

Je jetai un dernier coup d'œil à la ville en dessous de nous et à Kellan devant moi, et je finis par sourire.

– Comme tu veux. Tant pis pour toi, dis-je en le tirant dans l'ascenseur par l'ourlet de son tee-shirt. Pourtant, j'ai entendu dire qu'on était plutôt bons…

Il sourit et m'attira à lui pour m'embrasser tandis que les portes se refermaient derrière nous et que l'ascenseur amorçait sa descente. En chemin vers la voiture, il me regarda d'un air sombre et je sentis mon estomac se nouer. Une fois que nous fûmes arrivés à la Chevelle, il s'arrêta et me regarda, la tête penchée sur le côté.

– Y a encore un truc dont je voulais te parler.

– Je t'écoute, dis-je d'une toute petite voix.

Soudain, son expression se transforma et il sourit.

– J'en reviens pas que t'aies piqué ma voiture.

Je ris en repensant à ma petite expédition. Puis je repensai à la raison pour laquelle j'avais pris sa voiture et mon visage s'assombrit à son tour.

– Tu l'avais bien mérité. T'as eu de la chance de la récupérer en un seul morceau.

Il fronça les sourcils en ouvrant ma portière.

– La prochaine fois, tu veux bien te contenter de me gifler, et laisser mon trésor tranquille ?

Je l'attrapai par le menton en mettant un pied à l'intérieur.

– La prochaine fois, tu veux bien arrêter de coucher avec d'autres nanas ?

Il baissa la tête avant de sourire doucement.

– À vos ordres.

Je m'assis et il referma ma portière avant de faire le tour de la voiture pour venir s'installer au volant. On fit le trajet en silence jusqu'à la maison, moi blottie confortablement contre lui et lui tenant ma main dans la sienne. C'est seulement là que je compris à quel point il m'avait manqué. Je souris intérieurement en me rappelant que, un peu plus tôt, il avait dit être accro à moi. J'étais tellement heureuse qu'on ressente la même chose, même si je ne comprenais toujours pas ce qu'il me trouvait.

Une fois dans l'allée et le moteur éteint, on resta tous les deux dans la voiture, ma tête sur son épaule et son bras autour de ma taille. Aucun de nous deux ne voulait affronter la réalité froide qui nous attendait à l'extérieur. Il m'embrassa sur le front et finit par briser le silence.

– Je rêve de toi, parfois… et de ce qui aurait pu se passer si Denny était pas revenu et si tu étais avec moi… De comment ça serait de te tenir la main, d'aller au bar avec toi à mon bras, de pas avoir à me cacher… de pouvoir dire au monde entier que je t'aime.

Je souris et je levai la tête vers lui.

– Tu m'avais juste dit que t'avais rêvé de moi une fois… Moi aussi, ça m'arrive de rêver de toi, tu sais.

Je rougis immédiatement en me remémorant certains de mes rêves les plus osés avec lui.

– C'est vrai ? Regarde-nous, on est lamentables, dit-il en riant. Et il se passe quoi, dans tes rêves ?

Je gloussai comme une idiote.

– Honnêtement, le plus souvent, je rêve juste qu'on couche ensemble.

Il éclata de rire et je l'imitai.

– C'est tout ce que je suis pour toi ? demanda-t-il d'un air taquin.

Il entrelaça ses doigts dans les miens et j'arrêtai de rire.

– T'es bien plus que ça, dis-je avec le plus grand sérieux.

– Tant mieux. Parce que t'es tout pour moi.

Tous les sentiments que j'éprouvais pour lui me submergèrent et je me blottis contre lui, sa main serrée dans la mienne. J'aurais voulu ne jamais avoir à sortir de la voiture, mais je savais bien qu'on ne pouvait pas rester là éternellement. Une fois encore, ce fut Kellan qui me ramena sur terre.

– T'as dit quoi à Denny ?

Je me raidis en songeant que mon mensonge n'était sans doute pas aussi bon que celui que Kellan aurait inventé à ma place. Et l'idée qu'il était meilleur menteur que moi ne me réjouit pas davantage.

– Je lui ai raconté que t'avais couché avec ma sœur et que tu lui avais brisé le cœur. Ça se tient, tout le monde vous a vus ensemble au bar. Je pense qu'il m'a crue.

Il me regarda et fronça les sourcils.

– Ça marchera pas.

– Mais si. Je parlerai à Anna. J'ai déjà dû mentir pour elle dans le passé, alors je sais qu'elle me couvrira sans poser de questions. De toute façon, ça m'étonnerait qu'il lui en parle.

– C'est pas ta sœur qui m'inquiète…

Je ne compris pas tout de suite, mais d'un seul coup, je sus où il voulait en venir.

– Merde… Griffin.

– Bingo. Il en parle vraiment à tout le monde.

Soudain, il se dérida et me regarda d'un air amusé.

– Je comprends vraiment pas comment t'as fait pour passer à côté. T'es vraiment douée pour faire comme s'il existait pas. Quand Denny saura que c'est pas vrai… dit-il en se renfrognant.

– Qu'est-ce que tu voulais que je dise ? Il fallait bien que je trouve quelque chose. Peut-être qu'il croira que vous avez tous les deux…

– Non. Impossible. Griffin est très spécifique, et il se contentera pas de dire qu'il a couché avec elle. Il dira que lui a couché avec elle et pas moi, comme s'il avait réussi à me la piquer, ou quelque chose comme ça. Il a ce truc bizarre, comme si on faisait un concours…

– J'ai remarqué, le coupai-je.

Je soupirai en laissant aller ma tête contre le siège.

– J'y avais pas du tout pensé…

– Je te promets rien mais je peux essayer de lui parler et lui demander de changer sa version de l'histoire. Je devrai sûrement le menacer de le virer du groupe. Quoique, peut-être que je ferais mieux de le virer direct ?

– Non ! m'exclamai-je.

– Quoi, tu veux que je le garde dans le groupe ?

– Non, je veux dire que je veux pas qu'il le sache ! Il sera incapable de garder le secret, il le répétera à tout le monde et Denny finira par le savoir ! S'il te plaît…

– D'accord, dit-il en posant ses mains sur mes épaules pour m'empêcher de céder à la panique. C'est bon, je lui dirai rien. Mais ça changera pas grand-chose de toute façon, avec le nombre de personnes déjà au courant…

Il me regarda tristement en ramenant une mèche de cheveux derrière mon oreille.

– Je suis désolé, mais Denny va finir par découvrir que tu lui as menti. Et il commencera à se demander pourquoi.

– Et après ? Une fois qu'il saura que j'ai menti, tu penses que ça prendra combien de temps ?

– Avant qu'il comprenne qu'on a couché ensemble ? Si tu restes dehors avec moi toute la nuit, il aura sûrement compris dès demain matin, dit-il en riant à moitié. Je sais pas… Quelques heures, deux jours max.

– Quelques heures ? Mais il a aucune preuve ! Jamais il pensera qu'on…

– Kiera… Il a toutes les preuves dont il a besoin.

– Qu'est-ce qu'on fait ? murmurai-je, soudain inquiète que Denny puisse nous entendre.

Il réfléchit un moment avant de répondre.

– Je peux démarrer la voiture et on peut être dans l'Oregon avant le lever du soleil.

Il voulait s'enfuir avec moi ? Je nous imaginais très bien disparaître en pleine nuit sans regarder en arrière. Abandonner la fac, mon travail, mes amis… mais pas Denny. Mon estomac se serra à la pensée de ne jamais le revoir, et je commençai à paniquer à nouveau.

– Calme-toi, dit-il en me caressant les cheveux. Respire.

Je le regardai dans les yeux et me concentrai sur ma respiration. Je secouai la tête et des larmes commencèrent à rouler sur mes jours.

– Je peux pas lui faire ça, il a une trop grande place dans ma vie. J'ai besoin de temps, je peux pas lui dire tout de suite.

Il hocha la tête et je vis qu'il avait les larmes aux yeux.

– Je suis désolée.

– Le sois pas, murmura-t-il. Sois pas désolée d'aimer quelqu'un.

Il me serra contre lui et embrassa le sommet de ma tête.

– T'en fais pas, je vais trouver une solution. Je vais tout arranger, je te le promets.

21

Je t'aime

Il me garda dans ses bras et on resta dans la voiture à regarder des petits nuages de buée sortir de nos bouches. Aucun de nous ne voulait quitter la solitude du véhicule, mais le premier rayon de soleil matinal finit par apparaître dans le ciel. Au ras du sol, il y avait du brouillard qui donnait l'impression d'être dans un rêve. J'aurais tellement aimé être en train de rêver et ne jamais me réveiller, mais le lever du jour n'apportait pas juste de la lumière : il nous ramenait aussi à la réalité.

– Tu ferais mieux de rentrer, murmura Kellan.

– Et toi ? Tu rentres pas ?

Je sentis la panique me gagner une fois de plus, mais quand il me répondit, sa voix était calme et sereine.

– J'ai un truc à faire, d'abord.

– Quoi ?

Il sourit mais il ne répondit pas à ma question.

– Vas-y. Et t'en fais pas, dit-il seulement.

Il m'embrassa doucement puis il se pencha au-dessus de moi pour ouvrir ma portière.

– Je t'aime, chuchota-t-il quand je sortis de la voiture.

Puis il glissa sur le siège pour venir à ma place, tendit le cou, et je me penchai pour l'embrasser, incapable de dire quoi que ce soit. Je refermai la portière et des larmes roulèrent sur mes joues en le voyant faire redémarrer la voiture.

Denny dormait comme une masse quand j'entrai dans la chambre, et la culpabilité me submergea. J'attrapai mon pyjama pour aller me changer dans la salle de bain et en passant je jetai un regard vers la chambre de Kellan. Je fus prise de l'envie étrange d'aller m'allonger sur son lit mais je ne le fis pas, en pensant à la tête que Denny ferait s'il se réveillait et qu'il me trouvait là. Je descendis pour faire du café, m'assis à table, puis je repassai les événements des dernières heures dans ma tête. La quantité de choses qui pouvaient se passer en une journée, c'était à peine croyable. Je bus mon café en fixant la chaise où Kellan s'asseyait d'habitude. Où il était ? Et pourquoi il ne voulait pas passer la journée avec moi ?

Denny descendit un peu plus tard et m'embrassa tendrement pour me dire au revoir, et je me sentis coupable en sentant ses lèvres effleurer les miennes. Pas coupable d'avoir été avec Kellan, mais coupable d'embrasser Denny. Ce n'était pas la première fois que j'éprouvais ce sentiment, mais là, j'avais l'impression d'être en train de commettre la pire des trahisons. Pour le moment, c'était Denny mon copain, même si, d'une certaine façon, on pouvait sûrement dire que Kellan l'était aussi.

Qu'est-ce que je fais ? D'un coup, cette question remplaça la question précédente, bien plus simple, qui consistait à savoir où passer les vacances de Noël. Est-ce que je ne pouvais pas continuer à me concentrer juste sur ça, plutôt ?

Je m'allongeai sur le canapé pour réfléchir… et je me réveillai juste à temps pour prendre le bus et aller travailler. Encore une journée de cours qui était passée à la trappe… J'allais devoir faire attention, où j'allais finir par perdre ma précieuse bourse. Par chance, j'avais toujours d'excellents résultats en dépit des heures que j'avais manquées.

Jenny me prit à part quand j'arrivai au bar ce soir-là.

– Alors, avec Kellan ?

Je souris en essuyant une larme au coin de mon œil. Il n'était pas rentré à la maison à temps pour me conduire au bar, et il me manquait déjà.

– Il est amoureux de moi. Raide dingue, apparemment.

C'était tellement perturbant de me dire qu'il n'avait jamais ressenti ça pour quelqu'un avant…

– C'est bien qu'il t'en ait parlé, dit-elle en me prenant dans ses bras. Il fallait que tu le saches. Maintenant, t'as toutes les cartes en main pour prendre une décision.

Je reculai d'un pas et je la regardai fixement, terrifiée.

– Qu'est-ce que je dois faire ? J'aime Denny et je supporte pas l'idée de lui faire du mal. Mais je supporte pas l'idée de faire du mal à Kellan non plus. Je suis complètement paumée.

Elle soupira et me frotta le bras.

– Je peux pas décider à ta place. Il faut que tu prennes ta décision toute seule. Mais tu dois choisir.

Puis elle me sourit gentiment et se dirigea vers sa section pour prendre les commandes de ses clients.

Kellan ne vint pas ce soir-là, et il ne rentra pas à la maison, ce qui m'inquiéta. La même chose se reproduisit la nuit suivante, et je commençai à paniquer. Et quand ça se reproduisit encore le lendemain, j'étais au bord du désespoir.

Quatre jours passèrent sans qu'il donne signe de vie. Chaque matin, je descendais en espérant le trouver assis dans la cuisine en train de boire son café, mais il n'était jamais là, et son absence me donnait envie de pleurer. Avant d'aller en cours, je prenais son tee-shirt des D-Bags et je le serrais contre moi pour respirer son odeur, en me demandant où il pouvait bien être et ce qu'il faisait. Tous les soirs au bar, j'attendais l'arrivée du groupe avec impatience, et tous les soirs, je voyais entrer Matt, Griffin et Evan, mais Kellan n'était jamais derrière eux. La nuit, je me relevais quand Denny était endormi et j'allais m'allonger sur le lit vide de Kellan en serrant son oreiller.

J'étais complètement angoissée. Est-ce qu'il était parti ? C'était ça, sa solution ? Quitter la ville et s'enfuir sans moi ? Je ne pouvais même pas demander au groupe où il était et ils ne parlaient jamais de lui. Je me sentais affreusement vide sans lui.

Au fur et à mesure des jours, je m'enfonçai dans la dépression et je devins de plus en plus froide avec Denny. Il essayait de me remonter le moral mais en vain, de me parler, mais ça ne marchait pas non plus. Quand il tentait de m'embrasser je me détournais après un rapide bisou obligatoire. Ma mauvaise humeur finit par le gagner, et il arrêta d'essayer de me faire plaisir. Ça ne servait à rien, de toute façon. Il ne me demanda pas une seule fois pourquoi j'étais dans cet état… C'était presque comme s'il avait peur de poser la question, et c'était tant mieux, car j'aurais eu peur de devoir y répondre.

On arriva au vendredi. Le temps était morose et je l'étais tout autant quand, avant qu'il ne parte travailler, je dis au revoir à Denny dans un baiser automatique et dépourvu d'émotions. Il me regarda tristement et je me crispai en attendant l'interrogatoire qui me réduirait en miettes.

– Je t'aime, tu sais.

Il me caressa tendrement la joue et je vis qu'il avait les yeux humides. Je savais parfaitement qu'il pouvait sentir la distance entre nous aussi bien que moi.

– Moi aussi, je t'aime, murmurai-je en priant pour ne pas me mettre à pleurer.

Je passai la main sur sa joue, en essayant de ne pas penser à ce que je ressentais quand je caressais celle de Kellan. Je caressai ses cheveux, en essayant de ne pas penser qu'ils étaient plus courts et que je ne pouvais pas les entortiller autour de mes doigts. Je l'embrassai plus profondément en souhaitant que ma respiration s'accélère, que ses lèvres me transportent et que la passion entre nous se ranime. Mais rien de tout ça ne se produisit, et il finit par reculer.

– Je suis désolé, mais il faut que j'y aille.

Son regard triste s'attarda encore un instant sur moi, puis il partit, et je fus incapable de retenir mes larmes. Est-ce que c'était trop tard pour sauver notre couple ?

Kellan était parti depuis longtemps, et j'avais tellement besoin de le voir. J'étais si malheureuse que j'avais l'impression d'avoir un trou dans le cœur. Je savais que c'était mal et que ça tuait à petit feu ma relation avec Denny, mais je ne savais pas quoi faire pour arrêter ça. Il avait disparu, et ça me tuait de ne pas avoir eu le temps de m'y préparer ni la possibilité de lui dire au revoir.

Je traînai les pieds jusqu'au premier pour me préparer pour la fac, car même si mon monde s'écroulait, la vie continuait, elle. Je m'habillai, je me brossai les cheveux et je me maquillai, toutes ces choses que j'étais supposée faire par un jour de cours normal… et je détestai ça. Je n'avais qu'une envie, rester au lit et pleurer pendant des heures parce que Kellan me manquait et aussi à cause de ce que mon couple était devenu. Je soupirai bruyamment et ravalai les larmes qui menaçaient de jaillir de mes paupières.

Il était parti. *Va bien falloir t'y faire*, me répétai-je. Il avait eu raison de partir. Les choses finiraient par devenir plus faciles, et peut-être que Denny ne poserait pas de questions si Kellan ne revenait jamais.

J'étais en train de penser à ça en ouvrant la porte de la salle de bain quand, soudain, j'arrêtai de respirer. Kellan venait de grimper la dernière marche de l'escalier, tête baissée. En entendant la porte, il leva la tête et un sourire apparut doucement sur ses lèvres. Après une semaine sans le voir, j'avais presque oublié à quel point il était beau. La façon dont son tee-shirt à manches longues épousait son corps était une invitation à le caresser, ses lèvres étaient une invitation à l'embrasser, et surtout, ses yeux au bleu indescriptible étaient remplis d'amour et d'adoration.

– Bonjour, dit-il doucement.

Je me jetai à son cou, blottis ma tête dans le creux de son épaule et laissai couler les larmes que j'avais retenues pendant si longtemps.

– Je croyais que t'étais parti, dis-je entre deux sanglots tandis qu'il me serrait fort contre lui. J'ai cru que je te reverrais jamais.

– Excuse-moi. Je voulais pas te faire de mal, mais j'avais un truc important à faire.

Je m'écartai et je lui envoyai un coup dans les côtes.

– Me refais plus jamais ça !

Il sourit et posa une main sur ma joue.

– Je plaisante pas…

– Jamais j'aurais disparu comme ça sans rien te dire, dit-il en me caressant la joue.

– Je t'aime, Kellan.

Sans penser aux conséquences, je venais enfin de dire les mots qui me brûlaient les lèvres depuis si longtemps. Ses yeux s'embuèrent immédiatement et une larme roula sur sa joue quand il les ferma. Il n'avait sans doute jamais entendu quelqu'un lui dire ça, et encore moins quelqu'un qui le pensait sincèrement. Mais je le pensais de tout mon cœur.

– Si tu savais à quel point j'avais envie de… et depuis combien de temps j'attendais…

Je l'empêchai de finir sa phrase en l'embrassant tendrement et il me rendit immédiatement mon baiser en prenant mon visage dans ses mains. Sans arrêter de l'embrasser, je l'entraînai vers sa chambre, et on se déshabilla l'un l'autre sans dire un mot. Je me tenais debout devant lui, nue, et il recula d'un pas pour me regarder.

– T'es magnifique, murmura-t-il en passant sa main dans mes cheveux.

Je souris avant de l'amener jusqu'à son lit. On explora le corps de l'autre avec lenteur et tendresse, sans barrières, comme on ne l'avait jamais fait avant. On savait enfin quels sentiments on avait l'un pour l'autre et que cette fois ce n'était pas juste du désir, mais de l'amour. On prit tout notre temps, nos lèvres et nos doigts caressant et titillant l'autre, tout en découvrant de nouvelles manières de nous toucher. Il gémit quand je l'embrassai juste derrière l'oreille, quand je caressai ses côtes ou encore lorsque ma langue courut le long de son abdomen. Je geignis quand il m'embrassa le long de ma clavicule et quand il mordilla doucement un de mes tétons. Je criai en sentant sa langue sur ma chair sensible, tandis qu'il goûtait ce dont il n'allait pas tarder à s'emparer.

Enfin, quand l'excitation devint trop forte, il vint au-dessus de moi, et son regard se promena le long de mes courbes, bientôt suivi par ses mains. Quand ses yeux rencontrèrent les miens, ils débordaient d'amour et de passion, et je faillis me pincer pour m'assurer que je n'étais pas en train de rêver, et que ce que je voyais était bien réel… et à moi.

Sans détourner le regard, il entra en moi avec une lenteur presque douloureuse. On ferma les yeux tous les deux, bouleversés par l'émotion d'être de nouveau ensemble.

– Je t'aime, murmurai-je en rouvrant les yeux.

Il rouvrit les siens pour me regarder.

– Je t'aime tellement, murmura-t-il à son tour.

Puis on fit quelque chose qu'on n'avait jamais fait avant, et que Kellan n'avait peut-être jamais fait non plus : on fit l'amour. Il garda ma main serrée dans la sienne tout le temps, pendant qu'on découvrait quelque chose d'intense et d'extraordinaire. Il n'y avait pas de doute, pas de peur, pas de culpabilité dans nos mots d'amour. Nos hanches bougeaient à l'unisson et on accélérait ou on ralentissait la cadence exactement au même moment, comme si on ne faisait qu'un. Il m'attendit pour qu'on jouisse ensemble, et notre orgasme fut absolument incroyable.

Après, il m'attira à lui, tremblant, et j'écoutai les battements de son cœur ralentir en même temps que les miens tandis que quelques larmes roulaient sur ma joue. Cette fois, ce n'était pas des larmes de culpabilité mais de joie, mélangées à des larmes de tristesse de savoir qu'on était en train de passer nos derniers moments ensemble. Lui aussi le savait : en levant les yeux vers lui, je vis le même bonheur et la même tristesse se refléter dans ses yeux.

– Je t'aime, dit-il à voix basse.

– Moi aussi, je t'aime, répondis-je avant de l'embrasser doucement.

Il ferma les yeux et une larme roula sur sa joue.

– À quoi tu penses ? demandai-je timidement.

– À rien. Enfin, j'essaye de penser à rien. Sinon, ça fait trop mal…

Je me mordis la lèvre en regrettant d'avoir posé la question.

– Je t'aime, répétai-je encore.

– Mais pas assez pour le quitter… dit-il tristement.

Je fermai les yeux et étouffai un sanglot. J'avais espéré qu'il ne me le demanderait pas… qu'il ne me le demanderait jamais. Je sentis sa main dans mes cheveux.

– Pardon, j'aurais pas dû dire ça.

– Kellan, je suis vraiment désolée, commençai-je, mais il posa un doigt sur mes lèvres.

– Pas aujourd'hui, d'accord ? dit-il en m'attirant à lui pour m'embrasser.

Je hochai la tête et lui rendis son baiser.

– Si on l'avait pas fait, la première fois… tu penses qu'on serait encore amis, tous les trois ?

– Tu veux dire, si on s'était pas soûlés et qu'on avait pas couché ensemble toi et moi, est-ce qu'on vivrait toujours dans la maison du bonheur ?

Je hochai la tête et il réfléchit pendant un instant.

– Je pense pas. On a toujours été plus que des amis, toi et moi. D'une façon ou d'une autre, ça aurait fini comme ça.

J'acquiesçai avant de baisser la tête et il me caressa le bras pendant un moment avant de reprendre la parole.

– Tu regrettes ?

– Je regrette ce que je fais à Denny.

Il détourna le regard, mais je plaçai une main sur sa joue pour l'obliger à me regarder.

– Mais je regrette pas la moindre seconde passée avec toi. Je perds jamais mon temps avec toi…

Il sourit en m'entendant répéter la phrase qu'il m'avait dite et m'attira à lui pour un baiser qui devint rapidement plus intense. Ce jour-là, une fois encore, je n'allai pas en cours et passai la journée au lit avec lui. C'était le seul endroit au monde où j'avais envie d'être.

Il me dit au revoir une heure avant que Denny ne rentre du bureau. Les larmes me montèrent immédiatement aux yeux, et il prit mon visage dans ses mains pour m'embrasser sur les paupières.

– Je serai au Pete's ce soir. On se voit là-bas, d'accord ?

J'acquiesçai sans un mot et il me donna un dernier baiser, puis je le regardai partir, la mort dans l'âme. Il n'y avait pas de mots pour décrire l'après-midi qu'on venait de passer ensemble, et j'étais plus paumée que jamais. Les mots de Jenny me revinrent. *Tu dois en choisir un. Tu peux pas les garder tous les deux.* Sauf que je n'avais aucune idée duquel je devais quitter.

Denny rentra à la maison un peu plus tôt que d'habitude, et il avait l'air épuisé. Il me rejoignit sur le canapé et en regardant son beau visage triste, je me sentis tellement coupable que j'éclatai en sanglots.

– Viens là, dit-il en m'entourant de ses bras.

On s'allongea tous les deux de côté, face à face, et il me serra fort contre lui. Je sanglotais tellement que je pouvais à peine respirer.

– Calme-toi, tout va bien.

Sa voix tremblait et je savais qu'il était au bord des larmes, lui aussi.

– Je t'aime plus que tout, tu sais ? dit-il dans un sanglot.

Mes pleurs redoublèrent d'intensité. Je savais que je lui faisais du mal, mais je ne pouvais pas m'arrêter.

Quand mes larmes se tarirent, je sentis le sommeil me gagner, aidée par la présence de Denny et par sa main qui me frottait le dos.

– Kiera ? demanda-t-il en s'écartant pour me regarder dans les yeux.

La panique et la peur me réveillèrent instantanément. Alors ça y était ? Il allait enfin me demander ce qui se passait avec Kellan ? J'avais la gorge si sèche que je fus incapable de répondre.

– Est-ce que…

Il ferma la bouche, détourna le regard, puis il recommença, l'air malheureux comme les pierres.

– Je te conduis au travail ? Tu vas être en retard.

Je me détendis immédiatement mais j'étais toujours incapable de parler. Je me contentai de hocher la tête.

– D'accord, dit-il en se levant et en me tendant la main. Viens, on y va.

On fit la route en silence. Denny ne me posa pas de questions sur ce qui venait de se passer et je ne lui fournis aucune explication. Je ne pouvais pas lui parler, de toute façon. Il y avait tant de secrets entre nous à présent… Je pouvais à peine me rappeler l'époque où tout coulait de source entre nous, et où il n'y avait qu'un amour pur et sincère.

Il décida de rester au bar un moment et il n'arrêtait pas de me regarder, comme s'il s'attendait à ce que je craque à nouveau. Ce qui s'était passé avait réveillé son côté protecteur, et je compris qu'il allait m'observer pendant toute la soirée… pendant que Kellan serait là. J'aurais dû ravaler ma peine. Je n'aurais pas dû être dans cet état devant lui. Il n'avait pas besoin de voir ça, sans parler du fait que j'étais incapable de lui expliquer pourquoi j'avais craqué. C'était cruel de lui cacher la vérité, et j'avais été cruelle avec lui pendant l'absence de Kellan, à le repousser sans arrêt et à me renfermer dans ma coquille de solitude.

Kellan arriva un peu avant le groupe, et Denny alla le rejoindre à l'entrée du bar. Ils se donnèrent une accolade et se mirent à discuter en se dirigeant vers la table habituelle. Je surpris un regard de Kellan à un moment où Denny avait le dos tourné, et la passion que je lus dans ses yeux me donna envie de traverser la pièce en courant pour me jeter dans ses bras. Heureusement, j'avais encore assez de volonté pour me retenir.

Ils allèrent s'asseoir puis entamèrent ce qui avait l'air d'une conversation sérieuse. Les battements de mon cœur s'accélérèrent tandis que je me demandais de quoi ils pouvaient bien parler, jusqu'au moment où Kellan hocha la tête tandis que Denny lui donnait une tape sur l'épaule. Je venais de comprendre : Denny lui parlait de ma sœur. Sauf que Kellan ne l'avait pas touchée et m'avait été fidèle. Enfin, pas vraiment fidèle si on considérait qu'il avait couché avec la moitié de Seattle pour m'oublier, mais il avait promis de ne rien faire avec elle, et il avait tenu sa promesse. Y repenser me réconforta un peu.

C'était un peu bizarre de les regarder discuter pendant la soirée, pas juste parce que Kellan se comportait le plus naturellement du monde alors qu'il venait de coucher avec moi, mais aussi parce que leur amitié ne semblait pas affectée par la dispute que j'avais eue avec Kellan, le soir où je l'avais giflé. J'étais sûre que Denny lui avait fait la leçon, tout comme j'étais sûre que Kellan avait été absolument stoïque et qu'il avait corroboré ma version de l'histoire. Mais rien de tout cela ne semblait avoir une incidence sur leur amitié. En revanche, je savais que mon choix aurait définitivement des conséquences sur leur relation, et qu'ils ne se parleraient sans doute plus jamais à cause de moi, et cette pensée me remplit de tristesse.

Le reste du groupe finit par arriver et Kellan s'arrangea pour que Griffin n'approche pas Denny. Ils burent leur bière, jouèrent au billard et discutèrent avec Matt. Seul Evan avait l'air un peu mal à l'aise et il passa son temps à flirter avec les fans qui étaient déjà là. Kellan et Denny restèrent à discuter tous les deux jusqu'à ce que l'heure arrive pour le groupe de monter sur scène.

Pendant le reste de la soirée, je dus supporter les regards mélancoliques de Kellan et ceux inquiets de Denny, qui devait penser que j'allais encore craquer d'un instant à l'autre. Peut-être que j'avais l'air triste ? Denny resta jusqu'à la fin de mon service et me reconduisit de bonne grâce à la maison. Quand on quitta le bar, Kellan était encore là en train de parler avec Jenny (en ayant l'air un peu trop agité) et j'espérai qu'elle n'était pas trop dure avec lui.

En montant l'escalier, je n'arrêtais pas de penser aux regards de Kellan. En me déshabillant, je pensais à ses mains sur ma peau. En enfilant mon pyjama, je pensais à son corps contre le mien. En me brossant les dents, je pensais à son parfum enivrant. Et en allant me coucher avec Denny, je pensais à mes doigts entortillés dans ses cheveux. Mais ce qui m'empêcha de dormir, ce fut le souvenir de sa voix qui répétait qu'il m'aimait.

Je parvins à rester dans notre chambre bien plus longtemps que n'importe quelle femme dans ma situation – du moins, j'essayai de m'en convaincre –, mais je finis par me glisser hors du lit. Denny dormait profondément et il ne bougea pas d'un pouce quand je sortis. J'ouvris la porte de Kellan, qui se redressa sur son coude en entendant le bruit. La lumière de la lune passait à travers sa fenêtre et je pouvais voir son air interrogateur. Il n'y avait pas la moindre trace de sommeil dans ses yeux : je compris que lui non plus n'arrivait pas à dormir.

Ça me donna du courage et je me glissai dans son lit, sous les couvertures. J'enroulai immédiatement mes jambes autour des siennes, passai mes bras autour de son cou et m'allongeai au-dessus de lui.

– Je suis en train de rêver ou quoi ? murmura-t-il.

Je collai ma bouche à la sienne et il passa ses mains dans mes cheveux et le long de mon dos.

– Tu m'as manqué.

– Toi aussi, tu m'as manqué.

Je l'embrassai pendant une éternité, jusqu'à ce que le souffle commence à me manquer, puis je m'écartai pour retirer mon débardeur et il m'observa avant de soupirer bruyamment.

– Tu fais quoi ?

En guise de réponse, je me pressai contre lui pour l'embrasser dans le cou, et il regarda vers la porte.

– Kiera, Denny a raison…

– Je t'aime et tu m'as trop manqué. Fais-moi l'amour, dis-je en retirant le reste de mes vêtements.

– Kiera…

Je l'embrassai à nouveau et me serrai contre lui en le caressant partout. Enfin, il grogna doucement avant de me caresser à son tour et j'entrepris de lui retirer son boxer.

– Je t'aime… fais-moi l'amour, répétai-je à son oreille.

Le souffle court et les yeux ardents, il regarda de nouveau vers la porte.

– T'es sûre que…

– Je suis sûre.

Je l'embrassai mais il s'écarta brutalement de moi.

– Attends… Je peux pas faire ça.

– Moi, je peux.

Je glissai timidement ma main dans son boxer. Il avait l'air parfaitement capable, au contraire, et je haussai les sourcils. Il repoussa ma main et étouffa un rire.

– C'est pas ce que j'ai voulu dire. Bien sûr, que je peux, mais… je pense qu'on devrait pas.

– Et cette aprèm, alors ? C'était… Je comprends pas, tu veux plus de moi ? demandai-je, un peu blessée.

– Bien sûr que si, ça se voit pas ? dit-il en baissant les yeux sur son boxer. Cette aprèm… j'avais jamais vécu un truc pareil. Je savais même pas que ça pouvait être comme ça, et venant de moi, ça veut tout dire…

– Et tu veux pas recommencer ? demandai-je en lui caressant la joue.

– J'en meurs d'envie, murmura-t-il dans un souffle.

– Alors prends-moi, dis-je avant de l'embrasser à pleine bouche.

– Bon sang, pourquoi est-ce que tu rends tout si…

– Dur ? dis-je en riant doucement. Écoute, je t'aime, et j'ai l'impression que le temps nous glisse entre les doigts. Je veux juste profiter de la moindre seconde passée avec toi.

Il soupira doucement et je souris : j'avais gagné.

– Pour info, c'est vraiment une très mauvaise idée.

Mon sourire s'élargit et je l'embrassai tandis qu'il roulait au-dessus de moi.

– Tu vas finir par m'achever, dit-il pendant que je lui retirais enfin son boxer.

Faire l'amour à Kellan sans bruit se révéla extrêmement difficile. On passa notre temps à s'agripper l'un à l'autre – j'étais sûre qu'on aurait des bleus tous les deux – et à nous embrasser aux moments fatidiques pour étouffer nos cris. Vers la fin, Kellan dut même mettre sa main sur ma bouche pour me faire taire. La lenteur et la nécessité de ne pas faire le moindre bruit rendaient tout plus intense, et ça dura plus longtemps que tout ce que j'avais connu jusque-là. Si j'avais pu, j'aurais voulu que ça dure toujours.

Après ça, on resta allongés sur le côté, face à face, serrés l'un contre l'autre. Je pouvais sentir son souffle sur ma peau et on garda le silence, en se contentant de se regarder dans les yeux. Il me caressait les cheveux en m'embrassant de temps en temps, et je caressais sa joue, sa mâchoire et sa bouche, perdue dans ses yeux bleus. À part ça, on bougeait à peine, et on resta comme ça pendant un long moment jusqu'à ce que Kellan soupire.

– Tu devrais retourner dans ta chambre, chuchota-t-il.

– Non.

Je ne voulais pas bouger ni quitter la chaleur de ses bras.

– C'est presque le matin.

Je regardai le réveil et me rendis compte qu'il avait raison : le soleil n'allait pas tarder à se lever. Obstinée, je le serrai plus fort et il m'embrassa.

– Retourne te coucher pendant une heure, puis viens prendre ton café avec moi, comme avant.

Il m'embrassa à nouveau puis me poussa doucement. Je fis la moue tandis qu'il me tendait mes vêtements, bien décidée à ne pas bouger. Il secoua la tête et commença à m'habiller. Une fois qu'il eut terminé, il m'obligea à m'asseoir et il se leva.

– Faut que tu partes avant qu'il soit trop tard. On a eu de la chance. Pousse pas.

Il embrassa le bout de mon nez et je soupirai d'un air résigné.

– D'accord. À tout à l'heure.

Je jetai un dernier regard à son corps nu, puis je sortis de sa chambre.

Je rentrai dans la mienne sur la pointe des pieds et refermai la porte sans faire de bruit. Denny ne bougea pas. Je le regardai dormir paisiblement quelques instants avant de me mettre au lit. Je me tournai sur le côté pour lui faire face et regarder sa poitrine monter et descendre à chaque respiration. Contrairement à la fois précédente, je n'eus pas envie de pleurer. Je me sentais toujours coupable, mais j'avais l'impression que c'était moins brutal qu'avant. Me conduire ainsi devenait plus facile, et je détestais ça. Je caressai sa nuque et il laissa échapper un soupir satisfait avant de se tourner de l'autre côté. Ma gorge se serra soudainement et je le pris dans mes bras, en me collant fermement à son dos. Il s'étira et mêla ses doigts aux miens inconsciemment. J'embrassai sa nuque, j'appuyai ma tête contre son épaule, et enfin, les larmes se mirent à couler.

22

Choix…

Kellan avait l'air différent quand je le rejoignis à la cuisine le matin. Pas physiquement : il était toujours aussi parfait, même s'il avait les yeux cernés, car on n'avait pas dormi. Ce qui avait changé, c'était son comportement : il ne leva pas les yeux à mon arrivée et il ne me dit pas bonjour en souriant. Il se contenta de fixer sa tasse, perdu dans ses pensées.

J'attrapai sa tasse et la posai sur le comptoir pour attirer son attention. Il tourna la tête vers moi et me regarda d'un air pensif avant de m'embrasser et de passer ses bras autour de ma taille. Je mis mes bras autour de son cou et ma tête sur son épaule, et je le serrai contre moi.

– J'en reviens pas de ce que je m'apprête à dire, murmura-t-il, me faisant me raidir immédiatement, mais ce qui s'est passé cette nuit, ça peut pas se reproduire.

Je le dévisageai sans comprendre, triste et un peu effrayée.

– Je t'aime, et tu sais ce que ça veut dire pour moi de dire ça. Je l'ai jamais dit à personne. À une époque, ça m'aurait pas dérangé de faire ça. J'aurais pris tout ce que je voulais prendre et j'aurais trouvé un moyen de gérer le reste.

Mon expression se radoucit mais je ne comprenais toujours pas où il voulait en venir.

– Je veux être l'homme que tu mérites. Je veux être quelqu'un de bien, et pour le moment, c'est pas le cas.

Il soupira et leva les yeux vers ma chambre, où Denny dormait encore. Puis il les rabaissa sur moi.

– Ce qui s'est passé cette nuit, c'était pas bien. On peut pas faire ça sous le nez de Denny.

Des larmes de culpabilité et de honte me montèrent aux yeux, et il comprit tout de suite ce qui me passait par la tête.

– Kiera, c'est pas ce que j'ai voulu dire… J'étais pas en train de t'insulter, dit-il en me serrant dans ses bras tandis que des larmes coulaient sur mes jours.

– Qu'est-ce que tu veux dire, alors ?

Il ferma les yeux et prit une grande respiration.

– Je veux que tu le quittes… et que tu restes avec moi.

Quand il rouvrit les yeux, il avait l'air terrifié. Quant à moi, je le regardai bouche bée, sans voix. Est-ce que c'était un ultimatum ? Il voulait m'obliger à choisir ?

– J'allais essayer d'être stoïque et d'attendre aussi longtemps que tu voulais… mais après on a fait l'amour. J'avais jamais ressenti ça avant, et je peux pas revenir en arrière. Je supporte pas l'idée de te partager avec quelqu'un d'autre et je veux être avec toi sans avoir à me cacher. Je veux rentrer dans le bar en te tenant la main. Je veux t'embrasser à chaque fois que je te vois, sans avoir peur qu'on nous voie. Je veux te faire l'amour sans craindre que quelqu'un nous surprenne. Je veux m'endormir avec toi tous les soirs, et je veux pas me sentir coupable de quelque chose qui me fait me sentir si bien. Je suis désolé, mais il faut que tu choisisses.

Je continuai à le fixer en pleurant. Je pouvais voir tout ça, un avenir et une vie avec lui, et une partie de moi mourait d'envie de vivre toutes ces choses. Mais une autre partie de moi revoyait l'image des yeux marron pleins d'étincelles de Denny et son sourire si attendrissant.

– Ça va le détruire.

Il ferma les yeux et avala sa salive péniblement.

– Je sais.

Quand il rouvrit les yeux, ils étaient pleins de larmes.

– Je sais, mais je peux pas te partager. Ça me tue de t'imaginer avec lui, encore plus qu'avant. Je veux t'avoir pour moi tout seul.

Sauf que j'étais complètement paniquée à l'idée de perdre un des deux.

– Et si c'est lui que je choisis, tu feras quoi ?

Il détourna le regard et une larme roula sur sa joue.

– Je partirai. T'auras même pas besoin de lui dire, pour toi et moi. Vous finirez par vous marier et par avoir des enfants, et vous serez très heureux ensemble…

– Et toi ? dis-je en étouffant un sanglot. Tu deviens quoi, dans l'histoire ?

– Moi, je m'en sortirai… même si tu me manqueras tous les jours.

Je laissai échapper un sanglot, cette fois, et pour m'assurer qu'il était encore là et que le scénario horrible qu'il venait de décrire n'était pas encore réel, j'attrapai son visage dans mes mains et l'embrassai désespérément. Il me retourna mon baiser avec la même intensité et je pouvais sentir les larmes sur son visage. On se sépara à bout de souffle et on resta là, front contre front.

– On serait tellement heureux, tous les deux…

– J'ai besoin de temps.

– Je comprends. Mais j'attendrai pas éternellement.

Il m'embrassa encore et je recommençai à respirer normalement.

– Je peux pas rester à la maison avec lui. Je vais passer la journée chez Evan.

La panique m'envahit et je m'agrippai à lui.

– T'inquiète pas. Je te verrai chez Pete ce soir.

Il m'embrassa une dernière fois et fit un pas vers la porte.

– Tu pars maintenant ?

– Passe la journée avec Denny, et pense à ce que je t'ai dit. Peut-être que ça t'aidera à…

Prendre une décision ? Décider quel cœur je voulais briser ? Mais comment ? Il ne finit pas sa phrase et se contenta de coller ses lèvres aux miennes pour ce qui parut durer une éternité, d'abord, puis quelques secondes quand il s'arrêta, ensuite. Il me sourit et sortit de la cuisine, et quelques instants plus tard, il était dehors. Mes yeux restèrent fixés sur sa tasse encore pleine, et je me demandai ce que j'allais bien pouvoir faire.

Finalement, j'allai m'allonger dans le canapé et je pleurai jusqu'à ce que je m'endorme.

Quand je me réveillai, plusieurs heures plus tard, j'étais tout sauf reposée, et les mots de Kellan résonnaient dans ma tête tandis que je faisais réchauffer le café qu'il avait préparé un peu plus tôt, avant de quitter la maison. Je levai les yeux en entendant Denny entrer dans la cuisine et mon cœur se mit à battre à tout rompre en voyant l'expression sur son visage. Je ne l'avais jamais vu comme ça, aussi effondré, torturé et malheureux. Ses yeux normalement pétillants étaient éteints et tristes, et même s'il venait de prendre une douche et de s'habiller, il avait l'air épuisé, comme s'il n'avait pas dormi depuis des semaines. Il ferma les yeux, prit une grande respiration et rentra dans la pièce en souriant sans enthousiasme.

J'étais paralysée : pourquoi il était aussi triste ? Est-ce qu'il savait que je n'étais pas avec lui la nuit dernière ? Est-ce qu'il savait où j'étais allée ? Est-ce qu'on avait fait plus de bruit que ce que je croyais ? Il avança mais s'arrêta à quelques mètres de moi. Il y avait une drôle d'atmosphère dans la pièce et j'étais si nerveuse que je sentis ma respiration s'accélérer. Je savais qu'il devait trouver ça bizarre que je ne lui demande pas ce qui n'allait pas – ça ne me ressemblait vraiment pas –, mais j'étais incapable de prononcer un mot, et surtout, j'avais trop peur de la réponse.

– Tu m'as laissé, finit-il par murmurer.

Mon cœur battait si vite que je crus que j'allais tomber dans les pommes.

– Quoi ?

– Ce matin, dit-il en désignant le canapé. Je suis descendu tout à l'heure, et tu dormais sur le canapé. J'ai pas voulu te réveiller.

– Oh, dis-je en retrouvant un semblant de calme.

– Est-ce que j'ai fait quelque chose de mal ? demanda-t-il en me prenant la main.

– Non, rien du tout, dis-je en secouant la tête.

– T'es sûre ? Parce que j'ai l'impression qu'il y a un fossé entre nous. Avant, on se racontait tout et je savais ce qui se passait dans ta tête, mais maintenant, les trois quarts du temps, j'en sais rien du tout. Dis-moi ce qui se passe.

Ses yeux tristes cherchèrent les miens, puis il me tira gentiment par le bras pour m'emmener dans le salon. Je priai mentalement pour ne pas fondre en larmes comme la veille. On s'assit l'un à côté de l'autre dans le canapé, et Denny se pencha en avant, les coudes sur les genoux. Il se passa une main dans les cheveux puis finit par tourner la tête vers moi.

– T'es heureuse ici ?

– Oui, dis-je en faisant non de la tête.

Il me regarda sans comprendre.

– C'est Kellan ?

Mon estomac se souleva avec une telle violence que je crus que j'allais être malade. J'étais pâle comme une morte, et je crus que j'allais me remettre à hyperventiler.

– C'est son mode de vie qui te dérange ? Tu veux arrêter de vivre en coloc' avec lui ?

Il ne me demandait pas si je couchais avec Kellan : il me parlait des filles qui avaient défilé à la maison, parce qu'à sa connaissance c'était le dernier truc qui m'avait mise en pétard. Mais tellement de choses avaient changé depuis. Kellan m'aimait, il m'aimait profondément, et moi…

– Non, c'est pas ça. Je le vois quasi jamais, de toute façon, dis-je à voix basse.

– C'est vrai qu'il est pas là souvent, ces temps-ci.

Il me regarda bizarrement en disant ça et je me raidis en me rendant compte que c'était moi qui avais planté cette idée dans sa tête. J'attendais la question qui, en toute logique, n'allait sans doute pas tarder à suivre : *C'est parce qu'il était pas là de la semaine que t'étais aussi triste ? C'est à cause de son retour que t'étais dans cet état hier ? Parce que t'as couché avec lui et qu'après tu te sentais coupable ?*

La question qu'il posa finalement me fit encore plus mal que toutes celles que j'avais imaginées.

– C'est à cause de moi, alors ? C'est moi qui te rends malheureuse ?

Il parlait si bas que je l'entendis à peine. Je me jetai à son cou et essayai d'étouffer un sanglot.

– Non. Je t'aime. Bien sûr que je suis heureuse avec toi.

Arrête de me poser des questions. Je veux pas que tu découvres ce que j'ai fait. Me quitte pas…

– Alors viens à Brisbane avec moi.

– Quoi ?

– À la fin de l'année, viens avec moi en Australie.

Il scrutait mon visage à la recherche d'une réaction, mais je ne pus qu'écarquiller les yeux. On n'avait jamais parlé de partir vivre là-bas. On avait à peine parlé d'y aller pour les vacances de Noël.

– Je comprends pas.

– J'ai passé quelques coups de fil. Si je veux, j'ai un super boulot qui m'attend là-bas… quand je veux. Et en plus, c'est pas loin de chez mes parents.

– Mais c'est loin…

Il n'aurait pas pu m'éloigner davantage de Kellan.

– Et ma famille, alors ?

– On leur rendra visite quand tu voudras. Pendant les fêtes, pour les vacances, à chaque fois que t'en auras envie.

Il me caressait doucement la joue en me parlant, et je pouvais entendre la note de désespoir dans sa voix.

– Je savais même pas que tu voulais y retourner.

– C'est une super offre… et on pourrait se marier là-bas, murmura-t-il.

Je crus que mon cœur allait exploser dans ma poitrine. On n'avait jamais parlé mariage auparavant. Vivre ici avec Kellan ? Vivre à des milliers de kilomètres avec Denny ? Mon cerveau tournait à mille à l'heure et je ne savais pas quoi dire.

– On pourrait être heureux là-bas… Je pourrais être un bon mari pour toi… peut-être même un bon père un jour…

Sa voix s'évanouit et des larmes me montèrent aux yeux. J'avais en tête l'image de la vie qu'il était en train de décrire : c'était aussi parfait que celle que j'imaginais avec Kellan, et je ne savais pas quoi choisir. Il m'attira à lui pour m'embrasser tendrement. Je fermai les yeux en me blottissant contre lui et en réfléchissant à sa demande. Ou plutôt à *ses* demandes.

Il prit mon visage dans ses mains pour m'embrasser plus intensément, et je lui rendis son baiser. D'un coup, il se leva, me souleva dans ses bras et il me porta jusqu'à notre chambre sans cesser de m'embrasser. Je pris soin de garder les yeux fermés en passant devant la porte de Kellan.

Pour la première fois depuis le début de notre relation, coucher avec Denny fut… bizarre. Il y avait une espèce de désespoir frénétique dans notre façon de faire l'amour qui n'avait jamais été là avant. C'était à la fois émouvant et déchirant, plein de bonheur et plein de tristesse, brûlant et glacé… C'était comme si on essayait tous les deux de retenir quelque chose qui nous filait entre les doigts sans qu'on comprenne pourquoi, même si je comprenais un peu mieux que lui. Comment j'avais pu m'éloigner de quelqu'un d'aussi tendre, sensible et attentionné que lui.

Après, il me caressa les cheveux tandis que j'avais le visage enfoui dans son cou quand, soudain, un horrible sentiment de culpabilité m'envahit alors que je pensais à Kellan. Ça le tuerait s'il apprenait ce qu'on venait de faire. Pourtant, en partant le matin, il avait bien dû se douter qu'il y avait des chances que Denny essaie de…

Je me sentis encore plus coupable parce que je n'appréciais pas complètement ce moment avec Denny. J'essuyai une larme avec colère. J'étais épuisée de me sentir coupable sans arrêt, et Kellan avait raison : d'une manière ou d'une autre, il fallait que je fasse un choix.

– Kiera, ça va ?

Je me crispai et fermai les yeux. Est-ce qu'il venait de comprendre ?

– Oui.

– T'as eu l'air tellement triste ces temps-ci, et hier…

Il allait finir par poser la question fatidique, c'était sûr.

– J'ai juste eu une sale journée, c'est tout.

– D'accord.

Sauf que je savais qu'il n'en croyait pas un mot.

– Tu veux qu'on en parle ?

Je devais absolument mettre un terme à cette discussion. Je levai les yeux vers lui et je me forçai à sourire.

– Non… Je veux venir avec toi en Australie.

Je me détestais de faire ça, mais il me fallait plus de temps. Il sourit de toutes ses dents et m'embrassa, en oubliant tout de notre conversation.

Il me conduisit au travail ce soir-là et décida de passer la soirée au bar. Il était rayonnant, et je me sentais de plus en plus mal. Je lui avais donné de l'espoir, et peut-être que ce n'était qu'un faux espoir… Je n'en étais pas encore sûre.

Je lui apportai à manger et une bière à la table du groupe, l'estomac vrillé à l'avance à l'idée de le voir assis à côté de Kellan, et bien sûr, le groupe ne tarda pas à arriver. Matt et Evan entrèrent en même temps, et ce dernier remarqua tout de suite Denny à leur table. Il me regarda d'un air interrogateur qui me fit baisser les yeux en rougissant. Si je ne vis pas Griffin entrer, en revanche je ne manquai pas de l'entendre.

– L'étalon est là, la soirée peut commencer ! cria-t-il.

Je levai les yeux au ciel et regardai vers la porte pile au moment où Kellan entra, et ses yeux trouvèrent immédiatement les miens. J'articulai silencieusement un « bonjour » et il me décocha un sourire ravageur. Il allait venir me voir mais je fis discrètement non de la tête. Il me regarda d'abord sans comprendre, puis suivit mon regard et comprit en voyant qui était à leur table. Son sourire disparut, ses yeux s'assombrirent et il me lança un dernier regard avant de rejoindre les autres.

J'essayai de jeter des coups d'œil discrets à Kellan pendant la soirée mais c'était loin d'être évident. Je mourais d'envie de traverser la salle pour le prendre dans mes bras, l'embrasser, m'asseoir sur ses genoux, mais je ne pouvais pas. Même si Denny n'avait pas été juste en face de lui, je n'aurais pas pu, parce qu'on n'avait pas le droit. C'était ça que Kellan voulait, ne plus avoir à se cacher, et moi aussi, mais… Je ne voulais pas faire de mal à Denny. Je ne pouvais pas. Parce que lui aussi, je l'aimais.

Denny n'arrêtait pas de sourire, et ça faisait des jours que je ne l'avais pas vu aussi heureux. Ma mélancolie pendant l'absence de Kellan l'avait affecté bien plus que ce que j'avais cru. Mais à présent, il était excité parce qu'on avait des projets d'avenir. Il était en pleine conversation avec Matt, alors je reportai mon attention sur Kellan.

Il croisa mon regard pendant une fraction de seconde puis regarda en direction du couloir. N'importe qui aurait cru qu'il était simplement en train de balayer la salle du regard, mais je savais ce que ça voulait dire. Il finit tranquillement sa bière avant de se lever et de se diriger vers le couloir. Denny le regarda brièvement, puis il se tourna de nouveau vers Matt.

J'allai rapidement rejoindre Jenny. Je n'avais pas beaucoup de temps.

– Jenny, est-ce que tu pourrais…

Elle regarda vers la table des garçons et remarqua immédiatement l'absence de Kellan.

– Je refuse de mentir pour toi, Kiera.

– Je veux pas que tu mentes à ma place. Juste… Est-ce que tu peux venir me trouver si Denny me cherche ?

– D'accord, dit-elle en soupirant. Mais grouille-toi.

– Merci, répondis-je en souriant.

Elle se remit au travail et je suivis Kellan dans le couloir en m'assurant que personne ne me regardait, surtout pas Denny. Kellan était adossé contre le pan de mur entre les toilettes des hommes et celles des femmes, un pied contre le mur, les mains dans les poches, et la tête tournée vers moi. Il sourit doucement en me voyant et je lui rendis son sourire. Lorsque je fus à côté de lui, il me prit par la main et m'entraîna dans les toilettes des filles. Je remarquai un panneau « Hors Service » sur la porte et le pointai du doigt.

– C'est toi qui… ?

Il sourit et referma la porte derrière nous, mais son sourire s'évanouit aussitôt.

– Alors comme ça, tu pars avec Denny en Australie ?

– Qui t'a dit ça ?

– Lui. Il en parle à tout le monde. Tu lui as dit quoi ?

Je fermai les yeux et m'appuyai contre le mur.

– Je suis désolée. Il me posait plein de questions, et j'ai voulu gagner du temps, dis-je en me sentant vraiment bête.

– Et donc, tu lui as dit que t'allais partir avec lui ? J'hallucine ! Ça t'arrive jamais de réfléchir avant de sortir des trucs pareils ?

– Je sais que c'était débile de faire ça, mais sur le moment, ça m'a paru être la meilleure solution.

– T'as accepté de l'épouser aussi ?

Sa question était sarcastique, mais le silence que j'y opposai parla pour moi.

– Il t'a demandé en mariage ?

– J'ai pas dit oui, murmurai-je.

– Mais t'as pas dit non, non plus.

– Il a pas vraiment demandé. Il a juste dit que quand on serait là-bas, peut-être qu'éventuellement, dans plusieurs années, on pourrait…

– T'envisages de l'épouser ? coupa-t-il.

– Il me faut du temps, dis-je en faisant un pas vers lui.

– T'as couché avec lui ?

Je restai clouée sur place et clignai des yeux plusieurs fois.

– Me demande pas ça.

Il hocha la tête et détourna les yeux, hargneux.

– Alors jusqu'à ce que tu prennes une décision, comment ça va se passer exactement ? On fait un roulement ?

Son regard revint sur moi et il était ardent de colère.

– Je t'ai pendant la semaine et lui pendant le week-end, ou alors on fait une semaine chacun ? On peut aussi baiser tous ensemble, si tu préfères ?

Je me dirigeai calmement vers lui et posai une main sur sa joue.

– Kellan… Filtre…

– Désolé… C'est juste que je peux pas rester comme ça.

Je l'embrassai doucement et une larme roula sur ma joue.

– Moi non plus. J'en peux plus de cette situation, j'en peux plus de me sentir coupable et de mentir. Mais je veux faire de mal à personne et je sais pas quoi faire.

Il me regarda sans rien dire pendant une éternité.

– Je peux plaider ma cause ? finit-il par murmurer.

Il venait de prendre ma tête dans ses mains et de commencer à m'embrasser quand des coups légers furent frappés à la porte.

– Vous êtes là ? C'est moi… C'est Jenny.

Kellan avait commencé à défendre son cas plus intensément et on l'ignora tous les deux. Elle ouvrit quand même doucement la porte.

– Kiera, dit-elle d'un air gêné, désolée, mais tu m'avais dit de venir te chercher…

Je hochai la tête, mes lèvres toujours pressées contre celles de Kellan, qui me souriait entre deux baisers.

– Vous pouvez arrêter deux secondes ?

Elle avait l'air en pétard maintenant. Kellan chuchota « non » et je ne pus m'empêcher de pouffer de rire.

– Comme vous voudrez. Deux choses : la première, Kellan, c'est l'heure.

Il leva un pouce en l'air mais il continua à m'embrasser.

– La deuxième, c'est que Denny a parlé à Griffin.

On s'écarta tous les deux en même temps.

– Quoi ?

Le mot sortit de nos bouches au même moment, et pour le coup, on n'avait plus du tout envie de rire.

Elle haussa les épaules comme pour s'excuser.

– J'ai essayé de dégager Griffin mais Denny était en train de parler du fait que t'avais du mal à te faire à l'idée de quitter ta famille.

En disant ça, elle me jeta un regard glacial. Visiblement, ce que j'avais fait ne lui plaisait pas non plus.

– Denny a mentionné Anna, et forcément, Griffin lui a raconté dans les moindres détails la nuit qu'ils avaient passée ensemble quand elle était ici.

Elle eut l'air dégoûtée en y repensant, et je pâlis.

– Du coup, Denny a parlé de Kellan et Anna la dispute puis entre Kellan et toi au bar.

Elle secoua la tête.

– Griffin a pété un câble, et il a juré que Kellan avait jamais couché avec elle. Que c'était lui qui avait réussi à la piquer à Kellan et que…

Elle regarda Kellan, qui était aussi livide que moi.

– …Kellan était un sale con de vouloir faire croire que c'était lui qui avait marqué un point, je cite. Désolée, Kiera, mais Denny sait que t'as menti.

– Merci, Jenny, dit Kellan calmement.

– Pas de quoi… et encore désolée.

Elle sourit tristement puis elle nous laissa seuls. Je commençais à avoir du mal à respirer et je m'agrippai aux épaules de Kellan.

– On fait quoi ?

Je scrutai son visage dans l'espoir d'y trouver une réponse mais il ne dit rien et je me sentis prise de vertige.

– Bon, c'est pas grave. Je lui dirai juste que tu m'as menti… et qu'Anna m'a menti… et…

Je m'interrompis pour réfléchir à d'autres mensonges à raconter à Denny.

– Il aura encore plus de soupçons si tu fais ça. Ça marchera pas, bébé…

Ce mot tendre me fit sourire, mais pas pour longtemps.

– On fait quoi, alors ?

– On fait la seule chose qu'on puisse faire : je monte sur scène, et toi, tu retournes bosser.

– Mais Kellan…

Ça n'allait rien résoudre du tout.

– Ça va aller. Faut que j'y aille, je dois parler à Evan avant le début du concert.

Puis il m'embrassa doucement sur le front et me laissa seule, avec la tête qui tournait. Tout commençait à s'écrouler autour de moi, et j'avais le plus grand mal à respirer normalement en revenant dans la salle.

Kellan était près de la scène, en pleine discussion avec Evan, qui n'avait pas l'air d'apprécier ce qu'il était en train de lui dire. Il me lança un regard puis fixa de nouveau Kellan d'un air hargneux. Finalement, Kellan dit quelque chose qui, à en juger par sa posture, avait l'air d'être un ordre. Evan sauta sur la scène après avoir jeté un rapide coup d'œil à Denny, et Matt et Griffin l'imitèrent.

Kellan se passa une main dans les cheveux et regarda Denny, qui était en train de l'observer d'un drôle d'air, puis il monta sur la scène à son tour. Le public se mit à crier mais je ne les entendais même pas, trop occupée à me demander ce qui venait de se passer.

J'étais en train de retourner dans ma section pour m'occuper de mes clients quand mon regard croisa celui de Denny. Il était toujours assis à la table, qui était désormais peuplée de groupies, et il me regardait d'un air mauvais. Il savait que j'avais menti. Et il se demandait pourquoi. J'eus un sourire contraint, mais il ressembla plus à une grimace. Il plissa les yeux et ne me sourit pas en retour, et je détournai le regard.

Heureusement, le bar était bondé de clients morts de soif, ce qui me donna une excuse pour ne pas aller à sa table pendant un moment. Le groupe commença à jouer mais je ne leur accordai aucune attention. Et j'avais beau éviter de regarder Denny, je sentais ses yeux posés sur moi en permanence.

Vers la fin de la soirée, je commençai enfin à me détendre un peu. J'avais toujours l'estomac complètement retourné et mal à la tête, mais au moins j'avais réussi à éviter Denny. Jusqu'au moment où je dus aller à sa table pour servir certaines des filles qui s'y trouvaient. Il me commanda une bière et ne me demanda rien, mais son regard voulait tout dire : il avait des soupçons.

Plus tard, Kellan annonça qu'ils allaient jouer un dernier morceau et que c'était une nouvelle chanson. La musique commença juste avec Matt et Evan, puis Griffin les rejoignit à la basse au bout de quelques mesures et Kellan commença à chanter d'une voix rauque. Les paroles étaient tristes, et je le regardai discrètement avant de me tourner vers un client.

– Bonsoir, qu'est-ce que je peux…

Je fus incapable de finir ma question : une phrase que Kellan venait de chanter m'avait clouée sur place.

« Tu es tout ce dont j'ai besoin, mais moi, pour toi, je ne suis rien. Je t'ai déçue, je t'ai trahie, mais tout ira bien, si tu restes avec lui. »

J'étais bouche bée. C'était une nouvelle chanson qu'il avait composée… et ça parlait de nous.

– Mademoiselle ? J'ai dit qu'on voudrait…

La voix de Kellan avait augmenté en intensité et j'ignorai mon client, incapable de me concentrer sur autre chose.

« C'est mieux de ne pas dire adieu, de juste partir, d'arrêter de mentir. »

Sauf que c'était ce qu'il était en train de faire… Il était en train de me dire adieu en chanson, devant tout le bar et devant Denny. Kellan ne me regardait pas, et il ne regardait même pas le public. Il avait les yeux dans le vague, complètement absorbé par la musique.

Le client à côté de moi était toujours en train d'essayer d'attirer mon attention mais je restais immobile, en état de choc. J'étais à quelques mètres de Denny, et il voyait forcément la façon dont je regardais Kellan, la peur dans mes yeux et ma bouche ouverte sous l'effet de la surprise. Je compris qu'Evan n'avait pas voulu que Kellan chante cette chanson, probablement parce que Denny était là. Qu'est-ce qui avait bien pu passer par la tête de Kellan ?

Au deuxième couplet, mes yeux se remplirent de larmes et j'arrêtai de faire attention à qui me regardait. La voix de Kellan me transperçait et j'étais incapable de contrôler ma réaction.

« On a pris ce qu'on a pu, on a fait ce qu'on a fait, et c'était tellement génial que je n'oublierai jamais. Ça me fera mal, ça te fera mal, mais tout a une fin, alors sèche tes larmes. Tu t'en sortiras, avec lui près de toi. Mais je te promets que je t'aimerai à jamais. »

Ses mots étaient magnifiques et je sentis mon cœur se briser. Il me disait au revoir, pour de vrai cette fois. Au second *« Je t'ai déçue, je t'ai trahie »*, je sentis les larmes rouler sur mes joues.

Il finit par me regarder et ne me quitta pas des yeux en entonnant de nouveau le refrain. *« C'est mieux de ne pas dire adieu, de juste partir, d'arrêter de mentir. »* Une larme roula sur sa joue, mais il l'ignora et continua à chanter d'une voix forte et assurée.

– Mademoiselle ?

Je n'entendais qu'un brouhaha lointain de voix autour de moi. Seuls les mots de Kellan me parvenaient clairement, et ils continuaient à m'atteindre comme autant de coups de poignard. Au couplet suivant, *« Je penserai à toi sans arrêt, peu importe l'endroit où tu es »*, je portai une main à mon estomac et une autre à ma bouche pour retenir un sanglot. Soudain, je sentis une main sur mon épaule.

– Pas ici, Kiera, me murmura la voix douce de Jenny.

J'étais incapable de quitter Kellan des yeux. Une autre larme roula sur sa joue tandis qu'il me regardait, imperturbable. Je ne savais pas qui était témoin de la scène et je ne savais pas si Denny était en train de nous regarder. Tout ce que je pouvais voir et entendre, c'était Kellan et ses mots qui me déchiraient le cœur.

Je finis par laisser échapper un sanglot et Jenny me tira par le bras, mais je ne bougeai pas d'un millimètre.

– Pas ici, Kiera. Denny te regarde.

Je finis par la laisser m'emmener en cuisine tandis que la chanson touchait à sa fin. *« Je te promets, mon amour pour toi ne s'éteindra jamais. »* Il me suivit du regard et sa voix se brisa au moment où je disparaissais derrière les portes de la cuisine avec Jenny. Je me mis immédiatement à sangloter et elle me prit dans ses bras.

– Du calme… Ça va aller. Aie confiance.

Elle répéta ces mots je ne sais pas combien de fois tout en me frottant le dos, pendant que je pleurais toutes les larmes de mon corps sur son épaule.

Il partait…

Quand je finis par m'arrêter de pleurer, Jenny me remaquilla et m'apporta un verre. Ce n'était pas de l'eau et je le descendis d'un trait, assise au bar, tandis que Kellan me regardait depuis la scène. Je mourais d'envie de courir le rejoindre, de me jeter à son cou et de l'embrasser en le suppliant de ne pas partir. Mais Denny était toujours là en train de nous observer, et je ne pouvais rien faire. Pour la première fois de ma vie, j'eus envie que Denny s'en aille.

Il s'approcha de Kellan après le concert et lui posa une question apparemment très sérieuse. Kellan regarda brièvement dans ma direction, et je retins mon souffle. Puis il sourit le plus naturellement du monde et secoua la tête en donnant une tape sur l'épaule de Denny. Pâle comme un mort, Denny le regarda ranger sa guitare dans son étui et quitter le bar. Kellan me jeta discrètement un dernier regard et je vis qu'il se pinçait les ailes du nez en poussant les portes.

Denny se rassit et m'attendit jusqu'à la fin de mon service. J'étais en train de rassembler mes affaires quand il finit par s'approcher de moi. Je sentis mon sang se glacer dans mes veines, mais il ne dit rien : il me tendit simplement la main et on sortit du bar sans dire un mot.

Kellan était déjà à la maison quand on arriva. La lumière de sa chambre était éteinte mais je pouvais entendre de la musique et je savais qu'il était réveillé. Denny se déshabilla en silence, en me regardant de temps à autre d'un air à la fois bizarre et triste. Il ne m'avait pas parlé de mon mensonge, ni de ma crise de larmes pendant la dernière chanson. Mais ça, ajouté à ma mélancolie durant toute la semaine, au retour soudain de Kellan la veille, et aux regards déchirants qu'on avait échangés à la fin de la soirée… Je savais très bien les questions qu'il se posait et je redoutais le moment où il allait finir par les formuler

Je mis mon pyjama sans dire un mot puis j'allai à la salle de bain en laissant la porte de la chambre ouverte, pour qu'il n'ait pas de soupçons. Je ne pus m'empêcher de jeter un coup d'œil vers la porte de Kellan. Il allait partir et je ne le supportais pas. Il fallait que je trouve un moyen de l'en empêcher… d'une façon ou d'une autre.

Je pris tout mon temps dans la salle de bain et je me passai plusieurs fois de l'eau froide sur le visage. Puis je pris une grande respiration qui ne m'aida absolument pas à me calmer, et je retournai dans ma chambre. Denny était toujours réveillé, en train de fixer la porte en attendant que je revienne. Je cherchai son regard en me demandant ce qu'il pensait, ce qu'il ressentait, s'il était malheureux, et pourquoi il ne me posait aucune question.

Il me tendit les bras et je m'y blottis, reconnaissante pour ce moment de réconfort après le tourbillon d'émotions de la soirée. Mais ce n'était pas ce que je voulais. Ce n'était pas ses bras que je voulais sentir autour de moi, et à cette pensée ma gorge se serra. Heureuse que Denny ne parle pas, je fermai les yeux et j'attendis.

Chaque seconde sembla durer une minute et chaque minute sembla durer une heure. Je guettais la respiration de Denny et le moindre signe indiquant qu'il était endormi, mais il finissait toujours par remuer ou soupirer. Je décidai de faire semblant de dormir, en espérant qu'il finirait par se détendre et s'assoupir à son tour. Je pouvais sentir des larmes de frustration me monter aux yeux mais je les retins. Si je voulais sortir de cette pièce, il allait falloir que je sois patiente.

Pour passer le temps, j'essayais d'imaginer ce que Kellan faisait dans sa chambre. Je n'entendais plus la musique. Peut-être qu'il s'était endormi. Ou qu'il était allongé en train de regarder le plafond et de se demander si j'étais endormie dans les bras de Denny. Peut-être qu'il regrettait ce qu'il m'avait dit le matin, ou qu'il attendait que je vienne le rejoindre. Ou peut-être qu'il préparait son départ…

Enfin, la respiration de Denny se fit lente et régulière. J'ouvris les yeux et levai doucement la tête pour le regarder : son beau visage était calme et paisible pour la première fois depuis qu'il avait découvert que j'avais menti. J'écartai délicatement son bras et il roula sur le côté sans se réveiller. J'attendis encore pendant ce qui me parut être une éternité pour être bien sûre qu'il dormait, puis je me levai sans faire de bruit. J'avais déjà une liste d'excuses en tête au cas où il se réveillerait en m'entendant partir, mais il ne bougea pas, et je me faufilai sur le palier.

Mon cœur battait à tout rompre quand je poussai la porte de Kellan, et je me sentis soudain hyper nerveuse. Il était assis au bord de son lit tout habillé, le dos tourné à la porte, et il semblait perdu dans la contemplation de quelque chose qu'il tenait dans sa main.

– Kellan ? murmurai-je.

Il sursauta et serra le poing pour cacher ce qu'il tenait entre ses doigts. Puis il glissa rapidement sa main sous le matelas et se tourna vers moi.

– Qu'est-ce que tu fais ici ? On en a déjà parlé. Tu peux pas rester là.

Il était pâle et il avait l'air affreusement triste.

– Comment t'as pu me faire ça ?

– De quoi tu parles ? dit-il d'un air à la fois confus et fatigué.

– Me chanter cette chanson devant tout le monde. C'était horrible.

Ma voix se brisa et je m'assis au bord du lit.

– C'est ce qui doit se passer, dit-il en baissant les yeux.

– T'as écrit ça pendant que t'étais parti ?

De longues secondes passèrent avant qu'il me réponde.

– Oui. Je sais comment ça va finir, Kiera, et je sais qui tu vas choisir. Comme d'habitude.

– Je veux dormir avec toi, dis-je d'une voix étranglée.

– Kiera, on peut pas…

– Je veux juste dormir dans tes bras. S'il te plaît.

Il soupira puis s'allongea sur son lit en m'ouvrant les bras. Je me blottis contre lui, mes jambes enroulées autour des siennes et mon bras sur sa poitrine. La tête sur son épaule, je me laissai enivrer par son parfum et bercer par sa chaleur. La joie d'être à ses côtés de lui était aussi bouleversante que la tristesse de savoir qu'il allait me quitter.

Je retins un sanglot et il me serra plus fort. Je pouvais l'entendre soupirer à fendre l'âme et je savais qu'il était au bord des larmes, lui aussi.

– Me laisse pas.

– Kiera…

– S'il te plaît… Reste avec moi. Pars pas.

– C'est la meilleure chose à faire.

– Bébé, fais pas ça. On est enfin ensemble et je veux pas que ça s'arrête.

En m'entendant l'appeler comme ça, il me regarda dans les yeux et passa un doigt le long de ma joue.

– Justement. On est pas ensemble.

– Dis pas ça. Bien sûr qu'on l'est. J'ai juste besoin d'un peu de temps, mais faut que tu restes. Je supporterai pas de te voir partir.

Je pris son visage entre mes mains et l'embrassai passionnément mais il s'écarta au bout de quelques secondes.

– Tu le quitteras jamais, et je veux pas te partager. Alors qu'est-ce qu'on fait, dis-moi ? Si je reste, il va finir par découvrir la vérité. J'aurais tellement aimé que ça soit différent, j'aurais tellement voulu te rencontrer en premier… être ton premier… Que ce soit moi que tu choisisses…

– C'est toi que je veux, laissai-je échapper.

On se figea tous les deux. Une larme roula sur sa joue et il y avait tellement d'espoir et de souffrance dans ses yeux que je regrettai immédiatement d'être venue dans sa chambre. J'avais tellement paniqué à l'idée qu'il s'en aille que j'avais dit la seule chose qui le convaincrait de rester. Je voulais qu'il reste, plus que tout, je voulais rentrer dans le bar en lui tenant la main, je voulais l'embrasser à chaque fois que je le voyais, je voulais faire l'amour avec lui sans avoir peur et dormir dans ses bras toutes les nuits…

Je venais enfin de comprendre. C'est avec *lui* que je voulais être.

– Je te choisis, toi, répétai-je.

J'étais surprise par ma propre décision, mais heureuse d'en avoir finalement pris une. Il me regarda comme si j'étais une bombe prête à exploser.

– T'as compris ce que je viens de dire ? demandai-je, inquiète de sa réaction.

Enfin, il roula sur le côté, se pressa contre moi et m'embrassa si passionnément que j'en eus presque le souffle coupé. Je me collai à lui et il commença à me déshabiller. Il m'avait à peine retiré mon débardeur que ses lèvres étaient déjà revenues sur les miennes. Il ôta sa chemise et il avait déjà fait voler le bas de mon pyjama et commencé à déboutonner son jean quand je le repoussai.

– Et ta règle, alors ? demandai-je à bout de souffle.

– J'ai jamais été doué pour respecter les règles. Et je sais pas te dire non quand tu me supplies, de toute façon, dit-il en souriant avant de m'embrasser dans le cou.

– Attends, dis-je en le voyant retirer son jean. Je croyais que tu voulais pas faire ça ici…

– Si t'es avec moi, je veux le faire n'importe où et n'importe quand.

Il glissa une main dans ma culotte en disant ça et son contact et l'intensité dans sa voix me firent gémir.

– Je t'aime.

– Moi aussi, je t'aime. Je vais te rendre tellement heureuse…

Je me mordis la lèvre et je lui retirai son boxer.

– Je sais.

23

... et conséquences

Je me retournai dans son lit pour la centième fois. Il avait son bras autour de moi et dormait profondément, le visage tourné vers moi. Il n'y avait plus la moindre trace d'inquiétude sur ses traits, mais je ne pouvais pas en dire autant. J'avais enfin choisi, et dans le feu de l'action, j'avais choisi Kellan, mais tout ça me paraissait encore surréaliste. Je tentai de m'imaginer avec lui chaque soir, d'imaginer avoir au grand jour la relation qu'il voulait... qu'on voulait. Ça avait été inconcevable pendant tellement longtemps que j'avais du mal à y croire. Il n'y avait plus qu'un obstacle à franchir pour que je puisse vraiment imaginer ma vie avec Kellan : Denny.

Il fallait que je retourne dans ma chambre. Je ne pouvais pas courir le risque qu'il l'apprenne comme ça, tout comme je n'aurais pas dû prendre le risque de faire l'amour avec Kellan la veille... une fois de plus. Mais dès qu'il était question de lui, j'avais tendance à avoir du mal à réfléchir avant d'agir. Il avait raison, néanmoins : c'était une mauvaise idée. Denny ne devait surtout pas tomber sur nous comme ça. Je me souvins de sa réaction dans mon rêve... Je pouvais à peine imaginer comment il réagirait s'il nous surprenait pour de vrai… Surtout maintenant qu'il savait que j'avais menti et qu'il avait des soupçons.

Je devais lui parler. Je devais tout lui dire. Mais je ne savais absolument pas comment faire.

Je soulevai le bras de Kellan en soupirant et il murmura quelque chose dans son sommeil en tendant le bras pour me retenir. Je souris et l'embrassai délicatement sur le front avant de ramasser mes vêtements à la hâte et de me rhabiller. En ouvrant la porte, je jetai un dernier regard dans sa direction, puis retournai dans ma chambre.

Je me glissai dans mon lit aussi discrètement que possible. Denny ne bougea pas quand je m'allongeai près de lui, et cette fois, je lui tournai le dos et je me remis à respirer aussi silencieusement que possible. Je m'attendais à ce qu'il bouge, qu'il se retourne et qu'il me demande où j'étais passée, mais il dormait aussi profondément que Kellan. Enfin, l'épuisement eut raison de moi et je m'assoupis en pensant à Kellan, encore.

Je me réveillai après un rêve particulièrement agréable et je me sentis déjà impatiente à l'idée de revoir Kellan. Denny dormait toujours mais j'étais sûre que Kellan était réveillé. Je filai à la salle de bain pour me rafraîchir et je me précipitai au rez-de-chaussée. Comme prévu, il était adossé au plan de travail et le café était en train de passer derrière lui. Il portait mon tee-shirt préféré, un tee-shirt bleu qui accentuait encore plus la couleur de ses yeux.

– Bonj…

Il n'eut pas le temps de finir que j'étais déjà en train de l'embrasser, mes mains dans ses cheveux, et il ne tarda pas à me rendre mon baiser avec le même enthousiasme.

– Tu m'as manqué.

– Toi aussi, tu m'as manqué. C'était horrible de me réveiller sans toi.

N'importe qui aurait cru qu'on ne s'était pas vus depuis des jours. Je savourai son odeur, sa peau et le goût de ses baisers.

Je me délectai de sa chaleur, de ses mains tendres sur mes épaules, de la sensation de ses cheveux sous mes doigts et de sa langue qui caressait la mienne. J'aurais aimé qu'il n'arrête jamais de m'embrasser. Soudain, il s'écarta et fit quelques pas en direction de la table.

– Faut qu'on parle de Denny.

Pile à ce moment-là, Denny entra dans la cuisine.

– On parle de moi ?

Par chance, on était à une distance respectable l'un de l'autre, mais je crus que mon cœur allait s'arrêter de battre. Kellan était bien plus calme, et c'est lui qui répondit à Denny.

– J'étais en train de demander à Kiera si ça vous tentait de passer la journée avec les garçons et moi. Y a ce truc au musée…

– Non, on va rester ici, le coupa-t-il.

Je le regardai sans en croire mes oreilles. C'était vraiment ce qu'il avait prévu, ou alors il venait juste de décider ça ? J'avais bien remarqué la façon dont il avait insisté sur le mot « on », et Kellan l'avait remarqué aussi.

– Comme tu le sens… On va passer la journée là-bas, alors si vous changez d'avis, vous savez où nous trouver.

Denny ne répondit pas et une drôle de tension envahit la pièce.

– Faut que j'y aille, les autres m'attendent, finit par dire Kellan.

Il me lança un regard lourd de sens dans le dos de Denny puis il nous laissa seuls dans la cuisine, qui était devenue d'un seul coup bien trop silencieuse. Quelques instants plus tard, j'entendis la porte d'entrée se refermer et le bruit du moteur de la Chevelle. Je savais que son dernier regard voulait dire qu'il partait pour me laisser le temps de parler à Denny, mais je n'étais toujours pas prête, et je n'étais même pas sûre d'en être capable. Comment c'était possible de briser le cœur de quelqu'un qu'on aimait encore ? Car malgré tout ça, je l'aimais toujours.

Je passai la majeure partie de l'après-midi allongée dans le canapé à dormir, ou plutôt à faire semblant, pendant que Denny me surveillait depuis le fauteuil. La télé était allumée mais elle n'était rien d'autre qu'une distraction au milieu du silence étouffant qui régnait dans la pièce. Je n'étais pas prête à le détruire, et je me demandais si je le serais un jour. Ça faisait si longtemps qu'il était tout pour moi, comment lui dire que c'était fini ?

Il ne me quittait pas des yeux, et je savais qu'il réfléchissait. Il était brillant, et s'il n'avait pas encore assemblé toutes les pièces du puzzle, c'était uniquement à cause de sa dévotion envers moi. Il refusait de voir mes défauts et de me faire du mal, et reconnaître ma trahison le conduirait à faire les deux.

Il ne disait rien. Pourtant, je voyais très bien le doute et la peur dans ses yeux, et je savais qu'il finirait par trouver le courage de me demander si j'étais amoureuse de quelqu'un d'autre.

Mais les questions ne vinrent pas. Il ne me demanda pas pourquoi j'avais menti ni pourquoi j'avais giflé Kellan devant tout le monde. Les rares fois où on se parla pendant cette après-midi interminable, il eut l'air d'éviter soigneusement tout sujet qui pouvait dériver sur Kellan. À la fin de la journée, il s'était complètement renfermé sur lui-même, et je faisais tout mon possible pour éviter ses regards noirs et accusateurs.

Kellan finit par rentrer tard à la maison, longtemps après que le soleil se fut couché sur notre petite maison glaciale. Quand il arriva dans la cuisine, on était en train de finir de dîner avec Denny, dans un silence de mort. Il me dévisagea, curieux de savoir si je lui avais parlé, et je ne pus que secouer la tête imperceptiblement. Il comprit tout de suite et son visage se déforma. Je crus qu'il allait tourner les talons et repartir, mais il se reprit, posa ses clés sur le comptoir et attrapa une bière dans le frigo. Son regard déchiré me hantait et je ne pus m'empêcher de le regarder, même si je savais que Denny ne me quittait pas des yeux. Je voulais tellement lui expliquer, mais j'étais coincée.

– Kellan, ça te dirait de sortir ? demanda Denny sans me quitter des yeux. On pourrait aller danser au Shack.

Il insista bizarrement sur le mot « danser » et mon cœur se mit à battre plus vite. Pourquoi est-ce qu'il voulait retourner là-bas ? Kellan se dandina d'un pied sur l'autre, mal à l'aise, et je me plongeai dans la contemplation de mon assiette.

– Ouais, si tu veux, dit-il à voix basse.

Je gardai la tête baissée, concentrée sur mon dîner et ma respiration. Ça ne me disait rien qui vaille. Rien du tout.

Kellan partit dans sa chambre et on finit notre dîner avec Denny, toujours en silence, ses yeux toujours posés sur moi. Je finis mon assiette avant lui et grommelai quelque chose sur le fait de devoir me changer, puis j'allai au premier me préparer pour une soirée qui s'annonçait atroce.

Quand je passai devant la chambre de Kellan, la porte était fermée. Je me demandai si je devais entrer et lui expliquer pourquoi je m'étais dégonflée mais je ne m'en sentis pas capable. Je n'étais pas prête non plus pour cette conversation. Je soupirai et allai dans la salle de bain pour me recoiffer, me maquiller et faire n'importe quoi pour arrêter de réfléchir.

C'est Denny qui brisa le silence sur la route du bar.

– T'as décidé de ce que tu voulais faire cet hiver ? demanda-t-il d'un air étrangement détaché.

Il tourna la tête vers moi et, pour la première fois de la journée, l'expression de son visage s'adoucit.

– J'aimerais vraiment t'emmener chez moi. Et je parle pas seulement des vacances. Tu veux bien y réfléchir ?

Je savais très bien que la question qui se cachait derrière ça était en réalité « *Est-ce que c'est moi que tu choisis ?* » et je ne pus que hocher la tête tandis que je sentais mes yeux se remplir de larmes. Je tournai la tête et reportai mon attention sur la ville qui défilait rapidement sous mes yeux, à l'image de ce qui se passait dans ma vie : tout allait trop vite, et c'était trop tard pour revenir en arrière.

On arriva avant Kellan, qui prenait sûrement tout son temps pour reculer le plus possible le moment où on se retrouverait tous les trois. Si seulement j'avais pu l'éviter aussi… Denny m'entraîna à l'intérieur sans attendre, et il se dirigea vers les baies vitrées qui menaient à la grande terrasse. Je remarquai un signe sur la porte qui disait « Venez fêter l'hiver ». Apparemment, on célébrait effectivement la froideur qu'il y avait dans l'air.

Même s'il faisait bien trop froid pour rester dehors à boire des bières, il y avait quand même beaucoup de monde à l'extérieur, et Denny me conduisit à la table qu'on avait occupée la dernière fois, sans que je sache si c'était délibéré de sa part ou pas. Mes yeux se posèrent sur la porte qui donnait sur le parking et sur le stand à expresso. Est-ce qu'il savait ce qui s'était passé ce soir-là ? Il commanda à boire pour trois et on but notre bière sans desserrer les dents.

Je ne pus m'empêcher de retenir mon souffle en voyant Kellan arriver, et je priai pour que Denny ne se soit pas rendu compte de ma réaction. Il marcha tranquillement jusqu'à notre table et il sourit même à Denny en s'asseyant à côté de moi. Je sentis les battements de mon cœur s'accélérer, à la fois parce que j'étais stressée et parce qu'il était près de moi.

Il y avait du monde, la musique sortait des haut-parleurs à plein volume et plusieurs personnes évoluaient sur la piste de danse de fortune en dépit de la température glacée. J'espérais que Denny n'était pas sérieux quand il avait parlé de danser. Je m'en sentais incapable, sans parler du fait que j'avais l'estomac complètement retourné. Je regardais les clients éméchés danser dans le froid et je frissonnai malgré moi en me demandant une fois de plus pourquoi Denny voulait qu'on reste dehors au lieu d'aller dans le bar. Je calai mes mains sous mes cuisses pour me réchauffer, en résistant à l'envie instinctive de prendre la main de Kellan sous la table.

Je ne sais pas combien de temps on resta comme ça, Kellan et moi plongés dans l'observation de la foule autour de nous en évitant soigneusement de croiser le regard de l'autre. Denny était en train de me dévisager au moment où la sonnerie de son téléphone retentit, me faisant sursauter. Il décrocha, échangea quelques phrases avec son interlocuteur, puis il raccrocha en soupirant.

– Je suis désolé mais ils ont besoin de moi au bureau. Kellan, tu peux ramener Kiera ? Faut que j'y aille.

Kellan se contenta d'acquiescer et Denny se leva pour partir. De mon côté, j'étais trop choquée par la tournure que prenaient les événements pour dire quoi que ce soit.

– Tu peux réfléchir à ce que je t'ai demandé ? me dit Denny à voix basse, penché sur moi.

J'articulai un oui et il plaça ses mains sur mon visage pour m'embrasser. Son baiser était si intense que je gémis et passai instinctivement mes bras autour de son cou. Mon cœur se mit à battre plus vite et j'étais légèrement essoufflée quand il s'écarta.

Kellan se tortilla sur sa chaise, s'éclaircit la gorge et Denny nous dit au revoir avant de s'éloigner. Je le suivis du regard. Il tourna la tête une fois à la porte pour me faire signe. Il hocha la tête et sourit en voyant que je le regardais, puis il disparut.

Je tournai la tête vers Kellan, anxieuse. Est-ce qu'il était en colère ? Est-ce qu'il m'en voulait de ne pas avoir parlé à Denny ? Il pouvait sûrement comprendre à quel point c'était difficile pour moi. Mais en croisant son regard, je ne vis rien excepté de l'amour dans ses yeux. Il prit ma main sous la table et commença à me parler normalement, comme si on venait de passer le début de soirée tous les deux. Pas comme si mon copain venait de m'embrasser passionnément avant de nous laisser en tête à tête.

– Au fait, je me demandais… étant donné que t'es sans doute pas encore prête à m'emmener chez tes parents… ce que je comprends très bien, ajouta-t-il en souriant, ça te dirait de passer les vacances de Noël avec moi ? On pourrait rester ici ou aller à Whistler ? C'est super beau, le Canada, en hiver. Tu sais skier ?

Il secoua la tête et reprit la parole sans me laisser le temps de répondre, ce qui m'arrangea bien étant donné que j'étais incapable d'aligner trois mots.

– Sinon… on peut rester dans notre chambre, dit-il avec un grand sourire.

Je voyais ses yeux et j'entendais ce qu'il disait… mais je ne le regardais plus et je ne l'écoutais plus. Tout ce que j'avais compris, c'était qu'il voulait que je passe les vacances avec lui. Sans le savoir, il venait de me demander exactement la même chose que Denny quelques minutes plus tôt. Il continua à me parler, mais ses mots me passaient complètement au-dessus de la tête.

Je commençai à réfléchir à ce que Denny m'avait demandé. Il voulait m'emmener en Australie pour que je rencontre ses parents avant qu'on emménage là-bas. Sauf que ça n'était plus du tout dans mes projets. Tout serait fini entre nous d'ici là et il irait seul en Australie. C'est à ce moment-là que mon esprit décida de me torturer en faisant remonter à la surface tous les souvenirs que j'avais avec lui.

Je me rappelai notre première rencontre. Il avait souri à tout le monde en rentrant dans la salle, et j'avais eu le souffle coupé en le voyant. J'avais même baissé les yeux quand il m'avait souri. Le prof lui avait demandé de nous donner des polycopiés, et comme j'étais en bout de rangée, il m'avait tendu une énorme liasse de feuilles à faire passer aux autres.

– Bonjour. Le cours te plaît, jusqu'à maintenant ? avait-il demandé à voix basse.

J'avais été tellement étonnée par son accent, et aussi par le fait d'avoir son visage si séduisant tout près du mien, que j'en avais laissé tomber toutes les photocopies par terre.

– Désolée, avais-je dit en m'agenouillant pour l'aider à tout ramasser, rouge comme une tomate.

– Pas de problème, avait-il répondu gentiment.

Une fois les papiers ramassés, il m'avait tendu la main.

– Je m'appelle Denny Harris.

– Kiera Allen, avais-je bafouillé en lui serrant la main.

Il m'avait aidée à me relever et m'avait tendu la pile prudemment.

– Ravi de faire ta connaissance, Kiera, avait-il dit chaudement.

Je me rappelai à quel point j'avais adoré sa façon de prononcer mon nom. J'avais été incapable de le quitter des yeux à partir de ce moment, et j'avais eu un mal de chien à me concentrer pendant le cours.

Je me rappelai notre premier rendez-vous. Il m'avait croisée dans la cour une après-midi et il m'avait invitée à sortir. Ça m'avait à la fois ravie et complètement prise par surprise, et j'avais accepté son invitation en essayant d'avoir un air aussi détaché que possible. Il était passé me chercher ce soir-là et il m'avait emmenée dans un restaurant au bord de la rivière. Il m'avait recommandé un ou deux plats mais il m'avait laissé choisir ce que je voulais et il avait refusé que je paye ma part. On avait papoté sans arrêt pendant tout le dîner, et après ça, il m'avait pris la main et on s'était promenés le long de la rivière. À la fin de la soirée, il m'avait raccompagnée jusque chez moi et m'avait donné le plus doux baiser du monde. Je pense que c'est à ce moment-là que j'étais tombée amoureuse de lui.

Je revins à la réalité au moment où Kellan répétait une question qu'il venait apparemment de me poser et à laquelle je n'avais pas répondu.

– Je t'ai perdue en route ?

Je rougis en réalisant que je n'avais pas la moindre idée de ce dont il était en train de parler. Il était toujours en train de caresser ma main mais il avait l'air inquiet.

– Ça va ? Tu veux rentrer à la maison ?

Toujours incapable d'articuler un mot, je me contentai de hocher la tête. On se leva et il me poussa délicatement vers la sortie, sa main dans le bas de mon dos. Une fois sur le parking, je cherchai la voiture de Denny du regard mais elle n'était plus là. Il était vraiment parti. Sans le vouloir, mon regard se dirigea vers le stand à expresso. Kellan suivit mon regard et serra ma main en me souriant. Sauf que voir le stand ne me fit pas penser à Kellan et à notre nuit. Ça me ramena à une époque bien plus simple… avec Denny.

Je me rappelai notre première fois… ma toute première fois. On était ensemble depuis deux mois, une éternité pour un mec d'à peine plus de vingt ans, mais il ne m'avait jamais pressée. On s'embrassait et on faisait d'autres choses, mais à la seconde où je le repoussais, il s'arrêtait toujours sans protester. Il ne me faisait jamais me sentir coupable, et ça m'avait donné encore plus envie de le faire avec lui. Il savait que c'était ma première fois et il fit tout son possible pour rendre ce moment vraiment spécial. C'était l'hiver. Il avait loué une jolie cabane dans laquelle on avait passé un long week-end. Avec le feu de bois, les couvertures et la musique douce, je m'étais crue dans un film. Il avait pris son temps en s'assurant toujours que j'étais à l'aise et il avait été si doux et si tendre que je n'avais même pas eu mal. Après, il m'avait gardée serrée contre sa poitrine, et il m'avait dit pour la première fois qu'il m'aimait. Naturellement, j'avais commencé à pleurer, puis je lui avais dit que je l'aimais aussi, et ça n'avait pas tardé à mener à notre deuxième fois.

De retour dans le monde réel, Kellan me conduisait à sa voiture et il était toujours en train de me parler, mais il avait changé de sujet : à présent, il parlait de l'été.

– À la fin du lycée, je suis parti sur la côte de l'Oregon en stop. C'est là que j'ai rencontré Evan. Enfin bref, tout ça pour dire, on devrait y aller tous les deux, t'adorerais…

Une fois de plus, je cessai de l'écouter. Chaque pas faisait resurgir davantage de souvenirs avec Denny. Des anniversaires me revinrent, comme quand on était sortis dans un bar pour mes vingt et un ans et qu'il m'avait tenu les cheveux pendant que j'étais malade comme un chien. Puis ce furent des souvenirs de Noël chez mes parents, assise sur ses genoux à regarder ma famille ouvrir les cadeaux. Le souvenir d'une douzaine de roses pour la Saint-Valentin, mon anniversaire, ou pour l'anniversaire de notre rencontre…

Un autre pas et je me rappelai mon intoxication alimentaire et de la façon dont il m'avait tamponné le front avec un gant mouillé. Je me souvins de toutes les nouvelles recettes qu'il avait tentées pour moi, la plupart délicieuses, quelques-unes absolument immondes. Et aussi des soirées où nous étions blottis sous sa couette à regarder un film, ou encore de nos séances de révisions lors desquelles on finissait par faire complètement autre chose.

Je me souvins de notre traversée du pays dans sa vieille voiture, des jeux auxquels on s'adonnait pendant des heures pour faire passer le temps sur la route, des vieilles chansons country qui passaient à la radio et qu'on reprenait en chœur, des baignades dans les rivières en traversant le Mid-Ouest, des fois où on avait fait l'amour dans la voiture sur des aires d'autoroute désertes…

Notre promenade le long de la rivière, nos siestes sur le canapé, les soirées à danser ensemble chez Pete, lui qui me disait en souriant que j'étais tout pour lui… Sa barbe douce de trois jours, ses yeux marron chaleureux, mes doigts dans ses cheveux, ses lèvres douces, son accent, ses mots doux, son sourire éclatant, sa bonne humeur, son bon cœur…

Denny représentait le confort et la sécurité. Presque tout ce que j'avais vécu dans ma courte vie, je l'avais traversé grâce à lui, parce qu'il avait toujours eu un mot ou un geste tendre pour m'encourager. Est-ce que j'aurais aussi ça avec Kellan ? Je me rappelai toutes nos disputes, les mots qu'on avait employés pour se blesser mutuellement. On ne s'était presque jamais rien dit de méchant, avec Denny… Avec Kellan, en revanche…

Comment ça se passerait si on était ensemble ? On finirait nécessairement par ne pas être d'accord sur quelque chose, et ça serait sûrement du grand spectacle. En repensant à notre relation, l'image qui s'imprima immédiatement dans ma tête fut celle de montagnes russes : de haut en bas et de bas en haut, toujours à passer d'un extrême à l'autre. Est-ce que ça serait pareil si on était vraiment en couple ? Est-ce qu'on passerait notre temps à avoir des hauts et des bas ? Et est-ce que je pourrais être heureuse comme ça ?

J'aimais la sécurité et la constance et c'était l'une des raisons pour lesquelles le courant était si bien passé entre Denny et moi. Il était comme la surface d'un lac : stable, rafraîchissant, et constant. Kellan, lui, était comme le feu : passionné, imprévisible et torride. Mais tous les feux finissaient par s'éteindre, tout comme la passion. Alors, ça donnerait quoi ? Il avait tellement d'opportunités… Un jour, quand la passion ne serait plus là et même s'il m'aimait encore profondément, il finirait par céder à l'une de ces filles splendides qui se jetaient en permanence à ses pieds. Je savais bien que je n'étais pas exceptionnelle physiquement, même s'il s'évertuait à me dire que j'étais belle. Avec son talent, il allait sûrement devenir célèbre un jour. Et à ce moment-là, qu'est-ce qui se passerait ? Le nombre de groupies serait multiplié par dix et même plus… Est-ce qu'il réussirait à leur résister sur le long terme ? J'étais sûre que ce genre de trucs n'arriverait jamais avec Denny, mais avec Kellan ? Je savais qu'il se détesterait s'il me faisait ça mais ça me semblait tout de même possible…

J'arrêtai d'avancer et je lui lâchai la main, et lui aussi s'immobilisa. Je ne pouvais pas faire ça. Je ne pouvais pas quitter celui qui avait été ma vie pendant si longtemps, il m'était impossible d'imaginer vivre sans lui. Ou du moins, pas encore. J'avais besoin de plus de temps. J'avais besoin d'être sûre que ça pouvait vraiment marcher entre Kellan et moi avant de jeter à la poubelle un avenir avec quelqu'un de bon que j'aimais profondément.

Kellan vint se planter en face de moi. Il était magnifique dans le clair de lune, et même si son visage était calme, il avait aussi l'air terriblement triste. Son regard me brisa le cœur et je dus détourner les yeux, pas seulement à cause des larmes qui y brillaient mais à cause de la résignation calme que je pouvais y lire.

– Je t'ai vraiment perdue, c'est ça ?

Je levai les yeux, étonnée. Est-ce qu'il me connaissait mieux que je ne me connaissais moi-même ? Est-ce qu'il avait toujours su que c'était ça qui se passerait ?

– Kellan… je peux pas faire ça, pas encore. Je peux pas le quitter, j'ai besoin de plus de temps…

De la colère vint fissurer son masque imperturbable.

– Plus de temps ? Kiera, ça changera rien. Maintenant qu'il sait que t'as menti, attendre lui fera encore plus de mal.

Il voulait dire que mon indécision faisait du mal à Denny, mais j'étais sûre qu'il parlait aussi pour lui.

– Je suis désolée… m'en veux pas, s'il te plaît, murmurai-je, les yeux pleins de larmes.

– Non, Kiera.

– Non, quoi ? Non, tu m'en veux pas, ou si ?

Ma voix se brisa et il porta une main à ma joue en voyant mon expression triste et effrayée.

– Non, je peux pas te donner plus de temps, expliqua-t-il à voix basse. Je peux plus continuer comme ça.

Je secouai la tête tandis que les larmes coulaient enfin.

– S'il te plaît, me force pas à…

Il prit mon visage dans ses mains brusquement et m'interrompit.

– Choisis. Là, tout de suite, sans réfléchir. Moi ou lui ?

Je sentis ses pouces essuyer les larmes qui roulaient sur mes joues.

– Moi ou lui, Kiera ?

– Lui, lâchai-je sans réfléchir.

Un silence de plomb s'installa entre nous. Il retint son souffle et écarquilla les yeux sous l'effet du choc, exactement comme moi au même moment. Pourquoi avais-je dit ça ? Est-ce que c'était ça que je voulais ? Mais c'était déjà trop tard pour revenir sur mon choix hâtif et reprendre ce que j'avais dit. Une larme roula sur sa joue, signant ce que je venais de dire. Le mal était fait, et c'était impossible de revenir en arrière.

– D'accord, finit-il par murmurer.

Il laissa tomber ses mains et fit un pas en arrière, mais je m'agrippai à lui en essayant de l'attirer contre moi.

– Non, Kellan, attends… C'est pas ce que j'ai…

– Si, c'est exactement ce que t'as voulu dire. D'instinct, c'est la première chose qui t'est venue. Et les premières impressions sont souvent les bonnes.

Son ton était froid, et il ferma les yeux en avalant péniblement sa salive. J'attrapai ses mains et les serrai fort tandis qu'il prenait plusieurs grandes respirations. Je voyais à quel point il luttait pour contrôler sa colère et je me creusai la tête pour trouver quelque chose pour réparer ce que je venais de faire, mais je n'eus pas d'éclair de génie.

Une fois qu'il eut retrouvé son calme, il rouvrit les yeux et la tristesse que j'y lus me brisa le cœur.

– Je t'ai dit que je partirais si c'était ça que tu voulais, et c'est ce que je vais faire. J'ai toujours su ce que tu ressentais dans le fond, de toute manière, et j'aurais jamais dû te demander de faire un choix, parce que c'était plié d'avance. C'est juste que la nuit dernière, j'ai vraiment espéré que…

Il soupira et regarda par terre.

– J'aurais dû partir y a longtemps. J'ai été égoïste.

Je le regardai bouche bée. Il pensait qu'il était égoïste ? C'était moi qui jonglais entre deux hommes et c'était lui qui était égoïste ?

– Je pense que j'ai donné une nouvelle définition à ce mot-là.

Il sourit faiblement puis il reprit son air sérieux.

– T'as peur, et je comprends. Moi aussi, j'ai peur de lâcher, mais tout va bien se passer.

Il répéta sa dernière phrase comme pour se convaincre lui-même, en parlant si bas que je pouvais à peine l'entendre par-dessus la musique qui nous parvenait depuis la terrasse.

Il me prit dans ses bras et je me jetai à son cou avant de passer les doigts dans ses cheveux. J'inhalai son parfum mélangé à l'odeur de sa veste en cuir, savourant chaque seconde avec lui. Il me serrait si fort que je pouvais à peine respirer mais je m'en moquais. J'avais tellement besoin d'être près de lui… Je n'arrêtais pas de repenser à la décision que je venais de prendre. Je n'étais pas sûre que c'était ce que je voulais mais peut-être que Kellan avait raison… Peut-être que la première impression était la bonne.

– Parle jamais de nous à Denny, murmura-t-il d'une voix chargée d'émotion. Vous pouvez rester dans la maison aussi longtemps que vous voulez. Vous pouvez même louer ma chambre, je m'en fous.

J'avais à présent le visage baigné de larmes et il reprit la parole en pleurant lui aussi.

– Faut que je parte, maintenant, tant que j'en suis capable. Je vais appeler Jenny pour qu'elle vienne te chercher et qu'elle te ramène à la maison. Elle t'aidera.

– Mais toi, qui est-ce qui va t'aider ? murmurai-je en cherchant son regard.

Maintenant, je savais à quel point je comptais pour lui. Je savais ce que je représentais, et combien c'était dur pour lui de me quitter, et j'avais envie de mourir.

– Vous allez en Australie avec Denny et vous allez vous marier, dit-il en ignorant ma question. Et vous allez vivre heureux. C'est comme ça que ça doit se passer.

Sa voix se brisa et une larme roula sur sa joue.

– Je promets que je vous laisserai tranquilles.

– Mais… et toi ? Tu seras tout seul…

J'avais besoin de savoir qu'il irait bien.

– Ça aussi, ça devait se passer comme ça, dit-il en souriant tristement.

Je plaçai une main sur sa joue et retins un sanglot. Il était prêt à abandonner tout ce qu'il avait toujours voulu sans protester, juste pour sauver ma relation avec Denny.

– Je t'ai dit que t'étais un mec bien, murmurai-je.

– Je pense pas que Denny serait du même avis.

Je pressai mon front contre le sien en étouffant un autre sanglot.

– Tu vas tellement me manquer.

C'était trop difficile, trop douloureux. Je n'arrivais même plus à respirer. Je ne pouvais pas le laisser partir. Je l'aimais trop.

– Kellan… fais pas ça, s'il te…

– Arrête, Kiera. Me demande pas de rester. Il faut qu'on arrête ça. On est incapables de garder nos distances alors il faut qu'un de nous deux s'en aille.

Il expira bruyamment et se balança d'avant en arrière, les yeux mi-clos.

– Comme ça, Denny souffrira pas. Si je pars, peut-être qu'il te posera jamais de questions sur ton mensonge. Mais si tu me demandes de rester, je vais le faire et il finira par découvrir la vérité et ça le détruira. C'est pas ce que tu veux, bébé, et c'est pas ce que je veux non plus.

Un éclair de douleur me traversa et un sanglot finit par m'échapper.

– Mais ça fait tellement mal…

– Je sais, bébé, mais on a pas le choix. Si ce que tu veux, c'est être avec lui, il faut qu'on arrête ça, et le seul moyen, c'est que je parte.

Il m'embrassa doucement et recula pour me regarder. Il fouilla dans la poche de sa veste, attrapa quelque chose et écarta mes doigts de sa main libre. Puis, tout doucement, il desserra le poing et mit quelque chose dans ma paume.

À travers mes larmes, je regardai ce qu'il venait de me donner : c'était une fine chaîne en or blanc, avec un pendentif en forme de guitare et, au milieu du pendentif, un diamant qui devait bien faire un carat. C'était parfait, à la fois simple et magnifique, comme lui. Je pris une grande inspiration, incapable de parler, et ma main se mit à trembler.

– Je comprendrais si tu le portes pas. Je voulais juste que t'aies quelque chose en souvenir, pour que tu m'oublies pas. Parce que moi, je t'oublierai jamais.

– T'oublier ? parvins-je enfin à articuler.

Rien que l'idée me semblait ridicule. Je pris son visage dans mes mains, le collier enroulé autour de mes doigts.

– Jamais je pourrais. Je t'aimerai toujours.

Il posa ses lèvres sur les miennes et m'embrassa profondément. Je n'étais pas sûre d'être capable de le laisser partir. Après tout ce qu'on avait traversé, son départ me faisait l'effet d'une énorme erreur. Comment j'allais survivre à ça ? Le manque provoqué par une séparation définitive allait me réduire en miettes. Il n'était même pas encore parti qu'il me manquait déjà.

On savoura chaque seconde qui nous restait. J'avais si mal que je devais lutter pour que mes jambes ne me lâchent pas. Un sanglot m'échappa et il me serra de toutes ses forces contre lui. Il mit une main sur ma joue, et une seconde plus tard, c'est lui qui laissa échapper un sanglot. Je l'embrassai plus passionnément. Il ne pouvait pas partir. Je devais lui parler, trouver des mots magiques pour qu'il reste avec moi, mais j'ignorais lesquels. Je savais juste que ma vie ne serait plus jamais la même à la fin de ce baiser, et j'aurais voulu qu'il ne s'arrête jamais.

Sauf que tout a une fin…

Derrière moi, le bruit de la porte de la terrasse qu'on ouvrait dans un boucan monstrueux changea à jamais le souvenir que je garderais de ce dernier moment de tendresse avec Kellan.

Terrifiée, je m'écartai de lui immédiatement et scrutai son regard. Il regardait la personne près de la porte par-dessus mon épaule, et je fus incapable de me retourner. Je n'en avais pas besoin de toute façon : il n'y avait qu'une personne au monde capable de provoquer une telle peur, un tel chagrin et une telle culpabilité chez lui, et je me mis à trembler de tout mon corps.

– Je suis tellement désolé, murmura-t-il en continuant à regarder par-dessus mon épaule.

Denny venait juste de se joindre à notre petit cercle infernal, et aucun de nous ne pouvait revenir en arrière.

– Kiera ? Kellan…

Mon nom résonna comme une question, et celui de Kellan comme une malédiction. Pâle comme un mort, Denny se rapprocha alors qu'on s'écartait davantage l'un de l'autre avec Kellan.

– Denny…

J'essayai de trouver quelque chose à dire, mais rien ne vint, et soudain, je compris qu'il avait menti : on ne lui avait jamais demandé d'aller au bureau. Il avait orchestré tout ça pour nous tester… et on avait échoué. Il m'ignora et se tourna vers Kellan.

– C'est quoi, ce bordel ?

J'étais déjà en train de réfléchir à différentes excuses, et je ne pus qu'ouvrir grand la bouche en entendant la réponse de Kellan.

– Je l'embrassais pour lui dire au revoir. Je m'en vais.

Les yeux de Denny brillèrent de colère.

– Tu l'embrassais ?

Je crus pendant un instant qu'il s'en tiendrait à ça. J'avais tort.

– T'as couché avec elle ?

La conclusion que Denny venait de tirer à la suite de la simple déclaration de Kellan me laissa sans voix. Il savait. Ou du moins il avait des doutes. Je regardai Kellan en le suppliant intérieurement de mentir mais…

– Oui, murmura-t-il.

Denny ouvrit grand la bouche, sous le choc. Ils semblaient avoir tous les deux oublié ma présence.

– Quand ? demanda-t-il méchamment.

Kellan soupira.

– La première fois, c'était le soir où vous avez rompu.

– La première fois ? demanda-t-il en haussant la voix. Parce qu'il y a eu combien de fois ?

J'avais l'impression d'être en plein cauchemar.

– Seulement deux fois, répondit Kellan calmement.

Je ne comprenais rien : pourquoi est-ce qu'il mentait ? Le regard qu'il m'adressa répondit à ma question : les derniers jours passés ensemble n'avaient rien à voir avec une simple coucherie. Ce n'était donc pas vraiment un mensonge mais une demi-vérité qui, sur le moment, me fit chaud au cœur.

– Mais je voulais être avec elle tous les jours, ajouta Kellan en regardant Denny.

J'eus l'impression que mon sang se glaçait dans mes veines et que mon cœur s'arrêtait de battre. À quoi il jouait ? Pourquoi est-ce qu'il disait ça à Denny ? *Je suis en train de rêver.* Ça ne pouvait pas être réel. Ça n'était pas réel.

Puis tout arriva si vite que je n'eus même pas le temps de comprendre ce qui se passait. Le poing de Denny vola dans les airs et vint s'écraser si fort contre la mâchoire de Kellan que le coup le projeta en arrière. Kellan se redressa doucement et fit face à Denny, tandis que du sang coulait sur son menton.

– Je veux pas me battre, Denny. On a jamais voulu te faire du mal, je te jure. On a vraiment essayé de résister contre ce qu'on ressentait, mais on a pas pu… Je suis désolé.

Le visage de Kellan se crispait à mesure qu'il parlait, comme si la peine qu'il éprouvait était pire que la douleur physique.

– T'as essayé ? T'as essayé de pas coucher avec elle ? hurla Denny avant de le frapper à nouveau.

Je voulais crier à Denny d'arrêter, je voulais le pousser, mais j'étais incapable de bouger. Paralysée par la peur, je restai là sans rien dire, comme une idiote.

– J'ai tout laissé tomber pour elle !

Denny se mit à le frapper sans s'arrêter et sans que Kellan ne fasse rien pour le contrer ou se défendre. Après chaque coup, il se redressait, offrant intentionnellement ou non le meilleur angle à Denny pour qu'il le frappe de nouveau. Du sang coulait de sa bouche, de sa joue et autour de son œil.

– Tu m'avais promis de pas la toucher !

– Je suis désolé, Denny, bafouilla-t-il entre deux coups.

Sa voix était à peine audible, et Denny ne l'avait sûrement pas entendu, aveuglé par la rage. J'aurais voulu qu'il me hurle dessus, qu'il m'accuse, qu'il me frappe, ou au moins qu'il me regarde, puisque j'étais aussi responsable que Kellan de ce carnage. Mais toute sa haine était dirigée vers Kellan, et je n'existais plus. À l'intérieur, je sanglotais et je criais en suppliant pour que ça s'arrête. Mais à l'extérieur, je restai là sans bouger et sans rien dire.

À bout de forces, Kellan tomba à genoux, son tee-shirt bleu taché de sang.

– J'avais confiance en toi ! cria Denny en lui envoyant un coup de genou au menton qui projeta Kellan sur le dos.

J'avais tellement de mal à imprimer ce qui se passait que je commençai à nier ce qui se déroulait sous mes yeux. J'étais en train de rêver, il n'y avait pas d'autre explication. C'était un cauchemar, et je n'allais pas tarder à me réveiller.

Denny commença à le rouer de coups de pied, en accompagnant chaque coup d'une insulte. Un coup particulièrement vicieux atterrit sur le bras de Kellan, et j'entendis un craquement. Kellan hurla de douleur, mais Denny n'arrêta pas.

– Tu disais que t'étais mon frère !

Mon estomac se souleva et je me mis à trembler comme une feuille. Est-ce que j'étais en train de devenir folle ? Est-ce que c'était pour ça que j'étais incapable de faire un geste ou d'appeler à l'aide ? Je voulais désespérément repousser Denny, le frapper s'il le fallait, mais j'étais paralysée par l'horreur.

Un autre coup atteignit Kellan au flanc, et j'entendis le bruit d'une ou deux côtes se casser. Il hurla de nouveau et cracha du sang mais il ne fit rien pour se protéger ou se défendre. Il répétait sans arrêt qu'il ne voulait pas se battre ni lui faire de mal et qu'il était désolé.

Si j'avais l'impression de perdre la tête, Denny, lui, était devenu complètement cinglé. On aurait dit qu'un autre homme était là à sa place, en train de frapper à mort le corps de Kellan, qui s'affaiblissait de minute en minute. Il n'était plus en colère, mais en rage, et il continuait à lui hurler des insultes dont je ne l'aurais jamais cru capable. Il avait l'air d'avoir complètement oublié que j'étais là.

– Ta parole vaut rien ! Et toi non plus, tu vaux rien !

Kellan se raidit et tourna la tête comme pour échapper aux mots blessants de Denny, et j'eus le sentiment que ce n'était pas la première fois qu'il entendait ça. Ce n'était pas la première fois qu'on lui disait qu'il ne valait rien.

– Denny, je suis désolé.

Mais Denny n'en avait rien à faire de ses excuses et il continuait à le frapper sans répit.

– C'est pas une de tes pétasses !

Il marqua une pause et Kellan se redressa péniblement sur un coude. Il avait le visage déformé par la douleur et il leva les yeux vers Denny, avant de dire quelque chose qui me ravit tout en me terrifiant.

– Je suis désolé de t'avoir fait du mal, mais je l'aime, dit-il dans un souffle.

Ses yeux trouvèrent ensuite les miens et il eut l'air étrangement heureux, comme s'il se sentait apaisé après avoir finalement dit haut et fort ce qu'il ressentait à son meilleur ami, à son frère. Puis il sourit et ajouta quelque chose qui acheva de faire perdre la tête à Denny.

– Et elle m'aime aussi.

Je pus littéralement voir le peu de raison qui lui restait l'abandonner. Il prit appui sur une jambe et je compris qu'il s'apprêtait à frapper Kellan en pleine tête. Écrasé par la douleur, ses yeux toujours rivés aux miens, Kellan n'esquissa pas le moindre mouvement. Il me fixait et avait l'air de ne pas prêter attention au coup de pied fatal que Denny s'apprêtait à lui assener. Ses yeux bleus me scrutaient dans le moindre détail, comme s'il voulait garder un souvenir de moi aussi précis que possible, parce qu'il savait que c'était la dernière chose qu'il allait faire.

– Non ! hurlai-je.

Sans réfléchir, je plongeai la tête la première pour protéger Kellan, et le coup fatal qui lui était destiné atterrit sur ma tempe. J'entendis Kellan crier mon nom dans le lointain, puis tout devint noir.

24

Culpabilité et regrets

La première chose que je remarquai, ce fut les bruits : un bip ininterrompu près de mon oreille et des voix masculines qui faisaient doucement écho dans ma tête, comme si elles venaient de très, très loin. J'essayai de me concentrer pour comprendre ce qu'elles disaient, mais seules des bribes parvenaient jusqu'à moi.

– … maintenant… partir… elle va… blesser… elle… mourir… tu sais…

Un rire léger et vaguement familier emplit la pièce, mais je fus incapable de l'identifier. J'avais l'impression que ma tête flottait comme un ballon et une douleur aiguë me transperça lorsque j'essayai de la tourner. Je continuai donc à écouter sans bouger en attendant que la douleur s'atténue.

J'en étais à me demander pourquoi ma tête me faisait si mal quand des souvenirs commencèrent à me revenir. Des souvenirs horribles que j'aurais aimé pouvoir effacer, mais qui restaient là, cohabitant avec la douleur. Mes adieux déchirants avec Kellan, le visage de Denny en nous surprenant, Denny en train de frapper Kellan, son pied sur le point de lui porter un coup fatal à la tête.

Je me redressai sur le lit en criant « Non ! » avant de m'effondrer sur mon oreiller, la tête entre les mains et le corps transpercé par la douleur.

L'image du visage inquiet de Denny se matérialisa devant mes yeux troubles. Il me caressa la joue et tourna la tête pour dire quelque chose à quelqu'un qui se tenait derrière lui. La personne lui répondit et j'entendis des pas s'éloigner tandis que la douleur dans ma tête se transformait en une palpitation lancinante. Denny se retourna vers moi et continua à me caresser la joue, et je commençai à pleurer.

– Chut, Kiera. Tout va bien. Il faut que tu te reposes.

Je me rendis compte que j'étais en train d'agripper son tee-shirt de toutes mes forces et je me forçai à me calmer. J'avais du mal à me concentrer sur son visage et je dus cligner des yeux plusieurs fois pour que ma vue s'éclaircisse.

– Denny ? Je suis où ? Qu'est-ce qui s'est passé ?

J'avais une voix d'outre-tombe, mal à la gorge, et je mourais de soif. Il soupira et pressa doucement son front contre le mien.

– Qu'est-ce qui s'est passé ? Il s'est passé que j'ai cru que je t'avais perdue. J'ai cru que je t'avais tuée…

Il soupira bruyamment et avala sa salive avant de m'embrasser sur le front, les yeux pleins de larmes.

– T'es à l'hôpital, tu viens de passer deux jours dans les vapes. On a eu vraiment la trouille, mais heureusement, y avait un hématome mais pas d'hémorragie.

Je touchai ma tempe du bout des doigts et la douleur se réveilla.

– Ils ont failli t'opérer pour soulager la pression, mais finalement, ils ont réussi juste avec des médicaments, murmura-t-il en caressant le dos de ma main.

Mon estomac se souleva à la pensée d'un docteur en train de m'ouvrir le crâne et je fermai les yeux en serrant doucement sa main.

– Ah, elle est réveillée ! Très bien. Bon, elle doit avoir mal, en revanche.

Une infirmière potelée et guillerette avec un sourire éclatant entra dans ma chambre. Elle parlait bien trop fort pour ma pauvre tête mais j'essayai d'esquisser un sourire.

– Je m'appelle Susie et c'est moi qui vais m'occuper de vous aujourd'hui.

J'aurais voulu que Denny reste assis à côté de moi mais elle lui fit signe de descendre du lit, d'un air autoritaire, et elle injecta un liquide dans la perfusion. Je remarquai alors le cathéter sur le dos de ma main et je sentis mon estomac se soulever. Elle vérifia les moniteurs et eut l'air satisfaite.

– Vous avez besoin de quelque chose, ma jolie ?

– De l'eau, dis-je d'une voix enrouée.

– Je vous amène ça tout de suite, dit-elle en me tapotant la jambe.

Elle tourna les talons et je réussis à la suivre des yeux tandis qu'elle quittait la pièce. Denny s'assit de l'autre côté de mon lit et attrapa la main qui n'était pas reliée à la perfusion, mais je le remarquai à peine, et pas parce que les médicaments commençaient à faire effet (dans l'absolu, ça m'éclaircissait les idées). Mon cœur se mit à battre plus vite, et le bip à côté de moi s'accéléra lorsque je vis la personne qui était allée avertir l'infirmière. Une personne qui se tenait toujours à la porte, à bonne distance de Denny et moi, au visage qui allait du jaune au noir et dont le bras gauche était plâtré du poignet jusqu'au coude.

Il sourit quand mon regard croisa le sien, et je pressai la main de Denny sans le vouloir. Il remarqua ma distraction et tourna lui aussi la tête vers Kellan. Je ne comprenais pas ce qu'ils faisaient là tous les deux, et encore moins le fait qu'ils soient dans la même pièce sans s'entretuer. Ils se regardèrent, puis Kellan hocha la tête en direction de Denny et me sourit avant de quitter ma chambre.

Je voulais lui crier de rester, de me parler et de me dire ce qu'il pensait et ce qu'il ressentait, mais Denny s'éclaircit la gorge. Je reportai mon regard sur lui, confuse, et son sourire chaleureux m'embrouilla encore plus.

– T'es pas fâché ?

C'était tout ce que je trouvais à dire, et il baissa les yeux. Je vis sa mâchoire se contracter sous sa barbe plus longue que d'habitude, et un torrent d'émotions sembla le submerger avant qu'il ne parvienne à se relaxer un peu.

– Si, mais après avoir failli te tuer… Disons que ça remet les choses en perspective. Je sais pas ce que j'aurais fait si tu t'en étais pas sortie.

Il passa une main sur son visage et je posai une main sur sa joue, un peu plus aguerrie. Il soupira tristement.

– T'aurais dû m'en parler dès le début.

Soudain, ce fut comme si le contact de sa joue me brûlait et je retirai ma main. Le bip du moniteur s'emballa et Denny soupira une nouvelle fois en voyant ma réaction.

– Ça aurait été dur, mais ça aurait fait moins mal que la façon dont je l'ai découvert.

Il baissa la tête et se passa une main dans les cheveux, et je remarquai que ses jointures étaient encore à vif des coups qu'il avait donnés à Kellan.

– Et moi aussi, j'aurais dû t'en parler quand j'ai commencé à avoir des doutes. J'aurais jamais dû vous tendre un piège, mais… j'espérais tellement me tromper.

Il leva la tête, et il eut soudain l'air épuisé, comme s'il n'avait pas dormi depuis des jours.

– J'aurais jamais cru que tu pourrais me faire du mal.

Je me mordis la lèvre pour ne pas me mettre à pleurer.

– Pas toi…

Il parlait si doucement que je dus me pencher en avant pour entendre ce qu'il disait.

– J'avais bien pensé que Kellan tenterait peut-être un truc et je lui avais même fait promettre de pas te toucher quand je suis parti. Mais toi, j'aurais jamais cru que…

Il détourna les yeux et sa voix se mâtina d'une note d'aigreur que je n'avais jamais entendue chez lui.

– Comment t'as pu me faire ça ?

Il ramena ses yeux sur moi et j'ouvris la bouche pour essayer de dire quelque chose, mais l'infirmière revint à ce moment-là et me tendit gaiement un gobelet en plastique avec une paille. Denny attendit patiemment que j'aie fini de boire. Enfin, j'enlevai la paille de ma bouche et fixai le gobelet des yeux, incapable d'affronter la tristesse dans son regard.

– On fait quoi, maintenant ? demandai-je à voix basse.

Terrifiée par sa réponse, je posai le gobelet sur la table à côté de mon lit d'une main tremblante. Il se pencha en avant et embrassa délicatement ma tempe endolorie.

– On fait rien du tout, Kiera, murmura-t-il.

Lorsque je vis son expression à la fois résignée, calme et triste, les larmes me montèrent immédiatement aux yeux.

– Mais j'étais en train de le quitter. Je t'aime.

– Je sais… et moi aussi je t'aime, mais je pense qu'on s'aime pas de la même façon. Et je pense que ça me détruirait de rester avec toi. Regarde ce que j'ai failli vous faire, à toi et à Kellan, et ce que je vous ai fait. Je me le pardonnerai jamais… Mais ça aurait pu être bien pire, et je pense que ça l'aurait été si on était restés ensemble.

On est plus ensemble ?

Les larmes roulaient sur mon visage et il déglutit péniblement en essuyant ma joue.

– Non, Kiera, on est plus ensemble. Et quand on y réfléchit, ça fait déjà un moment qu'on l'est plus.

Je secouai la tête mais il continua à énoncer la triste vérité.

– Ça sert à rien de le nier : à un moment, on a commencé à s'éloigner, et même quand on était ensemble, on était plus connectés comme avant. Je sais pas si c'est juste à cause de Kellan ou si ça aurait fini par arriver de toute façon. Peut-être qu'il a juste accéléré les choses.

Les seuls mots qui résonnaient dans ma tête étaient « Il a raison », mais je ne pouvais pas le lui dire. Je ne pouvais pas confirmer ce qui signifiait sans doute la fin de notre histoire. Je secouai la tête de nouveau, et il sourit faiblement à ma tentative de protestation.

– Je pense qu'au final tu serais restée avec moi par obligation, ou parce que c'était confortable. C'était rassurant d'être avec moi, et c'est peut-être ce dont t'avais besoin. Je sais que t'as peur de l'inconnu, et je suppose que je représentais la stabilité et la sécurité pour toi.

Des larmes continuaient à rouler sur mes joues, et je voulus à la fois acquiescer et protester, mais je ne savais pas quelle était la bonne réponse. Je ne savais pas ce qui était le pire, et il eut l'air de s'apercevoir de ma confusion.

– Tu comprends maintenant pourquoi je peux pas rester avec toi ? Je veux pas être un filet de sécurité. Je veux pas qu'une personne reste avec moi juste parce qu'elle a peur de me perdre. Je veux être tout pour quelqu'un, dit-il en plaçant sa main sur mon cœur, je veux du feu, de la passion et quelqu'un qui m'aime autant que moi je l'aime. Même si là, ça me brise le cœur.

– Qu'est-ce que ça veut dire ? demandai-je d'une voix étranglée par l'émotion.

Il renifla et des larmes perlèrent au coin de ses paupières.

– J'ai accepté le job en Australie. Je pars dans deux semaines, une fois que je serai sûr que tu vas bien. Et je pars seul.

Je me mis à sangloter, puis tous les sentiments que j'avais ressentis au fur et à mesure que notre relation s'était dégradée me revinrent, et je sus qu'il avait raison. Il fallait qu'il parte et qu'il soit heureux avec quelqu'un d'autre. Il ne pouvait pas rester avec moi après le tournant que notre relation avait pris et la façon dont je l'avais trahi. Il ne pouvait pas rester avec quelqu'un qui, tout en l'écoutant dire au revoir, se demandait où Kellan était parti.

Il me serra doucement contre lui et on pleura dans les bras l'un de l'autre. Il me promit qu'il m'aimerait toujours et qu'il continuerait à me donner de ses nouvelles. Il me promit qu'avec tout ce qu'on avait vécu ensemble, il serait toujours mon ami mais qu'il ne pouvait pas rester près de moi tant que j'aimais quelqu'un d'autre. Je voulus l'assurer du contraire, lui dire que je n'aimais que lui, que je voulais être avec lui et personne d'autre, mais c'était un mensonge, et je n'en pouvais plus de mentir, à moi-même et aux autres.

Je ne sais pas pendant combien de temps il me serra dans ses bras, mais j'eus l'impression que ça durait une éternité. Quand il relâcha son étreinte, j'essayai de le garder contre moi, mais les médicaments étaient tellement forts que je commençais à avoir envie de dormir. Mes doigts glissèrent faiblement le long de son bras et il m'embrassa sur le front.

– Je reviens te voir demain, d'accord ?

Je hochai la tête et il m'embrassa une dernière fois avant de partir. Je le vis s'arrêter sur le pas de la porte, parler à quelqu'un que je ne pouvais pas voir, et il se retourna vers moi, puis vers la personne dans le couloir. Il dit quelque chose avant de tendre la main dans un geste d'excuse et je fronçai les sourcils en me demandant si les médicaments me faisaient halluciner en plus de me donner envie de dormir. Puis il m'adressa un dernier sourire et il partit pour de bon.

Je le regardai disparaître et mon cœur se serra. Je savais que c'était la première d'une longue liste de conversations douloureuses, et la pire serait la dernière, quand je le verrais monter dans un avion pour partir définitivement, cette fois-ci. J'étais quand même heureuse de penser qu'un bel avenir s'offrait à lui : au moins, un boulot génial l'attendait, dans lequel il pourrait enfin s'épanouir, et je savais qu'il finirait aussi par trouver la femme idéale, même si je détestais penser à ça. Dans tous les cas, il avait raison : je l'avais retenu pour les mauvaises raisons.

Je sentis une caresse légère sur ma joue et je crus que Denny était revenu, sauf que c'était les yeux bleus de Kellan qui étaient posés sur moi. Il avait une tête à faire peur : il avait une coupure sur la lèvre, un hématome sur la joue et une plaie maintenue fermée par des bandes de Steri-Strip. Il avait aussi une coupure au-dessus de l'œil droit, et son œil gauche était tellement contusionné qu'il était presque noir. Entre ça et son plâtre (et aussi quelques côtes cassées, à mon avis), on avait l'impression qu'il était passé sous un rouleau compresseur.

Malgré tout ça, mon cœur s'emballa en le voyant, et j'entendis le bip du fichu moniteur s'accélérer. Il s'assit au même endroit que Denny, un doux sourire aux lèvres, et je compris qu'il avait été dans le couloir pendant toute notre conversation. Je me demandai s'il nous avait entendus et s'il savait que Denny avait rompu avec moi.

– Ça va ? demanda-t-il d'une voix grave et inquiète.

– À peu près, bafouillai-je. Je suis complètement dans le gaz avec les médocs et j'ai l'impression de peser une tonne, mais j'imagine que ça va aller.

Son sourire s'élargit un peu et il secoua la tête.

– C'est pas ça qui m'intéresse. J'ai parlé à absolument toutes les infirmières ici, et crois-moi, je suis au courant de ton état de santé. Toi, est-ce que ça va ?

Il était au courant pour Denny. J'ignorais s'il avait écouté mais en tout cas, il savait, et une larme roula sur ma joue.

– Repose-moi la question dans deux jours.

Il hocha la tête et se pencha pour déposer un doux baiser sur mes lèvres. Le fichu moniteur s'emballa et Kellan rit doucement.

– C'est peut-être pas une bonne idée de faire ça.

Je posai une main sur sa joue et j'effleurai l'hématome au niveau de son œil.

– Et toi ?

– Je vais m'en remettre, dit-il en attrapant ma main, t'inquiète pas pour ça. Je suis content que tu… Enfin, que tu sois pas…

Il ne finit pas sa phrase et garda ma main entre les siennes. Je caressai la peau de son poignet à la limite de son plâtre.

– Vous êtes restés là tous les deux, avec Denny ?

– Bien sûr. On était inquiets pour toi.

– Non, je veux dire, pourquoi vous étiez là tous les deux en train de discuter tranquillement quand je me suis réveillée, et pas en train de vous taper dessus ?

Il m'adressa un sourire ironique et détourna le regard.

– Disons qu'on a eu plusieurs conversations pendant que t'étais inconsciente. Les premières ont pas été aussi tranquilles.

Il tendit la main pour dégager des cheveux qui me tombaient dans les yeux.

– Mais on était tellement inquiets qu'on a fini par parler de ce qu'on devait faire, au lieu de parler de ce qui était déjà fait.

J'ouvris la bouche pour dire quelque chose mais Kellan m'empêcha de parler.

– Il m'a dit qu'il avait accepté l'offre en Australie. Et quand j'ai demandé s'il allait t'emmener avec lui, il a dit non.

Il me caressa la joue et je recommençai à pleurer.

– Tu savais qu'il allait rompre avec moi aujourd'hui ?

– Je savais qu'il le ferait rapidement, et quand tu t'es réveillée et qu'il m'a regardé, j'ai compris qu'il voulait te le dire aussi vite que possible.

Il regarda par terre pendant une éternité.

– Tu vas faire quoi, maintenant ? finit-il par dire.

Soudain, j'eus l'impression que ma blessure à la tête n'était rien comparée à l'autre douleur que je ressentais.

– Je sais pas… Reprendre les cours, le travail…

Être avec toi. Je mourais d'envie de le dire, mais je savais que ça sonnerait terriblement faux, même si je le pensais. Il eut l'air de lire dans mes pensées, et son regard était froid quand il releva la tête.

– Et moi ? On reprend les choses là où on les a laissées ? Avant que tu me quittes pour lui… une fois de plus ?

Je fermai les yeux et priai pour perdre connaissance, mais naturellement, ce ne fut pas le cas.

– Kellan, je…

– Je peux plus vivre comme ça.

Je rouvris les yeux en entendant la souffrance dans sa voix et vis que les siens étaient pleins de larmes.

– J'allais te laisser partir cette nuit-là. Je t'avais dit que je te laisserais partir si c'était ce que tu voulais. Et quand t'as dit que…

Il ferma les yeux et soupira avant de reprendre la parole.

– J'ai même pas eu le courage de mentir à Denny quand il nous a surpris. Je savais qu'il allait péter un plomb en apprenant la vérité mais je lui avais déjà fait tellement de mal… Je le considère comme un frère, et j'ai juste été… C'est pour ça que je me suis pas défendu. Je pense que, quelque part, je voulais qu'il me fasse mal.

J'avais tellement envie de le prendre dans mes bras que ça me faisait plus souffrir que mon traumatisme à la tête.

– Alors… maintenant qu'il t'a quittée et que t'as plus le choix, j'ai le droit de t'avoir ? C'est moi la roue de secours ? demanda-t-il d'un air furieux.

Comment il pouvait croire une chose pareille ? Je ne l'avais jamais vu comme une roue de secours… J'avais juste eu peur. Je voulais lui dire que tout ce que j'avais fait, je l'avais fait par peur, que si je l'avais repoussé tellement de fois, c'était parce que l'amour dévorant qu'il y avait entre nous me terrifiait. Mais je ne pus pas. Mes lèvres étaient incapables de former des mots. Je ne savais pas comment lui dire que j'avais eu tort… et qu'on n'aurait jamais dû se dire au revoir sur ce parking.

– C'est bien ce que je pensais, dit-il avant de soupirer et de laisser pencher sa tête en avant.

Lorsqu'il la releva vers moi, je vis que la tristesse avait remplacé la colère dans ses yeux.

– J'ai décidé de rester à Seattle. Si tu savais comme Evan m'a engueulé en apprenant que j'avais failli quitter le groupe. À aucun moment j'ai pensé à eux dans tout ça, et ils l'ont vraiment mal pris quand ils ont découvert que j'étais sur le point de me barrer sans rien dire.

Il secoua la tête tristement et soupira pendant que je cherchais quelque chose d'intelligent à dire.

– Je suis désolé, murmura-t-il.

Il se pencha en avant et effleura ma bouche avant de m'embrasser sur la joue. Le moniteur trahit la réaction de mon corps à son contact et il soupira de nouveau.

– Je suis désolé, répéta-t-il. Je t'aime, mais je peux pas vivre comme ça. Je veux que tu déménages.

Avant que j'aie eu le temps de réagir, de sangloter, ou de lui dire que non, que je voulais rester et tout arranger, il se leva et quitta la pièce sans regarder en arrière.

Mon cœur se brisa pour la seconde fois de la journée et je pleurai si longtemps que je finis par m'endormir. Quand je me réveillai, il faisait noir dehors et le vert des murs de ma chambre brillait doucement à la lumière du néon. Une peinture montrait des oies en train de voler en V, sûrement pour échapper à l'hiver, et à côté, un tableau indiquait que le nom de mon infirmière était Cindy. Je tentai de m'étirer et ressentis à la fois un grand soulagement dans les muscles et une douleur lancinante à la tête. Je finis mon verre d'eau maintenant tiède et essayai de me lever. J'étais courbatue et raide comme un piquet à force d'être restée allongée, et mes muscles refusèrent d'abord de me porter, mais je finis néanmoins par réussir à me mettre debout et je me dirigeai vers la salle de bain en traînant ma perfusion derrière moi.

Une fois dans le miroir, je regrettai amèrement de m'être levée. J'étais affreuse : mes cheveux étaient un tas de nœuds et le côté droit de mon visage était d'une horrible couleur noir et bleu de mon sourcil à ma mâchoire. J'avais les yeux rouges d'avoir pleuré et l'air complètement désespérée.

À force de ne vouloir blesser ni Denny ni Kellan, j'avais fini par les blesser tous les deux, et je les avais perdus. Ce que Denny avait fait à cause de moi ne lui ressemblait tellement pas… Je n'aurais jamais cru qu'il pouvait être capable d'une telle violence, mais chaque personne avait sûrement un interrupteur qui lui faisait péter les plombs si on appuyait dessus trop fort.

Quant à Kellan… Si je ne lui avais pas fait autant de mal, il n'aurait sans doute pas du tout réagi comme ça face à Denny. Il lui aurait sûrement rendu ses coups, et l'issue aurait peut-être été encore plus tragique. Tout était ma faute, à cause de mon indécision et de mes mauvais choix.

Je revins péniblement jusqu'à mon lit, puis je me roulai en boule en me demandant ce que j'allais bien pouvoir faire à présent. Aucune réponse ne me vint et je finis par m'endormir d'épuisement et de douleur.

Je me réveillai pendant la nuit, quand l'infirmière – Cindy, a priori, – vérifia mes constantes et me relia de nouveau au fichu moniteur. Puis je redormis jusqu'au lendemain matin, et je me réveillai à l'arrivée de Susie.

– Tiens, la belle au bois dormant est réveillée !

Elle vérifia mes constantes et me donna des médicaments contre la douleur, qui s'était légèrement atténuée, mais je la remarquai à peine, plongée dans la contemplation de la personne qui se trouvait derrière elle.

– Salut, frangine, murmura Anna en s'asseyant au pied de mon lit.

Elle n'avait plus ses mèches rouges, elle avait ramené ses cheveux en queue de cheval et elle portait un pull bleu marine qui la mettait magnifiquement en valeur. J'étais tellement heureuse de la voir que, pour une fois, je me moquai complètement d'avoir l'air quelconque à côté d'elle.

L'infirmière termina son inspection et je sentis mes yeux s'embuer. Je crus l'entendre murmurer quelque chose à propos du repas avant qu'elle ne ferme la porte et je remarquai que c'était déjà presque l'heure du déjeuner. Puis je reportai mon attention sur Anna, qui me regardait tristement avec ses grands yeux verts. Elle prit la parole pile au moment où j'allais lui demander ce qu'elle faisait là.

– Ils t'ont mise dans un bel état.

Je me raidis en songeant qu'elle était sûrement au courant de toute l'histoire. Elle secoua la tête, soupira, puis me rejoignit pour me prendre dans ses bras.

– Franchement, Kiera… qu'est-ce qui t'a pris de t'interposer ?

– J'en sais rien, j'ai fait ça sans réfléchir.

J'étouffai un sanglot et elle me garda serrée contre elle pendant un moment, ma main dans la sienne et sa tête sur mon épaule.

– Ça tombe bien, je suis là pour réfléchir à ta place à partir de maintenant.

Je souris et me détendis un peu à son contact.

– Je t'adore… et je suis vraiment contente de te voir, mais… qu'est-ce que tu fais ici ?

J'espérai ne pas passer pour une ingrate, car j'étais vraiment enchantée qu'elle soit là.

– Denny a appelé après l'accident. T'as de la chance qu'il soit tombé sur moi et pas sur les parents, car t'aurais déjà le cul dans un avion pour l'Ohio à l'heure qu'il est.

Rien que l'idée me fit rentrer la tête dans les épaules. En effet, il valait mieux que mes parents ne soient jamais au courant.

– Mais t'avais pas un boulot à la maison ?

– T'essaies de te débarrasser de moi ou quoi ?

Elle haussa les sourcils et elle était déjà en train de rire au moment où je secouai la tête et où je l'attrapai par le bras pour l'empêcher de partir.

– J'avais des petits boulots à droite à gauche, mais rien de sérieux. Je pense que maman sera contente de pas m'avoir sur son canapé pendant quelque temps, et puis autant chercher du boulot là où habite ma frangine.

– Attends… tu vas rester à Seattle ?

– Au début, je pensais juste venir m'assurer que t'allais bien, expliqua-t-elle en haussant les épaules, mais après, j'ai entendu dire que t'allais avoir besoin d'un appart. Alors je me suis dit que je pourrais peut-être trouver un boulot ici et qu'on pourrait se mettre en coloc, au moins jusqu'à la fin de l'année. Tu penses qu'ils embauchent chez Hooters[3] ? Je suis sûre que je pourrais me faire des pourboires de malade, dit-elle d'un air malicieux.

Je levai les yeux au ciel avant de froncer les sourcils.

– Comment tu sais pour l'appart ? Kellan me l'a dit seulement hier.

Soudain, elle eut l'air d'une biche paralysée par la lumière des phares d'une voiture.

– Et merde. Il va me tuer.

Elle alla se rasseoir et je la fixai, curieuse de savoir de quoi elle parlait.

– Je suis tombée sur Kellan en arrivant. Il m'a dit ce qui se passait et aussi qu'il t'avait demandé de partir. Il a vraiment une sale gueule, au passage. Toujours beau gosse, mais une sale gueule quand même. C'est vraiment Denny qui lui a fait ça ?

J'acquiesçai, déjà partie sur autre chose.

– Attends, Kellan est encore à l'hôpital ?

– Oui. Il voulait pas que je te dise qu'il était encore là.

J'avais cru qu'il était rentré à la maison et qu'il était déjà en train de se consoler avec une fille (voire deux) et une bouteille de Jack Daniel's. Anna soupira et ramena une mèche de cheveux derrière mon oreille.

– Il est dingue de toi, Kiera. Il passe tout son temps à l'hôpital, à faire les cent pas au rez-de-chaussée en buvant du café et en

---

3. Chaîne de restaurant qui se caractérise par la tenue particulièrement sexy des serveuses.

attendant le moindre changement de ton état. J'ai entendu les infirmières parler de lui en arrivant, et je peux te dire qu'elles sont sous le charme…

Je rougis et regardai le plafond en essayant de me représenter où il pouvait être et d'imaginer sa chaleur en dépit de la distance qui nous séparait. Mais je ne sentais rien à part un mal de tête lancinant et une tristesse encore plus douloureuse.

– Il va pas revenir me voir ?

– Non… Il a dit que c'était trop dur et qu'il avait besoin de prendre ses distances. Qu'il lui fallait une minute, ajouta-t-elle sans comprendre.

Je fermai les yeux. Moi, je comprenais… Notre code… Apparemment, cette fois, je lui avais fait tellement de mal qu'il avait besoin de rester loin de moi. Même si je me sentais affreusement seule, ça me fit chaud au cœur de savoir que je comptais encore pour lui au point qu'il reste à l'hôpital. Je rouvris les yeux en entendant la voix de ma sœur et son intonation sérieuse.

– Non mais franchement, Kiera, qu'est-ce qui t'a pris de sortir avec deux mecs en même temps ?

L'espace d'une seconde, elle sourit malicieusement.

– T'as rien retenu du fiasco avec John et Ty ?

Je souris en me remémorant son triangle amoureux puis fronçai les sourcils en me remémorant le mien.

– J'ai jamais imaginé que ça se passerait comme ça…

Elle me serra contre elle et m'embrassa sur le front.

– T'as vraiment fait n'importe quoi.

Je me reculai pour la regarder, l'irritation clairement lisible sur mon visage.

– C'est pour toi que je dis ça. Faut que tu te rendes compte à quel point t'as fait de la merde.

Elle toucha ma tempe comme pour renforcer son propos et je fermai les yeux.

– Je sais… j'ai fait n'importe quoi.

Elle me prit dans ses bras une fois de plus et je commençai à pleurer.

– Mais t'es ma petite sœur et je t'aime quand même. Je t'ai toujours dit de t'en tenir aux livres et de pas t'occuper des gens. Les gens, c'est pas ton truc.

Dixit la reine des cœurs brisés, pensai-je un peu injustement, et elle eut l'air de lire dans mes pensées.

– Je dis pas que je suis un exemple à suivre, mais au moins, je leur promets jamais rien. Tandis que toi, tu leur as fait des promesses à tous les deux, pas vrai ?

Je hochai la tête et me couvris le visage de mes mains dans un sanglot.

– T'inquiète pas, dit-elle en me frottant le dos, ça va aller. T'es jeune, t'es sortie avec personne à part Denny, et Kellan donnerait envie à n'importe quelle nana d'arracher sa petite culotte.

Je secouai la tête, et elle comprit ce que ça voulait dire.

– Je sais, c'était plus que ça. Je me doute bien qu'il est pas juste canon… J'ai bien vu son côté attendrissant et mélancolique, et la douleur dans sa musique. Et je me doute aussi que ça a pas dû être de la tarte de lui résister.

Je soupirai et me blottis contre elle, soulagée qu'elle comprenne que ça n'avait pas juste à voir avec son physique.

– T'as dû me détester quand je suis venue, en me voyant le draguer comme ça, finit-elle par dire.

Je t'ai pas jamais détestée, toi. Je l'ai détesté, lui. Il m'a fait croire que vous aviez couché ensemble.

Elle écarquilla les yeux et eut soudain l'air en colère.

– Il a quoi ? Attends… c'est pour ça que t'évitais de me parler au téléphone ? Je croyais que t'étais fâchée parce que j'avais pincé les fesses de Denny à l'aéroport !

Je ris et je fus soulagée de voir que j'en étais encore capable.

– Nan, ça, c'était marrant. Lui en veux pas, il était en colère et se servir de toi était le meilleur moyen de me faire du mal. Ça fait pas longtemps que je sais que c'est avec Griffin que t'as passé la nuit. D'ailleurs, en parlant de ça… Griffin ? Sérieux ?

Elle se mordit la lèvre et poussa un petit cri de joie.

– Ah, je peux enfin te raconter ! Ça fait des semaines que j'en crève d'envie !

Je passai par toutes les nuances de rouge tandis qu'elle me racontait toute l'histoire… et quand je dis ça, je veux dire qu'elle me raconta absolument tout ce qu'ils avaient fait. J'avais presque envie de vomir à la fin mais je réussis à sourire. Amusée, elle resta blottie contre moi un long moment avant de recommencer à parler.

– Tu sais que j'aurais même pas touché Kellan si tu m'avais dit ce qui se passait, pas vrai ?

– Je sais. Mais tu comprends pourquoi je pouvais rien dire ?

– Non, dit-elle en secouant la tête. Enfin, peut-être, j'en sais rien. Je t'aime fort, tu sais.

Elle resta près de moi jusqu'à ce que mon déjeuner arrive, puis elle se mit à parler du fait qu'elle voulait se trouver un job et nous dénicher un appart, quelque chose de mignon avec vue sur le lac. Je soupirai en attaquant mon plateau-repas sans conviction : la connaissant, elle serait fichue de trouver les deux d'ici au coucher du soleil. Elle m'embrassa sur le front et me dit qu'elle reviendrait une fois qu'elle aurait du nouveau, ce qui, avec elle, pouvait être d'une minute à l'autre.

Je dormis un peu après le déjeuner, me réveillai quand l'infirmière vint vérifier mes constantes, puis me rendormis encore. Je ne savais pas si c'était à cause de l'accident que je dormais autant, ou à cause des médicaments, ou juste parce que je ne voulais pas affronter la réalité pour le moment.

Mais la réalité était bien décidée à ne pas me lâcher : Denny revint en fin d'après-midi, et il eut un petit sourire en voyant que j'allais mieux, ou du moins que j'avais l'air plus réveillée.

– Salut, toi.

Il se pencha en avant pour m'embrasser sur la bouche, puis il se rappela à la dernière seconde qu'il ne devait plus faire ça et il m'embrassa sur le front. Les habitudes avaient la vie dure.

Cette fois, il ne s'assit pas sur mon lit mais sur une chaise, comme s'il prenait ses distances pour se préparer à la vraie séparation qui allait arriver bientôt. On parla de choses et d'autres : il avait donné sa démission et ses parents étaient surexcités qu'il revienne en Australie mais tristes que je ne vienne pas avec lui, et il allait me laisser sa voiture car c'était trop cher de l'expédier là-bas. Sachant combien il adorait sa voiture, je n'en crus pas mes oreilles.

– Je sais que t'en prendras soin, dit-il en voyant mon air étonné.

Sa voix et son accent étaient doux et chaleureux, et pendant un instant, il me manqua en dépit du fait qu'il était là. Je voulais lui parler de choses importantes, de l'accident, du fait qu'il se sentait responsable à chaque fois qu'il posait les yeux sur moi, de ma culpabilité dès que je le regardais, de l'amour qu'il y avait encore entre nous même si ce n'était plus la même chose, ou encore de ce qui s'était passé avec Kellan…

Mais je ne dis rien. J'étais trop fatiguée, trop faible et incapable d'affronter une autre conversation de ce genre tant que j'étais encore reliée à ce moniteur qui était, doucement mais sûrement, en train de me rendre complètement cinglée. On continua donc à parler de choses moins personnelles : je lui dis qu'Anna avait tout plaqué pour venir à Seattle et qu'en ce moment même elle était en train de chercher un appart pour nous et un boulot pour elle. Il fut d'accord avec moi pour dire qu'elle n'aurait sûrement aucun mal à trouver.

Il avait légèrement haussé les sourcils quand j'avais dit que j'allais emménager avec Anna, et je sentais qu'il avait envie de m'en parler. Apparemment, Kellan ne lui avait pas dit qu'il voulait que je déménage, ni qu'il allait rompre avec moi, ou alors il ne le savait pas encore à ce moment-là. Denny ne demanda rien, cependant. Peut-être parce qu'il avait trop peur de la réponse, ou qu'il savait qu'il serait trop tenté de rester si je lui disais qu'il n'y avait plus rien entre Kellan et moi. Ou peut-être que ça ne l'intéressait pas, tout simplement.

Il resta avec moi jusqu'à ce qu'Anna revienne en début de soirée. Elle lui dit à peine bonjour, ce qui au début m'étonna, car elle était plutôt du genre démonstratif d'habitude, mais je ne tardai pas à comprendre en voyant son air : Denny m'avait fait du mal et ça le faisait sérieusement baisser dans son estime. Il fallait que j'en parle avec elle, car techniquement, il n'avait pas voulu me frapper, et ce n'était pas sa faute si j'avais fait n'importe quoi, comme elle l'avait dit elle-même.

Elle se tourna vers moi et elle irradiait littéralement quand elle me parla de notre nouvel appart et de son nouveau job… chez Hooters. Je soupirai en l'écoutant raconter la super affaire qu'elle avait faite à propos du loyer : apparemment, le proprio n'arrêtait pas de regarder ses seins et elle lui avait promis une portion gratuite d'ailes de poulet chaque fois qu'il passerait au restaurant, et ça l'avait convaincu… Elle arrivait vraiment à leur faire faire n'importe quoi.

Denny nous dit au revoir et m'embrassa sur le front avant de partir, et il était déjà sur le pas de la porte quand ma sœur lui dit de l'attendre. Elle sortit avec lui et ils passèrent vingt bonnes minutes à parler dans le couloir. Quand elle revint dans ma chambre et que je lui demandai de quoi ils avaient discuté, elle se contenta de sourire et je laissai tomber, trop fatiguée pour insister. Peut-être qu'ils s'étaient réconciliés et qu'elle allait être plus sympa avec lui à partir de maintenant. Mes blessures n'étaient vraiment pas sa faute.

Elle resta là encore plusieurs heures, jusqu'à ce que je lui dise qu'elle avait le droit de sortir et d'aller « s'amuser » si elle voulait.

Elle sourit en me disant qu'elle reviendrait le lendemain après-midi, et j'étais presque sûre qu'elle avait prévu de rendre visite à Griffin. Même si j'étais contente pour elle, je ne comprenais vraiment pas ce qui l'attirait chez lui, et à présent, j'avais en prime la description de leurs galipettes dans la tête.

J'avais vu juste : quand elle revint le lendemain, elle me raconta par le menu leur nuit interminable. S'il y avait bien une chose qu'il fallait lui reconnaître, c'était que Griffin avait de la ressource… Un peu plus tard, je reçus la visite de Matt et Evan. Ils ne semblaient pas très à l'aise mais ils avaient quand même voulu passer me dire bonjour. Evan avait l'air de se sentir particulièrement coupable, et au moment de partir, je lui assurai qu'il n'avait rien fait de mal. Il s'était contenté de faire ce qu'on lui avait demandé avec Kellan et il n'était pas responsable de quoi que ce soit. Un sourire finit par illuminer son visage et il me serra dans ses bras en me murmurant qu'il était content que j'aille bien.

Jenny et Kate passèrent avant leur service et Jenny eut les larmes aux yeux en voyant les hématomes sur mon visage. Elle me serra fort contre elle en répétant sans arrêt qu'elle était soulagée que j'aille bien, que tout le monde au bar était content aussi, et qu'ils avaient tous hâte que je revienne.

– Jenny, je peux pas retourner au Pete's.

– Mais… pourquoi pas ?

– Parce que, dis-je en sentant mes yeux s'embuer, je peux pas. Je peux pas être près de lui.

Un silence de plomb envahit la pièce, comme si tout le monde savait de qui je parlais. Kate et Jenny échangèrent un regard et je me demandai si Kellan était encore là et si elles l'avaient croisé au rez-de-chaussée. À en juger par l'expression de Kate et l'air contrarié de Jenny, j'en conclus que oui, et le fait que Jenny n'insiste pas confirma mes soupçons.

– Tu vas faire quoi ? demanda-t-elle.

Je secouai la tête et me mis à pleurer.

– Je sais pas… Tu connais pas un endroit qui cherche des serveuses pas trop nulles ?

– T'es bien mieux que pas trop nulle. Je vais me renseigner, mais ce sera vraiment pas pareil sans toi. Enfin, c'est pas parce qu'on va arrêter de travailler ensemble qu'on va aussi arrêter d'être amies, si ?

Je hochai la tête et essuyai mes joues.

– Sûrement pas.

Griffin arriva peu après le départ de Jenny et Kate, ce qui me surprit, même si je le soupçonnais d'être surtout venu chercher Anna. Il me prit dans ses bras, et bien sûr, il en profita pour mettre sa main sur ma cuisse, mais j'appréciai l'attention, à défaut de sa mise en œuvre. Ma sœur lui donna une tape sur les fesses et le gronda, et il leva les bras en l'air en signe d'innocence avant de l'embrasser à pleine bouche, ce qui me donna la nausée. Main dans la main, ils me dirent au revoir avant d'aller « baptiser le nouvel appart », comme le dit si élégamment Griffin, et je priai pour qu'ils ne fassent pas ça dans ma future chambre.

Après leur départ, le docteur vint m'examiner. Satisfait de mon état, il autorisa les infirmières à me retirer ma perfusion et à me déconnecter du moniteur, même si je me sentais bien moins en forme que ce qu'il voulait me faire croire. Après le dîner, Susie passa me voir une dernière fois, puis je me retrouvai seule dans le silence oppressant de ma chambre.

Toutes les lumières étaient allumées mais l'obscurité hivernale à l'extérieur avait l'air de s'infiltrer dans ma chambre et de la rendre plus sombre et plus froide. Je regardai par la fenêtre pendant des heures, frileusement enroulée dans mes couvertures. Je me sentais terriblement seule et la culpabilité et le remord ne me quittaient pas. J'étais en train de me demander comment j'allais tenir le coup quand un accent familier me parvint depuis la porte de ma chambre.

– Salut. Tu vas bien ?

Denny était adossé contre l'encadrement de la porte, les bras croisés sur sa poitrine, comme s'il m'avait observée depuis un moment. Je me mis à pleurer et il avança immédiatement vers moi avant de s'arrêter à quelques pas de mon lit, l'air indécis. Il regarda par-dessus son épaule, et à travers mes larmes, je vis une silhouette reculer et s'éloigner du pas de la porte. Je n'avais pas besoin de le voir pour savoir. Kellan était là mais il se forçait à ne pas entrer. Comme avant, on était revenus à la politique d'interdiction de se toucher. Sauf que maintenant, on avait aussi l'interdiction de se voir.

Je laissai échapper un sanglot et Denny traversa les quelques mètres qui nous séparaient pour venir s'asseoir à côté de moi. Il prit ma main dans la sienne, et ce simple contact, bien que très différent du réconfort qu'il m'apportait d'habitude, me fit quand même du bien. C'était déjà beaucoup.

– Pleure pas… Ça va aller.

Je reniflai et j'essayai de me calmer, tout en détestant le fait que ce soit lui qui me console, alors que c'était moi qui lui avais brisé le cœur. Il aurait dû être en colère, crier, me traiter de salope et partir pour ne plus jamais revenir, mais il n'était pas comme ça. Il était attentionné et dévoué (presque trop), et à en juger par la façon dont ses yeux restaient fixés sur mes ecchymoses, je sus que s'il continuait à venir, c'était aussi parce qu'il se sentait affreusement coupable de ce qu'il m'avait fait. On se dévisagea sans rien dire et la chaleur de sa main finit par m'aider à retrouver mon calme. J'arrêtai enfin de sangloter, et il sourit.

– J'ai vu ton nouvel appartement, ça devrait te plaire. Anna a vraiment bon goût.

– De quoi vous avez parlé avec Anna, hier ?

Il baissa les yeux et secoua la tête.

– Disons qu'elle était un poil énervée contre moi à cause de ce que j'ai fait et elle s'est pas privée de me le signaler.

Il haussa les sourcils et on sourit tous les deux.

– Bref, après ça, elle m'a demandé si je pouvais l'aider à déménager tes affaires, et comme je devais aussi m'occuper des miennes, j'ai accepté. On a fait ça ce soir, et elle a aussi réussi à récupérer quelques meubles chez Griffin, Kate, Jenny… Enfin, partout où elle a pu. T'as plus qu'à t'installer, maintenant.

J'essayai de sourire en voyant le bon côté des choses, mais partir d'une maison que j'avais toujours adorée, jusqu'à ce que les choses deviennent si compliquées, me faisait mal. Denny eut l'air de comprendre ma mélancolie et me caressa la joue brièvement avant de laisser retomber sa main sur son genou.

– Et toi, tu vas loger où jusqu'à ton départ ?

– Chez Sam. Il a été vraiment sympa. Je squatte son canapé depuis plusieurs jours.

Il passa une main dans ses cheveux et me sourit.

– Je pouvais pas rester chez Kellan. Ma patience a des limites.

– Mais alors pourquoi vous…

Je ne finis pas ma question. Je ne voulais pas le mettre en colère en lui rappelant ce que j'avais fait, mais il comprit où je voulais en venir.

– Pourquoi on quoi ? Pourquoi on est pas en train de se taper dessus ? Pourquoi on se comporte comme des adultes ?

Je haussai les épaules et il me regarda sans rien dire pendant un moment avec ce qui ressemblait à de la colère. Quand il reprit la parole, sa voix était calme mais tendue.

– J'aurais pu te tuer ce soir-là, et je veux même pas y repenser. Mais les choses auraient pu être bien pires et c'est grâce à Kellan si c'est pas le cas.

– Je comprends pas.

– Tu sais, dit-il en se radoucissant, je me suis pas vraiment posé de questions en décidant d'emménager avec lui. J'ai pas réfléchi à l'attraction qu'il exerçait sur les filles. À l'école, déjà, il lui suffisait de regarder une nana pour qu'elle…

Je rougis et il soupira.

– Je me suis jamais dit qu'il pourrait être une tentation pour toi. J'ai toujours cru que ça avait pas d'importance, parce que ce qu'il y avait entre nous était tellement spécial…

Il ferma les yeux et les miens se remplirent de larmes. À cet instant, je me détestai plus que tout pour ce que je lui avais fait. Je tendis la main mais je laissai mon geste en suspens. Il rouvrit les yeux et les planta dans les miens.

– Et quand j'ai compris, j'ai su que je faisais pas le poids.

J'eus envie de lui dire que j'avais toujours eu envie d'être avec lui, mais je n'en étais même plus sûre, à présent…

– Quand j'ai commencé à assembler les pièces du puzzle – des regards ou des frôlements que j'avais pas voulu voir, à quel point t'étais distante, ta tristesse quand il était pas là –, j'ai su que j'allais te perdre, si c'était pas déjà le cas. Je savais que j'avais aucune chance face au mec qui est potentiellement le plus beau gosse de tout le Nord-Ouest Pacifique, dit-il en levant les yeux au ciel.

– Denny, je…

– J'étais tellement en rage contre lui. Quand je lui ai demandé de se tenir à carreau à l'aéroport, c'était comme si je savais que tu serais incapable de lui résister, et que du coup ça dépendait de lui… et il a foiré, même si je pensais pas vraiment que tu céderais… J'avais confiance en toi, mais seulement s'il gardait ses distances. Il arrive toujours à avoir ce qu'il veut, et je savais que s'il s'en donnait les moyens, il réussirait à t'avoir toi aussi, et que je pourrais rien y faire.

– Ça s'est pas passé comme ça.

Je voulais me défendre mais il n'y avait pas grand-chose à dire. Je ne pouvais pas lui dire que c'était moi qui étais à l'origine de presque tout ce qui s'était passé. Que Kellan ne méritait pas qu'il soit en rage contre lui parce que c'était moi qui avais amorcé un rapprochement physique alors qu'il était déjà amoureux. Peu importe les bonnes intentions que j'avais au moment où Denny était parti, c'était moi qui avais dévié à un moment.

Et ce qui était encore pire, c'est que moi aussi, j'étais tombée amoureuse. Je ne savais pas vraiment quand. Peut-être la première fois qu'on s'était vus sur le palier, ou la première fois que j'avais pleuré dans ses bras, ou au moment où il m'avait dit que j'étais belle, ou la première fois que je l'avais entendu chanter cette chanson si émouvante qui me touchait toujours autant. Ce qui était sûr, c'est que j'étais tombée folle amoureuse et que ce constat me faisait horriblement mal, autant que la douleur que je pouvais lire dans les yeux de Denny.

– Quand je vous ai vus sur le parking, quand j'ai vu la passion entre vous, je l'ai détesté. Je détestais qu'il ait pris ce qui m'appartenait et j'avais envie de le réduire en miettes en le voyant te traiter comme une de ses groupies. Jamais je me suis dit qu'il était amoureux, et encore moins que tu l'étais aussi. Je t'avais mise sur un piédestal et jamais j'aurais eu l'idée de t'accuser.

Je hochai la tête et je baissai les yeux au moment où mes larmes menaçaient de se remettre à couler. Je ne méritais vraiment pas d'être sur un piédestal, et en voyant son regard, je compris que lui aussi s'en était finalement rendu compte. Je me sentais ridicule mais je décidai de confirmer son impression une bonne fois pour toutes.

– C'est vrai, on était amoureux, mais on a jamais voulu te faire du mal.

– Je sais. Enfin, maintenant, je pense que je le sais.

Il caressa le dos de ma main du bout de ses doigts, perdu dans ses pensées.

– Quand on s'est battus, finit-il par reprendre, c'était comme si c'était pas moi qui étais en train de le frapper. J'avais l'impression de voir la scène de l'extérieur, comme dans un mauvais film que je pouvais pas arrêter. Je me rappelle même pas de tout ce que j'ai dit ou fait.

J'acquiesçai et détournai le regard. Je détestais me dire que c'était ma faute s'il en était arrivé là.

– J'étais tellement aveuglé par la haine que je contrôlais plus rien. Je voulais juste lui faire mal, et je pense que j'ai complètement pété les plombs. J'aurais pu tout perdre après ça, et c'est grâce à Kellan si je suis pas en taule.

J'ouvris grand la bouche et je fronçai les sourcils si fort que ma tête me fit mal.

– Je l'ai roué de coups, je t'ai fait perdre connaissance et j'ai failli te tuer. Y a des gens qui vont en prison pour moins que ça, et si je peux rentrer en Australie, c'est uniquement parce que Kellan m'a couvert.

– Je comprends toujours pas.

– En te voyant par terre, il m'a hurlé dessus. Mais après, quand on a vu que tu respirais encore, il m'a forcé à partir.

– À partir ?

– Je voulais pas, dit-il en souriant avec regret. Je voulais t'aider, faire quelque chose, n'importe quoi, mais il m'a dit que j'irais en taule si je restais là. T'étais si pâle et tu respirais à peine, et c'était lui qui te serrait dans ses bras, alors que moi, j'aurais tellement voulu…

Il ferma les yeux un instant avant de reprendre la parole.

– Il m'a convaincu de partir et d'appeler les secours, en me disant que quand l'ambulance arriverait, il leur dirait que vous vous étiez fait agresser. Qu'il avait voulu se défendre et que quand t'avais voulu l'aider, ils s'en étaient pris à toi. Il m'a même donné son portefeuille pour que ça ait l'air plus crédible, et tout le monde l'a cru. Après, quand je suis arrivé à l'hôpital, personne m'a posé de questions. Je vous ai envoyé tous les deux à l'hosto, et je m'en tire grâce à lui. Tu te rends compte ?

Il baissa les yeux et une larme vint s'écraser sur mon drap. Je passai instinctivement ma main sur sa joue et il releva la tête.

– Il a eu raison. T'as assez souffert à cause de nos erreurs, et je refuse que tu perdes tout juste parce que c'est nous qui t'avons…

Je fus incapable de finir ou de retenir mes larmes, et je pris Denny dans mes bras. Il se raidit en sentant mes mains autour de son cou mais il finit par se détendre et par me rendre mon étreinte.

– Je m'en veux tellement, Denny.

– Je sais.

Il me frottait le dos et je sentis qu'il commençait à trembler.

– Moi aussi, je m'en veux.

Il resta assis près de moi, et entre deux excuses, on finit par s'endormir dans les bras l'un de l'autre. Au matin, je compris que même si les choses ne seraient plus jamais les mêmes entre nous, on serait toujours liés d'une façon ou d'une autre, et ça m'apporta un immense réconfort.

25

Les adieux

Je fus autorisée à sortir le matin suivant et la nouvelle enchanta tellement ma sœur qu'elle embrassa le docteur sur la joue. Elle portait sa tenue de chez Hooters, à savoir un short orange minuscule et un débardeur blanc bien trop décolleté, et le docteur rougit jusqu'aux oreilles avant de quitter précipitamment ma chambre. Anna pouffa de rire puis elle m'aida à m'habiller et me brossa les cheveux.

Mon regard resta fixé sur la porte pendant qu'on attendait de signer les derniers papiers, sans que je sois sûre de la personne que j'espérais voir. Je n'avais pas revu Kellan, et quand j'avais posé la question à Anna, elle s'était contentée de froncer les sourcils et de dire qu'il était « dans le coin ». Je me souvins qu'il lui avait demandé de ne pas me dire qu'il était à l'hôpital. Est-ce qu'il savait qu'elle avait vendu la mèche ?

Je lui avais fait tellement de mal qu'il ne supportait même pas de me voir, et pourtant, il n'arrivait pas à me quitter tout à fait. Qu'est-ce que ça pouvait bien vouloir dire ? Il m'avait dit qu'il m'aimait, et je l'aimais encore, même après mon erreur sur le parking, même après que Denny nous avait découvert et même après cette bagarre qui me donnait encore des cauchemars. Je l'aimais et il me manquait, mais je comprenais son besoin de rester loin de moi.

Jenny arriva et vint s'asseoir à côté de moi sur le lit. Elle se mit à nous décrire les derniers potins du bar en me caressant les cheveux de temps en temps. Elle allait nous raconter une histoire sur Evan et Matt qui s'étaient encore payé la tête de Griffin mais elle s'arrêta juste après avoir dit leurs noms. Je ne savais pas si c'était parce qu'elle pensait que je ne voulais pas entendre parler de gens si proches de Kellan ou parce qu'il faisait aussi partie de l'histoire, mais je décidai de ne pas lui poser la question.

Anna prit le relais en entendant le nom de Griffin : à la fin de son histoire, même Jenny était rouge comme une pivoine, et Anna était en train de rire au moment où Denny entra dans la pièce. Il fit signe à tout le monde et je ne pus cacher ma surprise en voyant qu'il n'était pas en costume. Quand je lui demandai s'il ne devrait pas être au travail, il haussa les épaules et dit qu'il avait pris sa journée pour m'aider à emménager. Il haussa les sourcils en voyant ma tête.

– Ils vont faire quoi de toute façon ? Me virer ?

Je souris et le remerciai, et on papota tous les quatre jusqu'à ce que tous les papiers soient prêts.

Deux heures plus tard, je regardais le lac Union depuis l'appartement trois pièces que ma sœur avait réussi à dénicher et à louer en une après-midi. Ce n'était vraiment pas spacieux : la cuisine était juste assez grande pour contenir le four, le frigo et un lave-vaisselle surmonté d'une plaque en formica qui constituait le plan de travail. Les deux chambres étaient chacune à un bout d'un petit couloir et je souris en voyant que ma sœur avait pris celle qui comprenait la plus grande penderie. Dans la mienne se trouvaient un futon et une coiffeuse et dans la sienne un lit et une table de nuit. La salle de bain n'avait pas de baignoire mais juste une douche, et la pièce était déjà envahie par les produits de beauté de ma sœur. La salle à manger et le salon formaient une seule pièce qui accueillait une petite table bancale. Le reste de l'espace était occupé par un vieux canapé orange et un fauteuil dont je savais d'expérience que c'était le plus confortable du monde. Mon cœur se serra lorsque je reconnus les meubles de Kellan, d'autant que c'était le seul mobilier à peu près décent qu'il possédait.

Denny me dévisagea et je déglutis péniblement plusieurs fois avant de m'asseoir sur le canapé orange que je trouvais toujours aussi affreux. Il nous prépara à déjeuner avec les courses qu'il avait faites, puis Anna partit travailler et Jenny vint s'asseoir à côté de moi. Elle mit en route la petite télé qui se trouvait dans un coin de la pièce et je la regardai distraitement en mangeant la moitié du sandwich que Denny m'avait préparé, et en lançant plusieurs regards vers le fauteuil que personne n'occupait.

La semaine suivante, je continuai à me rétablir et à m'adapter à ma nouvelle maison et à la présence de ma sœur, et une routine commença à se mettre en place. Jenny venait me voir les après-midis, parfois accompagnée de Kate, et elle essayait de me convaincre de sortir de chez moi et de revenir travailler au bar. Je disais toujours non aux deux propositions et je restais blottie sous les couvertures, dans le canapé que j'aimais de plus en plus en dépit de sa laideur.

Ma sœur partait travailler en me disant qu'ils cherchaient une nouvelle serveuse et que le fait d'être sœurs pouvait nous rapporter d'énormes pourboires, mais je rougissais rien qu'en m'imaginant en uniforme. Puis elle revenait le soir avec les poches pleines d'argent, et parfois avec Griffin sur les talons. Ces soirs-là, je regrettais que notre appartement soit aussi petit et pas mieux isolé.

Denny passait tous les soirs en sortant du bureau. Je n'en revenais pas qu'il continue à être aussi attentionné, après tout ce que je lui avais fait, et je remarquais les petites choses qu'il essayait de me cacher : la façon dont il plissait les yeux quand il regardait le fauteuil de Kellan, sa tristesse quand il me regardait, et son air coupable quand ses yeux se posaient sur mes hématomes. Parfois, sa voix aussi le trahissait : elle devenait tendue dès qu'on parlait de notre histoire, même si j'essayais d'éviter le sujet. Si on en venait à parler de la soirée, sa voix se brisait et il avalait sa salive avec peine, et j'essayais d'éviter ce sujet-là encore plus. Il ne parlait jamais de Kellan, à part quand il le croisait rarement, et c'était apparemment « cordial ». Les seuls moments où sa voix se réchauffait, c'était quand il parlait de l'Australie, de son nouveau travail et de ses retrouvailles avec sa famille.

Cette perspective se rapprochait chaque jour et j'étais à la fois ravie pour lui et terrifiée qu'il s'en aille. Au fur et à mesure que mon état s'améliorait, il avait l'air d'avoir de plus en plus hâte de partir, et à la fin de la semaine, on parlait de moins en moins de « nous » et de plus en plus de son départ. Quand il me dit qu'il avait avancé celui-ci de quelques jours, ça ne me surprit pas, mais ça me fit quand même affreusement mal.

Quelques jours plus tard, prête à lui dire au revoir et à enfin clore ce chapitre de nos vies, je le conduisis à l'aéroport dans sa Honda. Je lui pris instinctivement la main en l'accompagnant parmi le flot de vacanciers et je fus surprise de voir qu'il me laissait faire. Normalement, il essayait de limiter nos contacts physiques le plus possible, mais peut-être que lui aussi voulait profiter de nos derniers instants ensemble.

Quand on arriva à sa porte d'embarquement, je restai clouée sur place, sous le choc. Kellan était là, assis sur un banc, les yeux fixés sur son cahier recouvert de notes et de dessins. Il leva les yeux alors qu'on s'approchait et je sentis mon cœur s'emballer dans ma poitrine. Il avait meilleure mine que la dernière fois que je l'avais vu à l'hôpital : il n'avait plus qu'un bleu sous l'œil et quelques marques rosâtres, et il était encore plus beau que dans mes souvenirs.

Denny avança doucement vers lui et Kellan se leva. Il serra ma main plus fort l'espace d'un instant avant de la lâcher, et je luttai contre l'envie de courir jusqu'à Kellan. Il n'avait d'yeux que pour Denny et il évitait soigneusement de me regarder, et je ne savais pas s'il faisait ça pour Denny ou dans son propre intérêt.

Kellan tendit la main et scruta sa réaction tandis que Denny regardait la main qu'il lui offrait. Avec un petit soupir, il finit par l'attraper et la serrer fermement. Un léger sourire se forma au coin de la bouche de Kellan et il hocha la tête.

– Denny, je…

Les mots lui manquèrent et Denny lui lâcha doucement la main.

– Je sais… Ça veut pas dire que tout est arrangé, mais je sais…

Sa voix était tendue et les larmes me montèrent aux yeux en voyant que ces deux hommes, qui avaient été les meilleurs amis du monde, avaient du mal à trouver les mots pour se parler.

– Si t'as besoin de quoi que ce soit…

Denny hocha la tête et serra les dents tandis que plusieurs émotions passaient sur son visage.

– T'en as fait assez, finit-il par dire en détournant le regard.

Mon cœur se serra douloureusement en pensant au double sens que cette phrase impliquait. En quelques mots, Denny avait plus ou moins résumé tout ce qu'il y avait entre eux, aussi bien le bon que le mauvais. Je sentis une larme rouler sur ma joue mais j'étais trop absorbée par Kellan pour m'en préoccuper. J'étais sûre qu'il allait craquer, qu'il allait se mettre à pleurer et à supplier Denny de le pardonner, à genoux s'il le fallait. Mais un faible sourire apparut sur ses lèvres et il ravala les larmes qui perlaient au coin de ses paupières. Apparemment, il avait décidé de garder le positif dans la réponse de Denny et de laisser le reste derrière lui, et il lui donna une tape affectueuse sur l'épaule.

– Prends soin de toi.

– Toi aussi, dit Denny en lui rendant son accolade.

Puis Kellan le serra brièvement dans ses bras et s'éloigna. Je mourais d'envie de courir vers lui et de l'attraper par le bras pour l'obliger à me regarder, mais j'étais là pour dire au revoir à Denny. Alors je serrai les poings et je le regardai partir en silence. Juste avant qu'il ne disparaisse dans la foule, il se retourna et nos yeux se rencontrèrent enfin. Ça faisait tellement longtemps que ce contact bien trop bref me fit physiquement mal. Je vis son visage se tordre de douleur et je compris qu'il ressentait la même chose que moi. Il voulait toujours de moi mais je lui avais fait trop de mal.

Il se retourna en se pinçant les ailes du nez et la foule l'engloutit immédiatement. Je fermai les yeux un instant, et quand je les rouvris, je vis que Denny me regardait d'un drôle d'air, comme s'il venait finalement de comprendre un truc. Je ne savais pas ce qu'il avait vu, mais il avait clairement vu quelque chose. Il secoua la tête, passa son bras autour de mes épaules et me serra contre lui comme s'il voulait me consoler. Je posai ma tête sur son épaule et on regarda par la fenêtre en direction de son avion qui était sur le tarmac.

– Tu vas me manquer, finis-je par murmurer.

– Toi aussi, dit-il en me serrant plus fort. Dis… tu crois que si j'avais pas accepté le poste à Tucson, toi et Kellan, vous auriez quand même… Est-ce que je t'ai jetée dans ses bras ?

– J'en sais rien… Mais je pense que d'une façon ou d'une autre, on aurait…

Je levai les yeux vers les siens et me tus. Je ne pouvais pas finir ma phrase, pas avec ses yeux rivés aux miens.

– Je t'aimerai toujours, tu sais.

– Moi aussi, je t'aimerai toujours.

Il sourit doucement et ramena une mèche de cheveux derrière mon oreille, ses doigts effleurant délicatement ma joue. Après ce qui parut être un intense débat intérieur, il finit par se pencher sur moi et m'embrassa tendrement sur la bouche. Son baiser dura plus longtemps qu'un baiser purement amical, mais moins longtemps qu'un baiser amoureux. C'était juste entre les deux, comme nous.

Puis il m'embrassa une dernière fois sur la joue, je serrai sa main dans la mienne et on attendit.

Enfin, il dut embarquer et il soupira longuement avant de me lâcher. Il attrapa ses sacs, m'embrassa sur le front et je gardai sa main serrée dans la mienne jusqu'à la dernière seconde. Quand nos doigts cessèrent de se toucher, j'eus l'impression qu'on me retirait quelque chose, quelque chose de chaud et de stable qui, à un moment de ma vie, avait tout représenté pour moi. Ses yeux marron ne quittèrent pas les miens jusqu'à ce qu'il passe le contrôle de sécurité, puis disparurent définitivement, et avec eux son adorable sourire.

Je sentis mes forces m'abandonner et mes jambes se dérober. Je me sentis basculer et je m'attendais déjà à ce que ma tête heurte le sol quand des mains me rattrapèrent.

Je reconnus d'abord son parfum, l'odeur caractéristique de cuir, de terre et d'homme qui n'appartenait qu'à lui. Je ne savais pas ce qu'il faisait là, et je voyais trop flou pour distinguer son visage, mais je savais que c'était dans ses bras que je me trouvais. Il s'agenouilla par terre à côté de moi et posa délicatement ma tête sur ses genoux. Il me caressa le dos d'une main tout en palpant mon visage pour s'assurer que je ne m'étais pas fait mal. Quand il appela mon nom, j'eus l'impression qu'il était à des kilomètres, même si je savais qu'il était juste à côté de moi. Enfin, je finis par distinguer les contours de son visage et je compris que je m'étais évanouie, et qu'il m'avait rattrapée parce qu'il était resté là pendant tout ce temps, à l'abri de mon regard et de celui de Denny. Puis je me souvins de notre séparation, de la douleur de voir Denny partir et je me jetai à son cou. Il se raidit au début, mais il finit par passer ses bras autour de moi et par me serrer contre lui en me berçant doucement et en me répétant que tout allait bien se passer.

Le bruit des moteurs d'avion attira notre attention et on regarda tous les deux par la fenêtre. L'avion énorme qui emportait Denny commença à s'éloigner. On le suivit des yeux en silence. Je pleurais sans pouvoir m'arrêter et Kellan continuait à me frotter le dos et à m'embrasser dans les cheveux de temps en temps. Quand l'avion disparut de mon champ de vision, je m'agrippai à lui désespérément et je me mis à sangloter bruyamment, la tête sur son épaule.

Il ne bougea pas jusqu'à ce que je me calme, et quand ma respiration redevint plus ou moins normale, il me poussa gentiment de ses genoux. Je m'agrippai à lui pour ne pas bouger mais il ne céda pas et me poussa avant de se lever.

Il avait l'air si résolu que je baissai les yeux et les gardai rivés au sol, à genoux. Pendant un instant, j'avais cru qu'on venait de se retrouver, mais apparemment, j'avais tort. Il avait l'air d'être une nouvelle fois sur le point de me dire au revoir, pourtant je ne voulais pas l'entendre. Enfin, je sentis une main me caresser les cheveux, et je finis par trouver le courage de lever la tête : il avait un petit sourire sur les lèvres et son regard était un peu plus doux, même s'il semblait toujours aussi triste.

– Tu peux conduire ?

L'idée de conduire jusque chez moi et de m'asseoir seule dans mon appartement vide m'était insupportable. Je voulus lui dire que non, que j'avais besoin de rester avec lui et qu'on devait trouver un moyen de tout réparer, mais les mots ne sortirent pas de ma bouche et je hochai la tête en me préparant à affronter quelque chose qui m'avait toujours terrifiée : la solitude.

Il me tendit la main pour m'aider à me relever et je l'attrapai avec gratitude. Une fois debout, je chancelai un peu et je dus m'appuyer sur son torse pour garder l'équilibre. Je sentis un pansement sous mes doigts et il tressaillit de douleur. Ma main était posée sur ses pectoraux et pas sur ses côtes, et je me demandai pourquoi il avait mal aussi à cet endroit. Peut-être qu'il était plus amoché que ce que je croyais, ou peut-être qu'il ne voulait pas que je le touche, tout simplement.

Il écarta ma main mais la garda dans la sienne, et on resta debout face à face, à la fois tout proches et séparés par un immense fossé. Je l'avais choisi, puis je l'avais quitté… Est-ce qu'il pourrait me pardonner un jour ?

– Kellan, je suis tellement désolée… J'ai eu tort.

Je n'ajoutai rien de plus. La boule dans ma gorge était trop grosse et il n'y avait rien d'autre à dire de toute façon. Ses yeux s'embuèrent et il hocha la tête. Est-ce qu'il comprenait ce que je voulais dire ? Que j'avais eu tort de le quitter ? Il ne me posa pas la question. Il pencha la tête vers moi et je levai instinctivement le menton. Nos lèvres se rencontrèrent dans un mélange de douceur et de passion, se séparèrent de nouveau, puis se trouvèrent encore dans une suite de baisers rapides, affamés et bien trop courts qui firent battre mon cœur à toute vitesse.

Enfin, il se força à arrêter avant que la tension sexuelle latente entre nous ne se réveille tout à fait. Il me lâcha la main et fit un pas en arrière.

– Moi aussi, je suis désolé. À un de ces quatre.

Puis il tourna les talons et me laissa là, le souffle court, triste, confuse, et surtout, seule. Ses derniers mots résonnèrent dans ma tête. J'étais sûre qu'il ne les pensait pas vraiment et qu'en réalité c'était la dernière fois que je le voyais.

Je réussis à rentrer à la maison sans m'effondrer en chemin ni provoquer un accident. Ce n'est qu'au moment où ma tête effleura le coussin ridicule en forme de cœur que ma sœur m'avait dégoté que je me mis à pleurer, et je le trempai copieusement avant de m'endormir.

À mon réveil, le lendemain, je me sentis un tout petit peu plus légère. Peut-être parce j'avais moins mal à la tête et que mes bleus changeaient de couleur, ce qui indiquait qu'il y avait au moins une partie de moi qui était sur le chemin de la guérison.

Ou peut-être que c'était parce que j'avais enfin dit au revoir à Denny et que je n'avais plus à redouter ce moment.

Me doucher et m'habiller me fit du bien également. Je me demandai quoi faire en regardant mon crâne tuméfié dans le miroir. Tout d'abord, j'allais devoir trouver du boulot, et aussi récupérer les cours que j'avais manqués. Les vacances de Noël avaient déjà commencé mais quelques coups de fil de mon docteur, de ma part, et même de Denny avaient réussi à convaincre mes profs de m'accorder un délai supplémentaire pour les dissertations que j'avais à rendre. Si je me jetais à corps perdu dans mes cours, je pourrais sûrement récupérer mon retard avant la rentrée…

Je serrai les dents et décidai que c'était ce que j'allais faire. J'avais peut-être perdu mon boulot, mon copain et mon amant, mais si je travaillais suffisamment, je pourrais sans doute conserver ma précieuse bourse d'études. Et si je faisais ça… peut-être qu'éventuellement tout finirait par rentrer en ordre.

Denny appela deux jours plus tard, juste avant que je ne prenne l'avion avec Anna pour rentrer à la maison pour les fêtes, avec les billets que mes parents avaient au départ réservés pour Denny et moi. Ils avaient paru sincèrement désolés quand je leur avais dit que ça n'avait pas marché avec Denny, mais ensuite, ils avaient passé deux heures à essayer de me persuader de revenir à l'université de l'Ohio.

Denny me parla de son nouveau travail et de ses projets avec sa famille. Il avait vraiment l'air content et sa bonne humeur était communicative, même si sa voix se brisa au moment de me souhaiter un bon Noël, suivi immédiatement par un « Je t'aime » qui sembla lui échapper. Un silence s'ensuivit, pendant lequel je me demandai quoi répondre. Finalement, je lui dis que je l'aimais aussi, parce que c'était vrai. Il y aurait toujours une forme d'amour entre nous.

Le lendemain, avec Anna, on se prépara au grand retour à la maison pour les vacances. Elle réussit à recouvrir les dernières traces de mon accident avec du maquillage et promit qu'elle ne dirait rien aux parents. Ils ne me laisseraient jamais revenir à Seattle, autrement.

Avant de quitter ma chambre, je retournai les tiroirs de ma commode pour la centième fois à la recherche du collier de Kellan. J'avais envie de le porter tous les jours, mais je n'avais pas réussi à mettre la main dessus depuis le soir où il me l'avait donné. Une partie de moi craignait l'avoir perdu, et l'autre partie craignait que Kellan n'ait décidé de le reprendre, et avec lui tous ses mots d'amour. Je ne le trouvai pas et je dus quitter la ville sans pouvoir emporter cet objet qui le symbolisait.

Ce fut bizarre d'être à la maison avec ma famille. Mes parents nous accueillirent à bras ouverts et des tas de souvenirs d'enfance me revinrent, mais je n'avais plus vraiment l'impression d'être chez moi. C'était comme arriver chez sa meilleure amie ou chez une tante : c'était confortable et familier, sans vraiment être chez soi. C'était la maison de mon enfance mais je n'avais pas envie d'y rester. Je voulais rentrer chez moi… à Seattle.

On resta quelques jours puis ce fut le moment de dire au revoir à nos parents à l'aéroport. Ma mère pleurait à chaudes larmes en nous regardant partir (si elle avait su qu'Anna avait encore plus hâte que moi de rentrer…) et pendant un instant, je me sentis coupable. J'essayais de me dire que j'étais juste tombée amoureuse de la ville… mais une petite voix dans ma tête que j'essayais d'ignorer me disait que c'était faux, et elle avait raison. Seattle était juste une ville parmi d'autres, et ce n'était pas ça qui faisait battre mon cœur. Ce n'était pas à cause de Seattle que j'avais la tête ailleurs et que je pleurais tous les soirs dans mon lit.

Après avoir rattrapé mon retard dans les cours, et avoir vu ma sœur partir assister à un concert spécial des D-Bags pour le Nouvel An, je décidai de me concentrer sur la deuxième chose dont j'avais absolument besoin pour remettre ma vie à l'endroit : un boulot. Juste après la nouvelle année, je finis par trouver une place de serveuse dans un petit café-restaurant bien connu de Pioneer Square, où travaillait la coloc de Jenny, Rachel. L'endroit était célèbre pour son petit déjeuner servi à toute heure du jour et de la nuit et attirait pas mal de lycéens. C'était bourré de monde pour mon premier soir, mais heureusement, Rachel resta près de moi pour m'aider.

Elle était d'origine latino-asiatique et elle avait la peau mate, les cheveux bruns et un sourire qui lui rapportait de sacrés pourboires. Elle était aussi adorable que Jenny, mais plus discrète, un peu comme moi. Elle ne me posa aucune question sur le bleu qu'on pouvait encore voir sur ma tempe, et même si elle était au courant de toute l'histoire (ce qui était probable, vu qu'elle vivait avec Jenny), elle eut la délicatesse de ne pas en parler.

Les gérants du café étaient géniaux, les cuisiniers super sympas, les pourboires généreux, les autres serveuses accueillantes, et les habitués patients, et il ne me fallut pas longtemps pour m'adapter et me sentir plutôt à l'aise.

Bien sûr, ça me manquait horriblement de ne plus travailler chez Pete. L'odeur du bar me manquait, Scott, le cuisinier, me manquait, même si je ne passais pas beaucoup de temps avec lui. Les discussions et les rires avec Jenny et Kate, danser au son du juke-box, et même Rita et ses ragots salaces me manquaient. Mais ce qui me manquait le plus, c'était l'animation, évidemment…

Je voyais régulièrement Griffin, étant donné qu'il venait souvent « divertir » ma sœur. En réalité, je finis même par en voir bien plus que ce que j'aurais voulu et par découvrir qu'il avait un piercing à un endroit où jamais je n'aurais cru qu'un mec puisse se faire percer. Je ne sais pas pendant combien de temps j'eus envie de me désinfecter les yeux à la Javel après l'avoir croisé tout nu dans le couloir ce soir-là.

Matt passait de temps en temps avec lui, et on prenait toujours le temps de discuter un peu. Je lui demandais comment ça se passait pour le groupe, et il me parlait instruments, matériel et mélodies. Il me parlait aussi des concerts au cours desquels ils avaient vraiment eu du succès ou des nouveaux endroits où il avait réussi à décrocher des dates. Ce n'était pas vraiment ça que je voulais savoir mais je hochais la tête et je l'écoutais poliment tandis qu'il parlait de sa passion avec des étincelles dans les yeux. J'étais heureuse que Kellan n'ait pas quitté la ville, car Matt aurait vraiment été déçu que le groupe se sépare. Il croyait sincèrement qu'ils avaient une chance de devenir célèbres, et en repensant à certains de leurs concerts, je ne pouvais qu'être d'accord avec lui. Avec Kellan comme meneur, ils iraient sûrement très loin.

Parfois, Matt et ma sœur parlaient de Kellan, mais ils changeaient de sujet dès que j'entrais dans la pièce. Une de leurs discussions me laissa un goût amer. Je venais juste de rentrer dans l'appartement sans faire de bruit et je les entendis parler dans la cuisine.

– … pile sur son cœur… Romantique, hein ? dit la voix de Matt.

– Qu'est-ce qui est romantique ? demandai-je en entrant dans la pièce.

J'étais sûre qu'ils parlaient de Griffin, même si j'avais du mal à imaginer qu'il soit capable de faire quoi que ce soit de romantique. J'attrapai un verre et commençai à le remplir d'eau quand je remarquai enfin le silence gêné qui régnait soudain dans la cuisine. Anna se mit à fixer le bout de ses pieds en se mordant la lèvre et Matt regarda vers le salon comme s'il mourait d'envie de quitter la pièce. C'est là que je compris qu'ils ne parlaient pas de Griffin, mais de Kellan.

– Qu'est-ce qui est romantique ? répétai-je comme un automate, tout en sentant mon estomac se soulever.

Anna et Matt se dévisagèrent l'espace d'une seconde.

– Rien, dirent-ils au même moment.

Je posai mon verre et quittai la pièce. Peu importe ce qu'il avait bien pu faire de romantique, je ne voulais pas être au courant de toute façon. Je ne voulais pas savoir avec qui il pouvait être en ce moment ou qui il « voyait ». Peu importe ce qu'il avait bien pu faire pour quelqu'un d'autre.

À ma grande surprise, je tombai sur Evan à la fac la semaine suivante. À part le café, c'était le seul endroit où j'allais, et je passais tout mon temps libre à réviser et à me remplir la tête pour m'empêcher de réfléchir. Je venais de sortir d'un des imposants bâtiments en brique, perdue dans des pensées douloureuses que je n'aurais même pas dû avoir, et je lui rentrai presque dedans. Il écarquilla les yeux de surprise, puis il me souleva de terre et je ris jusqu'à ce qu'il me repose.

Apparemment, Evan adorait venir regarder les gens sur le campus et traîner à la fac, et il avait même fait faire la visite de présentation à Kellan une demi-douzaine de fois deux ans plus tôt. Avec un petit sourire, il m'avoua que c'était parce qu'il avait eu un coup de cœur pour la fille qui faisait les visites à l'époque… C'était donc pour ça que Kellan connaissait l'endroit par cœur… C'était à cause des visites qu'il avait faites avec Evan, et pas à cause des filles avec qui il était sorti…

Cette pensée me fit monter les larmes aux yeux, et Evan abandonna rapidement son air enjoué.

– Ça va, Kiera ?

J'essayai de hocher la tête mais j'eus encore plus envie de pleurer. Evan soupira et me prit dans ses bras.

– Tu lui manques, tu sais, murmura-t-il.

Je m'écartai de lui, surprise, et il haussa les épaules.

– Il fait comme si de rien n'était, mais je le connais. C'est pas le Kellan de d'habitude. Il est lunatique, il écrit tout le temps, il envoie les gens balader, il boit comme un trou… Bon, c'est vrai qu'il a tendance à faire ça de toute façon, dit-il en souriant, mais tu lui manques vraiment beaucoup. Tu devrais voir ce qu'il…

Il s'interrompit et se mordit la lèvre.

– Enfin bref, sache qu'il est pas passé à autre chose, en tout cas.

Une larme roula sur ma joue tandis que je me demandais s'il disait la vérité ou s'il essayait juste de me faire plaisir.

– Désolé, j'aurais pas dû en parler.

– Non, au contraire, je suis contente, répondis-je en secouant la tête. Personne parle de lui devant moi, comme si j'étais en sucre, ou je sais pas… Lui aussi, il me manque.

Soudain, il prit un air sérieux que je ne lui avais pas vu souvent.

– Il m'a dit à quel point il t'aimait, et tout ce que tu représentais pour lui.

Une autre larme roula sur ma joue et Evan rougit.

– Tu sais, le soir où je vous ai surpris… j'ai rien vu en fait.

Je rougis à mon tour, tout en appréciant les efforts qu'il faisait pour me réconforter, et il garda la tête baissée un moment.

– Il m'a parlé de son enfance, une fois… quand son père le frappait.

J'avais cru qu'il n'en avait parlé à personne, et Evan remarqua mon air étonné.

– Je me suis dit qu'il avait dû te le dire. Il était vraiment soûl quand il m'en a parlé, et je pense même pas qu'il s'en souvienne. C'était juste après leur mort, quand il a récupéré la maison. Tu sais que c'est pas la maison où il a grandi ?

Je fronçai les sourcils en secouant la tête. Je n'en savais rien. Evan hocha la tête et renifla.

– On avait déjà fait la connaissance de Matt et Griffin et on tournait dans pas mal de bars à Los Angeles. Ça marchait bien et on commençait à être connus. Je me rappelle encore du jour où sa tante l'a appelé pour lui dire que ses parents étaient morts. Il a tout laissé en plan, il a pris sa voiture et il a fait la route d'une traite jusqu'ici. Et nous, on l'a suivi. Je pense qu'il a jamais vraiment compris pourquoi on avait fait ça, pourquoi on était venus ici avec lui. Je pense pas qu'il sache que c'est parce qu'on croyait en lui et qu'on l'aimait comme un frère. Et je pense qu'il le sait toujours pas. C'est pour ça qu'il a cru pouvoir se barrer sans rien dire. Il a dit que quand il avait failli partir, le mois dernier, il s'était dit que de toute façon, on s'en foutrait et qu'on le remplacerait.

Je me raidis en pensant qu'il avait failli les laisser en plan à cause de moi, et dans le même temps, le fait qu'il croie qu'il était si facile à remplacer m'étonna.

– Faut dire qu'en termes de famille, il a pas été gâté.

Je hochai la tête en pensant que sa vision de l'amour aussi en avait pris un sacré coup. Evan s'éclaircit la gorge avant de continuer.

– Enfin bref, ses parents lui avaient tout laissé. Ça a eu l'air de l'étonner, mais il a été encore plus étonné en voyant la maison… Ils avaient déménagé, et ils avaient même pas pris la peine de le lui dire. Ils avaient balancé toutes ses affaires, comme s'il avait jamais existé. Y avait même pas une photo de lui, et je pense que c'est pour ça qu'il s'est débarrassé de tout ce qu'il y avait dans la maison avant d'emménager dedans.

C'était donc pour cette raison que la maison était aussi vide à notre arrivée. Ce n'était pas juste parce qu'il n'en avait rien à faire de la décorer, mais aussi et surtout parce qu'il avait hérité d'une maison qui ne représentait rien pour lui. La colère ou la rancœur l'avaient poussé à se débarrasser d'absolument tout ce qui leur appartenait, et il n'avait pas gardé la moindre trace de leur existence dans sa vie. La maison ne contenait aucun souvenir d'aucune vie jusqu'à ce que j'en laisse une. Evan renifla de nouveau et une autre larme roulait sur ma joue, mais j'étais trop choquée pour m'en inquiéter.

– C'était vraiment des enfoirés, mais leur mort l'a quand même sacrément chamboulé. Il s'est mis une cuite pas possible et c'est là qu'il m'a raconté ce qu'ils lui faisaient…

Il ferma les yeux et secoua la tête en frissonnant légèrement et je me remémorai toutes les conversations que j'avais eues avec

Kellan à propos de son enfance. Il n'était jamais rentré dans les détails de ce que son père lui faisait, mais à en juger par l'expression sur le visage d'Evan, je devinai que ça avait dû être horrible et je me sentis à la fois curieuse et soulagée de ne pas savoir.

Quand Evan rouvrit les yeux, ils débordaient de compassion pour Kellan.

– Il a pas dû recevoir beaucoup d'amour en grandissant, et je pense que c'est pour ça qu'il a fait autant de conneries. Ça va peut-être te sembler bizarre mais il a toujours été un peu différent dans sa façon de draguer les nanas. C'est pas juste un chaud lapin comme Griffin… Il avait l'air presque désespéré, comme s'il voulait vraiment aimer quelqu'un mais qu'il savait pas comment faire.

Il haussa les épaules en riant tristement.

– Je suis pas psy mais je pense que c'est ça qu'il a vu en toi et que c'est pour ça qu'il a pris le risque. Je crois que je comprends ce que t'as représenté… enfin, ce que tu représentes toujours pour lui, dit-il en posant une main sur mon épaule.

J'avais cru qu'Evan ne savait pas grand-chose sur l'enfance de son ami mais je m'étais trompée, et il comprenait sûrement bien plus de choses que ce que Kellan croyait.

– Je voulais pas te faire de la peine. Je voulais juste que tu saches qu'il pense encore à toi.

Je pleurais à chaudes larmes en lui disant au revoir et il s'éloigna en me faisant un signe de la main. J'aurais aimé lui poser tant de questions. Je savais que j'avais compté pour Kellan à un moment, et apparemment, il pensait encore à moi, mais d'après ce que Matt avait dit, il essayait de passer à autre chose. J'avais envie de croire que c'était difficile pour lui et qu'il se forçait à le faire, même si je savais que c'était son droit le plus strict, mais je ne pouvais pas parler de ça avec Evan, je ne voulais en parler avec personne de toute façon.

Même si le groupe me manquait, je me sentis soulagée de ne pas les voir plus souvent. Ça faisait trop mal, et de toute manière, celui que je voulais vraiment voir me fuyait comme la peste. Et j'acceptais sa décision, même si ça me tuait à petit feu.

26

Solitude et amour

On était en mars et il faisait encore froid, mais on pouvait déjà voir les premiers signes du printemps. Les cerisiers étaient en fleur à la fac et le gazon se parsemait de petites fleurs roses qui me remontaient le moral à chaque fois que je marchais dans l'herbe.

J'avais vraiment passé un sale hiver. Moi qui détestais la solitude, j'avais été souvent toute seule dernièrement. Ma sœur s'était fait pas mal de copines, toutes plus canons les unes que les autres, parmi les serveuses de chez Hooters et elle passait son temps dehors. J'avais même entendu dire qu'elles étaient bien parties pour figurer sur le prochain calendrier du bar.

Jenny me proposa plusieurs fois de sortir mais on n'avait pas les mêmes emplois du temps et c'était presque impossible de trouver un soir où aucune des deux ne devait travailler ou réviser. On allait au ciné ou boire un café avant son service de temps en temps, mais pas aussi souvent qu'on l'aurait voulu.

Entre les cours, le travail et les appels réguliers de Denny, j'étais assez occupée, pas assez toutefois pour ne pas penser à Kellan. Il me manquait toujours, quoi que je fasse. J'étais peut-être en désintox depuis trois mois après notre séparation forcée, mais j'étais toujours accro. Je pensais à lui sans arrêt et il ne se passait pas un jour sans que je regrette amèrement mon erreur. Comment j'avais pu être aussi stupide ? Comment j'avais pu repousser un homme aussi exceptionnel que lui ?

Un soir, ma sœur raviva la blessure sans le vouloir, alors qu'elle se préparait dans la salle de bain avant de sortir avec des copines. Elle était en train de se sécher les cheveux la tête en bas pour ajouter du volume à sa chevelure déjà parfaite et je passai derrière elle pile au moment où elle ramenait la tête en arrière. Elle portait un haut noir dos nu pas du tout adapté à la température extérieure, mais ce n'est pas ça qui attira mon regard : ce fut ce qu'elle avait autour du cou.

Je m'arrêtai net devant la porte et je restai bouche bée, les yeux humides.

– T'as eu ça où ? réussis-je à dire avec peine.

Elle ne comprit pas tout de suite, jusqu'au moment où elle vit que j'avais les yeux rivés au collier qu'elle portait.

– Ça ?

Elle haussa les épaules et le collier glissa sur sa peau.

– C'était dans mes affaires, je sais pas d'où ça vient. C'est joli, tu trouves pas ?

Je regardai sans y croire le collier que Kellan m'avait donné. Le diamant brillait dans la lumière de la salle de bain et j'avais l'impression qu'il étincelait comme un arc-en-ciel à travers mes larmes. Anna remarqua soudain que j'étais sur le point de m'effondrer.

– C'est à toi ?

Je clignai des yeux et les larmes coulèrent sur mes joues. Elle porta précipitamment ses mains à son cou pour le retirer.

– Je suis désolée, je savais pas.

Elle me le tendit comme s'il était en feu mais je ne bougeai pas.

– C'est pas grave. Je pensais que je l'avais perdu, c'est tout.

Ou que Kellan l'avait repris… Elle me serra fort contre elle et attacha le collier autour de mon cou, puisque je n'avais pas l'air de vouloir le reprendre.

– C'est Kellan qui te l'a donné ?

Je hochai la tête sans cesser de pleurer.

– Le soir où il allait partir, quand Denny nous a surpris.

Je touchai la guitare du bout des doigts et j'eus l'impression que le métal pourtant froid me brûlait. Anna me regardait sans rien dire, puis elle me caressa les cheveux.

– Pourquoi tu vas pas le voir ? Il est tout le temps au Pete's, et il a encore l'air tellement…

Je secouai la tête et je ne la laissai pas finir.

– Je suis bonne qu'à lui faire du mal. Il voulait prendre ses distances, et j'essaie de faire ce qui est le mieux, pour une fois. De toute façon, je suis sûre qu'il a dû passer à autre chose.

– T'es qu'une idiote.

– Je sais, dis-je en souriant tristement.

– Pourquoi tu sors pas avec nous ? demanda-t-elle en esquissant un petit pas de danse.

Je soupirai en me rappelant la dernière fois que j'étais allée danser avec elle.

– C'est gentil mais je préfère rester à la maison.

Elle fit la grimace avant de s'approcher du miroir pour se maquiller.

– C'est varié, dit-elle d'un air sarcastique.

– Amuse-toi bien, dis-je en levant les yeux au ciel avant de m'éloigner. Et oublie pas de mettre un manteau.

– Oui, maman ! cria-t-elle malicieusement alors que j'arrivais dans le salon.

Il pleuvait, et je me perdis dans la contemplation des gouttes qui dégoulinaient le long de la fenêtre. La pluie me rappelait toujours Kellan et moi, le soir où on s'était disputés dans la voiture. Je me repassai cette soirée, sa colère et sa peine, la façon dont je l'avais rejeté pour retourner avec Denny… Comment j'aurais pu aller le voir après tout ce que j'avais fait ? Je ne pouvais pas, même si j'en avais marre d'essayer de penser à autre chose, même si je n'en pouvais plus d'être seule et même si je ne supportais plus de n'avoir qu'une image floue de lui dans ma mémoire.

Je m'assis dans son fauteuil sans même m'en rendre compte. Je ne le faisais jamais d'habitude, parce que c'était trop difficile d'être au contact de quelque chose qui lui avait appartenu. Mais là, je m'enfonçai dans les coussins et j'appuyai ma tête sur le dossier en imaginant que c'était son torse. Je souris doucement en touchant mon collier retrouvé et je fermai les yeux. J'avais l'impression de mieux le voir comme ça, et de même pouvoir le sentir.

J'agrippai le coussin de toutes mes forces en me rendant compte qu'effectivement je pouvais le sentir. Ce n'était pas l'odeur délicieuse et enivrante de sa peau, mais celle de chez lui. Ça sentait comme dans sa maison, et cette odeur m'émut plus que n'importe quel souvenir d'enfance dans la maison de mes parents.

C'était lui, mon foyer… et il me manquait terriblement.

Anna sortit de la salle de bain au moment où j'avais le nez collé au coussin. Me sentant complètement ridicule, je lâchai le coussin et recommençai à regarder par la fenêtre.

– T'es sûre que ça va ?

– Sûre. T'en fais pas.

Elle mordit sa lèvre impeccablement recouverte de rouge à lèvres, comme si elle avait envie de dire quelque chose, puis elle secoua la tête.

– Vu que tu restes là, ça t'embête si je prends la voiture ?

– Nan, vas-y.

Elle soupira et s'approcha de moi pour m'embrasser.

– Passe pas ta soirée à déprimer.

– Oui, maman, dis-je en souriant.

Elle rit, alla chercher les clés dans la cuisine, puis elle partit sans mettre de manteau. Je secouai la tête et je me remis à caresser le tissu du coussin en cherchant quelque chose à faire.

J'envisageai brièvement d'appeler Denny. Il y avait dix-sept heures de décalage horaire entre Brisbane et Seattle, et c'était le milieu de l'après-midi là-bas. On était samedi chez lui et il répondrait sûrement à cette heure-ci, mais j'hésitai. Pas sur le principe, car on était passés au stade d'ex restés amis et on se téléphonait souvent. Non, si j'hésitais, c'était parce qu'il m'avait dit le mois précédent qu'il avait invité une fille à sortir. Ça m'avait fait de la peine au début, puis j'avais été étonnée qu'il m'en parle, et finalement, je m'étais réjouie pour lui. S'il y avait bien quelqu'un qui méritait d'être heureux, c'était lui.

Au cours de ses appels suivants, il m'avait rapidement parlé d'elle, et aux dernières nouvelles, ils se voyaient toujours et ça avait l'air de bien se passer. Je savais que c'était une bonne chose et j'étais ravie pour lui, mais je me sentais vraiment seule ce soir et je ne voulais pas que la joie dans sa voix me rappelle encore plus à quel point j'étais malheureuse. De plus, il n'était pas censé recevoir des appels de son ex s'il avait une nouvelle copine, et il était sans doute avec elle, en train de se baigner ou de bronzer sur la plage. Je me demandai s'ils étaient en train de s'embrasser à ce moment même, ou en train de coucher ensemble. Ma gorge se serra un tout petit peu et je m'obligeai à penser à autre chose. On n'était plus ensemble et ça n'avait pas d'importance, même si l'idée de m'enchantait pas.

Je finis par me mettre en boule dans le fauteuil, m'enrouler dans une couverture et regarder un film triste à la télé, le genre de film où le héros meurt et où tout le monde a le cœur brisé mais s'efforce de surmonter sa mort pour qu'il ne se soit pas sacrifié pour rien. Inutile de préciser que je pleurais déjà à chaudes larmes bien avant la mort du héros.

J'avais les yeux rouges et le nez qui coulait quand la porte d'entrée s'ouvrit brusquement. Inquiète, je tournai la tête, puis je fronçai les sourcils en voyant ma sœur dans l'entrée.

– Ça va ?

Elle avança vers moi au pas de course et me força à me lever.

– Mais qu'est-ce que tu…

Elle m'entraîna dans la salle de bain, me rinça le visage, me maquilla, me mit du rouge à lèvres et me brossa les cheveux pendant que je la bombardais de questions et que j'essayais de me débattre. Mais elle n'était pas du genre à laisser tomber aussi facilement, et avant que je comprenne ce qui m'arrivait, elle était déjà en train de me pousser vers la porte d'entrée.

C'est seulement au moment où elle l'ouvrit que je compris qu'elle voulait m'emmener avec elle. Je lui dis que je n'allais nulle part et me plantai fermement dans l'encadrement de la porte. Elle soupira et je la regardai, agacée, mais elle m'attrapa fermement par le bras.

– Je dois te montrer un truc, dit-elle d'un air qui n'admettait pas de réplique.

Elle réussit à me pousser sur le palier et m'entraîna vers la voiture pendant que je râlais. Je ne voulais pas aller danser avec elle. Je voulais retourner dans mon trou et finir mon film en me lamentant sur mon sort. Au moins, le film me donnait l'impression que ma vie n'était pas si misérable, en fin de compte.

Elle me fit entrer dans la voiture et m'ordonna de me tenir à carreau. Je soupirai et m'enfonçai dans le siège, en étant à la fois soulagée et un peu triste qu'il n'y ait plus l'odeur de Denny à l'intérieur. Maintenant, la voiture était peuplée de brillants à lèvres, de boîtes à chaussures vides et d'un uniforme de chez Hooters.

Je croisai les bras sur ma poitrine et boudai pendant qu'elle se mettait en route. Elle ne prit aucun des chemins qui menaient au Square et j'étais en train de me demander où on allait quand je reconnus la route familière sur laquelle on était. Je sentis mon cœur se serrer et je commençai à paniquer. Je savais exactement où elle m'emmenait.

– Anna, s'il te plaît… Je veux pas y aller. Je peux pas le voir et je peux pas l'entendre chanter.

Je lui agrippai le bras pour l'obliger à tourner le volant mais elle me repoussa avec une facilité déconcertante.

– Calme-toi. Et rappelle-toi : ce soir, c'est moi qui réfléchis à ta place. Il faut que tu voies un truc que t'aurais dû voir depuis longtemps. Même moi, j'espère qu'un jour…

Elle laissa la fin de sa phrase en suspens et elle fixa son regard sur la route devant elle. Elle avait l'air tellement bizarre que j'arrêtai de protester, même si j'en mourais d'envie en arrivant sur le parking. Elle coupa le moteur et je crus que mon cœur allait exploser en voyant la Chevelle noire.

– J'ai peur, murmurai-je dans le silence de la voiture.

Elle prit ma main et la serra dans la sienne.

– Je suis avec toi.

Son regard protecteur me rassura un peu. Je hochai la tête et ouvris maladroitement la portière pour sortir. Elle me rejoignit immédiatement, me prit la main et m'entraîna jusqu'à l'entrée.

Je ne savais pas à quoi m'attendre. Une partie de moi pensait que tout avait dû changer pendant mon absence, l'agencement des tables, la couleur des murs, et même la lumière, mais quand je poussai les portes, je vis que tout était toujours à la même place, y compris les habitués.

Rita écarquilla les yeux en me voyant, puis elle me sourit d'un air complice et me fit un clin d'œil. Elle était sûrement au courant de l'histoire, et elle devait croire qu'on était copines à présent puisqu'on faisait toutes les deux parties du club « J'ai couché avec Kellan Kyle ». Kate me fit signe depuis l'autre bout du comptoir et Jenny apparut presque immédiatement devant moi. Elle me serra dans ses bras et rit en me disant à quel point elle était contente de me voir. À ces mots, elle jeta un regard vers la scène et je fermai les yeux pour ne pas voir. Sauf que fermer les yeux ne m'empêchait pas d'entendre, et sa voix m'atteignit en plein cœur.

– Ça va aller, Kiera, dit Jenny en voyant ma réaction. Aie confiance.

J'ouvris les yeux et vis qu'elle me souriait chaleureusement. Anna attrapa une de mes mains, Jenny attrapa l'autre comme si elle savait ce qu'Anna avait en tête et elles commencèrent à m'entraîner à travers la foule habituelle qui remplissait le bar quand le groupe jouait les week-ends. Je tentai de leur résister, mais elles me tirèrent vers l'avant sans ménagement.

Je n'étais pas encore prête à le regarder et je gardai la tête baissée. Ça faisait si longtemps… Et ça faisait aussi tellement longtemps que je n'avais pas entendu sa voix que j'avais l'impression qu'elle entrait en moi et courait le long de ma colonne vertébrale jusqu'à mes orteils.

Ils entamèrent une nouvelle chanson et ma respiration s'accéléra tandis qu'on continuait notre progression au milieu du public. La chanson était lente et pleine d'émotion, et sa voix avait une note de douleur qui me transperça. Je regardai les gens autour de nous et vis qu'ils entonnaient les paroles d'un air solennel. Ça voulait donc dire qu'elle n'était pas nouvelle mais que je ne l'avais jamais entendue. Soudain, je me rendis compte qu'il parlait de cette soirée sur le parking du Shack. Il chantait qu'il avait besoin de moi et qu'il avait honte, qu'il avait essayé de me quitter et que ça l'avait détruit, qu'il avait pleuré en me donnant un dernier baiser… Puis les paroles se mirent à parler de ce qu'il ressentait à présent, et c'est à ce moment-là que je levai les yeux.

Ses yeux étaient fermés et il n'avait pas encore remarqué que j'étais là. Après être restée sans le voir depuis des mois, j'avais l'impression de devoir le regarder petit bout par petit bout, comme si le voir en entier allait me rendre aveugle. Je regardai d'abord son jean délavé IKKS, qui avait l'air à peine plus usé que la dernière fois que je l'avais vu. Puis je regardai son tee-shirt noir tout simple qui lui allait à la perfection. Ensuite, mes yeux se posèrent sur ses bras délicieusement musclés. Son bras gauche était complètement guéri, et ses mains puissantes tenaient le micro pendant qu'il chantait. Ses cheveux en bataille étaient toujours aussi sexy, un tout petit peu plus longs que dans mon souvenir. Son visage de star de cinéma portait pour la première fois la trace d'une barbe naissante qui accentuait encore plus la beauté de ses traits et ses lèvres n'avaient pas la moindre trace du sourire sexy qu'il arborait quand il chantait d'habitude.

Quand je finis par le regarder dans son ensemble, je vis que sa perfection était intacte et qu'il ne portait plus la moindre trace de la bagarre. Jenny et Anna continuaient à m'attirer vers la scène et ma respiration devint de plus en plus irrégulière.

Il avait toujours les yeux fermés et son corps se balançait doucement au rythme de la musique. Il avait l'air dévasté et ses mots s'accordaient parfaitement à son expression. Il disait que chaque jour était un combat, que ne pas me voir était la pire des souffrances, et quand il dit que mon visage était son soleil et que sans moi il était plongé dans l'obscurité, des larmes roulèrent sur mes joues.

En jouant des coudes, Jenny et Anna parvinrent à m'amener pile devant la scène. Ça déplut fortement à certaines fans enragées mais ce n'était pas ça qui allait arrêter ma sœur, et après une ou deux phrases bien senties, les groupies nous laissèrent tranquilles. Je le remarquai à peine de toute façon, trop occupée à le regarder.

Les yeux toujours clos, il chantait qu'il était près de moi, même si je ne pouvais pas le voir ou l'entendre. Il chantait sa peur de ne jamais me revoir et de ne plus jamais ressentir la même chose. Un long solo suivit le dernier couplet et il balança sa tête d'avant en arrière en se mordant la lèvre. Plusieurs filles crièrent à ce signal, mais il était évident qu'il ne faisait pas ça en vue de séduire qui que ce soit. Il faisait ça parce qu'il souffrait, et je me demandai si les souvenirs des moments passés ensemble défilaient devant ses yeux comme ils le faisaient devant les miens.

J'eus envie de tendre la main pour le toucher mais il était trop loin et Jenny et Anna me tenaient toujours, comme si elles craignaient que je ne m'effondre. Je ne voyais même pas les autres membres, et je ne savais pas s'ils m'avaient remarquée ou pas. Je ne voyais presque plus la foule non plus, et après une autre minute passée à le contempler, c'était à peine si je sentais encore les regards de Jenny et Anna rivés sur moi. Finalement, je ne sentis même plus leurs mains, et je ne me demandai même pas si c'était parce qu'elles avaient effectivement fini par me lâcher.

Quand le solo se termina, il ouvrit enfin les yeux. Le hasard voulut que son regard soit dirigé vers moi, et mon visage fut la première chose qu'il vit. De là où j'étais, je pus voir une onde de choc parcourir son corps : il écarquilla ses yeux bleus, ouvrit grand la bouche, et il resta immobile comme une statue. Il avait l'air complètement perdu, comme s'il venait de se réveiller sur une autre planète. Ses yeux restèrent rivés aux miens pendant que les larmes continuaient à ruisseler sur mes joues.

Il chanta la suite sans cesser de froncer les sourcils, comme s'il était convaincu d'être en train de rêver. La partie instrumentale se fit beaucoup plus discrète et sa voix résonna dans le bar. Il répéta le passage où il disait que j'étais son soleil, puis sa voix s'éteignit en même temps que la musique.

Je ne savais pas comment réagir autrement qu'en pleurant, et ce fut en essuyant quelques larmes sur ma joue que je me rendis compte que, effectivement, Anna et Jenny m'avaient lâchée. Je compris pourquoi Anna avait voulu m'amener ici : c'était la chanson la plus émouvante que j'avais jamais entendue, et mon corps tremblait du désir de le réconforter. Mais on continua à se dévisager, lui sur la scène, et moi dans la fosse devant lui.

Les fans commençaient à s'impatienter et les garçons attendaient que Kellan annonce la chanson suivante, mais il ne dit rien et un silence étrange envahit le bar pendant qu'on continuait à se regarder. Du coin de l'œil, je vis Matt lui donner une petite tape sur le bras en lui murmurant quelque chose à l'oreille, mais Kellan ne réagit pas et resta là à me scruter, la bouche entrouverte. J'étais certaine que plusieurs fans devaient être en train de me regarder en se demandant qui j'étais, mais pour une fois, je me moquais d'être au centre de l'attention. Rien n'avait d'importance à part lui. Finalement, c'est la voix d'Evan qui retentit dans les haut-parleurs.

– Salut, tout le monde. On va faire une petite pause. En attendant, Griffin paye sa tournée !

Des applaudissements et des cris retentirent, ainsi que des éclats de rire, mais je les remarquai à peine. La foule se dispersa un peu tandis que trois des D-Bags sautaient à bas de la scène pour se mêler à leurs fans. Kellan n'avait toujours pas bougé. Il était toujours en train de me fixer, et d'un coup, l'anxiété m'envahit. Pourquoi est-ce qu'il ne descendait pas de la scène pour me prendre dans ses bras ? La chanson avait l'air de dire qu'il mourait d'envie de me retrouver. Alors pourquoi il ne bougeait pas ?

Je fis un pas en avant, déterminée à me rapprocher de lui, même si ça voulait dire devoir monter sur scène. Il balaya la foule du regard, et je vis plusieurs émotions passer sur son visage, presque comme si j'étais en train de lire un livre : la joie fut remplacée par la confusion, puis par la colère, puis par la tristesse, puis par le ravissement, et de nouveau par la confusion. Il baissa la tête un instant et renifla avant de descendre prudemment et de faire un pas vers moi. L'envie de le toucher me rendait folle, et quand il fit un pas supplémentaire et que nos mains se frôlèrent, ce contact me fit l'effet d'une décharge électrique.

Il inspira bruyamment avant de lever doucement la main et d'essuyer une larme sur ma joue. Je fermai les yeux et laissai échapper un sanglot. J'avais probablement une tête affreuse, les yeux rouges et cernés, les cheveux en bataille en dépit des efforts de ma sœur, et j'étais habillée comme un sac avec mon pantalon large et mon tee-shirt à manches longues troué, mais je m'en moquais. Je m'en moquais parce qu'il était en train de me toucher, et que ça me faisait l'effet que ça m'avait toujours fait. Il posa sa main sur ma joue et fit un pas de plus. Nos corps se touchaient à présent. Je posai une main sur son torse et je fus soulagée de constater que son cœur battait aussi fort que le mien.

Certaines fans autour de nous n'avaient visiblement pas compris qu'il était en train de se passer quelque chose, car elles ne tardèrent à me bousculer pour entourer Kellan. Il passa un bras autour de moi et nous entraîna un peu à l'écart, et la plupart des filles nous laissèrent tranquilles, à l'exception d'une grande blonde particulièrement soûle. Prenant le départ des autres pour une invitation, elle vint se planter devant lui et prit son visage dans ses mains comme si elle s'apprêtait à l'embrasser. Je sentais déjà le sang bouillir dans mes veines, mais avant que j'aie eu le temps de réagir, Kellan écarta ses mains de son visage et la repoussa sans ménagement.

Je le regardai, bouche bée. Je ne l'avais jamais vu repousser personne, et encore moins aussi brutalement. Elle n'eut pas l'air d'apprécier, car elle plissa les yeux de colère et leva la main comme pour le gifler. Ma main attrapa automatiquement la sienne et je lui tordis le poignet avant qu'elle ait le temps de l'atteindre. Il sursauta, comme s'il venait de réaliser qu'il avait été sur le point de prendre une gifle. Pour changer.

Elle ouvrit grand la bouche et la surprise se refléta sur son visage. Je crus qu'elle allait essayer de me gifler à mon tour, mais elle devint écarlate et dégagea sa main avant de disparaître dans la foule, morte de honte.

J'entendis Kellan rire à côté de moi. Je vis qu'il souriait et que ses yeux pétillaient. Ça faisait tellement longtemps que je ne l'avais pas vu comme ça que je souris à mon tour, et ses yeux se réchauffèrent encore plus.

– Personne a le droit de me gifler à part toi, c'est ça ? demanda-t-il malicieusement.

– Exactement, et certainement pas cette pétasse.

Je rougis immédiatement d'avoir dit ça et il rit encore en secouant la tête.

– On peut aller quelque part un peu plus à l'écart de toutes tes… admiratrices ? dis-je plus sérieusement.

Il m'attrapa la main pour m'entraîner vers le couloir. Je me sentis nerveuse en me demandant s'il allait m'emmener dans la réserve. On avait des souvenirs dans cette pièce, et elle était trop isolée et trop silencieuse. Trop de trucs pouvaient arriver là-dedans, et il y avait tant de choses dont on devait parler avant.

Peut-être qu'il avait senti ma réticence, ou qu'il savait qu'il fallait qu'on parle. Ou peut-être qu'il n'avait jamais prévu de m'emmener dans la réserve. En tout cas, il s'arrêta dans le couloir et je m'appuyai contre le mur, soulagée.

Il resta debout devant moi, les bras le long du corps, en me regardant des pieds à la tête. Enfin, ses yeux s'arrêtèrent sur mon collier – son collier –, et il tendit une main tremblante pour le toucher. Un de ses doigts effleura ma peau en caressant le métal froid. Je fermai les yeux.

– Je pensais pas que tu le porterais.

Je rouvris les yeux et nos regards se croisèrent. Ça faisait tellement longtemps.

– Bien sûr que je le porte.

Je posai ma main sur la sienne et n'en revins pas de constater à quel point ce simple contact me troublait. J'essayai d'entrelacer nos doigts mais il retira sa main et regarda autour de nous. Quelques personnes entraient et sortaient des toilettes, mais à part ça, le couloir était relativement calme et silencieux. Il secoua légèrement la tête avant de me regarder de nouveau.

– Qu'est-ce que tu fais ici ?

Ça n'était pas vraiment ce que j'avais espéré entendre et sa question me brisa le cœur. Alors c'était vrai, il ne voulait vraiment plus jamais me voir ?

– C'est Anna, lâchai-je.

Il hocha la tête et pivota comme s'il allait partir. J'attrapai son bras et le tirai brusquement vers moi.

– C'est pour toi… C'est pour toi que je suis là.

La panique perçait dans ma voix et il plissa les yeux.

– Pour moi ? T'as choisi Denny.

Je secouai la tête et je tirai sur son bras, l'obligeant à faire un pas vers moi.

– C'est pas vrai. Pas à la fin.

– J'étais là, je te rappelle, dit-il en fronçant les sourcils. Je t'ai entendue.

– J'avais peur, dis-je en posant une main sur sa poitrine. J'avais peur, parce que t'es tellement…

Soudain, je ne sus pas comment lui expliquer et je restai là, sans rien dire. Il fit un pas de plus. Nos lèvres se touchaient presque, désormais.

– Je suis quoi ? murmura-t-il.

Je sentis un incendie naître en moi en le sentant si près, et je décidai d'arrêter de réfléchir à ce que je voulais dire.

– J'ai jamais ressenti une telle passion avant, et t'avais raison : j'avais la trouille de lâcher. Mais c'était Denny que j'avais peur de laisser pour être avec toi, pas le contraire. Avec lui, c'était stable et sûr, et avec toi… J'ai eu peur que le feu finisse par s'éteindre, que tu finisses par me quitter pour quelqu'un de mieux que moi et que je me retrouve toute seule. J'ai eu peur de quitter Denny parce que j'avais peur que tu me laisses du jour au lendemain.

Il baissa la tête avant de se rapprocher un peu plus près. Nos poitrines se touchaient à présent.

– T'as cru qu'il y avait rien de plus entre nous ? Que je te laisserais si la passion s'éteignait ?

Il dit le mot « si » comme si l'idée elle-même était complètement ridicule. Il appuya ensuite son front contre le mien et glissa une jambe entre les miennes. Ma respiration s'accéléra, puis je crus qu'elle allait s'arrêter avec ce qu'il dit ensuite.

– T'es la seule femme que j'aie jamais aimée. Et tu crois que je gâcherais ça ? Tu penses vraiment que je pourrais avoir envie d'être avec quelqu'un d'autre que toi ?

– Maintenant, je le sais, mais j'ai paniqué. J'avais peur…

Je levai le menton et nos lèvres se frôlèrent, mais il recula d'un pas. J'attrapai son bras pour l'empêcher de s'en aller et il eut l'air déchiré entre son envie d'être avec moi et celle de partir.

– Parce que tu crois que ça me fait pas peur, peut-être ? Tu penses que ça a toujours été facile, ou même agréable, de t'aimer ?

Je baissai la tête et déglutis bruyamment. M'aimer n'avait sûrement pas été une partie de plaisir pour lui, effectivement, et il ne tarda pas à me le confirmer.

– Je comprends même pas pourquoi j'accepte de te parler après tout ça. Je dois être complètement taré.

Une larme roula sur ma joue et je me redressai pour partir, mais il m'attrapa par les épaules et me colla contre le mur. Il essuya tendrement ma joue, puis il prit mon visage dans ses mains pour m'obliger à le regarder.

– Ce qu'il y a entre nous, c'est hyper fort et c'est terrifiant. Moi aussi, je le sais, crois-moi. Mais c'est réel, dit-il en faisant aller son doigt entre mon cœur et le sien. C'est réel, et c'est profond, et ça va pas s'éteindre comme ça. J'en ai marre des aventures sans lendemain. C'est toi que je veux.

Je voulus l'embrasser mais il fit de nouveau un pas en arrière. À présent, ses yeux étaient remplis d'une infinie tristesse.

– Mais je peux toujours pas être avec toi. Comment je peux être sûr que toi, tu vas pas me quitter, un jour ? Tu me manques, mais dès que je pense à ça…

Je fis un pas vers lui et pris ses mains dans les miennes.

– Kellan, je…

– Tu m'as quitté pour lui. T'as peut-être fait ça sans réfléchir, mais tu l'as fait, parce que t'avais la trouille d'être avec moi, et t'allais retourner avec lui, une fois de plus. Comment je peux savoir que ça se reproduira pas ?

– Ça n'arrivera plus… Je te quitterai jamais. Je veux plus être séparée de toi, je veux plus nier ce qu'il y a entre nous, et je veux plus avoir peur.

Mon ton était étonnamment calme, et à ma grande surprise, je constatai que je l'étais aussi. Je pensais réellement ce que je venais de dire. Jamais je n'avais été aussi sincère.

– Je suis pas prêt, dit-il en secouant la tête tristement. J'ai encore besoin d'une minute.

Je mis une main sur son ventre et il posa les yeux sur ma main, mais il ne me repoussa pas.

– Tu m'aimes toujours ?

Je retins mon souffle en attendant sa réponse. À en juger par sa chanson et son expression, j'avais envie de croire que oui, mais j'avais besoin de l'entendre de sa bouche. Il soupira, releva la tête et acquiesça lentement.

– T'imagines pas à quel point.

Je posai ma main sur son cœur et il posa sa main sur la mienne pour m'empêcher de bouger.

– Je t'ai jamais quittée. T'as toujours été là, avec moi.

Je crus d'abord que sa phrase était symbolique, avant de repenser à la conversation entre Matt et Anna, dans la cuisine. À l'époque, j'avais supposé qu'il avait fait un truc romantique pour une autre fille, mais et si, en fait…

Je tirai sur le col de son tee-shirt et il me laissa faire. Je ne savais pas trop ce que je cherchais, jusqu'au moment où je vis le noir sur sa peau autrefois immaculée. Je tirai davantage sur le tissu et je restai bouche bée. Il m'avait dit un jour qu'il avait du mal à imaginer quelque chose qu'il aimerait avoir sur sa peau en permanence, et j'étais là, en train de fixer mon propre nom tatoué juste sur son cœur. Le mien se brisa tandis que je suivais les contours calligraphiés de mon prénom.

– Kellan, dis-je d'une voix étranglée.

Il remonta son tee-shirt avant d'appuyer son front contre le mien.

– Bien sûr, que je t'aime encore. J'ai jamais cessé de t'aimer. Mais…

– T'as été avec quelqu'un d'autre ? murmurai-je, même si je n'étais pas certaine de vouloir connaître la réponse.

Il recula et me regarda comme si je venais de lui poser la question la plus stupide du monde.

– Nan… Je pouvais pas. Et toi ?

Je me mordis la lèvre en secouant la tête.

– Moi non plus. Je veux être avec toi et personne d'autre. On est faits l'un pour l'autre, Kellan.

On se rapprocha l'un de l'autre, et à présent, on se frôlait des pieds à la tête. Il posa sa main sur ma hanche, je passai mon bras autour de sa taille, et sans réfléchir, on se serra davantage l'un contre l'autre. Je n'arrêtais pas de regarder ses lèvres mais je me forçai à remonter vers ses yeux. Lui aussi regardait ma bouche, et quand il s'humecta les lèvres avant de se mordre doucement la lèvre inférieure, j'arrêtai d'essayer de regarder ailleurs.

– J'ai cru que je pouvais te quitter, dit-il, son visage à quelques centimètres du mien. J'ai cru qu'avec la distance ça deviendrait plus facile et que ça finirait par passer, mais ça n'a pas marché.

Il secoua la tête, et j'eus l'impression de me noyer dans son parfum enivrant qui m'enveloppait petit à petit.

– Je suis complètement perdu sans toi.

– Moi aussi, murmurai-je.

Il poussa un soupir à fendre l'âme. Nos lèvres n'étaient plus qu'à quelques millimètres, et je posai une main sur son épaule, tandis qu'il caressait de nouveau mon collier.

– Je pense à toi tous les jours.

Ma respiration se fit plus saccadée lorsque je sentis sa main descendre et frôler ma poitrine par-dessus mon soutien-gorge.

– Je rêve de toi toutes les nuits.

Le bout de ses doigts caressait le creux de mes reins pendant que je jouais avec ses cheveux et on se rapprochait de plus en plus à mesure qu'il parlait, comme si une force surnaturelle nous poussait l'un vers l'autre.

– Mais je suis pas encore prêt à te laisser revenir dans ma vie.

Sa main passa de ma hanche à mon dos et ses yeux me fixèrent dans un mélange de nervosité, d'anxiété et même de peur, aux antipodes de ce que moi j'éprouvais. Ses lèvres étaient si proches des miennes que je pouvais presque sentir la chaleur qui s'en dégageait, et je fermai les yeux, le cœur battant à tout rompre.

– Même si je sais pas comment faire pour que tu restes en dehors de ma vie.

À ce moment-là, quelqu'un le poussa par-derrière. Je crus entendre le rire de ma sœur mais je n'eus pas le temps de me concentrer là-dessus. La personne qui l'avait poussé lui avait fait franchir le peu de distance qui nous séparait encore, et à présent, ses lèvres étaient fermement pressées contre les miennes. On resta immobiles pendant dix bonnes secondes, puis on cessa de lutter contre ce dont on mourait d'envie tous les deux. On bougea au même moment pour se lancer dans une série de baisers tous plus doux et tendres les uns que les autres. Je ne résistai plus et m'offris complètement à lui. J'étais à lui, de toute façon…

– Qu'est-ce que tu m'as manqué.

Il pressa son corps contre le mien et je geignis à son contact.

– Je peux pas… Je veux…

Sa langue effleura à peine la mienne, et on gémit tous les deux. Il prit mon visage dans ses mains et essuya mes joues désormais baignées de larmes avant de me serrer contre lui. Il recula pour me regarder dans les yeux et je le fixai, le souffle court et les jambes tremblantes.

– Tu me rends dingue.

C'était comme si quelqu'un nous avait ressuscités. Il me plaqua contre le mur et pressa son corps contre le mien tandis que je passais mes mains dans ses cheveux et que les siennes couraient le long de ma poitrine et de mes hanches. On était loin de la simple démonstration d'affection, et même si je savais que des gens continuaient à aller et venir dans le couloir (et que ma sœur était sûrement dans les parages), j'étais bien trop absorbée par ses mains, son corps et la sensation de sa langue contre la mienne pour y prêter attention.

Je savourai sa passion, le contact râpeux de sa barbe sur ma peau sensible, et les bruits sensuels qu'il laissait parfois échapper.

Au moment où ses mains descendirent sur mes fesses, je me rendis compte que j'aurais tout donné pour qu'on soit tout seuls dans la réserve. Tout mon corps mourait d'envie d'être à son contact, mais je savais aussi que ce n'était pas la meilleure chose à faire à cet instant.

Le contact physique n'avait jamais été notre problème : c'était le fait de prendre notre temps et d'avoir une vraie relation qui m'avait fait peur et m'avait poussée à faire tant d'erreurs. Gentiment, mais fermement, je mis mes mains sur mes épaules pour le repousser, et je lus immédiatement de la souffrance dans son regard.

– C'est toi que je veux, m'empressai-je de dire pour qu'il n'interprète pas mal mon geste. C'est toi que je choisis. Ce sera différent cette fois, tout sera différent. Ça va marcher, tu vas voir.

– Et comment on fait pour que ça marche ? On sait pas faire ça, toi et moi. C'est un jour oui et un jour non. Tu me veux, moi, tu le veux, lui. Tu m'aimes, moi, puis tu l'aimes, lui. Tu m'adores, après tu me détestes, tu me veux et puis tu me veux plus, tu m'aimes et après, tu me quittes… Ça s'est tellement mal passé avant…

Je posai une main sur sa joue, ses yeux rencontrèrent les miens et c'est alors que je les vis : sa confusion, sa colère, sa douleur, sa peur d'être rejeté et, surtout, son insécurité profonde. Il avait tellement souffert qu'il doutait de lui, et c'était ma faute, et celle de notre relation tordue. J'étais fatiguée d'être la raison d'autant de souffrance dans sa vie. J'en avais assez de le blesser et je voulais le rendre heureux et construire un avenir avec lui. Mais si on allait aussi vite, ça ne marcherait pas, peu importe qu'il ait confiance ou pas.

– Je suis une grande naïve qui n'a pas confiance en elle, et toi, t'es un artiste lunatique.

Il sourit doucement et je lui rendis son sourire.

– Entre nous, c'est un mélange d'émotions tordues, de jalousie, et de tout un tas de trucs compliqués. On s'est fait souffrir, on a fait du mal aux gens autour de nous et on a tous les deux fait des erreurs… Beaucoup d'erreurs. Peut-être qu'il faut juste qu'on ralentisse ? Peut-être qu'on peut juste commencer à sortir ensemble et voir comment ça se passe ?

Il me dévisagea pendant un moment sans rien dire, puis un sourire démoniaque s'inscrivit sur ses lèvres. C'était une expression que je n'avais pas vue depuis tellement longtemps que je rougis, et j'eus l'impression que ma température corporelle doublait en me rappelant ce que « sortir » voulait dire pour Kellan.

– Je voulais dire en redémarrant de zéro. À l'ancienne.

Il rit doucement puis me sourit.

– T'es vraiment adorable. Si tu savais comme ça m'a manqué.

Je lui souris à mon tour en caressant sa joue.

– Alors… tu veux bien sortir avec moi ? dis-je sur un ton légèrement suggestif qui lui fit hausser les sourcils.

– J'adorerais… sortir avec toi, dit-il en souriant.

D'un coup, il reprit son sérieux.

– T'as raison : on va prendre notre temps, y aller doucement, et on va essayer d'arrêter de se faire du mal.

Je n'aurais jamais cru ça possible avec Kellan, mais on alla effectivement tout doucement. Je restai chez moi avec ma sœur (qui répétait à qui voulait bien l'entendre qu'elle nous avait littéralement jetés dans les bras l'un de l'autre) et Kellan resta tout seul chez lui (il n'avait pas repris de colocataire après mon départ). Notre première sortie officielle eut lieu le dimanche soir après le concert, pour aller dîner. Il me prit la main en venant me chercher et il m'embrassa sur la joue en me ramenant à la maison. La soirée fut tellement chaste que j'eus du mal à y croire. Mais même si on limitait les contacts, nos autres émotions étaient effrénées, et il y eut un nombre incalculable de regards énamourés et de sourires niais.

La fois d'après, il m'emmena danser. Anna, qui prenait toujours un malin plaisir à lui donner une tape derrière la tête pour le punir de m'avoir raconté qu'ils avaient couché ensemble – je la laissais toujours faire –, se joignit à nous, ainsi que Jenny, Rachel et, bien sûr, les autres membres du groupe.

Je fus amusée de voir Matt rougir en disant bonjour à Rachel. Ils passèrent la majeure partie de la soirée à discuter pendant que le reste de notre groupe dansait sur la piste bondée. Kellan se contenta de mettre ses bras autour de ma taille, ses doigts me caressant de temps à autre du haut en bas de mon dos. Sa retenue me fit sourire et je posai prudemment ma tête sur son épaule, soucieuse de ne pas aller trop loin, moi non plus. J'observai Anna et Griffin pendant quelques secondes, mais ils étaient tellement obscènes que je reportai mon attention sur Evan et Jenny. Je donnai un petit coup à Kellan pour attirer son attention sur eux : ils dansaient doucement dans les bras l'un de l'autre, et Jenny regardait Evan amoureusement tandis qu'il jouait avec une longue mèche de ses cheveux blonds. Un large sourire illumina le visage de Kellan et mes yeux restèrent bloqués sur lui pour le reste de la soirée.

Il attendit notre troisième rendez-vous pour m'embrasser. Ce jour-là, on alla au cinéma pour voir une comédie romantique. Il avait protesté énergiquement, mais c'était un peu la tradition, et il avait fini par céder. Il me ramena ensuite chez moi et me demanda poliment s'il pouvait m'embrasser. Ses efforts pour se comporter en parfait gentleman me firent sourire, et je dis oui. Il me donna un bref bisou, et ce fut moi qui l'attrapai par le cou pour lui donner un baiser si passionné qu'il nous laissa à bout de souffle. Ça n'avait jamais été mon fort de contrôler mes pulsions avec lui, et comme ma sœur l'avait si justement fait remarquer, il était plus sexy que… enfin bref, vous savez.

Il passait souvent me voir à la fac et on parlait de mes nouveaux cours. J'en avais un en commun avec Candy ce semestre, et si ça m'avait contrariée au début, j'avais fini par m'en moquer. Bon, peut-être que j'appréciais l'éclair de jalousie dans ses yeux quand j'embrassais Kellan devant la porte de la salle… Quant à Kellan, il l'ignorait complètement.

La température extérieure commença à se réchauffer et on se mit à déjeuner régulièrement dans notre parc. Kellan n'était pas le plus grand cuisinier du monde, et moi non plus d'ailleurs, mais il nous préparait des sandwichs qu'on mangeait adossés au tronc d'un arbre, détendus et à l'aise comme si on avait toujours fait ça.

Je finis par démissionner de mon travail pour retourner chez Pete. Emily, qui travaillait normalement en journée, m'avait remplacée, et elle était plus que ravie de retrouver ses anciens horaires. Elle avait l'air de dire qu'elle ne supportait plus les crétins bourrés les week-ends, mais quelque chose me dit que c'était surtout un crétin bourré en particulier qui lui tapait sur le système. Un crétin bourré qui dormait souvent avec ma sœur, même s'ils n'avaient l'air d'être branchés monogamie ni l'un ni l'autre. Ma sœur ramenait régulièrement d'autres invités et Griffin continuait à nous abreuver de ses histoires sordides à chaque nouvelle conquête, histoires que je m'arrangeais toujours pour ne pas écouter. Peu importe ce qu'il y avait entre eux, ça avait l'air de leur convenir en tout cas.

Ça faisait un moment que les habitués du bar avaient arrêté de parler de notre agression, mais je remarquai quand même quelques regards curieux les premiers jours suivant mon retour. La plupart des gens avaient l'air de croire qu'on avait vraiment été attaqués par un groupe de punks, mais le regard inquisiteur de plusieurs personnes me fit me demander si elles n'avaient pas compris ce qui s'était réellement passé.

Notre petite aventure, elle, était loin d'être passée inaperçue. Entre Denny qui avait quitté le pays, moi qui avais quitté le bar, et l'attitude de Kellan pendant mon absence, il n'y avait pas besoin d'être un génie pour combler les trous, et la plupart des clients avaient compris. Quant aux autres, ils avaient pigé le soir où j'étais venue au bar et où on s'était « réconciliés » dans le couloir. Et si ça n'était pas assez clair – je pense que le seul qui n'avait pas encore compris après ça était Griffin –, le baiser que Kellan me donnait à chaque fois qu'il entrait dans le bar était plutôt révélateur.

Une fois que les regards en coin et les messes basses cessèrent, mon retour au Pete's me fit vraiment un bien fou, sans parler du fait de pouvoir de nouveau écouter le groupe. Kellan chantait toujours ma chanson en me regardant, et je finissais toujours en pleurs. Si les mots étaient des caresses, alors il me faisait l'amour à chaque fois qu'il la chantait. Il y avait toujours quelques filles qui se pâmaient dans le public et qui s'imaginaient sûrement comme étant l'objet de son affection. Parfois, certaines étaient un peu trop pressantes après le concert et je regardais Kellan les repousser gentiment en souriant. J'étais jalouse, bien sûr, mais je savais que j'étais la seule dans son cœur, et je lui faisais entièrement confiance. Comment j'aurais pu douter de lui, avec le tatouage qu'il avait sur la peau ?

Je le regardais souvent… Quand notre relation en arriva au stade où il retira son tee-shirt, je le contemplai pendant une éternité en suivant les contours du bout des doigts. Je lui dis que je pourrais me faire tatouer son nom mais il m'assura que porter son collier suffisait (je ne le retirais jamais) et que ma peau « vierge » était parfaite. Je n'en revenais pas à chaque fois que mon regard se posait sur ce qu'il avait fait pendant notre séparation. J'avais supposé qu'il s'était consolé dans les bras de dizaines de filles, alors qu'en réalité il s'était consolé avec mon souvenir, en se faisant tatouer mon nom.

Il m'avoua qu'il se l'était fait faire la veille du départ de Denny pour l'Australie. Il avait pris la décision le jour où Denny et Anna étaient venus chercher toutes mes affaires chez lui, en se disant que ce serait une façon de toujours m'avoir avec lui. Je n'aurais jamais cru que mon nom puisse être aussi beau, et il n'y avait pas grand-chose de plus magnifique que le motif sur sa poitrine… à part peut-être ses yeux ou son sourire…

Un soir, il m'apprit qu'il était toujours en contact avec Denny. La nouvelle me secoua, car je pensais qu'ils ne s'étaient pas parlé depuis l'aéroport. Il m'expliqua qu'après son départ il avait appelé chez ses parents tous les jours et que sa persévérance avait fini par payer. Ils n'avaient pas eu grand-chose à se dire au début, mais

Kellan s'était obstiné, même si les choses étaient restées au point mort jusqu'à ce qu'il lui dise qu'on n'était pas ensemble.

Denny ne m'avait jamais posé directement de questions à propos de Kellan et je n'en avais jamais parlé, pour ne pas ramener ce sujet douloureux à la surface alors qu'on essayait d'être amis. Apparemment, il avait supposé qu'on s'était mis ensemble à la minute où il était parti, et il fut choqué d'apprendre que ça n'avait pas été le cas. Mais le plus étonnant, c'était qu'il avait dit à Kellan qu'il était débile de ne pas s'être mis avec moi.

Quand je parlai à Denny quelques jours plus tard, il me raconta qu'il avait dit à Kellan que, après tout ce qui s'était passé, c'était du gâchis qu'on ne finisse pas ensemble. Je ris et je lui dis qu'il était vraiment trop gentil, et il acquiesça en riant à son tour. De son côté, il avait l'air très heureux. Tout se passait très bien au bureau, et il était déjà en lice pour une promotion. Sa relation avait l'air d'avancer et Abby devenait rapidement bien plus qu'une simple petite amie. Ça me fit un peu mal sur le coup, mais je finis par me réjouir sincèrement pour lui. Il le méritait.

Avec Kellan, tout se passait pour le mieux. Il s'en sortait à merveille dans le rôle du copain parfait, et il avait l'air d'apprécier le fait qu'on prenne notre temps. En réalité, il avait même l'air d'adorer ça, et il prenait un malin plaisir à me chercher jusqu'à ce que je sois sur le point d'exploser avant de me dire qu'il fallait qu'on ralentisse. Il adorait toujours autant me provoquer, mais l'expression dans ses yeux était toujours insouciante et son sourire joyeux.

Ça ne voulait pas dire que tout était parfait… Ça nous arrivait d'avoir des « désaccords », et généralement causé par une des filles avec qui Kellan avait couché à un moment ou à un autre. Une fille frappa même à sa porte un soir où j'étais passé voir Kellan avant mon service, vêtue d'un imperméable qu'elle ouvrit pour révéler des sous-vêtements qui laissaient peu de place à l'imagination. Il la mit dehors sans ménagement, mais une petite partie de moi ne put s'empêcher de se demander ce qu'il aurait fait si je n'avais pas été là, et si ça arrivait souvent que des filles à moitié nues passent à l'improviste. Je ne doutais pas de son amour, mais j'étais une fille comme les autres après tout, et une fille qui se sentait souvent quelconque à côté de son copain aux allures d'Apollon, encore plus quand des canons venaient frapper à sa porte en lingerie.

C'était juste un exemple, et il y en eut bien d'autres. Souvent, des ex venaient l'aborder au bar, ou parfois sur le campus, dans l'espoir de remettre ça. Il passait son temps à me répéter qu'elles ne représentaient rien, et qu'il ne se souvenait même pas de leurs noms, ce qui, en réalité, était loin de me rassurer. J'avais du mal à gérer mon insécurité et assister à ce genre de scènes me faisait mal. Nos « discussions » dérivaient souvent sur ses propres insécurités, comme quand il se disait que j'avais encore des sentiments pour Denny et que c'était avec lui que j'avais vraiment envie d'être. Il avait encore l'impression d'être une roue de secours, et je devais souvent l'assurer du contraire.

On essayait de se rassurer en se répétant qu'on s'aimait et qu'on était fidèles l'un à l'autre, mais savoir que la personne avec qui vous étiez avait trompé quelqu'un qu'elle aimait n'aidait pas à avoir confiance, peu importe que ce soit avec lui que j'aie trompé Denny et pas avec un autre. On devait chacun apprendre à gérer notre passé. Le fait d'avoir été avec d'autres gens alors qu'on était amoureux l'un de l'autre, et les souvenirs d'avoir entendu et même vu Kellan avec d'autres me revenaient parfois comme autant de gifles en pleine figure.

Une fois, on se disputa parce que j'avais couché avec Denny après l'après-midi que j'avais passée avec Kellan. Il s'était senti trahi, et il m'avoua à quel point ça lui avait fait mal et le rôle que ça avait joué dans sa décision de partir. Il m'avait caché à quel point ça l'avait affecté que je couche avec Denny après ce qui lui avait semblé être une journée parfaite avec moi. Il cria beaucoup cette fois-là, puis il se sentit immédiatement coupable d'avoir crié et se prit la tête dans les mains. Quand je voulus le prendre dans mes bras, il résista au début, puis il finit par me laisser faire et je me répandis en excuses tandis que quelques larmes roulaient sur ses joues.

On s'était fait beaucoup de mal, mais on faisait tout notre possible pour ne plus heurter les sentiments de l'autre. On parlait, même si ça impliquait de passer deux heures sur le parking du Pete's, comme le soir où j'évoquai en pleurant son plan à trois et où il contre-attaqua immédiatement en me parlant du soir où j'étais partie de la boîte pour coucher avec Denny après l'avoir embrassé. Mais on finit par régler ça, et petit à petit, on régla tout le reste.

Ça nous prit du temps, mais on finit par trouver un équilibre entre l'amour, l'amitié et la passion. Il me prenait dans ses bras dès qu'il arrivait au bar et m'embrassait passionnément après chaque concert. Il était près de moi sans m'étouffer, et il me laissait de l'espace sans pour autant prendre ses distances.

Jenny me disait souvent qu'on formait un super couple et qu'elle n'avait jamais vu Kellan comme ça. Ça me faisait vraiment plaisir car elle le connaissait depuis longtemps, et elle n'en revenait toujours pas qu'il soit capable d'être l'homme d'une seule femme. De son côté, elle finit par passer à la vitesse supérieure avec Evan, et je ne fus qu'à moitié étonnée en tombant sur eux en train de se peloter dans la réserve, un soir. Evan rougit aussi furieusement que j'avais rougi le soir où il nous avait surpris avec Kellan, mais Jenny se contenta de rire comme Kellan l'avait fait. Un peu gênée mais ravie de voir que ça avait l'air d'avancer entre eux, je refermai rapidement la porte et me précipitai vers la table des garçons pour raconter à Kellan ce que je venais de voir. Il rit et m'avoua qu'apparemment Matt sortait avec Rachel mais qu'ils ne s'affichaient pas encore en public. Apparemment, les D-Bags commençaient sérieusement à se calmer.

Il m'embrassa doucement et ma sœur, assise juste à côté, nous dit qu'on avait de la chance, en lançant un regard qui en disait long à Griffin. Bien sûr, il l'ignora complètement et je me demandai si elle finirait par réussir à le dompter, et s'il arriverait à en faire autant avec elle. Mais en voyant Griffin mettre la main aux fesses d'une autre fille le lendemain et ma sœur ramener (je vous jure que c'est vrai) un mannequin Calvin Klein à la maison, je me dis que peut-être pas.

Mais surtout, le plus important, c'est que Kellan et moi étions enfin réunis. Ça nous prit encore trois mois avant de coucher ensemble, et la date de notre première fois en tant que couple officiel coïncida avec celle à laquelle je l'avais entendu chanter pour la première fois, un an auparavant. On prit tout notre temps pour savourer chaque instant et chaque sensation.

Il me chanta doucement ma chanson en me déshabillant et je dus me retenir de ne pas pleurer. Quand il s'arrêta de chanter pour se concentrer uniquement sur moi, il apparut clairement que six mois de séparation n'avaient absolument pas altéré la passion entre nous, bien au contraire.

Nos retrouvailles furent intenses et chargées en émotions, comme le reste de notre relation. Pendant qu'on faisait l'amour, il me murmura à quel point j'étais belle et combien je lui avais manqué. Il me dit qu'il avait besoin de moi, qu'il s'était senti perdu sans moi, qu'il m'aimait plus que tout. Je pensais exactement la même chose mais j'étais tellement bouleversée que j'étais incapable de parler. Puis il dit quelque chose qui me fendit le cœur.

– Me laisse pas… Je veux pas être seul.

Il avait les larmes aux yeux en me regardant.

– Je veux plus jamais être seul, sans toi.

– Je suis là, dis-je en prenant son visage dans mes mains.

Je l'embrassai passionnément pour le rassurer et on roula sur le côté sans se lâcher, en continuant à se caresser et à faire l'amour. Il faillit se mettre à pleurer et ferma les yeux, et il me serra encore plus contre lui, comme s'il n'arrivait pas à être assez près.

– Je peux pas vivre sans toi, murmura-t-il.

– Et t'auras jamais à le faire. Je suis avec toi, et je vais nulle part, dis-je avant de fermer les yeux à mon tour, submergée par l'émotion.

Je l'embrassai encore et il laissa une main posée sur mon cœur, comme s'il avait peur que je disparaisse si jamais il la retirait. Je posai une main sur son tatouage, et on resta comme ça un long moment, à sentir battre le cœur de l'autre. Quand je rouvris les yeux, il avait l'air un peu plus serein mais il avait toujours les yeux fermés.

Je me perdis dans la contemplation de ses traits, où je pouvais lire un mélange d'émotion et de plaisir, et parfois même de souffrance. Il commença à bouger les hanches plus vite, sa respiration s'accéléra, et je ne tardai pas à l'imiter. J'étais tellement absorbée par ce que je voyais sur son visage que j'en oubliai les merveilleuses sensations qu'il communiquait à mon corps. Au moment où il était sur le point de jouir, il rouvrit les yeux et posa la main qui était sur mon cœur sur ma joue.

– Kiera ? Je veux pas faire ça tout seul.

Apparemment, il s'était rendu compte de ce qui se passait dans ma tête, et il avait les yeux pleins de larmes, comme s'il pensait que je n'étais pas vraiment avec lui.

– Je suis là, répondis-je avec les yeux humides. Je suis avec toi.

Je me concentrai sur ses caresses et sur son corps qui ondulait avec le mien, et il ne me fallut que quelques secondes pour le rejoindre. Je m'agrippai à lui et je me laissai complètement aller, et il en fit autant. Au moment de jouir, il plongea ses yeux dans les miens et on arrêta de gémir, de crier, et même de respirer, et on fit l'expérience de quelque chose d'absolument incroyable.

On s'embrassa sauvagement au moment où l'incendie en nous faisait rage, puis nos baisers profonds et intenses se transformèrent progressivement en quelque chose de plus doux et de plus caressant. Puis on resta face à face, ses bras autour de moi et moi serrée contre lui.

– Merci, murmura-t-il.

Je rougis mais je l'agrippai de toutes mes forces.

– Et désolé, ajouta-t-il en nichant son visage dans mon cou.

Je ne compris pas pourquoi il s'excusait et je m'écartai pour qu'il lève la tête vers moi. Quand il le fit, il avait l'air à la fois heureux et mal à l'aise.

– J'avais pas prévu de me comporter comme une gonzesse.

Il secoua la tête et baissa les yeux, et je ris en me rappelant la fois où je lui avais dit qu'il était pire qu'une fille.

– Je peux t'assurer que c'était pas le cas.

Mon commentaire le fit rire, puis il fronça les sourcils.

– C'est juste que ça faisait une éternité, et y a encore pas si longtemps, je pensais que jamais on…

Il haussa les épaules, peinant à trouver ses mots.

– Enfin bref, désolé de m'être donné en spectacle, dit-il en faisant une grimace adorable.

– T'as aucune raison d'être gêné. T'excuse jamais de me dire ce que tu ressens vraiment… ou ce qui te fait peur.

Je l'embrassai tendrement et je roulai sur le dos, et il se retrouva au-dessus de moi.

– Je veux pas que tu gardes ces choses-là pour toi. Je veux savoir ce que tu ressens et ce que tu penses, même si c'est pas toujours facile à dire. Je t'aime, et j'ai pas l'intention d'aller où que ce soit.

Il hocha la tête et s'affala sur moi, son front appuyé contre le mien. Je soupirai puis je passai des heures à lui caresser les cheveux en l'embrassant de temps en temps. Finalement, c'était moi qui me retrouvais à le serrer dans mes bras et à le réconforter, et ça me fit me sentir encore plus proche de lui. Il finit par s'endormir sans relâcher son étreinte, et c'est à ce moment-là que je me rendis compte qu'il ne la relâcherait jamais. Même si on ne l'avait pas vu venir et qu'il nous avait pris par surprise, l'amour qu'on éprouvait l'un pour l'autre était plus fort que tout et il ne faiblirait jamais. Ça ne serait peut-être pas toujours facile, mais maintenant, je savais que ça serait pour toujours, et j'étais plus paisible et heureuse que jamais quand je m'endormis à mon tour.

Hugo Roman

Romans parus et à paraître
dans la collection Hugo New Romance :

Du même auteur, C.S. Stephens :
Indécise tome 1 [Thoughtless]
Insatiable tome 2 [Thoughtless] : juillet 2014
Intrépide tome 3 [Thoughtless] : septembre 2014

De Christina Lauren :
Beautiful Bastard
Beautiful Stranger
Beautiful Bitch
Beautiful Sex Bomb
Beautiful Player : juin 2014
Beautiful Beginning : août 2014

De Lexi Ryan :
Unbreak Me tome 1
Unbreak Me tome 2, Wish I May : juin 2014

De Emma Chase :
Love Game tome 1 [Tangled] : 7 mai 2014
Love Game tome 2 [Twisted] : novembre 2014
Love Game tome 3 [Twisted] : janvier 2015

De Katy Evans :
Real : série en trois volumes : octobre 2014

Retrouvez toute l'actualité de la série [*Thoughtless*],
de l'auteur C. S. Stephens
et des autres titres de la collection New Romance, sur
notre page Facebook, Hugo New Romance.